EHM WELK
Die Heiden von Kummerow

BASTEI LÜBBE

BASTEI LÜBBE TASCHENBUCH
Band 11907

1.–5. Auflage: 1992–2000
6. Auflage: September 2002
7. Auflage: November 2004

Vollständige Taschenbuchausgabe

Bastei Lübbe Taschenbücher ist ein Imprint
der Verlagsgruppe Lübbe

© 1959 by Hinstorff Verlag GmbH, Rostock
Verlags-Agentur GmbH, München-Breitbrunn
Lizenzausgabe: Verlagsgruppe Lübbe GmbH & Co. KG,
Bergisch Gladbach
Umschlaggestaltung: Klaus Blumenberg, Bergisch Gladbach
Titelfoto: Archiv für Kunst und Geschichte
Satz: hanseatenSatz-bremen, Bremen
Druck und Verarbeitung: Brodard & Taupin, La Flèche
Printed in France
ISBN 3-404-11907-X

Sie finden uns im Internet unter
www.luebbe.de

Der Preis dieses Bandes versteht sich einschließlich
der gesetzlichen Mehrwertsteuer.

Dieses Buch erzählt in zweiundzwanzig Kapiteln, der Wahrheit gemäß, was sich in einem halben Jahre, von Palmarum bis Michaelis, als der alte Kuhhirte die Gegend verlassen mußte, an hellen und düsteren Ereignissen, an menschlichen Handlungen der Liebe und des guten Willens, der Schwäche und der Böswilligkeit zutrug in Kummerow im Bruch hinterm Berge. Die Kapitel heißen: Das silberne Schiff/Nachbar Kienbaum hat Beweise/Die Heiden-Taufe/Gesichter/Der Kuckuck ruft/Von der Blankseite und der Schietseite des Lebens/Acker unseres Herrn/ Geisterschlacht/Väter und Söhne/Das Ei der schwarzen Henne/Am Born des Wissens/Unterm Baum der Erkenntnis/Die Titanen/Der geflügelte Griffel/Zwischen Himmel und Erde/Die Völkerwanderung/Der Gerechte erbarmt sich seines Viehes/Aber die Papiere/Die Martinsgans/Mächte der Finsternis/Das Scherbengericht/Die Austreibung.

Ein alter, von Büchern gestützter Glaube will wissen, das irdische Paradies habe in Vorpommern gelegen; dem Schulzen Christian Wendland sagte sogar seine innere Stimme, es könne nur bei Kummerow im Bruch hinterm Berge gelegen haben. Der Erzähler, auch ein Kummerower, hat beim Nachforschen zwar

nicht die Wiege der Menschheit gefunden, aber, wie er glaubt, eine Stückchen vom Schaukelfuß dieser Wiege. Woher sonst als aus dem Paradies könnte die Verzierung auf dem ausgegrabenen Holzstück stammen: ein Gesicht, nicht jung und nicht alt, nicht eines Engels und nicht eines Teufels, einfach ein Menschengesicht, das lacht. Die Berufenen mögen es nachprüfen. Darum widmet der Verfasser das Buch
allen jungen Herzen!

Das silberne Schiff

Die Geschichte beginnt mit einer traurigen Angelegenheit, es ist nicht zu ändern. Mutter Harms wollte sterben. Und den Tod kümmerte es nicht, daß der Frühling dieses Jahr schon im März den jungen Saft in die alten Weiden am Mühlbach gejagt hatte und nun, zehn Tage vor Ostern, ihre Reiser reif machte zum Pfeifenschneiden. Der Tod vergaß darüber seinen Auftrag nicht.
Aber die Schuljungen von Kummerow kümmerte es. Einen von ihnen, Martin Grambauer, dermaßen, daß er nicht nur alle guten Vorsätze und ein halbes Dutzend Aufträge, sondern auch noch den Tod vergaß.
Um zehn war die Schule aus, letzter Schultag vor den Osterferien. Die Konfirmanden hatten noch eine Stunde dazubleiben, Pastor Breithaupt mußte heute die Bengels noch ein letztes Mal am Schopf reißen, die Mädchen noch ein letztes Mal in die Ohrläppchen kneifen, wenn sie die Zehn Gebote mit dem daranhängenden »Was ist das?« durchaus nicht passend zusammenbringen wollten, und einem allzu Begriffsstutzigen den gefürchteten Kleinen Katechismus ein letztes Mal unters Kinn hauen. Das half zwar nichts mehr in dieser Stunde, aber es gehörte nach den Auffassungen, die damals Pastoren und Konsistorium, aber auch Eltern von einem guten Religionsunterricht

hatten, zu einer richtigen Prüfung, das hatten die Alten auch so durchmachen müssen als letzte Vorbereitung zum ersten Gang an den Tisch des Herrn.
Die jüngeren Jahrgänge gönnten es den älteren von Herzen, hatten sie doch ihre eigenen Sorgen. Es war so Brauch am letzten Schultag, daß es für die Jungens der erste Tag war, an dem man barfuß lief und im Mühlbach watete. Wer es am längsten aushielt, im Wasser stillzustehen, wurde König und konnte sich unter den Mädchen, die mit Kränzen aus Sumpfdotterblumen am Ufer standen, eine Königin erwählen. Wofür man gern einen Schnupfen, Husten und noch Ärgeres in Kauf nahm. Besonders, wenn es der Pastor ausdrücklich verboten hatte, wie heute. »Von wem ich es erfahre, der kann sich auf etwas gefaßt machen!« hatte er gesagt.
Sie kannten die Musik und wußten vor allem eins: In der Kirche durfte er nicht hauen, in die Schule konnte er drei Wochen lang nicht kommen, so lange waren Ferien. Nachher hatte er es sicher vergessen. Und außerdem war das Heiden-Döpen eine alte Sache.
Pastor Breithaupt warf noch einmal die Strenge seines geistlichen Schulinspektoren-Blicks in die jungen Gesichter und hatte den Eindruck, wenigstens etwas gewirkt zu haben.
»Raus jetzt!« Das war zwar kein feierlicher Abschluß eines Schuljahres, in ihren Ohren jedoch klangen die rauhen Worte wie Osterglocken. Wie eine Schar Spatzen flogen sie hinaus.
So, dachte Kantor Kannegießer und wendete sich ebenfalls zur Tür, und jetzt laufen sie alle stracks zum Mühlbach.
Da erscholl wieder des Pastors mächtige Stimme.
»Martin Grambauer!«

Der war schon an der Haustür. Wie eingerammt blieb er stehen, indessen der wirbelnde Strom an ihm vorüberflutete.
»Martin Grambauer!! Hörst du nicht?«
Die Flut trug schon lauter Gischtköpfe aus schadenfrohen Augen. Eine besonders große Welle, der dreizehnjährige Hermann Wendland, rannte den Pfahl sogar an, warf ihn fast um und rief dazu: »Das haste davon!«
Martin trat wieder in die Schulstube.
»Hierher!« befahl der Pastor. Auf dem Wege zum Katheder überlegte Martin schnell, was er wohl ausgefressen haben konnte: das Fischen im Schwarzen See, das Drehen an der Schleuse, die Fensterscheibe beim Müller, die Kletterpartie auf dem Kirchboden mit Ulrike? Mußte der Pastor aber ausgerechnet heute davon anfangen?
Martin schlug die Augen auf und sah sich erneut von einem Gewässer umgeben. Diesmal war es kein stürzender Strom, ein stiller, tückischer Teich wartete darauf, ihn zu verschlingen. Genauso blickten ihn die Konfirmanden an.
Pastor Breithaupt ermahnte ihn nur. »Du bist von jetzt ab Erster, höre ich.« Hört er, ist gut, dachte Martin. Als wenn er es nicht längst gewußt hätte! »Das verpflichtet. Und nicht nur zu dem, was dir Herr Kantor über dein Amt als Kirchenjunge gesagt hat. Also die Lichter anzünden, die Nummern der Lieder anstecken, die Kirchentüren und die Friedhofspforten schließen — nein, es verpflichtet dich überhaupt zur Tugend. Was auch schon dein Name tun sollte. Wobei ich deinen Vornamen meine, nicht deinen Vatersnamen.« Laß bloß meinen Vater in Ruhe, drohte es in Martin. »Ich erwarte also von dir nicht allein, daß du heute dem

Mühlbach fernbleibst, das ist selbstverständlich. Ich erwarte auch, daß du die anderen fernhältst. Wie du das machst, das ist deine Sache. Schaffst du es nicht in Güte, na, ich will da weiter nichts sagen. Oder doch nur so viel, daß dort, wo Worte versagen, eine Maulschelle oft Wunder tut. Schaffst du es überhaupt nicht, bist du ein schlapper Wicht. Dann wirst du mir aber alle melden, die meinem Verbot zuwidergehandelt haben.«

Kantor Kannegießer hüstelte rasch zweimal.

»Wie?« fragte der Pastor und sah ihn an, wendete aber gleich wieder den Blick zu Martin. »Raus jetzt!«

So sehr Martin auch die Augen zusammenkniff, er sah doch, wie der stille Teich unruhig wurde, wie Bläschen aufstiegen und die Oberfläche kräuselten zu schadenfrohem Grinsen. Das hatte er nun davon, der Klookschieter, der durchaus Erster sein wollte, und war nicht mal Elf! Schon spritzte Kichern auf.

Da fuhr ein Donnerschlag aus des Pastors Mund darüber hin: »Euch werde ich das Grinsen schon austreiben. Eine Stunde habe ich euch noch, die werden wir nutzen! Friedrich Kienbaum, wie heißt die sechste Bitte?«

In der Tür noch hörte Martin die Antwort: »Du sollst nicht ehebrechen! Was ist das?«

Da hatte die Schadenfreude aus der Schulstube Martin eingeholt und legte sich auf sein Gesicht. Er blieb an der Tür stehen und lauschte, wie es herrlich auf Friedrich Kienbaums Backe klatschte. Martin taxierte, das war der Kleine Katechismus, der pfiff besser hin als die Hand. Nun schallte Pastor Breithaupts Stimme: »Und so was will an den Tisch des Herrn treten! So was will eingesegnet werden! Die

sechste Bitte habe ich verlangt, nicht das sechste Gebot, du Riesenkamel! Elisabeth Fibelkorn, sag du es einmal!«
Die hat vorhin auch gelacht, dachte Martin unbarmherzig, die muß auch welche beziehen!
Da faßte ihn jemand am Arm. Kantor Kannegießer flüsterte: »Aber Martin, du horchst? Kennst du denn nicht das Sprichwort: Der Horcher an der Wand hört seine eigene Schand!?«
»Von mir reden sie nicht«, verteidigte sich der Junge. »Ich wollte bloß hören, ob sie welche kriegt.«
Und während Pastor Breithaupt so seine Not hatte, die Kummerowschen Konfirmandenschädel mit Ziepen und Knuffen an die noch geschlossene Pforte des ernsten Lebens heranzuschubsen, stürmten die anderen Dickschädel nach Hause, ballerten den Schulkram in irgendeine Ecke, rissen sich die Strümpfe herunter und flitzten durch die offenen Hoftore in den lachenden Frühling hinaus.
Kantor Kannegießer zog Martin mit über den Flur in seine Arbeitsstube. »So, nun setz dich mal hin! Wie heißt denn eigentlich die sechste Bitte?«
»Ich muß nach Hause.« Martin sah unruhig nach dem Fenster, durch das die Sonne verführerisch lockte. »›Und führe uns nicht in Versuchung!‹ Kann ich jetzt gehen?« Er meinte wirklich, auch Kantor Kannegießer sei verrückt und behielte ihn zum Nachsitzen da, weil er Erster geworden war.
»Gleich, Martin, gleich?« Der alte Lehrer sah auf den Jungenkopf vor dem Fenster, wie das weiche Licht durch die langen, hellblonden Haare schimmerte und einen ganz unwirklichen, sanften Glanz darum legte. »Und führe uns nicht in Versuchung —

ja, sieh mal, mein Sohn, gerade dazu wollte ich dir noch etwas sagen.«
Der Kantor war aufgestanden und im Zimmer umhergegangen. Es war bestimmt alles Unsinn, was er sich vorgenommen hatte, veranlaßt durch den Unsinn des Pastors, einen Jungen nicht nur zur Entsagung von einem alten Brauch zu verpflichten, sondern auch noch zur Angeberei. Wie nur sollte er das einrenken bei diesem Knaben, der deshalb so schwierig war, weil er so einfach war? Es mochte auch noch etwas anderes sein, was in Kantor Kannegießer bremste: Die Erinnerung an einen ähnlichen Jungen vor fünfzig Jahren, der, als er ein Mann geworden war, vor lauter erlernten Lebensregeln vergessen hatte, das Leben herauszufordern und die erkannten Ungerechtigkeiten seiner sogenannten Ordnung zu meistern, der erkennen mußte, daß das, was er schließlich regelte, nur noch eine Existenz war.
Martin drehte das Gesicht von dem großen offenen Bücherschrank gegen das Fenster, lauschte und sagte: »Ich muß nun aber gehen.«
Er ist wohl doch in manchem anders, als ich gewesen bin, empfand Kantor Kannegießer, er ist beharrlicher; und es tat ihm nicht leid. Vor der Versuchung aber mußte er ihn bewahren, sie lauerte heute in dreifacher Gestalt auf dieses Opfer. Entweder übertrat Martin des Pastors Verbot wie die anderen und log wie die anderen; oder er machte den Versuch, sie gewaltsam vom Heiden-Döpen im kalten Mühlbach abzuhalten, wofür er zwar in des Pastors Achtung steigen, aber von den Kameraden außer Senge noch Spott und Hohn ernten mußte; oder er sah nur zu, dann blieb die größte Gefahr, ein Angeber zu werden.

Der neugierige Blick des Jungen auf den Bücherschrank hatte vielleicht einen Ausweg gewiesen.
Kantor Kannegießer tat, als hätte er Martins letzte Bemerkung nicht gehört, trat an seinen Schrank, überflog rasch ein paar Rücken und zupfte ein Buch heraus.
»Hier habe ich ein sehr schönes Buch. Das muß gerade etwas für dich sein, Martin. Herr Pastor hat vorhin von deinem Vornamen gesprochen und gesagt, er verpflichte dich zu ganz besonderer Tugend. Er bezog das auf den heiligen Martin.«
»Weiß ich ja«, sagte Martin gelangweilt.
»Das freut mich. Aber du weißt nicht, warum er ein Heiliger wurde. Denn vorher war er ein grimmiger Kriegsmann und auch sonst gar nicht fromm. Nicht mal ein Christ war er.« Er blätterte in dem Buch.
»Kann ich es nicht mitnehmen?« fragte der weniger heilige Martin. Die Aussichten auf das Heidenleben und die Kriegstaten seines Namenspatrons machten ihn schon ein wenig neugierig.
»Hol es dir zu Ostern«, lenkte der Kantor ab. »Es stehen noch andere schöne Heldengeschichten in dem Buch.«
Martin schielte auf den Deckel. »Das Leben der Heiligen« hieß es, oder so ähnlich. Viel Heldisches war da bestimmt nicht zu erwarten. Und an »Mario, der große Doge« kam weder der heilige Martin noch sonst einer von den frommen Onkels heran.
Kantor Kannegießer sah, das Interesse hatte wieder nachgelassen. Er suchte nach einem Sonderstück, das den Jungen fesseln konnte, und es fiel ihm zu seinem Pech die Geschichte mit dem Mantel ein. »Der heilige Martin teilte alles mit den Armen. Einmal im Winter, als es furchtbar kalt war, ging er draußen vor die

Stadt. Da traf er einen Bettler, der hatte nichts und war nackt und fror. Da nahm der Heilige sein Schwert und schnitt seinen Mantel in zwei Teile und schenkte dem Bettler die Hälfte.«
»So dämlich . . .«, brummte Martin der Jüngere.
»Was sagst du da?« Kantor Kannegießer glaubte sich verhört zu haben, das war ja unfaßlich. »So urteilst gerade du über eine der schönsten menschlichen Regungen, über das Mitleid mit den Armen?«
»Da hätt er ihm den Mantel schon ganz geben sollen. Oder gar nicht. Jetzt hatte doch keiner was davon.«
Martin begriff nicht, daß ein Lehrer das nicht begriff. Das war es? Kantor Kannegießer lächelte. »Du mußt nicht alles so wörtlich nehmen, Martin. Ganz genau in der Mitte wird er den Mantel nicht entzweigeschnitten haben.«
»Dann hat er also den Bettler angesch-«, Martin wurde rot, »ich wollte sagen, dann hat er ihn angeschmiert mit seiner Hälfte?«
»So meine ich das auch nicht. Er wird den Mantel nicht gerade von oben nach unten durchgeschnitten haben, so daß jeder nur einen Ärmel bekommen hätte und an einer Seite nackt gewesen wäre, meine ich.«
Das Bild war so komisch, sie mußten beide lachen.
»Also quer durch?«
»Vielleicht.«
»Und wer hat das obere Teil bekommen, das mit den Ärmeln?«
Kantor Kannegießer seufzte. Hätte er doch bloß die Sache mit dem Mantel nicht angefangen.
»Sicher hat der Ritter das obere Teil behalten«, entschied Martin. »Da hatte er immer noch eine schöne Joppe. Ein Unterhemd hatte er bestimmt auch noch an. Der Bettler mit dem Schnippelkram« — er dachte

nach und lachte laut auf –, »den hätt ich sehen mögen mit der Badehose.«
Der Kantor hielt es für seine Pflicht, dem Wohltäter der Armen Gerechtigkeit widerfahren zu lassen. »Der Bettler kann ja auch das obere Teil, die Joppe, bekommen haben.«
»Glaub ich nicht!« Martin blieb fest. Er glaubte es um so weniger, als sie heute morgen schon mal einen ähnlichen Fall gehabt hatten. Bei der Passionsgeschichte die Sache mit dem König, der den Reichen absagte und seine Knechte auf die Straßen schickte und alle Leute von den Straßen zur Hochzeit laden ließ, gute und böse, arme und reiche. Und der nachher einen, der kein hochzeitlich Kleid anhatte, an Händen und Füßen binden und in die Finsternis hinausschmeißen ließ. Bloß weil er keinen Sonntagsanzug hatte. Warum holte er sich dann erst die Leute von der Straße zusammen? So waren nun mal die Reichen, und der hier war sogar ein König gewesen.
»Du mußt nicht alles so wörtlich nehmen«, hatte Kantor Kannegießer auch da gesagt. So viel wußte der Lehrer schon: Wenn es irgendwie um die Armen ging und um Wohltaten, welche ihnen die Reichen erwiesen, hatte der Junge ein bodenloses Mißtrauen. Das kam sicher durch seinen Umgang mit Johannes Bärensprung aus dem Armenhaus.
»Wenn es nicht so ist, warum steht es denn so da?« fragte Martin.
Ja, warum stand es so da?! Kantor Kannegießer blätterte in dem Buch und war froh, daß er nicht die Bibel in der Hand hatte. »Aber hier, der Ritter Georg, das ist eine Sache für dich. Ein tapferer Held und Patron aller Ritter. In allen Ländern kennen und verehren sie ihn. Weil er als einziger den Mut hatte, vom Pferd aus mit

der Lanze den Drachen zu erlegen, der die Königstochter bewachte.«
»Ach, der ist das!« sagte Martin. Kantor Kannegießer nahm es als ein Zeichen von Interesse und erzählte: »Der Ritter Georg war ein Prinz und ein mächtiger Streiter des Herrn. Einmal kam er in das Land Silena.« Wenn er jetzt fragt, wo das liegt, bin ich erschossen, dachte der Kantor. »Der König des Landes und seine Familie waren noch Heiden. Die Königin jedoch und viele Edle vom Hofe ließen sich taufen. Da ergrimmte der König, ließ den heiligen Georg gefangennehmen und wollte ihn töten lassen, wenn er nicht den heidnischen Sonnengott anbetete. ›Wohlan‹, rief der Ritter Georg, ›führe mich zu ihm!‹ Sie gingen in den Tempel des Sonnengottes, viele tausend Menschen aus dem ganzen Lande.« Diesmal unterschlug der Kantor den Namen des Landes. »Vielleicht bangte ihm doch ein wenig, aber ein Engel kam zu ihm und sagte: ›Erschrick nicht, Georg, denn du mußt zweimal den Märtyrertod sterben.‹« Als Kantor Kannegießer das gesagt hatte, sah er rasch auf den Jungen. Gleich würde er fragen, wie das ginge, zweimal sterben. Er hätte doch lieber ein anderes Buch nehmen sollen, mit weltlichen Helden. Doch Martin stand am Fenster und blickte geradezu andächtig zum Himmel hinauf. Die Sache mit dem Sonnengott hat ihn also doch gefaßt. Der Kantor freute sich. Weil er aber seine Kummerower Jungens kannte, bückte er sich ein wenig und sah auch auf den Himmel. Da hörte Kantor Kannegießer auf mit dem Erzählen.
Noch bis gestern hatte ein Frühlingssturm getobt, wie sie ihn nur hier im Bruch kannten. Tage- und nächtelang waren in drohenden Wolkengebilden die Geister der Finsternis über den Himmel gebraust, vorwärts

und zurück, Tod gegen Leben, Winter gegen Frühling. Der wilde Jäger hatte in sein Horn geblasen, seine Hunde heulen lassen und mit knatternden Hagelschüssen das junge Grün der Saaten zerfetzt. In vielen Häusern war in den Nächten das Licht nicht ausgemacht worden, weil das Vieh unruhig stampfte und schrecklich brüllte. Jedesmal, wenn ein fahler Morgen heraufkam, hatten die Rippen von Ställen und Scheunen, deren Strohdächer vom Sturm mitgenommen worden waren, zum Himmel gestarrt, und unter den alten Linden auf dem Dorfplatz hatten mannsdicke Äste gelegen. Und wie sah es in seinem eigenen Garten aus! Vom besten Birnbaum die Krone glatt herausgedreht und über den ganzen Kirchhof bis zum Pfarrgarten hinübergetragen. Heute morgen aber war die Sonne strahlend und heiter auferstanden. Ein blanker Himmel breitete von früh ab sein junges Blau, vermischt mit dem Gold der Sonne, als eine schimmernde Verheißung über die zarten grünen Triebe der Bäume und Büsche, daß man meinen mochte, sie wären erst in dieser Stunde hervorgezaubert worden. Denn es geschah heute wieder das Wunder, das der alte Lehrer als das schönste und wunderbarste von allen Wundern kannte und das sich oft nur in Abständen von Jahren an einem einzigen Tag im Bruch zeigte, wenn sich wie auf einen Schlag die fahle Leere füllt mit Farbe und Licht, das Tote erwacht und die Stille anfängt zu läuten im brausenden Jubel der Vögel: Schöpfung und Auferstehung in einem! Um dieser wenigen Tage willen in vierzig langen Dienstjahren liebte er, ein Städter, das Bruch.

Kantor Kannegießer sah an Martins Kopf vorbei durch das Fenster. Der ganze Himmel war jetzt leer, als hätte er alles, was er an Licht und Farbe und Klang beses-

sen, an das Bruch abgegeben. Nur eine einzige große weiße Wolke schob sich von Süden her in den Bilderrahmen des Fensters. Ein gewaltiges silbernes Schiff, segelte sie auf dem leeren blauen Meer langsam nach Norden. Tief bauschten sich die Segel unter dem Odem des Frühlings, lange Wimpel flatterten an den Masten, so kam das weiße Schiff daher aus der Ewigkeit des Dunklen und fuhr in die Ewigkeit des Lichts, ein schönes, trügerisches Gebilde aus Wasserdunst, beladen mit der Sehnsucht hungriger Herzen.
Still, um des Himmels willen jetzt kein Menschenwort, sein Schall ist stark genug, als ein Sturmwind in die Takelage des silbernen Seglers zu fahren und alles zu zerstören. Schon unter dem Gedanken allein schien das Fahrzeug die Form zu verändern. Oder es stand still, nun, da es gerade über ihnen war. So wenigstens meinten beide, der Alte und der Junge. Ohne sich zu verständigen, stiegen sie ein, der Zehnjährige und der Sechzigjährige, nun ganz gleich an Gestalt und Gepäck. Lautlos glitt das Schiff weiter und verschwand langsam hinter der nördlichen Grenze des Fensterrahmens.
»Im Tempel«, fuhr der Kantor fort und tat, als habe er gar keine Pause gemacht, »verlangte der Ritter Georg, der heidnische Sonnengott sollte mit ihm vor das Haus treten, im Angesicht der Sonne wollten sie beide beten. Der heidnische Gott konnte das nicht, denn er war gar kein Gott, sondern nur eine Säule aus Stein. ›Komm‹, sagte Georg, ›der, dessen Namen du tragen willst, fordert es!‹ Damit umfaßte er die Säule und tat, als wollte er sie hinausgeleiten. Aber sie fiel um und zerbrach. ›Er ist gar kein Gott!‹ rief das Volk. Aber der König ließ den Heiligen ergreifen und in vier Stücke hauen. Der Engel jedoch fing seine Seele auf und

brachte sie des Nachts in den Leib zurück. Als der heilige Georg erwachte, sah er zum Himmel auf und sagte mit sanfter Stimme —«
»Talüdladüdl . . .«
Kantor Kannegießer schwieg erschrocken und wandte den Kopf. Sein Zuhörer hatte sich bei kleinem auf das Fensterbrett gezogen, den Oberkörper weit aus dem Fenster gebeugt und starrte in irgendeine lockende Ferne. Dann hörte er ihn zu sich sagen: »Talüdladüdl — da ist doch, Gottverdammich, schon der Regenpiper da!«
Einen Augenblick saß der alte Mann still und sah dem Jungen nach in das größere Buch, das ein besserer Vorleser draußen aufgeschlagen hatte, dann klappte er seins zu und sagte leise: »Geh nur, Martin!«
Martin langte nach seinen Schulsachen, beugte sich hintenüber, schwenkte die Beine nach oben und rutschte der Einfachheit halber gleich vom Fenster auf die Straße. Wenn er sich beeilte, konnte er zum Heiden-Döpen im Mühlbach noch zurechtkommen.
Es war eine Gemeinheit, ihm so den Tag zu versauen.

Nachbar Kienbaum hat Beweise

Gerade an der Hoftür hatte Martin das Pech, seiner Mutter, die aufs Feld wollte, in den Weg zu laufen.
Ihr Gesicht stand, wenn nicht auf Sturm, so doch auf schlecht Wetter. »Wo bleibst du denn bloß wieder? Ich hab es eilig, und du treibst dich herum. Dafür kauft man auch noch Salzkuchen! Sie liegen auf'm Küchentisch, Kaffee ist in der Röhre vom Herd.«
Er antwortete nicht und lief an ihr vorbei in den Hof. Wenn sie ihm weiter nichts zu sagen hatte, brauchte sie nicht zu warten, die Salzkuchen fand er noch allein, und an die unberechtigten Vorwürfe, wie eben mit dem Zuspätkommen, war er schon gewöhnt. Wedelnd sprang Flock, der Schäferhund-Wachtelspitz, an ihm hoch.
»He, du«, rief die Mutter, »kannst es wohl wieder gar nicht abwarten, das Stromern? Damit ist es aus für heut. Du gehst gleich nach Falkenberg und holst Annas Einsegnungskleid von der Schneiderin. Die Brezel-Schulzen hat's nicht mitgebracht.«
Das war es also, warum sie gewartet hatte. Ausgerechnet heute. In jähem Ruck blieb der Junge stehen, indessen Flock, der für solche Spannungen ein feines Gefühl hatte, vorsichtig beiseite ging.
»Die vergißt auch alles. Warum hasten das alte Luder nicht angeschnauzt?«

Die Mutter kam vom Tor zurück: »Weil es nicht fertig gewesen ist, darum.«
Eine merkwürdige Eile hat sie, aufs Feld zu kommen, dachte Martin. Aber es war klüger, er blieb bei der Brezel-Schulzen. »Das hat sie sicher bloß gelogen«, knurrte er, »weil sie's vergessen hat.«
»Daß du man nicht lügst! Wo bist du gestern nachmittag gewesen, den ganzen Tag ohne Essen und bei solchem Wetter? Und heute schon wieder so spät von der Schule. Alle anderen sind doch längst zu Hause!«
Martin sah seine Mutter erstaunt an. Er hatte die feste Überzeugung, sie war fromm und gut und tat nur immer streng. Warum aber fing sie jetzt mit den alten Sachen an, wenn sie es eilig hatte? Warum beleidigte sie ihn wegen seines Zuspätkommens heute, wo sie doch von nichts wußte? Er beschloß, einmal nicht nachzugeben.
»Ich geh aber nicht nach Falkenberg. Heute geh ich nicht. Anna kann sich ihre Kledasche allein holen, wenn sie eingesegnet werden will. Basta!« Mit diesem energischen Wort schloß der Vater eine Unterhaltung, das war immer sehr wirksam, und es bedeutete, nun gab es keine Gegenrede mehr.
Die Mutter redete zwar weiter, aber seine Entschlossenheit schien gewirkt zu haben, sie suchte nach Gründen für ihre Forderung. »Die muß noch die Vollangs für ihre Einsegnungshosen sticken.«
Martin drückte nach: »Da kann sie ja ohne Hosen laufen, wenn sie nicht früher damit anfängt. Basta!« Diesmal reckte sich das Schlußwort etwas kräftiger auf, ein richtiges Ausrufungszeichen.
»Junge?!« Das Wort hatte zwar im Ton einen Buckel, aber hinter ihm stand steil die Hand der Mutter.
Erschrocken stellte Martin fest: er war etwas zu weit

gegangen, und er erwog schnell, ob die Handbewegung ernst gemeint sein mochte. Aber wenn auch, heute mußte es riskiert werden. Er drehte sich um, zu allem entschlossen: »Und ich geh nicht, und ich tu's nicht!«
Auf der Bank neben der Haustür lag eine halb geschälte, stockige Kartoffel, immer ließen die Weiber das Zeug so herumliegen. Er nahm sie in heller Wut und zielte nach der Katze von Nachbar Kienbaum, die auf der Spitze von Grambauers Stalldach in der funkelnden Sonne saß und sich ihre Pfoten putzte, wußte sie doch, bei solchem Wetter kommen die Mäuse ans Licht. Martin war sonst ein guter Schütze, doch der Zorn spannte den Bogen wohl zu straff, das Geschoß ging zu hoch und landete auf Kienbaums Hof, wo es ein Klirren, Schüttern und einen Aufschrei zur Folge hatte.
Im nächsten Augenblick war der Schütze im Hause verschwunden. Flock, höherer Pflichten bewußt, schob sich rasch mit durch die Tür. Ebenso schnell auch die Mutter. Sie wurde so Zeuge, wie der Junge die Schiefertafel mit den Büchern schon von weitem auf den Küchentisch feuerte, wie die ganze Weisheit weiterrutschte und mitsamt einem Weidenkorb und einer Sichel auf dem Ziegelfußboden landete. Der Korb bubbernd, die Sichel klingend, der Federkasten klappernd und die Schiefertafel splinternd.
Martin starrte den Dingen nach. Was da geschehen, begriff er nicht. Er wäre bereit gewesen, jeden Tag das Schulzeug von der Tür her auf den Küchentisch zu werfen und jede Wette einzugehen, daß kein Stück weiterrutschte als bis zum drübigen Rand des Tisches. Höchstens ein bißchen darüber hinweg. Zu lange hatte er das geübt, das Ziel auf dem Tisch immer weiter

hinausgeschoben und den Startplatz immer weiter nach der Tür verlegt. Nach Ostern hatte er sogar von der Türschwelle aus werfen wollen. Heute ging eben alles verquer.
Darauf, daß er ein zweites Mal über das Ziel hinausschoß, weil er eine Wut im Leibe hatte, konnte er nicht mehr kommen, denn schon faßte Mutters Rechte in den langen weißen Schopf und beutelte ihn hin und her. Dazu rief sie: »Was sag ich bloß? Was sagt man bloß dazu?« und gab sich zugleich die Antwort: »Vatern sag ich's! Das wirst du sehen!«
Da der kräftige zehnjährige Bengel sich weder wehrte noch weinte und sie nur aus knallrotem Gesicht verwundert ansah, ließ sie rasch wieder los. Nein, an den Kopf hauen konnte sie ihn nicht, wo sie auf diesen Kopf so stolz war wie der Vater und wo der Bengel auch noch Augen machte, als begriffe er nicht, daß große Menschen es überhaupt fertigbrachten, kleine zu schlagen.
Er bückte sich flink und raffte seine Sachen vom Fußboden auf. Nach der Heiligen Schrift mußte er erst mit einem Besenstiel angeln, sie war weit unter den Küchenschrank geschliddert, sicher eine Versündigung, bei der ihnen beiden nicht wohl war.
»Was hat denn da auch ein Korb auf dem Tisch zu stehen?« brummelte Martin und versuchte, einen Scherben wieder in den Rahmen der Tafel zu passen.
»Den Korb hab ich dir vor die Nase gestellt wegen Futter für die Güssel und Karnickel.«
Sein Gesicht ging wieder hoch. »Alles heute. Ich weiß schon, warum grad heute. Aus Schabernack! Wie der Priester und der Kantor!«
Mutter Grambauer war es unbehaglich, wie ihr Junge sie so durchschaute. Sie hatte ihm wirklich Arbeit über

Arbeit aufgepackt, um ihn vor einer unchristlichen Torheit zu bewahren, die heute fällig war: das Heiden-Döpen im Mühlbach.
Ein Schatten fiel und ließ Martin nicht zu einem neuen Vorstoß Zeit. Denn da stand schon Nachbar Kienbaum in der Küche und hielt eine halb geschälte Kartoffel auf der flachen Hand. »Ich wollte man bloß fragen«, begann er scheinheilig, »ist das eure Kartoffel?« Flock, der bisher in der Holzecke am Herd gelegen hatte, näherte sich schnuppernd. Bevor er jedoch heran war, fuhr die Mutter auf Kienbaum los: »Was soll'n das? Was sind denn das für neumodsche Sachen?«
»Dieweil diese Nudel bei uns durchs Küchenfenster geflogen kam, als es noch zu war.« Kienbaum machte dabei ein Gesicht wie Wachtmeister Niemeier, als er damals wegen des geschossenen Bockes nacheinander fünf junge Burschen verhörte und bei jedem durchblicken ließ, er sei im Bilde, das Leugnen habe keinen Zweck mehr und er frage nur so der Ordnung wegen.
Aber Mutter Grambauer war kein Wilddieb, sondern eine fromme Frau, und Kienbaum war nicht Wachtmeister Niemeier. Sie lachte bloß auf. »Daß ich nicht lach! Und dann muß das nu grade unsre Kartoffel sein? Solche gibt es mehr in Kummerow.«
Kienbaum richtete sich noch gerader und kniff das rechte Auge zu; das gab ihm, meinte er, einen strengen Blick. »Nee, solche nicht — solche halb geschälten und halb verstockten. Und übrigens könnte da ein Kriminal noch das Messer dran feststellen, womit sie geschält ist.«
Darauf konnte Frau Grambauer nur die Arme in die Hüften stemmen. »So, und da muß das grade unsre sein? Weil die andern im Dorf bloß Pellkartoffeln fut-

tern, was? Durchs Fenster fliegen, daß ich nicht lach über so was! Und wenn da mal 'ne gebratne Taube durchs Fenster reinfliegt, kommst du dann auch fragen, ob das unsre ist?«
Das bezog sich auf den Verdacht, Kienbaum locke fremde Tauben an. Aber es erschütterte ihn keineswegs.
»Es wird sich alles erweisen. Und was du von den Tauben sagst, das sage ich dir, und wenn es eine gebratene Gans ist, so geht dich das einen Dreck an!«
Er trat drohend auf den Jungen zu. »Hast du die Kartoffel in mein Küchenfenster geschmissen?«
Martin schielte zu seiner Mutter hin, die erwartungsvoll auf ihn blickte; er wollte gerade ja sagen, denn sie hatte ihm vorher erst wieder alles Lügen verboten. Doch da fuhr Kienbaum törichterweise schon fort: »Aha, einen roten Kopf hat er auch. Dem hast du also schon eine geklebt. Sieh mal einer an, das ist auch ein Beweis. Bloß keine Entschädigung ist das nicht für mich. Aber ein Beweis.«
»Ich schlage meine Kinder nicht«, sagte die Mutter voll Selbstgefühl. »Das habe ich Gott sei Dank nicht nötig.«
»Dann ist es kein Wunder, wenn sie nicht geraten. Aber einen roten Kopf hat er, und von den Masern ist das wohl nicht.«
»Weil er seine Tafel kaputtgeschmissen hat, nicht wegen deiner dreckigen Kartoffel da«, sie stieß den Scherben aus dem Rahmen, daß er auf den Fußboden fiel und erst richtig zerbrach, »dafür sollte er eine kriegen.«
»Und für das Küchenfenster kriegt er erst mal eine von mir.«
»Untersteh dich«, fuhr die Mutter dazwischen, »das

ist mein Kind! Schlag du die deinen, die verdienen es mehr.«
In seinem Vaterstolz getroffen, richtete Kienbaum sich hoch und sah sie und ihren Sohn geringschätzig an. »Mein Friedrich — deine ganze Wirtschaft kannste mir geben, wenn ich meinen Jungen tauschen soll gegen deinen Strolch da!«
Wie eine zornige Glucke ging die Mutter den Feind an. Aber Martins Worte hielten sie zurück. Ausgerechnet gegen Friedrich Kienbaum sollte er nichts wert sein? »Laß man, Mutter«, sagte er ruhig, »Friedrich hat gerade mächtige Dresche von Herrn Pastor gekriegt. So viel hat noch keiner gekriegt. Na, Herr Pastor sagt, er will ihn gar nicht einsegnen.«
Kienbaum war so verbiestert über die Eröffnung, daß er Martin ruhig ausreden ließ. Die Mutter aber blickte stolz auf ihren Sohn.
Langsam fand Kienbaum sich wieder. »Da lach man nicht zu früh. Den Schwarzen, den kauf ich mir noch heut mittag. Dem werd ich helfen, fremder Leute Kinder schlagen!«
»Aber du darfst das, was?« triumphierte die Mutter.
»Weil deiner ein Strolch ist. Mit Bosheit im Kopf. Darum!«
»Und was hat deiner drin? Stockige Nudeln! Oder Stroh! Meiner hat noch keine Dresche vom Pastor gekriegt. Herr Pastor wird schon wissen, wessen Leute Kinder er vor sich hat. Da paßt das eben mit dem Sprichwort, und da fällt auch ein Kienappel nicht weit vom Stamm!«
Jetzt war Martin direkt stolz auf seine Mutter, die gab es dem aber wirklich. Aufmunternd nickte er ihr zu.

»Auslachen willste alte Leute auch noch?« Kienbaum hob wieder die Hand gegen Martin. »Willst du mir am Ende auch ins Gesicht lügen?«
»Kienbaum«, drohte die Mutter mit merkwürdiger Ruhe und riß ihm die erhobene Hand herunter, »wag es ja nicht! Das ist mein Kind!«
Kienbaum griente hämisch: »Ja, und deine Kartoffel ist das auch. Und dieweil das dein Kind und deine Kartoffel ist und die Lügen auch eure sind, so ist dieses auch dein!« Damit faßte er in die Joppentasche und legte einen Scherben von der Küchenfensterscheibe und einen Rest von einer großen braunen Kruke auf den Tisch. »Und wenn das nicht innerhalb von drei Tagen ersetzt ist, so wird das Gericht ein entscheidendes Wort einlegen. Bloß die Kartoffel, die behalt ich als Beweis. Mahlzeit!«
»Da bring doch gleich deine ganze kaputte Wirtschaft an. So was!« Die Mutter lachte grell hinter ihm her. »Als wenn es nicht mehr Kartoffeln gibt in Kummerow. Das könnte euch so passen, euch die kaputten Klamotten von andern Leuten lassen instand setzen!«
Martin war froh, daß die Geschichte so gut abgelaufen war. Seine Mutter war gut und tapfer. Donnerwetter, die fürchtete sich vor so einem nicht. Und daß sie ihm das Lügen verbot und nun selber geschwindelt hatte, wo sie doch fromm war – das hatte sie bloß getan, damit Kienbaum ihn nicht haute. Er hörte sie auf dem Hof: »Kienbaum, gehst du runter von unserer Leiter!« Er hörte auch noch den Nachbarn Kienbaum: »Ich hab nur mal fix die Flugbahn festgestellt. Hier hat er gestanden. Das ist auch ein Beweis.«
Die Sache draußen wurde interessanter als drinnen das Nachdenken über die Grenzen der Wahrhaftigkeit, die einer kämpfenden Mutter gebaut sind. Martin

kam vorsichtig ans Fenster. Kienbaum war schön dämlich, wo der hinzeigte, da hatte er beim Werfen nun ganz und gar nicht gestanden. Schade, daß nicht alle seine Beweise so schlecht waren wie dieser.
»Von hier ist nicht geschmissen worden.« Die Mutter sah zum Haus, und da sie ihren Sohn nicht erblickte, steckte sie rasch die Grenzen ein wenig weiter. »Da nehm ich — jeden Eid könnt ich darauf nehmen!«
Dem Lauscher hinter der Fensterscheibe blieb der Mund offenstehen.
»Und euer Flock hat geblafft, auf eine besondere Art, das macht er immer so, wenn der Bengel schmeißt. Das ist auch ein Beweis.«
»Ja«, höhnte die Mutter, »und unsre Kuh hat gebrummt, auf eine besondere Art, das ist auch ein Beweis. Wahrscheinlich hat sie mit'm Hintern gebrummt. Und wenn deine dämliche Katze noch mal auf unsern Hof kommt, dann soll unser Flock ruhig Hackepeter aus ihr machen.«
»Soso, sieh mal an! Das ist ja schon ein halbes Geständnis. Dann hat er also nach der Katze geschmissen?«
»Wer hat das gesagt? Das möcht ich mal deutlich hören. Dir ist wohl die Märzluft in den Kopp gestiegen, Kienbaum?«
Der hatte schon wieder etwas Neues entdeckt. »Und was ist nu dieses hier?«
Martin konnte aus dem geschlossenen Küchenfenster nicht genau sehen, was der Kerl jetzt hatte. Da die Mutter schwieg, mußte es schon etwas Unangenehmes sein. Er nahm den Korb für das Kaninchenfutter und trat mit gleichgültiger Miene, als ginge ihn die Unterhaltung weiter nichts an, in die Tür zum Hof.
Die Mutter schien wirklich verwirrt. Kienbaum stand

vor ihr, hielt in der einen Hand die halb geschälte Kartoffel und in der anderen eine schöne lange Ringelschale und bemühte sich, die Kartoffel damit zu bekleiden. »Die paßt. Wie angegossen paßt sie. Und da unter der Bank, da hat sie gelegen. Du kannst dir die Gerichtskosten sparen, bei so einem Beweis!«
Gottverdammichnochmal, bei so einem Beweis, fluchte Martin nach innen. Aber jetzt, da es brenzlig werden wollte, ging die Mutter erst recht aufs Ganze. »Und wenn das hundertmal meine Kartoffel ist und tausendmal meine Schale, da kannst du einen Dreck mit beweisen, daß mein Junge eure kaputte Scheibe zerteppert hat. Und den Krug obendrein. Mit einer halben Kartoffel!« Sie lachte wieder laut: »Wenn eure Scheibe man nicht seit Jahr und Tag kaputt gewesen ist. Da werd ich man erst einen Beweis für verlangen. Ja, das werd ich. Bei euch pfeift's doch schon durch alle Löcher!«
Der Nachbar hob warnend die Hand mit der Kartoffel. »Da hüt dich mit so was. Sonst kannst du fein wegen widernatürlicher Anschuldigung ins Kittchen kommen. Und im übrigen wird das der Schandarm verfolgen.«
Damit ging er.
»Faß ihn, Flock«, hetzte Martin leise. Der Hund ging auch los, wagte sich aber nicht an der Mutter vorbei, die sah ihm zu zornig aus. Einen Augenblick noch stand sie starr und schaute auf die Hoftür, durch die Kienbaum mit seinen Beweisen verschwunden war. Dann fuhr sie herum: »Und du stehst da und tust, als könntste nicht bis drei zählen! Kannste nicht sagen, daß du's nicht gewesen bist? He, du Dämlack, du?«
Verblüfft von dieser raschen Wandlung, sah Martin die Mutter an. Die Großen konnten sich schon allerhand

erlauben, das walte Gott. Er hatte geglaubt, genug Beistand mit seinem Bericht über Friedrich Kienbaums Dresche geleistet zu haben, nun kam sie wieder mit seiner angeblichen Dummheit, weil er nicht gelogen hatte.
»Ich bin es aber doch gewesen«, antwortete er schlicht, und da sie auf ihn zukam, setzte er scheinheilig hinzu: »Ich soll doch nicht lügen!«
Wie sie sich nun da herauswand, darauf war er neugierig.
»Das ist ganz was andres hier! Ganz was andres ist das bei so einem. Das Geld möchte ich haben, was sich der alles zusammengelogen hat. Der hätte sich nicht scheniert, das Blaue vom Himmel herunterzustreiten, der nicht. Solche Leute kommen vorwärts im Leben. Unsereiner rackert sich von früh bis spät im Haus und auf'm Feld.«
Feld hätte sie jetzt nicht sagen müssen, dachte Martin und überhörte so ein paar Sätze der Mutter. Es blieb noch genug übrig. Er machte es da wie sein Vater, der einmal, als Mutter ihn tüchtig heruntergeputzt und dann noch gefragt hatte, ob er auch zuhöre, freundlich antworten konnte: Nee, Mutter, das nicht, aber red man weiter, ich seh dir so gerne zu dabei!
»Da denkt man immer, wenn die Kinder größer sind, daß man Hilfe dran hätte. Das kostet Vatern mindestens drei Mark. Na, da kannste was besehn heute mittag!«
Die Hoftür klinkte, nun war sie wohl wirklich gegangen. Doch sie kam noch einmal zurück.
»Du, Mutter«, sagte er und linste, »wenn du noch aufs Feld willst, es ist bald Mittag.«
»Wer hält mich denn auf? So ist's recht, nun sag du noch, deine Mutter ist faul. Aber dir werd ich die Faul-

heit austreiben. Und Vater läßt dir noch sagen, daß du dich nicht unterstehst und gehst heute barfuß! Wir sind keine Heiden nicht, sagt Vater.«

»Das quatscht ja bloß der Pastor. Was der sagt, da pfeift Vater sonst auch drauf. Darum geht er doch nicht in die Kirche!« Er konnte nicht anders, er mußte ihr die Widersprüche unter die Nase reiben, auch wenn sie ihn noch länger abhielt.

Sie schüttelte bloß den Kopf. »Zu Hause, zu deiner Mutter, da biste mit dem Maul vorweg. Wenn's aber drauf ankommt, dann kann dir der dümmste Bauer die Butter vom Brot nehmen.« Da sie sich danach umdrehte, dürfte nun wohl alles herunter sein.

Martin trat in die Küche und faßte gerade die Salzkuchen ins Auge, um ihre unterschiedliche Größe abzuschätzen, als die Mutter schon wieder in der Küche war. »Wo man so in Eile ist«, redete sie wie zu sich selbst, »anstatt daß man arbeiten gehen kann, muß man sich durch so 'nen Bengel abhalten lassen. Daß du das Haus abschließt, wenn du weggehst, verstanden? Der Kienbaum ist imstande und schnökert hier noch nach, wenn keiner da ist. Und den Schlüssel legst du auf'n Balken im Stall, verstanden? Das wirst du wenigstens noch können!« Sie schoß ihm noch einen Blick zu. »Junge, Junge, was soll bloß mal aus dir werden!«

»Heute bin ich Erster geworden«, sagte Martin und blickte beleidigt in die Herdecke.

Die Nachricht war zwar erwartet worden, aber dafür, daß einer mit zehneinhalb Erster wird, Erster von der ganzen Schule, konnte man dennoch auf eine kleine Anerkennung hoffen. Aber die Mutter hatte heute wohl kein Verständnis für ihren Sohn. »Erster — so. Damit können wir Kienbaum den Schaden nicht be-

zahlen. Am Ende ist's auch bloß, weil die andern noch dämlicher sind!« Nun ging sie wirklich.
Weil die andern noch dämlicher sind — das war nun der Erfolg von Fleiß und Können. Das war sein Ferienanfang. Martin stand vor dem Küchentisch und dachte nach. Er war Erster geworden, drei Jahre vor der Einsegnung. Dafür gab es also Beleidigungen, Arbeit über Arbeit, Drohungen vom Pastor und Kantor, und die anderen, die Faulen, die konnten im Mühlbach waten und ihn einen feigen Hund schimpfen. Wo doch Ulrike kommen wollte, um zuzusehen, wie er König wurde. Wenn das der Lohn für die Tugend war, dann hatte Müller Düker recht, daß er sie vorn und hinten bestahl und mit seinem Droak fremder Leute Korn zusammenholen ließ. Die alte Brezel-Schulzen log, trotzdem schnakte die Mutter mit ihr, und er, ein Unschuldiger, bekam dafür einen versauten Königstag. Richtet euch nach meinen Worten, aber nicht nach meinen Taten, sagte Vater immer von Pastor Breithaupt. Martin, da gab es mehr Breithäupter in Kummerow und in der Welt!
Du mußt nicht so viel grübeln, hatte Kantor Kannegießer heute gesagt, nicht alles so wörtlich nehmen, mach mehr die Augen auf!
Martin stützte den Kopf in beide Hände und machte die Augen weit auf. Da lagen vor ihm die Salzkuchen, drei Stück, und er erkannte sofort, daß einer größer war als die anderen. Den würde er also für sich nehmen. Der Kuchen hatte ein Gesicht wie die alte Brezel-Schulzen und lachte ihn aus. »Altes Aas!« rief Martin und haute wütend mit der flachen Hand auf den geschmierten Kuchen, als hätte er schuld an dem Unterschied zwischen Worten und Taten und überhaupt an der Ungerechtigkeit in der Welt. Der Salzkuchen

bekam einen solchen Schreck, daß er rundherum gleich Butter schwitzte, als ein dicker gelber Volant stand sie um ihn herum. Bedächtig hob Martin den Kuchen hoch und lutschte die Rille entlang, wobei ihn die beiden anderen Salzkuchen ganz schadenfroh ansahen.
Der Geärgerte hatte Lust, sie einfach mit der Hand vom Tisch zu wischen. Für die Weiber waren sie auch nachher noch gut genug.
Aber dann hatte er einen Einfall und lachte so laut auf, daß die Salzkuchen das Gesichterschneiden ließen. Aus dem Tischkasten langte sich Martin ein Messer, klappte alle drei Salzkuchen auseinander, zog von den beiden, die er den Schwestern zugewiesen hatte, die Butter ab, daß nur eben die Löcher verschmiert waren, und strich das Fett zusätzlich auf seinen Salzkuchen. Den klappte er zu, fand eine alte Zeitung, wickelte ihn ein und versenkte ihn in seine Hosentasche. So. Wenn die Weiber nicht arbeiten, brauchen sie auch kein Fett. Anna bekam hoffentlich gerade ihr Fett von Pastor Breithaupt, das war dafür, daß er ihr das Einsegnungskleid aus Falkenberg holen mußte. Und Lisa, die dumme Göre, die war mit Pastors Ulrike mitgegangen zum Pfarrhof, die brauchte überhaupt keinen Salzkuchen, die war erst acht und fett wie eine Juliwachtel.
So war die Mutter nun mal, nur ja für alle gleich, ob einer mager war oder dick, faul oder fleißig. Das nannten sie dann noch Gerechtigkeit. Martin ließ Lisas schon entfetteten Salzkuchen uneingewickelt in die andere Hosentasche verschwinden. Das Mittagessen wollte er sich heute lieber schenken. Er durchstöberte rasch noch das Eckschapp. Eine Tüte mit Würfelzukker, viel war das nicht. In die Tasche ging die Tüte

nicht mehr hinein, aber die Stücke ließen sich fein auf alle Taschen verteilen.

Er nahm den Korb, schließlich konnte man das Güssel- und Kaninchenfutter am Abend schneiden, schnalzte Flock, der mit lautem Kläffen antwortete, schloß die Haustür ab und ging zum Stall, um den Schlüssel auf den Balken zu legen.

Auf dem Nachbarhof rumorte Kienbaum. Martin blieb stehen und lauschte. Dem verdammten Kerl war zuzutrauen, daß das Fenster gar nicht entzwei war und daß er einen anderen Scherben angebracht hatte. Vorsichtig enterte Martin den Bretterzaun, um in Kienbaums Hof zu lugen. Nein, da war keine Hoffnung, die Scheibe war raus, zwei sogar. Hier half nur eins: so spät wie möglich nach Hause kommen und gleich ins Bett.

Was aber lag auf der kleinen Bank hinter Kienbaums hinterer Haustür? Die halb geschälte Kartoffel mitsamt der geringelten Schale lag da, Kienbaums bester Beweis.

Daß sie her mußte, stand augenblicklich fest. Wenn er sich auf der anderen Seite an der Bretterwand herunterließ und über Kienbaums Hof schlich, mußte es glücken. Verdammt weit war der Weg allerdings. Erwischte man ihn, gab es Ohrfeigen, und außerdem war erst recht alles gegen ihn bewiesen.

Martin beschwor die Kartoffel, ihm entgegenzufliegen oder sich wenigstens in eine Rübe zu verwandeln. Es geschah nichts. Er rief die guten Geister an, hier, in der hellen Sonne, riskierte er es. Sie versagten. Vielleicht arbeiteten sie nur im Dunkeln. Ein Gebet zum lieben Gott fruchtete auch nichts. Ein Weilchen wartete Martin noch auf das Wunder. Es

geschah weiter nichts, als daß Flock hinter ihm anfing, vor Ungeduld zu jaulen.
Martin rutschte in den Hof zurück und ging in schlechter Laune zum Stall.
Warum bekam nun so einer, der den Nachbarn die Tauben stahl, auch noch recht gegenüber anständigen Leuten wie Grambauers. Das verstand er nicht. Ob er die Augen zumachte und grübelte, ob er sie offenhielt, wie Kantor Kannegießer es wünschte, es änderte sich dadurch nichts in der Welt um einen herum. Aber her mußte sie. Martin entsann sich einer anderen Erzählung des Kantors, da war die Rede von der Gerechtigkeit, die wie ein strahlender Ritter durchs Leben reitet und Jagd macht auf das Böse. Er spähte umher im halbdunklen Stall, als müßte der Ritter ihm entgegensprengen mit der Kartoffel auf der Lanze. Fleutjepiepen — da lur' man auf den Ritter der Gerechtigkeit!
Nicht immer sehen wir ihn, hatte Kantor Kannegießer noch gesagt, aber er gibt dem, der guten Willens ist, einen deutlichen Wink.
War hier einer guten Willens, so war es Martin Grambauer.
Es winkte keiner.
Ja, hatte Kantor Kannegießer noch gesagt, wenn er winkt, so heißt das nicht, er winkt mit der Hand. Es heißt vielmehr, er gibt uns den Gedanken ein, wie wir selbst es machen können.
Der hatte gut reden.
Im selben Augenblick fühlte Martin einen heißen Schreck, als hätte einer nicht nur gewinkt, sondern ihn auch angefaßt. Seine Augen hatten die Bohnenstangen entdeckt, die der Vater heute wohl vom Strohboden geholt hatte. Mit ein paar langen Sätzen

war Martin heran, zottelte den Salzkuchen aus der Hosentasche, da mußte Bindfaden drin sein, er reichte auch, um zwei Bohnenstangen aneinanderzubinden und an die Spitze der einen Stange sein aufgeklapptes Taschenmesser. Flock sah sich das an, heute war wohl etwas ganz Großartiges zu erwarten. Um so weniger begriff er, daß sein Herr ihn in den Stall sperrte und allein mit dem Gerät losstürmte.

Martin schlich geduckt durch den Grasgarten hinter der Scheune, überstieg den kleinen Zaun zum Nachbargarten und tauchte hinter einer Bretterwand auf, die auf Kienbaums Hof genauso Stall und Haus verband, wie eine andere Bretterwand das auf Grambauers Hof tat. Nur daß Kienbaums Wand mürbe war, krachte und schwankte, als der Junge sie erkletterte. Vater Kienbaum bratschte drinnen in der Küche. Anscheinend hielt er seinen Weibern große Vorträge über Martin Grambauers Schlechtigkeit und die Beweise, die er gegen ihn hatte. Martin griente: Lange würde er sie nicht mehr haben, der Ritter der Gerechtigkeit war schon am Werke und zückte die Lanze gegen die Kartoffel.

Ursprünglich hatte er vorgehabt, auch die Ringelschale zu erwischen, nun wäre er sehr froh, hätte er nur erst die Kartoffel. In der Zeit zwischen seinem Vorhaben und der Ausführung hatte sich nämlich die Lage verändert, richtiger, die Lage von Kienbaums Katze, die, als hätte Kienbaum sie zur Bewachung seines Beweises extra hingelegt, plötzlich da war, ein unvorhergesehenes Hindernis.

Eigentlich war es ja Tierquälerei, aber warum lag sie gerade so direkt vor der Kartoffel und drehte ihm das Hinterteil zu! Da, du kannst mich! Schuld an der ganzen Geschichte hatte das Biest auch, was hatte sie auf

Grambauers Dachfirst zu sitzen, da gab es keine Mäuse. Und die Kartoffel mußte er haben. Es brauchte ja auch bloß ein ganz kleiner Pieks in die Keule zu sein. Sie machte einen Satz, als wären alle Mäuse hinter ihr her, die sie mal gequält hatte. Zum Unglück schmiß sie dabei die Kartoffel von der Bank.
Der Angelstock reichte gerade noch aus, sie zu erlangen; sie aufzuspießen war eine verteufelt schwere Sache.
Martin sah umher, als müßte der Ritter der Gerechtigkeit in sichtbarer Gestalt über Kienbaums Hof kommen und ihm wenigstens die Kartoffel auf das Messer spießen. Das war gewiß nicht zuviel verlangt. Handelte es sich nicht gerade um Kienbaums Beweis, so hätte er eben so lange geangelt, bis sie dran war. Denn im Grunde war es ein famoses neues Spiel, gut als Wettkampf mit den anderen. Die Sonne flimmerte, es war so schön still, bloß die Spatzen tschilpten wie wild, und Kienbaum brummte dazu wie eine Orgel. Kein Mensch war zu sehen.
Der Reiter, dem die Arme müde geworden waren, hielt mit dem Angeln inne, richtete sich gerade und sah in den weiten Himmel. Fern, wahrscheinlich vom Gutshof her, wieherte ein Pferd. Das mußte Harras sein, der Hauptbeschäler, es war ja jetzt die Zeit mit den Stuten. Der Reiter drückte der Wand die Sporen in die dünnen Flanken, es war gar keine Bretterwand, auf der er ritt, ein Schlachtroß war es, und der Angelstock eine Lanze, und die Katze ein Gegner, den er im Turnier vom Pferde stechen sollte, indessen Ulrike dem Sieger zulächelte. So hatten sie es zusammen gelesen. Es war auch wieder kein Turnier, er war der Ritter Sankt Georg, und die Katze der Drachen, und die Kartoffel die gefangene Prinzessin. Kantor Kannegie-

ßer hatte gewiß nicht gedacht, daß seine Erzählung doch noch so nachwirken könnte. Vielleicht, weil der Ritter nicht auf der Hut war, sondern voll Verträumtheit dahinritt, lief ihm das Pferd unterm Leibe fort, aber er fiel nicht auf die Erde, er stand in einem Einbaum, ein verfolgter Häuptling, ohne Heimat und Essen, in der brüllenden See, und stach mit einem Speer nicht nach einer Kartoffel, sondern nach Fischen, damit die Geliebte in der Felsenhöhle was zu essen hatte. Das war auch eine herrliche Geschichte gewesen. Beinahe hätte die Geliebte allerdings verhungern müssen, so oft sprang der Fisch wieder ab. Der Häuptling zielte genauer, da zappelte der Fisch endlich am Speer. Triumphierend zog er die Beute zu sich heran und konnte gerade den Siegerschrei unterdrücken. Denn das, was er gestochen, war eine Kartoffel. Es wurde aber für den Ritter Georg die höchste Zeit, aufzuwachen und vor dem Feind zu flüchten, der sich in der Höhle regte.

Ungesehen kam der Held durch den feindlichen Garten, durch den eigenen, um die Scheune herum und in den Stall. Freudengeheul seiner wartenden Getreuen empfing ihn, freudig schwenkte er die Beute, und obwohl Flock auch bei angestrengtem Beriechen nicht begriff, daß einer wegen einer Kartoffel, die nicht einmal gekocht war, solch einen Aufwand machen konnte, stimmte er aufs neue die Drommeten, als jetzt der siegreiche Heimkehrer das vorhin unterdrückte Triumphgeschrei nachholte.

Das Taschenmesser war abmontiert, die Kartoffel flog den Stangen nach in die Ecke, zwei Zufriedene galoppierten vom Hof und die Dorfstraße entlang direkt zum Mühlbach.

»Martin! Martin!« Eine Hand winkte aus einem Fenster des Schulhauses.
Nicht hinsehen — winkte eine andere, inwendige Hand.
»Martin Grambauer!«
Kantor Kannegießer rief aus dem Fenster seiner Arbeitsstube. Wenn er Grambauer sagte, war es besser, hinzuhören.
Es war immerhin der große Freund. Martin stoppte den Galopp. Was mochte er jetzt bloß wieder wollen? Dabei hatte er gar nichts mehr zu rufen, da die Ferien schon längst angefangen hatten. Da hängte er nun den langen weißen Vollbart über das Blumenbrett und winkte sogar mit der Pfeife.
Brummig kam der Junge heran. Wenn der Kantor jetzt wieder mit dem heiligen Martin anfing oder mit sonst einem toten Ritter, würde er ihm sagen, daß es auch lebende Ritter gäbe, bloß daß man um sie kein frommes Gewese mache.
»Es freut mich, Martin, daß du meine Ermahnung befolgst und den Unsinn im Mühlbach nicht mitmachst.« Er deutete mit der Pfeife auf Martins Korb.
»Sind die anderen schon lange vorbei?« Martin sah seinen Erzieher aus erschrockenen Augen an und ließ sie dann die Dorfstraße entlanggehen, in der Richtung, wo der Mühlbach war.
»Fast alle sind sie wieder dabei. Aber laß nur, ich werde es selbst dem Herrn Pastor melden, wenn er fragen sollte.«
Martin glaubte ein leichtes Schmunzeln in dem bärtigen Gesicht zu entdecken und nutzte es aus: »Ist das Heiden-Döpen wirklich was Gottloses?«
Heiden-Döpen — so hieß die Mühlbach-Geschichte, gegen die Pastor Breithaupt seit Jahren wetterte. Kum-

merow sei dadurch in Verruf gekommen, behauptete er, und es sei wirklich der Rest heidnischen Brauches, unwürdig eines Christenmenschen.
»Es ist auf jeden Fall ein Unfug«, antwortete der Kantor ausweichend, »viele haben sich dabei schon böse erkältet.«
»Ich muß nach Falkenberg, Herr Kantor.«
»Weiß ich, mein Junge, weiß ich doch. Hat mir deine Mutter gesagt. Deshalb rufe ich dich ja. Komm mal rein, ich will dir Geld geben, sollst mir zwei Päckchen Tabak mitbringen. Von Bölcke Witwe, weißt du? Zwei Päckchen.«
»Können Sie mir das Geld nicht rauslangen?« Martin war mißtrauisch, am Ende lagen da wieder ein Dutzend Heilige auf der Lauer.
»Komm nur rein, ich hab was für dich.«
»Heilige?«
»Nein, Wilde!«
»Ehrenwort?«
»Aber ja doch.«
Auf jeden Fall nahm er Flock mit hinein. Auf dem Flur lauschte er rasch noch ein bißchen an der Schultür.
»... und das alles aus lauter väterlicher Güte und Barmherzigkeit ... Güte und Barmherzigkeit ...«
»Na willst du vielleicht auf der Güte und Barmherzigkeit einschlafen? Da werd ich dich mal aufwecken!« Pastor Breithaupts Stimme hatte aber nichts von Güte und Barmherzigkeit.
»... ohne all mein Verdienst und Würdigkeit ... das alles ... ohne mein Verdienst und Würdigkeit ...«
Das war ja Anna, die da steckenblieb. Flock bestätigte es schweifwedelnd, er saß vor seinem Herrn und hielt das eine Ohr ebenfalls an die Schultür, während das andere hoch aufgerichtet stand und zuckte; auch er

hatte Annas Stimme erkannt. Mit innigem Behagen hörte Martin, wie Pastor Breithaupt näher kam; gleich mußte es klatschen, und sie würde losheulen.
Doch da machte Kantor Kannegießer hinter ihm die Tür zu seiner Stube auf. Heute verdarben sie einem auch die kleinste Freude.
Auf dem Tisch lagen jetzt aufgeschlagene Bücher und Atlanten, auch ein Globus stand da. Kantor Kannegießer hatte in seinem Lehrerberuf zwei Lieben, eine war die Geschichte, die andere die Geographie. Geographie trieb er eigentlich mehr zu seinem Vergnügen, für die Kummerower Jugend genügten nach dem Unterrichtsplan der Regierung die Namen der Erdteile, der Länder Europas und der Hauptstädte der deutschen Staaten. Er selbst kannte die Erde wie seinen Blumengarten, hatte er sie doch vierzig Jahre auf dem Globus und auf Karten die Kreuz und die Quere bereist, immer in Hoffnung, einmal wenigstens eine Landesgrenze überschreiten zu können. Er war nicht weiter als bis nach Berlin gekommen. Nicht mal so weit wie Nachtwächter Bärensprung. Der war sogar in Frankreich gewesen; damals, Anno siebzig.
Gleich nachdem Martin durch das Fenster gesprungen war, hatte der Kantor seine Reisebücher und Atlanten hervorgeholt und ausgebreitet. Ob die Wolke dran schuld war oder nur die Absicht, Martin noch einmal abzulenken und festzuhalten, damit er nicht an den Mühlbach ging, entschied der alte Mann nicht. Er nahm eines der aufgeschlagenen Bücher und legte es vor Martin hin. »Sieh mal, so sieht es in Neuseeland aus.«
Schöne Bilder waren in dem Buch, von schwarzen,

halbnackten Menschen und von Gegenden, in denen Felsentäler, ganz voll von Dampf, brodelten.
»Möchtest du da mal hin?«
»Sind Sie da gewesen?« fragte Martin zurück.
Kantor Kannegießer schüttelte seufzend den Kopf.
»Sind das Menschenfresser?«
Die Frage wurde dahin beantwortet, sie wären es heute wohl nicht mehr. Früher hätten sie Menschen verspeist und die Köpfe ihrer Feinde vor den Hütten aufgehängt.
Martin fand, es wären dann schon mehr Schweine.
Worauf ihm Kantor Kannegießer erklärte, man dürfe die armen unwissenden Wilden nicht verachten, man müsse sie aufklären. Menschen hätten sie gegessen im Glauben, die guten Eigenschaften ihrer Feinde würden dadurch auf sie übergehen.
»Feinde haben keine guten Eigenschaften«, entschied Martin. »Wenn sie gute Eigenschaften kriegen wollen, warum fressen sie dann nicht lieber ihren Pastor auf?«
So fröhlich hatte Kantor Kannegießer lange nicht gelacht. Er prustete direkt, und Flock nahm das als Erlaubnis, laut zu bellen und auf das Fensterbrett zu springen.
»Die Sache ist nur die«, fuhr der Kantor fort, »als die Neuseeländer noch Menschen verzehrten, da hatten sie doch noch keinen Pastor.«
»Wer hat sie denn dann bekehrt?« wollte Martin wissen.
»Wahrscheinlich doch Missionare.«
»Missionare müssen doch auch gute Eigenschaften haben. Vielleicht haben die Neuseeländer dann die Missionare gefressen.«
Kantor Kannegießer winkte ab. »Junge, Junge, das soll sogar schon vorgekommen sein. Es ist nur gut,

daß die Neuseeländer unsere direkten Antipoden sind!« Er wischte sich mit dem großen roten Taschentuch die Augen klar, und es machte nichts, daß das Tuch schon beinahe voll war von kleinen Schnupftabak-Inseln. »Ach so«, fing er dann wieder an, »das mit den Antipoden verstehst du ja nicht. Sag mal, kannst du mir auf dem Globus zeigen, wo Neuseeland liegt?«

Martin ließ die Erdkugel einige Male schnurren, stoppte sie mit dem Zeigefinger ab und ließ sie wieder laufen. Mehr Freude konnte der Herrgott auch nicht an der Geschichte haben. Dann sah er sie wohlwollend, so mochte es der Schöpfer gemacht haben, von oben herab an, ohne etwas Besonderes zu finden, duckte sich und musterte sie kritisch von unten, wie ein kleiner Teufel. Das dämliche Land gab es sicher gar nicht.

Kantor Kannegießer schlug ihm vor, Deutschland zu suchen und einen Tunnel quer durch die ganze Erde zu graben, dann träfe er seine Gegenfüßler. Er zeigte ihm auch, wie die Richtung sein müßte, und da lag wirklich Neuseeland.

»In der Zeit, bis der Tunnel fertig ist, na —« Martin unterbrach sich erschrocken, dann riskierte er es doch: »Der Tunnel so durch die ganze Erde, der müßte ja quer durch die Hölle gehen? Dann flitzten die Biester doch alle wie die Deikas nach oben, und wir haben sie hier bei uns.«

Kantor Kannegießer hatte sich wieder mal festgefahren. Martin war immer noch beim Grübeln. »Man könnte es auch so machen: Wenn man ran ist bis an die Hölle, dann einen Kanal in die Ostsee, und nu alles Wasser rin. Und wenn sie alle ersoffen sind, dann weitergebohrt bis durch, und dann drüben alles raus-

gespült.« So einfach dachte sich Martin Grambauer die Vernichtung des Bösen und die Reinigung der Erde.
Der Kantor schmunzelte: »Du meinst, wir geben der Erde so 'ne Art Klistier, was?«
Wenn der Kantor ein solch unanständiges Wort gebrauchte, konnte Martin auch eins gebrauchen und einen Gedanken aussprechen, der ihm beim Tunnelgraben und Ostsee-Einfüllen gekommen war. »Bloß, wo bleibt nachher der ganze Schiet?«
»Ich denke mir«, sagte der Kantor sachlich, »den fährt man auf den Acker und gräbt ihn unter. Junge, da wächst dir dann das schönste Himmelsbrot von.«
»Wenn die Menschen da unten aber nun...« Etwas war noch zu klären.
»Wer ist denn Herrscher von dem Neuseeland?«
»Der König von England.«
»Wieso?«
»Ja, Junge, das fragen noch andere als du. England ist in jedem Erdteil König.« Er zeigte es auf dem Globus.
»Warum?«
»Ja, warum? Das fragen sich die fremden Völker wohl auch.«
»Ist denn das von Anfang an so gewesen?«
Kantor Kannegießer war nicht recht wohl bei der Wendung, die die Fragerei nahm, obwohl es ihn auch wieder freute, das Interesse des Jungen geweckt und ihn so von der Mühlgraben-Geschichte abgelenkt zu haben. Er beschloß daher, das Neuseeland-Garn noch etwas weiterzuspinnen, und fragte, was Martin mit dem Anfang denn meine.
Martin Grambauer verstand seinen Lehrer nicht mehr und schüttelte mißbilligend den Kopf. Dann deklamierte er los: »Am Anfang schuf Gott Himmel und Er-

de, und die Erde war wüst und leer —«, er unterbrach sich aber gleich: »Nein, ich meine den Anfang etwas später, als schon Menschen auf der Erde waren. Da waren die doch sicher alle gleich. Hat er da nun die Länder verteilt, oder haben sie sich darum gehauen?«
Es war wohl bequemer, beim lieben Gott zu bleiben. Der Kantor räusperte sich: »Weißt du, ich glaube, er hat die Länder verteilt.«
»Vielleicht hat er sie ausknobeln lassen?«
»Wie kommst du darauf?«
»Na, wer wird sich denn so einfach von ihm den Nordpol oder die Wüste Sahara anschmieren lassen. Die meisten hätten doch sicher nach Kummerow wollen. Man bloß, warum haben denn nun grad die Engländer in jedem Erdteil Land gekriegt? Haben die ihn bemogelt?«
Kantor Kannegießer sah eine neue Möglichkeit, seinen skeptischen Schüler zu fesseln. Er tat überrascht und sagte: »Ich denke mir das so: Als der Herrgott am Anfang die Erde verteilte, da haben die anderen Völker wohl alle noch ein bißchen geschlafen. Nur die Engländer nicht.«
»Dann hätte er ja besser aufpassen können!« begehrte der kleine Gerechte auf.
Kantor Kannegießer wand sich. »Das war wohl anders. Der Herrgott rief die Völker auf, zeigte auf ein Land, und dann sagten die, die es haben wollten, ja. Die Engländer nahmen sich bloß die kleine Nordsee-Insel.« Er zeigte es ihm, es war wirklich nur ein ganz kleines Stückchen auf dem Globus. »Erstaunt über die Bescheidenheit, fragte der Herr, ob sie nicht mehr wollten. Sie machten ein frommes Gesicht und sagten nein. Sie haben einen gerechten Sinn, dachte der liebe Gott und legte sich ein bißchen hin. Da sprach ein

Engländer zum anderen: Das war aber dumm, daß wir so bescheiden waren, eine kleine Insel, und die Erde ist doch so groß! Der andere lachte: Wieso denn? Wir sind jetzt bei ihm gut angeschrieben, und wenn wir mehr von der Erde haben wollen, dann nehmen wir es uns nachher selbst! Siehst du, und so nahmen sie sich denn auch noch Neuseeland und viele andere Länder in aller Welt dazu.«

»Solche Schlaumeier!« Die Bewunderung der englischen Geschäftstüchtigkeit überwog auch bei Martin Grambauer das Rechtsgefühl. Doch dann kamen neue Bedenken: »Und die anderen, denen sie das Land weggenommen haben, die haben sich das alles so gefallen lassen?«

»Was sollten sie denn machen?«

»Die hätten sich doch wehren können!« trumpfte Martin auf.

Kantor Kannegießer gelüstete es, die Sache noch etwas weiterzutreiben. Er wollte heute wohl wirklich in seine eigene Knabenseele schauen. »Wehren sagst du? Arme, unwissende Menschen sollen sich wehren, wenn da Kriegsschiffe kommen mit Soldaten und Kanonen?«

Das war überzeugend, vor diesem Argument kapitulierte der Streiter für das Recht. Er hatte einen seltsamen Trost, er sagte: »Na, wenigstens haben sie die Missionare aufgefressen!«

Laß ihn ruhig Missionare verspeisen, dachte Kantor Kannegießer, jede Viertelstunde, die er beim Heiden-Festessen verbringt, hält ihn von der Teilnahme am Heiden-Döpen ab. Und Martin war wirklich ganz bei einem der dunkelsten Kapitel der christlichen Geschichte gelandet.

»Haben bloß die Engländer so den Schwarzen das Land weggenommen?« wollte er jetzt wissen.
»Nein, auch die Franzosen haben das gemacht. Auch die Holländer, Spanier und Portugiesen. Na, und zuletzt dann auch wir Deutschen ein bißchen in Afrika. Man nennt das Kolonien gründen und Zivilisation verbreiten.«
»Es sind ja man auch bloß schwarze Heiden«, entschuldigte Martin Grambauer, nun sein Nationalgefühl angesprochen worden war, die Kolonialpolitik der christlichen Staaten.
Kantor Kannegießer war unzufrieden mit solchem Ergebnis. »So«, sagte er, »sieh mal an. Also gegenüber Heiden dürfen Christen alles? Wenn nun aber der Graf käme, der doch ein großmächtiger Christ ist, und deinem Vater den Hof wegnähme, weil dein Vater doch immer sagt, daß er ein Heide ist, was würdest du dann sagen?«
Über einen solchen Vergleich konnte Martin Grambauer nur lachen. »Der Graf? Unseren Hof wegnehmen? Na, dem würde Vater aber einen vor'n Latz ballern, daß er gleich bis nach Neuseeland schlidderte.«
»Und du?« fragte der Lehrer.
»Ich? Wieso? Ich würde Vatern helfen.«
»Würdest du ihm helfen, nur weil er dein Vater ist und weil es um euern Hof geht, oder würdest du ihm helfen, um ein Unrecht abzuwehren?«
Darauf wußte Martin Grambauer nichts zu antworten, es ärgerte ihn jetzt sogar, daß sein Vater ein Heide sein sollte wie die Schwarzen aus Neuseeland.
»Na schön. Aber warum hast du dich neulich mit Eberhard aus dem Schloß geprügelt, als der über Johannes aus dem Armenhaus gespottet hatte?«
»Das wissen Sie?« Martin hatte einen roten Kopf be-

kommen und warf ihn ärgerlich empor: »Dürfen denn die Reichen alles tun? Mein Vater sagt . . .«
Da er schwieg, fragte Kantor Kannegießer rasch weiter: »Was sagt dein Vater?«
Es waren Ferien, da konnte er es sagen: »Mein Vater sagt, die Armen sollten sich nicht soviel gefallen lassen. Wenn sie den Reichen früher öfters eins auf die Pfoten gegeben hätten, dann wären weniger Schlösser und weniger Armenhäuser auf der Erde.«
Der alte Lehrer lächelte, denn just in diese Worte Martin Grambauers hinein donnerte aus der Schulstube jenseits des Korridors des Pastors zornige Stimme und forderte die Armen im Geiste zu demütiger Unterwerfung auf. Aber die gefürchtete Stimme brachte Martin Grambauer von Neuseeland wieder nach Kummerow zurück und stellte ihn mit einem Ruck vor die Aufgaben dieses Tages. Und mit dem Mißtrauen, das er gegenüber allen Erwachsenen hatte, sagte er sich nun, der Kantor habe ihn nur so lange festgehalten, um ihn nicht zum Heiden-Döpen zu lassen. So fragte er denn kurz: »Kann ich jetzt fix das Geld für den Tabak kriegen?«
Der Kantor gab ihm eine Mark, es half ja doch nichts. »Komm, Flockchen! Nu aber los!«
Er wird also auf geradem Weg zum Mühlbach laufen, dachte der Kantor, ich habe mein möglichstes getan. Das Schmunzeln auf seinem Gesicht wuchs, als er den Tisch abräumte. Dann ging auch er ins Bruch, aber nicht nach der Seite, wo der Mühlgraben lag. Bei solchem Wetter kamen vielleicht die Kraniche vorüber.

Die Heiden-Taufe

Als Martin Grambauer am Mühlbach ankam, war das Wettlaufen im Bach beendet, sie begannen gerade mit dem Wettstehen.
Bangbüx — Hosenschieter — Klammbüdel — schallte es ihm schon von weitem entgegen. Davon war Klammbüdel das Gemeinste, so hieß der alte Kuhhirt, der ebenso taprig wie schmuddelig war. Zwar liebten sie ihn alle, seit über zwanzig Jahren hütete er in Kummerow die Kühe und die Jungens, und er hieß richtig auch nur Krischan. Klammbüdel war eben sein Schimpfname.
Martin überhörte alles. Seine Augen suchten Ulrike Breithaupt. Was sie fanden, war ein beunruhigender Blick, halb Traurigkeit und halb Verachtung. Und nur darum antwortete Martin, als er Schuhe und Strümpfe herunterriß: »Alte Affen ihr! Wenn mich der Kantor in die Stube holt, weil ich ihm Tabak aus Falkenberg mitbringen soll!«
Die Augen des zehnjährigen Mädchens leuchteten sogleich heller, worauf der, dem diese Regungen galten, sofort mit allem versöhnt war. Nur seine Schwester Lisa bekam einen Knuff: »Wenn du Muttern was sagst, kriegste Keile.«
Er hatte die Jacke ausgezogen und mit Schwung fortgeworfen. Weiße Stückchen flogen aus den Taschen.

Die Mädchen und Flock erkannten sofort, daß es Würfelzucker war.

»Das ist unser«, schrie Lisa und wollte den andern den Zucker wegnehmen, »den hat er zu Hause geklaut!«

Sie schrie noch mehr, als ihr Bruder sie an den Haaren hatte und ihr drohte: »Wenn du das petzen tust, kriegste den Hintern braun und blau!«

Da standen sie nun mit hochaufgekrempelten Hosen, zwanzig Bengels von acht bis dreizehn Jahren, mitten im kalten Mühlbach, und kühlten sich ab. Die Kleinen dicht am Ufer, wo es flacher und wärmer war, der älteste Jahrgang mitten im Bach, wo das Wasser schnell floß und einen verdammt durchbibberte. Dorthin ging auch Martin, geleitet von Ulrikens nunmehr ganz zärtlichen Augen. Eigentlich war er nicht groß genug, dort zu stehen, oder seine Hosen waren nicht weit genug aufgekrempelt. Aber es ist nun mal so mit der Liebe, wo sie hinfällt, da wärmt sie, und wenn es im kalten Wasser ist, und ganz andere als Martin Grambauer haben dabei nicht gemerkt, daß sie zu weit gegangen waren. Ulrikens Augen forderten es, also ging er bis zu den Dreizehnjährigen und tunkte dabei sogar seinen Hosenboden ins kalte Wasser.

Mit ihm ging und stand sein Freund und Altersgenosse Johannes, Nachtwächter Bärensprungs Enkel, ein Sohn seiner Tochter Luise. Wie die seltsame Freundschaft zwischen dem schlanken, weißflachsigen Martin aus dem Bauernhaus und dem plumpen, rotschädeligen Johannes aus dem Armenhaus entstanden und dauerhaft geblieben war schon über fünf Jahre, das werden alle die begreifen, welche die Geschichte zu gegebener Zeit lesen, und sie werden verstehen, daß Johannes auch heute wieder Martins Ehre vertei-

digt und mit Tätlichkeiten gedroht hatte, als die andern nicht aufhören wollten, über den Abwesenden zu spotten.
Die Kleinen im Mühlbach machten zuerst schlapp, für sie war es auch mehr eine Übung. Sie kühlten sich gewissermaßen von Jahr zu Jahr mehr an die Königswürde heran. Das war eben auch wieder etwas Besonderes der Kummerower: anderswo mußte sich die Jugend von Jahr zu Jahr mehr für große Aufgaben erwärmen, hier mußte sie sich abkühlen.
Heute ging es besonders hart zu, es dauerte eine ganze Weile, bis die Größeren anfingen zu bibbern und ausstiegen, vom unbarmherzigen Spott der Mädchen empfangen; wobei das Allergemeinste der Hohn jener unterlegenen Jungens war, die es schon hinter sich hatten.
Nicht alle ergaben sich einfach, wenn es ihnen zu kalt im Geblüte wurde. Sie versuchten, durch Reden und Lärmen und Spotten und durch eine großartige Mogelei das Kneifen in den Beinen zu überwinden. Hermann Wendland hob ein Bein übers Wasser und behauptete mit verzerrtem Gesicht, ein Krebs habe ihn gebissen; solange er auf einem Bein stehen konnte, fuchtelte er mit dem andern Bein in der warmen Luft herum. Traugott Fibelkorn war angeblich in einen Scherben getreten, nach seinem Fluchen mußte es gottverdammt weh getan haben, er nahm auch seinen Fuß in beide Hände und suchte den eingedrungenen Splitter, indem er wie toll den kalten Fuß rieb. Martin gab als Grund für sein Wackeln an, er sinke ein, und holperte ein paar Schritte zurück. Es waren aber auch Hartnäckige, die stehenblieben, bis ihnen die Beine abstarben, so daß mitunter nicht nur ein Hinterteil, nein ein ganzer Bengel plötzlich ins Wasser tauchte.

Im Grunde passierte wenig bei diesen tollen Spielereien, die Jungens waren von Natur abgehärtet, hatten doch die meisten Väter das gleiche Spiel in der Jugend getrieben. Daher kam es auch, daß der Fischmeister vom Gute behauptete, die Kummerower seien die schlimmsten Fischräuber der Welt, sie kröchen noch im Winter bis an die Brust ins Wasser, bloß um einen einzigen Karpfen zu stehlen. Was mit ein Grund war, daß sie im ganzen Kreis die Heiden von Kummerow hießen.

Kantor Kannegießer war vor vielen Jahren, als er jung nach Kummerow gekommen und Pastor Breithaupt dort noch nicht ansässig war, der Sache nachgegangen und hatte sogar eine kleine Abhandlung darüber geschrieben. Nach seinen Forschungen ging die Überlieferung dahin: In diesem Mühlbach waren in grauer Zeit die letzten Heiden von Kummerow getauft worden. Und zwar hatte man sie gewaltsam getauft, im März, am Tage Mariä Verkündigung. Sie aber waren in dem kalten Wasser stehengeblieben und hatten behauptet, noch immer nicht rein genug zu sein, um die heilige Weihe zu empfangen. Bis ein Priester nach dem andern umsackte, denn die mußten damals mit ins Wasser; und bis ein christlicher Pate nach dem andern hinauslief, die mußten auch mit ins Wasser. So blieben die Heiden ungetauft. Worauf der Christenfürst ergrimmte und einen Bischof schickte. Der fiel auch um. Da kam der Fürst persönlich und sagte zu dem Heidenhäuptling von Kummerow: »Ich stehe hier im Wasser neben dir, bis du ertrunken bist, und dauerte es bis zum Jüngsten Tag. Den will ich sehen, der mehr aushält als ich. Gewinnst du, darfst du Heide bleiben, aber du allein, und ich mache dich zum König von Kummerow.« Der Fürst schaffte es nicht.

Er hielt aber sein Wort. Der Heide hatte viele Kinder, die besaßen später, als sie schließlich doch Christen wurden, ganz Kummerow und das Bruch. Ihre Kinder aber zwangen sie, jedes Jahr im März zu Ehren ihres Königs im Mühlbach zu stehen, bis nur einer übrigblieb. Das hatte Kantor Kannegießer aufgeschrieben, doch Pastor Breithaupt untersagte die Veröffentlichung. Weil es nicht anginge, daß ein Heide mehrere christliche Priester, einen Bischof und einen König überdauert haben sollte.

Martin Grambauer war der drittletzte, der aufgab. Es ging nicht mehr, er konnte nicht mehr stehen, und Hermann Wendland paßte genau auf, daß Johannes den Freund nicht stützte. Es war schrecklich für Martin wegen Ulrike, die ihn doch zum König hatte krönen wollen, aber es ging nicht mehr, er mußte ans Land. Hermann, der Dreizehnjährige, stand weiter wie eine Weide im Wasser. Sie zitterte zwar etwas, die Weide, aber das wurde verbissen. Sollte er, des vierspännigen Schulzen Sohn und Ältester jetzt in der Schule, hier vor dem elfjährigen Bengel aus dem Armenhaus weichen? Hatte er schon nicht Erster in der Schule werden können, hier mußte es geschafft werden. Wobei er nicht ganz zu Unrecht annahm, sein Vater werde dann die andere Blamage etwas milder ansehen.

»He, Martin«, rief er auch noch zum Ufer hin, »wenn du 'n richtiger Erster in der Schule sein willst, mußte aber drinbleiben!«

Hier im Mühlbach erfüllte sich eben ein einziges Mal das Bibelwort, daß der Letzte der Erste wurde. Hermann wollte auch noch die Mädchen selbstbewußt ansehen, doch da schwankte der Boden unter ihm.

»Willste wohl stehenbleiben«, drohte Johannes und

warf seinerseits einen Siegerblick zu den Mädchen, die sich jetzt am Ufer zusammendrängten. Sie waren nicht nur mit Liebe, Sympathie, Abneigung und Verachtung bei der Sache, sie waren auch in materieller Hinsicht an dem Ausgang des Kampfes interessiert, hatte sich doch in den letzten Jahren die Sitte eingebürgert, kleine Wetten um Bilder, Nadeln und Murmelkugeln auf den Sieger abzuschließen. Als Favoriten hatten diesmal Hermann, Martin und Traugott gegolten. Nun hatte sich ein Außenseiter nach vorn geschoben. Dabei konnte Johannes höchstens für die Mädchen eine unbekannte Größe sein, sie gingen eben nur nach dem Äußeren; die Jungens hatten den Rivalen nicht übersehen.
Nur einem hätte Johannes den Sieg freiwillig gelassen, seinem Freunde Martin. Ihm zuliebe wäre er wahrscheinlich sogar ins Wasser gefallen, damit seine Niederlage nur ja echt aussah. Wendland gegenüber gab es kein Erbarmen.
Und so standen sie eben.
»Du, Johannes«, flüsterte Hermann, und seine Zähne klapperten schon, »ich schenk dir eine Rundschriftfeder!«
»Oach«, machte Johannes verächtlich.
»Was will er?« rief Traugott Fibelkorn mißtrauisch.
»Mogeln will er«, vermutete Martin.
Sie kamen noch dichter heran, einige wateten auch durch den Bach, um die Sache von der anderen Seite zu beobachten.
»Meinen Griffel-ka-sten«, bibberte Hermann nach einer Weile, so leise er konnte.
»Eine Mark!« flüsterte Johannes.
»Bist wohl — verrückt — Mensch!« Hermann Wend-

land guckte scheu auf den Rotfuchs; nein, der bibberte noch immer nicht. Es wurde also Ernst.
Die Kameraden und die Mädchen am Ufer ermunterten die Kämpfer durch Zurufe, sie galten jedoch alle Hermann. Alle. Dafür war er Schulzensohn und der andere noch weniger als armer Leute Kind. Auch Martin vergaß, den Freund anzuspornen, er war wieder sehr mit seiner eigenen Niederlage beschäftigt, seit er feststellen mußte, wie Ulrike ihn mied. Daß er gar keinen ermunternden Zuruf bekam, ärgerte Johannes sehr, aber der Ärger machte ihn ebenso warm wie ein Freundschaftsbeweis. Jetzt würde er es ihnen zeigen, allen, und sich dann das schönste Mädchen erwählen. Vielleicht, um Martin zu ärgern, der ihn auch nicht ermunterte, Priesters Ulrike.
Die beiden Kämpfer standen im Wasser und sahen sich grimmig an.
»Fuff-zig Pfenn-ge«, klapperte Hermann, er war am Ende.
»Eine Mark!« antwortete Johannes laut, bestrebt, den andern auch noch moralisch unterzutauchen.
Ehe jedoch die Zuschauer Erstaunen oder Entrüstung über den Schacher ausdrücken konnten, fiel Hermann Wendland um.
Nachdem er mühsam herausgekrochen war, zogen sie ihm die Sachen ab und wrangen sie aus. Worauf er sie wieder anzog.
Fast unbeachtet stand Johannes weiter im Mühlbach. Es war Sitte, daß die Mädchen so taten, als hülfen sie dem Sieger aus dem Wasser, warum kümmerte sich keine um ihn? Er brüllte los: »Soll ich da noch 'ne Stunde stehen? Dann holt wenigstens Mittagbrot!«

»Komm raus, Johannes!« rief Martin.
Johannes kroch heraus, seines Sieges nicht ganz froh.
»Bin ich nu Sieger?« fragte er mißtrauisch.
Es antworteten nur einige mit »Ja«.
Er zog seine Jacke über. »Bin ich nu König?«
»Das könnte dir so passen«, höhnte Hermann Wendland, der sich an seiner Wut erwärmt hatte, »dann hol dir man oll Hanisch als Königin!«
Die alte Hanisch war häßlich wie die Nacht und besprach das Vieh. Mit ein paar Sätzen war Johannes an den Feind heran. Aber Martin stand näher bei Hermann und gab ihm eine heftige Ohrfeige. Nicht allein wegen der Beleidigung des Freundes, auch wegen des Stoßens heute morgen in der Schule. Hermann war so bedebbert, daß er erst mit Hieben antwortete, als Johannes ihn vorhatte.
»Laß los, Martin!« lärmten die anderen Jungens. »Einer bloß gegen einen!«
»Aber er ist doch älter und größer!« protestierte Martin und hielt fest.
»Laß man los, Martin«, bellte Johannes. Er trat Wendland gegen das Schienbein, und dann lagen sie beide und wälzten sich. Da er gegen den Größeren doch nicht recht ankonnte und auch etwas steif vom langen Stehen war, verhinderte Johannes durch Anklammern nach Kräften das Aufstehen. Er empfing dabei einen anderen Plan, der sollte seine wahrscheinliche Niederlage verhindern.
Johannes kullerte mit seinem Gegner dem Bache zu, es plumpste, und die beiden Bengels lagen im Mühlbach. Das Wasser kühlte sie diesmal rascher ab, sie ließen beide zugleich los und kletterten ans Ufer.
Hermann zog sich zum zweiten Male aus, und sie halfen ihm wieder, seine Sachen auszuwringen.

Johannes Bärensprung mußte seine Lappen und Lumpen allein auswringen, nur Martin nahm sich der Jakke an. Johannes' Hemd war auch zu komisch, das hatte sicher schon der Großvater getragen, und vom Kreuz abwärts war ein Stück Sackleinwand angenäht.
»König, König, Lumpenkönig!« Die Mädchen lachten und liefen fort. Der wäre imstande und forderte eine auf, seine Königin zu werden. Nur Ulrike und drei Mädchen hielten aus.
Als Johannes sich wieder angezogen hatte, ging er auf Ulrike zu. Darüber erschrak sie so, daß sie ihren Kranz fallen ließ und auch weglief.
»Ulrike, pfui, pfui!« rief Martin zornig und beschämt. Sie sollte zwar nur seine Königin sein, aber Recht war Recht, und Johannes hatte gewonnen.
Als sie sich in Sicherheit fühlte, blieb Ulrike stehen und drehte sich um. »Wer ist denn hier pfui, Martin, du oder ich? Warum bist du so rasch rausgekrochen?« Sie fing an zu weinen.
»Laß die dämlichen Puppen laufen, Johannes«, tröstete Martin.
Sie liefen auch schon, singend und von den Jungens gefolgt; es sah sogar aus, als wäre Hermann Wendland in seinem nassen Zeug doch noch König geworden.
»Bloß, daß es gegen das Recht ist«, sagte Martin düster. »Wie in dem Buch vom Grafen von Monte Christo.«
Der vornehme Vergleich vermochte nicht, die Bitterkeit von Johannes' Gesicht zu nehmen. Er hatte Ulrikens Kranz aufgehoben und drehte ihn unschlüssig hin und her. Nein, auf die Königswürde verzichtete er nicht, nachdem er ihretwegen auf fünfzig Pfennige verzichtet hatte. Jetzt, in dieser Minute, hätte er die

Würde allerdings für zwanzig Pfennige verkauft. Doch dafür war es zu spät. Noch einmal würde es ihm nicht passieren, daß er für einen Blumenkranz und die Ehre so viel Geld schießen ließ. Er setzte sich den Kranz auf, und da er etwas zu groß geraten war, rutschte er über den roten Schopf und bekam erst Halt auf den Ohren. Die Hand des Schicksals, die Johannes erschaffen, und die Hände der Menschen, die ihn erzogen, hatten die Ohren genügend auf die Aufgabe vorbereitet.

Mit einem Gesicht, auf dem Wut und Traurigkeit sich jagten, stand der König auf der Wiese, ohne Königin und ohne Gefolge, sah zum Tanger, dem kleinen Wäldchen, hinüber, wo die andern nach alter Überlieferung nun dem König zu huldigen hatten, und stopfte gedankenlos das nasse Hemd in die nasse Hose. Martin mußte hell auflachen, obwohl er fühlte, daß es dem Freunde weh tun mußte. Doch der hörte und sah nichts, vielleicht mordete er jetzt die ganze Kummerower Jugend, an der Spitze die treulose Königin und den verräterischen Rivalen, der ihn vom Thron gestürzt hatte, bevor er noch darauf gesessen.

»Komm mit, Johannes!« Martin half die Bindfäden an den Hosenträgern um die Trümmer einiger Knöpfe zu wickeln. »Ich hol Karnickelfutter. Dann geh ich nach Falkenberg.«

Der Freund starrte düster vor sich hin, antwortete aber nicht.

»Willst du 'nen Salzkuchen? Mit Butter einen?« Martin besann sich einen Augenblick, wo er Lisas weniger bestrichenen Salzkuchen hatte, und kramte ihn aus der Hosentasche. Daß er etwas angeweicht war, schadete nichts.

»Kann ja nicht mitkommen«, knautschte der König

zwischen Kauen hervor, »muß ja heut mittag Entspektern seine Langschäfter putzen.«
Auch der Salzkuchen hatte den Kummer nicht behoben. Mit einemmal brach er wieder auf, rot, ohne Hoffnung, aus geballten Fäusten: »Wenn ich Wendland treffe, den schlag ich zu Mus. Und Ulrike vom Priester, die kriegt auch 'ne Wucht.«
Martin wechselte die Farbe. »Hermann Wendland kannste. Aber Ulrike ist meine Braut. Die wird nicht gehauen, das sag ich.«
»Die wird doch gehauen, nu grade!« Der Schmerz des Verschmähten brannte zu sehr. Bevor Martin noch einen Einwand machen konnte, hatte Johannes seine letzte Forderung heraus: »Du mußt sie verstoßen!«
Auf so etwas konnte Martin nur mit dem Finger an die Stirn tippen. Zornig kam Johannes heran, ihm war alles gleich; drohend richtete Martin sich gerade. Jetzt mußte eine Holzerei beginnen, die erste seit fünf Jahren. Doch Johannes warf eine härtere Forderung in den Kampf als seine Fäuste: »Die oder ich. Wenn du sie nicht verstößt, ist es aus mit uns!«
»Und wer hat dir immer abgegeben?«
»Und wer hat dir immer beigestanden?«
Nein, so kamen sie weder überein noch auseinander.
»Und das tu ich nicht!« Martin stampfte wütend auf den Boden. »Komm, Flock!« Er hatte jetzt auch eine Mordswut. Auf den Freund, auf die dumme Ulrike, auf alle Jungens und Mädchen von Kummerow, auf die Schwestern, auf Kienbaum, auf Kantor und Pastor und alle Ritter und Gerechten.
Johannes hatte keine Wut mehr. Nun der Freund gegangen, beschlich seine Seele eine große Traurigkeit, nun war er ganz allein.
Die Mädchen und die Jungen, die ließen ihn, den aus

dem Armenhaus, bloß mitspielen, weil Martin Grambauer sonst auch nicht mitspielte, das war oft genug ausprobiert worden. Und wegen dem Martin spielten sogar die jungen Grafen vom Gut manchmal mit. Nun hatte er alles verloren, auch die schönen Geschichten, die Martin vorlas, und die Hilfe bei den Schularbeiten. Alles wegen der Priestergöre. Na warte. Ein finsteres Sinnen kroch noch über diesen Zorn: Warum hatte er nicht auch einen Vater mit einem Hof? Der Großvater hatte auf die Frage mal geantwortet: Damit der Pastor predigen kann, von wegen Reiche, und Arme müssen untereinander sein, denn Gott hat sie alle gemacht!
Schön. Warum aber gerade er, Johannes Bärensprung, der einzige Arme in Kummerow sein mußte, das sollte Gott ihm erst mal erklären.
An seinem Trotz kletterte seine Seele aus ihrer Traurigkeit und spähte umher, ob da nicht einem dieser Reichen ein Schaden zugefügt werden könnte. Aber sie fand nichts als ein Starenpaar, das sich in blöder Spielerei und mit Geschrei umherjagte, bis der eine die Sache über hatte und in einem Loch hoch oben in der Pappel verschwand. Dafür saß der andere dicht vor dem Loch und sang derartig verrücktes Zeug und sah bald ins Loch und bald auf die Erde, daß es klar war, er machte sich über Johannes lustig.
Johannes sammelte rasch alle Taschen voll Steine und bombardierte wütend die Wohnung des Starmatzen. Doch Gott war heute wohl wirklich gegen die Armen, kein Geschoß traf den Stamm in der Nähe der Starenhöhle, und der verliebte Sänger blieb unbekümmert sitzen.
Dafür riefen nun auch noch einige graubraune Vögel

lauter Schnickschnack in den blauen Tag. Sie flitzten durch den Dornbusch auf Lehmanns Acker immer hin und her, und ihr Rettetetterettette galt sicher nur dem ärgerlichen Johannes.
Der hatte nur zwei Worte, »Grasmücken« und »Töw«, und einen scharfen Blick. Das Nest würde er schon finden.
Von der gräflichen Koppel her höhnte nun gar ein Kiebitz — ganz deutlich: »Kohschiet!«
Johannes horchte auf und ließ seine Steine fallen. Kiebitzeier zu suchen war zwar verboten, und Kantor Kannegießer hatte was von Vogelschutz und Gefängnis erzählt, der Inspektor hatte gedroht, er würde jedem die Knochen kaputtschlagen, denn die Kiebitzeier gehörten in die Schloßküche.
Das war es ja, was er gesucht hatte. Johannes flitzte los. Nun gerade. Und er wird alle Nester für sich behalten und jeden Tag zwei Eier auslutschen, und in die Nester wird er Pferdeäpfel reinlegen. Für die Schloßherrschaft.
Martin und Flock schliefen indessen am Mühlbach entlang, dem Schwarzen See zu.
Frühlingsvoll war jedoch nur der Hund. Er schnupperte und buddelte, jagte Mäuse und Krähen und verstand nicht, daß sein Herr ihm heute gar keine lustige Aufgabe stellte. Selbst an dem Wiedehopfnest in der alten Weide ging er vorbei, obwohl der Bursche mit seiner Frau schon im Bau saß und roch, daß es auch ein Mensch merken mußte. Sollte er, ein Hund, etwa auf den Baum klettern und den Stinker rausjagen?
Also machte Flock sich einfach selbständig. Er haute ab, quer über einen Roggenschlag auf ein kleines Gehöft zu, das am Weg nach Bertikow lag. In dem

Gehöft lebte ein Kater, der hatte ihm vor einem Monat eins über die Nase gegeben. Man müßte mal nachsehen, ob die von diesem Treffen zurückgebliebene Hasenscharte auszuwetzen war.

Gesichter

Es muß wohl so sein, daß es Menschen gibt, die, wenn sie ihre Augen besonders weit aufmachen, noch weniger sehen. Wie kann es sonst zugehen, daß einer Erster wird, Kirchenjunge auch noch, Palmarum schon sollte der Dienst anfangen, und doch den ganzen ersten Tag, statt Ansehen zu ernten, nur Pech hat? Die Sache mit Kienbaum; die Schiefertafel kaputt; König war er nicht geworden; nach Falkenberg mußte er auch noch, wäre er lieber gleich gegangen; Ulrike war weggelaufen; der Freund war verloren, wenn er Ulrike nicht ganz verstieß; ehe es dunkel wurde, durfte er nicht nach Hause — da stand man allein und hatte nichts an als eine zerknautschte Schulwürde und nichts bei sich als einen Hund. Das Mistvieh war auch noch fortgelaufen. Alle Pracht des jungen Frühlings mit Bachgeglucker, Vogelgezwitscher, Freizeit und den weißen Wolkenschiffen am blauen Himmel konnte die Misere des Lebens nicht verdecken.
Den Freund verlieren oder Ulrike!
Äpfel klauen, Vogelnester ausnehmen, den Leuten Schabernack spielen, das machte sie mit wie ein Junge, auch wenn es gegen den Vater Pastor ging. Aber hauen konnte sie nicht. Brauchte sie auch nicht als Braut. Johannes hingegen war ein treuer Diener und rauher Kämpfer, ein Freund. Ein richtiger Held und

Ritter jedoch mußte beides haben, eine Braut und einen Freund.
In allen Geschichten war das so, und sie nannten es Liebe und Treue. Nach dem, was er heute erlebt hatte, war Martin gesonnen, alle Geschichten für Lügen zu halten, da das Leben ganz anders war. Er versuchte, sich die Großen von Kummerow vorzustellen, wie es bei denen mit Freunden und Bräuten stand.
Wilhelm Eichstedt hatte seinem Freund Gustav Kahlmann ein Loch in den Kopf geschlagen wegen Lina Mertens. Gertrud Beckmann hatte mit Heinrich Distelmann Hochzeit gemacht, als Wilhelm Kreimann, ihr richtiger Schatz, beim Militär war, weshalb Wilhelm Kreimann sich im Schwarzen See ertränkte. Die anderen Burschen waren wohl Freunde, aber wenn Tanz war, tranken sie so lange am Tresen auf ihre Freundschaft, bis sie sich um die Bräute hauten, und die Mädchen riefen sich am andern Tag Unanständiges nach. Es war wohl wirklich so im Leben, daß einer nicht zu gleicher Zeit einen Freund und eine Braut haben durfte. Wen aber sollte er aufgeben?
In Martin sträubte sich noch immer alles gegen den Entschluß, er machte die Augen zu und wartete. Es kamen nur immer Ulrike und Johannes an, zeigten mit den Fingern aufeinander und riefen: Er oder ich! Ich oder sie!
Das war nun erst recht Unsinn, denn Ulrike dachte bestimmt gar nicht mehr an ihn und spielte mit Hermann Wendland. Hoffentlich fror der in seinem nassen Hemd und wurde richtig krank.
Der Junge sah zurück. Johannes war wirklich fortgegangen. Erst hatte er aber noch den Salzkuchen gefressen. Schade, daß ich den nicht noch mehr abgekratzt hatte. Dann ist er weggelaufen, weil er nicht

auch noch Ulrike bekommen konnte. Soll er sich man auch erkälten in seinem nassen Zeug. Sterben brauchten sie ja gerade nicht, aber bis über Ostern im Bett liegen mit Diphtheritis und jeden Tag gepinselt werden. Schade, daß Ulrike nicht auch ins Wasser gefallen war, die hätte zu Hause noch Dresche auf die Diphtheritis draufgekriegt.
Nachdem er so mit dem Leben aufgeräumt, besann sich Martin auf die Welt der Geschichten. Das tat er immer, wenn er allein war und keine Lust zum Stromern hatte. »Mario, der große Doge von Venedig« mußte jetzt auch so weit sein, daß es bei ihm hieß: die Braut oder der Freund! Allerdings hatte der es leichter, er konnte mit den Geistern wie mit Menschen verkehren. Daß er dafür seine Seele dem Höllenfürsten verschrieben hatte — Martin war in diesem Augenblick gesonnen, es auch zu tun, könnte er dafür das Leben so einrichten, wie er wollte. Aber nicht bloß sein Leben, Spaß machte es erst, wenn man es den andern besorgen konnte. Man müßte Krischan Klammbüdel danach fragen, er wußte alles. Leider war der alte Kuhhirte noch nicht da, sie schickten ihn ja den Winter über immer weg, um das Essen zu sparen. Es half alles Umherschauen nichts, er mußte allein mit den Sachen fertig werden.
Vor ihm am Mühlbach stand die alte Zauberweide schief und krumm. Eigentlich stand nur noch ein Drittel ihrer Kruste, das andere und das Inwendige war bei einem Blitzschlag verbrannt. Auch hatten sie letzten Sommer versucht, die Weide anzustecken. Gequalmt hatte sie, dann war das Feuer wieder ausgegangen. Nachher hatte Traugott die Masern gekriegt. Der Sturm bekam die Weide auch nicht um, ihre Wurzeln sollten bis beinahe an die Hölle heranreichen.

Der Müller, dem sie gehörte und der nicht bloß den Droak, sondern auch das sechste und siebente Buch Mosis hatte, holte sich in der Walpurgisnacht immer Zweige von ihr.
Martin musterte die Weide. Dies Jahr hatte sie schon einen grünen Schopf. Am hellichten Tag war auch keine Gefahr von irgendeinem Spuk zu befürchten. Da oben saß es sich gut, das wußte er, da konnte man die Geschichte von dem Dogen weiterlesen und wie es war mit Freund oder Braut. Und außerdem fühlte Martin sich heute verwegen genug, die Zauberweide nach dem Schicksal zu befragen. Bisher hatten das nur drei Jungens gewagt, und es war immer eingetroffen, auch bei Gottfried Weilert, der im Winter im Schwarzen See ertrunken ist. Pastor Breithaupt hatte zwar gegen den Geisterglauben losgedonnert, aber der alte Kuklasch, der böten konnte, hatte gesagt, der Pastor rede nur so aus Geschäftsneid.
Bevor er die Zauberweide erstieg, guckte Martin sich noch einmal um, ihm war, als hätte einer gerufen. Vom Tanger her. Vielleicht saß da Ulrike in einem Baum und sah ihn. Wo die einzelnen Kiefern herunterlaufen bis an den Weg, spielte eine Karnickelmutter mit ihren Jungen. Die Königsgesellschaft konnte also nicht in der Nähe sein. Wendland war imstande und hatte sie alle bis zum Schwarzen See geführt, wo sie Kahn fuhren. Wenn sie ersoffen, brauchten sie keine Diphtheritis zu kriegen, denn die Reise zum Schwarzen See kam sonst immer erst nach Ostern. Die wilden Karnickel spielten so weit weg von ihrem Loch, daß einer von hinten sie abschneiden und ein Junges einfangen könnte. Martins Herz schlug rascher, so was wollte er schon immer haben, und wenn Flock am Ende auch noch ein paar fing, war der Sturm am

Abend zu Hause wohl besänftigt. Wo aber war Flock? Es kam immer darauf hinaus, daß er allein war.
Martin stellte den Korb mit der Sichel und den Schuhen und Strümpfen an den Stamm der Weide und stieg auf. Man konnte in ihr fast hochlaufen wie in einem schrägstehenden Schlachttrog, manche schafften es im Anlauf mit einem Ruck. Früher einmal, an einem Johannistag, soll die Weide einen Jungen festgehalten haben, und dann soll sie zugeklappt sein, und er hat müssen umkommen. Aus dem Jungen ist die dicke Ranke geworden, die innen in der Weide hochkriecht.
Der große Doge von Venedig konnte sich ebensowenig rasch entschließen, wen er verstoßen sollte, den Freund oder die Braut, wie das der kleine Junge von Kummerow konnte. Martin las fieberhaft, immer passierten noch andere Sachen. Er probierte einige neue Kapitel. Endlich wurde es Ernst. Der Held warf den Freund in ein eiskaltes unterirdisches Verlies mit Schlangen und Kröten – husch – da flitzte eine Eidechse in der Weide herum – die Braut schickte er in eine glühendheiße Bleikammer mit Spinnen und Skorpionen – da lief ihm wahrhaftig schon ein Weberknecht über den Fuß – der Held zog davon, nachdem er sich gerächt hatte, ha, der Verräter von Freund, die treulose Dirne von Braut, nun hatten sie es! Ja, so mußte es gemacht werden. Vielleicht konnte man auch noch was für Hermann Wendland finden. Statt dessen ergab sich beim Weiterblättern, sie waren unschuldig, der Freund und die Braut, der Böse hatte den Dogen verführt, nun mußte er beide um Verzeihung bitten. Denk ja gar nicht dran! Martin rollte wütend die deckellose Schwarte zusammen. Jetzt war er genauso dumm, und dafür hatte er sich die

ganze Spannung der Geschichte vorweggenommen. Er hätte doch lieber zu den Kaninchen gehen sollen. Immerhin könnte man Weiden schneiden. Für Pfeifen waren sie vielleicht noch nicht saftig genug, aber zum Pferdespielen und für Ruten gingen sie. Es mochte auch sein, daß in einer schon etwas von der Wunderkraft steckte, die der Müller zu Walpurgis herauszog, bis dahin waren es ja bloß noch vier Wochen. Er säbelte ein Dutzend Ruten ab und ließ sie auf die Erde fallen. Da blaffte Flock los. Er schien sich in den kleinen Garten des Gehöftes hineingemacht und seinen Freund, den Kater, bestellt zu haben. Ob er diesmal Sieger blieb, war allerdings nach dem Gemisch von Bellen und Heulen noch nicht entschieden.

Martin reckte sich auf und bog die Weidenruten auseinander. Eine Frau mit einem Besen stürzte gerade aus dem Haus und fing an, auf Flock loszudreschen, der nun heulend herangefegt kam. Die Frau aber rief: »Martin! Martin Grambauer!«

Das fehlte gerade, daß er auch noch einen toten Kater aufgehalst bekam. Martin stellte sich taub, schielen mußte er aber doch. Die Schmidtsche war es, nicht Mutter Harms, und der dumme Flock wies der Frau den Weg zu ihm.

Mit einem Ruck stand Martin auf dem Kopf, rutschte bis zur Hälfte in den hohlen Weidenstamm und faßte mit den Füßen in die Reiser.

»Martin Grambauer!« Sie mußte gleich heran sein.

»Weiche, weiche!« hallte es dumpf und schaurig aus dem hohlen Baum, und der Weidenkopf rauschte, ohne daß eine Hand zu sehen war. »Weiche, weiche, hier ist die Wohnung von Beelzebub!« Die Frau schrie auf, nur ganz kurz. Schade, daß er nichts sehen konnte.

Martin ließ noch einmal die Weidenruten rauschen. Wütend kläffte Flock auf, dazu knallte es kurz und hart in der Luft, und etwas biß so heftig in Martins barften Fuß, daß er aufschrie. Seine Hände ließen los, und er schoß, Kopf nach unten, in den Baum hinunter.
Die Schmidtsche stand da und lachte, und der Müller stand bei ihr, der böse Düker, und lachte auch. Aber höhnisch, und dazu wackelte er mit der langen Peitsche. Die hat also gebissen.
»Was hast du Strolch hier auf meinen Bäumen zu suchen?« Der Müller tat, als holte er noch einmal mit der Peitsche aus. »Anzeigen werde ich dich. Eine saubere Familie ist das. Da hält dich wohl dein Vater zu an, was?«
Martin richtete sich gerade und maß den Müller. »Sie — Sie —«, mehr wagte er doch nicht. Es war bekannt, der böse Düker konnte bannen.
»Frech wirst du auch noch?« Der Müller sprang vor und faßte den Jungen beim Krips.
Wenn da nicht Flock gewesen wäre. Dies war nun keine Katzbalgerei mehr unter Jungen, die ihn nichts anging. Flock vergaß seine neu aufgerissene Nase und die Frau mit dem Besen und saß mit einem herzhaften Sprung dem Müller am Hinterteil — nicht nur der Hose. Worauf es an dem Müller war, aufzuschreien und loszulassen. Was Martin und Flock benutzten, um gute zehn Meter zwischen sich und den Müller zu legen. Darüber hinaus konnte er keinen Menschen und kein Tier bannen, das war bekannt.
»Das werdet ihr bezahlen, ihr Gesindel«, fluchte Düker, »die Hosen und die Weiden. Forstfrevel ist das und Körperverletzung. Ins Zuchthaus bring ich euch, dich und deinen sauberen Vater. Die Töle, die schieß

ich gleich übern Haufen, wo ich sie treff!« Er wollte wieder hinter den beiden her. Nun lagen aber schon fünfzehn Meter dazwischen.

»Martin«, rief die Schmidtsche ängstlich. »Du sollst mal rasch zum Pastor, Mutter Harms will sterben.«

»Kann ich nicht«, rief Martin über die Distanz von fünfzehn Metern, »ich muß nach Falkenberg, Annan ihr Einsegnungskleid holen.«

»Sie will rasch das Abendmahl, Martin! Es ist doch keiner nicht da!«

»Ich muß aber nach Falkenberg, ich kann nicht.«

»Das ist 'ne Brut, was, Frau Schmidten? Das ist 'ne Jugend, was? Wirst du sofort deine Christenpflicht erfüllen, du Satan?« brüllte der Müller.

»Erfüllen Sie doch Ihre Christenpflicht, Sie Beelzebub! Aber solche, die haben die Kirche noch nicht einmal von inwendig gesehen. Solche, die den Droak haben, die machen ja einen Bogen um die Kirche!« Wütend kläffte Flock die Rede seines Herrn mit.

»Martin! Martin!« jammerte die Schmidtsche.

»Er fährt ja nach Hause«, rief Martin. »Da kann er doch zum Pastor mit rangehen!«

Sie kämpfte einen schweren Kampf, bevor sie sich an den Müller wendete: »Ach, Herr Düker, wo Sie doch sowieso nach Hause fahren. Wollten Sie nicht so gut sein und dem Herrn Pastor Bescheid sagen?«

»Ja«, grölte der Müller, den es besonders wurmte, wenn er hören mußte, er beherberge den Droak, den Kobold, der Leute reich machte, und es war doch nicht wahr, und er wußte auch, daß die Schmidtsche bloß deshalb gezögert hatte, ihn zu bitten. »Bescheid werd ich dem schon mal· stechen, dem Herrn Pastor. Daß er solche Saubengels erzieht, darüber werd ich dem Schwarzrock Bescheid sagen.«

»Aber Herr Düker« — die Schmidtsche starrte ihn ängstlich an und mußte doch weiterreden —, »die arme Mutter Harms, die wartet doch darauf, die kann doch sonst nicht sterben.«
Der Müller lachte wie der Teufel: »Dann ist es ja gut, dann bleibt sie ja leben, und dann braucht sie keinen Popen nicht.«
Während die Schmidtsche noch verblüfft dastand und sich über so viel Frechheit wunderte, da es sich doch um eine Sterbende handelte, hatten Dükers Augen etwas entdeckt.
»Da hat mir der Droak ja was Schönes gebracht. Da haben wir ja gleich die Bezahlung für die zerrissene Hose und die Weidenruten!«
O Gott — der Korb mit der Sichel und den Schuhen und Strümpfen.
»Lassen Sie meine Sachen liegen, Sie Stehldieb!« brüllte Martin und fegte mit Flock heran.
Aber der Müller langte mit der Peitsche aus.
»Räuber — Zaubermeister — Stehldieb! Faß ihn, Flockchen, faß ihn doch!« Flock war ein mutiger Hund. Wenn nur der Müller nicht rückwärts gegangen wäre. Da war nichts zu machen.
Martin änderte die Taktik. »Geben Sie mir meine Sachen wieder, Herr Düker«, bat er sanft, »ich sag so was nie wieder.«
»Marsche!«
Auch nicht? Na, dann war es egal. Martin legte los: »Da stehl ich einen Meter Holz dazu und schick das in die Hölle, wenn sie dich braten, du Aas!«
Und dann hatte er die Erleuchtung. Er sauste über die Wiese auf das Müllerfuhrwerk zu, das auf dem nahen Weg stand, mit den Pferden zum Dorfe hin, und ehe der Müller noch wußte, was los war, hatte

Martin schon eine schöne, neue Kiepe, in der unter einer Joppe allerhand steckte, heruntergerissen und war damit getürmt.
»In den Schwarzen See schmeiß ich das, in den Schwarzen See. Oder Sie geben meine Sachen raus!« Die Schmidtsche schüttelte den Kopf. Wo hatte der Junge bloß den Mut her, so mit dem leibhaftigen Bösen umzugehen? Daß der Müller mit dem Teufel im Bunde war, das stand für sie fest wie für alle im Dorf. Weigert sich sonst ein Christenmensch, zum Pfarrer zu gehen, wenn ein anderer sterben will? Und wer über den Aberglauben auf unseren Dörfern lacht oder gar sein Vorhandensein bezweifelt, der ist kein ordentlicher Christ.
Der Müller machte Miene, auch ohne Kiepe und Joppe abzufahren. Nach fünfzig Metern aber hielt er an und brüllte, rot vor Wut und wirklich anzusehen wie der Teufel, denn der Bengel war imstande und schmiß die Joppe in den See: »Komm her, du Hund!«
»So dämlich!« brüllte Martin zurück. »Erst stellen Sie meinen Korb da auf'n Weg. Hier steht die Kiepe. So, nun kommen Sie her!«
Der Müller stieg ab. »Halt!« Martin reckte sich. »Erst zeigen, ob meine Sachen auch drin sind.«
Sie waren drin. »Nun man los!« kommandierte der Junge.
Als der Müller beinahe heran war, setzte Martin in großem Bogen um ihn herum auf seinen Korb zu. Es war alles drin. Nein, die Sichel fehlte! Mit einem Satz war der Junge auf dem Wagen. Da lag die Sichel. So ein Schuft.
»Hüh! Hott!« Die Peitsche klatschte den dicken Müllergäulen über den Rücken. »Faß, faß, Flock!« Die

schwerfälligen Pferde setzten sich in Trab, und Flock trieb sie noch eine Weile an. Und der Müller mußte mit seiner Kiepe zu Fuß hinterhertrotten.
Wie ein Held stand Martin da. Er hatte mit dem Bösen gerungen und obsiegt.
Die Schmidtsche hatte alles von weitem mit angesehen. Nun fuchtelte sie verzweifelt mit den Armen.
»Ich will mal erst meine Weiden holen«, rief der Junge.
»Rühr sie nicht an, Martin, rühr sie nicht an, verhext hat er sie.« Doch Martin war schon an der Weide und sammelte furchtlos seine Ruten.
»Junge, Junge«, bewunderte die Schmidtsche nachher, »wie du das fertigkriegst! Das reine Feuer kam ihm ja aus den Augen. Der tut dir sicher was an dafür. Ach Gott, nun haben wir ja oll Mutter Harms vergessen. Nu lauf rasch ins Dorf, Martin, sie will doch das Abendmahl, und du bist doch ein Christenmensch, und ich kann doch nicht selber gehen, ich kann sie doch nicht allein lassen.«
Einen Augenblick überlegte der Junge. Das paßte ihm gar nicht, jetzt zurück ins Dorf und vielleicht den Müller treffen. Sollte er aber so unchristlich sein wie der böse Düker? Jetzt, wo er vor der Schmidtschen voll Ruhm dastand? Eine Hoffnung wurde in ihm wach: »Vielleicht ist sie schon tot, dann brauch ich nicht mehr zu gehen!«
»Jeses, Jeses«, jammerte die Schmidten, »und ich steh hier, und der Müller hockt am Ende drin und nimmt ihr die Seele ab.«
Sie hatte auch wirklich Angst hineinzugehen. Martin fühlte ein kaltes Kratzen auf dem Rücken. Er war fast ohne Furcht vor Menschen, aber vor den Geistern hatte er nun mal einen höllischen Bammel. Aller-

dings war Flock dabei, und an Hunde trauten sich die Geister nicht heran, das war bekannt.
Flock schien wenig Lust zu der Mission zu haben, er blieb am Zaun stehen und spähte hindurch, ob jetzt nicht vielleicht die Gelegenheit wäre, dem Kater eins auszuwischen.
Martin kramte in seiner Hosentasche nach einer Strippe, mit mußte Flock, dafür war auch die Schmidtsche. Unter dem eingewickelten Salzkuchen kam auch ein Ende Strippe zum Vorschein, doch mit ihr und in sie verwickelt etwas Langes und Eisernes. Mit aufgerissenen Augen starrte Martin das Gebilde an, es war der Schlüssel zur hinteren Haustür, der im Stall auf dem Balken liegen sollte für Anna, wenn sie aus der Prüfung kam und das Essen kochen mußte für die anderen und das Futter für die Schweine.
Das war schon ein Tag heute.
»Wie spät ist es denn wohl, Frau Schmidten?«
Sie deutete seine bängliche Frage als Hunger. »Eins wird's wohl sein, willste 'ne Stulle?«
Eins . . .
Da saßen sie nun zu Hause beim Mittagbrot. Das heißt, sie wollten sitzen. Er wäre schon durch das obere offene Küchenfenster hineingekommen und hätte die vordere Tür aufgemacht, aber Anna war zu dumm für so was. Der Vater kriegte zwar die Tür mit einem Haken auf, doch stand dann immer noch kein Essen auf dem Tisch.
Martin sandte einen hilflosen Blick auf Flock, auf die Schmidten, auf den Himmel. Jetzt den Schlüssel nach Hause bringen, nein, davor schreckte auch sein Mut zurück. Sicher war dies alles schon eine Strafe für seine Schlechtigkeit. Nun fehlte bloß noch, daß oll Mutter Harms noch nicht tot war und er zum Pa-

stor mußte. Sich zu weigern, hatte er jetzt keine Kraft mehr. Und er schickte ein Stoßgebet zum Himmel, Mutter Harms möchte doch den Pastor nicht mehr brauchen.
Bis über den Flur ging die Schmidten voraus, an der Tür zu Mutter Harms' Stube blieb sie stehen. Martin hatte Flock die Strippe ein paarmal um den Hals geknüppert und den Widerstrebenden hinter sich hergezerrt.
»Er hat Angst«, flüsterte die Schmidtsche, »so'n einfaches Tier fühlt den Tod viel eher als unsereiner.«
Flock hatte auch Angst, jedoch nur vor dem Kater, dem er sich nun durch die Schnur um den Hals und den festen Griff des Jungen nicht gewachsen fühlte. Darum schoß er auch durch den dämmrigen kleinen Flur und sprang mit solcher Wucht gegen die Tür zu Mutter Harms' Stube, daß sie aufging und Flock und Martin zu ihrem Schreck mit einemmal drinnen waren.
Zu sehen war vorerst nichts. Die Sonne fiel durch das Fenster in der gegenüberliegenden Wand und warf einen gleißenden Schein gerade auf die Tür.
Flock fand sich zuerst zurecht, er wendete den Kopf nach links und steckte die Nase vor.
An der Wand stand ein Bett, und aus blaukarierten Kissenmassen sah ein altes, hageres Antlitz auf die Tür, und ein dürrer Arm pendelte verlangend nach denen, die da standen.
Nein, oll Mutter Harms war nicht tot, sie hatte still gelegen und die Tür nicht aus den Augen gelassen. So halbblind die Augen auch waren, den Herrn Pastor würde sie wohl doch erkennen. Ach, daß er sie so lange warten ließ. Und oll Mutter Harms hatte gelegen und gefürchtet, es könnte vor dem Pastor ein

anderer durch die Tür eintreten, ein weißer Engel oder ein schwarzer Engel.
Was da nun gekommen war, kein Pastor und kein Engel, was da nun gekommen war, o himmlische Belohnung für ein langes Leben voll Arbeit und Undank und Armut und Sünden und Frömmigkeit. Was da gekommen war, hatte einen Strahlenschimmer um das lange goldene Haar und grüne Zweige im Arm und führte ein graues Tier an der Hand. Was da gekommen war, zu ihr, in dieser Stunde, oh, das warf alles gleißende Licht des Himmels von der Tür auf das Bett und in oll Mutter Harms' halbblinde Augen und in ihren halb verwirrten Sinn und in ihre ganz wache Seele.
Schwer erschrocken blieb der Junge an der Tür stehen. Er hatte gehofft, eine tote alte Frau zu sehen, und es auch wieder nicht gehofft, denn das war Sünde, und er sah Tote nicht gern. Was da nun lag, war keine Tote, eine Lebende auch nicht, er kannte doch oll Mutter Harms. Er wollte langsam rückwärts zur Tür hinaus, doch der rudernde Arm von oll Mutter Harms und ihr seliges Ach und Oh zogen ihn zum Bett hinüber. Er wußte gar nicht, daß er ging, so still war alles in der Stube. Für ihn stand nun die Schmidtsche in der Tür und schob mit ihren bangen, zitternden Blicken aus ebenfalls halb verwirrtem Sinn und nur halb wacher Seele den Jungen weiter. Bis er vor dem Bett stand und aus großen Augen, ohne Angst und Bangen, die alte Frau ansah.
»Palmarum ... Palmarum ...«, sang da oll Mutter Harms mit Glückseligkeit in den Scherben ihrer Stimme, »du geliebtes Herrjesulein ... gebenedeit gebenedeit ... du liebes, gutes Eselein ... Palmarum ... Palmarum ... Palmarum ...« Und sie langte

mit dem zitternden Knochenarm nach den Palmwedeln im Arm des Knaben.
Der Junge rührte sich nicht, gebannt von plötzlichem Entsetzen und schrecklicher Angst. Er wollte ausreißen und fühlte zitternd, er konnte es nicht. In rasendem Lauf ging ein toller Zug durch seinen Kopf und sein Herz, Angst und Entsetzen wichen, das Grübeln folgte ihnen, auch die Neugier. Groß und rein trat die fromme Scheu vor dem Unendlichen, dem Unbegreiflichen aus ihm heraus und rührte ihn von außen an. Da erweiterte sich in seinen weit aufgerissenen Augen das Wunder: Das graue Tier an seiner Hand war gar nicht mehr Flock, und die grünen Ruten in seinem Arm waren gar keine Weiden mehr, und er selbst war gar nicht mehr Martin Grambauer, der soeben den Bösen besiegt hatte. Er trat dicht an das Bett heran.
Oll Mutter Harms' Hand hatte einige der Ruten zu fassen bekommen, selig zog sie sie an die dünnen Lippen. Dann lag sie ganz still und sah den Knaben in Verzückung an. Nur der Mund bewegte sich.
Martin fühlte, wie der Bann von ihm wich und ihn zum erstenmal in seinem Leben die unergründlichen Schauer überfluteten, die ein verlöschendes Leben zurückwirft. Doch er konnte auch jetzt nicht weglaufen vor ihnen, wie er es gern mochte, sie hielten ihn fest, wie vorhin das Wunder, ganz langsam mußte er zur Tür gehen.
Die trockenen Lippen der Sterbenden ballten Laute, und als die aufgeregte Schmidtsche mit der einen Hand die Klinke niederdrückte und mit der andern vorsichtig und andächtig den weißen Jungenschopf berührte, kamen auch gesungene Worte vom Bett her: »Hosianna ... in der ... Höööh!«

Oll Mutter Harms habe gesungen wie alle himmlischen Heerscharen zusammen, erzählte die Schmidtsche später. Viel später. Zuerst behielt sie alles wie ein seliges Geheimnis für sich.
Martin, jetzt von wirklichem Grauen geschüttelt, ließ Flock los, riß seinen Korb an sich und rannte dem Dorf zu, daß der Sand spritzte und Flock der Meinung war, nun fange endlich der Tag an, richtig zu werden. So jagten sie bis hinter den Wegknick bei Pahlmanns Roggen, von wo man das Gehöft der beiden alten Frauen nicht mehr sehen konnte. Bei der alten Kastanie, die im letzten Herbst umgefallen war, warf sich der Junge lang ins trockene Gras.
Eine ganze Weile dauerte es, bis er das, was geschehen war, beisammen hatte. Entweder waren die beiden Frauen verrückt, oder er war verzaubert worden. Für die Verrücktheit sprach, daß das graue Eselein vor ihm saß und als Flock mit gespannter Miene auf etwas Lustiges wartete; für die Verrücktheit sprachen die Weidenruten in seiner Hand, die keine Palmwedel bleiben wollten. Und er selbst war auch ein Beweis für die Verrücktheit der Alten, er, Martin Grambauer, von dem sie geglaubt hatten, er sei der Herr Jesus.
Der Gedanke blieb ihm in den Haaren hängen, so erschrak er vor der Vermessenheit. Fragend starrte eine nicht nur durch die Bilder des Aberglaubens, sondern auch durch die Vorstellungen des Glaubens gehetzte junge Seele zum Himmel empor. Es fiel ihm in der großen Angst nichts weiter ein als zu beten: »Du sollst den Namen des Herrn, deines Gottes, nicht mißbrauchen.«
Hatte er ihn mißbraucht? Die graue Wolke direkt über ihm war eine Faust geworden, mit drohendem

Finger oder einem Richtschwert. Also war er verzaubert worden, und wenn Gott es nicht gewesen war, mußte es der Müller getan haben.

Martin sann lange darüber nach, woher es komme, daß der Böse Macht über ihn gewinnen konnte. Die paar Ruten konnten es nicht ausmachen. Das Heiden-Taufen? Nein. Höchstens die Sache mit dem Diphtheritis-Wünschen. Er war wohl doch schlecht und verdiente Prügel. Um sie hinzunehmen, machte er sich krumm und schloß die Augen.

Nachdem er eine Zeit gewartet hatte, ohne daß Stökke oder Ruten vom Himmel herniederfuhren, glaubte er, es möchte ihm verziehen sein, und richtete sich langsam, denn Vorsicht war immer gut, wieder auf.

Gerade während er die himmlischen Prügel erwartete, war ihm der Schlüssel von der hinteren Haustür eingefallen. Vielleicht ließ sich die ihm bewiesene Güte Gottes auch zur Abwendung irdischer Prügel ausnutzen, denn konnte der Müller zaubern, mußte Gott es erst recht können und den Schlüssel auf den Balken im Stall schaffen.

Er nahm den Schlüssel aus der Tasche, legte ihn auf den Baumstamm und machte die Augen zu. Bei zehn mußte der Schlüssel weg sein.

Er horchte angespannt, von sieben ab zählte er immer langsamer — der Schlüssel lag unberührt.

Kann auch sein, Gott brauchte zu so etwas mehr Zeit. Also sagte Martin mit großer Sauberkeit die Zehn Gebote her. Der Schlüssel blieb da.

Vielleicht durfte man dabei nicht sitzen, mußte langliegen, auf der Erde mit zunen Augen. Dazu dann noch alle »Was ist das?« und das Vaterunser hersagen. Hatte er nicht richtig gebetet? Der liebe Gott schien den kleinen Jungen entweder vergessen zu haben, oder er war ungerecht. Jedenfalls blieb die Lage ungeklärt.

Martin Grambauer richtete sich auf und sah mißtrauisch zum Himmel. Konnte Gott, der für die alte Mutter Harms extra einen Esel und Palmwedel und — ja, nun sag ich's grade — und einen Herrn Jesus machen konnte, ihm, den er dazu benutzte, nicht auch mal einen Gefallen tun? Der liebe Gott sah den kleinen Empörer nicht, der ihm da eine so große Frage stellte.

Flock sah ihn dafür sehr genau. Er hatte aufmerksam die Körperübungen seines Herrn verfolgt, nun versuchte er herauszukriegen, was am Himmel so Besonderes los sein mochte. Er kam mit seinem Hundeblick nur bis an die oberen Äste einer Kiefer, die am anderen Wegrand stand. Auf einem der Äste spielte ein Eichkater um ein Eichkätzchen herum. Da sie sich nicht in hilfreiche Engel verwandeln wollten, nahm Martin einen Stein und ballerte ihn in die Richtung. Mochte ihm Gott das getrost auch noch mit anrechnen.

Flock faßte den Steinwurf in seinem Sinne auf und sprang bellend an der Kiefer hoch. Er konnte nicht wissen, daß er nur ein Werkzeug war und sein Bellen seinem Herrn eine Erkenntnis offenbarte.

Mit zwei langen Sprüngen war Martin hinter Flock her, drückte ihn auf den Boden und band ihm den Schlüssel zur hinteren Haustür an den Hals, mit der Strippe, die der Hund noch immer um den Hals trug. Geduldig ließ Flock alles mit sich geschehen. Sicher kam nun die längst fällige große Sache. Er blinzelte in Martins Gesicht und suchte zu erraten, was wohl geplant sein mochte. Nun, es war nicht

mehr und nicht weniger als eine Art von Gottesgericht geplant: War Flock wirklich der Palmesel des Herrn, dann lief er jetzt nach Hause und brachte den Schlüssel hin. »Nun lauf nach Haus, Flock, lauf, Eselein!«
Ein Stück Eisen an den Hals gebunden zu kriegen war schon seltsam. Aber nach Hause geschickt zu werden, wo der Tag noch nicht mal richtig angefangen hatte, das stellte etwas ganz Neues dar. Flock ging drei Schritte, setzte sich und sah erwartungsvoll der Weiterentwicklung der Dinge entgegen.
»Marsch, nach Haus, los!« Das klang merkwürdig unfreundlich, obwohl Flock nur das Wort »Haus« kapierte. Jetzt schrie sein Herr schon: »Machst du, daß du nach Hause kommst, du Esel!«
Nein, für einen Palmesel benahm sich Flock verdammt dumm. Er legte sich in den Sand, Schnauze auf die Vorderpfoten, und blinzelte seinen Kameraden wehmütig und vertrauensvoll an. Nach Hause, jetzt, das konnte nur Spaß sein. Auch einer der erhobenen Palmwedel erstickte Flocks Vertrauen nicht, und erst als dieser Wedel als ganz gewöhnliche Weidenrute auf sein Hinterteil pfiff, sprang er entsetzt auf. Da verstand er das Wort »Haus« doch als ganz ernsthaft gemeint, das Wort »verfluchter Köter« auch, zumal es von einem zweiten Hieb unterstrichen wurde. Aber die Menschen verstand Flock nicht. Besonders diesen nicht, der sein Gott war, den er mehr liebte als fürchtete.
Nach einigen Sätzen drehte er sich noch einmal um, da sauste gar ein Stein neben ihm in den Sand. Steine, die schrecklich weh taten, schmissen sonst nur böse Menschen, wenn er irgendwo brauten ging oder sonst was ausgefressen hatte. Daß nun diese

Hand mit Steinen warf, wo er sich keiner Schuld bewußt war, das ließ eine grenzenlose Enttäuschung in seinem Hundeherzen aufsteigen, vor der die ganze junge, lockende Feldmark zerstob und der Platz auf dem Hof als Paradies auftauchte.

Der Kuckuck ruft

Nun Flock mit dem Schlüssel abgetrabt war, mußte es sich ja erweisen, was hinter dem Palmesel und oll Mutter Harmsens Hosianna steckte. Martin fühlte eine erhebliche Erleichterung.
Himmel, Hölle, Mist und Bohnenstroh – der Weg zum Pastor! Ausgerechnet in dem Augenblick mußte die Alte sterben wollen, als er in Dükers Zauberweide saß. Schuld hatte Flock. Was ging ihn das Gehöft der Schmidten an. Richtige Schuld hatte der dämliche Kater. Immer das Katzenvieh. Heute morgen war es Kienbaums ihre.
Martin beschloß, bevor er zum Pastor ging, erst mal zu frühstücken. Der Salzkuchen war reichlich trokken geworden, obwohl er die Butter von drei Kuchen in sich haben mußte. Er hatte das meiste an das Zeitungspapier weitergegeben, die Zeitung wieder einen gehörigen Teil an die Hosentasche. Mit der Zeitung wurde man rasch fertig, die ließ sich ablecken. Schwieriger war es schon, mit der Zunge an die herausgezogene Hosentasche zu kommen. Bis sich ergab, daß doch die Sache mit der Zeitung schwieriger war.
Als die Zunge über das Papier fuhr, stellte sich eine sehr innige Berührung mit den Dingen der großen Welt ein. Von Martin Grambauer wußten sie alle, daß

er jeden Fetzen Einwickelpapier las und sich noch das Heringspapier trocknete. Anna behauptete, er würde sogar in den Abtritt gehen, um was zum Lesen zu finden.
»Der Besuch des Königs von England in Neuseeland«. — Es gab also dieses Land mit den Menschenfressern wirklich, nicht nur im Buch. Martin mußte wieder an den Tunnel von Kantor Kannegießer denken, und wie sie der Erde was eingetrichtert hatten, bis sie Durchfall bekam und die ganze Hölle zum Teufel jagte. »Der König wurde unter dem Jubel der Bevölkerung durch die Straßen der Hauptstadt zum Palast geleitet.« Martin ließ das Blatt sinken. Etwas stimmte nicht. Wenn sie eine Hauptstadt und einen Palast hatten, fraßen sie auch keine Menschen, und das Land sah bestimmt anders aus als in dem Buch. Wo er auch hinsah, es paßte nie eins richtig zum andern, immer war es im Leben anders als in den Büchern.
Trinksprüche hatten sie gewechselt. Aha, das war etwas wie »Prost«, nur feiner, so mit »Hurra« oder mit »Hoch!« Je nachdem, wer das Glas gerade hatte und wen er anprostete. Bei Graf Runkelfritz hieß es immer »Hurra«, und hinterher wurde »Heil dir im Siegerkranz« gesungen. Auf der Austköst, wenn der Verwalter das Glas hatte und der Gutsbesitzer gemeint war, hieß es »Hoch!«, und es wurde »Hoch soll er leben!« gesungen. Im Krug sagten sie »Prost!«, manche sagten auch: »Ick seh di, Fritze!«, worauf der andere antwortete: »Ick seh di im Glase, Wilhelm!« Einmal hatte der Müller zu seinem Vater gesagt: »Ich seh dich im Glase!« Da hatte der Vater sein Glas stehengelassen und gesagt: »Klei mi am Marsche!« Da in Neuseeland hatten sie sicher »Hur-

ra« gerufen. Martin lachte auf. Wenn gerade in dem Augenblick Kantor Kannegießers Tunnel fertig gewesen wäre bis zur Hauptstadt und die Erde hätte losgeschnurzt, o Deika, wären die mit all ihrem Geproste aber geflogen! Erschrocken hörte er mit dem Lachen auf und sah auf die Erde. Wer so etwas andern wünscht, der kann es umgekehrt erleben. Die Engländer, wenn die nun einen Tunnel von Neuseeland nach Deutschland gruben und füllten Wasser rein, und die Geschichte ging hier los? Martin hoffte nur, das Bruch bei Kummerow, das würde der liebe Gott den Engländern nicht erlauben, da sie ihn doch schon mit dem Neuseeland so bemogelt hatten, eher ließ er sie bei den Welsower Bergen rauskommen, da war ja sowieso nichts als Sand.

»Entdeckung neuer Länder an der Nordwest-Passage! Amundsen im eisigen Norden!« Das war schon was anderes als nach Neuseeland fahren. Es war auch viel kühner, so mit zehn Getreuen und Walfischen und Eisbären, der Kapitän immer an der Spitze, immer mit der Harpune in der Hand, denn wenn man nicht richtig traf, schlug solch ein Biest von Walfisch mit einem Schlag seines Schwanzes das Schiff um.

Martin wäre auch sehr gern ein Nordpolfahrer geworden, nur fand er es langweilig, daß sie nicht landen konnten, waren da doch nur Eis- und Schneefelder, ohne Menschen und Tiere, und man stieg bloß aus, um eine Fahne in den Schnee zu pieken. Er würde lieber, war er erst mal Kapitän, nach Afrika und Amerika fahren, hoch oben auf der Kommandobrücke stehen, in der einen Hand ein Fernrohr, in der andern die Fahne, wie Kolumbus, und kämen sie nahe ran ans Land, nur sagen: »Den Finger drauf,

das nehmen wir!« Da sollten sich die Engländer aber wundern.
»Der Untergang des Dampfers ›Neptun‹ im Indischen Ozean«. Eine Masse Tote. Im Sturm auf ein Riff gefahren. Von so was hatte er neulich nachts geträumt, als der große Sturm übers Bruch fegte, und er hatte sich nachher so gefreut, daß er schön im Bett in seiner Kammer lag. Damals war es sicher passiert. »Der Kapitän stand bis zuletzt auf der Kommandobrücke und ging mit seinem Schiff unter.« Immer machten die Kapitäne das so. Dafür seien sie vorher Erster gewesen, hatte der Vater gesagt. Später, wenn er selbst mal Kapitän war — ach, alle Schiffe gingen ja nicht unter.
Martin versuchte, ob nicht »Vermischtes« auf dem Zeitungsblatt war. Wo immer die gruseligen Sachen von Mord und Räubereien und Hinrichtungen standen. Er hatte Pech, es war bloß ein Bankeinbruch da. Die hatten die Decke durchbohrt und sich runtergelassen. Das war ganz schlau.
»Reichstags-Bericht«. — Da war er früher drauf reingefallen. Jeden Tag stand darunter »Schluß folgt«, wie beim Roman, wenn das Ende kommt. Während es beim Roman dann aber wirklich zu Ende war und eine ganz andere Geschichte mit einer neuen Überschrift anfing, stand immer wieder drin »Reichstags-Bericht« und darunter »Schluß folgt«. In der Mitte vom Schluß fingen die immer einen neuen Reichstags-Bericht an. Solange er Zeitung las, war das so, die fanden und fanden kein Ende. Hauen taten sie sich auch nicht, es war zu langweilig. So was las er nicht mehr.
Martin drehte das Blatt um. Hinten lief noch ein extra dicker Butterstrich lang. Er lutschte ihn ab und

las dabei die Romanüberschrift »Der Eichenförster vom Schmadderfenn«. Es war zwar schon die siebenundvierzigste Fortsetzung, aber es las sich fein. Es schadete auch nichts, daß Anfang und Ende fehlten und er das nie erfahren würde, denn es war eine Einwickelzeitung aus dem Krug. Warum die für Eichen einen besonderen Förster hatten, verstand er nicht, da hatten sie wohl auch Extra-Förster für Buchen, Kiefern und Erlen. Graf Runkelfritz hatte bloß einen, und der war auch noch Fischmeister. Sicher kam in der Geschichte wieder etwas von Wilddieben vor, von einer schönen Förstersstochter und einem Jagdaufseher oder Lehrer oder Grafensohn. Das war immer so. Und von Hirschen, Wildschweinen, Rehen und Dackeln und von einer zahmen Eule. Das war auch immer so. Der Förster knautschte auch immer bloß so brummig, inwendig hatte er eine warme Seele. Grafens Förster war aber auch inwendig ein Ekel, der stand in keinem Roman. Martin hatte Glück, seine Backen fingen an zu glühen, als er las: »Tiefe Finsternis lag über dem Schmadderfenn, als der Förster ankam. Aber er kannte ja Weg und Steg und tastete sich zu der Wotans-Eiche. Seine rauhe Hand streichelte sanft den rissigen Stamm des alten Riesen, und er sah hinauf in die Krone, die sich wölbte wie ein Dom. Er und seine Eichen, sie waren demselben Boden entsprossen, ein uralt Geschlecht von Recken. Nein, das ließ er nicht antasten, von keinem neuen Gutsherrn und von keinem Holzhändler. Wenn alle Stricke reißen sollten, würde er selbst einen Strick nehmen und sich an der Wotans-Eiche aufhängen, dann mochten sie beide fällen, die Eiche und ihn. Während er so mit trüben Gedanken beschäftigt war, hörte er ein Geräusch. Er kannte

dieses Geräusch, er kannte alle Geräusche im Schmadderfenn, bisher war es ihm immer entgangen, jetzt konnte er es stellen. ›Ha‹, rief der Förster, ›habe ich dich endlich erwischt? Steh, oder ich schieße!‹ Aber es lachte nur höhnisch aus der Dunkelheit. Täuschten ihn seine allzeit wachen Sinne? Nein, deutlich hörte er den Ruf —«
»Kuckuck! Kuckuck!«
Nein, eben nicht »Kuckuck« . . . Kuckuckuck! rief es. Die Zeitung sauste zu Boden, der Beutel der Hosentasche blieb draußen hängen. Der Stotterer war da. Als erster Kuckuck. Und so früh in diesem Jahr, und gleich der Stotterer, und ausgerechnet mitten im Tanger. Das war eine Entdeckung, wenn er die an Johannes weitersagte und an die andern, würden die sich schief ärgern. Das hatten sie davon. Johannes auch. Warum lief er weg.
Der Stotter-Kuckuck war seit Jahren ein guter Bekannter, sie hatten ihn jedesmal ausgemacht, jedes Jahr an einer anderen Stelle, immer um den Tanger herum. Nun saß er also diesmal direkt im Tanger. Dies Jahr schien er auch noch mehr zu stottern als sonst, da kam nicht mal Inspektor Bergfeld mit.
Martin schlich näher und überlegte. Man müßte herauskriegen, wo in der Nähe ein Singvogelnest ist, da legt seine Frau ein Ei rein. Es ist dann nur nötig zu warten, bis das Junge beinahe fliegen kann, dann hat man einen Kuckuck. Das wäre mal was anderes als Stare, Elstern, Raben, Habichte, Stieglitze und Rotkehlchen. Darüber würden sie sich noch mehr ärgern. Und ganz schön wäre es, wenn das Junge vom alten Stotterer auch stotterte. Ka-ka-kasimir Pi-pi-pilatz stotterte ja auch genauso wie sein Vater.
Der Stotter-Kuckuck schien so inbrünstig den Früh-

ling zu lieben oder seine Einsamkeit zu betrauern, daß er noch rief, als Martin schon unterm Baum stand und mit den Augen die Baumkronen nach der wahrscheinlichen Wiege des zukünftigen Stotter-Sprößlings durchsuchte. Wenn es ein Weibchen war, konnte man es Ulrike schenken, denn Kuckucksweibchen taugten nichts.
Ogittegittegitt! Und gleich noch einmal. Es war noch fern, aber sie hatten es beide gehört, der Stotter-Kuckuck und Martin. Und sie dachten beide: Herrje, die Ollsch ist auch schon da! Denn sie kannten sie auch schon mehrere Jahre. Worauf der Stotterer seiner Frau entgegenflog und dem Jungen Zeit ließ, sich wieder umzusehen, ob hier nicht doch ein geeigneter Haushalt für ein Kuckucksei war. Es fand sich einer oben auf der dicken Kiefer.
Martin versuchte zu ergründen, was das für ein Nest sein mochte, darauf kam viel an. Es half nichts, er mußte hinauf. Und sooft auch trockene Äste abbrachen, er schaffte es. Das Nest war instand gesetzt, es gehörte einem Ringeltaubenpaar. Schade, das warf alle Hoffnungen um. Wenn die Kuckucksfrau das Ei da hineinlegte und man sah nach, ob es auch stimmte, dann ließ die Taubenmutter ihre eigenen Eier im Stich und kam nicht wieder. Hier fing er also keinen kleinen Kuckuck.
Er zog sich auf einen Ast und ließ die Beine baumeln. Wunderbar weit lag das Bruch in der Sonne, von hier oben anzusehen wie ein Meer, auf dem die runden Weidenbüsche und die länglichen Erlensträucher wie Schiffe fuhren. Ein ganz kleines Schiff war schon gestrandet, ganz deutlich ragte sein Gerippe hoch. Es waren die nackten Äste von Krischan Klammbüdels Hirtenhütte. Heute bedeuteten sie ein

treibendes Wrack. Das Dorf selbst war gleich eine ganze Flotte. Der Tanger aber war ein großes Schiff und segelte mitten hinein ins Bruch und auf das Geschwader zu. Die hohe Kiefer war der Hauptmast, und da saß Kapitän Grambauer, erteilte Befehle und hielt Ausschau nach dem Feind oder nach dem freien Land. Weit hinter dem Bruch kam es heran, eingehüllt in einen blauen Schimmer, und verbarg noch seine Geheimnisse.

»Volldampf voraus!« kommandierte Martin laut und suchte, ob nicht ein Steuerrad in der Nähe war, er hätte zu gern etwas weiter nach rechts gelenkt. Aufmerksam sah er an seinem Mastbaum hinunter und über das Deck des Schiffes. Es hatte sich da etwas bewegt, bei dem Birkenbusch mußte es gewesen sein. Bewegt hatte sich da wirklich was, jetzt wieder. Der Kapitän rutschte den Mastbaum so schnell hinunter, daß die linke Wade einen bösen Ratscher abbekam, und lief zu dem Birkenbusch des Tangers. Nein, vor dem Fuchsbau war kein frischer Sand. Aber Spuren waren da. Ganz sicher Fuchsspuren. Den Burschen hatte er verjagt mit seinem Volldampf; wenn er nicht eingefahren war, konnte er noch nicht weit sein.

Der Junge bohrte seine scharfen Augen in jeden Busch. Siehst du wohl, da hinten huscht er in das trockene Tangergras, ganz dicht auf den Boden gedrückt. Martins Herz jubelte. Das war eine ganz große Entdeckung, feiner noch als die mit dem Stotterer, fein wurde der Tag heute. Das mit Flock und dem Schlüssel hatte auch geklappt, es konnte keiner wissen, ob die Geschichte bei oll Mutter Harms nicht doch Gottes Wille gewesen war.

Der Durst freilich, der ihn plagte, war rein mensch-

lich. Salzkuchen und Würfelzucker zusammen können den Hals schon trocken machen. Im Krummen Graben war vielleicht Wasser. Er lief hinüber, legte sich lang auf die Böschung und trank wie eine Kuh, jedenfalls wie ein Pferd auf der Weide.
Als Martin aus dem Graben auftauchte, war es ihm, als hätte sich hinter den Weidenbüschen, gar nicht weit von ihm, wieder etwas bewegt. Am Ende lag der Fuchs da und guckte, was der Mensch, der ihn vom Bau verjagt hatte, im Graben machte. Martin rutschte in den Graben, hockte sich nieder, legte den Kopf auf den Grabenrand und äugte durch die Nesselstauden. Sicher, hinter den Weidenbüschen lag der Fuchs und linste herüber, klar, die Schnauze konnte man ganz deutlich sehen. War das ein frecher Bursche! Sie lagen eine ganze Weile regungslos und mißtrauten einander. Man müßte im Graben entlangkriechen, bis dicht ran, und dann rasch hoch. Das Entlangkriechen ging, das rasche Hoch mißglückte, der Grabenrand war glitschig, und Martin fiel rückwärts in den Krummen Graben. Nachher war hinter den Weidenbüschen kein Fuchs mehr, bloß wieder ein paar Spuren. Mochte er für heute sausen.
Mit dem Fuchs fielen Martin seine Kaninchen und Güssel ein, und daß er Futter besorgen sollte. Er stapste hinüber zum Wolfsbruch. Doch da war kein Gras, da müßte sich noch eine Maus bücken, wenn sie das abreißen wollte. Etwas anderes allerdings war grün, dort am Rande des Bruches, grün und schön lang und bis weithin, so weit man sehen konnte. Ein paar Hände voll Roggensaat machten den Grafen bestimmt nicht arm, die hatten ja ein Schloß mit Goldstühlen drin, und seine Karnickel

hatten nur eine Kiste. Eine Miete mit Heu stand auch noch im Bruch, die hatten so viel Heu, daß sie es nicht mal auf dem Boden und in den Scheunen lassen konnten, wo es bald schon frisches Heu gab. Man mußte nur nachher obenauf in den Korb etwas anderes legen. Die Skrupel: die in seinem jahrhundertealten Bauernblut wegen der abgerupften Roggensaat aufstiegen, war das doch eine Versündigung an des Himmels heiliger Gabe, am Brot, besänftigte Martin durch einen christlichen Entschluß: Er würde Tannen- und Fichtengrün obenauf legen und zu Hause und überall sagen, er habe ganz von sich aus Grünes geholt für eine Girlande wegen Annas Einsegnung. Das würden sie zu Hause fein finden und keiner mehr eine Sünde in dem abgerupften Roggen sehen. Worauf er rasch noch ein paar Hände voll in den Korb stopfte und dann auch noch etwas mehr Heu holte. Totes Heu, das war keine Sünde, und den Reichen etwas wegzunehmen war eine gute Tat, denn woher hatten die es, he? Aus eigener Arbeit etwa? Na also! So wenigstens sagte immer Nachtwächter Bärensprung, der Großvater von Johannes, wenn er etwas Brauchbares vom Gutshof mit nach Hause brachte, Johannes hatte das erzählt.

Beinahe hätte Martin das Kiebitznest zertreten. Er sah ganz erschrocken auf den Bülken und schob das Binsengras mit dem Fuß beiseite. Drei Stück. Und kein Kiebitz, wo die doch immer wie die Verrückten spektakeln, wenn man einem Nest zu nahe kommt. Martin sicherte in die Gegend. Kein Kiebitz und kein Mensch.

Vogelnester ausnehmen war Sünde, hatte Kantor Kannegießer gesagt. Wie eigentlich? Kiebitzeier durfte man früher immer ausnehmen, mit einemmal sollte das nicht mehr gelten? Es galt schon, aber man mußte die Eier auf dem Schloß abliefern. Also durften bloß Grafen noch welche essen. Dann war das Nestausnehmen sogar erwünscht. Martin verstand diese Weltordnung ebensowenig, wie Johannes sie vorhin am Mühlbach verstanden hatte, und er grübelte weiter nach einer Beruhigung seines Gewissens. Daß er die Eier nicht liegenließ, stand fest. Wenn nämlich der Fuchs, der sich hier herumtrieb, die alten Kiebitze geholt hatte, was war denn? Dann mußten die Eier einfach schlecht werden. Er würde auch nur zwei nehmen. Eins mußte liegenbleiben, für den Fall, daß die Alte zurückkam, ein Nestei mußte sein, dann war es auch keine Sünde. Den Hühnern nahm man ja sogar alle Eier weg, jahrelang, hinterher wurden sie auch noch geschlachtet, und ein Kiebitz konnte sich neue Eier legen, soviel er wollte, schlachten tat ihn keiner. Wenn ihn der Fuchs nicht holte. Die Hühner hatten es viel schlechter, die fraß der Fuchs und der Mensch.

Martin versenkte die zwei Eier in die Hosentaschen, vorsorglich in jede Tasche eins. Sein Gewissen war ganz rein, nun ihm auch noch der Standpunkt Gottes zu der Sache eingefallen war: »Machet sie euch untertan und herrschet über die Fische im Meer und über die Vögel unter dem Himmel und über alles Getier, das auf Erden kriechet!« Fische hatte er heute noch nicht mal gefangen.

Ein fürchterliches Krähengeschrei ließ ihn wieder zum Tanger sehen. Sie mußten etwas Besonderes haben, wenn sie sich so anstellten, entweder einen Junghasen oder ein junges Karnickel. Martin sah wieder einmal den Gerechten winken und eilte zur Stätte der Untat, bereit, die feige Räuberbrut ausein-

anderzujagen und irgendeine verzauberte Prinzessin zu befreien. So herrlich eine solche Aufgabe auch war, er vergaß doch nicht, daß die Räuber eben nur Krähen waren. Bei Krähen mußte man wissen, wie man vorgehen wollte: entweder als Jäger vorsichtig heranschleichen oder einfach so hergehen und tun, als sei man ein Arbeiter.
Martin entschloß sich, als Jäger zu erscheinen. Von einer Akazie schnitt er sich einen Stock ab als Gewehr, damit sie wenigstens Angst kriegten.
Das Geschrei hatte sich inzwischen verstärkt. Er stellte den Korb mit dem Roggen und dem Heu weg und kroch auf dem Bauche näher, ein großer Kienstubben gab ihm Deckung. Da tanzten sie wie die Wilden, kakelten, zankten sich und hackten sich mit den Schnäbeln. Jetzt müßte man ein richtiges Gewehr haben. Er legte den Stock an die Backe und zielte, erst auf eine, dachte sich ein Piff, zielte auf eine andere, dachte sich ein Paff, es wurde auch so eine große Strecke.
Als er sein Gewehr absetzte, um neu zu laden, hatte er das Gefühl, am linken Schenkel feucht zu sein. Verflucht, das Kiebitzei. Das andere war, Gott sei Dank, noch heil. Das hatte er nun wieder mal für seine edle Tat. Er zog die nasse Hosentasche heraus und wischte sie mit Sand ab.
Was hatten nur die Krähen, daß sie plötzlich mit wildem Geschrei aufschwärmten, aber nur auf die nächste Kiefer? Er krümmte beide Hände, hob sie vor die Augen und sah durch das so geschaffene Fernglas hinüber. War es die Möglichkeit, der Fuchs! Hinter dem verbrannten Wacholder bewegte sich deutlich das hohe, dürre Heidegras, da kam er sicher heran. Entweder wollte der nun auch auf Kar-

nickel gehen oder auf Krähen. Nein, auf Krähen wohl nicht, an Krähen traute der sich nicht heran.
Martin war gewillt, sich die Entwicklung ruhig anzusehen, aber er konnte es nicht. Die Krähen waren wieder vom Baum heruntergekommen, nun konnte man auch erkennen, daß sie sich um ein totes Karnickeljunges stritten. Solche Räuberbande, solche Verbrecher.
Mit einem langen Satz war Martin hoch, brüllte »Hehe!« und warf den Stock, welcher doch nicht schoß, unter die schwarze Brut. Es blieb keine auf der Erde liegen, wüst spektakelnd flüchteten sie in die Kiefern. Dafür saß der Jäger im Sand, vor lauter Schreck. Zu gleicher Zeit, als sein Stock unter die Krähen flog, stürmte von der anderen Seite hinter dem verbrannten Wacholdergestrüpp, laut bellend und blaffend, der Fuchs heran, direkt auf ihn zu, verwandelte sich mit jedem Sprung mehr in einen Hund, und der Hund verwandelte sich in Flock.
Martins Verblüffung legte sich erst, als Flock, der die letzte Handlung seines Herrn als endgültige Versöhnung angesehen hatte, von der aussichtslosen Krähenjagd zurückkehrte und sich artig neben seinen Herrn hinsetzte, als wollte er sagen, na, ich wußte es ja, das mit dem Hauen vorhin und dem Nachhauseschicken war doch nur Spaß; lange genug bin ich hinter dir hergeschlichen und habe mich nicht herangetraut, bei der Geschichte im Graben vorhin, da hätte ich es beinahe gewagt. Dazu bettelten seine Augen: Nun mach mir auch das dumme Eisen vom Hals ab, da kann man nicht mit rennen, das schlägt einem ja die Beine entzwei. Der Schlüssel schleppte auf der Erde, es war ein Wunder, daß er überhaupt noch an der Strippe hing.

Nachdem also bewiesen war, daß Flock wirklich mit einem Esel Ähnlichkeit hatte, knüpperte Martin dem sich ängstlich duckenden Hund die Strippe mit dem Schlüssel ab und gab Flock lediglich eine Ohrfeige. Der nahm die gnädige Behandlung als Dank für bewiesene Treue und quittierte sie mit vergnügtem Schwanzwedeln und mit einem erwartungsvollen Blick: So, das wäre erledigt, was machen wir nun?
Sie machten nichts mehr. Da nun alles da war, der Korb, das Karnickelfutter, der Schlüssel und Flock, trat oll Mutter Harms dazwischen und mit ihr das schlechte Gewissen wegen des vergessenen Auftrags. Martin zog Schuhe und Strümpfe an, nahm seinen Korb und ging gen Kummerow, gewillt, alles, was im Dorfe seiner harrte, mutig und demütig als Strafe zu ertragen. Eins war ihm ja als Trost geblieben: das Kiebitzei.

Von der Blankseite und der Schietseite des Lebens

Ungewöhnliche Vorhaben erfordern ungewöhnliche Wege. Ein Mensch, der seine fünf Sinne beisammen hat, wählt, und wäre er von Natur gleich so mutig wie Napoleon, doch nicht die Straße, auf der er mit ziemlicher Sicherheit eine feindliche Übermacht trifft.
Das war für Martin die Dorfstraße. Also machte er einen Umweg und schnürte mit Flock über die Wiesen auf den Weg zu, der am gräflichen Park vorbeigeht, um das Schloß herumführt und es gestattet, hinter der Kirche entlang direkt zum Pfarrhaus zu kommen. Erst einmal mit eingeflochten in die heilige Handlung des Pastors, ließ sich schon eher ein Richtweg zum väterlichen Hof und ein Ausweg vor dem mütterlichen Zorn finden. Doch auch der Weg zum Pfarrhaus ist oft nur mit guten Vorsätzen gepflastert.
Die breite Böschung zwischen dem Weg und dem Schloßgraben, für die Kinder einst im Sommer eine beliebte Rutschbahn ins Wasser, hatte der Gärtner im letzten Jahr mit Rasen besät und sie so gewissermaßen in den Schloßgarten mit einbezogen, damit im Park die spazierengehenden herrschaftlichen Augen nicht durch den nackten Sandboden der Böschung und die meist ebenso nackten Dorfgören

verletzt wurden. Martin erinnerte sich, daß sein Vater ihm die Arbeit des Gärtners so erklärt hatte.
Auf diesem frisch gekämmten Rasen saßen drei Kinder und spielten. Ein sauber angezogener siebenjähriger Junge, der Sohn des Schloßgärtners; ein feines, kleines, sechsjähriges Mädchen, Komtesse Jutta von Runcowricz; ein barfüßiger, untersetzter, rothaariger Bengel, Johannes Bärensprung, in zu weiter Hose und zu enger Jacke. Hinter Johannes, noch auf dem Weg, standen wie drohende Ausrufungszeichen zwei lange schwarze Rohre, die glänzend geputzten Langschäfter des Herrn Inspektors.
Die Kinder spielten ein beliebtes und schönes, aber reichlich destruktives Spiel. Es hieß »Metza, Metza Blanksiet, Schietsiet!«, und Pastor Breithaupt hatte auch von ihm festgestellt, es stamme noch aus der verwünschten Heidenzeit.
Eine ganz einfache Sache übrigens: Ein aufgeklapptes Taschenmesser wird an der Klingenspitze gefaßt, mäßig in die Höhe geworfen, wobei es sich aber rasch drehen muß. Dazu ruft der Spieler fragend: »Metza, Metza Blanksiet?« Fällt das Messer mit der Seite der Klinge nach oben, auf der die Kerbe für den Daumennagel ist und »Solingen« oder so etwas von besonders prima Stahl steht, dann ruft der Spieler noch einmal »Blanksiet!«, diesmal jedoch triumphierend, und die Mitspieler sprechen es traurig nach. Dann hat der Spieler gewonnen. Fällt die eigentliche Blankseite der Klinge, die glatte, ungestempelte, nach oben, dann hat der Spieler verloren, die Mitspieler rufen schadenfroh: »Schietsiet!«, und der Spieler sagt dumpf: »Schietsiet!«
Das wäre nun an sich kein Spiel mit Gewinn und Verlust, jedenfalls kein Grund und Boden zerstören-

des Spiel. Aber die Spieler haben vor sich jeder einen Kreis in den Rasen geschnitten, möglichst gleich große Kreise. Woraus hervorgeht, daß man das Spiel nur auf Wiesen, Moosboden, Grasnarben oder eben auf Rasenflächen spielen kann. Es spielen nur immer zwei, es ist eigentlich eine Art Duell, die anderen sind nur die Sekundanten oder der Chor. Wer Blanksiet hat, kann aus dem Kreis des Gegners ein Stück Rasen herausschneiden, jedoch darf er nie mehr als die Hälfte vom gegnerischen Besitz auf einmal nehmen. Mit dem Gewinn an Grasstücken pflastert er die Löcher im eigenen Kreis aus, oder er stapelt die Stücke auf. Besiegt oder tot ist, wer schließlich vor einem nackten Kreis sitzt. Womit das Spiel zu Ende sein könnte. Doch jetzt wird es erst interessant, da der Sieger sofort von einem der Sekundanten herausgefordert werden kann, der für sich einen neuen Kreis aus dem Rasen schneidet und zu gewinnen trachtet, obwohl der andere ihm mit hundert Prozent überlegen ist.

Wie so vieles in Kummerow, soll also auch das Messerspiel auf die alten Heiden zurückgehen. Weshalb es wohl auch bei den Christen so beliebt ist. Wo in Kummerow ein Grasstreifen am Weg oder auf dem Dorfplatz ist, da sind auch die Narben vom Metza-Spiel zu sehen. Und die seltsamen kreisrunden Wasserlöcher in der Feldmark, sie sollen übriggeblieben sein, als die alten Riesen von Kummerow anfingen, das Spiel unblutig zu spielen. Vorher nämlich, die Heiden, das muß schrecklich gewesen sein.

Schon immer scheint Kummerow in der deutschen Geschichte eine große Rolle gespielt zu haben. Es wären sonst schwerlich die Könige ins Bruch gekommen, um hier zu spielen bis zum Verbluten. In

Kummerow setzten sich früher also zwei feindliche Könige gegenüber, und wer Blanksiet hatte, was damals nicht mit dem Messer, sondern mit einem gewaltigen Schwert gespielt wurde, der nahm die Hälfte der Gefangenen des andern, oder der Kriegsknechte, oder der Edlen, oder der Söhne vom andern König. Und das war so: ein Königssohn war gleich zehn Edlen, ein Edler gleich zehn Knechten, ein Knecht gleich zehn Gefangenen. Weiß der Himmel, wer diese Bewertung zuerst aufgebracht hat; viel verwunderlicher ist ja, daß sie auch heute noch gilt. Wenn es damals nicht mehr glatt aufging mit der Hälfte der gewonnenen Personen, wurden die einzelnen, die gerade als Gewinn galten, mitten durchgeschnitten. Was mal Gefangene, mal Knechte, mal Edle und auch mal Königssöhne treffen konnte. Es waren eben Heiden damals.
Heute schnitt man keine Menschen mehr durch, jedenfalls keine Edlen und Königssöhne.
Es war ihnen auch verboten worden damals, als sie frisch getauft waren. Da spielten sie »Metza, Metza Blanksiet, Schietsiet!« um ihre Pferde und Rinder, die durften sie mitten durchschneiden. Und als auch das verboten wurde oder als sie keine Tiere mehr hatten zum Durchschneiden, da spielten sie um ihre Felder und Wiesen, bis sie alles verloren und zerschnitten hatten und ganz arm geworden waren. Ja, und nun spielten die kleinen Kinder von Kummerow um Rasenstücke.
Jedes Kind kannte die schreckliche Vorgeschichte des Spiels. Pastor Breithaupt, der es nicht leiden konnte, hatte die Sache mit dem Durchschneiden zur Abschreckung im Religionsunterricht erzählt. Aber wie das schon immer war mit den guten und

bösen Taten in Kummerow: zuerst waren die Kinder wohl erschrocken über die grausamen Heiden, dann fingen sie das Spiel erst recht wieder an und bedauerten bald nur, Christen zu sein. Woraus sich für die Kummerower als tiefer Sinn von Pastor Breithaupts vorchristlicher Forschung ergab, der Mensch müsse mit Kraft und Geschicklichkeit und, wenn es geht, mit List verhindern, auf die Schietseite des Lebens zu geraten.

Wenn da einer, den das Leben schon bei der Geburt sozusagen auf die bescheidene Seite gelegt hatte, wie Johannes Bärensprung, versuchte, durch Listen und Mogeleien nicht nur zu verhindern, daß zuviel Stücke aus seinem Fell geschnitten wurden, daß er sogar bestrebt war, mit Hilfe solcher Listen und Mogeleien möglichst viele Stücke aus der Haut des andern zu schnippeln, wen will das verwundern?

Wären Pastor Breithaupt und Kantor Kannegießer Philosophen des deutschen Idealismus, Lesebuch-Dichter oder auch nur konservative Politiker gewesen, dann hätten sie dem Kummerower Nachwuchs, anstatt ihn mit Heidengeschichten vergeblich zu erziehen, bewiesen, daß der Mensch durch Erkenntnis von der Notwendigkeit eines elendigen Lebens im Diesseits als Voraussetzung eines Schlaraffendaseins im Jenseits viel eher zum Guten kommt. Beispielsweise hätten sie das Messerspiel so erklären können: Seht mal, Kinder, in Wirklichkeit ist doch bei einem Messer die Schietseite eigentlich die Blankseite, denn von den beiden Seiten des Messers ist die Schietseite die reine und blitzeblanke. Und ist nicht die Blankseite bei einem Taschenmesser, wo der Stempel eingekratzt und wo auch die Nagelkerbe ist, welche beide bei einem richtigen

Taschenmesser doch immer voll altem Schiet sind, ist nicht solche sogenannte Blankseite die eigentliche Schietseite eines Messers? Also ist es auch mit der des Lebens, welche wir die Armut nennen. Diese ist in Wirklichkeit die Blankseite der Seele, und nur die törichten Regeln des Spiels oder Kampfes um irdischen Besitz haben Blanksiet und Schietsiet verwechselt!
So hätten sie sagen können, wären sie Philosophen, Dichter oder auch nur Politiker gewesen. Sie hätten schon so sagen müssen als richtige erwachsene Christenmenschen und Streiter für die unversehrte Erhaltung der bisherigen Einteilung der Erde und der Menschheit und hätten dabei noch den Bösen verantwortlich machen können für die Trübung unserer Augen. Zwar hätten sie damit einen auf das Irdische gerichteten Geist wie den von Johannes Bärensprung wohl nicht verändern können, denn dieser Geist fürchtete Geister überhaupt nicht, nur die Menschen; aber der Geist von Martin Grambauer wäre vielleicht zu beeinflussen gewesen, denn Martin fürchtete Geister über alles, dafür jedoch keinen Menschen in Kummerow und in der restlichen übrigen Welt.
Da die bestellten Erzieher von Kummerow das nicht getan hatten, spielten nun eben auch der kleine Gärtnersohn und die kleine Komtesse unter Anleitung von Johannes Bärensprung und somit nach alten Regeln »Metza, Metza Blanksiet«. Wobei Johannes, seinem innersten Wesen getreu, versuchte, auch als Nichtmitspieler etwas zu gewinnen, dadurch, daß er sich freiwillig in den Dienst der Mächtigen der Erde stellte und im Interesse der kleinen Gräfin den Gärtnersjungen bemogelte, was von der jungen

Dame zwar bemerkt, aber als selbstverständlich hingenommen und mit dankbaren Blicken an Johannes belohnt wurde. Sicher sah Johannes sich schon als glücklichen Gräfin-Bräutigam oder doch im Besitze eines anderen herrschaftlichen Gegenstandes.
Da fiel ein Schatten auf seine Hoffnungen. Der ihn warf, war Martin mit dem Korb und mit Flock.
Der Schatten sah eine Weile zu, dann sagte er: »Johannes schummelt, laß mich mal, Ewald!«
Johannes hatte dafür nur einen wütenden Blick.
Die kleine Gräfin brachte mehr auf. Sie zeterte los: »Gehste weg, Martin, das ist unser Rasen!«
Und der kleine dumme Gärtnersjunge zeterte ihr nach: »Geh weg, du, ich sag's Vatern!«
Worauf sie weiterspielten und Johannes aus dem Armenhaus weiter für die Gräfin aus dem Schloß den Gärtnersjungen bemogelte, als sei der Schatten Luft und Sonnenschein.
Nach einer Weile sagte der Schatten und stieß Johannes mit der Schuhspitze in den Rücken: »Wenn du mich läßt, schenk ich dir 'n Kiebitzei!«
Mit einem Ruck warf die kleine Gräfin das Messer hoch und richtete sich gerade: »Darfst ja gar kein Kiebitzei haben, du! Das sag ich Herrn Schneider. Dann holt dich der Schandarm.«
»Er hat ja gar keins«, antwortete Johannes verächtlich, ohne aufzusehen, und schnitt dem Gärtnersjungen, der neugierig auf Martins Kopf schielte, trotz der gräflichen Schietseite einen gehörigen Flatschen aus dem Kreis.
Martin langte schweigend in seine Hosentasche: »Wenn du mitkommst, Johannes, schenk ich's dir.«
»Ich sag's Herrn Schneider!« empörte sich die

Kleine noch einmal. »Abgeholt wirst du – vom Schandarm! Die Kiebitzeier sind alle unsre!«
»Ist ja bloß ein Krähenei«, antwortete Martin und plinkerte Johannes zu. Fahr wohl, Komtesse Jutta, Johannes sah in greifbarer Nähe einen reichlicheren Lohn. Der hatte also ein Kiebitzei gefunden, indessen er umsonst umhergestromert war, eigentlich zum erstenmal ohne den Freund. Johannes sagte krampfhaft: »Kannste ja der Pfaffen-Ulrike schenken. Ich hab viel mehr Kiebitzeier gefunden!« Pfaffen, das sagte er, um den andern ordentlich zu treffen. Das hatte er vom Großvater. Wenn er etwas gegen den Pastor hatte, dann sagte er immer Pfaff.
Die Prahlerei mit eigenen Kiebitzeiern wäre Johannes von der Gräfin übel verdacht worden, hätte Martin sich nicht hingesetzt. »Wenn du mich mitspielen läßt, Jutta, schenk ich's dir!« Damit nahm er auch schon das Messer auf.
Johannes ergrimmte über den treulosen Freund, der ihn wegen Ulrike verlassen hatte und nun auch noch nach der Gunst von Jutta strebte. Doch wie vorhin ein Schatten, ein kleiner, auf eine Hoffnung gefallen war, so fiel jetzt ein großer Schatten auf seinen Zorn.
Dieser Schatten packte Martin von hinten am Kragen und zog ihn hoch. Die anderen sprangen von allein hoch, und Johannes retirierte trotz aller Genugtuung über das, was er als ausgleichende Gerechtigkeit ansah, erst mal fünf Schritte. Der Schatten gehörte dem Gärtner, der schüttelte Martin und sagte: »Du Lausebengel, ich will dich lehren, den neuen Rasen kaputtmachen!«
Martin versuchte, die Hand abzuschütteln, erfreut, hinter sich Flocks Knurren zu hören. Er sagte zuerst

aber nicht, wie er es vorhatte: Flock, faß ihn, sondern: »Ich hab keinen Rasen kaputtgemacht.«
»Lügen tust du auch noch? Wo du das Messer noch in der Hand hast?«
Das war richtig, das Messer hatte er.
Fünf Augenpaare sahen mit fünf verschiedenen Blicken auf Martins Hand.
Nein sechs waren es, auch Flock machte mit.
Martin lenkte seinen Blick weiter auf Johannes' Gesicht, dann auf das von Jutta. Sie mußten jetzt doch sagen, daß er noch gar nicht gespielt hatte! Als er hier keine seelischen Blankseiten traf, versuchte er, den Kopf nach Flock zu wenden. Die Gärtnersfaust hielt jedoch fest, und so deutete sich Flock das wütende Schütteln an seines Herrn Kragen, das von der Gärtnersfaust ebenso herrührte wie von Martins störrischen Genickbewegungen, auch ohne Kommando, und da auch noch die gärtnerische Linke gegen Martins Backe knallte, sprang Flock gegen den Hosenboden des Gärtners.
Grundsätzlich faßte Flock nur Mannsleute am Hosenboden. Frauen rührte er nicht an. Kinder schon gar nicht. Jungens nur, wenn sein Herr zu unterliegen schien oder wenn er aufgefordert wurde. Auf männliche Hosenböden war Flock gekommen, weil die Männer von Kummerow Langschäfter anhatten, deren Unempfindlichkeit gegen Bisse Flock in seiner Jugend unter dem Verlust eines Reißzahns kennengelernt hatte. Oberhalb der Langschäfter jedoch waren auch schimpfende Männer empfindlich.
»Töle, verfluchte!« schimpfte der Gärtner, ließ Martin los und drehte sich mit solchem Schwung herum, daß Flock abflog und auf die blankgeputzen Röhrenstiefel fiel.

»He, Sie, das sind Herrn Entspekter seine!« brüllte Johannes den Gärtner an, ging aber doch noch ein paar weitere Schritte zurück.
Martin war dort stehengeblieben, wo die Hand des Gärtners ihn entlassen hatte. Jetzt drehte der Gärtner sich wieder zu ihm her.
»Ich habe den Rasen nicht kaputtgemacht!« Zornig stampfte Martin mit dem Fuß auf den Boden, zertrat aber dabei nur die durch Johannes Spieltechnik vor dem gräflichen Kreis aufgestapelten Rasenstücke und schmiß das Messer auf den Boden.
Auf diese Handlung antwortete der Gärtnersjunge, der bisher ebenso ängstlich wie unschuldsvoll seinen Vater angeschaut hatte, mit einer großen Dummheit. Er sprang hinzu, hob das Messer auf und wollte es zuklappen. Ja, und da erkannte der Vater das Messer als Eigentum seines guterzogenen Sprößlings, langte ihn sich, legte ihn übers Knie und kühlte den Schmerz im eigenen Hosenboden durch eine ordentliche Erhitzung und Rötung seiner kleineren Ausgabe. So wurde diese Seite der Sache gewissermaßen eine Familienangelegenheit.
Wie der Bengel brüllte. Schließlich verstanden sie es doch: »Sie hat — schuld — Jutta hat — spielen wollen — sie hat angefangen — Jutta — huhu —«
Der Gärtner ließ seinen Jungen los, dem Jutta einen Blick unsäglicher Verachtung zuwarf. Dann sah sie ermunternd auf Johannes, doch der schien noch beschäftigt, das Für und Wider eines Eintretens für die Gräfin abzuwägen.
»So, sieh mal an«, raunzte der Gärtner zu der kleinen Komtesse hin. »Ihre Gnaden! Dann werd ich dir mal den gräflichen Popo vollhauen müssen!«
Nun schmiß Jutta ihre Verachtung zu dem riesigen

Mann hinauf und würzte sie noch durch ein Kräuseln des Näschens: »Sie dürfen mir gar nichts tun. Sie sind ja bloß der Gärtner. Und das ist unser Rasen.«
So, nun war er vernichtet. Stolz sah sie die Männer an und nickte Martin zu, als sollte der nun den Gärtner übers Knie legen.
Martin hatte kein Verständnis für die Wandelbarkeit herrschaftlicher Launen, er ging zu seinem Korb wie Johannes zu Herrn Inspektors Stiefeln.
Jutta machte ihr hochmütigstes Gesicht, nahm ihren Ball und ihre Puppe und stolzierte am Graben entlang der kleinen weißen Brücke zu, die in den Park führte, wobei sie sich, um den Gärtner zu ärgern, Schritt für Schritt bemühte, mit ihren Absätzen Rasenhalme auszuwetzen. Sie fühlte sich von ihren Verehrern im Stich gelassen. Deshalb drehte sie sich an der Brücke um, rief: »Martin hat 'n Kiebitzei!« — und lief weg.
Johannes, im Begriff, mit viel Hauch, etwas Spucke und dem Zipfel seiner Jacke die durch Flocks Pfoten leicht verschrammten und bestaubten Inspektor-Schäfte auf neu zu polieren, rief erschrocken: »Ist ja gar nicht wahr, Herr Meinert. Er hat man bloß 'n Krähenei.«
So sehr sah er den noch nicht erlangten Besitz gefährdet, daß er der Komtesse sogar die Zunge herausstreckte und »alte Petze!« hinter ihr her schimpfte und gleich weiterpetzte: »Doch hat sie angefangen, Herr Meinert!«
»Was hast du da in dem Korb?« fragte der Gärtner drohend.
»Grünes aus'm Tanger für Annas Einsegnung«, knurrte Martin leicht beunruhigt.
»Kannst du da nicht vorher fragen?«

Martin zog es vor, ihn mit Stillschweigen und Weggehen zu strafen.
»Halt mal«, rief der Gärtner, »was ist da unter dem Grünen?«
»Lauter Kiebitzeier«, spektakelte Johannes, »'n ganzes Schock haben wir.«
Das war nun Unsinn, an die Kiebitzeier glaubte Herr Meinert überhaupt nicht. Sein Mißtrauen war nach einer anderen Richtung reger geworden. »Da sah ich doch Heu rausgucken, da unter dem Grünen!?«
Nach ein paar Schritten drehte Martin sich um: »Soll ich die Kiebitzeier etwa mit Klamotten einwickeln?«
Worauf sie, Martin, Johannes und Flock, einen kleinen Trab einlegten.
Wodurch ihnen entging, daß Herr Meinert in Ermangelung eines anderen Objekts seinem schon wieder feixenden Sprößling noch eine klebte.

Ackerer unseres Herrn

Für das Kiebitzei wollte Johannes seine Seele verkaufen und mit zum Pfarrhaus gehen. Aber nur bis ran.
Martin, froh, den Freund schon halb wiedergewonnen zu haben, versuchte dennoch, einen Extradienst herauszuschlagen. Johannes sollte auf Grambauers Hof gehen, nach Martin fragen und dabei ausspionieren, wer zu Hause war und wie sie es angestellt hatten, hineinzukommen.
Johannes war schon zurück, bevor Martin das Pfarrhaus erreicht hatte. Ja, die Tür vom Hof ins Haus sei auf, und bloß Lisa sei da, sitze auf der Bank auf dem Hof und habe eine große Stulle.
Mit einem Schlag verspürte auch Martin einen fürchterlichen Hunger, und düstere Gedanken befielen ihn. Sie wurden nicht leichter, als ihm auf dem Pfarrhof gleich Ulrike entgegenlief, auch mit einer Stulle in der Hand.
»Ulrike?« fragte er schüchtern. Sie machte schnippisch »Pah« und ging nach der Scheune.
»Willst mal ein Kiebitzei sehen?« rief Martin hinterher. Da ballerte es laut am Tor des Pfarrhofes. Das war Johannes, der die Frage gehört hatte und mit Recht um seinen Besitz fürchtete.
Ulrike machte halt und schien zu überlegen.

»Schenkste es mir?« Martin fühlte, er geriet in Gefahr, den Freund ein zweites Mal um die Braut zu verraten. Das Ballern an der Hoftür wurde heftiger, es zeigte deutlich, Johannes war nicht gewillt, zu verzichten. Auch Flock schien zu protestieren, er bellte laut.

Frau Pastor kam heraus und fragte freundlich: »Na, Martin, was bringst du?«

Beinahe hätte er geantwortet: »Ein Kiebitzei!« Er war ganz verwirrt. »Ich will zu Herrn Pastor, ich soll was bestellen.«

»Herr Pastor ist auf dem Kirchenacker und pflügt«, sagte die Pastorin, »da geh man fix hin und bestell es.«

Froh, der Entscheidung über das Kiebitzei enthoben zu sein, verließ Martin den Pfarrhof. Draußen empfing ihn Johannes mißtrauisch. Ein paar Schritte gingen sie nebeneinander her.

»Kommste mit auf'n Kirchenacker?« fragte Martin unsicher.

»Haste noch das Kiebitzei?« fragte Johannes zurück.

Martin zeigte es ihm.

»Krieg ich das nu?«

Hinter ihnen knackte die Klinke von Pastors Hoftür. Ulrike stand da und sah den schmerzlich Verlorenen mit Kiebitzei und dem Lumpenkönig von dannen ziehen. Nun würde er dem das Ei schenken, bloß weil sie zu patzig gewesen war.

Sie überlegte, ob sie über sich weinen oder über ihn schimpfen sollte, und entschied sich für das Schimpfen: »Nestausnehmer — Lumpenkönig — Nestausnehmer —«

Sie fuhren herum, aber da knallte Pastors Hoftür

auch schon zu. So sahen sie nicht, daß sie nun doch losheulte.
»Sie is'n Biest«, tröstete Johannes den Freund.
Der schien so betrübt, daß er es nicht hörte.
»Verstoßen brauchst du sie nicht«, lenkte Johannes ein, »aber das Kiebitzei mußte mir nu geben.«
»Johannes«, erwiderte Martin und kam aus tiefem Nachdenken zu sich, »lauf mal zu uns und sag Lisa, sie soll fix zu Ulrike kommen. Darfst aber nicht sagen, daß ich hier bin.«
»Wenn sie aber nicht geht?«
»Die geht schon.«
»Krieg ich dann das Kiebitzei?« Johannes war hartnäckig geworden.
»Wenn du dann mitkommst zum Kirchenacker!«
»Ehrenwort?«
»Ehrenwort!«
Lisa wollte nicht gehen, der Schlüssel zur Haustür hinten wäre weg, den hätte Martin verbummelt, und sie müsse hier sitzen bleiben, bis Anna wieder zurück sei.
»Wo ist sie denn?« fragte Johannes.
Bei Meyers Klara, und da sei noch Pilatzens Grete und Kehlbergs Frieda, und sie stickten da ihre Einsegnungshosen, und Mutter käme erst abends vom Feld.
Da operierte Johannes sehr geschickt, indem er aus Ulrike die Frau Pastor selbst machte, die durchaus Lisa Grambauer sehen wollte, und außerdem erbot er sich, zu warten und auf das Haus aufzupassen, bis Lisa zurück sei.
Die Kleine war kaum um die Ecke, da war Martin auch schon heran. Johannes mußte draußen Wache stehen, indes Martin ein paar gewaltige Fetzen vom

Brot herunterriß, Butter und Schmalz hatten sie wieder eingeschlossen, natürlich, als wenn er ein Stehldieb wäre. Aber der Pflaumenmustopf stand da, in der Not frißt der Teufel Fliegen. Ein paar dicke Mohrrüben lagen auch herum, bloß rein in die Taschen und los. Nein, erst noch rasch ein paar tiefe Züge aus dem Milcheimer. Martin schloß, wie man es ihm seit Jahren zur Pflicht gemacht hatte, die hintere Haustür zu und legte den Schlüssel im Stall auf den ersten Balken, ein bißchen weit nach hinten ins Dunkle allerdings, damit sie annehmen könnten, sie hätten ihn mittags übersehen, stopfte den Karnikkeln etwas Futter in die Kisten, stülpte den Korb um, pfefferte ihn auf den Hof, als hätte er dort seit dem Morgen gelegen, und haute ab mit Johannes und Flock, dem Kirchenacker zu.
Pastor Breithaupt pflügte eine Furche, schnurgerade und gleichmäßig tief, es konnte sich mancher Kummerower Bauer ein Beispiel an seinem Seelenhirten in diesen irdischen Dingen nehmen. Sie erkannten das auch an, und wenn sie seinen hochdeutschen Namen ins Plattdeutsche mit Dickkopp übersetzten, so lag darin nur eine Art Anerkennung. Wußten sie doch genau und trugen es mit Stolz: sie hießen zwar nicht Breithaupt, aber Dickköpfe waren sie alle.
Der Pastor hatte die Jacke ausgezogen. Da ging er nun in Hemdsärmeln, ein riesiger, breitschultriger Mann, den Halskragen offen, mit bloßem Kopf, stampfte in Langschäftern die Furchen entlang und dampfte dabei aus einer halblangen Bauernpfeife wie seine beiden Braunen aus den Nüstern und aus dem Fell.
Er war sichtlich in glänzender Laune. Das wurde ein gesegnetes Jahr, der Boden hatte die richtige Feuch-

te, und die Krume war dabei mürbe. Guten Mist hatte er auch und prima Saatkartoffeln, er wollte es mal mit Frühkartoffeln für die Großstadt versuchen. Wenn der Herrgott ähnliche Voraussetzungen für die Bearbeitung der Kummerower Seelen schaffen möchte wie für die Kummerower Erde, dann wäre die Pfarre ein kleines Paradies. Muß auch, muß auch, sagte er sich. Die beiden Gymnasiasten im Internat, die kosteten was. Bloß der Ärger mit den Heiden von Kummerow, die tranken und spielten und tanzten und setzten uneheliche Kinder in die Welt, die Kirche war immer halb leer, mit den Abgaben knickerten sie und stänkerten, und ans Seelenheil dachten sie kaum. Bei den letzten Reichstagswahlen hatten sie sogar zwei sozialdemokratische Stimmen abgegeben, und der Graf hatte nur herausgekriegt, daß die eine von dem Maschinisten Dreier stammte. Ob wirklich Kantor Kannegießer der andere Umstürzler und Königsmörder war? Oder Gottlieb Grambauer? Schöne Zustände, daß sie das nicht hatten feststellen können. Na prrr! Pastor Breithaupt klopfte seine Pfeife am Pflugsteert aus, drehte das Mundstück ab und pustete durch das Rohr, daß der schwarze Sabber weit über das Feld flog. Er war ein Ackerer unseres Herrn, er wollte ihnen schon den Marsch blasen, und wenn es auf einem Pfeifenrohr sein müßte. Er stopfte die Pfeife neu und riß das Schwefelholz an dem rechten Langschäfter an.
Johannes hatte es vorgezogen, am Wegrand unter einer verkrüppelten Akazie sitzen zu bleiben und lieber einem sich im Gezweig schaukelnden Häher unter den Schwanz als seinem Pastor ins Gesicht zu sehen.
»Nun, mein Sohn was führt dich zu mir?« Der Pastor

schmauchte mit Genuß die frische Pfeife, die nicht ein bißchen röchelte. Auf dem bartlosen Gesicht mit der nicht nur von Wind und Wetter geröteten Haut lag Wohlbehagen.
Martin, dem beim ersten Anblick des Pastors der schreckliche Gedanke gekommen war: Wenn er jetzt bloß nicht nach dem Heiden-Döpen fragt!, zeigte oder verbarg sein schlechtes Gewissen unter einer tiefen Verbeugung. »Frau Schmidten vom Ausbau läßt sagen, und der Herr Pastor möchte doch sofort kommen, oll Mutter Harms will sterben und möchte noch fix das heilige Abendmahl.«
Über das Antlitz des Seelenhirten legte sich langsam eine Wolke des Unmuts und verdüsterte förmlich die Wolke aus Tabakrauch, die einen halben Meter vor diesem Gesicht stand.
»Muß das denn gerade jetzt sein?« Er sagte es zu sich oder zu den Pferden und sah nach der Gegend, wo der Ausbau lag.
»Bei solch schönem Wetter zum Pflügen, nicht? Aber sie meint, sie kann nicht mehr länger machen«, schwatzte der Junge gewichtig.
Pastor Breithaupt drehte den verfinsterten Kopf halb über die Schulter. »Halt's Maul!« Dann blickte er wieder in die Weite.
Er hält wohl Zwiesprache mit Gott, dachte Martin und sah scheu auf den priesterlichen Hinterkopf.
Der Kirchenacker lag ungefähr auf halbem Wege zwischen dem Dorf und dem kleinen Gehöft der Frau Schmidt. Wenn er jetzt mit den Pferden nach Hause mußte, dann zu Fuß zu Mutter Harms, zurück zum Pfarrhof, wieder mit den Pferden auf den Acker, dann war es Abend, sonst wäre er heute fertig geworden. Ausgerechnet bei solch herrlichem Pflüge-

wetter mußte Frau Harms sterben wollen, der Junge hatte schon recht gehabt. Es war ein Kreuz mit den Kummerowern.
Der Pastor drehte sich um, Zufriedenheit im Gesicht, er hatte eine Erleuchtung: »Hör mal, mein Sohn, du bist doch nun Kirchenjunge von Ostern ab.« Von Palmarum ab, dachte Martin, das weiß er nicht mal. »Sehr jung noch, aber Herr Kantor sagt, du wirst es können. Lichter anstecken, Liedertafeln in Ordnung halten, Betglocke stoßen, Friedhofstüren schließen. Das ist eine große Ehre und setzt viel Vertrauen voraus. Sage deinem Vater, daß ich dieses Vertrauen zu dir habe.«
Martin wußte nicht, was das bedeuten sollte. Hatte der Priester vergessen, daß er ihm dies alles heute morgen schon einmal gesagt hatte? Er wußte nur, daß sein Vater mit Pastor Breithaupt spinnefeind war, deshalb ging auch der Vater nicht in die Kirche, sosehr die Mutter bat; nicht mal zu Annas Einsegnung wollte er gehen. Immer schimpfte der Vater auf den Pastor, und nun war der so gut und legte ihm sogar die Hand auf den Kopf, als wollte er ihn segnen.
»Geh mal flink auf den Pfarrhof und sage, Frau Pastor möchte dir den Talar einpacken und den Kelch und was alles nötig ist, um Mutter Harms den letzten Trost zu spenden. Und dann komm rasch wieder her.«
Martin sauste los, beglückt von so viel Ehre und Vertrauen. Und Johannes und Flock sausten mit, es fiel ein Glanz von diesem Strahlenschimmer auch auf sie. Und Pastor Breithaupt pflügte weiter.
»Schenkste mir jetzt das Kiebitzei?« fragte Ulrike sanft und machte gute Augen.

115

Martin fühlte sich schwach; er könnte für Johannes ja das Nestei holen, wenn so etwas auch nicht sein sollte. Aber nein, das war Verrat am Freund. »Ich bring dir morgen eins«, sagte er und verbesserte sich gleich, als er ihre Enttäuschung sah, »zwei, drei Stück kriegste morgen.« Damit sie bloß nicht weiterbohrte, fragte er laut: »Herr Pastor schickt mich, wo ist Frau Pastor? Ich soll'n Talar holen, oll Mutter Harms will sterben.«
Frau Pastor murmelte etwas Unverständliches und packte Talar, Barett, Beffchen, Kelch, ein kleines Fläschchen und ein kleines Schächtelchen in einen Pappkarton und wickelte eine Strippe darum. Ehrfurchtsvoll hatte Martin ihrem Tun zugesehen. Wenn er es recht bedachte, ging die Pastorsche eigentlich ein bißchen unfeierlich mit den heiligen Sachen um.
»Kannst du das auch tragen, Martin?«
»Johannes Bärensprung ist mit«, antwortete Martin ahnungslos. Er begriff nicht, daß Frau Pastor an ihm vorbei zur Hoftür lief. Ja, Frau Pastor, da müssen Sie ein andermal erst die Fenster zumachen, nun war kein Johannes mehr draußen.
»Daß du dich immer mit diesem Bengel rumtreibst!« Sie richtete ihren Zorn gegen Martin. »Du wirst noch genauso schlecht werden wie der rote Strolch!«
Verständnislos sah Martin ihr in die Augen. »Wieso?«
»Er hat vorhin deine Schwester Lisa hergeschickt, ich hätte sie rufen lassen. Das war alles gelogen. Was er bloß damit gewollt hat, der Lümmel?«
Martin machte sein unschuldigstes Gesicht, es entging ihm aber nicht, daß in Frau Pastors Augen ein Mißtrauen auch gegen ihn glomm.
Solange sie den Kirchenacker nicht sehen konnten, gingen sie langsam, dann aber preschten sie los, daß

der Karton zwischen ihnen nur so schaukelte und die heiligen Sachen durcheinandertrudelten. Diesmal ging auch Johannes mit heran, er war zu neugierig auf die Verwandlung des Herrn Pastor. »Ich habe Martin müssen tragen helfen, Herr Pastor«, entschuldigte er sein Dasein.
Pastor Breithaupt legte den Karton auf seinen Akkerwagen und machte ihn auf. Es war nichts vergessen. »Also nun hört zu, Kinder«, wendete er sich an die Jungens, »während ich bei Mutter Harms bin, paßt ihr mir schön auf die Pferde auf.« Sie nickten beide voll Eifer. Herrn Pastor gütig zu stimmen, das lohnte sich schon.
Pastor Breithaupt zog seine Joppe an. Darauf räkelte er sich und sah nach der Sonne. Darauf zog er die Joppe wieder aus. Die beiden Jungens, denen keine seiner Bewegungen entging, standen mit offenen Mäulern und starrten ihren Seelenhirten an, er zog den Talar über wie sie am Sonntag das Hemd. Die Beffchen — sie nannten sie Pfäffchen — band er um wie sie sonntags das eiserne Chemisett mit aufgenähtem Schlips. Nun setzte er das Barett auf. Das aber nicht wie eine Mütze oder einen Hut, nein, mit beiden Händen, wie die Großen bei Beerdigungen den Zylinder. Jetzt nahm er die kleine Flasche und hielt sie gegen das Licht.
»Da ist der heilige Wein drin«, flüsterte es aus Johannes.
Nun noch die kleine Schachtel, die steckte der Pastor, nachdem er sie einmal leicht geschüttelt hatte, in die Hosentasche. Er nahm dabei richtig den Talar hoch, wie Mutter ihre Schürze, und steckte die Schachtel in die Hosentasche.

Johannes' Stimme zitterte: »Da ist das heilige Brot drin!«
Aber Martin hörte es nicht. Martin war zerschmettert von einer Erkenntnis, die zugleich eine grausame Ernüchterung war. Der Pastor im Talar, das war für ihn immer etwas Heiliges gewesen, ein Prophet und Hoherpriester, ein Gesalbter des Herrn, kein Mensch aus dieser Welt, denn er redete auch anders als der Pastor im gewöhnlichen Anzug, er redete mit feurigen Zungen wie die Apostel. Der ziepte auch nicht an den Haaren und kniff in die Ohren. Bis vor zwei Jahren noch hatte Martin sogar geglaubt, der Pastor habe unter dem Talar überhaupt nichts an, da sähe er aus wie ein Engel, wie der Erzengel Gabriel vielleicht, bloß mit Schuhen an. Daß der Pastor unter dem Talar noch Hosenbeine hatte, war ihm zum erstenmal aufgefallen, als sie damals, bei der Beerdigung der Pilatzen, von unten durch die Kirchenpforte gelinst hatten. Sicher waren das auch keine gewöhnlichen Hosen, mit Knöpfen und Hosenträgern dran, sondern besondere Engelshosen. Weiter durfte ein Pastor nichts drunter anhaben.
Aber der hier —
Der trug unter dem Talar nicht mal einen Sonntagsanzug, nein, seinen englischledernen Feldanzug, mit Hemd ohne Kragen, und hemdsärmelig. Aber was das Schlimmste war — nun nahm er den Talar nochmals hoch, mit beiden Händen, wie die Frauen ihre Röcke, wenn sie durch den Modder müssen — da waren die Langschäfter zu sehen, und da war Lehm dran und richtiger Mist.
Martin stand da wie ein Kirschbaum, dem ein nächtlicher Frost alle Blüten zu Tode gekühlt hat. Das Heili-

ge, das Jenseitige, das Feierliche über dem Leben, das er als Sohn einer frommen Mutter trotz des heidnischen Vaters Sticheleien sich immer als etwas Außergewöhnliches, vom Alltag Getrenntes, gedacht hatte, als etwas, das mit unserem gewöhnlichen Leben gar nichts zu tun hat, als etwas Schönes, wie ein Gedicht oder eine Geschichte — er begriff es noch nicht, obwohl er es doch gesehen hatte. Das wurde also bloß so übergestreift, und darunter blieb alles, wie es bei den gewöhnlichen Leuten auch war, mit Schwitze im Hemd und Schiet an den Stiefeln. Wenn das vielleicht beim Propst auch so war und bei den Kaisern, wo die doch nicht bloß einen schwarzen Talar, sondern sogar einen Krönungsmantel aus Hermelin und Gold hatten?

Er schaute weg, zu den Pferden hin, als sollten die es ihm sagen, indes seine Augen brannten, und seine Ohren waren wie zu, so daß er nicht verstand, was da wisperte. Lieber Junge, zerbrich dir nicht den Kopf, laß die tieferen Einblicke liegen für die späteren Jahre, und wenn es sich bei den pompösen Dingen, die wir so gern über unsere erdhafte Wirklichkeit ziehen — einige aus Beruf, im Auftrag der Mächtigen, andere aus Neigung zum Knien —, wenn es sich dabei nur um Äußerlichkeiten handelt, dann mach kein großes Aufheben von sonntäglichen, heiligen oder majestätischen Röcken. Es gibt Wichtigeres zum Kopfzerbrechen und zur Ernüchterung. Wobei du freilich nicht so weit zu gehen brauchst wie Johannes, der hier keine Entzauberung erlebte, der aus Beruf und Neigung überhaupt nur die schmutzigen Stiefel des großen Mannes sah und mit einem rasch ausgeris-

senen Buschen Gras diensteifrig hinstürzte, um sie zu putzen.
»Recht so, mein Sohn!« lobte der Pastor.
Johannes war glücklich und wischte weiter wie toll.
Pastor Breithaupt hielt es für angebracht, die gute Gelegenheit und die Pause zur Bekehrung der jungen Kummerower Heiden zu benutzen. »Der Mensch soll nie müßig sein. Müßiggang ist aller Laster Anfang. Solange der Mensch arbeitet, sündigt er nicht. Die menschliche Seele ist wie ein Akker, er muß bestellt werden, jahraus, jahrein, soll er Früchte bringen. Segen schickt der Herr nur den Fleißigen.«
Sie nickten ergeben, obwohl sie nicht verstanden, warum er ihnen hier eine Predigt hielt.
»Du kannst doch mit Pferden umgehen, Martin?« fragte der Pastor plötzlich ganz weltlich.
Martin war noch nicht auf der Erde, jedenfalls nicht auf dem Kirchenacker.
»Ich kann auch mit Pferden umgehen, Herr Pastor«, antwortete Johannes für ihn und sah dienstfertig auf.
»Also dann schirrt sie man ab und gebt ihnen zu fressen. Der Futterbeutel liegt auf dem Wagen. Wasser könnt ihr aus dem Mühlgraben holen. Der Dunkelbraune bekommt weniger Wasser.«
Pastor Breithaupt ließ den Talar fallen, ging zum Wagen, nahm den Kelch in die Hand und schritt groß und mit gewaltigen Schritten, und jetzt wirklich feierlich anzusehen, zum Weg und zum Schmidtschen Gehöft.
Wenn ihm Bauern begegneten, zogen sie respektvoll die Mützen, nur die Krähen krakeelten zornig

hinter ihm her. Aber das war bloß, weil sie dies Bild auf der Feldmark noch nicht gesehen hatten.

Johannes lief schon nach Wasser und klapperte wie wild mit dem Blecheimer, damit der Pastor es auch hören sollte, als Martin noch immer versunken dastand. Worauf er die Pferde sachkundig abschirrte und ihnen die Krippe aufbaute. Sie wurden gut versorgt, das verstand sich von selbst.

Über seine Enttäuschung sprach Martin kein Wort. Johannes hätte ihn doch nicht verstanden, der sah nicht, daß der Pastor, der sich so rasch in einen heiligen Mann verwandeln konnte, sich in Wirklichkeit entzaubert hatte. Die Erkenntnis, das heilige Gewand von nun ab immer nur als eine Art schwarzes Hemd ansehen zu können, schmerzte tief. Ein Mensch, einfach ein Bauer, steckte darunter. Was wußte Martin, daß dies Pastor Kaspar Breithaupts bestes Teil war!

Das zufriedene Mahlen der Pferdezähne weckte langsam andere Gedanken. Martin packte seine Musstullen aus und die beiden Mohrrüben und wollte gerade brüderlich mit Johannes und Flock teilen, als Johannes etwas auf dem Wagen entdeckte.

Es war nichts Geringeres als eine Kalit, ein Span-Kober, den man an einer Schnur über der Schulter trägt.

In einer Kalit ist stets etwas zum Essen. Johannes machte auf. Bloß so aus Neugierde. In der priesterlichen Kalit lagen zwei schöne Winteräpfel, eine große Flasche mit Kaffee, eine kleine Flasche und, in Pergamentpapier gewickelt, zwei riesige Doppelstullen. »Was da wohl drauf ist?« Johannes packte aus. »Eine mit Schlackwurst und eine mit Schinken«,

stellte er schon nach äußerlicher Besichtigung fest, dann riskierte er es, eine Ecke hochzuheben: »Och, und ganz dick Butter auf!« Einen Apfel hatte er schon in der Tasche.
»Wenn er das aber merkt?« Martin war noch unschlüssig.
»Die Kalit packt die Olle doch, woher soll er da wissen, was drin ist?«
»Unsere gucken aber immer nach, bevor sie aufs Feld gehen«, bremste Martin.
»Großvater auch.« Johannes gab einen Gedanken preis, der vielleicht nur eine Vermutung war, kann auch sein, eine Erfahrung: »Aber 'n Pastor? Oder 'n Graf? Die können doch 'n ganzen Tag fressen, was sie wollen, die sind doch nicht so neugierig drauf wie 'n armer Mensch?!« Worauf er die eine Stulle, die mit Schlackwurst, in seiner Hosentasche verschwinden ließ.
»Wir sollen aber nicht stehlen«, wandte Martin ein, schon sehr schwach, und Flock, über alle Gebote erhaben, sprang wie besessen an Johannes hoch.
»Mensch, und Milchkaffee hat er, und ganz süß!« Johannes leckte sich den breiten Mund.
Da hatte Martin einen Gedanken, und das war ein wirklicher Gedanke, und ein moralischer dazu, und entlastete sie vom Verbrechen des Diebstahls. Er nahm die pastorliche Schinkenstulle, wickelte sie auf und legte sie nackt auf den Wagen. »Gib mal das Papier von der Stulle her, Johannes.« Ja, und dann wickelte er beide Musstullen in das Papier und steckte sie in die Kalit. Nun war das kein Diebstahl, nun war das ein Tausch. Sie ließen sich auch nicht lumpen, die beiden großen Mohrrüben bekamen Pastors Pferde. Und wenn der Pastor doch vorher

nachgesehen haben sollte, dann konnte er ja nun an ein Wunder glauben. Gott war allmächtig, der konnte Erdbeben machen und Sündflut, der konnte wohl erst recht so ein paar Stullen verwandeln, wenn er Herrn Pastor strafen wollte, weil er hemdsärmelig und mit Langschäftern unterm Talar zum Abendmahl geht. »Den Apfel teilen wir«, sagte Martin und holte das Taschenmesser hervor.
»Ist ja noch einer drin«, antwortete Johannes kauend und deutete mit der Schlagwurststulle auf die Kalit.
Daß Johannes, der das alles eigentlich ausgeheckt hatte, was vielleicht doch ein Unrecht war, auch noch besser belohnt werden sollte, fand Martin nicht gerecht. Also nahm er den anderen Apfel. Der Kaffee schmeckte auch, der gehörte ja zu den Stullen.
Diesmal war es Johannes, der bremste. »Du, das merkt er aber, wenn wir die Flasche aussaufen.«
Martin überlegte einen Augenblick. Donnerwetter, da waren sie aber dumm gewesen. Er ging mit der Kaffeeflasche, die noch halb voll war, zum Pferdeeimer, und da der Dunkelbraune bloß einen halben Eimer voll Wasser gekriegt hatte, war noch genug drin, um die Kaffeeflasche wieder aufzufüllen.
Johannes nahm die kleine Flasche aus der Kalit, hielt sie gegen das Licht und roch am Korken. »Richtenberger.«
Martin sah auch hindurch. »Dussel, Richtenberger ist doch weiß.«
»Selber 'n Dussel«, verantwortete sich Johannes, »wo die Flasche doch gelb ist.«
»Kümmel mit Rum trinkt er. Das weiß ich von Ulrike.«

Johannes gab nicht nach. »Du mit Kümmel und Rum! Feine Leute trinken das gar nicht. Dann höchstens Kognak.« Er lupfte den Korken und kostete: »Probier du mal!«
Martin nahm einen ganz kleinen Schluck. »Kümmel mit Rum«, bestimmte er, »wie unsern Vater seiner.« Nach einem nochmaligen, ganz kleinen Probeschluck bestätigte das auch Johannes. »Da machste aber kein Wasser zu, das merkt er bestimmt.«
Einstweilen merkte Johannes, daß aus des Pastors Joppe die Pfeife guckte. Er zog sie ganz heraus und probierte ein paar kalte Züge. Sicher war in der andern Tasche der Tabaksbeutel.
»Das kann er sehen, am Rauch«, warnte Martin.
So nahm Johannes nur einen kalten Zug und spuckte gewaltig aus. Nein, das war nichts.
Die Pferde waren satt, die Jungen waren satt, Flock war nicht satt, und der Kalit sah keiner an, daß sie sich inwendig etwas verändert hatte. Aber so ist das mitunter mit dem Unrechttun: Nun sich der Magen beruhigt hatte, wurde es in der Brust unruhig, oder wo sonst das Gewissen sitzt. »Wir wollen die Pferde wieder anspannen«, sagte Johannes, »dann kann er nicht gleich mit Vespern anfangen.«
Als die Pferde angespannt waren und die Köpfe wandten, als warteten sie nur noch auf das »Hüh« ihres Herrn, wurde aus dem verspielten Tun der beiden Jungen ein ernsthaftes Tun, das der Herr oder Pastor Breithaupt ihnen gewiß hoch anrechnen würde. So wenigstens glaubte Martin. Der Einfall war ihm wohl so zugeflogen, als er die Peitsche in die Hand genommen und zum Spaß ein bißchen damit geknallt hatte. Das war nicht nur eine Beruhigung des Gewissens, das war eine Art Abarbeiten eines

vorweggenommenen Lohnes, das war es auch, was der Pastor gemeint hatte, vorhin, mit den Lastern des Müßiganges, mit dem Immerarbeitensollen, mit dem Acker des Lebens, der uns ruft, Tag und Nacht.
»Du nimmst den Braunen beim Kopf, Johannes, und gehst in die Fahre, und ich pflüge!«
»Mensch!« Johannes' Augen leuchteten. »Wenn er das sieht, rückt er vielleicht noch 'n paar Groschen raus.«
»Der ist gnietschig, der gibt bloß immer 'n Apfel.«
Sie ließen beide zu gleicher Zeit los, der eine den Kopf, der andere den Pflugsteert. Ausgerechnet einen Apfel. Wenn der Pastor, erfreut über die fleißigen Jungens, nun gleich an die Kalit ging und einen Apfel als Lohn holte, waren sie geschnappt.
»Wir wollen die Äpfel wieder reinlegen«, schlug Martin vor, »sonst sucht er noch unsere Taschen durch.«
»Dann freß ich meinen lieber auf«, entschied Johannes und beeilte sich, dem Apfel ein Versteck zu geben, das auch ein erzürnter Pastor mit all seiner Weisheit nicht finden konnte. »Nu laß ihn man suchen.«
Sicher war sicher, sie futterten auch das Kerngehäuse mit.
Es ging jedoch noch immer nicht los mit dem Pflügen. Johannes hatte noch etwas: »Nachher sagste, du hast alles allein gepflügt.«
»Du kannst ja gar nicht pflügen!«
»Wetten? Ich geh bloß am Kopf, wenn wir umschichtig machen. Bis unten kannst du pflügen, rauf ich. Dann wieder du. Dann wieder ich.«
Und sie pflügten. Eine gute halbe Stunde. Es wurde

zwar keine gerade Fahre, und gleichmäßig tief wurde sie auch nicht, es war vielleicht die böseste Schleife auf der ganzen Kummerower Feldmark. Inspektor Schneider pflegte, wenn er so etwas von Pflügen sah, seinen Eleven eins hinter die Ohren zu hauen und zu sagen, da hätte ein Ochse im Galopp gepinkelt, aber die Jungen waren fest überzeugt, den Acker des Herrn bearbeitet zu haben, und freiwillig dazu, anstatt zu spielen, und rein für einen Gotteslohn. Sie schwitzten wie die Pferde und riefen und spornten sich und die Gäule an, die es nicht verstanden, daß keine Pausen gemacht wurden. Und der Himmel war blau, und eine Lerche kletterte singend auf eine kleine weiße Wolke, und der Herrgott lachte in Gestalt der Sonne über das ganze Gesicht.
Sie sahen ihn schon von weitem kommen, er hatte den Talar vorn hochgenommen und rannte eigentlich ganz unfeierlich. Aber das fiel diesmal selbst Martin nicht mehr auf, der den Pflugsteert mit schmerzenden Armen und Händen gegen den Boden drückte, bemüht, etwas wie eine Fahre zu halten, denn Johannes zottelte an dem Pferdekopf und brachte mit Hüh und mit Hott und anderem Geschrei beinahe einen leichten Trab zustande.
»Er winkt schon«, keuchte Johannes beim Umwenden, »nu laß mich ran, schnell noch mal rauf!«
Großartig hatte er das gedeichselt, daß nun gerade er pflügte, wo der Herr Pastor dazukommen mußte.
»Langsamer, Mensch, langsamer!« rief Johannes.
Sicher wollte Martin noch mal rauf, um wieder den Pflug zu kriegen.
Sie liefen förmlich um die Wette, auf der einen Sei-

te Pferde und Jungens und Pflug, auf der anderen Seite der Herr Pastor im Talar.
Genau am oberen Ackerrand, dem Wege zu, trafen sie aufeinander. Strahlend guckte die Sonne, stolz blickten die Jungens, verwundert schauten die Pferde, ahnungsvoll blinzelte Flock.
Was sich begab, schien alle zu überraschen. Er hatte in der Linken den Pokal, die Rechte fuhr in Martins weißen Schopf, ruckelte ein paarmal kräftig, ließ los und knallte dem Verdutzten eine hinter die Ohren. Dann drückte er ihm den Kelch in die Hand und war mit ein paar Schritten bei Johannes, der so schnell nicht die Leine von den Schultern herunterbekam. Und da Pastors Linke in den kurzen roten Borsten keinen Halt fand, gesellte sie sich zu dem Tun der Rechten, und so bezog Johannes als Folge seines vom Großvater auf dem Gutshofe mit der Pferdeschere vorgenommenen Haarschnitts zwei Ohrfeigen zu gleicher Zeit.
Augenblicklich veränderte sich das Bild auf dem Akker des Herrn. Die Krähen spektakelten, Flock blaffte wütend, die Pferde schnaubten, die Jungens heulten, wenigstens Johannes, Martin stand da, mit dem Kelch in der Hand, und begriff diesen Herrn Pastor ebensowenig wie vorhin den andern. Und die Sonne, ja, die nahm sich einen Schleier vor das Gesicht, eine Wolke nahm sie sich vor, keine große schwarze oder graue, jene kleine weiße Wolke nur, hinter der wohl die Lerche verschwunden war. Man konnte glauben, der liebe Gott schämte sich ein klein wenig. Nicht viel und vielleicht bloß, weil es sein eigner Diener, der Herr Pastor, war, bei einem Bauern hätte er wohl gar nicht hingesehen, denn die Bengels hatten ja den Acker auch reichlich mitgenom-

men. Pflüge mal selbst ein richtiger Ackersmann eine gerade und gleichmäßig tiefe Fahre, wenn vorher ein anderer mit Schabeversuchen Figuren übers Feld gezogen hat! Vom guten Willen, der für die Tat genommen werden soll, wird zwar geredet, aber Frühkartoffeln wachsen davon nicht. Pastor Breithaupt schimpfte weiter, während er sich auch äußerlich aus einem heiligen Mann in einen Pflüger zurückverwandelte. Er klappte den Pappkarton auf, legte das Barett hinein, die Beffchen, zog den Talar über den Kopf, wirklich, wie andere am Wochenende ein Hemd. Martin erschrak wieder, als er es sah. Die kleine Schachtel hatte er nicht mehr, die kleine Flasche auch nicht, bloß den großen Kelch hatte er wieder mitgebracht. »Bring den Kelch her!«
Gehorsam kam Martin heran.
Das ernste Gesicht des Jungen schien dem Pastor wie ein stummer Vorwurf, und er dachte nach, indes er den Karton zuband, wie er seine Unbeherrschtheit wiedergutmachen könnte. »So«, sagte er freundlich, »ihr könnt den Karton wieder auf den Pfarrhof tragen. Und sagt Frau Pastor, ich käme erst spät am Abend nach Hause.« Das war ein Beweis, daß er nicht mehr so recht böse war.
Er sah auf die Uhr und dann über das Land, ein paarmal rum schaffte er noch vor dem Vesper. »Merkt euch dies, Kinder: Blinder Eifer schadet nur! Das gilt auch für den guten Willen.« Etwas schien ihm noch zu fehlen, richtig, die Pfeife. Er zog sie aus der Tasche heraus und stopfte sie mit großer Sorgfalt. Ganz gelassen zündete er sie an.
Johannes war mit der Geistlichkeit endgültig fertig. Martin im Grunde auch. Ihre Erkenntnisse kamen aus verschiedenen Quellen, waren aber durch die

Ohrfeigen zu dem gleichen Schluß gelangt: Dem schadet es gar nichts, daß wir sein Vesperbrot aufgefressen haben und die Äpfel dazu! Pastor Breithaupt, nun er die Hände wieder am Pflug hatte und qualmte, war ein Bild reinen Friedens. Sie hatten es ja gut gemeint. Aber er konnte es nun mal nicht leiden, wenn etwas mit dem Ackern verquer ging. Nichts auf der Welt ging Pastor Breithaupt über das Ackern. Nicht mal das Predigen. Da konnte er schon eher einen Stoß vertragen, da war er Kummer gewöhnt in Kummerow.
Er wendete den Pflug, stemmte ihn gegen den Boden und wischte die Seitensprünge der jungen Sünder wieder aus. Fleißig waren sie gewesen, das mußte er schon anerkennen. Es dauerte eine gute halbe Stunde, bevor er die Pferde absträngte. Sie dampften wie ihr Herr.
»So«, sagte Pastor Breithaupt, »nun haben wir uns das Vesperbrot aber verdient.« Die Geschichte hatte Appetit gemacht. Vespern so draußen allein am Feldrand, das gut belegte Brot oder ein Stück Speck in der Linken und das Taschenmesser in der Rechten, und dann so übern Daumen geschnitten, den Himmel über sich, die Erde unter sich und Gottes Gnade um sich, dafür ließ Pastor Breithaupt gern einen gedeckten Tisch stehen.

Geisterschlacht

Müller Düker hatte einen Pakt mit dem Teufel, das wußten alle in Kummerow. Dafür hatte ihm der Teufel den Droak geliehen, der mußte nachts immer schwärmen, oben durch das Eulenloch im Giebel flog er ein und aus, jeder in Kummerow, jeder Mann, jede Frau und jedes Kind hatte ihn schon mal gesehen, wenn er im Dunkeln daherzog, mit dem feurigen Schwanz hinter sich. Solche Dinge gehörten nun mal zum Leben im Dorf wie der Weihnachtsmann, der Osterhase, die Taube als heiliger Geist und die Engel. Ach, Freunde, wie noch viel heiligere Dinge. Oben, unter dem Dach der Mühle, war eine Tonne ohne Boden aufgehängt, die sollte der Droak voll Korn tragen, dann wurde er erlöst. Nun schleppte er jahraus, jahrein. Deshalb waren die Pferde und alles Vieh vom Müller so fett, und Dükers hatten immer Geld, denn Goldstücke mußte der Droak auch bringen und in einen Kasten legen, der unten ein großes Loch hatte.
»Möchtest du solchen Vater haben, Johannes?«
»Nein, dann lieber gar keinen«, wehrte selbst Johannes ab. Allerdings mit Einschränkung. »Oder ich

würde 'n Beutel unter den Goldkasten machen, und wenn der Beutel voll ist, dann würde ich von Hause ausreißen.«
Martin fand, in einem solchen Haus bliebe er keinen Tag, eher bei oll Vater Kuklasch eine ganze Nacht allein, und das war nicht wenig, denn Vater Kuklasch konnte böten und zaubern, aber nichts Böses. Annas Flechte hatte er auch bepustet.
Der alte Kuklasch wohnte im letzten Haus im Dorf. Das heißt, vom Kirchenacker aus war es das erste. Es stand an einer Ecke des gräflichen Gartens, einige Bäume hatten sich sogar außerhalb der Parkmauer angesiedelt. Von denen behauptete oll Kuklasch, sie gehörten zu seinem Grundstück. Die Leute allerdings sagten, oll Kuklasch hätte die Mauer ein paar Meter zurückgehext. Einen Droak hatte er nicht, aber eine Eule, die er um Rat fragte. Er hielt sie für heilig und brachte ihr immer Fleisch auf den Giebelboden. Das sechste und siebente Buch Mosis sollte er auch besitzen, aber als sein Sohn starb, der es auf der Brust gehabt hatte, soll er gelobt haben, nicht mehr bei Moses zu lesen. Nun war er über die Achtzig, saß auf dem Altenteil und hatte schon Urenkel im Haus. Er besprach auch bloß Menschen, für das Vieh half Mutter Hanisch. Die hatte auch den bösen Blick und konnte Tiere versehen. In solchen Fällen mußte oll Kuklasch wieder gegenböten, sie schworen alle auf seine Eule und seine Zimpetie, und so glich sich alles wieder aus, in Kummerow wie in der übrigen Welt. Als Martin und Johannes mit dem Karton vorbeikamen, ging gerade die Müllersche zu Kuklasch rein, die rechte Hand dick verbunden. Augenblicklich blieben sie stehen und vergaßen ihr Gespräch über Pastor Breithaupt und sein Vesper-

brot. Wenn der Müller seine Frau zu oll Kuklasch schickte, dann war erwiesen, daß die Eule mächtiger war als der Droak. Dann konnte Kuklasch vielleicht doch hexen. Oder sie klamüsterten gemeinsam was Böses aus. Ohne ein Wort der Verständigung nötig zu haben, schwenkten die Jungen hinüber und krochen hinter das Haus. Oll Kuklasch hatte zwar die unteren Scheiben seines Fensters mit Zeitungspapier zugeklebt, aber wenn man auf die Akazie kletterte, konnte man oben durchsehen.
Die Müllersche legte eine Schlackwurst auf den Tisch und setzte sich vor den Ofen, das Gesicht zum Fußboden gekehrt. Oll Kuklasch stand am Türpfosten, hatte die Hände kreuzweise gegen das Holz gelegt und die Stirn auf die Handrücken gepreßt.
»Nun kommt der Geist zu ihm«, flüsterte Martin.
»Kannste die Eule sehen?« flüsterte Johannes zurück. Und gleich hinterher: »Mensch, die dicke Wurst!«
Inzwischen wickelte die Müllersche ihre Hand aus, ganz dick und rot war sie. Oll Kuklasch trat zu ihr, befaßte die Hand und roch daran und tanzte um die Müllersche herum wie ein Kranich und brummte etwas und stieß immer mit beiden Händen danach und spuckte.
Dann hörte er auf und tastete sich zur Tür, denn er war fast blind.
»Jetzt geht er und fragt die Eule«, flüsterte Martin.
»Ich weiß was«, griente Johannes und rutschte an der Akazie herunter, »wenn er seinen Hokuspokus macht, dann schmeiß ich eine Kartoffel durchs Fenster.« Auf die Kartoffel kam er, weil Kuklaschens einen ganzen Korb fauler Kartoffeln über den Zaun geschüttet hatten.

Martin hatte Bedenken. Mit Kartoffeln hatte man kein Glück. »Wenn du oll Kuklasch triffst, bist du verhext.« Er dachte nach: »Aber die Müllersche, die müßte man vergraulen, die kann nichts tun, die ist genauso falsch und gottlos wie der Müller, das sagt Herr Pastor auch.«
»Der Talar ist ja drin«, plinkerte Johannes.
Ein paar Augenblicke zögerten sie noch. Die Gelegenheit war zu schön.
Martin zog den Talar über. Wenn Pastor Breithaupt das beim Pflügen tun durfte, und mit Miststiefeln an, dann war dies nun auch keine Entheiligung. Auch nicht mit den Beffchen und mit dem Barett. Der Pastor hatte außerdem in der Kirche soviel auf den Zauberkram und den Aberglauben geschimpft, der eines Christenmenschen unwürdig sei und den man ausrotten müßte. Es war also eigentlich Gotteswerk. Bloß daß Martin nicht gehen konnte in dem langen Gewand und die Ärmel zu lang waren. Aber Johannes nahm ihn auf die Schultern, der lange, weite Talar fiel über beide, und so stand da ein riesiger Pastor an oll Kuklaschens Hauswand.
»Du mußt sie verfluchen«, flüsterte Johannes von unten und balancierte den Freund vor das Fenster. Und das war schwer mit dem schwarzen Gewand über dem Kopf.
»Nicht so hoch«, rief Martin unbedacht laut, »bück dich ein bißchen!« Dann bewegte er sich auf das offene obere Fenster zu, streckte und reckte die Arme und rief mit Grabesstimme, das Barett tief im Gesicht: »Du bist verflucht, Müllersche, im Namen des Vaters, des Sohnes und des Heiligen Geistes.«
In der Stube schrie eine Frau auf und starrte auf das Dunkle vor dem Fenster.

»Deine Hand — deine Hand ...« Martin fiel nichts mehr ein.
»Die wird dir abgenommen«, kam eine noch tiefere Stimme aus der unteren Hälfte des Talars.
»Vater Kuklasch — Vater Kuklasch!« schrie die Müllersche und streckte den kranken Arm gegen das Fenster.
»Abgenommen«, bekräftigte die obere pastorliche Stimme, »und dem Müller beide Beine. Amen.« Dann zischelte die obere Stimme: »Nu rasch auf die Knie, Johannes, und dann los, an der Mauer lang.«
Der Pastor verlor bei der Zweiteilung das Barett, erwischte es jedoch wieder und lief, den Talar vorn aufgerafft, hinter Johannes her, der die Pappschachtel unterm Arm hatte.
Die Müllersche dachte gar nicht daran, die Erscheinung zu verfolgen. Als oll Kuklasch von seiner Eule zurückkehrte und das Böten beschließen wollte, war die Stube leer. Erstaunt sah er in alle Ecken und tastete über den Tisch. Die Wurst war auch nicht mehr da, die Müllersche hatte sie wieder mitgenommen. Dies war Vater Kuklasch in seiner langen Praxis noch nicht vorgekommen. Er stieß seine mageren, gichtknochigen Finger gegen die Tür und zischte weit bösere Verwünschungen hinter der Müllerschen und ihrer kranken Hand her, als es die schwarze Erscheinung gewagt hatte.
Der Talar hatte verschiedene grüne Flecke bekommen, im Frühjahr färben manche Bäume ab. Schlimm war das nicht, das konnte der Pastor auf dem Acker gekriegt haben. Bloß hinten war ein Riß von Armeslänge. »Au«, sagte Martin ruhig, »das muß sie nun flicken bis übermorgen zur Einsegnung. Wird die krakeelen, wenn er nach Hause kommt!

Und dann kann er nicht mehr schimpfen, daß sie ihm solche Vesperstullen eingepackt hat, bloß mit Mus.«
Froh waren sie aber doch, als der Karton glücklich im Pfarrhaus drin und Martin wieder draußen war.
»Kommst du mit nach Falkenberg?« fragte er rasch. Es wurde höchste Zeit.
»Erst krieg ich das Kiebitzei!« Es geschehen schon Wunder, das Kiebitzei war heil geblieben.
Am Dorfausgang kreuzte Großvater Bärensprung ihren Weg.
Sie wollten ihn nicht sehen, aber sie mußten ihn hören. Daß er »Johannes« rief, brauchte sie nicht anzugehen, auch nicht das Klappern des derben Stockes an seinem Stelzbein. Doch nun pfiff er, und diesen Pfiff zu überhören war für Johannes nicht ratsam. Also drehte er ab und ging im großväterlichen Schlepp zurück. Martin wartete noch eine Weile, ob der Freund nicht doch wieder auftauchte, dann mahnte ihn die spätnachmittägliche Färbung des Horizonts, sich in Marsch zu setzen. »Nach Falkenberg« stand an dem Stein bei der Wegkreuzung vor dem Dorf, und darunter »7,5 km«. Sonst machte das weiter nichts, bloß heute war es sicher schon spät. Es war gemein von Johannes, jetzt abzuschwirren. Vor nichts hatte Martin mehr Abneigung als vor dem Laufen im Dunkeln, und besonders auf dem Marsch nach Falkenberg. Da waren zwei Stellen, wo es spukte, der Marienkirchhofsberg und der Pötterberg.
Er trabte los, Flock war ja dabei. Der Marienkirchhofsberg hieß so, weil da bis zum Dreißigjährigen Krieg eine große Kirche gestanden hatte, damals war Kummerow groß und sehr fromm gewesen, wie

Pastor Breithaupt immer sagte. Nun war alles Ackerland, und dicke Weiden säumten den Weg. Wenn er ein Fahrrad hätte, da wäre er fix in Falkenberg und zurück. Aber dafür war natürlich kein Geld da. Das mußte alles für Annas Einsegnung draufgehen. Was brauchte die gestickte Hosen unterm Einsegnungskleid, wo doch der Pastor bloß seine Alltagshosen unterm Talar anhatte, noch dazu die englischledernen. Er, Martin, konnte ja zu Fuß gehen, sieben Komma fünf Kilometer, genau eine Meile, und vielleicht wurde es noch duster. Das beste wäre, umzukehren und Annas Brüllen, Mutters Katzenköpfe und Vaters Schelten in Kauf zu nehmen und morgen früh loszugehen. Bloß morgen früh wollten alle Jungens in den Weinberg und Holz sammeln für das Osterfeuer. Außerdem war heute schon allerhand passiert, es war schon besser, man kam mit Annas Paket nach Hause. Aber dann mußte er anders losgehen.
Martin kletterte auf eine Weide. Nach sorgfältigem Wählen hatte er einen Zweig von der richtigen Dikke und Krümmung gefunden. Daraus schnitt er einen armlangen Stock und suchte etwas in den Taschen. Verdammt, die von Wilhelm Bergfelds Rad heimlich abgeschraubte Klingel mußte er verloren haben. Martin faßte mit beiden Händen den Stock an den Enden, hielt ihn vor sich wie eine Lenkstange, machte klinglingling mit dem Mund und sauste los, immer die Knie hübsch hochgezogen, wie sie das beim Radfahren machen. Das schaffte anders, das ging bergauf über den Marienkirchhofsberg, bergab ohne zu bremsen, das flitzte um die Weiden, die sich dem schmalen Fußpfad oft in den Weg stellten, Kurven nahm er, unerhört und kühn, mit Ausle-

gen und Kopf vornüber; dem sehnigen Jungenkörper, in Wind und Wetter erprobt, machte das gar nichts. Das konnte Bergfelds Wilhelm mit seinem Veloziped auch nicht rascher, der Pötterberg war schon deutlich zu sehen.
Bloß Flock war nicht mehr zu sehen. Flock kannte diese Art Radfahren, das gab's nur auf dem Weg nach Falkenberg, wenn es brannte, da war für ihn nichts zu holen. Besonders nicht, wenn es den Tag über außer zwei Hosenböden nichts zu beißen gegeben hatte. Flock schwankte noch etwas zwischen der Pflicht zur Treue, der Versuchung durch einen davonhoppelnden Hasen und der abendlichen Küche. Er vereinigte alles, lief noch eine Strecke hinter dem klingelnden Herrn her, jagte ein paar hundert Meter dem Hasen nach und schlug dann kurz entschlossen einen selbst erdachten Richtweg quer durch das Bruch nach dem Dorfe ein. So sah er nicht, daß dem seltsamen Radfahrer oder dem noch seltsameren Fahrrad die Luft ausgegangen war, und hörte nicht das »Flock, Flock, kommste her!«, das bittend, rufend, befehlend und drohend über die Feldmark schallte. Der Stein, den der ebenso traurige wie zornige Herr ihm nachschleuderte, traf ihn auch nicht mehr.
Dem Radfahrer schien die Traurigkeit in die Beine gefallen zu sein, so langsam ging es nun vorwärts. Es war auch kein Rad mehr da, die Lenkstange war eine Art Spazierstock geworden, und es war überhaupt zum Heulen. Die Wiesen dampften bereits verdächtig, die fernen Welsower Hügelzüge gingen schon ineinander über. Rechts und links vom Wege pflügten und eggten zwar noch die Bauern, und der Pötterberg war auch nichts weiter als ein kleiner

Lehmhügel, durch den die Straße hohlwegartig eingeschnitten war. Und die drei alten und krummen Bäume auf der Kuppe, genannt Vater, Sohn und Heiliger Geist, waren ganz deutlich nur drei dämliche alte Weiden.
Der Wanderer wandelte sich wieder zum Läufer. So kam Barnekow heran, ein langes und dummes Dorf, mit dessen Jugend die Kummerower Jungens in bitterer Feindschaft lebten, wie die beiderseitigen Burschen auch. Es ging aber alles gut, erst ziemlich am Ende erkannte ihn einer, lief weg und rief: »Wilhelm – Fritze! Da ist einer von Kummerow!«
Martin legte einen Schritt zu, es reichte nicht ganz, beim letzten Haus standen drei Bengels im Weg.
»Das ist der Anführer von neulich!« rief einer, und sie kamen näher. »Kummerower Heiden! Kummerower Heiden!« Sie zeigten an, es würde beim Schimpfen nicht bleiben.
Martin warf einen Blick nach rechts und einen nach links, nein, entwischen konnte er nicht. Er nahm seinen Knüppel fest in die Faust und stürzte auf den größten der Feinde los. Das ging so rasch, daß der Barnekower zurückwich und die beiden andern Jungens ebenfalls. Der Durchbruch war geglückt. Ein paar Klüten flogen ihm nach und die Drohung: »Du kommst ja zurück, dann kriegste aber was, dann sind wir viele!«
Hinter Barnekow kam ein Stück Chaussee, dann links am Weg die alte Falkenburgruine und endlich die Stadt. Mit leichtem Bangen stellte Martin fest, daß es Abend wurde.
»Martin, Junge«, verwunderte sich die Schneiderin, »du siehst ja ganz erhitzt aus.«
»Warum ist es auch nicht rechtzeitig fertig«, maulte

Martin. »Da hätte es die Brezel-Schulzen mitbringen können.«
»Das ist all lang fertig«, tat die Schneiderin erstaunt. »Willste 'ne Tasse Kaffee und 'n Stück Kuchen?«
»Ich hab keine Zeit nicht.«
»Dieweil ich es einpacke, kann Mutter dir Kaffee und Kuchen geben.«
Na schön, Hunger hatte er. Daß sie ihm einen großen Teller mit Kuchen hinstellte, stimmte ihn versöhnlich.
Wegen dem bißchen Einpacken brauchten die eine Stunde. Die Lampe hatten sie sogar angesteckt, und nebenan lachten sie und nähten Maschine. Eine böse Ahnung stieg in ihm auf, aber er konnte doch jetzt nicht aus der Stube gehen und drüben anklopfen. Er studierte die Nippessachen auf dem Vertiko und die Bilder an den Wänden.
Ein paar Hefte lagen auch da, aber alles mit Kleidersachen, solchem Weiberkram, doch hinten war eine Geschichte. »Das edle Herz«, historischer Roman von Ernestine von Wildenbach. Martin begann die einunddreißigste Fortsetzung zu lesen, in der ein Ritter in Nacht und Nebel sein Schloß verlassen mußte, um mit den Feinden zu kämpfen. »Geh nicht, o mein Geliebter, ich fürchte mich so!« bangte die edle Frau und umschlang ihn. »Ha«, sagte er und zog sein Schwert, »fürchten? Dies Wort will ich nicht hören von meinem Gemahl! Ich kenne keine Furcht, und wenn der Teufel selbst mir in den Weg tritt!«
Martin sah erschrocken auf. Solche Dinge passierten also wirklich. Der Ritter aber konnte lachen, der hatte einen Panzer an und ein Schwert in der Hand und saß auf einem Schlachtroß, und an Pferde gingen

Teufel überhaupt nicht ran, das war bekannt. Er dagegen hatte nicht mal ein Fahrrad. Vielleicht aber kam der Teufel gar nicht vor in der Geschichte. Er las weiter: »›Meide den Galgenberg, Geliebter‹, flehte die Edelfrau, ›die Geister der von deinem Vater gehängten Bauern sollen dort umgehen und nach Rache schreien!‹ — ›Ha!‹ lachte der Ritter erneut, und es hallte schaurig vom hohen Gewölbe herab, ›so werde ich ihre Söhne dazuhängen lassen, damit sie Gesellschaft haben!‹ Und sprengte davon, gefolgt von seinen Mannen, daß die Brücke donnerte und die Eulen erschreckt aufkreischten.«
Das war ja nun Blödsinn, das mit den Eulen, die aufkreischen sollten. Aber das andere, das mit den Geistern und mit den Teufeln, das konnte schon wahr sein. Es brauchte aber auch nicht wahr zu sein, denn wenn die dumme Zicke, die das geschrieben hatte, das mit den Eulen nicht wußte und es einfach so hinlog, konnte das andere auch gelogen sein, und so mir nichts, dir nichts ließen sich die Bauern wohl nicht umbringen. Der sollte das mal mit den Bauern von Kummerow versuchen. Martin klammerte sich an diese Hoffnung, wünschte aber dennoch, er wäre schon zu Hause . . . Er klopfte an die Tür.
»Gleich, gleich«, rief die Schneiderin, »ich packe es bloß noch ein.«
Also hatte sie vorhin auch gelogen.
»Nimm dir man noch ein zweites Stück Kuchen, Martin!«
Ganz in Gedanken faßte er mit der Hand nach dem Kuchenteller, er hatte vergessen, daß er schon leer war.
Martin studierte unwillig seinen Roman weiter, aber die Geisterschlacht kam in der Fortsetzung nicht

mehr vor, die Dichterin mußte erst erzählen, wie die Edelfrau sich mit ihrer Kammerfrau unterhielt. Das war alles langweilig und überflüssig, aber was weiß schon ein zehnjähriger Dorfjunge von den notwendigen retardierenden Momenten in der Romantechnik. Er wußte nur, der Graf, der da in Nacht und Graus hinausgeritten war, um Bauernsöhne aufzuhängen, wenn das Graf Runkelfritz aus Kummerow gewesen wäre, dann hing der morgen früh selbst auf dem Pötterberg an der Vater-Weide und seine Söhne am Sohn und am Heiligen Geist, und Jutta konnte betteln gehen. Er holte den zerfetzten großen »Dogen von Venedig« hervor, das war noch eine andere Sache, da kreischten keine Eulen, da beteten keine Edelfrauen, da kämpften die Ritter nicht gegen Bauern und Geister, da brachten sie sich einfach gegenseitig um. Und das war in Ordnung, dazu waren sie ja da.
»Dann geh ich ohne«, sagte Martin zornig und klopfte erneut an die Tür.
»Gleich, gleich«, antwortete die Schneiderin, »ich packe ja schon ein.« Tatsächlich raschelte sie mit dem Seidenpapier. »Nimm dir man noch 'n Stück Kuchen, Martinchen!«
Martinchen! Das konnte er nun gerade leiden, wo er schon bald elf war. Endlich kam sie doch mit einem großen, flachen Karton an.
»Da haben Sie aber lange dran gepackt«, stichelte Martin.
»Das muß auch fein glattgelegt werden«, log sie frech weiter, »es sind doch zwei Kleider, weißt du, sonst kriegt es Quetschfalten. Wart man noch, Martinchen!« Sie zog das Vertikofach auf, da lag allerhand Schokolade. Sie nahm zwei Tafeln. »So, die

große ist für Anna und die kleine für Lisa. Du hast ja Kuchen gekriegt. Na, den ganzen Teller voll gleich. Wenn's man geschmeckt hat. Nun grüß schön zu Hause! Hast du denn keine Angst, so spätabends allein den langen Weg?«
»Guten Abend!« Martin riß den Pappkarton an sich.
»Um Gottes willen, Junge! So mußt du ihn anfassen, hier oben, so flach, sonst rutscht doch alles durcheinander.«
Das hatte er nun von dem Weiberkram. Na, die Schokolade, die sollten sie nicht haben. Du hast ja Kuchen gekriegt – so 'ne dumme Zicke mit ihrem trockenen Kuchen ohne Butter und Rosinen. Die große Tafel kriegte Ulrike, die hatte er extra für sie gekauft, und die kleine, die würde er allein essen.
Auf der Chaussee ging es leidlich; wenn man den Karton nicht flach hielt, konnte man sogar einen kleinen Trab machen. Von wegen Quetschfalten, selber 'ne olle Quetschfalte.
Es war ganz dunkel. Die Ruine und die Bäume herum waren eins, ein düsterer Klumpen, die Frau ohne Kopf, die dort umging, kam jedoch erst in der Geisterstunde und nicht jede Nacht.
In Barnekow stand dicht an der Kirche eine Pumpe, der trockene Kuchen hatte Durst gemacht. Martin stellte den Karton auf den Boden und trank sich erst mal satt. Das dauerte eine ganze Weile, man mußte einen Schlag pumpen, dann rasch nach vorn laufen und konnte mit dem Mund doch immer nur den Rest des Strahls erwischen, das meiste lief über Gesicht und Hals.
Erst als die Straße von Barnekow langsam austropfte, dachte Martin an die Feinde. Noch ein Gehöft, ein einzelnes Haus noch, dann eine Feldscheune.

Vielleicht warteten sie weiter draußen, so hinter jeder Weide einer. Der Gedanke war ebenso unangenehm wie schön, er enthielt die Aussicht auf Senge, ließ dafür aber keine Zeit, an das andere zu denken, was nachts gern hinter uns auf den Weiden sitzt. Aber die Barnekower waren feig, keiner war draußen. Je mehr er die Gewißheit erhielt, desto mehr bedauerte Martin es; lieber sich mit zwanzig feindlichen Dorfjungen hauen als mit einem einzigen Geist.
Eigentlich müßte es heller sein, wo Montag schon Vollmond ist. Aber der Himmel hatte sich bezogen, und nun lag ausgerechnet heute abend diese graue Verschwommenheit über Weg, Feldern und Wiesen, die alles so undeutlich macht, die Bäume und Mieten und sogar die Laute ringsum.
Martin lauschte. Das Rascheln mußte von seinen Schritten kommen, das Flüstern war bloß der Wind in den Weiden, und der Schrei dicht neben ihm, lieber Herr Jesus, er blieb erschrocken stehen, ach Unsinn, das war eine dämliche Krickente im Bruch. Er schlug mit dem Stock gegen eine Weide und erschrak aufs neue. Es knallte nicht, es klang ganz weich und dumpf, als sei der Stock aus Gummi oder der Baum aus Watte. Alles war undeutlich, die zweite Weide konnte man gerade noch erkennen, die anderen kamen immer mehr so aus der Ewigkeit heraus, aber auch die vorne hatten alle einen Zaubermantel um und waren erst Weiden, wenn man dicht heran war. Rennen durfte man da nicht, das litten die Geister nicht. Bums, stellten sie einem ein Bein, und man lag da, und wer dalag, der kam oft erst nach Mitternacht wieder hoch.
Der Gedanke an die Mitternacht war niederschmet-

ternd. Martin steckte die Paketstrippe auf den Stock, nahm die Sache auf die Schulter und hatte vor, ein Marschlied zu singen. Aber er traute sich nicht, es war beinahe schon Karwoche. So begann er laut seine Schritte zu zählen, zuerst bis hundert, dann bis tausend.
Daß es etwas heller wurde, war auch wieder nicht gut, nun sah man weiter, und immer mehr Gestalten standen umher oder kamen auf einen zu. Als einen Augenblick die Wolkendecke aufriß, war weit vorn sogar schon der Pötterberg zu sehen und ganz deutlich die drei Spukweiden Vater, Sohn und Heiliger Geist.
Der unerwartete Anblick fuhr Martin in die Beine, sie wurden ganz schwer. Wenn da nun bloß tote Bauern an den Weiden hingen oder die Grafen von Runkelfritz, so wäre das nicht so schlimm. Aber da hatte früher eine Ziegelei gestanden, die Steine für die Marienkirche auf dem Marienkirchhofsberg stammten auch daher, und für viele andere Kirchen auch, denn der Töpfer konnte nicht zählen, und statt tausend Steine gab er immer zehntausend, und alle Bauern und Pastoren freuten sich, den dummen Töpfer für Gottes Ehre zu betrügen. Aber der Töpfer war der Teufel selber gewesen, der hatte sich bloß dumm gestellt, um Gewalt über Gottes Häuser zu kriegen. Als dann die Kirchen fertig waren, hat er sein richtiges Geld haben wollen und hat gefragt, wieviel tausend Steine drin wären. Dann zähl sie uns man vor, antworteten die Bauern und Priester. Natürlich konnte er nur die äußeren Steine zählen, denn in die Kirche geht er doch nicht, und die oben in der Kirchenmauer und die am Kirchturm konnte er gar nicht zählen. Da ist er wütend weggelaufen

und hat sie beim Kaiser in Wien verklagt, und der hat zu dem katholischen Gott gesagt, die haben dich auch betrügen wollen wie den Pötter. Da haben sie eben den Dreißigjährigen Krieg gemacht und immer jede zweite Kirche angebrannt. Auch die Ziegelei auf dem Pötterberg mitsamt dem Pötter, bloß der konnte nicht verbrennen, weil er der Teufel war. Nun sitzt er im Pötterberg drin und muß zur Strafe immerzu Steine machen, und den Menschen, die nachts vorbeikommen, denen packt er sie auf den Buckel. Er schmeißt auch damit hinterher. Bei schlechten Menschen, die lügen und betrügen wollen, macht er selbst huckauf und reitet auf ihnen bis zum Marienkirchhofsberg.

Martin blieb erst mal stehen und überprüfte sich. War er schlecht? Gut jedenfalls nicht, auf keinen Fall heute. Er zählte redlich auf, es hatte ja keinen Zweck, der wußte doch alles: das Küchenfenster bei Kienbaums, die zurückgeholte Kartoffel, die gepiekte Katze, der vergessene Schlüssel — das war ja wiedergutgemacht, aber mein Gott: jetzt erst fiel ihm ein, er hatte sie zu Hause ja ein zweites Mal ausgesperrt und die hintere Haustür wieder zugeschlossen, ohne daß sie wußten, daß der Schlüssel jetzt auf dem Balken im Stall lag. Und das, um sie wegen des ersten Mals zu betrügen. Dafür gab es wohl keine Verzeihung. Dagegen war sogar das nichts, daß er oll Mutter Harms als unser Herr Jesus erschienen war. Im Gegenteil, da war er schon im Blendwerk der Hölle gewesen. Der Schabernack mit dem Müller zählte nicht, den durfte man ärgern, denn der stand ja mit dem Bösen in Verbindung. Wenn der sich aber nun durch den Teufel auf dem Pötterberg rächt?

Ach so, das Vesperbrot vom Herrn Pastor. Nein, das zählte auch nicht. Der war ja gar kein heiliger Mann gewesen, bloß ein Bauer, der pflügte.

Der Abend lag schweigend, und schweigend gingen die grauen Schatten durch den grauen Dunst und zogen die Kreise um den ganz klein gewordenen Jungen, der allein war in der meilenweiten Runde. Martin wollte beten. Aber da fragte ganz deutlich eine Stimme: Hast du auch nichts verschwiegen, Martin Grambauer? Hast du nicht von den Salzkuchen deiner Schwestern die Butter gekratzt und selbst gegessen? Ha! Zucker hast du gestohlen! He! Heu und Saat und Kiebitzeier geklaut. Hä! Musstullen und Mohrrüben genommen und den Schlüssel, um zu schummeln, auf den Balken im Stall gelegt. Hoho! Das geistliche Gewand hast du angezogen ...

Ohne es zu wollen, lief der arme Sünder rascher, er wollte nicht immerzu die schrecklichen Rufe hören. Nicht zu schnell, Martin Grambauer! Hahehihehähuuuh! Der andere war auf dem Posten.

»Und Herrn Pastor sein Vesperbrot vertauscht«, wollte Martin gerade gestehen, um ihm zuvorzukommen, da tönte es schon zurück aus dem Dunkeln, ganz nahe, wie aus ihm selber: »Vertauscht, sieh mal an – gestohlen, und den Kaffee dazu, und den Talar kaputtgemacht und – na, was und? Wird's bald? – und entheiligt!«

Aber die Schwestern sollten ihre Schokolade kriegen, gelobte Martin bei sich, etwas zu voreilig vielleicht, denn wie konnte der andere wissen, daß sie sie nicht kriegen sollten?

Dann hörte er nichts mehr, kein höhnisches Fragen und Lachen, nur seinen keuchenden Atem.

Wer war nun der andere im Grau des leeren Abends,

der da so gefragt und gelacht hatte? War es Gott, der mahnen, oder der Teufel, der ihn holen wollte? Wüßte man es, könnte man die Antworten ein bißchen danach einrichten. Martin versuchte es mit einer neutralen Sache: das mit dem Müller — der hat mich zuerst gehauen, und das mit der Müllerschen und oll Kuklasch — Herr Pastor sagt auch ...
Da war der andere wieder da, hinter der Weide mußte er sein oder drin: »Rede weiter, Martin Grambauer! Hast du heute keine guten Werke getan?«
Martins Gehirn arbeitete fieberhaft: Ich habe Johannes das Kiebitzei geschenkt — ich habe — ich habe Pastors Pferden die Mohrrüben geschenkt! Er horchte. Es lachte keiner, die Mohrrüben galten als gute Tat. Sosehr er auch mit Bangen im Herzen weiterlauschte, es sprach keiner ein anerkennendes, ein ermutigendes Wort. Eine Ente quarrte unten im Kolk, eine Stockente, stellte der Junge fest. Wenn sie so quarren, sind sie schon beim Paaren.
Er ging langsam weiter, und weil er fühlte, daß es in ihm mit einem Male ruhiger wurde, schob er es auf die Beichte und gelobte sich, hinfürder nur noch gute Werke zu tun und Anna die große und Lisa die kleine Tafel Schokolade doch richtig auszuhändigen.
Der Pötterberg kam näher. Wirklich, der Berg kam ihm entgegen, und nicht er dem Berg, und winkte mit seinen drei Armen. So war er also noch nicht freigesprochen. Riesengroß wuchs der Berg hoch, der doch bloß ein Hügel war.
Martin machte einen Plan, ob er ihn nicht umgehen könnte, doch dann mußte er querfeldein und durchs Bruch. Mit den Bruchgeistern war umzugehen, die taten einem kaum etwas, wenn man sie

nicht störte, auch nicht die Wald- und Seegeister, bloß der Pötterberg.
Martin wußte nicht, was er fühlte: In unübersehbarer Geschlechterfolge hatten sich die Vorfahren mit Bruch und Moor und Busch und Wind herumgeschlagen, und mit den Geistern aus Bruch und Moor und Busch und Wind hatten sie gesiegt und waren unterlegen, oder sie waren ihnen aus dem Wege gegangen. Man hatte sich aneinander gewöhnt, sich eingerichtet und die Bezirke abgegrenzt, denn schließlich gehörten sie alle zusammen: Gott, die Menschen, die Erde und ihre Geister. Bis dann die Menschen den Teufel erfanden. Der Teufel, das war kein Geist, das war viel und wenig, das war etwas, das man nicht fassen konnte, das bloß brannte und stank, etwas ganz Fremdes war das, jederzeit bereit, die Menschen zu versuchen, einander und Gott zu betrügen; und sich dann als Büttel Gottes aufzuspielen und die Menschen zu quälen. Mal hatte ihn Pastor Breithaupt im Munde, mal der böse Müller Düker. Mal wohnte er im Abtritt des Himmels, mal auf der schönen Erde, mal in der Hölle, mal auf einem Berg im Lande Kanaan, mal auf dem Pötterberg, mal wollte er Herrn Jesus verführen, mal einen kleinen Jungen ängstigen. Deine Vorfahren, Martin Grambauer, hätten das Biest, das sich von einfachen Seelen und von Bibelsprüchen nährt, anstatt es aufpäppeln zu lassen, schon vor tausend Jahren erschlagen sollen, dann stünde es besser um die Menschen, und nicht bloß um die einfachen Menschen.
Nun saß der heuchlerische Unhold doch wieder in der Senke vor dem Pötterberg und wollte bei einem Jungen wegen einer Reihe dummer Streiche huckauf machen. Ach, Martin Grambauer, könntest du schon

denken, wie man es später die Kinder lehrte, einfach, furchtlos und frei, nur deinem Gewissen verantwortlich, du würdest dir sagen, der Teufel kann ja gar keine Zeit haben, kleine Jungens zu strafen, er käme ja, gäbe es ihn, von den Nacken der falschen Priester und großmächtigen Herren gar nicht herunter. Statt dessen aber kamst du anmarschiert und glaubtest, es hülfe, wenn du ein Lied sängest. Und da du nicht wußtest, will er dich nun vorbeilassen, wenn du Rückkehr zum Guten und zum Frommen gelobst, oder will er dich nur vorbeilassen, wenn du ihm Gefolgschaft versprichst, so wähltest du als pfiffiger Bauernjunge zunächst mal ein neutrales Lied, ein vaterländisches Lied.

Martin marschierte mitten auf dem Lehmwege zwischen den tief ausgefahrenen, festgetrockneten Wagenspuren, um den Weiden nicht zu nahe zu sein, und sang »Morgenrot, Morgenrot, leuchtest mir zum frühen Tod...« Nein, um Gottes willen, bloß jetzt nichts vom Tod. Er marschierte weiter und sang »Hinaus in die Ferne, für'n Sechser fetten Speck, den eß ich so gerne, den nimmt mir keiner weg...« Nein, das ging auch nicht, das ging schon gar nicht, obwohl man danach fein marschieren konnte, weil das Lied anders hieß, aber sie sangen es immer so, um Kantor Kannegießer zu ärgern.

Er blieb stehen, aufs neue schwer erschrocken. Den Tabak für Kantor Kannegießer hatte er vergessen! Nun fehlte bloß noch, daß er auch die Mark verloren hatte.

Die Furcht vor dem Teufel trat etwas zurück, er setzte den Karton ab und wühlte in seinen Hosentaschen. Die Mark war da, festgeklebt am Taschenfutter durch ein ausgelaufenes Kiebitzei.

Da sah er, daß sich am Pötterberg etwas bewegte. Ganz deutlich. Im Nacken und an den Schultern wurde ihm mit einemmal ganz eisig, da langte er nun schon hin, der Huckauf. Eine kalte Hand drückte ihm die Brust zusammen. Sollte er weitergehen? Aber umkehren durfte keiner, hier, wo er stand, war schon des Pötters Gebiet.
»Lieber Gott...«
In seiner Angst langte Martin nach seinem Herrgott, bittend, ein einsames Häufchen, ein Pünktchen Unglück inmitten eines in seliger Frühlingsgewißheit raunenden Lebenswillens der gütigen Natur, und sang laut und feierlich: »Aus tiefer Not schrei ich zu dir...« Wobei er auf den Stock drückte und so den breiten Karton auf seinem Rücken hoch über die Schultern und den Nacken zog, bis über den Hinterkopf, daß der Huckauf so ohne weiteres nicht aufsitzen konnte.
»Wer singt denn da so fromm und ehrlich?« fragte Petrus, der Himmelspförtner, verwundert, »das ist ja ganz was Neues in der Gemarkung Kummerow!« Er schob die Wolken ein wenig beiseite und lugte durch den Spalt.
»Ach herrjemine«, wisperte neben ihm ängstlich eine alte Seele, das heißt, hier oben war sie noch ganz jung, denn sie war soeben durch das Loch im Himmel einpassiert, »kennste den denn nicht? Das ist doch der Martin Grambauer! Der ist heute zu mir gekommen mit Palmwedeln und dem Eselein, und ich hab geglaubt, es ist der Herr Jesus selbstens.« Und dann blickten Petrus und oll Mutter Harms, sein neuester Engel, so viel Licht und Güte über den Pötterberg, daß Martin Grambauer mit seinem Choral aufhörte und erkannte:

Eigentlich steht da überhaupt keiner auf dem Weg. Aber der Teufel ist schlau, das Aas verstellt sich oft und hockt vielleicht hinter einer Weide.
Wenn er jetzt der Graf aus dem Roman wäre und ein Pferd hätte, dann wollte er es ihm schon weisen. Aber ein Teufel, der so dumm war und ließ sich am hellichten Tage mit den Steinen anschieten, der könnte vielleicht auch in der Dunkelheit angeführt werden.
Martin nahm seine Schachtel fest in die linke Hand, faßte mit der Rechten den Stock wie eine Reitpeitsche, machte Hüh und Hott und Hüh, schnaubte und wieherte und trabte auf den Pötterberg los, wobei er jetzt bedauerte, daß es so hell geworden war. Weiß der Teufel, vielleicht schoß plötzlich ein Strom jenes vergessenen wehrhaften Bauerntums durch seinen Leib und seine Seele, das in früheren Jahrhunderten sich vor Teufeln und großen Herren nicht gefürchtet und nur einfach »Wehr di!« und »Schla dot!« gerufen hatte.
Und weil er bei diesem Streit gegen die Geister an den Ritter im Roman denken mußte, schob Martin den linken Unterarm durch die Schnur des Kartons, zog ihn halb vor die Brust, einen herrlichen Schild hatte er jetzt, packte den Knüppel fest als ein mächtiges Schwert und sprengte den Hohlweg entlang, der Kuppe zu. Dabei erhob er ein fürchterliches Kriegsgeschrei, ganz frei von Angst, gnade Gott dem Teufel, der sich ihm in den Weg zu stellen wagte. Die Hiebe prasselten durch die Luft, den Weidenvater ließ er noch aus, den Sohn streifte er schon, und der Heilige Geist bekam eins auf den Balg, daß es knallte. Nein, lebendig ergab er sich nicht. Er sprengte auch noch den

Hügel hinab und verdrosch die anderen Weiden, die feigen Vasallen des Pötters, daß sie vor Furcht und Schrecken stocksteif dastanden und sich nicht wehrten.
Als er den Berg hinter sich hatte, hielt er an und erschrak vor seiner eigenen Kühnheit. Ob er wohl einige in den Sand gestreckt hatte? Doch man durfte sich hier nicht umsehen. Warum nicht, Martin Grambauer? Feinde sind nicht nur vor uns, sie sind auch um uns und hinter uns, gerade dann, wenn wir es nicht vermuten, und das sind die heimtückischsten. Geh geradeaus, sieh nicht nach rechts und links und nicht zurück — ein schöner Spruch, gewiß, aber ich sage dir, sieh gerade beim Geradeausgehen öfter nach rechts und links und auch mal zurück. Und tu dabei das, was du jetzt tust, dann wird dir manches erspart; so schön Vertrauen ist, du aber neigst zur Vertrauensseligkeit, lieber Junge!
Martin faßte sein Schwert fest und drehte sich um.
Der Pötterberg stand im Mondlicht friedlich und still, gut durchgekommener Winterweizen legte sich um ihn bis dicht an den Weg, der ihm den Scheitel zog, weithin randete das Bruch an seinen Schultern, auf der einen Seite begrenzt von den dunklen Kiefern des Weinbergs, auf der anderen Seite, viele Kilometer weit, abgeriegelt durch die zarten Rücken des Welsower Höhenzugs. Und über allem das seiner Vollendung als Frühlingsvollmond entgegenwandernde Licht, Bestimmer des Festes der Auferstehung, umtanzt von Millionen Sternen und versonnen angestaunt von zwei wasserhellen Kinderaugen, die, unwissend, heut ihrem Träger den größten Sieg erfochten hatten,

den der Mensch über die Feinde seines besseren Selbst erringen kann: den Sieg über den Teufel der Furcht, der Unterwürfigkeit und der Scheinheiligkeit. Das heißt, einige Male kam er noch wieder, der Teufel, und das nächste Mal schon sehr bald.
Es war nun noch der Marienkirchhofsberg zu überwinden. Da gingen die Geister der Toten vom Dreißigjährigen Krieg um. Die Frauen und die meisten Kinder gingen im Dunkeln jedenfalls den Weg nicht, und manche Männer auch nicht. Manch einem war da schon etwas begegnet, meist harmlose Dinge, aber voller Geheimnisse, manch einer hatte sich schwer verjagt. Es soll ein Gezank sein zwischen den Geistern, jede Nacht bis ein Uhr. Weil da zwei verschiedene Glaubensbekenntnisse sind, sagte Vater Grambauer. Wenn der es sagte, dürfte es wahr sein, denn er selbst ging, wenn man es wollte, um Mitternacht in ein Erbbegräbnis. Welcher Zug an dem Vater bisher Martins größte Bewunderung gefunden hatte. Mitunter wartete auch ein Geist auf dem Weg, um den nächtlichen Wanderer zu fragen, ob er nicht in seinem Rechte sei mit seinem Glauben. Dann mußte man sagen: Alle guten Geister loben Gott den Herrn! und weitergehen, ohne sich umzusehen. Sie taten einem nie etwas, bloß hängten sie einem manchmal was Schweres an die Füße. Oder wenn einer mit dem Wagen oder der Karre vorbeikam, dann setzten sie sich auch mal drauf. Es war gut, daß man von oben schon das Dorf und das väterliche Haus sehen konnte.
Martin war gewillt, den Marienkirchhofsberg heute nicht sehr ernst zu nehmen. Wer den Pötterweg bezwungen hatte, durfte das. Doch als er herankam, sank ihm der Mut. Eine Wolke hatte sich vor den

Mond geschoben, es konnte einer nicht richtig sehen, was los war. Jedenfalls hatte sich etwas auf dem Wege bewegt und stand nun still. Menschen taten das nicht, es mußte also ein Geist sein, der ihn fragen wollte, wer im Recht sei mit seinem Glauben.
Martin blieb einen Augenblick stehen. Da sah er ganz deutlich, wie auf der anderen Wegseite etwas auf der Erde kroch. Das war wahrscheinlich der andere Geist, mit dem der eine sich gezankt hatte, vielleicht hatte der dabei eins abbekommen und lag lang.
Martin wagte noch zwei Bäume, dann sagte er auf: »Alle guten Geister loben Gott, den Herrn!«
Jetzt kam der aufrechte Geist auf ihn zu, und auch der andere sprang her.
»Sie«, schrie Martin laut und retirierte etwas, »ich tu Ihnen nichts, gehen Sie da weg!« Sicher war es richtig, höflicherweise zu einem unbekannten Geist »Sie« zu sagen.
»Na«, lachte der aufrechte Geist, »dann ist es ja gut, ich hatte auch schon mächtige Angst!«
Am liebsten wäre Martin seinem Vater um den Hals gefallen, aber das ging nicht, weil Flock vor Freude dazwischensprang, und dann war da auch noch der große Karton, den der Vater ihm sofort abnahm.
»Vorsicht«, sagte der Junge besorgt, »du muß es flach tragen, sonst kriegt es Quetschfalten.«
Kam etwa zu guter Letzt doch noch das Gericht? Jedenfalls fielen dem Jungen alle Sünden und Irrwege des langen Tages zu gleicher Zeit ein, als der Vater sehr streng fragte, wo er so lange gesteckt habe und warum er nicht am Tag nach Falkenberg gegangen sei. Nun fest bleiben, dachte Martin, und die soeben bestandenen Kämpfe gegen viel schlimmere Mächte

gaben ihm die nötige Sicherheit, alles sehr ausführlich zu erzählen: von der Schmidtschen und oll Mutter Harms hin zum Pfarrhof, dem Kirchenacker, wieder zum Pfarrhof, wieder zum Acker, darin warten, bis der Pastor zurückkam, und wieder zum Pfarrhof. Und mit den dreckigen Langschäftern unterm Talar wäre er losgegangen. Und Johannes hätte sie müssen mit Gras abwischen.
»Dem schwarzen Herrn werd ich aber die Meinung sagen«, drohte der Vater, »mein Junge ist kein Laufbursche für den.«
Die Kleider wären natürlich nicht fertig gewesen, da hätte er immerzu warten müssen. »Vor Kaffee war ich da. Auf Ehrenwort, Vater, als sie mich weggelassen hat, ist es schon ganz duster gewesen.«
»Hast du denn gar keine Bange gehabt, Junge?«
»Oach«, prahlte Martin, »ich hab ja'n Knüppel, Vater.«
Zufrieden legte Vater Grambauer seinem Sprößling die Hand auf den Schopf.
Nun sollte auch Flock seinen Lohn haben. Als er sich noch einmal an seinen jungen Herrn heranmachte, schlug der seitlich mit dem Fuß aus und traf den treulosen Freund in die Rippen. Flock heulte auf und zog es vor, fünf Schritte Abstand zu halten.
»Das laß sein!« verwies der Vater.
»Er ist unterwegs ausgerissen«, verantwortete sich Martin.
»Dann ist's was andres«, entschied der Vater, »wenn der überhaupt so weitermacht mit seinem Stromern, dann ist er reif für 'ne Ladung Schrot.«
Flock totgeschossen? Kamerad Flock, der überall mitmachte?
»Nein, Papa, das darfst du nicht tun. Vielleicht hat er

mich auch bloß nicht gesehen, ich bin doch so gerannt hin. Komm, Flockchen, komm her!« Flock kam heran, wieder einmal verwundert über die wandelbare Gunst des Menschen.
»Wo hast du denn den Schlüssel von der hinteren Haustür gelassen?« fragte der Vater plötzlich.
Diese Frage traf Martin schlimmer als vorhin alle die Fragen des guten oder bösen Geistes. Nun kam wohl das Strafgericht. Lügen wollte er nicht.
Brauchte er ja auch nicht. »Der Schlüssel? Den hab ich auf den Balken gelegt, wo er immer liegt«, sagte er hell.
Der Vater schwieg eine Weile. »Wenn du lügst, Martin...«
Da schwieg Martin.
Die Frauensleute warteten in schrecklicher Unruhe. Einmal wegen des Jungen, dann wegen der Kleider. Nun stürzten sie sich erst mal auf den Karton.
»Alles hat er durcheinandergeschüttelt, der dämliche Bengel!« zeterte Anna.
»Wenn du wieder Einsegnung hast, hol dir deinen Kram allein«, brauste Martin auf. Das fehlte noch, daß er nun auch noch was rauskriegte, wo er alle die Gefahren siegreich bestanden hatte.
»Wo kommst du denn her in der Nacht?« fing jetzt die Mutter an.
»Wenn die nicht fertig ist? Da hab ich viele Stunden warten müssen, frag sie doch!« Er gähnte laut: »Gib mir lieber 'ne Stulle!« Aber sie waren so mit den Kleidern beschäftigt, daß er noch warten mußte.
Der Vater kam herein: »Welcher Dussel hat denn heute mittag den Schlüssel im Stall gesucht?«
Anna fuhr herum: »Den Karton hat er so getragen, da sind lauter Quetschfalten im Einsegnungskleid.«

»Halt's Maul!« donnerte der Vater los. »Wisch dir ein andermal lieber den Dreck aus den Augen. Was ist das, he? Den hab ich eben aus dem Stall geholt.«
»Dann hat er'n eben hingelegt«, weinte Anna.
Ja, und dann hatte sie eine weg vom Vater: »Das ist für das Verleumden. Wie heißt das achte Gebot? Du sollst nicht falsch Zeugnis reden! Damit du's bei der Konfirmation weißt.«
Nun heulte Anna aber wirklich los, und der Schlüssel, der wäre mittags nicht dagewesen, und den hätte er jetzt hingelegt.
»Er ist vom Marienkirchhofsberg an mit mir gegangen und gleich in die Stube. Dafür bin ich Zeuge. Unterwegs hat er schon gesagt, daß er den Schlüssel auf den Balken gelegt hat.«
»Mann«, fuhr die Mutter dazwischen, »wir mußten Lisa doch durchs Fenster stecken, da war doch kein Schlüssel heute mittag im Stall!«
»Hast du selber nachgesehen, Mutter?« Vater Grambauer war für Gerechtigkeit.
»Anna hat nachgesehen.«
»Und es war keiner da, das kann ich schwören, und wenn ich gleich . . .« Doch was sie gleich sollte, sagte Anna nicht.
»Die Sache ist erledigt«, entschied der Vater, »weil du keine Augen im Kopf hast, sondern bloß deine Einsegnung, mußten wir eine Stunde mit dem Mittagbrot warten.«
»Dich holt doch noch mal der Satan«, zischte Anna leise dem Bruder zu.
Der war, nach dem heutigen Marsch, zwar überzeugt, er würde ihn nicht holen, aber so ganz wohl war ihm bei der Sache nicht. Bloß, daß keiner drauf kam, warum heute nachmittag wieder die hintere

Haustüre abgeschlossen war! Wie hatten sie die nun aufgekriegt? Es beunruhigte ihn doch stark. Wenn alles gut ging, sollten die Mädchen auch Schokolade haben. Aber erst morgen, beschloß er und ließ sie in der Hosentasche.
Vielleicht war es wegen der Schokolade, wegen des Schlüssels, wegen des Todesrittes vom Pötterberg — Anna hatte richtig prophezeit, der Böse gab seinen Anspruch auf Martins Seele noch nicht auf. Und da er den wachen Streiter fürchtete, versuchte er, den schlafenden zu holen. Jawohl, zu holen. Martin fand sich plötzlich im Wohnzimmer, wie er im Hemd um den ovalen Tisch fegte, quatschnaß am ganzen Körper, und hinter ihm der Leibhaftige. Gräßlich reckte er die Krallen und fletschte die Zähne, immer hinter ihm her, immer rund um den Tisch. Dann versuchte er böse Listen, blieb plötzlich stehen und drehte sich um, in letzter Minute konnte Martin abstoppen und unter dem Tisch weg zurückjagen. Der Teufel immer hinterher, die Puste blieb weg. Martin betete, gelobte alles, bat sogar Anna um Verzeihung. Der Furchtbare kam näher, noch näher. Jetzt langte er zu, der Arm wuchs von alleine weiter und aus dem Arm die Hand und aus der Hand die Krallen, jetzt — Martin stieß einen schrecklichen Schrei aus, daß sie alle im Haus auffuhren: »Mutter!!!!!« Nun, und dann standen sie alle in Hemden um sein Bett herum, und er brauchte einige Zeit, bevor er begriff, daß er lebte und zu Hause war.
»Was war denn los, Junge?« fragte der Vater.
»Ich sag's ja immer«, antwortete die Mutter, »das kommt von dem vielen Schmökern. Der überstudiert sich und kriegt's im Kopf.«

»Ich hab so schrecklich geträumt, Mutter«, sagte Martin mit schwacher Stimme.
»Ein gut Gewissen ist ein sanftes Ruhekissen«, höhnte Anna.
»Kann ich bei dir in deinem Bett schlafen, Mutter?« Ganz klein und sanft war er.
»Aber Junge«, die Mutter war ehrlich erstaunt, »wo du doch schon so groß bist! Na, meinetwegen.«
»Vielleicht will er auch noch 'ne Titt«, lachte der Vater.
»Haste nich noch das Steckkissen von Lisa?« Anna rächte sich.
Martin war alles egal, was sie redeten. Er kroch dicht an die Mutter heran; zu ihr, die ihn so verteidigt hatte, die gut war und fromm, wenn sie auch seinetwegen ein wenig geschwindelt hatte, zu ihr wagte sich der Böse nicht. Daß die Mutter mal in den Himmel kam, war gewiß. Sollte er dort nicht hinkommen und sie dermaleinst nicht wiedersehen, der Traum war sicher eine böse Vorbedeutung, das wäre nicht auszudenken. Vater ging nicht in die Kirche und schimpfte auf Pastor Breithaupt, vielleicht kam Vater mal in die Hölle. Martin wurde freier ums Herz. Kam er doch noch in den Himmel, traf er Mutter, kam er in die Hölle, traf er Vater. Ganz allein war er jedenfalls nicht. Und mit Vater zusammen, und jeder einen handfesten Knüppel — die sollten was besehen, die Schwarzen. Er kicherte vergnügt.
»Junge, nun lieg aber man still«, sagte die Mutter, »ich muß um fünfe raus.«
Er schlief bis um neun Uhr. Und außerdem war keine Schule.

Väter und Söhne

Die Söhne

Nun die Dinge dieser Welt wieder einigermaßen eingerenkt waren, jedenfalls soweit sie Grambauers Hof angingen, kamen Martin die Erlebnisse des gestrigen Tages immer unbedeutender vor. Was nicht verhinderte, daß er sich um so bedeutsamer vorkam, da er sie gemeistert hatte. Die Geschichte mit der Schokolade mußte sich noch eine dritte Wandlung gefallen lassen: Ulrike sollte endgültig die kleine Tafel bekommen, die große hatte er schon aufgegessen. Lisa brauchte nichts, die aß dauernd Konfirmationskuchen, und Anna erhielt dadurch ein Geschenk, daß er den Hof fegte und mit weißem Sand bestreute, kunstgerecht in Girlandenform. Alles, was die Gebilde betrat, wurde angeranzt. Flock, die Hühner, die Tauben und sogar die Sperlinge. Von den Frauen getraute sich keine, quer über den Hof zu gehen. Mitten im Hof wollte der Künstler ein Herz, ein Kreuz und einen Anker streuen und darunter das Wort WILLKOMMEN.
»Siehst du«, sagte die Mutter beim Mittagessen, »wie gut er ist. Da sei du man auch nicht immer so brummig.«
Worauf Anna etwas von schlechtem Gewissen wegen Kienbaums Scheibe sagte.
»Richtig!« Der Vater legte den Löffel hin und sah sei-

nen Sohn an. »Weil da morgen Einsegnung ist, bei uns und bei Kienbaums, und wir Nachbarn sind. Da will ich einen christlichen Frieden. Wir gehen jetzt beide zu Kienbaums.«
Sie hatten ihm also doch alles haarklein erzählt. Martin nahm sich vor, auf keinen Fall das Wort WILLKOMMEN zu streuen. Auch würde er Flock feste übern Hof jagen.
»Kienbaum ist ja nicht mehr wiedergekommen.« Der Mutter taten die Groschen für die Scheibe leid. Das könnte Kienbaum nur vergessen haben, meinte der Vater, weil er gestern so viel Ärger mit seinem Sohn gehabt hätte.
»Was hat denn Friedrich ausgefressen, Mutter?« Martin war ehrlich interessiert. Vielleicht lenkte den Vater die Sache ab.
»Er hat mächtig Dresche gekriegt«, berichtete die Mutter. »Wegen der Dresche, die er von Herrn Pastor gekriegt hat. Da muß aber auch noch was anderes gewesen sein. So viel hat Kienbaum lange nicht getobt.«
»Darum will ich keine Feindschaft an Palmarum.« Gottlieb Grambauer hatte es sich nun mal vorgenommen. »Wie soll Anna sonst zu ihnen gehen und Friedrich zu uns kommen? Der Alte ist imstande und kommt nachmittags an und legt Anna die Kartoffel auf den Einsegnungstisch.«
Martins Gesicht leuchtete auf. Bevor sie etwas sagen konnten, war er zur Tür hinaus. Dann legte er die Kartoffel, Nachbar Kienbaums bestes Beweisstück, auf den Tisch.
»Hast du sie geholt?«
Seine Mutter wußte nicht, sollte sie sich nun freuen oder sollte sie aufs neue schelten. Sie wendete sich

an ihren Mann: »Da brauchst du auch nicht mehr rüberzugehen. Wo er nichts beweisen kann!«
»Rüber geh ich«, antwortete der Vater, »ich will auch keinen heimlichen Groll. Bloß der Junge braucht nun nicht mehr mit.«
Während Martin den Frauen berichtete, wie er die Kartoffel zurückerorbert hatte, betrat Gottlieb Grambauer die Kienbaumsche Küche, wo sie noch beim Mittagbrot saßen.
»Allseits gesegnete Mahlzeit! Ich will da die Sache in Ordnung bringen, Ferdinand, weil unsere Kinder morgen zusammen an den Tisch des Herrn treten.«
Kienbaum schüttelte ihm erfreut die Hand. »Setz dich man ein bißchen, Gottlieb! Einen Schnaps gibst du mir doch die Ehre?« Er holte ihn schon.
»Ick seh di, Ferdinand!«
»Ick seh di im Glase, Gottlieb!«
»Du hast da gestern so mächtig angegeben bei uns, sagt Mutter.«
»Ach, weißt du«, Kienbaum war von der Friedfertigkeit des Nachbarn entwaffnet, »das kann ja bei den Bengels passieren. Da spielt das so rum und bedenkt nicht die Folgen. Wir haben's ja auch so gemacht.« Er lachte vergnügt. »Noch einen, Gottlieb? Auf einem Bein kann der Mensch nicht stehen.« Er goß ein und hob sein Glas. »Ick seh di, Gottlieb.«
»Ick seh di im Glase, Ferdinand! Du hast da was von einer Fensterscheibe gesagt.«
Kienbaum wies auf das Küchenfenster. »Da hinter dir, Gottlieb, laß sie einsetzen, und dann ist alles in Ordnung. Die alte Kruke, die will ich drangeben. Die hatte auch schon einen Sprung.«
»Es ist man bloß« — Gottlieb Grambauer machte eine Pause —, »du kennst mich als rechtschaffenen

Nachbarn. Wenn ich mich überzeugt habe, bei mir ist unrecht gehandelt worden, dann mach ich das glatt, und wenn's einen Taler kostet.«
Kienbaum bedauerte, mit dem Verzicht auf Ersatz der Kruke so voreilig gewesen zu sein.
»Aber überzeugen muß ich mich, Ferdinand. Nun hast du unserer Mutter eine Kartoffel gezeigt, womit er geschmissen haben soll. Wenn das unsere Kartoffel ist, die kenn ich unter hundert. Ich hab da bloß die neue rote Dabersche. Weißt du, die ich vor zwei Winter bei Heinrich Richter seinem Schwiegersohn gekauft habe. Schöne große, rote.«
Kienbaum, erfreut, daß der andere ihm die Beweisführung abnahm, nickte fröhlich.
»Dann wird das also berappt«, fuhr Grambauer fort, »das ist klar. Zeig sie mir doch mal her!«
Mit einem Schlage veränderte sich Kienbaums Gesicht: »Das ist es ja, dafür habe ich ihn ja verdroschen, dieweil die Kartoffel nicht mehr da ist.«
Gottlieb Grambauer war erstaunt. »Wen hast du verdroschen? Dies versteh ich nicht.«
»Meinen Friedrich. Dieweil er die Kartoffel von der Bank genommen und weggeschmissen hat.«
»Ich hab keine Kartoffel gar nicht gehabt«, lärmte Friedrich. »Da hat bloß ne Schale auf der Erde gelegen, und die hab ich —«
»Und da hat er die Schale in den Schweinetopf geschmissen, und die Weiber haben sie mitgekocht. Wo eine Schale ist, da ist auch eine Kartoffel, die hat dabeigelegen, das kann ich beschwören.« Kienbaum wußte, was er wußte.
»Da war keine Kartoffel, Vater!« Friedrich stampfte mit dem Fuß auf, duckte sich aber zugleich.
»Irrst du dich da auch nicht, Ferdinand?« Gottlieb

Grambauer nahm Friedrichs dankbaren Blick gern an. »Sieh, einen Beweis für Friedrichen seine Schuld hast du da nicht. Es spricht für seinen ordentlichen Sinn, daß er eine Kartoffelschale nicht zertreten läßt, sondern ins Schweinefutter tut. Der Junge wird dir mal ein guter Landwirt. Auf die Schale leg ich auch kein Gewicht, weißt du, ich kenne unsere Kartoffeln auch geschält.«

»Das ist es ja«, erboste sich Kienbaum, »sie ist doch weg!«

»Ja« — Gottlieb Grambauer sog an seiner Pfeife —, »dann hast du also keinen Beweis? Nach dem, was du mir da von der Schale gesagt hast, glaub ich wahrhaftig, du hast Friedrich zu Unrecht gehauen. Du bist ein bißchen leichtfertig in deiner Hitzigkeit. Dann wird das gestern bei uns auch so gewesen sein, Ferdinand. Sieh, ich bin hergekommen in bestem Willen, ich hätt dir für die Kartoffel bis zu einer Mark bezahlt. Aber wo du sie nicht hast? Nein, sieh, da trau ich mich nicht nach Haus ohne die Kartoffel, wenn ich bloß auf deinen irrtümlichen Blam hin Geld bezahle. Da tut mir das leid um den Weg. Denn sieh, ohne Beweis soll keiner richten. Adjüs denn, Ferdinand!«

»Das ist aber eure Kartoffel gewesen, Himmelschockmillionen —«

»Psst — versündige dich nicht am Heiligabend von deines Sohnes Ehrentag! Ich sag bloß, zeig sie, und ich bezahl alles. Mehr kann ein ehrlicher Mann nicht tun. Du kannst nicht leugnen, daß ich aus freien Stücken hergekommen bin. Und den Schnaps, Ferdinand, den kannst du morgen wieder bei mir abtrinken. Mahlzeit allerseits!«

Außer der Einsegnung war noch oll Mutter Harms'

Beerdigung ein großes Ereignis der Osterwoche. Die Schmidtsche hatte allerhand dummes Zeug vom Jesulein und Eselein erzählt, aber nur in Andeutungen, und dabei gesagt: Fragt mal Martin Grambauer, der weiß das! Der wußte aber nur zu antworten, was sie auch so wußten: Die Schmidtsche spinnt! Unheimliche Sachen aber ereigneten sich um diese Zeit wirklich in Kummerow, die seltsamste passierte beim Waleien am Ostersonntag mit dem verhexten Ei des Johannes Bärensprung, wofür die Henne geschlachtet werden mußte.
Bevor sie jedoch erzählt wird, ist es an der Zeit, zu berichten, wie die Freundschaft zwischen Johannes und Martin zustande kam und was sie so dauerhaft gestaltet hat.
Superintendent Sanftleben als Kreisschulinspektor hatte es sich seit langen Jahren angewöhnt, die eine der halbjährigen Schulvisitationen zwischen Ostern und Pfingsten vorzunehmen, möglichst gleich nach Ostern. Um den frischen Nachwuchs kennenzulernen. »Der Zupperdent kommt«, sagten die Bauern »nun können wir Bohnen stecken.« Sie hatten im Laufe der Jahre herausbekommen, daß es nach der Frühjahrsvisitation niemals mehr richtigen Bodenfrost gab. Nach Kummerow kam Superintendent Sanftleben immer zuerst. Und er kam sehr gern, Frau Pastor Breithaupt machte Brathähnchen, wie ein frisches Weißbrot so knusprig, da konnten die auf dem Schloß nicht mit. Der Rotwein im Schloß war allerdings besser. Um zur gegebenen Zeit die richtige Größe der Hähnchen zu haben, setzte Frau Pastor im Herbst extra noch eine Glucke. Wie sie das fertigbrachte, das war ihr Geheimnis.
Bis auf Kantor Kannegießer und die Kinder sahen al-

le in Kummerow die Schulvisitation als Festtag an. Und mit Lehrer und Schulkindern war das nicht etwa anders, weil der Superintendent nun sehr streng war. Nein, milde war er wie sein Name und erfaßte sofort, worauf der Kantor seine besten Kräfte dressiert hatte, und ging willig darauf ein. In seiner großen Gütigkeit verließ der Superintendent jedoch gern das eigentliche Lehrgebiet und fragte leutselig nach Dingen aus dem Alltag der Kinder. »Man muß das tun, mein lieber Herr Kantor«, pflegte er zu sagen, »das Vertrauen der jungen Seelen zur Autorität wird auf diese Weise menschlicher gefestigt.« Vor dieser seiner Menschlichkeit hatten Lehrer und Kinder einen Bammel.
Einmal hatte der Superintendent damit etwas ganz Besonderes angerichtet. Da untergrub er sogar das Ansehen der Autorität und brachte als Ersatz nur die Freundschaft zweier kleiner Jungen zustande. Eine Freundschaft, die sich für ein Leben dauerhaft gestaltete, weil sie gekittet wurde durch die erste grausame Enttäuschung der Kleinen und Unmächtigen, gemeinsam erlitten vor dem Gelächter der Welt.
Es war vor fünf Jahren. Sie waren Ostern in die Schule gekommen Martin mit fünfeinhalb, Johannes mit sechseinhalb. Weil nämlich Martin am 28. September Geburtstag hatte und alle, die vor Michaelis sechs Jahre werden, schon Ostern in die Schule mußten; hingegen Johannes, am 1. Oktober geboren, wegen dieser drei Tage zu seiner Freude ein ganzes Jahr länger in Freiheit bleiben durfte. Allerdings tat ihm, als er mit den Jahren lernte, für sich zu rechnen, diese geschenkte kleine Freiheit immer mehr leid; ein ganzes Jahr wäre er früher aus der Schule und in die Welt gekommen, wäre er bloß lumpige drei Tage frü-

her auf die Welt gekommen. Er war gesonnen, seiner Mutter die Schuld daran zu geben. Doch die Schuld hatte der deutsche Kaiser. Jawohl. Allerdings konnte der Kaiser die Schuld wieder auf den lieben Gott schieben, denn für die furchtbare Kälte im Winter vor Johannes' Geburt war der Höchste verantwortlich, nicht der Allerhöchste.

Damals nun, als Martin und Johannes zum erstenmal in der Schule vor Superintendent Sanftleben saßen, begann der würdige Herr die menschliche Festigung der Autorität, indem er die Jüngsten und Kleinsten nach Namen und Vornamen fragte. Dabei sah er den brennroten Haarschopf von Johannes.

»Wie heißt du, mein Sohn?« fragte er mit aller Güte.
»Bärensprung.«

Der Superintendent sah den Kantor an, als wollte er sagen: Nun gib acht, wie ich dabei gleich belehrend wirke! »Ein gewaltig klingender Name, ein alter germanischer Name. Da kannst du stolz darauf sein. Und dein Vorname?«
»Johannes.«
»Ein schöner Name. Der Lieblingsjünger unseres Herrn hieß so. Sei bestrebt, Johannes, auch ein Lieblingsschüler von Herrn Pastor und Herrn Kantor zu werden.«

Johannes war nun wirklich stolz, schon weil die andern alle vor Neid herglotzten.

»Und wie heißt dein Vater mit Vornamen, mein lieber Johannes?«

Die Väter hießen fast alle Karl, Krischan, Fritz oder Wilhelm. Es war ihm im Grunde gleich, er wollte es auch gar nicht wissen, er wollte nur dem Kantor zeigen, wie man es als guter Erzieher machen müsse.

Johannes schwieg, und sein Gesicht verfinsterte

sich. Pastor Breithaupt hatte es kommen sehen und machte »Hem« und zupfte Herrn Superintendent leise am Arm.
»Lassen Sie nur, Herr Pastor, ich helfe ihm schon dazu«, wehrte der Superintendent ab.
»Es ist nämlich...«, wagte Kantor Kannegießer zu bemerken, da traf ihn ein sanft verweisender Blick aus den Augen des Vorgesetzten. »Wie ruft denn deine Mutter deinen Vater, Johannes?«
Johannes kniff die Augen noch etwas enger zusammen, und sein Gesicht wurde ganz böse.
»Hast du das nie gehört? Sieh mal, wenn sie ihn zum Essen ruft, wie sagt sie da?«
Johannes schoß einen lauernden Blick auf den Zupperdenten, einen auf den Pastor und einen auf die Jungens, denn hinter ihm kicherten sie schon. Und richtig, einer, Hermann Bernickel, rief: »Das weiß er doch nicht!«, worauf sie fröhlich und laut loslachten.
»Lacht nicht«, verwies sie der Superintendent, »es kann euch genauso ergehen, ihr wißt auch nicht alles.« Er legte Johannes die Hand auf den Kopf.
Ein zweites Mal zupfte Pastor Breithaupt den Ärmel des hohen geistlichen Herrn und murmelte etwas in das Getümmel hinein »... seine Mutter...«, verstanden die am nächsten Sitzenden und rumorten nun erst recht, bis der gefürchtete Pastor sie anschrie: »Wendland, wenn du das Feixen nicht läßt, dann hau ich dir vor Herrn Superintendenten eine runter, daß du die Engel im Himmel singen hörst.«
Erschrocken nahm Herr Superintendent seine Hand von dem roten Kopf des Johannes und legte sie auf des Pastors Arm: »Nicht so zornig, mein lieber Herr

Pastor! Matthäus achtzehn, Vers zehn! Ich bekomme sie schon mit Güte zahm.« Für einen Augenblick schien es auch so. Nur Hermann Wendland mußte noch etwas sagen, es klang, als ob er sich und sein Feixen und den ganzen Lärm rechtfertigen wollte. »Aber er hat doch gar keinen Vater nicht!«
Johannes heulte los. Da kam Superintendent Sanftleben auf eine ganz falsche Fährte. Mit tröstender Gebärde strich er erneut über den Kopf des Johannes, als er merkte, an welche traurigen Dinge er da gerührt hatte. »Mein armer Junge, das ist schön, daß du so um deinen Vater trauerst. Dann hast du ihn wohl sehr lieb gehabt? Oder hast du ihn gar nicht mehr gekannt?« Doch der Kopf, der auf der Schulbank lag, schüttelte die sanfte Hand brutal ab, und das Kichern der anderen brach erneut auf.
Jetzt endlich kam Pastor Breithaupt dazu, Herrn Superintendenten wirklich das ins Ohr zu sagen, was er noch immer nicht hatte anbringen können, und er bemaß es sehr knapp: »Er ist unehelich.«
»Den hat der Esel im Galopp verloren«, glaubte Bernickel es auf seine Weise bestätigen zu müssen, nun da Herr Pastor selbst ausgesprochen hatte, was sie ja alle auch so wußten: daß Johannes gar keinen Vater hatte.
In das brüllende Gelächter fuhr Johannes hoch, das sommersprossige Gesicht wutverzerrt, die kleinen Fäuste krampfhaft geballt, und schrie: »Das sag ich Großvatern, Großvatern sag ich das! Und ich soll allen 'n Stein an'n Kopf schmeißen, die das sagen!«
Der Federkasten flog auf den Fußboden, und ein kleiner Junge wollte gerade seine ohnmächtige Wut

in diesen unschuldigen Federkasten hineintrampeln, als er merkte, daß er gar keine Schuhe anhatte. Und außerdem war der Federkasten neu. Von Großvatern. Da hob er ihn behutsam auf, setzte sich hin und weinte hilflos.
Superintendent Sanftleben sah ärgerlich auf den Pastor: »Warum sagt man mir das nicht vorher?«
Pastor Breithaupt sah ärgerlich auf Kantor Kannegießer.
Der zuckte nur die Achseln.
»Mein lieber Sohn —«, träufelte die Stimme des Superintendenten dazwischen.
Weiter kam er nicht. Johannes fuhr hoch und sah ihn wild an. »Fängste schon wieder an, du? Ich schiet dir was. Dein lieber Sohn bin ich auch nicht. Ich sag es Großvatern. Großvatern sag ich's. Der wird dir was blasen!« Damit war er auch schon wie eine Katze aus der Bank heraus, lautlos, die nackten Füße gaben keinen Widerhall.
»Hiergeblieben!« befahl Kantor Kannegießer.
Als der Kleine die Tür erreicht hatte, drehte er sich um und streckte ihnen allen eine mächtig lange Zunge heraus, sie war ebenso rot wie seine Haare. Die Schulstube aber hallte wider von fröhlichem Gelächter und lärmenden Reden, na, der konnte sich ja wohl was besehen, der Johannes, der Lieblingsjünger unseres Herrn. Bernickel fing leise an, »Deutschland, Deutschland über alles« zu singen, allmählich stimmten sie alle mit ein, auch die Mädels, fest, laut und jubelnd erscholl der Chor: » . . . brüderlich zusammenhält . . .«
Superintendent Sanftleben war traurig und zugleich gerührt und zugleich sprachlos über den unerwarteten patriotischen Ausklang der peinlichen Geschich-

te, den er sich gar nicht erklären konnte. Kantor Kannegießer stand inmitten seiner Herde, ganz entwaffnet durch diese Jungens; der lange weiße Bart ließ nicht sehen, was um seinen Mund vorging, er hatte nicht mehr die Kraft, Ruhe zu erzwingen.
Da trat Pastor Breithaupt vor und donnerte nur ein Wort: »Ruheee!« Es wurde mucksmäuschenstill, nur ganz gelegentlich gluckste das unterdrückte Lachen aus krampfhaft geschlossenen Mäulern.
»Warum unterbrechen Sie das spontane Singen dieses vaterländischen Liedes, Herr Pastor?« fragte der Superintendent unwillig, aber leise, um die Autorität nicht zu gefährden. »Es ist doch geradezu, als hätte eine höhere Stimme ihnen eingegeben, das alberne Lachen wiedergutzumachen und bei dem vaterlosen Kinde an den größeren Vater, an das Vaterland, zu denken.«
»Das darf ich vielleicht nachher erklären«, erwiderte Pastor Breithaupt, so weit ärgerlich, wie es das Verhältnis zum Vorgesetzten gestattete.
Der hatte das Bedürfnis, den Kindern noch etwas Anerkennendes wenigstens für das Singen zu sagen. »Wir wissen ja so viel Schönes von Deutschland, nicht wahr, Jungens?«
Warum sie darüber wieder loslachten, verstand allerding auch der Herr Superintendent nicht.
Kantor Kannegießer hielt es für angebracht, abzulenken. Erzürnten sich Pastor und Superintendent, hatte er es ja doch zu büßen. Er zeigte auf den strohweißen Schopf von Martin. »Wenn Herr Superintendent den mal fragen wollten? Der kam jetzt in die Schule mit Fünfeinhalb und konnte fertig schreiben und lesen. Soll er etwas an die Tafel schreiben?« Er rief auch gleich: »Martin!«

Martin, der ebenso fröhlich gesungen und gelacht hatte wie die Großen, stand folgsam und ohne Angst auf.

Doch der Superintendent richtete sich erst noch ermahnend an Kantor Kannegießer: »Das ist sehr interessant und doch jetzt nicht angebracht. Sehen Sie, mein lieber Herr Kantor, gerade aus pädagogischen Erwägungen müssen wir bei dem Thema von vorhin bleiben. Nur so nehmen wir der Sache die nachteilige und nachhaltige Wirkung in den unschuldigen Kindergemütern.«

Er wendete sich an den wohlgerüstet dastehenden Martin. Der brannte in Hochmut, zu zeigen, daß er mehr konnte als viele von den Älteren. Alles könnte der Zupperdent fragen, Lesen und Schreiben und was aus der Bibel. Aber die Frage lautete bloß: »Wie heißt du, mein Junge?«

»Grambauer«, antwortete er und war ein bißchen ärgerlich.

»Grambauer«, wiederholte der Superintendent langsam und wichtig, »ein ernster Name. Gott gebe denen, die ihn tragen, Fröhlichkeit ... Und dein Vorname?«

»Martin.«

»Auch ein bedeutender Name. Zwei große Männer haben ihn getragen. Der eine, der heilige Martin, war ein gewaltiger Kriegsmann und ein frommer Gottesstreiter. Er war mächtig und reich und gab doch alles den Armen und lebte mit den Armen. Ihm eifere nach, mein Sohn!«

Martins Gesicht wurde wieder hell. Das mit seinem Namen war ja viel schöner als mit Johannes seinem Lieblingsjünger des Herrn.

»Und ich hab auch einen Vater!« Er wollte auf jeden Fall weit von Johannes abrücken.

Gott sei Dank, dachte der Superintendent, hier konnte die Frage nicht gefährlich werden: »Weißt du, wie dein Vater mit Vornamen heißt?«
Ohne sich zu besinnen, antwortete Martin: »Papa!«
Der Superintendent schmunzelte. Der Pastor und der der Lehrer schmunzelten auch, und die Größeren in der Klasse kicherten.
»Jawohl«, bekräftigte Martin und sah sich stolz um.
»So nennst du ihn, Martin. Sein Vorname aber ist anders. Wie ruft ihn denn deine Mutter?«
»Papa.«
Nun lachten sie schon wieder richtig wie vorhin bei Johannes, und auch Pastor Breithaupt sagte: »Ja, mit den Vätern haben wir in Kummerow kein Glück.«
Superintendent Sanftleben blieb bei der Sache: »Nun gib mal acht, Martin: Papa, das ist nur eine andere Bezeichnung für Vater. Das ist kein Name.«
Von einem Gedanken abgelenkt, schaute er den Weißkopf prüfender an, dann wendete er sich an den Pastor: »Das wundert mich übrigens, in Bauernfamilien ist es doch nicht üblich.«
»Ach«, erwiderte der Pastor laut, »der Grambauer, der will hoch hinaus. Dem gefiel auch sonst sein Vorname nicht.«
Martin begriff sofort, der hatte etwas gegen seinen Papa gesagt, denn von diesem Papa wußte er, daß der Pastor nicht sein Freund war. »Bei dem hab ich alles gelernt, schreiben und lesen und rechnen. Alles bei Papa.« Er war sehr stolz.
Bloß, daß der Zupperdent gar nichts davon hören wollte. »Das ist schön von dir und von ihm. Dann mußt du nun aber auch lernen, wie dein Vater heißt.«

»Papa doch!« trumpfte Martin auf und sah den begriffsstutzigen hohen Herrn überlegen an.
Die anderen brannten darauf, es zu sagen. Mehr als ein Dutzend Finger zuckten vergnügt hoch, und »Gottlieb!« schnatterte es durch die Schulstube.
Martin drehte sich um, rot vor Zorn. Diese Dämlakke, dann müßte er das doch schon gehört haben. Gottlieb und Gottfried und so, so hießen Pferdeknechte. Und außerdem konnte es doch nicht beides heißen, denn einige hatten sogar Gustav gerufen.
»Gar nichts wissen die«, brauste Martin auf, allerdings etwas unsicher und dem Weinen nahe.
Da hatte Kantor Kannegießer auch einen Gedanken. »Anna«, rief er, »sage mal deinem Bruder, wie dein Vater mit Vornamen heißt.«
»Gottlieb«, flüsterte Anna, denn sie schämte sich ihres unwissenden Bruders und ein wenig auch des unfeinen Namens, wußte sie doch, daß der Vater den Namen Gottlieb nicht mochte und alles mit seinem zweiten Vornamen Gustav unterschrieb.
»Glaubst du es nun, Martin?« fragte der Superintendent voll Güte.
»Es ist aber doch nicht wahr«, sagte Martin trotzig, und sein Gesicht zeigte Verachtung, »so 'n langhaariger Dunnerschlag, was die schon weiß.«
Nun lachten die Jungens und die Mädchen, bloß Anna heulte los.
»Hör mal«, Herr Superintendent wurde ernst, »was sagst du da für ein häßliches Wort von deiner Schwester?«
»Langhaariger Dunnerschlag«, wiederholte Martin.
»Pfui, schäme dich! Von wem hast du denn dieses böse Wort gelernt?«

»Von Papa!«
Die Bengels hauten auf die Tische, grölten, die Mädchen quiekten, sie hatten alle Mut, Pastor Breithaupt amüsierte sich köstlich. Superintendent Sanftleben lächelte sauer, sogar Kantor Kannegießer wagte ganz öffentlich ein Schmunzeln.
Und alle sahen auf den einen, den Jüngsten, der mit rotem Kopf das Weinen unterdrückte.
Martin kroch unter der Bank durch und stand am Katheder, im weißen Kragen und mit Lackstulpenstiefeln an den Füßen, wohl geputzt für die Visite. »Ich gehe auch nach Hause. Wie Johannes. Ich erzähl es Papa, daß ihr über ihn gelacht habt.« Er warf den Kopf in den Nacken, schoß noch einen unheilverkündenden Blick zu dem Platz, wo Anna saß, und stolzierte hinaus. Draußen begann er laut zu weinen.
Pastor Breithaupt hielt sich die Seiten. »Wenn wir so weitermachen, Herr Superintendent, bleiben wir drei allein übrig in der Schulstube. Was habe ich immer gesagt? Heiden sind das, die Kummerower, die Großen und die Kleinen. Aber das gelehrte Konsistorium glaubt einem ja nicht.«
Also stürzte Martin Grambauer von dem Thron, den sein Vater und er selbst gezimmert hatten, herunter. Und nicht nur hinab bis zu den anderen in der Schule, die zu diesem Thron hatten aufsehen sollen, nein, gleich hinab bis zu dem letzten und ärmsten Jungen in der Schule und im Dorf, bis zu Johannes Bärensprung, wie Superintendent Sanftleben es verheißen hatte: Er möge mit den Armen leben gleich dem heiligen Martin. Denn das Leid, das angeblich von Gott kommt, und die Schadenfreude, die von den Menschen kommt, machen beide

nicht halt vor weißen Kragen und Lackstulpenstiefeln, und das ist gut so. Sonst hätte sich Martin Grambauer wohl nie mit Johannes Bärensprung in so inniger Freundschaft verbunden wie jetzt auf der efeuumrankten Kirchhofsmauer, nachdem sie, die Schultür vor Augen, Schmerz und Enttäuschung und Wut und Rachepläne voreinander ausgeschüttet hatten.
Ganz glatt war das übrigens noch nicht mit der neuen Freundschaft. »Du hast aber auch über mich gelacht«, forschte Johannes mißtrauisch.
»Och, man bloß so 'n bißchen.«
»Weil ich keine Schuhe anhab?« fragte Johannes nach einer Weile, und seine Augen fuhren verächtlich und zugleich lüstern auf den blanken Stulpenstiefeln des anderen entlang.
»Och, deswegen...« Martin wetzte mit den Lackstulpen feste über die kantige Feldsteinmauer.
»Warum gehst'n nicht auch barfuß in die Schule?«
»Heute? Wo doch der Zupperdent da ist?« Aber er versprach, von nun an barfuß in die Schule zu gehen. »Wenn ich da überhaupt wieder hingeh. Die sind ja viel zu dämlich.«
Mit dem Nicht-wieder-in-die-Schule-Gehen war Johannes sofort einverstanden.
»Den Bernickel, den hau ich in Klump«, erboste sich Johannes. »Machste mit?«
»Den hau ich allein in Klump«, prahlte Martin, »ich fürcht mich vor gar keinem.«
»Denkste ich?«
So wurde der Bund denn geschlossen.
Als nach einer Viertelstunde die Schultür knarrte und Herr Superintendent Sanftleben und Herr Pastor heraustraten, von Kantor Kannegießer mit vie-

len Verbeugungen verabschiedet, kippten die beiden furchtlosen neuen Freunde blitzschnell nach hinten von der Mauer ins hohe Gras des alten Friedhofs. Da sie stillsitzen mußten, bis die geistlichen Herren vorüber waren, hatten sie Zeit, ihre nähere Umgebung zu betrachten. Vor ihren Nasen stand in der Mauer eine mächtige alte Grabplatte mit einem abgenagten Ritter.
»Mensch, gucke da, so 'n Anzug und so 'n Säbel!« Martin war ganz begeistert. So mußte der heilige Mann ausgesehen haben.
»So 'n Säbel haben«, begehrte Johannes, »und dann den Zupperdenten immer auf'n Kopp!«
Martin überlegte: »Wenn ich ein Gottesstreiter werde, darf ich ihn wohl nicht tothauen!«
»Pieken darfst'n aber«, beharrte Johannes.
»Pieken, ja.«
Die geistlichen Herren gingen an der Mauer vorbei.
»Viel arbeiten, viel essen, noch mehr trinken, und am allermeisten mit den Weibern«, bramste Pastor Breithaupt auf der anderen Seite der Mauer, »unsereins muß dann sehen, wie er mit der Brut fertig wird.«
Superintendent Sanftleben war wieder ganz verstehende Güte. »Mein lieber Amtsbruder, sind wir nicht dazu da? Wer sollte predigen, wer sollte zuhören, was sollte überhaupt geschehen, wenn das Leben aus lauter Geistlichen bestünde?« Er lachte fröhlich über seine Worte.
»Nu gehen sie Hühner fressen«, flüsterte Johannes hinter der Mauer und schielte mißgünstig über den alten Friedhof zum Pfarrhaus, das mit bemoostem Dach zwischen hohen Linden über grünen Fliederbüschen herübersah und aus dessen Schornstein ein

feiner weißgrauer Rauch kerzengerade zum blauen Himmel aufstieg, als wollte er den Kummerowern zeigen: Seht her, der Herr nimmt das Opfer an, das Frau Pastor seinen Dienern darbringt.

Väter und Söhne

Die Väter

Schon am Nachmittag wußten alle in Kummerow die Geschichte der beiden Jungens, von denen einer gar keinen Vater, der andere sogar einen Vater und einen Papa hatte. Bis zu den Vätern, die weit draußen ackerten, hatten es die Söhne getragen. Am Abend saßen sie im Krug, spektakelten und lachten, und nach zehn Uhr fingen sie den Nachtwächter ab und boten ihm einen blanken Taler, wenn er vor dem Pfarrhaus mal »Deutschland über alles« blasen täte. Der Nachtwächter war Andreas Bärensprung und war sternhagelvoll. Aus Wut.

Andreas Bärensprung, einst Tagelöhner auf dem Gut, hatte drei Söhne und ein Bein verloren. Das heißt, die Söhne waren in die weite Welt gegangen, einer nach dem andern, obwohl der Graf getobt hatte, denn da Andreas Bärensprung wegen seines fehlenden Beins kein vollwertiger Arbeiter war, hatten seine drei kräftigen und gesunden Söhne den mangelnden Arbeitswert des Heldenbeins ersetzen sollen. Nun war die Rechnung des Grafen nicht aufgegangen. Aber auch die Rechnung der jungen Bärensprünge ist wohl in Amerika nicht aufgegangen, denn auch dort wird der Arbeitswert menschlicher Gliedmaßen nicht von denen bestimmt, denen diese Glieder gehören, jedenfalls hatte Andreas Bärensprung nie wieder etwas von seinen Söhnen gehört. »Da weiß einer nu nicht einmal, wo sein Fleisch und Blut verfault«, wehklagte Andreas gelegentlich, wenn er gut getrunken hatte, und tröstete sich. »Von mein Heldenbein weiß ich wenigstens, daß es in Frankreich liegt.« Übriggeblieben war ihm eine Tochter, aber geblieben war sie auch nicht. Als sie einundzwanzig Jahre zählte, war sie bei Nacht und Nebel getürmt, zu Michaelis war es, vor sieben Jahren, und es war dann das geschehen, was die Existenz von Johannes zur Folge hatte. Zu Weihnachten hatte sie zum erstenmal einen großspurigen Brief geschrieben, von wegen Stellung in einem hochherrschaftlichen Haushalt bei einem Großschlächter und daß sie nicht daran dächte, jemals wieder aufs Land oder gar nach Kummerow zu kommen und Hofgänger zu spielen, und sie habe in der Stadt Bildung gelernt, und das sei etwas anderes als beschissene Kühe zu melken. Der Brief hatte Vater Bärensprung den Rest gegeben. Er hatte schon immer gern einen genommen, das hatte angefangen, als ihm die Frau gestorben war, die ihm nie auch nur einen Schluck erlauben wollte. Nach ihrem Tod hatte er das nachholen müssen. Da nach Luisens Weggang keiner die Wohnung in Ordnung hielt und Vater Bärensprung nicht mehr arbeitete, hatte ihn der Graf aus dem Leutehaus geworfen; er war nun der Gemeinde zur Last gefallen und ins Armenhaus gekommen. Aber was dem einen sin Brot, ist dem andern sine Not: Die Bauern rechneten nach der Methode des Grafen, entließen rasch ihren alten Nachtwächter aus Amt und Würden, sparten die zwanzig Taler im Jahr und ließen Andreas Bärensprung als Nachtwächter sein Logis und die ihm von der alten Mutter

Hanisch versetzte Kost abarbeiten. Um die Weihnachtszeit hatte Luise Bärensprung den Prott mit ihrem gebildeten Brief gemacht, um die Neujahrszeit hatte der Herrgott einen gewaltigen Frost über die Ostsee und das Haff geschickt, darauf hatte die Regierung das Kriegsschiff »Deutschland« geschickt, das Eis aufzubrechen. Hätte nun der Kommandant nicht mehreren tüchtigen Matrosen zur Belohnung abends Landurlaub gegeben, wäre es nicht dazu gekommen, daß einer der blauen Jungens das Eis bei Luise Bärensprung brach. Im Spätsommer schickte die hochherrschaftliche Großschlächtersgattin Luise nach Hause. Die Kummerower sind Heiden, also keine Unmenschen; Luise durfte zu ihrem Vater ins Armenhaus ziehen und mußte bei der heiligen Dreifaltigkeit schwören, nie wieder in die Stadt zu gehen. Und am 1. Oktober hatte ein rothaariger Junge das Zwielicht der Welt erblickt. Er wurde Johannes genannt. Weil »er« auch Hannes geheißen hatte. Das war aber auch alles, was Luise von ihm wußte. »Wie sah er denn aus?« hatte der Schulze geforscht, bemüht, Johannes zu einem Vater zu verhelfen. Ach, und Luise hatte den unwissenden Schulzen mitleidig angesehen, ob er denn noch keine Matrosen gesehen hätte, die sähen doch alle egal aus! Und du hast gar nichts von ihm, bloß den Jungen, kein Bild, keinen Brief? Da hatte Luise stolz sein Geschenk hervorgebracht, ein Mützenband, und darauf stand »S. M. S. Deutschland«. Daher kam es, daß die Kummerower sagten, Johannes sein Vater sei von Deutschland. Daher kam es auch, daß das vaterländische Lied in Kummerow um so volkstümlicher wurde und ein fröhliches Lied blieb, auch dann, wenn es als feierliches Bekenntnis gesungen werden

sollte, wie zum Beispiel an Gedenktagen, an welchen Vater Bärensprung jedesmal Luise verprügelte und später Luise und ihren Balg zusammen. Luise hatte sich mit der Sache abgefunden und melkte gottergeben Kühe, jetzt nicht mal mehr die gräflichen, sondern ganz gewöhnliche Bauernkühe.
Nun hatte ausgerechnet Superintendent Sanftleben das wieder aufgerührt. Andreas Bärensprung holte sich gleich mittags aus dem Krug einen Liter Schluck, trank ihn aus, stampfte zum Pfarrhaus und verlangte sein Recht. Die geistlichen Herren saßen noch bei Tisch und verstanden von dem Krach nur wenig. Über Fressen und Saufen schimpfte Andreas, und es wäre ein Gesetz, das gälte auch für die feinen Herren in schwarzen Hemden, und es dürfte keinem unschuldigen Kind das Fehlen eines Vaters vorgeworfen werden in der Schule, und ein Pastor, der müßte über die Unzucht in seiner Gemeinde Bescheid wissen und ein Auge zudrücken, und wenn ein Zupperdent das nicht wisse, dann sollte er sich ebenfalls das Lehrgeld wiedergeben lassen, und er ginge bis an die höchste Stelle, und ein blauer Matrose wäre mehr wert als ein schwarzer Zupperdent, und er schriebe es an die Regierung, und es wäre überhaupt Majestätsbeleidigung, und beim Todesritt von Massatur, da wären einem keine gebratenen Hühner ins Maul geflogen, dafür wären einem die Beine sonstwohin geflogen, und wenn er sein Heldenbein noch hätte, dann würde er den geistlichen Herrn schon anders in den Hintern treten. Und er schimpfte noch und schlug um sich, als ihn Pastor Breithaupt kurzerhand vor die Haustür trug und ins Gras setzte, und ballerte gegen das Tor und lärmte die Dorfstraße entlang.

Nachdem er noch einen halben Liter Schluck getrunken hatte, ging er zu Vater Grambauer, der ihm eine Beschwerdeschrift aufsetzen mußte. Nein, drei — eine an den Pastor, eine über den Pastor an den Superintendenten, eine über den Superintendenten an das Hochwohllöbliche Konsistorium, wegen Verächtlichmachung und Schadensetzung eines unschuldigen Kindleins vor öffentlichem Publikum durch angebliche Diener Gottes, die aber Gottes Wort nicht kennen, wie es geschrieben steht im Evangelium Lukas 6,25: Wehe euch, die ihr voll seid, denn euch wird hungern! Wehe euch, die ihr hier lachet, denn ihr werdet weinen und heulen! Oder im Evangelium Matthäus 7, Vers 3: Was siehest du aber den Splitter in deines Bruders Auge und wirst des Balkens in deinem Auge nicht gewahr? Oder im Evangelium Markus 10, Vers 14: Lasset die Kindlein zu mir kommen und wehret ihnen nicht, denn solcher ist das Himmelreich! Denn siehe, es habe doch der Herr selbst zu der Sünderin gesagt, wie es geschrieben steht im Evangelium Lukas 7, Vers 8: Ihr sind viele Sünden vergeben, denn sie hat viel geliebt! Aber der Herr werde mit solchen schon abrechnen, wenn es auch dem Armen nicht gegeben sei, darauf zu warten, und es möchte daher das Hochwohllöbliche Konsistorium eingreifen, auf daß es nicht auch ihm ergehe wie denen, von denen geschrieben steht im Evangelium Lukas 11, Vers 43: Wehe euch, ihr Pharisäer, ihr Heuchler, daß ihr obenan sitzet in den Schulen und wollet gegrüßt sein auf dem Markte!

Unter Tränen bat Mutter Grambauer, sie möchten sich nicht versündigen, sie achteten nicht darauf. »Das schreib noch rein von unserm Pastor, Gott-

lieb«, forderte Andreas, »wie er so was zulassen kann und weiß somit nicht Bescheid mit der Unzucht in seiner eigenen Gemeinde.«
Vater Grambauer war ein Bibelkenner und sehr stolz darauf, seine Kenntnisse gerade in einer Beschwerde gegen den Pastor anbringen zu können. Er schrieb daran, sauber gezirkelt und mit vielen Schnörkeln, bis in die tiefe Nacht, und so war er der erste auf der Straße, als um zwei Uhr das Feuerhorn ertönte. Doch Andreas Bärensprung wollte ihm nicht sagen, bei wem es brannte, er blies schaurige Töne und Signale, bei Mars-la-Tour konnte es nicht schrecklicher geklungen haben. Erst als sie alle herbeigelaufen kamen, rasch die Kleider über, die Frauen nur einen Rock überm Hemde und die Kinder sogar im Hemd, alle durcheinanderschreiend, noch besonders aufgeregt, weil sie keinen Feuerschein sahen und die Spritze doch schon herausgezottelt hatten, da erst setzte der Nachtwächter das Horn ab, legte gegen die Nahestehenden den Spieß ein wie eine Ulanenlanze und krähte, daß die Schande von Kummerow brenne, lichterloh bis in den Himmel, von dannen er kommen wird, zu richten die Lebendigen und die Toten. Da luden sie den Nachtwächter wie einen Sack auf die Spritze und fuhren ihn schimpfend und grölend ins Spritzenhaus. Das Horn und den Spieß und den Schlüssel nahm der Schulze in Verwahrung.
Am andern Abend ließen sie ihn wieder heraus. Er holte seine Eingaben von Vater Grambauer und brachte sie noch in der Nacht nach Falkenberg in den Postkasten, denn dem Kummerower Kasten traute er nicht. Die Nacht verbrachte er in einer Strohmiete vor dem Dorf, gewärtig, Kummerow in

Flammen aufgehen zu sehen als gerechte Strafe. Keinen Finger würde er rühren, zu verhindern, und wenn sie alle elendiglich umkommen sollten »wie Sodem und Komorra«.
Noch zwei weitere Nächte blieb Kummerow ohne Nachtwächter, einesteils, weil der alte Bärensprung streikte, anderenteils, weil der Gemeinderat uneinig war, ob man ihn wieder einsetzen sollte oder nicht. Und wer bringt die Kosten für ihn im Armenhaus auf? Das schlug durch. Am Abend des vierten Tages Punkt zehn Uhr klappten Andreas Bärensprungs Stelzfuß und sein Spießholz wieder auf der Dorfstraße von Kummerow, und um elf, zwölf, eins, zwei, drei und vier ertönte sanft und falsch seine Flöte: Üb immer Treu und Redlichkeit ...
»Wenn die von Kunstorium nicht antworten, Gottlieb, wir gehen bis ans Reichsgericht«, drohte der Nachtwächter nach acht Tagen. Sie warteten lange und vergaßen darüber auch das Reichsgericht.
»Das ist bei allen Schwarzröcken so, Andreas, eine Krähe hackt der andern die Augen nicht aus!«
Vater Grambauer hatte eine wohlbegründete Wut auf den Pastor Doktor Kaspar Breithaupt. Zuerst waren sie dicke Freunde gewesen, aber vielleicht war es so, wie die Bauern sagen: Einer tat sich immer noch dicker als der andere, und wenn sie nicht selber platzten, so platzte doch die Freundschaft. Wobei der Zorn im großen und ganzen einseitig blieb: bei Gottlieb Grambauer. Pastor Breithaupt wußte, seine Gemeinde liebte ihn nicht gerade; sie respektierte und fürchtete ihn. Das war mehr wert. Die Geschichte mit Gottlieb Grambauer tat ihm leid, er mochte den aufgeweckten Kerl

gern, aber da ihrer beider Dickköpfe sich nichts nachgaben, gaben auch die Männer nicht nach.
Gottlieb Grambauers Vorfahren waren Kleinbauern seit drei Jahrhunderten schon. Da unten im Spreewald. Gottlieb war der erste gewesen, der ausbrach. Er hatte auf die Wirtschaft zugunsten des jüngeren Bruders verzichtet, denn er wollte ein gebildeter Mann werden, zu welchem Zweck er in der Stadt das Tischlerhandwerk erlernte und nach Berlin ging. Worauf er nach trostloser Arbeit in einer Fabrik und in der Arbeitslosigkeit der Gründerjahre eine gewisse politische Einsicht in die Ursachen der sozialen Misere bekam, darauf das heulende Elend und das Verlangen, Holz nicht mehr in Bretterform, sondern mal wieder in Gestalt von lebenden Bäumen zu sehen. Worauf er in immer kleineren Orten Arbeit suchte und schließlich in Kummerow beim Grafen Runcowricz als Milchkühler landete. Als die Stadt ihn ein zweites Mal ablehnte, erwarb er mit mütterlichen Erbtalern den kleinen Hof und ging auf den Acker, dem er hatte entfliehen wollen. Aber seine Kinder, sein Sohn! Gottlieb Grambauer liebte das Leben auf dem Lande, nur liebte er nicht das Landleben der kleinen Bauern und Tagelöhner unter den Verhältnissen, wie er sie immer wieder angetroffen hatte. Zweitausend, dreitausend, fünftausend Morgen Land in einer Hand, und fünfzig Paar Hände für insgesamt tausend Morgen, ja, weitere hundert Paar Hände ohne jedes Land — eine solche Ordnung begriff Gottlieb Grambauer nicht, und weil er das manchmal aussprach, galt er als Rebell; und als er Pastor Breithaupt gegenüber bezweifelte, der Spruch in der Bibel »Jedermann sei untertan der Obrigkeit, die Gewalt über ihn hat!« drücke Gottes

Willen aus, und meinte, das rieche verdammt nach Fürsten- und Pfaffenkram, und nicht mehr in die Kirche ging, erklärte ihn Pastor Breithaupt zum Heiden. Welche Bezeichnung Gottlieb Grambauer als amtlich verliehen annahm und verwendete, wenn er auf behördlichen Formularen nach seiner Religion gefragt wurde. Bis die Obrigkeit, die Gewalt über ihn hatte, es ihm verbot und ihn in Strafe nahm. Woran Gottlieb Grambauer in einer Gemeinderatssitzung bewies, daß des Pastors Ansichten von der Regierung nicht gebilligt würden und also einen Hühnerschnurz wert seien. Und sollte er, Gottlieb Grambauer, es auch nicht schaffen, hier wieder herauszukommen oder die Verhältnisse ändern zu helfen, so würde der Junge es schaffen, der sollte den Aufstieg nicht erst über ein Handwerk antreten. Sie ästimierten ihn auch in Kummerow, war er doch der einzige im Dorf, der, außer dem Grafen, dem Pastor und dem Kantor, eine tägliche Zeitung hielt. Sogar eine Berliner Zeitung, nicht mal das Kreisblatt genügte ihm.

Die Feindschaft gegen den Pastor hatte sich bei kleinem entwickelt. Ganz zuerst hatte Gottlieb Grambauer wohl nur Anstoß an des Pastors Amtsausübung genommen, wegen Schlagens von Schulkindern und so, denn Vater Grambauer war, was als ganz außergewöhnlich gelten mußte, gegen alles Schlagen, noch dazu, wenn es ein Pastor tat, welche Ansicht er auch im Krug äußerte und einige Bemerkungen über den Lebenswandel des geistlichen Herrn anhängte, derart: Aber der Bauch ist ihm sein Gott! Als es dem Pastor hinterbracht wurde, predigte der über die Splitter und Balken in den Augen, was offensichtlich auf Gottlieb Grambauer gerichtet war. Nach der Predigt, als Grambauer mit ein paar Bauern auf dem Kirchhof stand, wie sie es sonntags immer taten, bevor sie ins Wirtshaus gingen, kam der Pastor vorbei. Der Wind pustete in seinen schwarzen Talar, er sah ganz gewaltig aus. Aber die Sonne lag prall auf ihm. Bei den Bauern blieb der Pastor stehen und sagte freundlich: »Ja, ja, mein lieber Herr Grambauer. An einem schwarzen Rock sieht man die Flecke leichter!« Die anderen verstanden die Worte nicht, nur Gottlieb Grambauer erfaßte sie. Er lächelte ebenso katzenfreundlich wie der Pastor und zeigte auf seinen eigenen schwarzen Bratenrock: »Ich sehe keinen Fleck, Herr Pastor, das würde meine Frau auch nicht zulassen. Die Ihrige sollte ruhig mal öfter den Ausklopfer nehmen.« Worauf der Pastor weiterging. Aber er gab es dem Bauern bei jeder Gelegenheit, und wenn er über die Pharisäer und Schriftgelehrten sprach, die unserm Herrn Übles nachredeten, so war es klar, daß er damit nur seinen Kritiker Grambauer meinte. Bis Vater Grambauer seine ganze Handwerkskunst zusammensuchte und Puppen aus Holz schnitzte, sie anzog, eine kleine Bühne baute und den Kindern ein Kasperletheater vorführte.

Das wäre nun an und für sich noch nichts Aufsässiges gewesen. Aber weil er den Kasperle immer Kaspar nannte, kamen auch die Großen, um sich das Theater anzusehen, so daß Gottlieb Grambauer es schließlich im Krug vorführte, mit Stücken, die er sich selber ausdachte. Daß der Kasper darin immer ein seltsamer Heiliger war, verstand sich von selbst. Pastor Kaspar Breithaupt drohte mit Anzeigen, und Gottlieb Grambauer antwortete, indem er den Pastor in seinem Beruf zu treffen suchte und einfach

nicht mehr in die Kirche ging, wofür er zum Heiden erklärt wurde.
Und dennoch bediente sich der liebe Gott ausgerechnet des Bauern Gottlieb Grambauer, um Pastor Breithaupt vor dem Tode zu bewahren. Vielleicht auch nur, weil er gute Laune hatte und ihn die Lust ankam, die Begriffe von der Würde, die in Gewändern hause, mit einem Schabernack über den Haufen zu werfen.
Das geschah in jenem schrecklich kalten Winter, als der Schwarze See bis auf den Grund gefror und mit ihm alle Karpfen, als die Spatzen aus den Strohdächern fielen und der alte Wendland, der seit Jahren an Blutverkühlung litt, durchaus nicht sterben wollte, weil er Angst hatte, seine Seele würde unterwegs erfrieren, bevor sie noch in den Himmel käme. Er hielt das Sterben denn auch zurück bis zum ersten warmen Märztag. Nun mag es angehen, sagte er da, drehte sich zur Seite und verschied.
In jenem Winter im Januar kam Gottlieb Grambauer morgens gegen drei vom Schloßpark her mit einem Sack auf dem Rücken. In dem Sack lag ein totes Reh, und mit dem Reh hatte es seine Bewandtnis. Jedes Jahr im Januar hielt Graf Runcowricz seine große Treibjagd auf Hasen ab, zu welchem Unternehmen die Gutsbesitzer der Gegend und die städtischen Freunde des Grafen in großer Zahl anrückten. Dabei hatten sie diesmal zwei Schlitten entzweigefahren, und Gottlieb Grambauer war geholt worden, dem Stellmacher bei der Arbeit zu helfen, da die Herren Jagdgäste mit ihren Schlitten noch in der Nacht heimfahren wollten. So war er Zeuge eines hitzigen Streites der weidgerechten Jäger geworden, wer der Unglücksschütze sei, der das Reh geschossen hatte.

Keiner wollte es gewesen sein, keiner wollte das Reh zu seiner Strecke zählen lassen. Und sie stritten auch darüber, ob ein versehentlich und mit Schrot geschossenes Reh, das noch dazu Schonzeit hatte, verwertet werden dürfe. Bis der Landrat entschied, er nehme es mit, der Wachtmeister habe es dann morgen unter genauer Angabe der Umstände offiziell auf dem Landratsamt abzuliefern. Er sah sich mit ernster Miene um, aber sie nickten alle nur. Worauf er das Reh in einen Sack stecken und in seinen Schlitten legen ließ. Das Protokoll sollte am Abend beim Jägermahl aufgenommen werden. Vielleicht war es nur, um den Herren die Scherereien mit dem ungesetzlich geschossenen Reh zu ersparen: Gottlieb Grambauer hatte die Sache mit angehört und nachher, als es dunkel war, den Sack mit der Ricke über die Parkmauer geworfen. Da das arme Tier dort nicht liegenbleiben konnte, sollte es nicht doch noch in die Bürokratenmaschine geraten, hatte Gottlieb Grambauer nachher die Last des Sackes auf sich genommen,

Es war eine Kälte, daß Gott erbarm, wohl mehr als zwanzig Grad. Der Schnee schrie unter den Fußtritten. Wer da nicht hinaus mußte, setzte keinen Schritt vor die Tür. Nicht einmal Nachtwächter Bärensprung.

Als aber Gottlieb Grambauer an der Ecke beim Schulzenhaus vorbeikam, sah er auf dem weißen Schnee etwas Dunkles liegen. Langsam ging er näher und stellte durch einen Stoß mit dem Fuß fest, daß da unzweifelhaft ein Mensch lag. Bei der furchtbaren Kälte mußte er sich in kurzer Zeit den Tod holen, wenn er ihn nicht schon im Leibe hatte. Gottlieb Grambauer beugte sich nieder, er hatte seinen Sack

vergessen, der kam ins Rutschen, rollte über die Schulter und fiel dem Manne im Schnee auf den Kopf. Der Körper bewegte sich ein wenig, worin Gottlieb Grambauer ein untrügliches Zeichen erblickte, daß noch Leben in dem Manne war. Auch gab ihm der Anzug wohl einen ziemlichen Schutz, denn der bestand in einem schönen Pelz, und auf dem Kopf saß eine Otterfellmütze. Als der ehrliche Finder das feststellte, erschrak er sehr, denn der da lag, war der Seelenhirt der Gemeinde Kummerow.
Große und reine Schadenfreude breitete sich langsam über Gottlieb Grambauer, als er seinen Feind so liegen sah. Dann aber siegte sein heidnisches Herz, und er begann den Schlafenden aufzurichten. Er hätte eher eine gefällte Eiche wieder auf ihre Wurzeln stellen können, als diese gefallene Säule vom Tempel des Herrn auch nur ein Stück weiterzurollen. Da wurde Gottlieb Grambauer doch ärgerlich, denn er sah sich vor eine schwere Entscheidung gestellt; entweder den halbtoten Pastor liegenzulassen oder das ganztote Reh. Beides konnte er nicht auf sich nehmen. Eine böse Verwünschung murmelnd, stellte er den Sack mit dem steifen Reh erst mal in den Schatten des Torwegs vom Schulzenhaus und machte sich daran, den Pastor in eine würdigere Stellung zu bringen. Es gelang nach vieler Mühe, und als er ihn aufrecht an der Wand hatte, konnte der Retter feststellen, daß der Odem Gottes noch in ihm war, wenn er auch nach Rotwein, Kognak und Zigarren duftete.
Wie aber kriege ich die zwei Zentner auf den Rücken? dachte Gottlieb Grambauer und hielt den Willenlosen mit der ausgestreckten linken Hand von sich und fest gegen die Mauer. Eine Weile dachte er

nach, dann hatte er es. Er ließ den Mann los und machte schnell den Buckel vor ihm krumm. Steif wie ein Baum, dem die Säge den letzten Halt nimmt, senkte sich der Pastor in die errechnete Richtung und knickte in der Mitte zusammen, direkt über der linken Schulter von Gottlieb Grambauer. Es war doch gut, daß der Pastor keine Eiche war, auch keine Säule, daß er so zusammenklappen konnte wie ein riesiger Kasper, der tot über die Stuhllehne fällt. Hau ruck! sagte Gottlieb Grambauer still zu sich und hob an. Und wenn ihm bei dieser Bewegung doch ein grollender Laut entfuhr, so machte das nichts aus, obwohl der Pastor mit dem Gesicht gerade auf dem tieferen Rücken des Bauern lag. Seiner Sinne war er ja sowieso nicht mächtig.
Es war ein schwerer Gang, der Fahrweg glatt, an den Seiten lag der Schnee kniehoch, und an Absetzen und Ausruhen war nicht zu denken, und dann dauerte es noch eine Viertelstunde, bis sie im Pfarrhaus wach wurden, und noch mal zehn Minuten, bis Frau Pastor öffnete, und eine ganze Weile noch, bis sie begriff, was los war. Rauh unterbrach Gottlieb Grambauer ihr Gejammer, sie solle sich lieber eine Hose anziehen und sich nicht auch noch erkälten, und erfroren sei er nicht, da habe er viel zu gut vorgezeigt, und krank auch nicht, nur besoffen. Er trug ihn ins Studierzimmer und ließ ihn auf das lange, breite Ledersofa fallen.
»Und nicht wahr, lieber, guter Herr Grambauer« — Frau Pastors Stimme zitterte —, »Sie sagen zu keinem was davon, es wäre solch Ärgernis in der Gemeinde.«
»I bewahre, Frau Pastor, was gehen mich anderer

Leute Sünden an, ich betrete doch keine Kanzel. Dieses Ärgernis bleibt mal unter uns.«
Frau Pastor reichte ihm die Hand: »Der Herr, der Sie diese Nacht auf die Straße geführt hat —«
»Es war eigentlich mehr eine Sie als ein Herr«, unterbrach Gottlieb Grambauer die Dankerfüllte und ging hastig seinen Weg zurück.
Noch immer war es Nacht, der Schnee schrie weiter, die Hausgiebel knackten vor Kälte, kein Mensch war im Dorf zu sehen. Aber im Torbogen des Schulzenhauses auch kein Sack mit einem Reh. Im Schloß feierten sie noch immer und ließen abwechselnd den Jagdherrn und das Reh hochleben. Das Reh — Gottlieb Grambauer verwünschte den Pastor zu Beelzebub.
Gleich am Morgen machte sich der Gendarm auf die Suche nach dem Reh. Der Landrat bestand darauf, erstens, weil das Reh an sich ein ungesetzlicher Fall war, zweitens, weil es aus des Landrats Schlitten verschwunden war. Eine Fußspur ließ sich nachweisen vom Schlitten durch den Park bis zur Mauer und über die Mauer hinweg bis zum Schulzenhaus, wo der Schnee total zertrampelt war, als hätten sich da einige gewälzt. Und dann ging dieselbe Spur — aber das war ja unmöglich — bis zur Tür des Pfarrhauses.
»Hat uns der Pfaffe einen Streich gespielt?« fragte der Landrat beim Frühstück.
Der Graf dachte nach. »Fertig bekommt er so allerhand. Er war ja auch mit einemmal verschwunden. Aber nein, er war auch ohne den Sack schon voll.«
»Niemeier, mal sofort zum Pastor, fragen, wann und wie er die Nacht nach Hause gekommen ist. Und umsehen in der Küche — na, Sie wissen schon!«

Wachtmeister Niemeier ging kopfschüttelnd ab und kam kopfschüttelnd wieder.
»Herr Pastor ist krank, ist nicht zu sprechen. Frau Pastor hat mich gar nicht ins Haus gelassen.«
»Klar«, entschied der Landrat, »der Kerl hat das Reh stibitzt. Doller Hecht. Was nun? Kann doch da keine Haussuchung machen! Wie krieg ich aber das Reh?«
Graf Runcowricz zuckte die Schultern. »Nehmen Sie sich ein paar Hasen dafür mit, Landrat!«
Als die letzten Jagdgäste das Dorf verlassen hatten, fuhr Schulze Wendland von seinem Hof.
Da kam ihm von ungefähr Gottlieb Grambauer, der inzwischen den Schulzenhof nicht aus den Augen gelassen hatte, in die Quere. »Wo willst du denn hin, Christian?«
»Ach, man so nach Falkenberg.«
»Mit Pferd und Wagen – und bloß ein Sack drauf?«
»Ja, der Apotheker wollte 'nen Schinken haben, und ich brauch da noch was zum Einreiben für den Braunen. Das Tier wird doch das mit dem Widerrist nicht los. Weißt du da kein Mittel, Gottlieb?«
»Doch, Christian. Mach ihm mal einen Umschlag aus Rehtalg und dann eine Decke drüber aus Rehfell, das ist ein probates Mittel.«
»Aus – wie kommst du darauf, Gottlieb?«
Gottlieb Grambauer zeigte auf den Sack. »Das ist aber ein verdammt langer Schinken da im Sack, Christian.«
»Ja, Gottlieb, dies Jahr, da hatten wir eins von der polnischen Rasse dabei. Die waren so lang und mager. Deshalb geb ich den Schinken auch weg.«
»Sag mal, Christian...«
Der Schulze wendete den Blick seinem Hause zu.

»Willst du nicht einen Augenblick mit reinkommen, Gottlieb? Es ist bannig kalt heut.«
»Ja, aber die Nacht erst war das kalt. Hast du da nicht gefroren, Christian, als du so gegen Uhrer drei raus mußtest?«
»Ich? Wann eins war ich denn draußen?«
»Nu paß mal auf, Christian. Hast du die Nacht nicht ein Gerummel vor deinem Haus gehört?«
»Ja, das ist wohl richtig. Als ich da aber rausguckte, war keiner da. Na, denke ich, sieh mal lieber nach, vielleicht is was im Pferdestall. Der Braune nämlich...«
»Ja, Christian, das weiß ich nun. Und da bist du aus Versehen anstatt in den Pferdestall aus der Hoftür rausgegangen. Dieses kann passieren, wenn einer noch den Schlaf in den Augen hat. Und da hat draußen ein Sack gestanden. Und in dem Sack war — dein Schinken. Der da. Laß man, Christian, es ist man bloß, weil der Pastor ihn da abgestellt hat und der Gendarm ihn schon gesucht hat und weiter suchen wird.«
»Der Pastor?«
»Jawohl, der Pastor. Aber laß man, Christian, wir sind allzumal Sünder, und du bist der Schulze davon. Nu fahr du mit deinem Schinken ruhig zu deinem Apotheker. Bloß, die Medizin, die du dafür kriegst, davon bringst du mir heut abend die Hälfte. Verstehst du, genau die Hälfte! Ich vertrau da auf deine Ehrlichkeit. Denn jedermann sei untertan der Obrigkeit, die Gewalt über ihn hat. Und die hab ich wenigstens in dieser Sache über dich.«
Nach drei Tagen paßte Pastor Breithaupt es so ab, daß er Gottlieb Grambauer auf der Straße erwischte. Er bot ihm freundschaftlich die Hand und sprach:

»Wir wollen unsern Groll vergessen, mein lieber Herr Grambauer. Ich bin außerdem in Ihrer Schuld. Sie haben mir vielleicht das Leben gerettet.«
»Ach«, wehrte Gottlieb ab, »das ist nicht der Rede wert.«
»Kann ich Ihnen irgendeinen Gefallen tun?«
Gottlieb Grambauer dachte nach. »Doch, das ginge schon an. Predigen Sie mal nächsten Sonntag über Lukas zehn.«
»Lukas zehn?«
»Nanu, das wissen Sie nicht, als Schriftgelehrter? Wo ich doch man bloß ein Pharisäer bin?! Da ist die Rede vom barmherzigen Samariter: Ein Samariter aber reisete und kam dahin, und da er ihn liegen sah, jammerte ihn sein.«
Pastor Breithaupt versprach es, aber in seinem Gesicht zuckte es dabei. »Und Sie kommen in die Kirche?«
»Jawohl, das tu ich. Das möcht ich sehen, wie Sie das handhaben werden, Herr Pastor.«
Pastor Breithaupt predigte den Sonntag sehr schön.
»Wie es geschrieben steht im Evangelium Lukas zehn und vom dreißigsten Vers an also lautet: Es war ein Mensch, der ging von Jerusalem herab gen Jericho und fiel unter die Mörder. Die zogen ihn aus, schlugen ihn und gingen davon und ließen ihn halbtot liegen.« Ja, und dann stauchte er die Kummerower zusammen wegen Räubereien, Unverträglichkeit, Sauferei und allerlei Übel, daß sie einander ansahen und sich fragten: Wen meinte er heute bloß von uns?
»He is mi doch över!« sagte sich Gottlieb Gram-

bauer, als er nach Hause ging, und er sagte es voll Überzeugung und deshalb plattdeutsch.
Aber das alles lag nun schon Jahre zurück.

Das Ei der schwarzen Henne

Als Johannes im Traum die Augen zumachte, weil ihn die goldenen Stühle und das viele Licht im Saal des Grafenschlosses blendeten, machte er sie in Wirklichkeit auf, und die Wirklichkeit war die Stube im Armenhaus, und das viele Licht war die Morgensonne.
Johannes zwinkerte sie ungläubig an, als bezweifle er, daß sie echt sei; ihm wäre es nicht verwunderlich vorgekommen, hätte der liebe Gott für arme Leute eine besondere Sonne gemacht, so irgendeine blakende Funzel. Da die reichen Bauern von Kummerow ein kaputtes Haus extra für die Armen ausgesucht hatten und nie etwas daran ausbesserten und die vom Schloß es auch nicht taten, konnte der reiche Herrgott auch auf den Gedanken kommen, für die Armen eine kaputte Sonne zu schaffen. Johannes hätte das ganz in Ordnung gefunden, denn was wollte die richtige Sonne in dieser Stube? Sie schnüffelte ja doch bloß herum, besah sich die dreckigen Ziegelsteine des Fußbodens, zeigte mit dem Arm auf die Wand zum Flur, wo der Lehm von den Staken gefallen war, weil Großvater immer die Tür so schmiß, wenn er wütend war, sogar nach dem Kamin langte sie, der Ofen und Herd zugleich war; das aber tat sie sicher bloß, weil da noch der Klumpen Steinkohle

lag, den Großvater in der Nacht wieder mal heimlich von der Brennerei mitgebracht hatte. Früher, als die untere Fensterscheibe noch ganz war, hatte die Sonne auch bis zu den beiden einzigen Bildern der Stube gereicht, zu Großvaters Soldatenbild vom Todesritt von Marsla-Tour, wo die Kavallerie eine noch schießende Kanone überritt, es hatte sogar einen Rahmen und eine eingesprungene Glasscheibe, und zum Jesusbild, wo er das mit den sieben Broten und den paar Heringen macht für viertausend Mann ohne die Weiber und Kinder. Das Jesusbild stammte von Frau Gräfin, und Andreas Bärensprung hatte dazu gesagt, die vom Schloß könnten es nicht mehr sehen, weil sie sich ärgerten, das Wunder einer solchen Speisung von vielen Tausend Mann mit einem halben Dutzend Broten nicht nachmachen zu können. Jetzt steckte in der kaputten Fensterscheibe ein alter Sack, und davor hatte Großvater noch ein Brett genagelt, da konnte die Sonne an Herrn Jesus nicht mehr ran.

Einen Augenblick sah Johannes noch auf das blaugrün karierte Deckbett und auf den großen Flicken, mit dem Mutter das Loch zugenäht hatte, das der Großvater gemacht hatte, als er mal im Dusel mit seinem Stelzfuß zu Bett gegangen war; dann blieb sein Blick auf den beiden großen Füßen haften, die mit verdammt schmutzigen Zehenreihen an der Bettkante auffragten. Das waren seine.

Es freute Johannes, daß die Sonne seine schwarzen Zehen sehen mußte; wenn sie weiterging, konnte sie ja damit der Gräfin, die erst später aufstand, das Gesicht streicheln. Er griente seine Zehen an und hob sie ganz hoch, da grienten die auch, bewegten sich, nickten ihm zu und verbeugten sich, Johannes

nickte wieder, und so trieben sie es eine ganze Zeitlang.
Worüber Johannes vergaß, wie es zugehen mochte, daß er bei Sonnenaufgang allein in dem Bette lag. Denn es war gar nicht sein Bett, es gehörte dem Großvater. Bis vor einem Jahr hatte er bei seiner Mutter im Bett schlafen dürfen, da war es im Winter immer schön warm gewesen. Aber die Frau Gräfin und die Frau Pastor hatten das, als sie einmal seine kranke Mutter besuchten, ungehörig gefunden, weil er doch schon zehn Jahre alt war. Seitdem schlief er mit in Großvaters Bett. Der hatte erst furchtbar geschimpft, dann aber gemerkt, daß es im Winter gut tat, morgens nach dem Nachtwächterdienst in ein gewärmtes Bett zu kriechen, und er schimpfte jetzt nur noch im Sommer.
Es ging auch mit dem Platz, denn sie schliefen verkehrt, wo der Großvater die Füße hatte, lag Johannes mit dem Kopf, und außerdem hatte der Großvater nur einen Fuß, denn er hatte nur ein Bein, und er schlief mit dem Bein, das abgenommen war, nach inwendig zu, und so ging es ganz gut. Schöner war es natürlich so wie jetzt, wo man ganz allein im Bett liegen konnte, eine ganze Nacht durch, ohne im besten Schlaf beiseite geschubst zu werden und ohne morgens als erstes Großvaters Fusel zu riechen. Vielleicht war auch nur deshalb der schöne Traum gekommen. Schade, daß ihn da die Sonne geweckt hatte, gerade als Jutta sagte: »Johannes ist von heute ab ein Grafensohn und wohnt im Schloß und ist mein Gemahl!« Das hatte nun die Sonne verdorben. Böse blickte Johannes zu dem Störenfried hin, streckte ihm die Zunge raus und brummte: »Dämliches Aas!« Dann schloß er wieder die Augen und

versuchte, den Traum zurückzuholen. Es gelang ihm nicht, übrig blieb nur die Geschichte mit dem Wunder-Ei. Damit war er im Traum waleien gegangen und hatte allen Jungens und Mädchens die Eier angepickt und gewonnen, hundert, tausend, und war reich geworden, und Komteß Jutta hatte ihn deshalb ins Schloß geladen und gesagt, er sollte das Schloß kaufen.

Das mit dem Wunder-Ei hatte etwas zu bedeuten, wüßte er nur, was und wie man zu solchem Ei käme, das hatte der Traum nicht offenbart, das Ei war plötzlich dagewesen.

Wütend riß Johannes die Augen wieder auf. Es war auch höchste Zeit, auf dem Flur hörte er schon die Holzpantinen der Mutter klappern. Aber zu spät war's ja nun doch, also machte er die Augen wieder zu und stellte sich fest schlafend.

Sie riß ihm das Deckbett weg und warf es auf den Fußboden. »Haste wieder verpennt? Ein großer Lulatsch und faul wie die Sünde! Na warte, dir werd ich's beibringen. Unsereins rackert sich wegen so'n Lumpenpack ab, und das ist zu faul, um Feuer anzumachen. Da kannste dir aber heute Kaffee pusten, das sag ich dir, und die Stulle auch!«

Johannes lag noch einen Augenblick still da, dann hojappte er laut und richtete sich auf. »Wo is'n Großvater?«

Die Mutter hantierte wild im Kamin und redete gewissermaßen in den Schornstein: »Wo wird er denn sein? Saufen wird er sein.«

»Morgens?« Johannes sah ungläubig auf seiner Mutter Rücken.

»Der sauft noch, wenn er mal im Sarg liegt.« Sie schmiß die Eisenringe auf das Feuerloch, aus dem

ein dicker schwarzer Qualm stieg und mit sich unschlüssig war, ob er in den Schornstein oder in die Stube gehen sollte. »Aber das sag ich, lange mach ich das nicht mehr mit!«
Der stramme Bengel stand mitten in der Stube, das viel zu große, mal geerbte Barchenthemd hing an ihm herunter bis über die Waden. Er gähnte noch ein paarmal in allen Tonarten, streckte die langen Hemdsärmel nach allen Richtungen, ließ den Kopf hängen und sah mit Zufriedenheit auf seine Zehen. Da standen sie nun ganz still auf den kalten Ziegelsteinen und grienten nicht ein bißchen. Ob sie noch nicken konnten? Doch, die beiden großen Zehen konnten es.
Johannes war sehr stolz auf die Gelenkigkeit seiner Zehen, keiner der Jungens konnte mit seinen Zehen das machen, was er konnte. Kienäpfel konnte er damit aufnehmen wie andere mit ihren Fingern und weit wegschmeißen. Bloß, er machte es nicht mehr, weil Hermann Wendland gesagt hatte, die Affen könnten es noch viel besser, und vielleicht sei sein Vater ein Affe gewesen. Matrosen seien ja so was wie Kletteraffen.
Die Mutter hatte Kartoffeln angesetzt, eine kleine Knödel war durch die Stube gerollt, bis dicht vor ihn hin, Johannes holte sie mit dem rechten Fuß ganz heran, klammerte die große Zehe darüber, zielte auf den offenen Kartoffelpott auf dem Herd, schwenkte das Bein und schoß ab.
Unglücklicherweise drehte sich die Mutter vom Wassereimer her in die Schußlinie, und die Kartoffel traf sie gegen die Brust. Im selben Augenblick traf den Schützen eine noch besser gezielte Backpfeife. Es war sozusagen ein Querschläger. »Dir will ich ler-

nen, an seiner Mutter sich vergreifen! Sofort gehste raus und holst Wasser!«
»Ins Hemde?«
»Nackicht schmeiß ich dich auf die Straße, dich und den Ollen!«
In Johannes' Brust stieg so etwas wie Solidaritätsgefühl mit dem Großvater auf. Aber er unterdrückte es, und außerdem konnte die Mutter keinen rausschmeißen, denn das Haus gehörte der Gemeinde. Er ließ es also nur als allerdings betontes Aufbocken laut werden, indessen er sich bemühte, die Hemdmassen in die Hose zu verstauen. Da sie vorne nur einen Knopf hatte und für die Hosenträger auch nur zwei vorhanden waren, ging die Toilette rasch zu Ende, und Johannes nahm den Wassereimer.
Wunderschön warm schien schon die Sonne. Sie hatte Johannes die Beleidigung von vorhin nicht übelgenommen, er nahm ihr nicht mehr übel, daß sie ihm den Traum vermanscht hatte, sie blinzelten sich zu und freuten sich aneinander.
Die Pumpe stand auf dem Nachbarhof, der Mutter Hanisch gehörte. Auf ihm lastete nach altem Brauch die Pflicht, das Wasser für das Armenhaus zu liefern, dafür war Mutter Hanisch von anderen gemeinnützigen Beiträgen befreit. Sie gab aber auch freiwillig den Armen ihr Scherflein, sie ging umsonst böten, wenn einer im Armenhaus mal krank war.
Der Eimer lief schon mächtig über, so ganz in Gedanken hatte Johannes gepumpt, da er nun doch mal nasse Finger hatte, wischte er sich damit die Augen aus, und mit dem rechten Hemdsärmel wischte er sie wieder trocken. Wüßte er nur, wie er zu dem Wunder-Ei käme.
»Willste mir die ganze Pumpe verruinieren, du

Drecksack? Wasser, das ist auch eine Gabe Gottes. Abschaffen werd ich das, immer mit euren Eimern über meinen Hof, dann kannste dein Wasser aus'm Mühlgraben holen!«
Mutter Hanisch fuchtelte wütend aus dem offenen Küchenfenster. Die Zunge, die Johannes ihr ganz rausstrecken wollte, blieb auf halbem Wege stehen, so sehr erschrak ihr Besitzer über den Anfang des Wunders.
Die gute Sonne zeigte auf Mutter Hanischs böses Gesicht, aber sie zeigte auch auf das Fensterbrett, und da lagen wahr und wahrhaftig drei Eier. Drei Stück gleich, und eins würde genügen, denn Mutter Hanisch konnte böten und zaubern und Wunder tun, also würden auch ihre Eier Wunder-Eier sein.
Johannes zog seine Zunge ein und sagte ganz verbiestert: »Ich will es gewiß nicht wieder tun!«
Über welche ungewohnte Höflichkeit die Frau am Fenster wieder so erstaunt war, daß sie nur nikköppen konnte.
»Kommste endlich?« raunzte die Mutter und riß ihm den Eimer aus der Hand. »Gleich fegste die Stube aus!«
»Großvater ist aber hier gewesen!« Johannes zeigte mit dem Besen auf das Stück Steinkohle, von dem seine Mutter gerade mit dem Beil etwas abschlug.
»Da halt dein Maul, sonst kannste was besehen! Einen Dreck haste gesehen. Wenn die vollgefressene Bagage arme Leute so leben läßt wie uns, dann geschieht ihnen ganz recht, wenn unsereiner — die sollten bloß mal einen Tag so hausen. Na, vielleicht kommt das auch noch!« Sie erschrak, als

sie sah, wie ihr Sprößling interessiert zuhörte.
»Wasch dich lieber, daß ich mich rumtragen lasse am Karfreitag, was?«
»Ich habe mich lange gewaschen«, log Johannes, »bis hierher!« Wobei er mit beiden Zeigefingern um seinen Körper in der Gegend der kurzen Rippe einen Kreis zog.
Als er seinen Emailletopf mit dampfendem Roggenkaffee vor sich hatte und eine dicke Pflaumenmusstulle dazu, wurde er schwärmerisch. Die Mutter war doch gut. Er starrte in den Kaffeetopf und legte von außen senkrecht den linken Zeigefinger an. Wenn der Kaffee nur bis zum Mittelknöchel reichte und man konnte noch nicht den schwarzen Fleck im Topfboden sehen, wo die Emaille abgesprungen war, dann hatte sie guten Kaffee gekocht.
»Wenn ich reich bin, Mutter, dann kauf ich das Grafenschloß, dann brauchste nicht mehr zu arbeiten.« Doch seine Mutter sah ihn wegen dieser Aussicht gar nicht gut an. »Kaufen, auch noch abkaufen«, rief sie wild. »Wenn ich dich nicht gekriegt hätte, brauchte ich schon heute nicht mehr zu arbeiten. Wenigstens nicht euern Dreck hier.«
Immer wieder er. Er war schuld, daß der Großvater trank, er war schuld, daß die Mutter arbeiten mußte, er war schuld, daß sie im Armenhaus wohnten, er war schuld, daß die andern ihn verspotteten, er war sicher auch schuld, daß er auf der Welt war.
Johannes legte den roten Schopf auf den linken Arm und blinzelte mit dem rechten Auge nach einer Fliege, die sich auf dem abgeschabten Wachstuch seinem Stullenrest näherte. Es war da mal ein Bild auf dem Wachstuch gewesen, das heilige Abendmahl, der Tisch war von Frau Pastor, sie hatten mit heißen

Kannen und Seife und Soda alles abgekratzt im Laufe der Jahre, und eigentlich sah man nur noch die Füße von Petrus und den Kopf von Judas Ischariot. Die Tischbeine hielten auch bloß noch durch die Latten, die Großvater angenagelt hatte. Wenn die Fliege bis zu Judas Ischariot gekommen war, wollte Johannes mit der rechten Hand zuschnappen, geöffnet war sie schon.

Da rettete eine mütterliche Aufwallung der Fliege das Leben. Die Mutter hatte geglaubt, der Junge weine, und da sie gerade an ihm vorbeimußte, streichelte sie ihm mit der Hand über den Kopf, ein bißchen rauh, aber sie sagte doch dazu: »Na laß man.« Das war so ungewohnt, Johannes vergaß den Judas und die Fliege und starrte seiner Mutter nach. Doch sie war schon in der Stubentür, und als sie sich umdrehte, sah sie nicht den Blick ihres Jungen und kommandierte bloß: »Nu mach aber, daß du zu Herrn Entspekter kommst! Sonst mach ich dir doch noch Beine!«

Martin Grambauer war auch der Meinung, der Traum von dem Wunder-Ei müsse etwas zu bedeuten haben. Und so flitzten sie am Vormittag gleich nach der Kirche zu Mutter Hanischs Hof und beäugten die drei Eier. Doch gerade heute war die Alte nicht zur Kirche gegangen.

»So'n Heidenweib«, entrüstete sich Johannes, »am heiligen Karfreitag geht die nicht in die Kirche.«

»Sie muß es dir auch schenken, wenn es wirken soll«, sagte Martin.

»Die und was schenken!« Johannes kannte sie besser. »Ich werde es ihr abkaufen.«

»Haste denn Geld?«

Geld hatte Johannes nicht, aber etwas Ähnliches.

Ganz freundlich kam er nach einem Abstecher zum Armenhaus zu Mutter Hanisch in die Stube, wünschte ihr guten Morgen und holte unter seiner Jacke ein großes Stück Steinkohle hervor. »Weil ich das Wasser übergeplanscht habe, und ich hab es vorhin gefunden, da beim Schloßhof.«
Mutter Hanisch war ganz Güte, lobte Johannes wegen seiner christlichen Gesinnung, und sie werde für ihn beten. »Willste noch was?« fragte sie schließlich mißtrauisch, als er in der Küche stehenblieb.
Der große Augenblick war da. »Es ist man bloß — die gehen alle zum Waleien, ich hab kein Ei. Wenn Sie mir eins schenken wollten, Mutter Hanisch, ich bring Ihnen auch wieder Kohlen.«
Ihr Gesicht hatte sich zuerst, als er das mit dem Ei sagte, merklich verdüstert, als er das mit den Kohlen sagte, hellte es sich merklich wieder auf. Denn Mutter Hanisch war eine ebenso fromme wie habgierige Frau. »Tust du das auch, Johannes?«
Er nickte wie wild und gab sein großes Ehrenwort.
»Der Olle braucht es ja man nicht zu wissen und deine Mutter auch nicht«, belehrte Mutter Hanisch noch.
»I bewahre«, und Johannes haute in seinem Eifer daneben, »da paß ich schon auf, wenn sie nicht in der Stube sind.«
Doch Mutter Hanisch erfaßte wohl nicht den Zusammenhang, und Johannes hatte keine Zeit mehr, daran zu denken. Mutter Hanisch wählte lange unter den drei Eiern, und dann gab sie dem Jungen eins, von dem sie wohl annahm, es sei das kleinste. »Denn laß es man recht hart kochen, denn pickt es besser.«

»Können Sie's nicht noch'n bißchen beböten?« Er sah sie bittend an.
Sie pustete wirklich dreimal drüber weg. »Und vergiß nicht die Kohlen, sonst hilft es nicht!«
Johann stürzte jubelnd zu Martin. »Ich hab es, ich hab es! Mensch, und geschenkt, nicht geklaut! Und darauf gepustet hat sie auch!«
Mit einem Gefühl zwischen Mißtrauen und Glauben drehte Martin das Ei hin und her. »Klein ist es ja man.«
»Aber es hat die Kraft inwendig«, antwortete Johannes sicher.
Martins Vater kam hinzu, und sie mußten ihm die Geschichte mit dem Wunder-Ei und seinem Zweck erzählen. Vater Grambauer konnte man so etwas schon erzählen, der verriet nichts.
»Angepustet hat die Olle es?« Er lachte: »Nu pustet ihr es man aus und macht Zement rein, dann hält es jeden Puff aus.«
»Aber dann wird es doch zu schwer, Papa, dann merken es doch die andern, wenn sie es mal anfassen.«
»Dann ist es auch kein Wunder-Ei mehr«, zweifelte Johannes und steckte es ein.
»Wunder werden immer so gemacht«, sagte Vater Grambauer dunkel. Aber die technischen Bedenken seines Sohnes konnte er nicht mit einem Satz zerstreuen, der Junge hatte recht. Vater Grambauer dachte nach. Dann wußte er was Sicheres: »Gib das Wunder-Ei doch mal her!« Zögernd holte Johannes es aus der Hosentasche.
»Das koch dir mal so hart, Johannes, damit gewinnst du'n ganzes Schock Eier. Wie Kolumbus.«
»Warum machst du denn kein solches Ei für mich,

Vater?« Martin war stolz auf seinen Vater, aber auch eifersüchtig auf Johannes.
»Weil solche Mittel doch nur für arme Leute erlaubt sind. Von wegen dem Ausgleich der irdischen Ungerechtigkeiten. Da auch bloß manchmal. Willst du nun arm sein und dafür so 'n Ei haben?«
Verstohlen sah Martin an dem Freund herunter, schließlich sagte er kleinlaut: »Mach es man lieber für Johannes, Papa!«
»Wenn Sie's nu aber verwechseln beim Kochen?« Johannes war noch nicht ganz entschlossen.
»Da schreibste eben deinen Namen drauf, hol mal einen Bleistift raus, Martin.« Der hatte so was immer bei sich, und Johannes malte ein Kreuz auf das Ei und Flammen an das Kreuz, so daß es keiner nachmachen konnte.
»Und wenn Martin seine gekocht werden, wird es mitgekocht, und Mutter wird dir noch zwei zuschenken.« Das Ei verschwand nun in Vater Grambauers Hosentasche.
»Wenn Sie's nu aber kaputtdrücken?«
»Dann kriegste drei extra geschenkt.«
»Aber dann ist da kein Wunder-Ei mang?«
»Willste nu, oder willste nicht?« Vater Grambauer hielt ihm das Ei wieder hin. Da zog Johannes es doch vor zu wollen.
Den ganzen Karfreitag und Ostersonnabend wurden in Kummerow Eier für das Waleien am Sonntagnachmittag gekocht. Fast alle in Zwiebelschalen, einige klebten Abziehbilder darauf, andere bemalten sie mit Farbstiften. Ganz groß darin war Martin Grambauer. Kreuze, Herzen und Anker malte er, Tiere und Vögel, Schiffe und Häuser.
Ganz wie zufällig hatte der Vater das Ei von Johan-

nes mit in den Topf gelegt, als die Mutter die Eier kochte. Nach dem Herausnehmen erkannten Martin und Johannes es wieder, das Kreuz war noch ein bißchen zu sehen.
»Das ist wohl ausgepustet?« fragte plötzlich Johannes, und in seiner Stimme war ein halbes Weinen und ein halbes Drohen.
»Du bist auch ausgepustet«, fuhr Vater Grambauer auf. »Willste es — oder nicht?«
Johannes besah sein Ei von vorn und hinten, schüttelte es und hielt es ans Ohr, als ob ein Ei sagen könnte, was mit ihm geschehen war. »Da an den Enden, da isses so rubbelig«, meinte er kleinlaut.
»Um so besser pickt es! Martin kann ja ganz dick Farbe draufmachen«, bestimmte Vater Grambauer.
Es wurde ein wundervolles Ei, schon als Gemälde. Vater Grambauer besah es gründlich und nickte bloß. Auch Johannes war zufrieden.
»Daß ihr aber kein Wort sagt. Und laß es dir nicht wegnehmen, Johannes. Das hält sich noch bis nächstes Jahr. Ach was, noch zwei Jahre hält das!«
Sie versprachen es heilig. »Aufgehabt hat er's aber doch«, beendete Johannes die Vorgeschichte des Wunder-Eis. »Wenn's nicht wirkt, sag ich's doch.«
»Dann wirste wohl von meinem Papa ein paar Maulschellen kriegen«, verhieß ihm Martin.
Die Eierschlacht der Kinder draußen am Weinberg wurde ein folgenschweres Ereignis für ganz Kummerow. Dieweil die Großen mit hineingezogen wurden. Alle Jungens und Mädchen waren da und trudelten zuerst die Eier den Hang runter. Als wohl ein Schock unten beieinanderlag, wurde nachgesehen, welche angeknickt waren. Die kamen auf einen Haufen und sollten nachher im Gasthofsaal gemein-

schaftlich verzehrt werden. Johannes hatte zuerst eins der von Frau Grambauer geschenkten Eier trudeln lassen, und siehe, es lag auch angeknickt im Haufen. Beim zweiten Gang ließ er das Wunder-Ei rollen und wäre am liebsten mitgerannt, hätte Martin ihn nicht festgehalten.
»Mensch, Johannes«, lärmten ein paar Jungens, »wo haste denn die vielen Eier geklaut?«
»Ich hab noch viel mehr!« prahlte Johannes und setzte den Hang hinunter, sein Wunder-Ei zu sehen. Es war ganz geblieben, und er bekam es zurück.
»Johannes hat seine Eier von uns geschenkt gekriegt«, drohte Martin, wütend, schon deshalb, weil er bereits drei Eier verloren hatte. In den nächsten Gängen verlor er noch eins.
Dann aber kam das Eierpicken, und da wurde nun Ei an Ei geschlagen, so stark, daß das Ei des Gegners einen Knick bekam, und auch wieder nicht so stark, denn dann konnte das eigene in die Binsen gehen, und wer ein angepicktes Ei in der Hand hatte, mußte es dem Gegner aushändigen. Die beim Eierpicken gewonnenen Eier wurden Privatbesitz.
Etwas zögernd probierte Johannes das Wunder-Ei. Es hielt stand bei Traugott, bei Martin und bei drei anderen. Auch bei Hermann Wendland, sosehr der mit seinem auch zustieß. Es hielt auch bei allen anderen stand, und Johannes hätte mit einer Mandel Eier abziehen können, wäre nicht der Teufel der Habgier in ihn gefahren. Jetzt, da das Wunder-Ei erprobt war, kannte er keine Schonung mehr. Immer wieder forderte er die Jungens heraus, und als die anfingen zu kneifen, nahm er sich die Mädels vor, bis die Taschen seiner Hose und seiner Jacke schwer herunterhingen. Nur bei Jutta ließ er es bei zwei

Stück bewenden, da sie anfing zu weinen, obwohl sie zehn Stück mithatte. Man konnte aber nicht wissen, am Ende machte sie sonst das nicht wahr mit der Heirat, wovon er geträumt hatte. Dafür nahm er Martin noch drei Eier ab und hörte nicht, daß der das gemein fand. Er hörte auch nicht, wie die Jungens tuschelten, fing vielmehr an zu prahlen, er habe ein Wunder-Ei und würde reich werden damit.
»Ein gestohlenes Dreck-Ei haste«, rief Hermann Wendland, der noch wütend war wegen der Bachgeschichte, »einen Groschen kriegste extra, wenn du heut wieder Lumpenkönig wirst.« Diesmal überhörte Johannes auch eine solche Beleidigung. »Schiß haste«, rief er laut, »Angst haste um deine Eier!«
»Los denn!« rief Hermann und stellte sich an. Johannes zückte siegessicher sein Ei, doch in diesem Augenblick schlug ihn Wendland gegen den Arm, und das Wunder-Ei flog in weitem Bogen fort. Traugott hatte mit zwei Jungens parat gestanden; sie nahmen das Ei auf und rannten davon.
Mit einem Wutschrei war Johannes hinterher. Aber nun zeigten sich die üblen Folgen des Besitzes, wegen seiner gefüllten Taschen konnte Johannes nicht laufen, und die Jacke ablegen konnte er auch nicht. So griff denn Martin ein. Vielleicht weniger wegen Johannes, über den er ärgerlich war, und mehr wegen seines Vaters. Er raffte sich die Taschen voll von den für das gemeinsame Essen bestimmten Eiern und stürzte den Räubern des Wunder-Eis nach.
Die Jagd ging bis kurz vors Dorf, Martin hatte alle Eier als Munition verschossen und zwei Jungens durch einen guten Schuß an den Kopf zur Strecke gebracht, aber Traugott mit dem Wunder-Ei konnte er nicht mehr erwischen.

Und so wurde es ein Skandal. Die Großen von Kummerow hatten immer darüber gewacht, daß der alte Brauch des Waleiens auch von den Kindern reell durchgeführt wurde. Nun war da das gemeinsame Eier-Essen der Kinder abends im Gasthof verhindert worden, und die Schuld daran trug Martin Grambauer, der die Eier verschossen hatte.
Es war aber auch ein siegreiches Ei geraubt worden, und die Schuld daran hatte der Schulzensohn. Und der Sohn vom Schöffen Fibelkorn.
Bloß um die zu strafen, war Martin schuldig geworden. Ausgerechnet den ärmsten Jungen hatten die anderen beraubt.
Die Alten zankten sich den halben Abend im Gasthaus und vertrugen sich auch dann nicht, als Vater Grambauer eine Mandel Eier als Ersatz für die von seinem Sohn verschossenen spendierte.
Recht muß Recht bleiben, sagte der Schulze und verprügelte erst mal seinen Jungen mitten im Saal. Worauf sich seine Frau dazwischenmengte und von Schummelei und Gesindel sprach.
Worauf sich verschiedene das verbaten. Auch Schöffe Fibelkorn, der, um seine Unparteilichkeit zu zeigen, seinem Sohn Traugott eine langte.
»Ich will mein Wunder-Ei wiederhaben!« schrie Johannes dazwischen, und plötzlich war auch Großvater Bärensprung im Saal. »Her mit dem Ei!« schrie auch er. »Die sich am Gut der Armen vergreifen, sind des Todes schuldig, spricht der Herr!«
Hermann Wendland zog das Wunder-Ei aus der Tasche, Traugott hatte es ihm heimlich zugesteckt. Hermann gab es aber nicht dem Nachtwächter in die Hand, er warf es ihm in Wut vor die Füße. Es machte laut hopp auf der Diele und rollte weiter. Rollte ein-

fach weiter, ohne den geringsten Knick nach solchem Fall.
Bald hatten es alle in der Hand gehabt und mußten, sosehr sie es auch drehten und wendeten, zugeben, es war ein Hühner-Ei. Auch genauso schwer. Dennoch mußte etwas mit ihm los sein. Die Mehrheit entschied, es aufzumachen. Wogegen jedoch der Nachtwächter, Johannes, Martin, Vater Grambauer und noch mehrere andere, die dafür waren, daß Recht Recht bleiben müsse, energisch Einspruch erhoben. Auch der Schulze.
»Verkauf es mir«, sagte Grambauer, »ich geb dir 'ne Mark dafür, Bärensprung.«
Der lehnte ab. »Siehe, der Herr hat ein Zeichen an uns getan, des sind wir fröhlich. Denn das Reich der Armen wird kommen!« Welche Fröhlichkeit wohl darauf zurückzuführen war, daß er schon einen Liter hinter sich hatte.
»Ich biete dir hiermit zwei Mark«, sagte der Schulze, »in einem Monat ist es doch faul.«
Dagegen konnte Großvater Bärensprungs Glaube nicht mehr an. Das Ei wechselte den Besitzer, sosehr Johannes auch heulte.
Der Versuch des Schulzen jedoch, es an der Bank aufzuschlagen, um dem Geheimnis auf den Grund zu kommen, ging fehl. Schließlich splitterte die Schale doch, und sie stellten fest, es war eine richtige Eierschale. Als sie sie herunter hatten, blieb ein fester, rötlich-weißer Kern übrig, der erst unter einem Hammerschlag zersprang. Durch und durch ein rötlich-gelbweißer Kern, genauso, als wären Dotter und Eiweiß durcheinandergelaufen. Sie rochen daran und stellten fest, faul sei es auch gewesen. Es war unmöglich, daß eine Menschenhand das gemacht

haben konnte, auf keinen Fall Johannes Bärensprung oder sein Großvater.
»Wo hast du das Ei her?« Schulze Wendland zog Johannes am Kragen. Er gestand denn auch, heulend und glucksend, daß ihm Mutter Hanisch das Ei geschenkt habe, und sie habe es vorher bebötet.
Schöffe Fibelkorn ging mit drei Mann hin und holte Mutter Hanisch in den Gasthof, sosehr sie sich auch sträubte. Das war das schlechte Gewissen. Daß ihre Hexenkunst so weit ging, hatte keiner geglaubt. Die Frauen rieten, Mutter Hanisch laufen zu lassen, es bringe nur Unglück übers Vieh.
»Nein«, beharrte Fibelkorn, »erst muß sie gestehn, wie sie das gemacht hat.«
Mutter Hanisch rief Gottvater, Sohn und Heiligen Geist zum Zeugen für ihre Unschuld an.
»Ruhe!« gebot der Schulze. »Hier ist Herr Pastor zuständig.« Er schickte zu ihm, doch der geistliche Herr ließ sagen, sie sollten ihm — und ob sie alle verrückt wären.
So vernahmen sie oll Hanisch allein. Sie gestand ohne weiteres, sie habe Johannes ein Ei geschenkt, und bebötet habe sie es auch, damit es ihm Glück bringe, denn er sei armer Leute Kind und ein guter und gottesfüchtiger Junge, und er habe ihr dafür ein großes Stück Kohle geschenkt.
Bei welchen Worten der gottesfürchtige Junge von seinem Großvater erst mal eine mächtige Backpfeife erhielt.
Sie selber habe gar keine Hühner, und das Ei sei von Berta Dillmann für das Besprechen, weil sie doch die Krampfadern hat. Das wisse sie genau, das Ei sei das kleinste von den dreien gewesen,

und wenn es verhext sei, dann müßten Dillmanns ihre Hühner verhext sein.
Berta Dillmann, die das mit anhörte, verwahrte sich gegen solche Beschimpfungen ihrer Hühner, und daß sie kleine Eier fürs Böten weggebe; sie habe ein richtiges, großes Ei gegeben, worauf sie jeden Eid leisten könne.
Es kam nichts heraus bei der Untersuchung, sosehr sie den Inhalt des Wunder-Eis auch zerbröckelten. Woher sollten sie auch wissen, daß das Zeug ein Gemisch aus rotem Sägemehl, Schmieröl und Gips war?
Einen aber kostete die Geschichte sogar das Leben. Berta Dillmann hackte am Ostermontag der schwarzen Henne, die das Unglücks-Ei gelegt hatte, den Kopf ab. Die Schwarze mußte es gewesen sein, da waren die Eier immer ein bißchen kleiner. Sie wollte sich ihre anderen Hühner nicht anstecken lassen. Ihr Mann aber weigerte sich, das Huhn zu essen. »Schick es man ins Armenhaus«, sagte er, »die fressen alles.«
Aber da irrte er sich. Großvater Bärensprung aß keinen Löffel von der Suppe, das hatte er nicht nötig, ein geschenktes Huhn, und noch dazu ein verhextes, wo er doch von Eiern leben konnte, die das tote Huhn indirekt verdient hatte. Außerdem hatte er zwei Mark vom Schulzen gekriegt.
Johannes und seine Mutter machten sich einen guten Tag mit der schwarzen Henne. »Wer hat denn das Ei gekocht?« fragte sie plötzlich. »Och, wieso denn, Mutter?« Er dachte an sein Gelöbnis. Allerdings war das Ei ja hin.
»Wirst es sagen?« Ihre Hand langte übern Tisch.

Das bedeutete am Ende, er bekäme nichts mehr von dem Huhn.
»Martin Grambauer sein Vater man bloß.«
»Und extra für dich? Oder für Martin auch?«
»Bloß für mich. Das wirkt bloß, wenn es einer für die Armen macht, hat er gesagt. Sonst darf es keiner machen.«
Da lächelte Luise Bärensprung wohl zum erstenmal seit Jahren. »Das ist ein guter Mann. Ein gerechter Mann ist das. Der sollte hier der Graf oder der Pastor sein.«
Johannes zog das Hühnerbein aus dem Mund. »Wenn ich mal groß und reich bin, Mutter —«
Aber sie unterbrach ihn: »Friß dich lieber satt und halt's Maul von so was.« Schön. Er tat das eine laut und wirklich und das andere dabei still und in Gedanken.

Am Born des Wissens

»Raus!«
Martin fühlte es auf einmal kalt am Bauch. Da stand Anna und hatte sein Deckbett im Arm.
»Altes Ferkel«, schimpfte er, noch halb im Schlaf, und verbarg seine Scham, indem er sich auf den Bauch legte und der Schwester Zeit ließ, seinen blanken Hintern anzusehen. Aber Anna lief mit dem Deckbett in die andere Kammer, wo Lisa bald darauf losplärrte, denn sie war noch nicht mal sieben, und die Uhr war noch lange nicht sechs. Da sich außer der kalten Luft niemand um Martins Nacktheit kümmerte, gab er den Protest auf. Er ging gern zur Schule, bloß er stand nicht gern früh auf, und von Ostern bis Michaelis fing die Schule schon früh um sechs an.
Lisa plärrte auch noch, als Anna sie mit warmem Wasser wusch, wofür Martin nur ein geringschätziges Grienen hatte. Es kam nicht recht zur Geltung, denn er hatte den Kopf auf dem Hof unter der Pumpe. Diese Tagelöhnerangewohnheit wollte zwar der Mutter gar nicht passen, aber Martin und sein Vater taten es, schon um die langhaarigen Dunnerschläge zu ärgern. Sie waren eben Kummerower.
»Und das will nu Erster sitzen!« Anna gab nicht nach zu stänkern. Aber ihre Äußerung ließ in dem Bruder

ein ganz anderes Bild erstehen. Herrgott ja, von heute ab war er ja Erster und hatte Rechte und Pflichten.
So schnell war Martin Grambauer noch nie mit Morgentoilette und Frühstück fertig geworden. Bloß die dämlichen Schnürsenkel! Daß er nicht mehr mit Stulpenstiefeln zur Schule brauchte, hatte er schon nach dem ersten Jahr durchgesetzt. Doch Schuhe mußte er anhaben. Mit Holzschuhen, Pantinen oder gar barfuß, das gab es nicht bei Vater Grambauer. »Das könnte den Dicknäsigen so passen, wenn unsereiner auch noch freiwillig zeigt, daß man was Geringeres ist als sie.«
Er hatte es nicht weit zur Schule. Grambauers kleiner Hof lag am Dorfplatz, dem Kirchhof gegenüber. Mitten auf dem Platz stand die Dorfschmiede und daneben das Spritzenhaus, zwei von der Jugend sehr geliebte Stätten.
Kummerow war ein stattliches Dorf, mit seinem großen Platz in der Mitte, von dem fünf Straßen ausgingen, richtig genommen, zweigte die fünfte Straße von der vierten ab, und sie hießen auch gar nicht Straßen, sondern Enden, jede mit etwas Besonderem davor. Zoll-Ende, Spring-Ende, Hirten-Ende, Lehm-Ende und Hof-Ende. Man wohnte einfach an einem Ende. Schilder und Hausnummern gab es nicht. Das ganze Dorf aber lag auf einem breiten Hügel und floß mit allen seinen Enden ins Bruch hinein.
Vom Zoll-Ende ging ein Damm in das Bruch, und da soll mal eine Zollschranke gewesen sein; das steht schon im Karolinischen Landbuch von dreizehnhundertfünfundsiebzig. Es steht auch dabei, daß die Kummerower durch diese Zollschranke den Ucker-

märkern, die mit ihren Wagen übers Bruch mußten, unanständig hohe Gebühren abgepreßt haben.
Spring-Ende — das kam von dem Quell im Bruch. Zu der Zeit, da die Kummerower noch echte Heiden waren, soll da ein heiliger Teich gewesen sein. Dann hat ein Apostel all die alten Götzensteine in den Teich geworfen, worauf das heilige Wasser in die Erde sackte und die Götzen mitnahm. Deshalb spukt es auch heute da noch, obwohl an dem Quell, der von dem Heidenteich übriggeblieben war, die ersten Kummerower Christen getauft wurden. Weshalb die wiederum keine wahren Christen geworden seien, sagte Pastor Breithaupt. Sicher meinte er damit den Müller, denn das letzte Haus im Spring-Ende, und auch ein Stück ab von den andern, war die Mühle, wo Düker hauste mit dem Droak.
Das Lehm-Ende führte über einen Berg, auf dem mal eine Ziegelei gestanden haben soll, sozusagen eine Filiale der Teufelsziegelei vom Pötterberg; der Böse hatte sie dicht beim Dorf angelegt, weil er die Nachfrage der Kummerower anders nicht befriedigen konnte.
Am Hirten-Ende, und nicht nur an dessen Ende, sondern extra noch ein Stück ab, lag das Armenhaus, eigentlich das frühere Hirtenhaus, aber seit fünfundzwanzig Jahren als Armenhaus benutzt, weil das erste Armenhaus einmal winters, als gewaltig viel Schnee fiel, zusammengesackt war und die Kummerower das erst nach Monaten bemerkt hatten, als der Schnee weggetaut war.
Das alte Haus war sehr niedrig und schief gewesen und hatte mit dem Dach fast auf der Erde gestanden. Damit verringerte sich auch der Vorwurf, den die vom Gericht den Kummerowern machten, weil beim

Aufräumen auch der Pilatz gefunden wurde und man nun nicht wußte, an welchem Tag er gestorben war.
Das Hof-Ende hatte seinen Namen vom Gutshof, der eigentlich ein Schloßhof mit Park war, von einer hohen Mauer geschützt.
Um den Dorfplatz, den an einer Seite der alte Kirchhof begrenzte, mit seiner hohen und großen Kirche, standen mächtige Linden, auch noch Überreste aus der Heidenzeit. Damals sollen es heilige Bäume gewesen sein, was aber von manchen für Unsinn gehalten wurde, denn Heiden konnten doch nichts Heiliges gehabt haben. An einer Ecke des Platzes, halb in den Kirchhof hinein, lag das Schulhaus; an der anderen Ecke, ebenfalls in den Kirchhof hinein, das Pfarrhaus. Aber dazu sagte man besser schon Pfarrhof, denn es war ein Gehöft mit Ställen und Scheune.
Überhaupt waren die Bauern von Kummerow stolze Leute, wenn die im Kreis Randemünde es auch nicht gelten ließen. Sie sagten nämlich, die Kummerower täten nur stolz, dürften es aber gar nicht sein, denn worauf? Erst mal wären sie Heiden, im Dreißigjährigen Krieg hätten sie ihre zweite Kirche abgerissen und mit den Steinen ihre kaputtgeschossenen Häuser wieder aufgebaut, und zweitens wäre Kummerow gar kein richtiges Bauerndorf. Die Gerechtigkeit muß zugeben, daß beide Male etwas Wahres daran war, nur hätten die anderen dann auch sagen müssen, warum die Kummerower an ihre zweite Kirche herangegangen waren: nämlich weil sie ebenfalls zerschossen war und es in Kummerow nur noch zehn Familien gab, für die eine Kirche weiß Gott ausreichte. Das mit dem nicht reinen Bauerndorf

stimmte schon, aber im Dorf lagen durcheinander große Bauernhöfe mit vier Pferden, Freimannswirtschaften mit zwei Pferden, Kossäten mit einem Pferd und Einspänner, die so hießen, weil sie gar kein Pferd hatten. Es gab auch Büdner mit etwas Gartenland am Haus. Wer sich kein Pferd halten konnte, ackerte dennoch nicht mit einer Kuh, eine Kuh vor den Pflug oder Wagen zu spannen, das ließ der Kummerower Stolz nicht zu, lieber ließen sie sich das Feld von einem Bauern pflügen und arbeiteten die Kosten ab, indem sie bei der Ernte halfen. Mitten zwischen den Bauernhöfen lagen die Tagelöhnerhäuser vom Gut. Und das war es, was die anderen in ihrem Besitzerstolz den Kummerower Bauern vorwarfen, denn diese Tagelöhnerhäuser hatten nun mal die Dürftigkeit an sich und in sich. Doch das fiel nicht weiter auf, da es in den anderen Dörfern nicht besser war und nicht nur vom Grafen, Pastor, Schulzen und den Bauern als in Ordnung angesehen wurde, sondern auch von den kleinen Kossäten und den gräflichen Tagelöhnern. Es war damals eben eine andere Zeit als heute, und man kann sich nicht einmal sehr über die Genügsamkeit der armen Leute wundern, denn sie waren seit vielen Generationen durch Kirche und Schule zu der Ansicht erzogen worden, daß ein Anrecht auf ein besseres Leben nur der Besitzende hat. Manches hatte sich dabei gegen früher schon geändert, und gerade in Kummerow, denn so protzig die dicken Bauern dort auch waren, so prahlten sie doch auch gern mit ihrem Auftreten gegenüber dem gräflichen Gutsherrn. Warfen die Bauern aus den Nachbardörfern ihnen die vielen Insthäuser in Kummerow vor, so machten die Kummerower erst recht den dicken Wilhelm und sagten:

Und woher kommt das, ihr Schlappschwänze? Weil wir in Kummerow früher vier Ritterhöfe hatten, drei Ritter haben wir zum Teufel gejagt, indessen ihr nicht mal mit einem fertig geworden seid! Na, und unser Graf Runkelfritz, der weiß schon, mit wem er es zu tun hat! Das war an dem, er wußte es allerdings nur, wenn derjenige, mit dem er es zu tun hatte, ein Besitzer war; er wußte dafür aber auch, daß er seinen Ärger über die protzigen Mistbauern, wie er sie nannte, an seinen eigenen Leuten kühlen konnte. Die wieder hatten einen für die heutige Zeit seltsamen Trost, wenn sie von ihrem Gutsherrn sagten: »Na, laßt man, er ist noch nicht der Schlechteste. Da gibt es noch andere Brüder!«
Es ist also zu verstehen, daß bei allen Leuten, die an der Erhaltung solcher Genügsamkeit ein großes Interesse hatten, schon Menschen wie Gottlieb Grambauer und Kantor Kannegießer nicht sehr beliebt waren, da man infolge der geheimen Reichstagswahl von ihnen wußte, sie hatten liberal gewählt; und daß nicht nur Graf und Pastor, sondern auch die meisten Bauern in Aufregung gerieten, als aus der Wahlurne zwei rote Stimmzettel flatterten. Vor vier Jahren hatten sie nur einen Roten gehabt, so schnell marschierte also der Umsturz. Es war auch nur ein schwacher Trost, daß die beiden roten Wähler zu Michaelis aus dem Dorfe flattern mußten.
Dennoch war eine Art Zweiteilung im Dorfe nicht zu übersehen, sie wurde sogar von den Agitatoren des Landarbeiterverbandes festgestellt, wenn auch falsch als Klassengegensatz bezeichnet. Von Klassen wußten die meisten Kummerower nur, daß sie eine klassenlose Schule hatten, nämlich eine, die für alle acht Schuljahre, für alle Kinder zugleich, ausreichte,

und daß sie in der Eisenbahn vierter Klasse auch dann fuhren, wenn sie als dicke Bauern das Geld für die zweite Klasse hatten. Nein, ihre Zweiteilung war an dem Nebeneinander und Gegeneinander von Gut und Bauernhof entstanden und hatte bewirkt, daß die meisten Tagelöhner sich dem Grafen und seinen Inspektoren näher verwandt fühlten als dem Kleinbauern und Büdner. »Wes Brot ich esse, des Lied ich singe«, hatte Kantor Kannegießer des öfteren gespottet, und er kannte die Richtigkeit des Verses, denn, wie Gottlieb Grambauer sagte, auch der Kantor sang nicht nur in der Schule.
Hatten sie jetzt nur noch eine Kirche in Kummerow, so hatten sie doch zwei Gasthäuser; das feinere hieß Gasthof, das andere Krug. Der Krug gehörte zum Gut und war an einen früheren Landarbeiter des Grafen verpachtet, der Gasthof gehörte einem Bauern. Weshalb die Bauern, wenn sie den Gastwirt ärgern wollten, und das wollten sie oft, in den Krug gingen; die Tagelöhner und Knechte vom Gut ärgerten wieder gern den Krüger und gingen dann in den Gasthof. Dafür waren sie Kummerower, die Arbeiter so gut wie die Bauern. Und so glich sich alles wieder aus. Der Krüger betrieb in der Gaststube gleichzeitig einen kleinen Handel mit Materialwaren, das waren vor allem Heringe, Petroleum und Branntwein. Es roch bei ihm alles durcheinander, aber das störte keinen. Richtige Kramläden gab es nicht in Kummerow. Jede Woche kam ein Händler mit einem grünen Planwagen, da konnte man alles kriegen, Kaffee und Bücklinge und Käse und Wolle und Holzschuhe, und natürlich auch Heringe und Branntwein, wie beim Krüger. Ab und zu kam noch ein Hausierer mit einem Hundefuhrwerk, der nahm Lumpen und altes

Eisen und überhaupt alles und gab dafür Bänder und Nadeln und Knöpfe und Johannisbrot und Lakritzen, all die schönen Sachen, die der Hausierer aus einer fernen Welt mitbrachte. Was man sonst zum Leben brauchte, Kartoffeln, Milch und Fleisch, das hatten die Kummerower allein, und wem was fehlte, der lieh es sich vom Nachbarn aus oder lief eben die siebeneinhalb Kilometer nach Falkenberg, wo auch die Post war. Und wer nichts hatte und nichts geliehen kriegte, nun, der aß eben Kartoffeln, die hatte jeder in Kummerow. Auch verlief sich des öfteren ein fremdes Huhn zu solchen Leuten. Hühner sind nun mal dumm; in Kummerow traf das besonders auf die Hühner vom Gutshof zu, von denen fanden um die Erntezeit, wenn bei den Tagelöhnern das Fleisch knapp und die Arbeit reichlich war, jeden Abend einige nicht zurück in ihren Stall.
Fünf Minuten vor sechs war Martin Grambauer am Schulhaus. Richtig: Hermann Wendland hatte ihm den Platz für seine Bücher an der Schulhausmauer weggenommen.
Die Kinder von Kummerow kannten keine Schultaschen oder Tornister. Da wurde noch immer das Rüstzeug der Weisheit nach altem Brauch gepackt: unten die Schiefertafel, in der Mitte der Tafel hochgekantet der Federkasten, an der einen Seite, mit dem Rücken nach außen, die Bibel; an der anderen Seite, wo der Schwamm hing, der meist nur ein Lappen war, lagen Lesebuch, Fibel und Rechenbuch. Die Sache wurde unter den linken Arm genommen, und ab ging es. Pastor Breithaupts Ältester hatte es gewagt, mit einem Tornister in die Schule zu kommen. Aber bloß acht Tage, dann hatte er den Tornister weggelassen und sich angepaßt, vielleicht aus

Kameradschaftlichkeit, kann aber auch sein, weil ihm jeden Tag einer von den Großen heimlich in den Tornister hineingepiet hatte. Was keine Sünde war, denn die Bibel war nicht drin, in den ersten drei Jahren hatte man keine Bibel.

Mit den Plätzen für die Bücher war das so: Vor vielen Jahren, gleich nachdem die alte Lehmkate durch einen massiven Bau ersetzt worden war, hatten die Schulkinder von Kummerow angefangen, die waagerechten Fugen zwischen den Ziegelsteinen am Schulhausgiebel auszukratzen und eine Ecke der Schiefertafel da hineinzustecken. Der Gemeindevorstand hatte zuerst geschimpft, weil sie das feine neue Schulhaus so verschandelt hatten, die Fugen wurden auch neu verschmiert, aber ehe noch der Mörtel recht trocken war, hatte die Überlieferung gesiegt. Das war durch Generationen so gemacht worden, denn auch die Lehmkate hatte einen massiven Giebel gehabt; jeden Morgen sah also der Giebel wie gespickt aus. Mitunter brach dabei auch der Rahmen einer Tafel, dann gab es in der Schule Senge und zu Hause noch mal, aber das machte nichts. Auch die neue Tafel wurde gleich wieder mit einer Ecke in die Mauerfuge gesteckt, und war der Rahmen zu dick, wurde mit dem Taschenmesser eben abgeschnippelt. Rechts am Giebel hatten die Jungens ihre Plätze, links die Mädchen. Denn sie gingen, wie schon gesagt, in Kummerow nicht nur alle zusammen in eine Schule, sie gingen auch vom sechsten bis zum vierzehnten Jahre alle zusammen und zu gleicher Zeit in eine Schulstube.

Alte Überlieferung war es auch, daß die Löcher in der Wand in der Reihenfolge benutzt wurden, in der die Kinder in der Schule saßen. Heute fing das neue

Schuljahr an, und da Martin nun Erster war, mußte er auch das erste Loch haben. Hermann Wendland wußte das ganz genau, aber er war zwei Jahre älter und Schulzensohn, und er war wütend auf Martin, weil ihm sein Vater seine Dammlichkeit gestern noch vorgehalten und ihm eine runtergehauen hatte. Da er aber gegen die Vorsehung nicht ankonnte, die ihm einen großen Körper und einen kleinen Kopf verliehen hatte, führte Hermann eben das ins Treffen, was er für seinen Reichtum hielt, um ein paar Plätze in der Weltgeschichte weiterzukommen, indem er als Sohn des dicksten Bauern einfach den ersten Platz okkupierte, und war es auch bloß am Schulhausgiebel.
Sie standen schon alle parat und warteten, was Martin nun sagen würde. Der war über die Verletzung seiner Würde derartig verblüfft, daß er zunächst gar nichts sagen konnte. Da hatte er noch am letzten Schultag probiert, wie es aussähe, wenn nun seine Tafel da steckte, und nun kommt da einer an, ein Dämlack . . .
»Das ist mein Loch, du!«
»Das ist dein Loch!« antwortete Wendland und zeigte mit der Hand auf die Verlängerung seines Rückens.
»Nimmste das weg?«
Hermann Wendland lachte bloß.
»Ob du das wegnimmst?« Martin sah die Kameraden an. Recht mußte doch Recht bleiben. Aber die grienten. Auch sie waren dafür, daß Martin sein Recht bekam, doch zuerst wäre es besser, wenn sie sich hauten.
Nun hätte Martin ja die Tafel von Hermann aus dem Loch herausziehen können, vielleicht hätte Wend-

land es dann doch mit der Angst gekriegt, denn Recht mußte auf die Dauer ja doch wieder Recht werden. Andererseits war es möglich, Wendland hatte vor, sich gleich auf Martin zu stürzen, wenn der die Tafel rauszog und keine Hand zur Abwehr frei hatte. Martin war zuerst auch gewillt, rein sachlich die Tafel wegzunehmen, aber erst wenn ihm die Kameraden sein Recht bestätigt hatten. Da sie aber alle dastanden und grienten, schien es ihm, daß sie wohl gegen ihn waren, weil er nun Erster sein sollte und war noch nicht mal elf. Blitzschnell erkannte er, daß er sich durchsetzen mußte, sonst war es für immer mit dem Respekt vorbei. Und weiter erkannte er, es war gescheiter, Wendland im Auge und die rechte Hand frei zu behalten. Und so nahm Martin Grambauer nicht die Hand, sondern den Fuß und stieß damit von unten gegen Wendlands Schiefertafel, die flog gleich mit allen Büchern in die Luft, und die Scherben flogen noch ein Stück weiter. Er hatte gerade noch Zeit, seine eigenen Schulsachen fallen zu lassen, da war Wendland schon über ihm. Die Bengels schlugen sich mit aller Wut, und was Wendland an Kraft über hatte, ersetzte Martin durch Geschicklichkeit und Überlegung, und es machte ihm nichts aus, daß Hermann ihm ganze Büschel von seinen langen Haaren ausriß.

Die Kämpfenden brüllten, die Zuschauer lärmten, die Mädchen kreischten, so hatte noch nie ein Schultag angefangen, geschweige denn ein Schuljahr. Drüben wurde ein Hoftor aufgemacht, und Bauer Baumann kam heraus mit Knecht und Mädchen, vom Dorfplatz her kamen Leute.

Es nahten aber auch zwei Personen, die bereit waren, aktiv einzugreifen. Johannes Bärensprung sau-

ste in gewaltigen Sprüngen heran, einmal weil es schon sechs geschlagen hatte, zum anderen weil da ein Mordsspektakel an der Schule war. Kantor Kannegießer kam auch mit großen Schritten, aber er vergaß doch nicht seine Würde.
Johannes griff sofort in die Handlung ein, für ihn bedurfte es keiner Erklärung der Lage und der Frage nach Schuld oder Nichtschuld, es genügte ihm, daß Martin unten lag und Wendland, der Räuber des Wunder-Eis, oben. Dafür ließ Johannes alle heiligen Regeln des Zweikampfes beiseite, und obendrein blutete Martin aus der Nase, und Wendland schlug wie ein Wilder weiter. Johannes hob seine Schulsachen und wollte sie Hermann auf den Kopf hauen, aber da tat ihm die Tafel leid, und er legte die Sachen auf die Erde. Der Federkasten zwischen Bibel und Lesebuch fiel dabei heraus. Johannes sah darin einen Wink des Himmels. Es knallte mächtig, als sie beide miteinander in Berührung kamen, Federkasten und Kopf, und beide taten sich auf, Griffel, Federhalter und Stahlfeder flogen umher, und aus Wendlands Kopf, in dem doch nicht viel drin war, sickerte es rot.
Doch Wendland hielt fest und drosch weiter auf Martin ein. Johannes wollte gerade zum zweiten Mal ausholen, da holte hinter ihm ein anderer aus, und das war Kantor Kannegießer, und er war schneller. Johannes bezog also eine von hinten, und er fuhr wie eine Katze herum, im Glauben, da wage ein anderer Junge sich an ihn heran. Schwapp, hatte er noch eine Maulschelle, Kantor Kannegießer hielt ihn nun mal für den Hauptschuldigen, und außerdem lag er ihm am bequemsten. Dann nahm er sich den nächsten vor, das war Hermann Wendland. Den riß

er mit einem Ruck hoch und haute ihm ebenfalls eine runter, die nicht von schlechten Eltern war. Johannes war nach links geflogen, Hermann flog nach rechts. Und Kantor Kannegießer langte nach dem Dritten.
Da sah er zu seinem schmerzlichen Erstaunen, daß es Martin Grambauer war, sein Lieblingsschüler. Aber Gerechtigkeit mußte sein, auch für den, der ganz zuunterst lag, und so holte der Kantor auch zur dritten Backpfeife aus. Es wäre der erste Schlag gewesen, den Martin von ihm bekommen hätte. Martin hielt ganz still und sah seinen Lehrer voll an. Voll war der Blick allerdings nicht, denn ein Auge war fast zu, und das Gesicht war mit Blut verschmiert.
Darüber erschrak Kantor Kannegießer denn doch, und er ließ das strafende Schwert sinken. Aber in die Scheide steckte er es noch nicht, er drehte sich nur um und fragte zornig, wer da angefangen habe.
»Hermann!« riefen sie. »Martin!« Und einige meinten, an dem Blut da habe bloß Johannes schuld. Und dann schrien sie alle durcheinander und erklärten alle alles durcheinander und zeigten sich erneut die Fäuste.
»Sofort in die Schule!« befahl der Lehrer wütend, und sein langer weißer Bart bibberte.
Martin wischte sich mit dem Taschentuch das Gesicht ab, wobei er feststellte, daß die Nase nur noch wenig blutete, während Hermann seine noch richtig lief und somit wohl erwiesen war, daß eigentlich das Blut des Schuldigen Martin vor der Maulschelle bewahrt hatte.
Die Kinder standen noch immer um ihren Erzieher und erklärten ihm die Geschichte. Wendland versuchte, mit seiner kaputten Tafel seine Unschuld zu

dokumentieren, Johannes mit seinem leeren Federkasten. Martin suchte indessen Lesezeichen zusammen, legte sie in die Bibel, legte die Bibel sorgsam wieder auf die Schiefertafel, nahm die Sachen untern Arm und ging los. Aber nicht in die Schule, bloß bis zur Schulwand, und dort steckte er seine Tafel in das ihm rechtmäßig vor Gott, dem Lehrer und den Schulkindern zukommende Loch. Basta! Dann stellte er sich daneben, und die Morgensonne schleckte ihm das Gesicht ab, und was da noch an Blutwischern saß, das war inzwischen Goldlack geworden. Anders als das, was aus Wendlands Nase flog, als er jetzt das eine Loch zuhielt und aus Leibeskräften schnob.

Streng befahl Kantor Kannegießer beiden, in den Hof zu gehen und sich gegenseitig das Blut abzuwaschen, und wehe, wenn einer dabei nicht sanft umginge mit dem anderen. »Und du pumpst Wasser, Bärensprung.«

Sie hatten sich wohl alle drei vorgenommen, die anbefohlene Abreibung etwas anders vorzunehmen, aber der Kantor ging nicht mit den anderen in die Schule, sondern führte sie alle in den Hof, damit sie Zeuge würden der Strafe und Sühne und Versöhnung. Denn die drei mußten sich auch noch die Hände reichen.

Das Loch im Hinterkopf hatte Wendland inzwischen vergessen. Johannes erbot sich freiwillig, es abzuwaschen. Aber Hermann lehnte wütend ab. »Ziepen will er, weiter nichts!«

»Halt's Maul!« befahl der Lehrer. »Marsch in die Schule zum Morgengebet!«

Kantor Kannegießer war kein schlechter Pädagoge, wenn es auch nur traurige Reste seiner Ideale waren, die er in das vierzigste Jahr Lehrerdasein in Kummerow hineingerettet hatte. Er haute auch nicht gern, aber Pastor Breithaupt hatte wohl recht, in Kummerow hätte der selige Pestalozzi höchstselbst den Rohrstock geschwungen. Und so dachte sich auch Kantor Kannegießer nichts mehr dabei, daß er den Stock schon während des Morgengebetes zwischen den gefalteten Händen hielt und ihn bis zum Schluß des Unterrichts nicht mehr weglegte, nicht mal, wenn er eine Prise nahm und nach dem Schnauben sein großes rotes Taschentuch entfaltete und sich das alles ganz genau ansah.

Acht Bänke standen in der Schulstube, jede mit zehn Sitzen. Vorn, vor dem Katheder und der Wandtafel, saßen die jüngsten drei Jahrgänge, zuerst die Jungens, dann die Mädchen; es folgten die älteren fünf Jahrgänge der Mädchen, hinter ihnen die größeren Jungens. Auf der letzten Bank und sozusagen auf dem letzten Platz in der Schule saß der Erste.

Martin nahm mit Ruhe den ihm gebührenden Platz ein, wobei er leider feststellen mußte, daß er seinem Vordermann auf der zweitletzten Bank nicht recht über die Schulter sehen konnte. Neben Martin saß Hermann Wendland. Er war jetzt der älteste Junge in der Schule, beinahe vierzehn, deshalb hatte ihm der Lehrer auch den zweiten Platz angewiesen, wenn sie im Dorf auch sagten, er hätte es nur getan, weil es der Schulzensohn sei. Die vorderste Bank war noch frei, da sollten um acht Uhr die Rekruten des neuen Jahrgangs antreten. Der neue Jahrgang ...

Des Kantors Blick blieb auch nach dem Amen noch eine Zeitlang auf dieser leeren Bank haften. Das würde nun hoffentlich sein letzter Jahrgang sein. Seit Jahren sehnte er sich nach leeren Bänken, aber er hatte sie nur in den Ferien zu sehen bekommen oder wenn die Schule aus war. Vierzig Jahre Schule halten in Kummerow, und nie weniger als sechzig Kinder, meistens achtzig! Und Kummerower Kinder! Aber der Herr hatte ihm diese Last auferlegt und sie ihm ja auch ein bißchen schmackhaft gemacht, durch einen schönen Garten, eine Kuh und ein paar Schweine, und vor allem durch Bienen. Und dann auch, indem er hin und wieder einen aufgeweckten Bengel machte, der ihm bei der Lehrertätigkeit half, so daß man sich ruhig mal eine halbe Stunde der Vieh- und Rosenzucht hingeben konnte. Die Kleinen müssen es eben von den Großen lernen, das ist bei den Tieren auch so, sagte sich die Schulbehörde, und die Kummerower fanden das ganz in Ordnung. »Ich war elf Jahre, da konnte ich schon mit vieren lang vom Hof fahren. Man bloß, weil mein Vater mich früh genug rangelassen hat.« — »Unser Georg ist erst acht, der reitet dir schon wie ein Deika.« Sie gingen noch weiter in ihrem Glauben, die Kleinen könnten alles von den Großen abgucken. »Da hab ich gesehen, wie eine alte Fuchsfähe mit ihren Jungen zusammen mausen ging und zeigte ihnen das, und es sind doch man dumme Kreaturen.« — »Und ein Schäferhund, der lernt es ja man auch bloß von seinesgleichen.« — »Und Vater Bergfeld ist neunzig Jahre geworden und hat hundert Morgen und keine Schulden und hat nicht Lesen und Schreiben gelernt!« — »Und manche von uns sind sogar Unteroffiziere und Gefreite geworden.« Aber diese Argumente brauchten nur ein einziges Mal laut zu werden, das war, als Pastor Breithaupt einen zweiten Lehrerposten durchset-

zen wollte. »Und wer soll das bezahlen? Man gut, daß das Kunstorium ihm das versalzen hat!«
Für die nächsten Jahre hatte der Kantor auf Martin Grambauer als Hilfskraft gehofft, wenn auch die Gefahr bestand, daß Vater Grambauer es wahr machte und den Jungen auf die höhere Schule schickte. Doch auch so bestand Gefahr, an Martin nicht das zu haben, was man erhoffte. Der Junge war schwierig, und er war deshalb so schwierig, weil er so einfach war und Wort und Tat auch bei Großen gleichsetzen wollte. Kantor Kannegießer nickte versonnen, Bilder der eigenen Jugend stiegen auf, Bilder seiner Mannesjahre, mit mancher Erkenntnis und manchem Verzicht. Er strich bedächtig den langen weißen Bart, hob den Kopf, und es war ihm nicht bewußt, daß er einen zärtlichen Blick zu Martin Grambauer hinsandte. Ihm war es, als schicke er den Blick in die Vergangenheit seines eigenen Lebens, und auf dem Wege begegneten ihm ein paar Menschen, die mit einem offenen Kopf und einem offenen Herzen gesegnet waren, damit da alles schneller hineinkam: das Erfreuliche und das Unerfreuliche. Martin hatte den Blick gar nicht gesehen, da Bernickel vor ihm aus Bosheit seine Schultern immer höher raufzog.
»Martin Grambauer, komm einmal vor!«
Jetzt kommt's, dachte Martin, jetzt wirst du abgesetzt, jetzt kommst du einen runter! Schön, mochte der Kantor das machen, bloß daß es gerade Wendland war, der dann Erster wurde, das war gemein.
Jetzt kommt es, dachten sie alle, jetzt wird er abgesetzt, jetzt kommt er drei runter! Jetzt kommt es, dachte auch Johannes Bärensprung, jetzt wird er abgesetzt, und er nahm sich vor, Wendland mit einem

Knüppel zu verhauen, immer auf'n Kopf, und noch viel doller als mit dem Federkasten. So dachte Johannes, doch in seiner Brust handelte ein weniger gewalttätiger Geist und hob Johannes in die Höhe und seinen rechten Arm auch noch und dann noch seinen Zeigefinger.
»Was willst du, Bärensprung?« Kantor Kannegießer sah ihn verwundert an.
»Es ist aber doch Martin sein Loch, und Hermann Wendland —«
»War ja man bloß Spaß!« rief Wendland, der seinen Platz als Erster schon sicher sah.
Da lärmte die ganze Schule mit einem Male los, und Hermann erkannte, daß er sie plötzlich alle gegen sich hatte. Und der Kantor erfuhr dabei noch, daß Hermann Wendland gesagt hätte, wo Martin sein Loch sei.
»Ruhe!« dröhnte Kantor Kannegießer, jäh aus seiner weichen Stimmung gerissen. »Die Sache ist erledigt, und wer noch einen Ton davon sagt, der wird übergelegt!« Wobei er mit dem Rohrstock auf den Pultdeckel schlug, daß es aus dem Tintenfaß hochspritzte. »Warum kommst du nicht vor, Martin, wenn ich es dir befehle!«
Na, dachte der, wenn er Martin sagt, ist es nicht schlimm. Er sah seinem Lehrer aber doch lieber nicht ins Gesicht.
»Martin, du bist nun Erster. In ganz jungen Jahren. Du hast dir den Platz durch Fleiß und Kenntnisse erworben. Werde nun aber nicht hochmütig, denn für seine Gaben kann keiner. Höchstens für seinen Fleiß. Das kann sich auch Bernickel merken, der faul ist wie die Sünde und meint, wenn er seine Schultern hochzieht, könnte er den Verstand anderer ver-

decken. Ich sage euch, der Geist wird doch siegen, ganz gewiß immer dann, wenn sich ihm ein ehrliches Herz zugesellt. Und ganz bestimmt dann, wenn dazu auch noch Mut kommt. Nicht bloß der Mut, der dreinschlägt, sondern auch der Mut zum Bekennen. Das merkt euch, ihr Kummerower Faulpelze. Du dir auch, Bärensprung, wenn Martin auch dein Freund ist. Und du, Martin, sei bescheiden. Und sei unparteiisch in deinem Amt, da gibt es keine Freunde und Feinde. Der Mensch, der nach dem Großen strebt, kennt überhaupt nicht Feind und Freund. Wie er auch nicht nach Armen und Reichen unterscheidet. Er kennt bloß schlechte und gute Menschen, aber die soll er nicht danach richten, wie sie zu ihm sind, sondern ob sie anderen Gutes oder Böses tun. Denn wir sind allzumal Sünder und mangeln des Ruhmes, den wir vor Gott haben sollen. So, und nun setz dich hin. Wir nehmen jetzt gleich Religion, weil wir schon damit angefangen haben. Bernickel, wie heißen die großen Propheten?«
Bernickel stand auf, aber den Kopf ließ er gesenkt, und auf der Bank vor ihm raschelte es, als blättere da einer in einem Buch. »Jesaia, Jeremias —«
»Halt! Sage mir, Martin, siehst du nicht, was Bernickel macht?«
Martin schnellte hoch und beugte sich vor, um auf Bernickels Bank zu sehen. »Nichts, Herr Kantor!«
»So. Nichts?« Kantor Kannegießer war schon heran. Bernickel hatte den Kopf hoch erhoben, seine breite Hand lag auf einem Buch. »Und was ist das unter deiner dreckigen Hand, Bernickel?«
»Das — das Wort Gottes, Herr Kantor!«
»Ja, noch ist es unter deiner Hand. Aber du verdienst, daß ich es dir um die Ohren schlage. Abgele-

sen hast du, hast mich betrügen wollen! Und das, nachdem ich vorhin eine Erbauungsrede gehalten habe.«
»Das haben Sie doch alles man zu Martin gesagt . . .« Bernickel war verwundert über die Ungerechtigkeit des Lehrers.
»Und du, Martin, siehst den Betrug mit an und deckst ihn nicht auf?« Kantor Kannegießer runzelte die Stirn.
»Ich — ich — er steht so davor, da kann ich nicht dran vorbeisehen.« Martin war so rot im Gesicht wie vorhin, als Wendland ihm die Nase aufgemacht hatte.
»Und wenn du gesehen hättest, daß er abliest, was hättest du dann gemacht?«
»Ich — ich hätte ihm das Buch weggenommen.« Martin war froh, daß ihm das eingefallen war.
»Gemeldet hättest du es mir nicht?«
Der Junge sah seinen Lehrer nur einen Augenblick an, dann wendete er den Blick zu Bernickel und dann auf die anderen Jungens. Die Röte wich aus seinem Gesicht, es wurde richtig weiß. Ja, war denn das so, daß er nun anfangen mußte zu petzen und zu verraten? Wo sie bisher noch jeden gemeinsam verhauen hatten, der so was machte? Wo Judas sich hatte aufhängen müssen wegen seinem Verrat? War das so, daß einer nur dann ein Amt behalten konnte, wenn er gegen seinesgleichen schlecht wurde, um den Höheren zu gefallen? Aber er hing an seinem jungen Posten, und so stotterte er: »Ich — ich hätte es Ihnen — gesagt.«
Er hatte es also wirklich über seine Lippen bekommen, ganz leise nur, aber sie hatten es alle gehört, er sah es in ihren Augen, er sah es auf ihren Gesich-

tern. »Verräter!« hieß es, und er fühlte es zurückkommen in einer Tracht Prügel, die schmerzlicher sein mußte als die ärgste Schlägerei bisher, weil sie alle mithauen würden. Vielleicht auch Johannes.
Er fühlte auch, wie Hermann Wendland seinen Absatz immer fester auf seine Fußspitzen drückte. Aber weh tat das nicht, weh tat das andere, daß er nun ein Verräter sein sollte in aller Zukunft, er hatte es ja selbst bekannt. Wo war der Gerechte? Der mußte ja wissen, daß er gar nicht daran gedacht hatte, das zu tun, was er soeben versprochen, das war nur so hingesagt, weil es erwartet wurde von ihm. Sonst wäre er doch nicht Erster geblieben. Aber wenn er es bloß gesagt hätte, ohne es tun zu wollen — hatte er dann nicht den Lehrer getäuscht, gleich heute, am ersten Tag, und direkt nach der frommen Ermahnung?
Martin blickte mit entsetzten Augen auf Kantor Kannegießer, ihm war zumute wie damals, als der Böse hinter ihm hergewesen war, immer rund um den Tisch, immer rundum, bloß daß diesmal zwei Böse ihn jagten, der Verrat und die Lüge. Einem mußte er zum Opfer fallen, das fühlte er. In seiner grenzenlosen Not kam ihm ein Retter, das war die schwere Erkenntnis, daß es einen Weg gab, auf dem man den beiden Teufeln entrinnen konnte.
Martin Grambauer trat aus der Bank und sagte einfach, wenn auch mit Schmerz in der Stimme: »Ich will nicht oben sitzen.« Und das war ganz ehrlich.
Kantor Kannegießer mußte das auch gefühlt haben, denn er erschrak über die Maßen. Eine feine Erziehung war das ja, die er da betrieb, eine Erziehung, gegen deren Nutzanwendung auf sich er sich vierzig Jahre gesträubt hatte, weshalb er ja auch in Kummerow hatte bleiben müssen. Gegen die er sich noch

neulich, am letzten Schultag, gewehrt hatte, als Pastor Breithaupt sie an Martin versuchen wollte. Er riß den Knaben hoch, und während Martin und alle in der Schule dachten, jetzt wird er übergelegt, nahm Kantor Kannegießer Martin in die Arme und küßte ihn auf die Stirn. Sein Gesicht war dabei gerötet, Martins war feuerrot, den anderen standen die Augen offen.
Da donnerte Kantor Kannegießer los: »Sofort setzt du dich wieder auf deinen Platz als Erster. Und anzugeben brauchst du keinen. Aber wenn du einen beim unrechten Tun erwischst, dann schlag ihm auf die Finger! Schlag aber feste und kehre dich nicht daran, daß das Unrecht wieder schlägt und niemals dem verzeiht, der es ertappt hat!«
So was von Religionsstunde hatten sie noch nie gehabt. Da war es viel bequemer bei Pastor Breithaupt, der fragte die Gebote ab und die Propheten, die Jünger und höchstens noch die Bücher des Alten und Neuen Testaments. Der alte Weihnachtsmann von Kantor, der quasselt da was zusammen, und dem Martin gibt er einen richtigen Kuß, als wenn der sein Sohn wär und zu Besuch gekommen. Weil er nicht Erster sitzen wollte, der Dämlack.
Kantor Kannegießer mußte wohl auch fühlen: es galt nicht mehr, an das Schicksal einzelner und auch nicht ans eigene zu denken. Religionsunterricht mein Lieber, hatte der Pastor ihm vor Jahren mal gesagt, Religionsunterricht muß man ansehen wie eine Art Uniform-Schneiderei; die Tressen für die Chargen verleiht später ein anderer, nicht der Schneider.
»Martin, wie heißen die Propheten? Halt, schreib sie mal an die Tafel, damit sie alle laut lesen können.«
Und Martin schrieb: Jesaia, Jeremia, die Klagelieder

Jeremias, Hesekiel, Daniel, Hosea, Joel, Amos, Obadja, Jona, Micha, Nahum, Habakuk, Zephanja, Haggai, Sacharja, Maleachi.
»Lies langsam vor.«
Martin las.
»Jetzt alle lesen! Eins, zwei, drei!«
Sie lasen, es klappte nicht.
»Und wieviel Propheten gibt es, Wendland?«
»Vier große und zwölf kleine Propheten gibt es.«
»Und wie heißen die großen Propheten, Bernikkel?«
Der las von der Tafel ab: »Jesaia, Jeremia, die Klagelieder Jeremias, Hesekiel, Daniel . . .«
»Das sind in Wirklichkeit fünf Bücher der großen Propheten. Wer kann mir sagen, was das sind, die Klagelieder Jeremias? Na, Martha Zühlke?«
»Das sind — das sind die Klagelieder Jeremias.«
»Fritz Metscher, was sind die Klagelieder Jeremias?«
»Das sind — es gibt fünf große Propheten, Herr Kantor, Jesaia . . .«
»So, sieh mal an. Und wie heißen die fünf Propheten?«
»Jesaia, Jeremia, die Klagelieder Jeremias, Hesekiel, Daniel.«
»Aber, Menschenskind, wenn du sagst, *die* Klagelieder Jeremias, dann kann das doch kein Mann sein! Johannes Bärensprung, du hast den Finger hoch, sag du ihm mal, was das sind, die Klagelieder Jeremias!«
»Das ist Jeremiassen seine Frau, Herr Kantor!«
Der Tag hat verkalbt, dachte sich Kantor Kannegießer, da kommt nichts mehr heraus. Er ordnete an, daß jeder von den Großen einen der Kleinen neben sich nahm und aus der Fiebel lesen ließ, und ging

eine halbe Stunde zu seinen Bienen; Martin hatte indessen die Aufsicht.
Der hatte sich wiedergefunden, nahm den Rohrstock in die Hand, wie er das vom Lehrer kannte, und waltete seines Amtes. Und als Bernickel seinen Schützling lesen ließ, so viel und was der wollte, und selber Bindfaden aus der Hosentasche zog und Berta Franzkes Zopf an ihrer Bank festband, da nahm Martin den Rohrstock und schlug Bernickel kräftig auf die Finger.
Der nahm es hin, ohne sich zu verantworten, wie sie es jetzt alle hingenommen hätten, denn es gehörte zum Amt des Ersten, daß er in der Schule, wenn er die Aufsicht hatte, hauen durfte wie der Lehrer. Das war immer so gewesen, und der Kantor hatte es soeben noch mal gesagt. Wie sie selbst ja auch ihre sieben- und achtjährigen Zöglinge, wenn die beim Lesen etwas falsch machten, an den Haaren ziepen oder gar ohrfeigen durften. Was sie auch hinreichend besorgten.

Unterm Baum der Erkenntnis

Weit wie die Unendlichkeit lag das Bruch, in der Ferne gesäumt von leichten Höhenrücken, die im Dunst verschwammen. Für die Kummerower Kinder war das Bruch die Welt, denn kaum eines war über die Berge, die dahinter lagen, hinausgekommen. Es war eine schöne und nahrhafte Welt, in der Weizen, Rüben und Kartoffeln wuchsen, Hasen, Rehe und Wildschweine, Trappen, Rebhühner und Feldtauben, Fische und Krebse, Erlen, Weiden und Kiefern. Von den unnützen Geschöpfen, die man nicht essen konnte, ganz abgesehen. Und Heu gab es im Bruch, das schönste Heu in der ganzen Niederung. Ja, sagten die Neidhämmel in den anderen Dörfern, das muß wohl so sein, in Kummerow gibt es ja auch das meiste Rindvieh! Ja, lachten die Kummerower, und unsere Rüben und Kartoffeln und unser Korn, ist das nicht auch das beste im Kreis, ihr Sandhasen? Muß wohl so sein, sagten die andern, in Kummerow gibt es ja auch die größten Schweine! Na, und haben wir vielleicht nicht die höchste Kirche in der ganzen Gegend, die weit übers Land schaut, richtig aus zwei Augen unterm spitzen Helm? Muß wohl so sein, bei so vielen Heiden, sonst wüßte ja der liebe Gott hoch oben überhaupt nichts von Kummerow, denn in den Himmel ist doch bisher kein Kummerower gekommen!

Im ganzen Bruch fuhren sie Heu ein. Süß und schwer hing der Geruch in der Luft, zog über die Hügel und durch die Wälder bis in die andern Dörfer, wo sie dann sagten: Nu kriegt der Pastor von Kummerow wieder Arbeit! Sie meinten damit seine Arbeit im nächsten März, wenn alle die Kummerower Kinder zur Taufe gebracht werden würden, die dem betörenden Heumonat ihr Dasein verdankten.
Lachen und Schnattern und Kreischen ging auch überall im Bruch hoch, die Pferde wieherten wohl auch nicht nur wegen des Heugeruchs, die Vögel in den Weidenbüschen sangen auch nicht allein zum Lobe Gottes in der Natur, wie es die Dichter so gern haben wollen, und wenn es Sünde wäre, schickte der Himmel nicht jedes Jahr seine beste Sonne tagelang gerade zur Kummerower Heumahd.
Pastor Breithaupt mochte andere Gedanken darüber haben, als er zum Hirten-Ende heruntergefahren kam und das Bruch vor sich liegen sah. Sein Wagen rasselte, und Ulrike, die auf dem Hackbrett saß, mußte sich festhalten, um nicht in die Luft zu fliegen. Er hatte es eilig, und dazu kam ihm auch noch Schulze Wendland mit einem vollen Wagen entgegen. Ganz in Gedanken kam er an, hatte den Hut im Genick und griente. Er soll lieber auf seine liederliche Fuhre aufpassen, knurrte es im Bauernherzen des Pastors.
Wendlands Jungmagd hatte schief geladen, das war richtig, aber daran war der Bauer schuld, er hatte etwas deutlich mit ihr gespaßt, als sie da oben auf dem Wagen stand in der Sonne, den Rock bis zum Knie geschürzt, und wenn sie sich bückte, noch weiter. Noch als der Pastor grüßte, dachte der Schulze daran. Und da, beim Ausbiegen, kalbte der Wagen,

und das Heu rutschte auf des Pastors Pferde, so daß man nicht mehr genau sehen konnte, waren das ein oder zwei Gespanne und wem gehörten sie.
Ärgerlich riß der Pastor seine Pferde zurück. »Und Sie wollen Gemeindevorsteher sein, Wendland? Nicht mal einen Wagen Heu können Sie richtig laden!«
Christian Wendland nahm heute nichts krumm. »Das Laden hat die verflixte Deern gemacht, Herr Pastor, ich hätte da viel lieber geschossen.«
Das hatte dem Pastor gerade noch gefehlt. Er vergaß ganz, daß seine Tochter Ulrike hinten auf dem Wagen saß, und raunzte los. »Weil ihr das Heumachen nicht als Arbeit anseht, sondern als Vergnügen, davon kommt das. Es wäre besser gewesen, der Herr hätte euch das nicht so leicht gemacht hierzulande.«
»Das muß in der Jahreszeit liegen, Herr Pastor«, verteidigte sich der Schulze. Er wurde vertraulich: »Wissen Sie, an solchem Tag, da kann wirklich noch so 'm alten Grauschimmel der Adel aufsteigen.«
Nun sah sich der Pastor doch nach Ulrike um, bevor er antwortete. Seine Tochter war nicht mehr auf dem Wagen, sie hatte Martins weißen Schopf erspäht und einen Durchschlag an der Stange und wußte, er ging fischen oder stromern. Leise war sie vom Wagen gerutscht und hatte sich dünngemacht.
»Ulrike!« schallte es befehlend über das Bruch.
Der Schulze raffte sein Heu zwischen des Pastors Pferden zusammen und packte es neben den Weg. Wenn er die Arme um das Heu legte und es an sich drückte, machte er ein Gesicht, als steckte die Jungmagd mit im Heu.
»Dahinten flitzt sie«, er zeigte zum Mühlgraben hinüber, »mir isset so, als hantiert da Grambauers Mar-

tin rum. Ja, ja, es ist schon so, es liegt in der Jahreszeit. Das empfindet auch schon ein kindlich Gemüte.«
Die Brücke der Gedanken und Gefühle, die der Schulze da zwischen einem alten Grauschimmel und Schulkindern über das Heu im Bruch schlug, konnte Pastor Breithaupt vor lauter Verblüffung nicht betreten. Der Schulze baute auch noch weiter daran, indessen er an seinem Heuwagen baute: »Wenn das an dem ist, Herr Pastor, was ich gehört habe, da hat einer in einem Buch geschrieben, das Paradies hat in Vorpommern gelegen. Wenn das an dem ist, dann hat das bei Kummerow im Bruch gelegen.«
»Ja, das kann schon sein. Bloß, weil da Kummerower drin wohnten, hielt es sich nicht. Da ist dann wohl der Freiberg daraus geworden, wo früher Galgen und Rad standen. Die Vorfahren von euch möcht ich zählen, die da verbuddelt worden sind.«
Der Bauer ließ seine Augen auf dem nahen Freiberg ruhen, dann zwinkerte er: »Der Marienkirchhofsberg ist doch wohl auch draus geworden?«
»Ja«, antwortete der Pastor, »das ist aber heiliger Boden geblieben.«
»Wie ist das nun an dem, Herr Pastor, der heilige Boden vom Marienkirchhofsberg ist man bloß leichter Boden, für Gerste und so scheinheilige Sachen. Sie schimpfen ja selber genug, weil Sie da Ihr Land haben. Aber auf dem Freiberg, da hat sich das rentiert, Herr Pastor, was die ollen Sünder da gedüngt haben. Auf dem Freiberg wächst der beste Weizen.«
Die Pferde vom Pastor waren frei, und er fuhr los. Daß auf seinem Wagen noch allerhand Heu von Wendland lag, kümmerte ihn nicht. Er hat es in sei-

nem zornigen Gemüt wohl nicht wahrgenommen, dachte der Schulze.

Ulrike hatte, die Heuhaufen als Deckung gegen väterliche Sicht benutzend, den Weg zu Martin gefunden. »Ich soll nachharken«, mauzte sie.

»Da wirste Dresche kriegen, wenn du's nicht machst!« Es war weniger Mitgefühl und mehr eine sachliche Feststellung von ihm.

Sie schürzte die Lippen. »Krieg ich ja sonst auch.«
Damit war diese Seite der Sache erledigt.

»Was willste denn fischen?«

»Ach, ich soll Entengrütze mitbringen. Eigentlich wollte ich was schießen.«

Er zog die Armbrust, die er auch umgehängt hatte, nach vorn.

»Was willste denn schießen?«

Martin plusterte sich auf. »Wenn einer kommt, einen Bock.«

»Triffste ja gar nicht.«

»Treff ich doch.«

»Dann ist er aber nicht tot, mit 'ner Armbrust!«

»Mit solcher Kugel ist er tot!« Martin holte aus der Tasche einige vierzöllige Nägel, die er aus Vaters Handwerkskasten entlehnt hatte. »Ich kann ihn auch abfangen nachher, so!« Und er holte ein Taschenmesser hervor, das eine gebogene Klinge hatte und eigentlich des Vaters Gärtnermesser war, auch mal auf geheimnisvolle Art abhanden gekommen.

»Triffste wohl den Baum?« Sie deutete auf eine dicke morsche Weide.

Darauf zu antworten war unter Martins Jägerwürde. Er bewies es eben, und er traf den Baum, wenn das Geschoß auch nicht steckenblieb, denn

es hatte sich dauernd auf seiner Bahn überschlagen.
Die Zweiflerin war noch nicht ganz überzeugt. »Ein Rehbock steht aber nicht still.«
»Wetten, daß ich ihn doch treffe? Ich treffe alle Tiere. Wenn wir erst Mann und Frau sind, schieß ich dir jeden Tag was andres zu essen.«
»Fische kannste aber nicht schießen.«
»Kann ich doch!« Das hätte er nun lieber nicht sagen sollen, denn Fische zum Beweisen waren da. Das war nicht wie mit dem Rehbock. Die schönen Vierzöller plumpsten alle in den Mühlbach, ohne daß ein Fisch dadurch wesentlich gestört wurde.
»Fische werden auch nicht geschossen, die werden geangelt.«
»In dem Buch von dem Häuptling und seiner Gemahlin, da fängt er sie mit dem Speer«, sagte Ulrike.
Martin betonte, das könne er auch. Er nahm das Sieb von der Bohnenstange, spitzte sie an, ging bis zum Hosenboden ins Wasser und stach nach Fischen. Bis er es heraushatte: »Da muß nämlich eine eiserne Spitze dran sein. Aber untertauchen kann ich!«
Sie bezweifelte auch das.
Da zog er sich aus und tauchte, und sie warf Steine in den Bach, die holte er raus. Bis sie wissen wollte, ob er auch tauchen könnte, wo es sehr tief war. Das war weiter abwärts, unter der großen alten Weide, durch deren verflochtenes Wurzelwerk das Wasser floß.
Martin erbot sich auch dazu und stapfte im Bach weiter, während sie am Ufer nebenherging.
Bis dahin, wo es richtig tief war, kam er gar nicht. Gleich beim ersten Mal brachte er etwas mit nach oben.

»Mensch, da kieke da!« Er hatte einen Krebs gefangen. »Hol rasch den Eimer da, da sind noch mehr!« Ulrike sauste zurück und kam mit dem Eimer wieder. Nun war es nicht mehr in ihrem Sinn, am Ufer zu stehen und Krebse, die ein anderer fing, in den Eimer zu werfen. Im Handumdrehen hatte sie sich ausgezogen und steckte bis über die Brust im Wasser und krebste wie ein alter Fischer. Das ganze Wurzelwerk der Weiden und Erlen wurde durchsucht und alle alten Stubben, und wer einen Krebs hatte, machte ein Geschrei darum, und wer mal gezwackt wurde, der kreischte, es war ein herrliches Vergnügen.

Ulrike mußte Martin bestätigen, daß er sehr wohl ein großer Häuptling sei und eine Frau ernähren könne, und Krebse seien viel feiner als Fische. Sie bestätigte es gern, alles hätte sie ihm bestätigt, denn ein Held war er bestimmt, er tauchte noch immer, während es ihr schon lange zu kalt geworden war. So krebste sie jetzt von oben, indem sie lang auf dem Bauch über dem Uferrand lag, den Kopf überm Wasser; daß der Zopf eintauchte, machte nichts, dafür wärmte die Sonne um so schöner auf den blanken Rücken. So hätte sie den ganzen Tag krebsen können, und sie war auch richtig neugierig, wie lange Martin es im Wasser wohl aushalten würde.

Doch da griff ein Mächtigerer ein. Ulrike sprang hoch, als hätte sie ein Krebs in den Popo gebissen, und es war doch bloß die Spitze von ihres Vaters Peitsche gewesen. Als er das Lachen und Kreischen am Bach gehört hatte, war es ihm als seine väterliche Pflicht erschienen, einmal nachzusehen. Was er sah, ging noch über Schulze Wendlands Gequatsch von der Besonderheit der Heumahd im Bruch und

vom Paradies bei Kummerow; da lag seine leibhaftige Tochter splitternackt auf dem Bauch, und nun stieg ein Bengel in ebensolchem Zustand aus dem Wasser.
Da standen sie, Adam und Eva, bedeppert wie die Ureltern. Aber bloß weil sie ertappt waren. Ihres sündhaften Zustandes schienen sie sich nicht bewußt, und er stand da wie der Herr vor den Sündern im Paradies.
»Ihr Ferkel!« donnerte Pastor Breithaupt. »Schämt ihr euch denn gar nicht?«
Doch, jetzt, wo er da war und das sagte, schämten sie sich. Seine Tochter lief heulend zu ihren Kleidern, aber der Pastor spielte auch gleich den Cherub mit dem feurigen Schwert, erwischte sie noch, bevor sie ein Feigenblatt hatte, und wärmte ihr den Achtern mit ein paar klatschenden Schlägen der flachen Hand.
Mit zusammengezogener Stirn sah Martin zu. Es war weniger Mitgefühl mit der leidenden Geliebten und mehr Zorn über die Störung.
Da wandte sich das Unheil ihm zu. »Und du willst Kirchenjunge sein? Ein Sünder bist du, ein Wüstling!«
Martin hätte schon längst den Schauplatz seiner Sünde verlassen und wäre im Bach weitergegangen, seinen Kleidern zu, aber bei Ulrike stand sein Eimer, und da waren wohl Stücker zwölf Krebse drin, und nur zwei davon hatte Ulrike gefangen.
»Anstatt zu harken, läufst du baden? Nackt und schamlos baden, mit einem Bengel zusammen!« Und schwapp, hatte sie noch einen Katzenkopf.
»Ich hab ja gar nicht gebadet«, heulte Ulrike, »ich hab ja . . .«

»Wir haben ja man bloß Krebse gefangen«, sagte Martin sachlich.
»Lüge nicht!« Pastor Breithaupt wendete seine Entrüstung dem Adam zu. »Hier gibt es keine Krebse!«
Da vergaß Martin seine Blöße und setzte hinüber zu seinem Eimer und dem zornigen Herrn. »Zwanzig Stück mindestens, ganz große, und da hätten wir noch hundert Stück gekriegt, wenn Sie nicht dazwischengekommen wären. Und in den Monaten ohne ›r‹, da sind sie am schönsten. Nu haben Sie sie verjagt!«
»Ist es die Möglichkeit?« Pastor Breithaupt sah Martin an und vergaß, daß der nackt war. »Tatsache! Da muß aber auch etwas Wasser in den Eimer oder nasses Gras, sonst sterben sie.«
»Ich hab ihm ja man bloß geholfen.« Ulrike muckte noch ein paarmal auf, wagte sich aber heran. »Weil er sie doch für mich gefangen hat.«
»Für dich?«
Martin bestätigte es.
»Ach so! Aber man braucht dazu nicht nackigt zu sein!«
»Da ist es tief«, wehrte sich Martin, »da gehn auch Sie bis an'n Bauch rein.«
»Und du mußtest dich dazu auch ausziehen?« fuhr er Ulrike an.
»Dann wäre doch mein Kleid naß geworden.«
»Hast du kein Hemde?«
»Dann hätt ich doch zu Hause Dresche gekriegt, mit dem nassen Hemde.«
Pastor Breithaupt war da wohl wieder mal zu heftig gewesen, von Schuldbewußtsein und Sünde schien bei keinem etwas zu merken zu sein. »So wären das gewissermaßen jetzt unsere Krebse?« Martin nickte

hastig. »Na schön, dann sei dir das vergeben. Den Eimer kannst du dir nachmittags vom Pfarrhof wieder abholen. Aber nun los, Ulrike, jetzt harkst du nach, daß wir fertig werden.« Er nahm den Eimer, drehte sich um und ging ins Bruch, und ein Stück hinter ihm her, ohne Eile zu zeigen, schlenderte maulend seine Tochter.
Jetzt die Armbrust haben und dem Priester einen Vierzöller direkt in den Hintern! Es war sogar der Gerechte, der Martin das eingab. Darüber, daß noch viel Unschuldigere als er leiden mußten, dachte er nicht nach. Seine Enten mußten auf die grüne Grütze verzichten, weil der Pastor den Eimer hatte. Anderes Futter aber bekamen sie heute vor Abend nicht, weil die Mutter ja glaubte, sie hätten Entenflott gekriegt. Und sagen konnte er es ihr auch nicht. So fügte sich eben eins zum andern.
Martin pfiff nach Flock, aber Flock hatte sich wieder einmal selbständig gemacht, solche albernen Wasserspiele waren nicht nach seinem Sinn. Vielleicht war er auf Freite, Fibelkorns Senta war ja wieder läufig, und die sperrten sie dann nie ein, so daß sie immer alle Hunde im Dorfe verrückt machte! Na warte, dir werde ich das Brauten schon austreiben! Das beste wäre, sich gleich jetzt eine Rute abzuschneiden, die hinzog.
Zu seiner großen Überraschung hatten die Zweige dieses Jahres noch so viel Saft, daß sich die Rinde ganz von selbst abschälte. Martin vergaß das Amt des Sittenrichters und schnitt Ruten nicht zur Züchtigung von Gefühlen, sondern zu ihrer Lobpreisung. Ein paar Schläge mit der Messerschale genügten, und die Stöcke ließen sich aus der Rinde ziehen. Acht Flöten verschiedener Länge und Dicke schnitt

er sich zurecht und probierte und verbesserte an jeder so lange herum, bis sie einen schönen Ton hatte. Dann band er sie mit Bindfaden, an dem es in seiner Hosentasche nie fehlte, nebeneinander zwischen vier querliegenden Stäbe, und ein Instrument war fertig, von dem Kantor Kannegießer sagte, es sei eine Pansflöte, wohingegen die Kummerower es ordinär eine Kuhorgel nannten.
Die Töne mochten nicht ganz rein sein, abgestimmt war das Instrument wohl gar nicht, um so schwerer war daher die Kunst, es zu spielen.
Vielleicht wären Pastor, Kantor und andere Musikkundige fortgelaufen. Vielleicht sogar Krischan Klammbüdel. Martins betrübte Seele heiterte sich jedenfalls an seinem Spiel auf, kletterte heraus in die Sonne und fing schließlich an zu tanzen. Neugierig kamen die Fische an die Oberfläche des Wassers und schauten auf den Musikanten, der da nackt am Randes des Baches saß und ihnen etwas vorspielte. Martin erzählte jedenfalls nachher, sie wären ihm sogar nachgeschwommen, er habe es deutlich gesehen, als er flötespielend am Bach weiterging, weil er den anderen Fischen auch eine Freude machen wollte. Er hatte in dem Buch vom Kantor etwas über den heiligen Franziskus gelesen.
Die Kunst, eine solche Flöte zu schneiden und zu spielen, hatten die Kummerower Jungens vor langen Jahren von Krischan Klammbüdel, dem Kuhhirten, gelernt. Vorher konnten sie nur die übliche Weidenpfeife machen oder Schalmeien. Eine Schalmei zu machen war auch eine Kunst. Zuerst den richtigen Weidenast finden, schön glatt und saftig genug; die Spirale richtig in die Rinde zu schneiden, immer fein durch die Astlöcher; die Rinde in einem Stück abzu-

lösen; die Schalmei formen und ihr durch ein Querholz am unteren Ende Halt zu geben; die passende Fiepe als Mundstück herzustellen. Und dann noch darauf blasen zu können. Das wollte gelernt sein! Nur beim Viehhüten konnte man so etwas erlernen, das und noch vieles andere. Darum liebten auch alle Kummerower Jungens das Viehhüten.

Das Schönste von allem Viehhüten aber war Kühehüten. Gewiß sah ein Schäfer nach was aus, wenn er so mit dem langen Stab über die Stoppeln und Wiesen ging, einen langen Rock mit vielen Perlmutterknöpfen an, einen Strickstrumpf in der Hand und zwei Hunde um sich herum, die aufs Wort parierten. Obendrein hatte er den Ruf, Krankheiten von Mensch und Tier heilen zu können. Aber er mußte soviel laufen. Darum war Kühehüten schöner, Kühe blieben auf dem Brink und fraßen vom Morgen bis zum Abend. Und dann die Hütte! Eine eigene Hütte ganz für sich allein. Das ganze Bücherschapp vom Kantor könnte man da auslesen. Eigentlich war es gar keine Hütte, dieses Dach aus Weidenästen, mit Zweigen darüber und Grassoden und dem Boden aus Stroh, aber für den Hirten und die Jungens war es eben doch eine Hütte, die schönste sogar. Der Hirt mußte sie jedes Jahr neu bauen, einen Winter vertrug sie nicht. Zwischen den drei Steinen vor der Tür konnte man Feuer machen. Ungestraft durfte man langliegen und in die Wolken blinzeln, wo man die schönsten Geschichten herholte, und wenn es kalt war oder regnete, konnte man sich in der Hütte an Schill wärmen. Schill war der Hirtenhund, das heißt, ein richtiger auch nicht, er gehörte dem Krüger und lief nur so seit zehn Jahren im Frühjahr mit zum Hüten, weil er die Kühe ungestraft in die Hes-

sen beißen durfte, ohne selbst etwas vom Hüten zu verstehen.
Das Allerschönste aber war der alte Kuhhirte Krischan Klammbüdel selber. Seit über zwanzig Jahren machte er es schon. Damals war er am Sonntag Quasimodogeniti dagewesen, ein alter Mann, hatte nichts weiter als das Essen verlangt, und da das billig war, hatten sie ihn genommen. Nach Michaelis ging er immer wieder ab, keiner wußte, wohin. Es kümmerte auch keinen, auch nicht, daß er den ganzen Sommer über keinen Groschen Geld bekam. Einen Schluck kriegte er noch immer im Krug spendiert, auch mal ein Glas Bier und gelegentlich auch mal ein kaputtes Hemd oder eine noch kaputtere Hose. Seife brauchte er nicht, nicht mal einen Kamm, und rasieren tat er sich auch nicht. Schlafen konnte er beim Krüger auf dem Strohboden. Das Essen bekam er umschichtig von Woche zu Woche von den Bauern, mittags brachten es die Mädchen mit, wenn sie zum Melken kamen, abends holte er es sich, und es waren, wie bei allen im Dorf, immer entweder Pellkartoffeln und Hering oder Hering mit Pellkartoffeln. Je nachdem. Den Kaffee brannte er sich aus Roggen in einer alten Bratheringsdose über den drei Steinen vor seiner Hütte und kochte ihn in einer alten Konservendose, auch über den drei Steinen. Wie alt er wirklich war und wie er hieß, wußte keiner, das interessierte auch keinen, auch nicht, daß er keine Papiere hatte. Er war eben der billigste Kuhhirte im ganzen Kreis und der zuverlässigste auch. Da er sehr gern Kaffee trank, sagten sie ihm nach, er sei aus Sachsen und er habe lange im Kittchen gesessen, weil er im Zorn seine Frau umgebracht habe und einen Mannskerl dazu. Aber das

wäre vor vielen Jahren gewesen, und vielleicht war es auch bloß Gerede. Tatsache war hingegen, er verstand etwas vom Vieh und war billig. Kantor Kannegießer hatte es vor Jahren mal Ausbeuterei genannt, doch da war ihm der Gemeinderat verdammt über den Mund gefahren, und der alte Trebbin, der damals Schulze war, hatte gesagt: »Na schön, dann führen wir wieder den alten Brauch ein, daß der Schulmeister verpflichtet ist, die Kühe zu hüten!« Und Krischan hatte den Kantor gebeten, ihn nicht aus Amt und Brot zu bringen.

Alle Kinder liebten ihn, und er liebte alle Kinder und alles Vieh. Waren keine Kinder bei ihm, redete er mit den Kühen und den Vögeln. Elstern und Raben konnte er das Sprechen beibringen, und jeden Hund konnte er abrichten; aber nicht zum Beißen, bloß zu Dummheiten. »Denn siehe«, sagte er, »sie beißen sich auch so genug in der Welt, ob Mensch oder Tier, und ohne daß sie erst noch abgerichtet werden müssen.« Mädchen und Frauen mochte er nicht recht. »Denn siehe, unser Herrgott hat sie gezeichnet mit langen Haaren, sie sind hottentottisch!« Wenn die Mädchen mit den Jungen mitkamen, jagte er sie nicht gerade weg, aber an solchen Tagen erzählte er nicht viel. Auch hatte er bemerkt, daß die Jungens dann das Mitgebrachte, das sie zu Hause gemaust hatten, nicht recht herausrückten, ein Stück Speck, einen Zipfel Wurst und vor allen Dingen Zucker.

Martin Grambauer liebte er besonders, und Martin liebte ihn auch, aber im vergangenen Sommer war die Freundschaft etwas getrübt worden. Krischan hatte Ulrike abgelehnt: »Denn siehe, sie ist eine Priesterliche und hat hottentottsche Augen!« Worauf

Ulrike »Dreckschwanz« zu ihm gesagt hatte und weggelaufen war. Nun hatte Krischan so halb und halb auch noch Johannes abgelehnt. Vielleicht weil er läuten gehört hatte, daß Johannes Bärensprung wohl bald Kuhhirte von Kummerow werden würde, und daran war etwas Wahres. Bei Johannes sparen wir das Essen, sagten einige Bauern, da drückt uns das mit dem Armenhaus nicht so sehr! Und sie warteten mit Johannes auf dessen Einsegnung.
Johannes hatte sich schon mit der Hirtenlaufbahn vertraut gemacht, die Sache mit der Hütte hatte es auch ihm angetan, das war schon so was wie ein eigenes Heim, er würde sogar den ganzen Sommer über auch nachts draußen schlafen. Zu arbeiten war so gut wie nichts, Essen gab es auch, und was fehlte, mußten die Jungens bringen. Na, und mit Milch würde er sich schon versorgen.
Als Martin bei Krischan ankam, saßen da schon Hermann Wendland, Traugott Fibelkorn und Johannes. Das heißt, Johannes saß am Graben und fischte Kaulquappen. Er hatte heute in der herrschaftlichen Waschküche ein Stück Gardine, das für das kleine Fenster im gräflichen Geheimkabinett bestimmt war, geangelt, einen Drahtring hindurchgezogen und war nun bemüht, mit diesem Gerät die flinken Tierchen zu erhaschen. Es schwamm auch schon eins in einem Konservenglas.
»Was willste denn mit Kaulquappen?« fragte Martin.
»Fressen wird er sie wollen!« rief Hermann herüber.
»Der hat ja Angst, 'n Frosch anzufassen«, spottete Traugott. Johannes sah den Freund an. »Wetten, daß ich 'ne Kaulquappe in'n Mund nehm?« Er faßte auch gleich nach dem Glas.
Da kam auch Krischan näher. Aber er befahl: »Dann

mußte Wasser mit ins Maul nehmen, sonst ist es Tierquälerei!«

Johannes schlürfte die Kaulquappe mit dem Wasser und zeigte ihnen triumphierend seine prallen Bakken. Da stieß ihn Hermann heimtückisch in den Bauch, er verschluckte sich, spuckte die Hälfte des Wassers aus, die andere mit der Kaulquappe aber schluckte er runter.

»Das wird in deinem Bauch ein dicker Frosch«, sagte Traugott.

Mit glasigen Augen sah Johannes auf Martin. Der dachte nach. »Am besten, du steckst'n Finger in'n Hals!«

Es kam nichts heraus. Johannes' ewig hungriger Magen gab so leicht nichts wieder her. »Die geht auch so wieder weg«, tröstete Martin, »höchstens daß ein Bandwurm draus wird.«

Ein Bandwurm war nichts Schlimmes, das wußte Johannes, Inspektor Schneider hatte seinen schon lange.

»So'n unschuldiges Tier«, grollte Krischan, »fi Deibel!«

»Warum bist du immer so tückisch zu Johannes?« fragte Martin, als sie vor der Hütte lagen.

»Dieweil er eine hottentottsche Gesinnung zu mir hat«, antwortete Krischan und sah Johannes vorwurfsvoll an, »er trachtet mir nach Amt und Brot!«

»Die wollen es doch«, log Johannes, »ich will ja gar nich.«

»Johannes will doch reich werden«, sagte Martin, bestrebt, den Freund zu entlasten, »du bist doch man ein ganz Armer, so als Hirt.«

Krischan blickte ihn mit den fahlen Augen ernst an. »Das ist bloß, weil ich zu spät angefangen habe. Er

aber will jung anfangen. Wie steht es in der Heiligen Schrift? Hast du mal die Namen Saul gehört und David? Das sind auch Hirten gewesen und sind große Könige geworden und hatten Herden und Volk und Weiber wie Sand am Meer. Und wer hat den Stern von Bethlehem zuerst gesehen von allen Menschen? Die Hirten auf dem Felde, und sie hüteten daselbst ihre Herden. Und wem wurde die Botschaft zuerst verkündet vom Frieden auf Erden? Denselbigen Hirten.«
»Na ja«, sagte Martin gedehnt, »Hirte ist schön, bloß was du da sagst, das sind alles welche aus der Bibel.«
»Und der große Kaiser Heinrich? Ist der auch aus der Bibel? Das ist vielleicht noch gar nicht so lange her. Den haben sie direkt vom Kühehüten weggeholt und zum Kaiser von Deutschland gemacht. In Rußland ist ein Zar gewesen, der hat die Krone wieder weggeschmissen, da habt ihr den Dreck, und ist Hirte geworden in Sibirien.
Die Jungens blickten mit erneuter Bewunderung auf Krischan, wußte doch keiner, was er gewesen sein konnte. Am Ende war er der Zar, denn Sibirien, das konnte nicht weit von Kummerow sein, das lag gleich hinter Hinterpommern, wo im Winter die Kälte herkam.
»Was bist du denn vorher gewesen, Krischan?«
Traugott Fibelkorn konnte Krischans kaputte Hosen und verfilzte Haare doch nicht ganz mit dem ehemaligen Kaiser in Verbindung bringen.
Der alte Kuhhirt sah in die Weite und schwieg.
»Das mit dem Kaiser Heinrich von Deutschland ist auch nicht wahr«, begann Martin, »der war gar kein Kuhhirt. Den haben sie vom Vogelherd geholt, als sie mit der Krone ankamen.«

»Da haben sie sicher erst den Schandarm geschickt, der hat ihn aufgestöbert«, sagte Traugott aufs Geratewohl. Lust zum Vogelnesterausnehmen und Angst vor dem Gendarmen gehörten bei ihm zusammen.
»Der Schandarm konnte dem einen Scheißdreck antun«, sagte Krischan verächtlich.
»Durfte er denn Vogelnester ausnehmen?« Johannes wollte zunächst das wissen.
»Klar, Mensch, der war doch ein Prinz.«
»Ich denke, er war ein Kuhhirt?«
»Dann hätte er die Eier ja mit in sein Schloß nehmen und da braten können«, meinte Hermann Wendland, »er hat aber einen Vogelherd extra mitgebracht?«
»Hab ich ja auch«, sagte Krischan und klopfte auf seine drei Steine. »Da könnte ich Eier und Vögel braten, soviel als ich wollte. Bloß ich mach mir nichts draus.«
»Dann biste auch kein Kaiser gewesen«, schloß Johannes und nahm sich vor, später nur Vögel zu essen.
»Frißte Tauben?« fragte Hermann.
Krischan kraulte sich seinen Kopf: »Das laß man, das kommt raus.« Was wußte er, was Hermann vorhatte.
»Der Kaiser Heinrich, das war der, der hat die Städte erfunden.« Martin brannte darauf, vor Krischan zu glänzen, außerdem hatten sie es kürzlich erst in der Schule gehabt.
»Und was hat er von der Erfindung gehabt?« Krischan lachte geringschätzig. »Siehe, da kamen die Hunnen, und die schossen ihm das alles mit Kettenkugeln in Klump.«

»Ist ja gar nicht wahr!« Martin war wütend aufgesprungen. »Einen räudigen Hund hat er ihnen geschickt, und als sie gekommen sind, da hat er sie in Klump gehauen.«
»So, sieh mal an. Und wer hat seine Feinde unterm Sattel mürbe geritten? Waren das die Hunnen — oder dein Heinrich? Überhaupt weiß ich das besser, denn ich bin älter als du.«
Krischans Ruhm als Geschichtskundiger war wieder fest begründet, auch für Martin. Aber er wollte ihn doch noch prüfen. »Kantor Kannegießer hat uns heute von der Völkerwanderung erzählt. Kann das an dem sein, daß die alle durch Kummerow gekommen sind?«
»Tja, Martin, bei Gott ist kein Ding unmöglich, und zuzutrauen ist ihnen das. So genau weiß ich das auch nicht. Ich war da nicht bei. Kantor Kannegießer aber auch nicht. Möglich ist das. Da hocken ja heute noch viele Völkerschaften hinter den Bergen und gucken giepig nach Kummerow. Bloß daß sie heute anders heißen als früher. Da heißen sie heute Barnekowsche, Welsowsche, Bietikowsche, Bertikowsche, Rummelowsche — nein, Rummelowsche nicht mehr, die gehören ja zu unserem Pastor.«
»Dann sind das wohl alles keine solchen wie wir?« Traugott fühlte sich.
»Da ging ich nicht hin als König«, sagte Krischan und machte ein verächtliches Gesicht. »Nicht mal als Kuhhirt, und wenn die mich ließen in'n Pferdestall schlafen, in ein richtiges Bett. Dann lieber gleich direktemang nach Afrika. Da hab ich auch kein Bett gehabt.«
»Nun lügst du aber!« Martin sprang auf. »Nun glaub ich dir gar nichts mehr. Nun sag auch gleich, daß du

Kaiser von Afrika gewesen bist.« Er nahm sein Sieb und seine Armbrust und wendete sich zum Gehen.
»Bin ich auch.«
Das war auch den anderen zuviel. »Na, nicht direkt Kaiser. Aber König. So gut wie König.«
Martin versuchte, alle Verachtung in sein Gesicht zu legen. »Lügenkönig, Lügenkönig, das kann sein!«
»Wo jeder weiß, daß ich das Lügen auf den Tod nicht leiden kann? Da wirst du einmal andern Sinnes sein, Martin.«
»Dann hättste das schon lange erzählt.«
»Weil daß ich nicht darüber sprechen tu. Das ist ja auch viele Jahre her. Was sage ich, Jahre, Jahrende ist das her. Da fuhr ich als Matrose. Da kam ich nach Afrika. Aber ihr dürft davon nichts sagen. Ehrenwort?«
Sie gaben alle ihr Ehrenwort.
Nur Martin zögerte etwas. »Wenn's aber Lügen sind, gilt das Ehrenwort doch nicht!«
»Dann geh weg. Ehrenwort gilt immer. Auch bei Lügen. Dafür bin ich König gewesen, daß ich das weiß.«
Martin zog vor, dazubleiben.
»Da kamen wir mal wieder nach Afrika. Da sind lauter Schwarze. Aber das ist ja man bloß äußerlich. Innewendig, da sind sie Menschen wie wir. I — sogar besser. Dieweil das bei uns oft umgekehrt ist. Ich mein, da sind die Menschen äußerlich alle ganz weiß und innewendig oft viel schwärzer als 'n Deika. Aber der Herr hat sie alle gemacht. Sein Wille geschehe. Weiße sind da auch in dem Afrika, bloß die zählen nicht. Die zählen höchstens, was die Schwarzen anbringen. Da haben wir ihnen öf-

ters falsches Geld gegeben, denn es sind ja man bloß Heiden, sagte unser Kapitän.«
Martin fand, dann hätte man sie doch bekehren können.
Aber Krischan schüttelte den Kopf. »Bei Christen ist das Anschieten doch eine Sünde.«
Dem widersprach Traugott. »Uns Vater sagt aber, Uhrmacher Löpelmann hat ihn mit der Taschenuhr angeschäten. Und mein Vater ist doch wohl ein Christ.«
»Ja, mein Jung, ist aber auch Uhrmacher Löpelmann einer? Siehst du? Nun hatten wir ja auch da in Afrika für die Schwarzen keine Uhren. Da ich gut mit ihnen reden konnte, hat mich unser Kapitän mal dagelassen. Das war zuerst mächtig graulig, als das Schiff abfuhr und ich da so allein saß in dem Afrika. Ich sollte in der Zeit, bis das Schiff wiederkam, alles so vorbereiten. Schiet sie man tüchtig an, hatte der Kapitän noch zu mir gesagt, sonst schiet ich dich an und laß dich für immer in Afrika! Zuerst war mir das nu sehr schenierlich mit den Schwarzen.«
»Oach!« Johannes verstand Krischan nicht. »Wenn die so dumm sind und lassen sich anschieten?«
Doch Krischan hatte etwas anderes gemeint. »Ich meine doch, dieweil daß sie alle so nackigt herumlaufen. Auch die Frauensleut. Aber da gewöhnt man sich an.«
Martin wurde rot, er dachte an den Vormittag und daran, was der Pastor gesagt hatte wegen des nakkigten Badens mit Ulrike.
»Siehe, ich hab sie wohl nicht genug angeschäten, denn als das Schiff wiederkam, da ließ mich der Kapitän nochmalen da und diesmal für 'ne lange Zeit. Damit du es wiedergutmachst, sagte er. Na, da hab

ich sie denn wirklich angeschäten. Aber dann haben sie es gemerkt. Und dann haben sie mich eingespunnt.«
»Wer?«
»Na, der König.«
Jetzt hatten sie ihn.
Gleich drei Mann fuhren auf. »Nu hast du doch gelogen: Vorhin hast du gesagt, du bist der König gewesen.«
»Da werd ich eben nicht weitererzählen. Wo ich das verdammte Lügen in den Tod nicht ausstehen kann.«
»Erzähl man ruhig«, sagte Martin gelassen, »wir kriegen dich schon.« Und lag weiter auf der Lauer.
»Da machten sie eine Revolutschon gegen den König. Dieweil er mich eingespunnt hatte und sie Angst hatten von wegen dem Kapitän. Welche, die wollten auch ihre Sachen an mich loswerden. Da hörte ich das viele Tage lang in meinem Gefängnis. Da machten sie das Gefängnis auf. Ich dachte in meinem Sinn, nu kommen sie und schlagen dich tot und fressen dich auf mit Haut und Haaren.«
Er machte eine Pause und sah seine Zuhörer der Reihe nach an. Sie waren ganz still geworden. Bloß Johannes stieß hervor: »Haben sie dich aufgefressen?«
»Nein«, entgegnete Krischan, »sie waren ja schon christlich, und da heißt es wie bei uns: Du sollst nicht töten! Wenn nicht grad Krieg ist. Dann gelten die Gebote nicht. Da setzten sie den König ab. Der ließ sich aber nicht absetzen, obwohl daß es eine Revolutschon war. Da haben sie Krieg miteinander gemacht. Da durften sie töten. Immer so mit Spieße und Keulen und vergiftete Pfeile. Da hab ich

noch eine Narbe von. Guckt sie euch man ruhig mal an!«
Die Jungens sprangen alle auf und verlangten sofort, die Narbe zu sehen.
Krischan erzählte eifrig weiter: »Da kam unser Schiff, und da ließ der Kapitän den König, der da wieder anscharwenzelt kam, absetzen. Die andern kriegten was mit dem Päserick, den der König als ein Zepter hatte. Dann ist das jetzt euer König, sagte der Kapitän und zeigte auf mich. Da blieb ich noch eine Reise da und hab sie gut und christlich regiert.«
Er schwieg und sah wieder in die Weite.
Sie wollten wissen, ob er ein Schloß gehabt habe und warum er nicht dageblieben sei.
»Dieweil ich doch eine Braut hatte in Deutschland.« Krischan sagte das mehr für sich und erschrak, als es heraus war.
»Und die Krone, und die Schätze, und das viele Geld, haste das alles versoffen?« Johannes war erstaunt über so viel Dummheit, daß einer wegen einer Braut eine Krone und ein Schloß im Stiche ließ.
»Jawoll«, bekannte der alte Hirte, »bloß man erst viel später.«
»Ist ja doch alles Schwindel!« Martin stand wieder auf. »Gar nichts glaub ich davon, wenn du nicht die Narbe zeigst.«
Krischan war in seiner Ehre gekränkt. Er zog die Fetzen seiner Wollweste aus und klappte das Hemd von der rechten Schulter. Wirklich, da lief durch die welke Haut seines mageren rechten Armes eine lange Narbe. Sie befühlten sie alle und nickten sachverständig. Die Geschichte stimmte also doch. Wissen wollten sie noch, ob mit einem Messer oder mit einem Speer. Und wie tief.

»Mit einem vergifteten Speer. Und so tief!« Er zeigte hinten herum bis an die Schulter. Aber da war nichts zu sehen.
»Kann ja auch von einer Schlägerei sein«, sagte Martin zweifelnd. »Kriebows Heinrich hat auch so eine, da hat ihn einer aus Bertikow bei der Kontrollversammlung gestochen.«
»Ich hab auch eine«, rief Traugott stolz, zog sich die Hose runter und zeigte sein Hinterteil. Da ging querüber eine dicke rote Narbe, er hatte sich mal in der Scheune runtergelassen und war auf die Strohlade der Häckselmaschine gefallen, und in der Lade unterm Stroh hatte das abgeschraubte Häckselmesser gelegen.
Krischan sah mit Verdruß, daß sie noch immer zweifelten. Da zog er sein Hemd ganz vom Oberkörper, und nun sah die Sonne etwas, was weder sie noch ein menschlich Auge seit vierzig Jahren gesehen hatte. Auch Krischans Auge nicht, denn er wusch sich nie. Sie sah den mageren Körper eines alten Mannes, eine von grauen Haaren büschelweis besetzte klapprige Brust und auf dieser Brust und dem linken Arm lauter Tätowierungen, noch ganz schön zu erkennen.
»Und was ist das hier?« fragte Krischan und polkte ein Haarbüschel auseinander, das wie Gras über die Trümmer eines Ruinenfeldes gewachsen war. Da war kein Zweifel mehr möglich, das waren Palmen, wie sie sie vom Umschlagdeckel des »Dogen von Venedig« kannten, und daneben ein Löwenkopf, und auf der anderen Seite eine dicke schwarze nackte Frau.
»War das deine Königin?« fragte Martin.
»Ach«, Krischan versuchte etwas verlegen das Hemd wieder hochzuziehen, »man so.«

Hermann Wendland taxierte sie. »Mensch, die hatte aber ihre zweieinhalb Zentner Lebendgewicht!«
»Ja«, sagte Krischan, »da in Afrika, da tragen sich die Frauensleut so.«
»Und denn nischt an, die ollen Schweine?« Traugott begriff das nicht. »Da kannste andern was erzählen, daß das Christen sein sollen. Die sollten man so zu Pastor Breithaupt in die Kirche kommen.«
»Was is'n das?« fragte Johannes und tippte auf ein anderes Bild, »is das dein Schiff?«
In Krischans kurzsichtige Augen trat ein bißchen Glanz.
»Und da auf'm Arm das Haus?«
»Das ist Amerika. Da bin ich auch gewesen.«
Weiter runter zum Bauch war noch ein Walfisch zu sehen, und Krischan erklärte ihnen: »Da bin ich auch mal bis zum Südpol gewesen. Da haben wir Walfische gefangen. Da kam mal einer an —«
»Mensch, auf'm Buckel hat er auch was!« Johannes war auf Entdeckungsfahrt gegangen und betastete sorgsam mit dem Fingernagel das Gemälde da hinten. »Lauter Mädchens, mit Schlangen drumrum!«
»Gehste da weg?« schimpfte Krischan wütend. »Das da hinten geht euch Rotzjungens einen Dreck an.«
Aber er mußte doch stillhalten, als nun auch die anderen nach hinten flitzten.
Und so saß er denn da auf der Wiese, unter einer Weide, und die Sonne besprenkelte den alten, müden Leib mit richtigen goldenen Talern. Saß wie ein indischer Lehrer unter seinen Jüngern, die auf eine ganz ungewöhnliche Art Geschichte, Geographie und Liebe lernten.
»Warum haste dir denn die Mädchen alle auf'n Rükken raufmalen lassen?« wollte Hermann wissen.

Krischan zuckte mit den mageren Schultern, ehe er antwortete, und in sein Gesicht trat Enttäuschung. »Damit, daß sie mir rascher konnten den Buckel runterrutschen.«
»Aber da vorne haste auch noch eine«, sagte Martin und piekte auf Krischans linke Brustseite.
Er zog rasch das Hemd hoch. »Die laß, Martin! Die hat mir mein Inwendiges aus der Brust gefressen.«
»Das ist wohl deine Braut aus Deutschland gewesen?« Martin hatte sich sein Teil gedacht, als er da noch ein Herz mit einem Pfeil sah. Anna hatte im Gesangbuch ein Lesezeichen, mit einem Herzen aus Vergißmeinnicht und einem Pfeil mittendurch, und darunter stand »Liebe«.
Krischan nickte. Es war ja nun egal. Er schwamm mit seiner Stimmung fort.
»Haste se denn geheiratet?« fragte Traugott.
Krischan nickte wieder.
»Und nun is se tot?« Das war Johannes.
Der alte Hirt erschrak. »Ach so, ja. Is ja nu egal. Als ich da mal wiederkam aus Afrika, da hatte ein anderer sie verjuchheididelt. Und das Gör war gar nicht meins.«
»Da haste sie rausgeschmissen, nich?« Johannes war sehr für Moral in solchen Dingen.
»Warum wischst du das Bild denn nicht aus?« fragte Martin.
»Geht doch nicht!« Krischan guckte ganz kläglich auf seine Brust: »Das kriegste nie nich mehr weg. Das trägste dein Leben lang mit dir rum. Das nimmste mit in dein Grab. Angst hab ich bloß, daß ich so mal soll vor unsern Herrgott treten. Da müßt ich mich doch zu Tode schämen, als Engel mit so was an einem verklärten Leib.«

Johannes, der gewillt gewesen war, sich den ganzen Leib tätowieren zu lassen, wenn man dadurch König werden konnte, stutzte einen Augenblick. Dann hatte er es: »Ach, da haste ja dann ein weißes Hemd an.«
»Wenn ich nu aber nich in den Himmel komm?« Krischan sah ihn unsicher an. »Dann hab ich auch kein weißes Hemd an.«
Johannes zuckte sachlich die Schultern, wie die Großen das auch bei ernsten Dingen tun.
»Ach, dann kommste in die Hölle. Bei den schwarzen Biestern, da isses doch ganz egal, wie du aussiehst. Und wenn sie dich braten, dann geht das mit weg.«

Die Titanen

Die Erzählungen von Krischan hatten alle Jungens nicht schlafen lassen. Hermann Wendlands Phantasie war von den dicken schwarzen Weibern entzündet. Traugott Fibelkorn grübelte über den abgesetzten König, Johannes träumte von Krone und Gold, und Martin konnte die treulose deutsche Braut nicht begreifen. Jeden Tag würde er sich Ulrikens Bild auf die Brust tätowieren lassen und sein Leben lang tragen, und es wäre nur gut, daß man es nicht wieder abwaschen konnte. Bloß, wie sollte er sich ein reines Hemd anziehen, ohne daß Mutter die Geschichte zu sehen bekam? Mit Vater am Brunnen waschen konnte er sich dann auch nicht mehr. In einem dachten die vier Jungens das gleiche: daß es wunderbar sein müßte, so hineinzufahren in die Welt! Für Johannes stand es fest, gleich nach der Einsegnung würde er türmen. Wenn Krischan doch sterben möchte oder im Frühling nicht wiederkommen, dann könnte er nächstes Jahr schon die Kühe hüten. Denn die Laufbahn zum König begann für Johannes mit dem Amt des Kuhjungen in Kummerow.
»Ja«, sagte Martin, »und nachher biste froh, wenn sie dich für das bißchen Fressen die Kühe hüten lassen in Kummerow. Und wo bleibste im Winter, und es ist kalt, und du bist ein alter Mann wie Krischan?«

Johannes wußte es. »Ich wär da in Afrika als König geblieben. So dumm wie Krischan und fährt da weg! Wegen ein Mädchen.«
»Und wenn sie da nun Revolution machen, he? Reißt du da nicht aus, dann kommste auf die Guillotine. Schwuppdiwupp, und ab ist der Kopf.«
Da Johannes nicht wußte, was eine Guillotine ist, hatte er auch keine Angst davor. Auch hatte er vor Krischan eine Altersversicherung voraus. »Ich bin doch von hier, Krischan ist das nicht. Den dürfen sie im Winter immer rausschmeißen, mich aber nicht. Ich fall dann der Gemeinde zur Last, und sie müssen mich ins Armenhaus nehmen wie Großvatern.« Ja, die Armut erzieht nicht immer Rebellen gegen eine Ordnung, die Armenhäuser und Schlösser baut; und Kirchen, in denen den Bewohnern beider so unterschiedlicher Gebäude der gleiche Himmel verheißen wird. Und es war auch hier nicht Johannes, sondern Martin, der zweifelte, ob das wirklich Gottes Wille sei oder ob das nur Menschen, die nicht in Armenhäusern wohnten, so sagten. War es aber nicht Gottes Wille, warum ließ Gott es sich vom Grafen und vom Pastor und vom Schulzen gefallen?
»Frag lieber, warum es sich die Menschen gefallen lassen«, hatte der Vater geantwortet.
»Die sind doch nicht allmächtig wie er!« Martin war nun mal für Gründlichkeit.
»Auf Erden sind die Menschen sogar mächtiger als er.« Und als Martin den Vater nicht verstand, setzte der hinzu: »Die machen ihm doch sogar seine Gebote!« Da war die Mutter hinzugekommen, und Gottlieb Grambauer hatte es für richtiger gehalten, das Thema fallenzulassen. Sein Junge konnte es nicht so ohne weiteres fallenlassen, in ihm war es als

Zweifel hängengeblieben: Vielleicht ist er gar nicht so allmächtig, wie das von Pastor und Kantor immer behauptet wird? Man müßte es mal herauskriegen. Da wird immer gesagt, ein Gewitter sei ein Zeichen, daß der liebe Gott grolle, weil wieder etwas versiebt worden war. Und da alle Christen ein schlechtes Gewissen haben und somit nicht wissen, wem von ihnen das Grollen gilt, hält es jeder für richtig, entweder zu beten, das Gewitter möge vorübergehen, oder aber man unterläßt es wenigstens, zu essen oder zu schwatzen. Gibt es doch landein, landab ein Stoßgebet:

Den Leser laß lesen,
den Schläfer laß schlafen,
den Fresser schlage tot!

Auch Martin Grambauer hatte früher geglaubt, der liebe Gott richte sich nach diesem Sprichwort, bis sein Vater ihn auch da ausgelacht und gesagt hat, es fiele dem lieben Gott nicht ein, einen hungrigen Menschen totzuschlagen, wenn der die Gewitterpause ausnutze und sein Vesperbrot verzehre. Und um den zweifelnden Sohn zu überzeugen, hatte Vater Grambauer dem entsetzten Martin etwas vorgegessen. Nun ja, es war nichts passiert, aber kann doch auch sein, nur deshalb nicht, weil der liebe Gott gerade in einer anderen Gegend zu tun hatte. Martin war entschlossen, gelegentlich einmal Klarheit in die Sache zu bringen.
Nun war diese Gelegenheit gekommen. Das Gewitter hatte die unter Aufsicht von Vater Bergfeld arbeitenden Kinder überrascht, und sie waren allesamt in die Roggenstiegen geflüchtet. Dort saßen sie nun

und erzählten sich schreckliche Gewittergeschichten, und die Mädchen krochen immer dichter zusammen. Martin, Johannes und Traugott waren eigentlich nur zufällig dabei, sie hatten gestromert und waren, als es losging, den flüchtenden Kindern nachgerannt. Vollgestopft war die Roggenstiege, und als Johannes bekannte, er glaube nicht an den Schwindel mit dem Totschlagen, wenn einer im Gewitter äße, er hätte man bloß keine Stulle bei sich, da fühlte Martin sich stark genug, seine Stulle aus der Tasche zu ziehen und hineinzubeißen. Aber ihm blieb der Bissen im Halse stecken, so bumste es, und die Mädchen schrien laut auf, und Lisbeth Zühlke betete rasch eins runter. Vater Bergfeld aber griff zu, entriß Martin die Stulle und warf sie aus der Stiege. »Meinst du, ich laß mich wegen eines gotteslästerlichen Bengels totschlagen?« spektakelte er dabei.
Vielleicht hatte der Himmel nur wegen dieser frommen Haltung des Aufsehers ein Einsehen und ließ es mit ein paar furchtbaren Donnerschlägen bewenden. Die meisten der Kinder waren jedenfalls froh darüber, einige allerdings hätten auch gern gesehen, was mit Martin passiert wäre, hätte er weitergegessen.
Und nun war das Gewitter zurückgekommen. Mit einem Male sozusagen war es wieder da. Die beiden Mädchen Lisbeth Zühlke und Martha Rettschlag liefen diesmal zu einer Strohmiete, weil sie nicht wieder mit Martin Grambauer zusammen an einer Stelle weilen wollten, denn das wußte man: Kommt ein Gewitter zurück, so ist es auf einen Bestimmten abgesehen, und das konnte nur Martin Grambauer sein. Und da waren nun Martin und Johannes und

Traugott auch wieder gerannt gekommen und ebenfalls zur Strohmiete. Es blieb daher den beiden Mädchen nur übrig, dasselbe zu tun, was die anderen Kinder machten, die auf dem Wege zur Miete gewesen waren, nämlich schreiend umzukehren und woanders Schutz zu suchen. Sie rannten zur nächsten Strohmiete, hinter der schon einige Tagelöhner standen.

Traugott und Johannes hatten den Mädchen zuerst nachgelacht, als aber ein Donnerschlag, der knisterte und knasterte, antwortete, sahen auch sie etwas vorsichtiger auf Martin. Der tat weiterhin gleichgültig, doch geheuer war ihm auch nicht. Zum Glück wurde es nicht schlimmer mit dem Gewitter, so daß sie bald ihre Traute wiederfanden. Abziehen aber wollte das Gewitter auch nicht. Sie nutzten die Zeit, indem sie nun wieder Gewittergeschichten erzählten. Diesmal war es Johannes, der die anderen überbot. Er futterte nicht nur eine Kalit leer, die Lisbeth liegengelassen hatte, er erbot sich auch, Martins und Traugotts Hasenbrot zu verzehren. Großspurig setzte er sich an die Öffnung der Miete, und bald war es so weit, daß er immer dann einen Happen in den Mund steckte, wenn es krachte. Es war herrlich, so die Schicksalsmächte herauszufordern und seinen Mut zu beweisen. Schade, daß keiner der Großen dabei war.

Traugott erzählte, daß mehr noch als die Fresser die Spötter getroffen würden, da ließe das Gewitter wirklich keinen übrig. In Bietikow hätte neulich einer gesagt: »Petrus schiebt Kegel!« und gleich — zisch, bums — da lag er und war ganz schwarz.

Martin Grambauer war durch seinen Vater, der bei jedem Gewitter extra hinausging, so weit über die

Hintergründe dieser unangenehmen atmosphärischen Vorgänge unterrichtet, daß er sie nicht mehr mit Gott und Teufeln und Geistern in Verbindung brachte. Ein Gewitter war ja bloß schlechte Luft und Elektrizität, und Blitze konnten von Metall und von nassen Menschen angezogen werden, aber nicht vom Essen und Spotten. Als er seine Weisheit mit überlegener Ruhe den beiden Kameraden zum besten gegeben hatte, verlangte Traugott, dann könnte Martin ja ruhig mal anfangen zu spotten. Der erbot sich auch gleich dazu. Doch nun wollte Traugott nicht, er hatte keine Lust, mit totgeschlagen zu werden. Johannes überlegte es sich länger. Er glaubte zwar auch nicht an Gottes Hand im Gewitter, aber er hätte auch gern gesehen, was geschehen mochte, wenn einer spottete und diese Hand sauste herab. Da er das gern erleben wollte, konnte er sich selbst nicht der Gefahr aussetzen. Er schlug Martin vor, doch aus der Höhle hinauszukriechen und draußen zu spotten; wenn er hier bei ihnen säße, könnten die Geister am Ende nicht Ernst machen, weil sie keine Unschuldigen umbringen dürfen. Unschuldige, jawohl, das sagte Johannes Bärensprung.
Martin wehrte sich gegen eine Absonderung, und er wußte, es war nicht ganz ehrlich, daß er allein den Regen als Grund anführte. Der Regen, der hielt ihn ja sonst auch nicht ab. »Da kannste dich ja ausziehen«, sagte Johannes auch schon, »die Sachen, die läßte hier bei uns!«
»Und wenn es mich doch trifft?« Martin glaubte zwar nicht daran, aber er wollte es auch lieber nicht versuchen. Essen, das war in keiner Bibel verboten, Spotten war aber überall als Sünde angezeigt.

»Oach«, sagte Traugott, »wenn es dich totgeschlagen hat, dann ist es doch egal!«
»Aber uns' Mutter und die andern – ich hab dann doch nichts an!« Martin sah bereits, er würde die Geschichte mit dem Regen fallenlassen müssen.
»Dann ziehen wir dir nachher die Sachen wieder an«, tröstete Johannes den Freund. Eine Zeit noch stand Martin unentschlossen, es war dumm, daß gerade jetzt so recht tolle Schläge knallten. Und immer gleich nach einem Blitz, manchmal auch Blitz und Donner zusammen, und der Regen wie Strippen. »Er hat Schiß«, beurteilte Traugott das lange Zögern von Martin.
Das war zuviel. Martin Grambauer rutschte bis in die Öffnung der Höhle und streckte seine rechte Hand hinaus. Zischplischrabautzbummrattattarirrr – wie reingepustet flog Martin zurück.
»Siehst du!« Es war ausgerechnet Johannes, der diese nachträgliche Warnung aussprach. »Von wegen bloß schlechte Luft und Lektizität! Dieser eben war schon ganz anders als die andern, nicht wahr, Traugott?«
Traugott bestätigte es und setzte noch einen Trumpf hinzu. »Wo sie überall das sagen, von wegen, daß der liebe Gott brummt. Meinst du, da wären sonst die Gebete im Gesangbuch, die bei Gewitter gelten, he? Bloß dein Vater, der weiß ja immer alles besser. Weil er nicht in die Kirche geht!«
Ihn mochten sie geringschätzen, daß er in dem Gewitter nichts Übernatürliches sah und daß er sich trotzdem nicht so recht getraute, zu spotten und die Macht der Hinterirdischen zu erproben. Aber er durfte nicht zugestehen, daß er nun, da es

Ernst wurde, ihrer Meinung vom Gewitter mehr glaubte als der seines Vaters.
Es war eine schwere Entscheidung, denn sie verlangte den Einsatz des ach so jungen Lebens. Martin Grambauer lauschte nach draußen, ob ihn das Gewitter nicht selbst der Entscheidung enthob, indem es sich davonmachte. Es dachte nicht daran. Wenigstens schwächer könnte es doch werden — ach, es hörte sich eher an, als wollte es nun erst recht heraufkommen. Martin Grambauer machte sozusagen noch einmal inwendig Inventur und kam dabei zu der Überzeugung, der liebe Gott dürfe ihn nicht totschlagen, wenn er als ein mutiger Mann erprobe, was an der Geschichte Wahres sei, denn er war sonst immer ein frommer Christ gewesen und außerdem Kirchenjunge. Aber da durchfuhr es ihn mit neuem Schreck, und ein besonders heller Blitz erleuchtete ihn: Das war es ja gerade, das mit dem Frommsein! Fromm kann der Mensch bleiben, auch wenn er ißt, denn essen muß er ja, auch Herr Jesus hatte gegessen und alle seine Jünger. Darum hatte es ihn vorhin verschont. Nun aber sollte er spotten, und wer fromm war, durfte nicht spotten. Da saß also der Haken. Wenn er spottete, war er eben nicht mehr fromm und hatte seinen Schutz aufgegeben.
Martin Grambauer war schon bereit, sich ruhig als Feigling und Prahler ausschimpfen zu lassen, als Johannes sich erbot, wenn Martin zuviel Angst habe, wolle er den Versuch mit dem Spotten machen. Nur mußten sie ihm das Ehrenwort geben, daß sie nachher, wenn es ihn totgeschlagen hatte, nicht im Dorfe erzählten, daß er gespottet habe, da sonst der Pastor ihm vielleicht das Begräbnis verweigere und ihn an der Mauer begraben lasse. Und auf ein ordentliches

christliches Begräbnis mit Läuten und Singen wollte Johannes Bärensprung nun mal nicht verzichten. Etwas muß der Mensch schließlich vom Leben haben. Das Beginnen Johannes' erweckte Martin aus seinen Kämpfen, und er sah wieder klar seine Aufgabe, zu der Aufklärung des Vaters zu stehen. »Ich tu es!« sagte er schlicht und kroch an den Ausgang, hängte auch gleich die Beine hinaus. Es geschah nichts, als daß diese Beine naß wurden, da sie aber ohne Strümpfe und Schuhe waren, machte das nichts. »He, Mensch!« schrie Johannes. »Nu mußte doch feste spotten!«
Ja, das war richtig, man mußte ja die Mächtigen sozusagen herauskitzeln. Aber da stellte sich ein ganz unerwartetes Hindernis ein, an das Martin am wenigsten gedacht hatte: Er konnte nicht spotten, er wußte nicht ein einziges Wort, das als Spott gegen die Himmlischen oder Höllischen zu verwenden gewesen wäre! Und nun, da sie so davor saßen, wußten auch die beiden andern keins. Traugott fand es: »Denn sag das mit dem Kegeln, was den in Bietikow totgeschlagen hat!«
Martin warf einen Blick an den schwarzen Himmel, wartete ab, bis ein Blitz das Dunkel zerriß und das Krachen verebbte – nun konnte der da oben nicht gar so rasch wieder ausholen –, und sagte, nicht gerade sehr fest, aber rasch: »Petrus schiebt Kegel!«
Es erfolgte nichts, ja es schien sogar, die Pause bis zum nächsten Blitz und Schlag dauerte länger als bisher. Aber vielleicht schien ihnen das auch nur so, denn dieser Schlag mußte ja nun alles entscheiden. Endlich kam er, war nicht besonders stark und ließ alles unberührt. Johannes behauptete zwar, es hätte drüben in der hohen Pappel eingeschlagen und sich

somit nur ein bißchen in der Entfernung verrechnet, aber das war egal, die da oben hatten sich jedenfalls den Spott gefallen lassen.
»Denkste«, warnte Traugott, »die können dich immer noch treffen.«
Allein, da hatte Martin auch Johannes' Zustimmung, daß das eine himmlische Hinterhältigkeit wäre: »Das gilt nicht mehr, da muß Martin erst neu spotten!«
Der ließ sich das nicht zweimal sagen, sogleich wiederholte er die Feststellung vom kegelnden Petrus, und wenn er auch bei »Ke-« abbrach, weil da schon ein Mordsschlag erfolgte, so war er doch frech genug, das »Kegeln« zu wiederholen, als er festgestellt hatte, daß er noch lebte. Er sah die Freunde triumphierend an: War er nun ein Held, oder war er kein Held? Und Anerkennung und Lob erst machen den Lohn.
Johannes bestätigte es ihm, Traugott hatte einen gewichtigen Einwand: »Vielleicht haben die da oben dich in der Miete man bloß nicht gesehen!«
Wie es nun so ist: da der erste schwererrungene Erfolg immer, so auch in der Laufbahn des Spötters, schon die nächsten drei Erfolge mitgezeugt hat, kannte Martins Draufgängertum keine Grenzen mehr. Im Nu hatte er die Kleider abgeworfen und war aus der Miete geklettert. Was braucht ein Held den Schutz einer Strohmiete, nackt und bloß stellt er sich dem Feind, da, hier bin ich, nun komm an! Martin richtete den langen, mageren Jungenkörper, auf den der Regen von allen Seiten herniederpladderte, gerade und hoch auf, hob auch noch das Gesicht gegen die schwarze Nacht da oben, und als nichts geschah, sagte er seinen Spottvers auf. Es blitzte,

knallte und rumpelte, aber Martin Grambauer hatte dabei nur seine titanische Aufgerecktheit verloren, sonst nichts. Als er das bemerkte, fing er an, im Regen umherzutanzen und den Vers nun schon mitten in die Blitz- und Donnerschläge hineinzusagen. Er steigerte sich an der eigenen Bewunderung seiner Kühnheit immer mehr in ein mutiges Vorhaben hinein, streckte den schwarzen Wolken die Zunge heraus, drohte ihnen mit der Faust, wagte sich immer weiter aufs Feld und lief schließlich tanzend rund um die Miete.

Gerade als er wieder einsteigen wollte, kletterte Johannes heraus, auch ganz nackt, er wollte ebenfalls ein mutiger Held sein und dabei seine lumpigen und nassen Sachen schonen. Und da Johannes es draußen noch ärger trieb mit Worten und Gebärden als Martin und auch nicht totgeschlagen wurde, hielt es auch Traugott für gefahrlos, sich dem Kampf mit den finsteren Gewalten zu stellen. Und bald tanzten drei nackte Bengels, drei kleine Faune, übers Feld, standen kopf, schlugen Rad und sahen in ihrem wilden, heidnischen Treiben gar nicht, daß das Gewitter rasch nachgelassen hatte.

Sie sahen auch nicht, daß vor der anderen Miete die Tagelöhner und die kleinen Mädchen standen, verblüfft herüberstarrten und allerhand zornige Worte riefen. Erst als Vater Bergfeld, nachdem er sich gewissenhaft vom Abzug des Gewitters überzeugt hatte, einen Sack als Kapuze überm Kopf, herangestakt kam und mit wildgeschwungenem Stock auf die greulichen Gotteslästerer schimpfte, wurden sie aufmerksam. Johannes war fixer als der Blitz in der Höhle, warf die Kleider der Freunde und seine eigenen hinaus, und als Vater Bergfeld an der Rückseite

der Miete anlangte, hatten sie ihre Sachen zusammengerafft und eilten schon in langen Sprüngen über das Stoppelfeld davon, noch immer nackt, die Kleider überm Arm.
Ein paar hundert Meter weiter wollten sie in eine Stiege kriechen und sich anziehen, da zerriß der Wind die schwarzen Wolken, und, ist es möglich, sogleich schmiß die Sonne einen ganzen Arm voll Licht und Wärme auf die sündige Erde und drei nackte, nasse Jungens. Mit einemmal dampfte das ganze Feld, die Stiegen und Mieten, und alles lag in goldigem Schein, und lange goldene Schärpen hingen vom Himmel herab. Alles aus dem einen Loch in der Wolke, das immer größer wurde, und wenn einer nicht gewußt hätte, was vorgegangen war, er hätte reinweg glauben müssen, dort oben sitze der liebe Gott und gucke hindurch und halte sich den Bauch und lache aus Leibeskräften.
»Dieses hätt einer denken können«, berichtete am Abend oll Bergfeld, »wenn wir allein auf dem Feld gewesen wären. Aber da er diese sündigen Böcke mit beschien, akkerat diese jungen Sünder, die mit nackigtem Leib unsern Herrgott in seinem Zorn verspotteten und ihm ins Angesicht tanzten wie eine Rotte Komorra, da ist es wohl erwiesen, daß es der Antichrist gewesen ist, der gelacht hat!«
Der alte Bergfeld machte mit seinem lachenden Antichristen das ganze Dorf verrückt. Am andern Tag kam der Pastor in die Schule und untersuchte den Skandal. Aber die drei Sünder hielten dicht, sie erzählten nichts von dem Spotten, und da die andern keine Zeugen dafür hatten, konnte es auch verborgen bleiben.
Und das sündhafte nackigte Ausziehen und Tanzen

im Gewitter? »Weil doch unsere Sachen vorher naß gewesen sind«, sagte Traugott, »und die sollten trocknen!« Und das Tanzen draußen? »Weil wir doch gefroren haben«, antwortete Johannes, »direkt gebibbert!« So, und die Gliederverrenkungen und das Drohen gegen den Himmel? Pastor Breithaupt sah Martin an: »Schickt sich das für einen Kirchenjungen?«
Martin fühlte, er saß fest. »Ich habe ja bloß gegen die alte dämliche schwarze Wolke gedroht! Die ist doch kein Himmel! So voll schlechter Luft und Blitz und Wasser, das ist doch alles bloß schwerer Schaden bei der Ernte! Das ist doch dann das Böse und eher aus der Hölle und kein Himmel!«
»So«, sagte der Pastor, »sieh mal an! Hast du nicht gelernt, daß Gott die ganze Welt geschaffen hat? Also auch die schwarzen Wolken mit Donner und Regen? Und daß er sich ihrer bedient, die Sünder zu strafen! Auch in der Ernte?«
Vor Martins Augen trat ein Bild von einer Ernte und zauberte in sein Gesicht ein Lächeln.
»Warum lachst du?« donnerte der Pastor.
»Ich lache ja gar nicht, Herr Pastor!«
»Aber du grienst! Antworte, warum?«
»Ich habe gedacht — vergangenes Jahr, als wir zusammen draußen Roggen geholt haben — Herr Pastor und Ulrike und Frida und bei uns unser Vater und Anna und ich. Da ist auch so'n Gewitter gekommen wie gestern. Und da haben wir doch alle unter unserm Wagen gestanden, weil Ihrer doch leer war. Und da ist doch aus solcher schwarzen Wolke so'n Wolkenbruch gekommen, Vater sagte, eine Windhose. Und die hat akkurat Ihren Acker getroffen, Herr Pastor, hat die Stiegen umgeschmissen und wegge-

tragen, und Ihre Pferde sind noch durchgegangen. Bei uns aber, dicht dabei, ist weiter gar nichts passiert.« Martin Grambauer schwieg, und sein Lächeln erstarb erschreckt.

»Und was willst du damit sagen oder beweisen?« Pastor Breithaupt schien seine Worte von vorhin vergessen zu haben und sah ganz freundlich aus. Das ermunterte Martin:

»Na, wenn der liebe Gott auch in den schwarzen Wolken bei der Ernte ist und die Sünder straft — Sie sind doch ein frommer Mann — unser Vater aber ...«

Vielleicht hätte Martin an diesem Tage seine erste Backpfeife in der Schule bezogen und noch dazu vom Pastor. Aber Hermann Wendland, der neben ihm saß, machte den Blitzableiter. Als er Martin so harmlos die Geschichte herbeten hörte vom Herrn, der da regnen läßt über die Gerechten und die Ungerechten verschont, eine Geschichte, die sie alle im Dorfe kannten, da Gottlieb Grambauer sie ja oft genug erzählt hatte, ahnte er schon die Folgen und haute, als Martin nun bei der Pointe anlangte und zu stocken anfing, mit der Faust auf sein Lesebuch, daß es dröhnte, sagte »Dunnerkiel« und sah seinen Seelsorger ermunternd an: So, nun kleb dem Martin eine! Und da fuhr des Pastors strafende Hand ihm statt Martin ins Gesicht.

Welche Tat nachher den Schulzen veranlaßte, dem Pastor einen Besuch zu machen und sehr energisch Aufschluß darüber zu erbitten, warum sein Junge geschlagen werde, wenn andere mit ihrem frechen Mundwerk die himmlischen Mächte verspotteten.

Kantor Kannegießer aber nahm sich seinen Lieblingsschüler vor und eröffnete ihm, er werde wohl nicht mehr lange Kirchenjunge bleiben, Herr Pastor habe dergleichen schon angedeutet.

»Weil ich nicht an den Schwindel von dem Essen beim Gewitter glaube?« fragte Martin empört. Er hatte auch gleich einen Rat: »Na, da können Sie ja Hermann Wendland als Ersten setzen, der Dussel glaubt alles!« Er reckte sich auf: Wenn schon, denn schon.

Der Kantor hielt es für richtiger, etwas einzulenken. »Erst mal habe ich nichts von dir als Erstem gesagt, sondern von dir als Kirchenjungen. Zweitens handelt es sich nicht um den Unsinn vom Totschlagen beim Gewitter, weil man ißt, es handelt sich um das Verspotten der himmlischen Mächte.«

»Das wissen Sie?« entfuhr es Martin.

»Dein Vater hat ja damit geprahlt, daß ihr gespottet habt. Er scheint direkt stolz auf dich zu sein. Aber das ist falsch, glaube es mir. Nicht nur, weil es deine Mutter betrübt, sondern auch, weil du kein Titan bist, sondern nur ein kleiner Angeber.«

Den Jungen interessierte der Vorwurf, ein Angeber zu sein, gar nicht, um so mehr das neue Wort, das er sein sollte. Ein Titan? Was mochte denn das nun wieder sein? Er fragte.

»Da siehst du«, belehrte ihn der Kantor, »wie wenig du noch weißt. Du solltest also, um etwas in der Welt zu werden, lieber ordentlich was lernen, anstatt solche Verspottungen zu machen. Ein Titan, das ist ein Riese, der sich vor nichts fürchtet und alle Kräfte der Erde und des Himmels herausfordert. Herausfordert, sage ich, nicht verspottet.«

»Herausfordern, das darf er aber, wenn er ein Titan ist? Alle Menschen und auch« — er scheute sich, himmlische Mächte zu sagen — »alle Geister?«

Martin Grambauer beschloß augenblicks, ein Titan zu werden. Wenn man das lernen konnte, wie der Kantor gesagt hat, denn er hatte keine Angst vor der Aufgabe. Und er versprach seinem guten Lehrer, von heute ab noch viel, viel mehr zu lernen. Und es freute ihn, daß Johannes und Traugott dann bestimmt schlappmachen würden.

Der geflügelte Griffel

Als Martin zu Hause verkündete, er wolle nicht Pastor oder Lehrer oder Bauer werden, sondern Titan lernen, erschrak seine Mutter sehr, denn sie wußte nicht, was das für ein Beruf sein mochte, und sie erschrak noch mehr, als Martin es ihr erklärte. Da wären auch andere erschrocken, denn nach dieser Erklärung war ein Titan eine Art Überpastor und Überkaiser in einer Person, beinahe etwas wie eine Art Übergott, einfach ein Mensch, der alles durfte. Und da man das lernen konnte, zweifelte Mutter Grambauer keinen Augenblick, daß ihr Junge es erreichen würde. Aber, so stolz sie auch auf seinen Kopf war, dem er es doch verdankte, sie bekam es mit der Angst, er könnte sich überstudieren. Und nun hatte er auch noch etwas ganz Schweres und Unbekanntes gefunden, das er als erstes für seine Laufbahn als Titan erlernen wollte, und sie sollte ihm sogar das Geld dazu geben. Sie lehnte ab.
Martin Grambauer hatte in der Berliner Zeitung, die sein Vater hielt, ein Ei gefunden, wirklich ein Ei. Es war ein Inserat und sah so aus:

Und darunter stand:

Ein Gesicht – das spricht!

Was steht in diesem Gesicht zu lesen? Die Worte: roh, Ohr, Tor, Ruhr. Was ist das? Das ist der Beweis für die Vortrefflichkeit des Stenographie-Systems Holzhauer. Aus diesen vier Zeichen
— . / gleich: o u r t

setzen sich die 4 Wörter in dem Gesicht zusammen. Bei dieser Stenographie ist es gleich, ob ein Wort auf der Linie, über der Linie oder unter der Linie steht. Weil sie gar keine Linie kennt. Wer stenographiert, hat mehr vom Leben! Leicht erlernbar durch Selbstunterricht. Lehrbuch 60 Pfennig, Lesebuch 60 Pfennig.
Schreiben Sie an den Verlag Karl Holzhauer in Dresden.

Martin Grambauer wollte rascher vorwärtskommen und mehr vom Leben haben, und da Titanen das doch hatten, sah er einen ursächlichen Zusammenhang zwischen ihrer Existenz und der Stenographie; er bat seinen Vater, ihm solch ein Lehrbuch nebst Lesebuch zu schenken. Gottlieb Grambauer war zunächst nicht recht dafür. Er sah nicht ein, warum man eine neue Schrift brauche, da doch so viele Menschen noch nicht einmal gelernt hatten, ihren Namen in der alten Schrift richtig zu schreiben. Aber die Form dieses Inserates machte ihm Spaß. Für so was hatte er Verständnis. Ein ganzer Brief, so geschrieben, mußte putzig aussehen. Außerdem war es ja auch billig: zwei Bücher für zusammen eine Mark zwanzig. Er bestellte.

Als die Sendung eintraf, änderte Gottlieb Grambauer seine Meinung über die Stenographie. Was da gekommen war, waren keine Bücher, sondern zwei dünne Hefte. Womit erwiesen wäre, daß eben alles Schwindel in der Welt sei, auch die Stenographie. Martin jedoch sah nicht auf den Umfang der Hefte, sondern auf den Inhalt und erklärte seinem Vater: »Da in Stenographie alle Wörter und Sätze dünner sind als in gewöhnlicher Schrift, darf auch ein Buch so dünn sein wie sonst ein Heft.« Das hatte sich wohl auch Herr Holzhauer gesagt. Martin setzte sich sofort ans Lernen und hoffte, schon im Besitz dieser ersten Kenntnisse seiner Titanen-Laufbahn, zum mindesten den Pastor herausfordern zu können. Er ahnte nicht, wie sehr ihm das gelingen sollte.
Schwer war das Lernen nun gar nicht, es machte sogar viel Spaß. Auch gab es einem bestimmt ein Ansehen, das hatte er nach drei, vier Tagen schon heraus, zum Beispiel wenn man zu der ältesten Schwester oder zur Mutter sagen konnte: »Was meinst du, was das hier heißt?« Man hatte dann das Wort: rot, Tod, Lohn, Mut oder so etwas geschrieben, da staunten sie einen an. Anna behauptete zwar, das sei alles fauler Zauber, nahm ihm das Geschriebene weg, legte es ihm anderen Tags wieder vor mit der Aufforderung, nun zu sagen, was da geschrieben stehe. Und richtig, er konnte es so schnell nicht wieder entziffern. Aber da half man sich eben mit Raten. Und wenn das Wort »Lohn« heute »Sohn« hieß, so konnten die andern sich ebensogut gestern verhört haben. Außerdem brachte jeder Tag mehr Sicherheit.
Martin prahlte gehörig mit seinem neuen Können, das ihn befähigte, nun allen feindlichen Kräften zu

trotzen und mehr vom Leben zu fordern. Und Ulrike war direkt stolz auf den gelehrten Freund und verlangte, ebenfalls unterrichtet zu werden. Martin zögerte, er hatte nicht gehört, daß auch Frauen Titanen werden konnten. Ulrike hatte jedoch eine schöne Verwendung für das neue Wissen: »Dann kannst du mir immer Briefe schreiben, und keiner bei uns zu Hause kann sie lesen!«
Traugott bewahrte ein paar Tage lang großen Respekt vor dem Können der beiden, starrte bewundernd ein Schriftzeichen an, das »Sonne« heißen sollte und das er in der Schule so ganz anders gelernt hatte. Johannes hingegen, der in der Schule weit hinter Traugott zurückgeblieben war, verlor bald die Ehrfurcht vor dem Besonderen. Mit dem Vertrauen, das er zu sich hatte, wollte er die neue Schrift, die kein anderer lesen konnte, erlernen. Der Satz in dem Inserat, der davon sprach, daß man mit Stenographie rascher vorwärtskomme und mehr vom Leben habe, hatte es ihm angetan. Denn Johannes wollte es zu etwas bringen.
Anfänglich lehnte Martin es ab, den Freund zu unterrichten. Da Johannes aber nicht nachließ und fragte, warum denn arme Kinder so was nicht lernen sollten, was sie weiterbrächte im Leben, und Martin sich erinnerte, von seinem Vater gehört zu haben, dies hätten die Mächtigen und Reichen so ungerecht eingerichtet, gab er nach, und Johannes brachte es in einigen Wochen wenigstens so weit, ein paar Worte zu malen. Ja, er konnte sogar seinen Namen in Stenographie schreiben. Zwar fiel das jedesmal anders aus, und außer Johannes hätte wohl auch der Erfinder der Stenographie, Holzhauer, das Geschriebene nicht enträtseln können, aber das machte für

den Enkel des Nachtwächters Bärensprung nichts aus, der ging genauso stolz umher wie der Student, der soeben seinen Doktor gemacht hat.
Sie kamen auch wirklich schneller vorwärts im Leben, so schnell, daß sie bald für Erwachsene galten und die Tatsache ihrer unscheinbaren Existenz an die große deutsche Öffentlichkeit gehoben wurde. Herr Karl Holzhauer in Dresden hatte an die Bezieher seines Lehr- und Lesebuches ein gedrucktes Schreiben gerichtet und unter Beilegung eines Probestückes zum Bezug seiner »Zeitschrift«, mit Lesestücken in Stenographie, aufgefordert. Diese Zeitschrift brauche der Anfänger unbedingt, auch müsse er sich unterrichten über den Stand der Bewegung in Deutschland, über das Vereins- und Verbandsleben. Unerläßlich sei das, denn nur durch den Zusammenschluß könne das Banner des Systems Holzhauer siegreich weitergetragen werden. Notwendig sei aber auch, daß man nach außen hin immer wieder betone, wer man sei, und daß man das Panier des Systems Holzhauer den Gegnern ständig vor Augen halte. Aus diesem Grunde sei der Erwerb eines Abzeichens — pro Stück sechzig Pfennig — erforderlich. Die Nadel sei ständig am Kragen zu tragen.
Da dieses Abzeichen in natürlicher Größe abgebildet war — eine Gänseschwanzfeder mit Entenflüchten rechts und links, stellte Traugott fest —, konnte Martin das eitle Verlangen nach einem solchen Schmuck nicht unterdrücken. Doch der Vater lehnte ab. Die Monatsschrift wolle er noch spendieren, aber für solchen Unsinn wie Nadeln und Orden habe er kein Geld! Martin wendete sich an seine Mutter, mit dem ganz richtig berechneten Appell an ihren Mutterstolz: daß nämlich in der Stadt und in

ganz Deutschland alle Menschen, die Stenographie können, so ein Kennzeichen trügen, und warum ihr »Doktor« — so nannte sie ihn bisweilen, wenn er über seinen Büchern saß — solche Nadel nicht haben sollte, wo er doch nun sogar ein Schriftgelehrter und Titan werden wollte. Da sie gesehen hatte, an diesem Lernen würde er sich nicht übernehmen, machte doch sogar Johannes mit, konnte sie nicht nein sagen und spendierte die sechzig Pfennig. Als Martin die Nadel zum erstenmal trug, hatte auch der Vater nichts mehr dagegen. Er fragte nur hämisch, ob er solche Orden nicht auch als Abzeichen für seinen Geflügelzüchterverein bestellen könnte. Das sagte er wegen der Feder und der Flüchten.

Mehr als der Besitz stenographischer Kenntnisse packte das Verlangen nach einer Nadel nun auch Ulrike. Sie brachte eines Tages die sechzig Pfennig an, die dazu gehörten, und der Freund bestellte auch ihr eine Nadel. Sie kam mit einem Schreiben des Herrn Holzhauer, in dem er dringend riet, gleich ein Dutzend Nadeln zu bestellen, dann könnte er sie mit fünfzig Pfennig liefern. »Siehst du«, sagte Johannes, »dann kann ich auch eine kriegen.« Aber er hatte die fünfzig Pfennig noch nicht. Traugott brachte die fünf Groschen für seine Nadel auf, und als Mutter Grambauer dazukam und Johannes ihr betrübt seine Lage schilderte, erbarmte sie sich und spendierte auch für Johannes eine Nadel.

Ein Dutzend aber kam nicht zusammen. Man sah sich daher gezwungen, weitere Schüler für die Stenographie zu suchen. Martin zögerte, er erkannte, die Titanen-Inflation mußte den Wert des einzelnen und besonders seinen Wert vermindern. Als ihm jedoch Johannes, diesmal unterstützt von Ulrike, die

beide eine stärkere merkantile Begabung hatten als er, die Vorteile des Massenbezugs klarmachte, gab er nach. Hermann Wendland war der reiche Schulzensohn, der würde sicher mitmachen. Eine solche Nadel hätte Hermann auch gern gehabt, und es wäre wohl auch ganz schön, wenn man das schreiben könnte. Aber darum extra noch lernen — nein, das ging zu weit. »Wo ich in einem halben Jahr eingesegnet werde, da brauch ich das doch nicht mehr.« Nach Hermanns Auffassung war die Zeit des Lernens mit der Konfirmation beendet. Was dann kam, hieß das Leben der Erwachsenen. Und da möchte Hermann Wendland als Großbauern- und Schulzensohn mal sehen, ob er nicht rascher vorwärtskam als die andern. Eine Nadel wollte er kaufen und anstecken, und wenn sie es nicht verrieten, daß er nicht Stenographie konnte, dann wäre das auch ebensogut, als wenn er den Quatsch erst noch gelernt hätte.
Noch immer aber war kein Dutzend Bestellungen zusammen, und so spendierte Hermann das Aufgeld von zehn Pfennig pro Stück. Herr Holzhauer schickte sie aber nicht ohne weiteres. Er legte ein Schreiben bei, in dem er riet, einen Verein zu gründen. Erst durch den Zusammenschluß werde man stark, und wo ein Verein existiere, meldeten sich auch gleich mehr Leute. Es wäre nur nötig, sich mit den Schriftgenossen zu verständigen, das beiliegende Formular auszufüllen und die Statuten zu unterschreiben.
Gott ja, das war nun weiter nicht schlimm, und wenn sie in Kummerow auch schon allerhand Vereine hatten: den Kriegerverein, den Gesangsverein, den Landwirtschaftlichen Verein, den Geflügelzüchterverein, den Geselligkeitsverein Harmonie, so hat-

ten sie doch noch keinen Stenographenverein. Aufmerksam studierten sie Herrn Holzhauers Zeitschrift. Er hatte recht: viele hundert Holzhauer-Vereine gab es wohl schon in Deutschland, und die standen nach den Mitteilungen des Blattes wie eine geschlossene Kampffront gegen die Feinde des Systems. Kampffront — Feinde — einer solchen Gemeinschaft anzugehören war ganz nach ihrem Sinn. Inzwischen hatte auch Kantor Kannegießer von der neuen Sache gehört, sich von Martin die Geheimnisse der Stenographie erklären lassen und den Wunsch geäußert, sie zu erlernen. »In Ihrem Alter wollen Sie noch Titan lernen?« fragte Martin verwundert. Doch Kantor Kannegießer, der seine Gewitterpredigt längst vergessen hatte, überhörte wohl das Wort und sagte nur: »Der Mensch muß lernen, solange er auf dieser Erde wandelt.« So war denn nun Martin der Lehrer seines Lehrers geworden. Damit entfiel für Johannes der letzte Grund, Respekt vor dem Kantor in der Schule zu bezeigen, er war ja nun sozusagen ein Kollege von ihm, sie standen in ihrem Wissen und Können einander gleich. Und Johannes ließ kaum einen Schultag vorübergehen, ohne einmal das Wort Stenographie angebracht zu haben. Wenn Kantor Kannegießer irgend etwas an die Wandtafel schrieb, gleich fragte Johannes, wie das in Stenographie aussähe, und wenn er nicht fragte, so behauptete er wenigstens, in Stenographie sei das viel kürzer, worin er unstreitig recht hatte. Er machte mit seinen Bemerkungen alle achtzig Schulkinder verrückt, und da die von den fünfen ständig getragenen Nadeln das Ihre taten, meldeten sich langsam noch drei aus dem Kummerower Nachwuchs.
Am meisten Spaß machte allen das Gesicht, das

spricht. In gemeinsamer Arbeit hatten Martin und Ulrike das Gesicht noch mehr sprechen lassen, es sah jetzt so aus:

Das linke Ohr war von Martin und hieß »schwer«, das rechte hatte Ulrike gefunden, es bedeutete »nicht«. Sie waren überzeugt, Herr Holzhauer würde sie sehr loben, schickten sie es ihm ein. Johannes und Traugott wollten auch etwas beisteuern, und da kein Platz mehr auf dem Gesicht war, fügten sie ihm oben und unten etwas an: Kopfhaar und Bart, doch das lehnte Martin ab, da es nur einzelne Buchstaben waren. Sie vertrösteten sich auf eine spätere Zeit und waren einig in der Auffassung, daß die Stenographie unbegrenzte Möglichkeiten der Darstellung sprechender Gesichter biete.
Inzwischen hatte Herr Holzhauer noch einmal auf die Notwendigkeit einer Vereinsgründung hingewiesen. Martin füllte daher das Formular aus, und sie waren mit seinem Vorschlag der Besetzung der Vorstandsposten auch einverstanden. Selbstverständlich stand Martin Grambauer als Vorsitzender des Vereins an der Spitze. Hermann Wendland, der behauptete, es nun auch schon zu können, wenn er auch noch nicht seinen Namen schreiben konnte, machte Anspruch auf den Posten des stellvertretenden Vorsitzenden. Er wurde ihm auch bewilligt. Schriftwart war Ulrike Breithaupt, den Kassiererposten verlangte Johannes für sich. Aber sie hatten, obwohl sie über einen Beitrag noch nicht gesprochen

hatten, Angst vor seinen Fähigkeiten in Finanzsachen, und so wurde Traugott Fibelkorn Kassierer, Johannes nur sein Stellvertreter, und da wollte Traugott schon aufpassen.
Da fiel Martin ein, sie hatten Kantor Kannegießer vergessen. Als einfaches Mitglied konnte man ihn nicht gut führen, und einen Vorstandsposten hatten sie nicht mehr zu vergeben. Es wollte auch keiner von ihnen auf die Ehre, dem Vorstand anzugehören, verzichten. Da fand Ulrike es: »Dann wird er bei uns das, was er in der Harmonie geworden ist zu seinem sechzigsten Geburtstag.« Richtig, das ging. Und so wurde Kantor Kannegießer, ohne daß er es wußte, Ehrenmitglied des Stenographenvereins von Kummerow. Einen Namen aber mußte man haben. Nach der Zeitschrift hießen diese Vereine alle so wie »Geflügelte Feder« oder »Stenographenverein Blitz«. Sie schrieben nun nicht mit der Feder, sie schrieben in Kummerow mit dem Griffel und waren denn auch damit einverstanden, als Vater Grambauer ihnen vorschlug, den Verein »Stenographenverein Geflügelter Griffel« zu nennen. Als Anerkennung dafür wollte Martin auch seinen Vater zum Ehrenmitglied ernannt sehen, doch Gottlieb Grambauer lehnte die Ehre ab, da nach seiner Meinung derartige Ämter immer nur an solche verliehen würden, die nichts mehr zu sagen hätten; er aber wolle in diesem Kummerow noch viel sagen.
Auch Herr Karl Holzhauer in Dresden, der wie ein mächtiger König oder Kaiser in der Ferne thronte, hatte nichts gegen den Namen. Und eines Tages stand denn auch in der Zeitschrift der Holzhauerschen Stenographen Deutschlands die Gründung des neuen Vereins verzeichnet: »Stenographenverein

Holzhauer ›Geflügelter Griffel‹ in Kummerow im Bruch hinterm Berg; Vorsitzender Martin Grambauer, Stellvertreter Hermann Wendland, Schriftwart Ulrike Breithaupt, Kassierer Traugott Fibelkorn, stellvertretender Kassierer Johannes Bärensprung, Ehrenmitglied Kantor F. Kannegießer.«
Donnerwetter! Das war eine Sache! Just an dem Tag kam Eberhard, der Grafensohn, aus dem Internat zu Besuch. Seine älteste Schwester verlobte sich, und das war wieder mal für Eberhard eine Gelegenheit, auf einige Tage die Schule im Stich lassen zu können. Stolz zeigten sie ihm, was in seiner Abwesenheit in Kummerow geschehen war. Es war nicht zu leugnen: Graf Eberhard war etwas neidisch.
»Siehst du«, prahlte Ulrike, »das lernst du auf deinem dammlichen Gymnasium nicht.«
Eberhard wußte nun zwar, was das ist, Stenographie. Aber es war richtig, er konnte sie nicht schreiben. Er verzog verächtlich den Mund und behauptete schließlich, so was lerne er an einem Tag, wenn er nur wolle, aber wozu denn? Da verwies ihn Johannes auf die Ankündigung: »Wer Stenographie kann, kommt rascher vorwärts! Wer Stenographie kann, hat mehr vom Leben!« Auch das machte nicht den richtigen Eindruck auf Eberhard. Er war noch viel mehr als Hermann, der Schulzensohn, überzeugt, auch ohne Stenographie vorwärtszukommen und genug vom Leben zu kriegen.
Aber die Nadel! Es ließ sich nicht leugnen, die Nadel war etwas, womit man vielleicht auch vor den Internatskameraden glänzen konnte. Eberhard wollte auf jeden Fall eine solche Nadel haben.
»Dann mußt du auch Mitglied unseres Vereins

werden«, forderte Martin. Dagegen hatte Eberhard nichts einzuwenden; aber nur, wenn er in den Vorstand käme. Er verlangte sogar den Posten des Vorsitzenden: »Wir sind die Ersten im Dorfe, mein Vater ist Vorsitzender im Kriegerverein; da kann ich nicht hinter Johannes Bärensprung kommen.« Martin sah die Berechtigung dieser Forderung ein, hatte er doch jeden Tag gesehen, daß derjenige, der viel besitzt, noch mehr fordern darf, aber er wollte auch nicht auf seinen Vorsitzerposten verzichten. Und so fand er denn einen Ausweg: Er ernannte Eberhard zum Ehrenvorsitzenden. Das ging. Was das nun eigentlich war, ein Ehrenvorsitzender, das wußte keiner von ihnen, aber es klang sehr schön. Eberhard nahm das Amt an, stellte jedoch gleich eine neue Bedingung: Er müsse sofort eine Nadel bekommen. Da sie keine vorrätig hatten, war Johannes Bärensprung damit einverstanden, die seine gegen Zahlung von einer Mark abzutreten. Martin konnte ihm ja eine neue schicken lassen, und er hatte noch vierzig Pfennig verdient.

Herr Karl Holzhauer in Dresden konnte in der nächsten Nummer seiner Zeitschrift in der Veröffentlichung über den Stenographenverein »Geflügelter Griffel« in Kummerow im Bruch hinterm Berg nachtragen: »Ehrenvorsitzender Graf Eberhard von Runcowricz.« Und er fügte noch eine Bemerkung daran: »Der Sieg des Systems Holzhauer ist nicht mehr aufzuhalten. Die Gründung eines Stenographenvereins unseres Systems auf dem platten Lande zeigt deutlich, wie die Vorzüge des Holzhauerschen Systems sich überall Bahn brechen. Wir werden in der nächsten Zeit an die Regierungen der Einzelstaaten herantreten, mit der Forderung, das Stenographiesystem Holzhauer in

den Lehrplan der höheren Schulen aufzunehmen. Stenographie Holzhauer muß Allgemeingut des deutschen Volkes werden.«
Von dieser Nummer seines Blattes schickte Herr Holzhauer gleich vier Stück nach Kummerow: eins an den Vorsitzenden Martin Grambauer, eins an die Schriftführerin Fräulein Ulrike Breithaupt, eins an den Ehrenvorsitzenden Hochwohlgeborenen Herrn Grafen Eberhard von Runcowricz und eins an das Ehrenmitglied Herrn Kantor Kannegießer.
Kantor Kannegießer durchblätterte das Blatt, las auch langsam eine stenographische Erzählung, verzichtete aber darauf, die Vereinsnachrichten zu studieren. Graf Runcowricz, der Schloßherr, nahm das Blättchen in die Hand, sah nicht weiter auf das Streifband, auf dem statt seines Vornamens der seines Jungen stand, und schmiß es in den Papierkorb; er befürchtete, da war sicher wieder von Kultur oder ähnlichem Kram die Rede und die Bitte um Geld würde nachkommen. Aufmerksam von vorn nach hinten und von hinten nach vorn las Martin Grambauer seine Zeitschrift und war überzeugt, mit diesem Lobe auf ihre Vereinsgründung wirklich nicht nur selbst ein Stück weiter im Leben vorwärtsgekommen zu sein, sondern auch ganz Kummerow mitgezogen zu haben.
Das vierte Exemplar jedoch bekam Pastor Breithaupt in die Hände, und er hätte es wohl auch in den Papierkorb geworfen, wäre ihm nicht die Adresse aufgefallen: »Fräulein Ulrike Breithaupt, Schriftführerin des Stenographenvereins Holzhauer ›Geflügelter Griffel‹ in Kummerow.« Was war denn das? Hatte sich da einer einen Spaß mit ihm erlaubt? Pastor Breithaupt durchschnüffelte die Zeitung, soweit

sie nicht stenographisch war, und las, daß da tatsächlich in Kummerow ein Verein existierte, dessen Vorsitzender der Herr Graf war, der Graf, Patron von Kirche und Schule. In seiner Verwunderung übersah Pastor Breithaupt den Vornamen des Grafen. Seltsam war das! Er, Pastor der Gemeinde und Schulinspektor, hatte keine Ahnung von der Existenz eines solchen Vereins, und der Graf war Vorsitzender! Was sollte das nur? Warum hatte man ihm davon nichts gesagt? Pastor Breithaupt haute das Blatt auf den Tisch, und der emporgewirbelte Umschlag fiel ihm vor die Füße, der Umschlag mit der Aufschrift »Fräulein Ulrike Breithaupt«. Ja, Himmelkreuzdonnerwetter noch einmal, was sollte das bedeuten? Er rief nach seiner Tochter.

Als Ulrike vor ihm stand und den Umschlag sah, begann sie zu zittern. Aber er deutete es falsch. Es war nicht so sehr Angst, was in Ulrike flackerte, es war die große Erregung darüber, daß sie da einen Brief bekommen hatte, richtig durch die Post: »Fräulein Ulrike Breithaupt«. Pastor Breithaupt brauchte nicht lange, um aus seiner Tochter herauszuholen, was es mit dem Verein auf sich hatte. Ulrike befürchtete schon das Schlimmste; doch der Vater lachte nur, er fand, dies sei ein so herrlicher Spaß, daß er sich die Zeit nehmen wolle, dem Herrn Holzhauer in Dresden die Meinung zu sagen.

Mit dem Instinkt des Weibes hatte Ulrike gleich heraus, daß der Vater die Geschichte nicht böse ansah, und sie begann zu prahlen, was sie gelernt habe und welche Vorzüge im Leben die Kenntnis der Stenographie mit sich bringe. In ihrem Eifer ging sie ein wenig zu weit und betonte, wenn man Briefe schreibe in Stenographie, dann könne kein Fremder so

was lesen, und das wäre doch sehr schön. Da runzelte sich die Stirn des Vaters. »So«, sagte er, »daran denkst du auch schon mit deinen elf Jahren!« Ulrike beteuerte zwar, nicht daran zu denken, das habe nur so in der Zeitung gestanden, aber Pastor Breithaupt, immer auf der Jagd nach Unaufrichtigkeiten im Leben, sah nun schon sittliche Gefahren in der Beherrschung der Stenographie. Auch fühlte er sich in seiner Autorität gekränkt, da Kantor Kannegießer den Unfug mitgemacht habe, ohne ihn, den Vorgesetzten, erst um Erlaubnis zu fragen. Und so verbot Pastor Breithaupt seiner Tochter jede weitere Betätigung in der neuen Wissenschaft so lange, bis er sich beim Kantor erkundigt habe.
Ulrike entwetzte sofort zu Martin und verriet ihm, welches Unwetter sich über dem »Geflügelten Griffel« zusammenballte. Doch Martin konnte darüber nur lachen: Gar nichts durfte der Pastor verbieten, Stenographieren sei nicht nur erlaubt, es sei sogar etwas Gelehrtes. Würde sonst Kantor Kannegießer so was studieren? Nun würden sie sich Briefe in Stenographie schreiben, die könnte der Pastor nicht lesen, und dann sollte er sich noch mehr ärgern. Schon morgen werde er ihr einen Brief in die Schule mitbringen. Und als sie fort war, setzte Martin sich hin und schrieb auf einen rosaroten Briefbogen, den er seiner zu Ostern konfirmierten Schwester Anna stibitzt hatte, schön langsam und ordentlich, weshalb noch ein zweiter Bogen geopfert werden mußte.
Ulrike glaubte zwar, Holzhauersche Stenographie zu können, aber sie brauchte doch lange Zeit, bevor sie mit fleißigem Nachschlagen im Unterrichtsheft Martins herrliche Gelöbnisse und Drohungen entziffert

hatte. Es kann aber auch sein, es kam allein von der großen Aufregung, in die sie der erste Brief ihres Martin versetzt hatte. Immer wieder mußte sie ihn hervorholen, und als sie endlich überzeugt war, ihn ganz verstanden zu haben, und sich mit ihrem Schreibzeug in der Küche niederließ, um eine Antwort zu schreiben, da geschah es.

Pastor Breithaupt kam fast nie in die Küche, darum glaubte Ulrike, hier sicher zu sein. Die Mutter machte ihr Nachmittagsschläfchen, und Frida verpetzte nichts, war schon eine halbe Mitverschworene, auch Frida hatte den Segen der Stenographie eingesehen und beschlossen, sie zu erlernen und ihren Schatz in Randemünde ebenfalls dazu aufzufordern. Mit einem Male stand der Pastor in der Küche, er wollte sich noch eine Tasse Kaffee holen und schimpfen, daß die Erbsensuppe heute mittag zu salzig gewesen wäre. Er hätte wohl gar nicht bemerkt, was seine Tochter machte, da sie aber hastig den rosafarbenen Brief zu verbergen trachtete, wurde er aufmerksam. Und wenn der Pastor aufmerksam war, war er auch mißtrauisch, und wenn er mißtrauisch war, handelte er entschlossen. Das bestand diesmal darin, daß er seiner Tochter hinter den Rücken griff und ihr den rosafarbenen Brief aus der Hand nahm. Er brauchte dazu nur seine rechte Hand, mit der linken konnte er zu gleicher Zeit einen Katzenkopf geben. Denn so viel hatte auch Pastor Breithaupt erkannt, daß dies ein Brief in Stenographie war und rosarot dazu.

Er war aber doch einen Augenblick auf falscher Fährte, das offene Tintenfaß und der Federhalter verführten ihn dazu. Und so donnerte er erst mal Frida an, beschuldigte sie des groben Vertrauensbruches, und ob sie sich nicht schäme, einer dum-

men Lausegöre ihr affiges Poussierpapier zur Verfügung zu stellen. Jawohl, so nannte Pastor Breithaupt in seinem sittlichen Zorn das rosarote Papier. Doch Frida wies die Anklage entrüstet ab, das sei nicht ihr Papier, und sie könne gar nicht Steenekafie, und der Brief sei von Martin Grambauer, und Herr Pastor solle sich man vorsehen, der Martin lasse sich das nicht gefallen. Ulrike erblaßte und zitterte. Den Brief hätte sie zur Not verteidigt, aber gegen Fridas Dämlichkeit half wohl keine Stenographie. Da faßte des Vaters Linke auch schon in Ulrikens Schopf und zog ihn hart zu sich heran. »So, das ist also die erste Frucht dieses dunklen Treibens, daß du Rotztüte dir von einem mißratenen Bengel geheime Briefe schreiben läßt. Auf Dienstbotenpapier dazu. Na, dem werde ich das besorgen!«
Zunächst besorgte er es seiner Tochter, indem er sie derb beutelte. Dann hielt er sie mit der Linken fest, indes er mit der Rechten den Brief vor das Gesicht nahm und ihn zu lesen versuchte. Ja Kuchen. Obwohl der Griff in ihr Haar weh tat, fühlte Ulrike doch, wie Zufriedenheit in ihr aufstieg, am liebsten hätte sie gegrient. Frida mußte es gemerkt haben, denn sie sagte schadenfroh: »I, da strengen Sie sich man nicht an, Herr Pastor, das kann ein gewöhnlicher Mensch ja doch nicht lesen!« Sie sollte eigentlich wissen, daß Herr Pastor zu jenen Menschen gehörte, die immer erst recht aufgebracht werden, wenn sie etwas nicht verstehen. Und hier verstand er wirklich nichts, und seine Tochter und sein Dienstmädchen waren dessen Zeuge. Er ließ den Kopf Ulrikens los: »Sofort liest du mir das vor!«
Ulrike glättete das rosafarbene Schreiben, langsam, denn ihr Kopf arbeitete fieberhaft. Sie wußte ja, was

darin stand, sie wußte aber auch, daß sie es niemals dem Vater vorlesen durfte. Und nun war sie gezwungen, in Blitzesschnelle einen anderen Text zu erfinden. Sie fuhr mit dem Zeigefinger über die ersten Zeichen hin und konnte nicht beginnen. »Na, wird's bald!« donnerte es neben ihr. Da begann sie: »Liebe Ulrike!« Wie aber weiter?
»Kannst du nicht lesen, oder willst du nicht?« Die Rechte des Vaters hob sich wieder.
»Es ist man bloß« — Ulrike schielte seitwärts —, »es ist man bloß, du hast ihn so verknautscht, Papa, und bei Stenographie, da sind bloß kleine Unterschiede in den Buchstaben. Sieh mal«, fuhr sie ablenkend fort, »wenn ich so mache, ist es ›e‹, und ein bißchen länger, dann heißt es gleich ›ei‹.«
Der Pastor nickte grimmig. »Dich werde ich gleich auch verknautschen, da verlaß dich drauf! Lies!« Da lese einer einen Liebesbrief mit Kampfansagen gegen einen Vater, wenn der dabeisteht und neben ihm noch das neugierige Volk in Gestalt von Frida, die mit einem Teller in der Linken und einem Geschirrtuch in der Rechten auf den Ausgang der Sache spannt.
»Es ist man bloß . . .« Ulrike entschloß sich, die geistigen Fähigkeiten des Freundes, auf die sie sonst so stolz war, preiszugeben. »Es ist man bloß, Martin hat das so ungenau geschrieben, da sieht das mal so aus und mal so, und ich muß immer erst sehen, wie es weitergeht.« Sie brummelte etwas vor sich hin, hoffend, der Vater werde von seiner Forderung absehen und höchstens den Brief zerreißen. Doch er blieb hart. Und so las denn Ulrike schließlich stotternd und sich verbessernd, folgenden imaginären Brief:

Liebe Ulrike! Ich teile Dir mit, daß wir Stenographie gelernt haben. Wenn Du nicht alles lesen kannst, dann mußt Du noch mehr lernen. Herr Pastor wird es sicher erlauben, denn er hat gern, daß wir was lernen, und Stenographie ist was Gelehrtes. Wer es kann, hat mehr vom Leben. Die nächste Stunde ist Mittwoch.

Mit Stenographengruß
Martin Grambauer

Ein verächtliches Lächeln legte sich auf des Pastors Gesicht. »Und für die paar Worte braucht man so viel Geschreibe? Wo liegt denn da der Vorteil, he?« Ulrike, erleichtert von dieser unvermuteten Aussicht auf Ablenkung, wollte gerade beginnen, dem Vater die Vorteile des Stenographierens nach Holzhauer ohne Linie und Druck auseinanderzusetzen, weil sie etwas Ähnliches von Martin gehört, wenn auch nicht verstanden hatte, als die in den stenographischen Zeichen förmlich wühlenden Augen des Pastors das Wort »Superintendent« entdeckten. Martin hatte es, in der Befürchtung, Ulrike würde es stenographisch nicht entziffern können, in richtiger Schrift geschrieben. Das durfte man nach der Anweisung des Herrn Holzhauer bei Eigennamen machen, und was bei Namen erlaubt war, konnte bei Amtsbezeichnungen nicht verboten sein, denn Titel gehörten doch gewissermaßen zu einem richtigen deutschen Namen.

»Entweder du hast beim Vorlesen vorhin gelogen, oder du kannst nicht lesen!« donnerte der Pastor. »Hier steht das Wort Superintendent! Möchtest du mir gefälligst sagen, in welchem Zusammenhang der Lümmel den Herrn Superintendenten gebraucht hat?«

Ulrike fühlte das Beil im Nacken. Sie senkte erge-

ben das Haupt, und das dämliche Wort griente ihr entgegen wie dem Delinquenten der Korb. Aber da tauchte ein anderes Wort in ihrem Blick auf, und wenn es auch stenographisch war, so war es doch ähnlich. Das Wort Pastor. Ulrike vergaß, daß sie es vorhin mitgelesen hatte, und wagte einen Verzweiflungsschritt. »Oach«, sagte sie gedehnt, »das mit Onkel Superintendent muß ich direkt übersehen haben, die Reihe, wo das steht. Da hab ich noch was übersehen, Papa, da sieh mal, da steht Pastor.« Sie blickte unschuldig auf.
Der Pastor war noch immer mißtrauisch. »Und was will er mit Superintendent und Pastor?«
Ulrike dichtete: »Er schreibt, wenn ich alles gelernt habe —«
»Lies es wörtlich!« befahl der Vater.
»Wenn du fleißig lernst, dann wird Herr Pastor sich freuen, denn er ist der Klügste im Dorf, und Herr Superintendent wird uns alle loben.«
»Na schön«, beschloß der Pastor die Vernehmung, »das sagt er wenigstens anständig. Und nun höre, was ich dir sage: Ich verbiete dir den Unfug noch einmal. Wenn er nicht schadet, so nutzt er doch nichts. Dir am allerwenigsten. Du sollst in der Zeit lieber richtig Deutsch lernen. Oder Strümpfe strikken. Außerdem bin ich überzeugt, daß du nicht mal alles lesen kannst. Vorhin hast du das mit dem Pastor ganz anders gesagt, da war nichts von freuen und vom Klügsten im Dorfe dabei.« Es tat ihm doch wohl, daß der Bengel so von ihm dachte. »Wo steht denn das Wort Pastor?«
»Na, da doch«, sagte Ulrike schnell und deutete auf ein verschnörkeltes Zeichen. Noch einmal stieg Mißtrauen in ihrem Vater auf.

»So, das heißt also Pastor. Na, dann schreib mal das jetzt hier hin!«
Ulrike nahm den Federhalter, doch es ging nicht so einfach. Pastor Breithaupt schüttelte den Kopf: »Das sieht ganz anders aus als das vom Martin, und das heißt dasselbe?«
»Na ja«, machte Ulrike, »so in der andern Schrift, da sieht es doch auch nicht immer so aus, wenn du schreibst oder wenn Kantor Kannegießer schreibt.« Das war richtig, das war ein Argument.
»Na, ist gut«, sagte Pastor Breithaupt, »ich werde auch mit dem Kantor sprechen.« Und damit steckte er den Brief ein. »Und untersteh dich nicht, dem Grambauer zu antworten. Raus aus der Küche!« Frida beschloß, von der Erlernung der Stenographie abzusehen.
Ulrike sauste zu Martin und berichtete ihm, daß der Vater seinen Brief habe. Martin erschrak, und tiefstes Mitgefühl lag in seinen Worten: »Mein Gott, da hat er dir wohl gleich erst eine geklebt! Du kannst doch nichts dafür!« Dann sann er einen Augenblick nach: »Er hat es doch aber gar nicht lesen können.«
»Ich habe es ihm doch vorlesen müssen«, antwortete Ulrike.
Martin sah sie erstaunt an und deutete mit dem Finger auf die Stirn: »Und da hast du Dussel ihm alles so gesagt?« Aber nun fuhr Ulrikes Finger an ihre Stirn: »Denkste wohl! Ich habe ihm ganz was anderes vorgelesen!«
»Was denn?«
Ulrike versuchte, es ihm ungefähr zu sagen, aber es stellte sich heraus, daß sie nur den echten

Wortlaut des Briefes im Gedächtnis behalten hatte. Jedenfalls freuten sich beide, wie sie den gestrengen Herrn hineingelegt und die drohende Gefahr abgewendet hatten. Es war schon so: die Stenographie hatte ihre Vorzüge. Mit der deutschen Schrift wäre das nicht möglich gewesen.

Aber die Gefahr war noch lange nicht vorüber. Pastor Breithaupt schickte gegen Abend Frida zu Grambauers, Martin solle doch gleich mal kommen. Das war an sich nichts Ungewöhnliches, denn Martin war Kirchenjunge, aber heute hatte Martin einen bitteren Vorgeschmack. Und richtig, der Pastor hielt ihm gleich den Brief vor. Martin bekannte, er habe ihn geschrieben. »Ich bin weit davon entfernt«, sagte Pastor Breithaupt ernst, »den Bildungsdrang zu verurteilen, ich verlange nur, daß man mir von solchen Sachen Kenntnis gibt. Und dann will ich den Unsinn mit Verein und so weiter nicht haben, das ist ungehörig, und besonders von einem Kirchenjungen. Verbieten tu ich dir hiermit aber, an Ulrike Briefe zu schreiben. Diesen hier hab ich gefunden. Und nun lies ihn mir vor, ich will doch mal sehen, ob du das kannst.«

Verdammt noch mal, darauf war Martin Grambauer nicht vorbereitet. Hätte Ulrike doch bloß behalten, was sie vorgelesen hatte!

»Na, wird's bald? Das dauert ja bei dir länger als bei Ulrike!«

»Es ist nur«, begann Martin, »ich habe das sehr rasch geschrieben, da muß ich es mir erst noch mal ansehen. Stenographie kann man nämlich nicht so schnell lesen wie richtige Schrift...«

Pastor Breithaupt höhnte weiter: »Dann schreib ein andermal in richtiger Schrift, dann dauert das

Lesen nicht so lange. Siehst du nun ein, daß das alles Unfug ist? Aber nun lies gefälligst!«
Und Martin las:

> Liebe Ulrike! Ich schreibe Dir einen Brief, damit Du besser lesen lernst. Stenographie ist was Gutes, wer stenographiert, hat mehr vom Leben und kommt rascher vorwärts. Die nächste Stunde ist Mittwoch. Hermann Wendland müssen wir ausschließen, er lernt nichts.
>
> *Mit Stenographiegruß*
> *Martin Grambauer*

Martin begriff nicht, warum Pastor Breithaupt so niederträchtig lächelte. Er faßte den Jungen am Ohr und zog seinen Kopf herum: »Sieh mich mal an! Weiter steht wirklich nichts in dem Brief?«
Martin sah empor: »Na ja, vielleicht hab ich ein Wort ausgelassen oder so ähnlich. Ich habe das so schnell geschrieben...«
Der Pastor griente noch mehr. »Und dann verlangst du, daß Ulrike es lesen soll? Du bist mir ja ein Musterpädagoge. Da könnte gar noch Herr Superintendent von dir lernen!« Ihm war etwas eingefallen. Er nahm den Brief und suchte. »Es ist so seltsam, daß du nicht einmal das einzige Wort in anständiger Schrift«, und er deutete auf das Wort Superintendent, »daß du nicht mal das hast wieder lesen können.«
Martin war knallrot geworden. »Ich dachte«, stotterte er, »das brauch ich doch nicht vorzulesen, das können Sie doch selber lesen.«
»Möchtest du mir nun den Satz mit dem Superintendenten vorlesen oder nicht?«
Martin nahm den Brief dicht vors Gesicht und stotterte weiter. »Herr Superintendent — der wird uns — wird uns wohl keinen reinhängen dafür —«

»Halt ma Was das für ein vulgärer Ausdruck! Noch dazu brieflich! Schreibt so ein Junge, der auf die höhere Schule gehen will?«
»Doch erst von nächstem Ostern ab, Herr Pastor.«
Pastor Breithaupt suchte eifrig weiter in dem Brief und fand auch das stenographische Wort. »Hier, was sagst du hier vom Pastor?«
Martin starrte ihn ganz entsetzt an. Geschah denn hier ein Wunder, oder hatte der Himmel den Pastor erleuchtet?
»Nun, wird's bald?«
Martins Hand zitterte, als er den Brief nahm. Und seine Stimme bibberte, als er endlich fragte: »Können Sie denn auch Stenographie, Herr Pastor?«
»Ja«, höhnte der, »das hast du nicht gedacht, was? Oder heißt das etwa nicht Pastor?«
Er war versucht zu sagen, daß ein Pastor eben alles könne. Aber in seiner Unsicherheit wollte er nicht warten, bis der Junge etwa weiterfragte, und so forderte er gebieterisch: »Lies den ganzen Satz vom Pastor!«
Martin riß sich zusammen und las: »Herr Pastor sagt auch immer, man kann nicht genug lernen.« So ähnlich hatte Ulrike gesagt.
»So«, meinte Pastor Breithaupt und war direkt fröhlich, »dann geh man wieder und lerne erst mal richtig flunkern.«
Rasch hatte Martin den Brief zusammengeknüllt, aber der Pastor war fixer. »Läßt du den Brief liegen!« donnerte er ihn an. »Mach, daß du nach Hause kommst!« Pastor Breithaupt war überzeugt, daß keiner der beiden Schriftgelehrten den Brief richtig vorgelesen hatte. Er wußte nur nicht, geschah das, weil sie noch zu wenig Kenntnis in Stenographie

hatten, oder geschah es aus irgendeiner Absicht heraus. Aber nein, dafür waren sie beide noch zu jung. Es war schon so, daß dies eine alberne Spielerei war, eine Art Rätselspiel, jedenfalls keine ernsthafte Angelegenheit. Und der alte Narr, der Kannegießer, hatte den Unsinn mitgemacht, den mußte er auch noch ein bißchen hochnehmen.

Pastor Breithaupt ging am anderen Mittag nach der Schulzeit ins Schulhaus. Ganz unerwartet trat er zu Kantor Kannegießer in die Wohnstube. Und fing an: »Herr Kantor, ich möchte mit Ihnen über eine Sache sprechen, die ein bezeichnendes Licht auf die Art wirft, in der Sie Ihre Lehrtätigkeit in letzter Zeit ausüben! Sie ist auch bezeichnend für Ihr Verhalten zu mir. Seit Sie mit dem Gedanken Ihrer Pensionierung spielen, glauben Sie es nicht mehr nötig zu haben, mich von schwerwiegenden Schritten zu unterrichten!«

Pastor Breithaupt stand, als er das sagte, noch immer an der Tür. Seine strengen Worte hatten jedoch nicht den gewünschten Eindruck gemacht. Kantor Kannegießer deutete auf einen Sessel und sagte: »Ich möchte Sie dennoch bitten, Herr Pastor, erst einmal Platz zu nehmen!«

Pastor Breithaupt nahm nicht Platz, aber er kam wenigstens an den Tisch. »Sie haben nicht nur den Unsinn mit der Stenographie mitgemacht, den wahrscheinlich der Gottlieb Grambauer da wieder ausgeheckt hat —«

»Da irren Sie sich«, unterbrach ihn der Lehrer, »nicht der Gottlieb Grambauer, sondern der Martin Grambauer hat das veranlaßt.«

Pastor Breithaupts Stimme wurde noch härter: »Das ist gleich, der Apfel fällt eben nicht weit vom Stamm.«

Doch nun hob sich auch Kantor Kannegießers Stimme: »Sollten Sie etwas dagegen haben, daß die Schulkinder auf dem Dorfe aus eigenem sich weiterbilden, wenn der Lehrplan für die Dorfschule nicht ausreicht, nun, so will ich gern Fürsprecher für diese Kinder sein.«
Pastor Breithaupt sah ein, der Weg, den er eingeschlagen hatte, war falsch. Seine Stimme wurde weicher: »Ich habe selbstverständlich grundsätzlich nichts dagegen einzuwenden, daß die Schuljugend ihr Wissen erweitert. Aber das mit der Stenographie halte ich für eine — überflüssige Belastung. Die Jungens sollten in dieser Zeit lieber richtig Deutsch schreiben und lesen lernen.«
Kantor Kannegießer zuckte mit den Achseln: »Ich glaube sagen zu können, der Martin Grambauer kann das, und Ihre Ulrike auch. Mit Traugott Fibelkorn geht es. Na, und daß Hermann Wendland nicht weitergekommen ist, liegt nur zum Teil an seiner Begabung, zum Teil liegt es nun mal, ich wiederhole es, an dem Lehrplan unserer Dorfschulen. Wir geben zu wenig Deutsch.«
»So. Und an welchen Stunden wollen Sie einsparen, um die nötige Zeit herauszuholen?« fragte der Pastor lauernd.
Aber Kantor Kannegießer war wieder mutig geworden, wie er es einmal in der Jugend gewesen war. Er antwortete: »Wir geben zu viel Religionsstunden!«
Er wollte wohl noch mehr sagen, aber Pastor Breithaupt unterbrach ihn: »Darüber unterhalten Sie sich am besten mit dem Konsistorium. Es dreht sich übrigens gar nicht darum, daß die Kinder hier Ihre sogenannte Stenographie lernen, sondern da-

rum, daß sie mit Ihrer Zustimmung einen Verein gründen.«

Kantor Kannegießer erwiderte, er habe von dieser Vereinsgründung nichts gewußt, sonst hätte er sie selbstverständlich verhindert. Aber auch das, meine er, sei eine harmlose Angelegenheit, und er seinerseits habe den Kindern keinen Vorwurf darüber gemacht, daß sie ihn ohne sein Wissen zum Ehrenmitglied ernannt hätten. Im übrigen werde einmal die Zeit kommen, da in der Tat die Stenographie in den Lehrplan der Schulen aufgenommen werde.

Pastor Breithaupt holte den zerknitterten Brief aus der Tasche und hielt ihn dem Kantor hin. »Na, von Ihnen nehme ich an, daß Sie als Ehrenmitglied des Geflügelten Griffels auch wirklich in Stenographie lesen und schreiben können. Lesen Sie mir doch bitte mal vor, was in diesem Brief steht.«

Kantor Kannegießer griff nach dem Schreiben und sah sogleich, es rührte von Martin Grambauer her. Er schloß ohne weiteres, daß der Empfänger Ulrike Breithaupt sein müsse. Langsam überflog er das Schreiben, nickte ein paarmal zustimmend, und über sein Gesicht legte sich ein behagliches Lächeln.

»Ich bat Sie, mir das Schreiben vorzulesen«, sagte Pastor Breithaupt ärgerlich, »nicht, sich darüber zu freuen.«

Ohne aufzusehen, antwortete der Kantor: »Gewiß doch, gern, aber ich mußte es doch erst mal selber lesen. Und da ergab sich eben, daß der Brief nicht nur zum Freuen, sondern sogar zum Lachen ist. Wo haben Sie ihn denn her?«

Pastor Breithaupt sah ihn verwundert an: »Von meiner Tochter natürlich!«
»Und hat sie Ihnen den Brief nicht schon vorgelesen?« fragte Kantor Kannegießer und schmunzelte.
»Bei Ulrike habe ich ja gerade gemerkt, daß das alles Unsinn ist. Einmal hieß es bei ihr so und einmal so!«
»So — so«, sagte Kantor Kannegießer und begann:

> Liebe Ulrike! Ich teile Dir hierdurch mit, es ist gut, Stenographie zu lernen. Nächsten Ostern gehe ich nicht mehr in die Schule in Kummerow. Du kommst ja auch auf eine andere Schule. Das ist gut so. Herr Superintendent sagt, man muß viel lernen. Stenographie ist etwas Gutes. Nächsten Mittwoch ist wieder Stunde.
>
> *Viele Grüße*
> *Martin Grambauer*

Pastor Breithaupt trat dicht vor den alten Lehrer. »Und warum lesen Sie den Absatz nicht mit, in dem das von dem Pastor steht?«
Einen kleinen Augenblick bekam Kantor Kannegießer einen Schreck. Er hatte das Wort Superintendent in deutscher Schrift nicht auslassen wollen, da er annehmen mußte, der Pastor hätte es bemerkt. Woher aber wußte er von dem Wort Pastor? Was sagte er ihm nun bloß? »Ja, sehen Sie, Herr Pastor, da hat der Bengel so etwas — hm — Starkes über seinen Pastor geschrieben, er hält es sicher für die Wahrheit, aber ich schäme mich, es Ihnen vorzulesen.«
»Los, man zu!« drängte der Pastor. »Wenn Sie es mir verschweigen, machen Sie sich mitschuldig an dem Unsinn eines frechen Bengels.«
Kantor Kannegießer wehrte mit einem hintergründi-

gen Lächeln ab. »Unsinn haben Sie gesagt, Herr Pastor? Na schön, wenn Sie das für Unsinn halten, muß ich es gelten lassen. Er schreibt nämlich: ›Herr Pastor gehört zu den ganz Klugen, und wir in Kummerow lieben ihn auch alle, wie er es verdient.‹«
Da lachte Pastor Breithaupt schallend: »Ich habe es mir ja gedacht! Wissen Sie, was Sie mir vorgelesen haben? Den dritten Wortlaut aus dem einen Brief. Meine Tochter hat dies gelesen, Martin Grambauer jenes und Sie wieder ganz was anderes. Was ist damit bewiesen?« Forschend sah er den Kantor an, der ein wenig verwundert, aber auch lächelnd den Blick zurückgab. »Es ist damit bewiesen, daß die ganze Stenographie ein Quatsch ist. Was hat denn die Geschichte für einen Sinn, wenn jeder den Text anders interpretieren kann? Wobei ich annehmen will, daß Sie als Lehrer einigermaßen das Richtige gelesen haben. Oder seid ihr vom Geflügelten Griffel alle noch Abc-Schützen und könnt eure eigene Geheimschrift nicht lesen? Wenn ich mich einmal pensionieren lasse, dann werde ich meine Zeit jedenfalls zu vernünftigeren Dingen verwenden als zu solchem Unfug. So, das war sozusagen privat! Dienstlich verlange ich, daß Sie dem Onkel in Dresden mitteilen, was es mit dem sauberen Verein seiner Schriftjünger in Kummerow auf sich hat, und ihm verbieten, jemals wieder eine Zuschrift an die Kinder zu richten. Unter diesen Umständen will ich mich nicht weiter mit der Sache beschäftigen! Guten Abend!«
Martin Grambauer war am andern Vormittag verwundert, als ihn Kantor Kannegießer mit hinüber in seine Stube nahm und ihm den Brief vorhielt mit dem Auftrag, ihn vorzulesen. Martin besann sich jedoch nicht lange, sondern begann sofort

mit einem vierten Text des Schreibens. Aber dann
brach er ab und lachte: »Bei Ihnen hat das Flunkern doch keinen Zweck, Herr Kantor, Sie haben das doch längst gelesen?«
Kantor Kannegießer versuchte, ein strenges Gesicht zu machen: »Und ich habe es Herrn Pastor vorlesen müssen!«
»Auweih«, machte Martin, »und was hat er gesagt?«
Nun war Kantor Kannegießer ratlos.
Sein Schüler half ihm: »Ich sehe es Ihnen ja schon an, Herr Kantor, Sie haben ihm auch etwas — ich wollte sagen, Sie haben ihm auch nicht alles richtig vorgelesen, nicht?«
Noch einmal versuchte Kantor Kannegießer, ernsthaft zu bleiben: »Habe ich hier zu fragen, oder hast du hier zu fragen? Ich will, daß du mir jetzt den Brief ehrlich vorliest!« Nun ja, und so wurde denn nun endlich laut gelesen, was hinter den krausen Linien wirklich verborgen stand:

libe ulrike! ich teile dir mit, das es ser gut ist, das wir stenografi gelernt haben. nun können wir uns sofil brife schreiben, wi wir wollen, und der pastor kann si nicht lesen, da lass in sich man ärgern, bis er platzt, wen er dich haut, dan ist er gemein, und wen ich größer wär, dan würde ich es im schon besorgen und dich entfüren, den du bist meine braut, und die lass ich nicht hauen. die libe höret nimmer auf. stenografi ist etwas gutes. wer stenografirt, hat mer vom leben und komt rascher vorwärts. die nächste stunde ist mittwoch, wen er uns verbitet, schreibe ich an hern holzhauer, der wird im schon einen beim hern Superintendenten reinhängen, einigkeit macht stark. mit stenografigrus in treue fest dein

martin grambauer.

Das heißt, so sah der Brief nicht aus, so lautete er nur und würde so aussehen, übertrüge man die stenographischen Zeichen für Leute, die keine Stenographie kennen, in die gewöhnliche Schrift. Martin Grambauer hatte fest und ohne zu zaudern gelesen. Nur der Satz, in dem von der Liebe die Rede ist, war in einen leisen und gedehnten Tonfall abgesunken. Aber das ist die Eigenart der echten Liebe, daß sie nicht laut tönend daherkommt, sondern still und versonnen.
Ähnliches mußte wohl auch der Kantor Kannegießer denken, denn als der Brief schon längst verklungen war, zögerte er noch immer, etwas zu sagen. Und so war es der Briefschreiber selbst, der auch der Liebende war, der nun das erste Wort brachte. Es lautete nur: »Kann ich wieder gehen?«
Kantor Kannegießer nickte lächelnd.

Zwischen Himmel und Erde

Die Gewöhnung machte, wie überall in der Welt, auch in Kummerow das Ungewöhnliche gewöhnlich, und Pastor Breithaupt hatte es nicht nötig, erst noch einen groben Brief an Herrn Holzhauer in Dresden zu schreiben, um die sittliche Gefahr der Stenographie abzuwehren. Sie schlief ohne Herrn Pastors Zutun ein, weil sie eben gegen die anderen aufregenden Geschehnisse eines Kummerower Sommers nicht ankonnte. Als die Mitglieder des »Geflügelten Griffels« entdeckten, man müsse, um in Stenographie schreiben zu können, zunächst fleißig lernen und üben, zog sich ihr Interesse in das stolze Gefühl zurück, einem Verein anzugehören, der in einer Zeitung genannt worden war. Da diese Nennung ein zweites Mal aber nur nach einer besonderen Leistung zu erwarten war, eine Vorbedingung, deren Erfüllung eben nicht zu erwarten war, hielten die Mitglieder des Vereins es bald für überflüssig, Geld für eine solche Zeitschrift auszugeben. Die Hauptsache der Geschichte, das Abzeichen, hatte man ja, und es verblieb einem auch, wenn man nicht stenographierte. Ja, hätte Herr Holzhauer, nun sie keine Kämpfer für sein System waren, die Abzeichen zurückgefordert, sie wären am Ende mit ihren Stenographie-Fähigkeiten doch über das Malen sprechender Gesichter hinausgekommen. Denn die Liebe der Menschen für Abzeichen ist keineswegs auf die Bewohner der Städte und auf die höheren Lebensalter beschränkt; sie befällt vielmehr besonders leicht ganz junge Menschen. Es wird daher keinen wundern, daß die Kinder von Kummerow ihr Abzeichen noch trugen, als sie schon lange keine lustigen Holzhauer-Buben mehr waren und somit nicht erfuhren, daß man seit der Erfindung der Stenographie imstande und gezwungen war, jede Rede und jeden Zwischenruf in jedem Parlament wörtlich auf die Nachwelt zu bringen, was allein dadurch zu ertragen war, daß diese Nachwelt im allgemeinen nur in einem von Menschen gemiedenen Aktenregal bestand.

Die sich von Tag zu Tag mehr lockernde Beziehung zwischen dem Abzeichen des »Geflügelten Griffels« und der Tätigkeit, die es versinnbildlichen sollte, hatte also in den Augen von Pastor Breithaupt die rosarote Briefgeschichte immer harmloser erscheinen lassen und Martin Grambauers wackelnde Stellung als Kirchenjunge wieder gefestigt. Um sich dafür bei Herrn Pastor erkenntlich zu zeigen, wollte Martin das Geläute der Glocken, das ihm unterstand, verbessern und hatte zu diesem Zweck eine neue Gabel für den Klöppel der großen Glocke geschnitten. Dazu nahm man am besten Haselnußholz, und da Kantor Kannegießers Rohrstöcke auch aus Haselnußholz waren, hatte Martin, um sich auch dem Kantor dankbar zu bezeigen, gleich ein paar Erziehungshelfer mitbesorgt. Der Verbrauch war nämlich in der letzten Zeit erheblich gestiegen, und Kantor Kannegießer war von seiner zuerst geäußerten Vermutung, das Holz der Haselnußsträucher am

Schwarzen See sei schlechter geworden, abgekommen und hatte sich die Stocktrümmer mißtrauisch angesehen, jedoch keine Einschnittstellen entdecken können. Das aber kam daher, daß die Jungen schlauer waren als ihre Väter und nicht mehr mit so groben Mitteln arbeiteten wie diese. Sie brauchten kein Taschenmesser, eine Zwiebel genügte, den Zebedäus lahmzulegen. Zwiebelsaft, schön eingerieben, machte jede Haselrute so hart, daß sie keine Überanstrengung mehr vertrug. Martin wußte um den Trick, den die anderen anwendeten, aber verraten ging nicht, also nahm er lieber die Mehrarbeit auf sich und holte einen neuen Zebedäus.

Die Kirche von Kummerow hatte drei Glocken. Mit der kleinen läutete man Vesper und sonntags eine Stunde vor dem Gottesdienst. Dann wußten die Bauern; sie mußten anfangen, nach Rasiermesser und Seife zu suchen, und von Muttern ein neues Hemd fordern. Die mittelste Glocke wurde eine halbe Stunde vor dem Gottesdienst geläutet. Dann war es Zeit, den Bratenrock aus dem Schapp zu holen und auszubürsten. Die große Glocke wurde mit den beiden anderen zusammen geläutet, fünf Minuten vor voll, dann setzten die Bauern den Zylinder auf und gingen auf die Straße. Es waren schöne Glocken, die große war die größte im ganzen Kreis, darauf hatten die Kummerower gehalten.

Müssen sie wohl, sagten die in den Nachbardörfern, bei so viel harthörigen Sündern.

Das Läuten hatten die Schuljungen zu besorgen. Die kleine und die mittlere Glocke wurden von unten gezogen, für die große mußte man zum Glockenstuhl raufgehen. Damit sie nun nicht mit Stottern einsetzte, indem der Klöppel bei Beginn immer bloß an die eine Seite anschlug, wurde eine Holzgabel eingesetzt, die herausfiel, sobald die Glocke richtig im Schwingen war. Leicht war das Läuten also nicht, manche lernten bis zur Einsegnung nicht mal die kleine Glocke richtig in Schwung zu bringen, und Pastor Breithaupt ließ sich immer genau Bericht geben.

Martin, der als Kirchenjunge auch die Aufsicht über das Läuten hatte, hielt auf saubere Arbeit, er war wie sein Pastor überzeugt, daß der liebe Gott es unangenehm vermerkte, wenn ihm zu Ehren liederlich gearbeitet wurde. Und nicht nur der liebe Gott, denn wenn die Kummerower ihren Glocken auch profane Namen gegeben hatten, indem die kleine der Köter hieß, die mittlere der Hammel, die große der Bulle, so waren es dennoch auch für sie heilige Dinge und für den Kirchenjungen eine Schande, vor der ganzen Gemeinde zu hören: Na, Martin, der Hammel hat heut aber wieder bannig dazwischengekotzt! Deshalb ließ Martin nur die Jungens heran, die etwas von der Sache verstanden. Die anderen wurden nicht gerade als Stümper gemeldet, jedoch um so strenger erzogen. Das Können aber beruhte auf reiner Einfühlung, konnte man es doch keinem vormachen und sagen: So, nun versuch's mal! Der Lehrling hatte lediglich, sooft geläutet wurde, als letzter mit an den Strang zu fassen, so lernte er die Technik und den Rhythmus; die ersten Jahre an der kleinen Glocke, dann immer weiter; bis er dann so weit war, zuoberst an den Strang der großen Glocke zu fassen. Das war ein schweres Amt, denn nun mußte er es verstehen, die Glocke so lange, wie er wollte, in Schwingung zu halten, ohne daß die Gabel sich von dem Klöppel löste; er mußte es aber auch wieder

verstehen, gleich wenn Martin »Los!« kommandierte, durch einen verstärkten Zug und einen kleinen Zislaweng den Bullen mit einfallen zu lassen, und ohne daß er dann auch nur einmal aussetzte. Sie hatten damals mancherlei zu lernen, die Schuljungens.
Martin hatte die neue Gabel zurechtgeschnippelt, sie paßte. Johannes und Traugott waren derselben Meinung. Hermann war diesmal nicht dabei, er mußte bei der Ernte helfen. »Wollen wir mal aus dem Schalloch gucken?« fragte Traugott.
Die Schallöcher waren noch einen Stock höher im Turm, gleich unter dem Helm, eine schmale und steile Leiter führte hinauf, und es war staubig und duster. Machte man aber eins der vier Schallöcher auf, dann konnte man gerade den Kopf durchstekken und unendlich weit über das Bruch sehen. Um an die Löcher heranzukommen, mußte man allerdings noch ins Balkenwerk hineinklettern. Heute, da alles voll Sonne war, ging es, aber wenn der Sturm tobte, war es unheimlich hier oben, dann schwankte der Turm, und die alten Balken ächzten und stöhnten wie gefangene und gequälte Geister. Allein wagte sich dann keiner bis hierher, höchstens Johannes, wenn er einen Groschen dafür bekam.
Sie hockten vor ihren Löchern, Martin nach Osten, Traugott nach Westen, Johannes nach Norden. Die Luke an der Südseite hatten sie zugelassen, in der Richtung stand das Pfarrhaus, und der Pastor durfte nicht merken, daß sie da oben herumturnten.
So auf Kummerow herabzusehen, das war herrlich. Jeden Hof konnte man beobachten und genau ausspionieren, was alle machten.

»Pssst«, machte Martin, »Kantor Kannegießer geht auf'n Abtritt.«
Traugott an seiner Luke lachte laut: »Mensch, da wollte er nu mit viere lang aus'm Hof, und nu hakt er am Pfosten.« Das galt Hermann Wendland. Johannes äugte nach dem Schloß. Er hätte zu gern Grafens in die Töpfe geguckt. Oder gespuckt, je nachdem.
Ihre Blicke gingen weit über das gelbe Halbrund, das die Äcker um das Bruch legten. Auf allen Feldern fuhren sie Roggen ein, manche mähten auch schon Gerste. Hinten, nach dem Vorwerk zu, ging die große Lokomobile vom Grafen, der Dreschkasten ratterte bis hierher. Das Allerschönste aber waren die weiten Weizenfelder, die, ein gelbes Meer, leise in der flirrenden Sonne wogten. Das wußten sie alle drei: Wo so viel Weizen wuchs, da ruhte des Himmels Segen. Auf Kummerow ruhte er.
»Ich kann Falkenberg sehen!« rief Traugott, der den Kopf weit nach links hinausgelehnt hatte. Das war weiter nichts, bloß siebeneinhalb Kilometer, aber es weckte den Ehrgeiz der anderen.
»Ich kann Randemünde sehen!« rief Martin, und es kann dahingestellt bleiben, ob es nicht bloß der Turm von Welsow war, denn Randemünde lag immerhin zwanzig Kilometer entfernt. Nachzuprüfen war es aber nicht, zwei konnten nicht zugleich den Kopf durchs Schalloch stecken.
Auf dieser Kenntnis fußte wohl auch Johannes, als er in den Turm zurückrief: »Ich kann Stettin sehen!«
Das waren etwa sechzig Kilometer.
Er hatte nicht mit seinen Genossen gerechnet. »Das lügst du ja!« brüllte ihm Traugott zu.
Johannes sah eine Weile weiter nach Norden, dann

berichtete er sachlich: »Sogar viel Wasser und Schiffe drauf und Kriegsschiffe auch.«
Wenn es stimmte, mußten sie das auch sehen. Hatte er aber gelogen, so wollten sie es ihm beweisen. Martin und Traugott rutschten zugleich an ihren Balken herunter und forderten Johannes auf, sofort seine Luke frei zu machen.
Doch der war in Fahrt: »Oach, und noch viel weiter. Bis nach Afrika!!« Für Martin war es nun klar, daß alles gelogen war. »Afrika — du bist wohl besoffen wie dein Großvater — da will ich gar nicht aus deinem dammlichen Lügenloch gucken!« rief er zu ihm hinauf.
Traugott, der doch gern nach Afrika gesehen hätte, enterte die Balken und hakte sich an Johannes' Beine. Der schlug aus und verkündete zwischendurch, er könne jetzt auch Amerika sehen. Das aber sagte er mehr nach außen, denn er hatte den Hinterkopf von außen in die Luke gehakt und hielt sich so fest. Schließlich kriegten sie ihn doch herunter.
Traugott bezog den Ausguck und stellte fest, daß er zwar viel Wasser sehen konnte, sicher die Ostsee, aber von Afrika und Amerika keine Spur. Schiffe auch nicht.
»Meine Augen sind eben schärfer«, prahlte Johannes und enterte die Westseite.
»Laß mich auch mal!« forderte Martin Traugott auf, nun doch neugierig. »Ach, laß mich man noch ein bißchen!« Traugott war es nicht recht behaglich, daß da einer so rasch nachprüfen wollte. Da hatte Martin ihn schon fest am Hosenboden.
»Mußt die Augen so'n bißchen zukneifen und

dann so nach rechts, nicht wahr, Johannes?« Damit verabschiedete sich Traugott von seiner Luke.
»Siehste woll!« Johannes triumphierte.
Gar nichts sah Martin. Gar nichts als die Kirche von Golzow, und dahinter kam Wald, und ganz hinten war es diesig.
»Siehste es immer noch nich?«
»Ich hab aber die Ostsee gesehen«, beharrte Traugott.
Daß sie beide logen, mochte Martin nicht glauben. Es mußte an seinen Augen liegen. Also glaubte er blind und sagte kleinlaut: »Ja, etwas seh ich auch.«
»Siehste woll? Bloß wenn ich was seh, dann redste von meinem Lügenloch!«
Martins Gedanken flogen mit seinen Blicken weit über das Land, über das Bruch und die Felder, über Dörfer und Berge und Wald. Und da Kantor Kannegießer noch einmal von der Völkerwanderung angefangen hatte, kam auch Martin wieder darauf. Da waren sie also angerückt gekommen, die fremden Völkerschaften, wenn sie zu Hause nichts mehr zu fressen hatten. Alle Mann dann nach Kummerow. Sicher hatten sich die Hiesigen gewehrt, hatten alle zurückgeschlagen, sonst wären doch jetzt keine Kummerower mehr da.
Johannes, der inzwischen vorsichtig auch die Luke nach Süden aufgemacht und sich weit nach unten geduckt hatte, fuhr so blitzschnell zurück, daß er an seinem Balken beinahe den Halt verloren hätte.
»Mensch, der Preester!«
Einen Augenblick waren sie ganz still, dann kletterte Traugott rauf und schob sich langsam vor. »Ja, da geht er im Garten. Immer auf und ab.«
»Er lernt die Predigt.«

Wie auf Kommando rutschten sie zugleich von ihrem Ausguck herunter. Das war Ulrikens Stimme, und keiner von ihnen hatte bemerkt, wie sie heraufgekommen war.
»Ich hab euch gesehen von unserem Garten aus.«
»Siehste!« Martin fühlte schon das Gewitter.
»Is ja gelogen«, lärmte Johannes. »Kannste gar nich von euerm Garten sehen. Da war die Luke noch gar nicht auf.«
»Ich hab's aber gesehen. Wenn Papa euch sieht...«
»Hat er dich raufgeschickt?« fragte Traugott.
Ulrike lächelte über so viel Dummheit. »Da hat er doch viel zuviel Angst um mich.«
»Mädchen dürfen aber nicht auf'n Turm«, bestimmte Johannes. »Kantor Kannegießer hat es extra wieder gesagt. Da kannste vielleicht welche kriegen, wenn ich's sage.«
»Wenn du das sagst«, drohte Martin, »dann sag ich, daß du die Turmuhr vermurkst hast vorhin.«
»Was hat er gemacht, Martin?« Ulrike versuchte das Schalloch nach Norden zu erklimmen.
»Dann sag ich, daß du Ulrike mit uns hast auf'n Kirchenboden kriechen lassen!« drohte Johannes.
Ulrike kam nicht hoch bis zum Schalloch, wodurch ihr Ärger wesentlich gesteigert wurde.
»Dann sag ich's Papa doch, Jungens dürfen auch nicht bis zum Schalloch. Darum habt ihr die Luke zu unserem Garten zugelassen.«
Traugott sprach schneller aus, was Martin bloß dachte: »Und da sagste, du hast uns von eurem Garten gesehen?«
»Von dicht dabei«, berichtete sie ungeniert, »vom Kirchplatz aus, das ist so gut wie von uns.«
Sie waren alle heruntergekommen und umstanden

sie. »Was machen wir bloß mit ihr?« fragte schließlich Martin. Sie hatten vorgehabt, noch länger oben zu bleiben, mit einem Mädchen zusammen ging das nicht. Jungens bis zum Schalloch war schon verboten, Mädchen im Turm war überhaupt verboten, nun war eine gleich bis zum Schalloch gekommen. Die Pflicht, als Erster das verhindern zu müssen, und der Stolz, daß Ulrike es gewagt hatte, hier allein raufzuklettern, stritten mächtig in Martin. »Was machen wir bloß mit ihr?« wiederholte er ratlos.

»Sie muß gleich wieder runter!« bestimmte Traugott.

»So 'ne dämliche Zicke«, schimpfte Johannes, »runterfallen müßte sie!«

»Ich bring dich bis zur Turmuhr«, sagte Martin hilflos.

Ulrike überhörte alles. »Ich will mal aus'm Schalloch gucken. Martin und Traugott klettern rauf, und Johannes macht'n Bock, und —«

»Und dann trittste mir mit deine dreckigen Beine auf'n Kopp, nich?« Johannes war sprachlos über so viel Frechheit.

»Dann mach ich den Bock«, erbot sich Traugott, der auch gern stark sein wollte.

»Kannste gar nich so lange«, begehrte Johannes auf, »ich bin viel stärker, nich wahr, Ulrike?«

»Laß man, Traugott«, entschied das kluge Mädchen, »Johannes is am stärksten.«

»Na, siehste!« Und Johannes ging unter das Schalloch im Norden und machte auch gleich den Bock. Er nahm sie sogar auf die Schultern und hatte auch nichts dagegen, daß sie, um höher zu kommen, mit ihren barften und wirklich nicht sauberen Füßen auf seinen Kopf trat. Dafür war er der Stärkste.

»Kannste die Ostsee sehen?« fragte Traugott, der ne-

ben ihr links im Balkengerüst saß und sie festhielt.
»Ich hab sie gesehen.«
»Und Afrika und Amerika? Das hab ich gesehen!« rief der Bock von unten.
»Ja, alles«, bestätigte Ulrike, »lauter schwarze Neger!«
»Das lügste«, verwahrte sich Traugott.
»Ehrenwort, 'ne ganze Masse.«
»Siehste«, schrie der Bock.
»Ich glaub das nicht«, zweifelte Martin, der Ulrike von der rechten Seite hielt.
Sie drehte den Kopf in den Turm zurück, sah die Mannsleute triumphierend an und sagte verächtlich: »Wenn ihr Dreck in den Augen habt?«
»Ich hab die Neger auch gesehen«, stand ihr Johannes bei, »da rechts von den Schiffen, nicht, Ulrike? Und Palmen sind da auch!«
Sie hatte den Kopf schon wieder draußen. Mit einemmal fing sie an zu trompeten: »Hallo — Hermann — hallo — Hermann Wendland! Siehste mich? Juhuhu!« Dabei ließ sie Martin los und versuchte auch noch den rechten Arm durch das Schalloch zu bringen. Es gelang ihr auch, und sie winkte aus Leibeskräften.
»Runter!« kommandierte Martin und sprang ab. Traugott folgte, und Pastors Töchterlein hing mit der einen Hand am Schalloch, angelte mit der anderen nach einem Balken und war froh, daß der Bock unter ihr nicht auch weggesprungen war. Aber Johannes ging langsam in die Knie, und sie kam glücklich herunter.
»Da wärste vielleicht gepurzelt«, sagte Johannes und richtete sich auf, stolz, daß er sie sozusagen gerettet hatte.
Sie sah alle drei gleich verächtlich an. Sie hatte vorgehabt, nacheinander aus allen Schallöchern zu sehen.

Da ihr keiner mehr half, kletterte sie allein los. Diesmal nach Osten.
»Wenn du wieder rufst«, drohte Traugott, »kneif ich dir in die Beine.«
»Kannst du Randemünde sehen?« fragte Martin, um sie wieder gut zu stimmen.
»Viel weiter noch«, prahlte Ulrike, schon halb versöhnt.
Martin hatte vor, jetzt etwas zu sagen von den Völkerschaften, die früher hier durchgezogen seien, und daß man wohl mal bis in die Berge gehen müßte, um nachzusehen, ob es da noch welche von gäbe, aber er befürchtete, Ulrike würde gleich losschreien, sie sähe sie alle dahinwandern.
Daß Ulrike log, tat ihm weh. Die Ostsee hatte er zur Not geglaubt. Das konnte an seinen Augen liegen, obwohl sie scharf genug waren. Afrika war bestimmt schon Schwindel. Afrika lag nach einer ganz anderen Seite und war viel zu weit. Nun hatte sie auch noch Neger gesehen. Was mußten bloß die Jungens von ihr denken, wo sie doch Pastors Tochter war?
»Ulrike« — sie war heruntergeklettert und wollte gerade die Westseite versuchen —, »das mit den Negern, Ulrike, das sind sicher bloß die Schnitter vom Vorwerk. Die sehen beim Dreschen immer so schwarz aus.«
Er hatte bösen Widerspruch erwartet. Doch Ulrike betrat gern die Brücke. »Sie haben aber genauso ausgesehen wie Neger.«
Erfreut entwickelte Martin den Plan, am Sonntag müßten alle Jungens mal in die Berge marschieren. Bis Randemünde. Wenn sie alle mitmachten, könnten ihnen die in den anderen Dörfern gar nichts.
Das war eine großartige Sache, die schönste, die je

durchgeführt worden war. Nötig war nur, daß keiner
etwas zu Hause sagte und die Mädchen nichts erfuhren.
»Wenn du was sagst«, Johannes hielt Ulrike die Faust
unter die Nase, »da kannste aber was besehen. Immer
so rin in die Schnut!«
»Ich geh doch mit«, antwortete Ulrike und war verwundert, daß sie es erst noch sagen mußte.
»Hier!« Traugott tippte an seine Stirn.
Ulrike sah ganz erstaunt auf Martin. Der schüttelte
den Kopf. »Mädchen dürfen nicht mit. Wir machen
Völkerwanderung.«
»Dann sag ich alles. Und daß ihr bei den Schallöchern
gewesen seid, und —«
»Dann sagen wir, du bist auch mitgewesen!« drohte
Traugott.
»Dann sag ich, ihr habt mich beim Rausgucken gehalten, dann kriegt ihr doppelt was!« So leicht war Ulrike
nicht kleinzukriegen.
Johannes malte es ihr besser aus. »Erst in'n Turm. Da
kriegste Backpfeifen von Kantor Kannegießer. Dann
bis ans Schalloch, da kriegste noch mal Backpfeifen
von Kantor Kannegießer. Dann überhaupt, da kriegste
den Hintern voll vom Pastor.«
Er hing wieder oben am Schalloch nach Süden und
dachte sich aus, wofür sie noch Senge kriegen könnte.
Es war gemein, wenn sie ihnen die Völkerwanderung
verpetzte. Wunderbar müßte das sein, so hinzuziehen, alle Mann durch ganz fremde Dörfer, und wenn
die was wollten, na, die sollten sich wundern.
Mit einemmal fuhr er zurück und duckte sich wie vorhin. »Da geht doch der Pastor noch immer hin und
her«, flüsterte er, als könnte der Pastor das unten in
seinem Garten hören.

»Er macht doch die Predigt«, wiederholte Ulrike, stolz auf des Vaters Arbeit und bemüht, irgend etwas zu finden, was die Jungens versöhnlicher stimmte und ihr Mitmachen am Sonntag ermöglichte.
»Schiete«, sagte Johannes, der wieder hinausgesehen hatte, »'ne große Stulle frißt er man bloß.«
»Da kann er doch bei lernen. Ich lerne auch immer beim Kaffeetrinken.« Ulrike ließ nicht gern etwas auf ihren Vater kommen, so streng er auch war. Seine Stellung verschaffte ihr ein besonderes Ansehen unter den Kindern, dessen war sie sich wohl bewußt. Und so war sie doppelt entsetzt, als sie hörte, was Johannes auf ihn kommen lassen wollte.
»Direkt auf'n Kopp könnt man ihm spucken.« Er qualsterte auch gleich eine Portion zusammen und sandte sie hinaus, nahm aber sofort Sichtdeckung.
Ulrike fuhr wild auf Johannes los. Martin beruhigte sie: »Hast du nicht gesehen, das kommt ja gar nicht bis unten, das ist ja alles weggeflogen.«
Es war so, Traugott konnte es bestätigen, und Johannes wußte es auch. Dennoch gab er nicht nach. »Pinkeln müßte man, das fällt besser!«
»Du bist 'n Schwein, ein Lumpenschwein bist du!« kreischte die Pastorstochter. Die Jungens hatten es bloß für Aufschneiderei gehalten, aber Johannes kletterte noch einen Querbalken höher und machte wirklich klar. Wie der Blitz fuhren sie ihm nach und zerrten ihn herunter, während Ulrike schrie, daß sie ihrem Papa nun ganz bestimmt alles erzählen würde.
Nun hatte der Pastor wohl gar nichts von der Geschichte bemerkt, und es war ihm auch nicht in den Sinn gekommen, zu denken, was Traugott von ihm annahm, nämlich daß er gemeint hätte, es sei ein kleiner Sonnenregen gewesen. Etwas naß waren lediglich

die Angreifer geworden, und ein bißchen auch seine Tochter.
»Und ich sag's Papa, so'n olles Schwein!« Sie heulte wirklich.
»Tust du nich«, griente Johannes und brachte sich in Ordnung, »dann mußte ja sagen, daß du dabeigewesen bist.«
Er hatte nicht mit Martin gerechnet. »Dann sag ich es ihm, Traugott ist Zeuge. Und dein Freund bin ich auch nicht mehr.«
»Bin ich schon lange nicht mehr«, trotzte Johannes, »läufst ja immer mit Mädchen. Und Sonntag kommt sie nicht mit!«
Traugott hatte sich darangemacht, die Luken zu schließen. Es war eine kriegerische Stimmung, und sie war gegen ihn gerichtet, Johannes fühlte es. Wenn sie wirklich quatschten, gab es erst einmal Senge, vom Priester, vom Kantor und von Großvatern. Dann vielleicht noch jeden Tag mit aufs Feld, keine Stullen mehr bei Martins Mutter, denn die war sehr fromm und würde das nicht verzeihen, daß einer auf den Herrn Pastor piet. Auch wenn er ihn gar nicht getroffen hatte. Vielleicht würde er gar für unwürdig befunden, Krischans Nachfolger zu werden. Das beunruhigte Johannes am meisten, dann war es aus mit Reichtum und König werden. »Ich hab'n ja gar nicht getroffen«, entschuldigte er sich schon.
»Hast aber gewollt!« fauchte Ulrike ihn an. Die Jungens schwiegen.
Gerade machte Traugott die letzte Luke zu, und es war nun fast dunkel. Nur von ganz oben fiel ein Lichtschein. Er fiel direkt in Johannes' verdattertes Gemüt. »Wenn ich nu bis zum Uhlenloch klettern tu, sagt ihr dann nichts?«

»Tust du ja doch nicht!« Es war wieder das Mädchen, das zuerst Lust an der Sache hatte.
Martin sah zu Boden, als überlegte er, ob dieser Reinigungsversuch des Freundes angenommen werden könnte. Bis zum Uhlenloch war noch nie einer geklettert. Das war die Stelle an der Turmspitze über den Schallöchern, wo ein Schieferstück fehlte und es ganz finster war. Auch ging da keine Leiter rauf, man mußte schon sehr gut klettern können. Ganz abgesehen davon, daß es da wirklich nicht geheuer war.
»Ich tu's!« Johannes stand da wie einer, der eine große Tat schon hinter sich hat.
»Wenn da nun doch Geister wohnen?« Martin war die Sache schon ungemütlicher als die soeben überstandene.
»Oach . . .« Traugott schielte in das Dunkel da oben. Er glaubte auch an Geister, aber neugieriger war er noch, ob Johannes es wirklich wagte und was dabei passieren würde.
»Steht ihr mir bei, wenn es viele sind?« Johannes sagte nicht, wen er mit den vielen meinte, sie verstanden es auch so.
Ulrike nur verstand es anders. »Siehste, nun hat er doch Schiß.« Sie wußte, das trieb ihn an. Auch sie wollte gern sehen, wie die Geschichte ablaufen würde. Darum setzte sie noch etwas zum Antreiben hinterher: »Ich sag's Papa. Alles sag ich von Johannes.«
»Wenn ich« — Johannes sah von einem zum anderen und zum Schluß auf Ulrike —, »wenn ich bis ans Uhlenloch bin, dann sagste dem Pastor nichts?«
Sie erfaßte ihren Vorteil ganz. »Wenn ich Sonntag mit darf, sonst sag ich's doch.«
»Sie kann ja« — Martin hatte einen Gedanken —, »als Marketenderin kann sie vielleicht mit.«

Was ein Marketender ist, wußten sie aus den alten Geschichten.
»Dann mußt du eine Kalit umhaben«, verarbeitete Martin den Gedanken weiter.
»Da nehm ich Papa seine«, versprach Ulrike eifrig, »sonntags merkt er es nicht.«
»Da müssen aber doch Stullen rein, wenn du 'ne richtige Marketenderin sein willst.«
Ulrike versprach, die Kalit bis oben voll Stullen zu machen.
»Dann darf sie mit!« Johannes forderte sie jetzt geradezu. »Und dann sagste nichts von vorhin?« Er hoffte, jetzt die Kletterpartie nicht mehr nötig zu haben.
»Wenn du bis ans Uhlenloch kletterst, sag ich nichts!« Ulrike gab nicht nach. Fragend sah Johannes die Freunde an.
»Gesagt haste das!« Traugott war auch unbarmherzig, und Martin nickte. »Ehrenwort!« Er ging von einem zu anderen. Langsam, das zögerte die Sache, vor der er doch einen Bammel hatte, etwas hinaus.
Die düstere Stimmung des engen, halbdunklen Raumes hoch zwischen Himmel und Erde erfaßte die Gemüter. Keiner sprach mehr. Sie fühlten nur, hier wurde etwas gewagt, ein Vorstoß in unentdecktes Land, und sie blieben an der schon unheimlich düsteren Pforte stehen, indessen einer ganz allein den Weitermarsch antreten mußte.
Langsam und immer noch schweigend machte Traugott die eine Luke wieder auf. Martin ließ ebenso schweigend die Bodenklappe, die nach unten führte, zufallen. Warum er das tat, wußte er nicht. Wahrscheinlich nur, um etwas zu tun, vielleicht auch, damit keiner von unten sie bei diesem frevelhaften Tun überraschen konnte.

Drei Augenpaare sahen beunruhigt und doch erwartungsvoll auf Johannes.
Er kletterte los, richtig aufwärts im Gebälk. Allerdings nicht, ohne fortwährend zu reden, wie schwer es sei, diese verfluchten Mistbalken, und zwischendurch hustete er vor Staub und spuckte nach unten. Aber er kletterte.
Gerade schob er mit dem Kopf ein paar Bohlen auseinander, was zur Folge hatte, daß eine Unmenge Sand und Vogelmist auf die Untenstehenden fiel, da geschah es.
Ein Brausen war plötzlich in der Luft, wie eines gewaltigen Windes, ein Aufschreien und Flügelschlagen. Entsetzt fuhren die Kinder bis an die Wände zurück. Das war gut, denn in ihr Schreien fiel von oben Johannes Bärensprung und dröhnte auf die Bodenklappe, indessen ein unheimlich großer Vogel aus dem Schalloch entwich.
Martins erster Gedanke war: Der Heilige Geist in Gestalt einer Riesentaube! Traugott hatte einen Adler gesehen, Ulrike den Teufel. Johannes, aber erst im Fallen, das Richtige.
Jetzt lag er stumm da. Die Zuschauer weinten alle drei, selbst Traugott war das anfängliche Lachen als Schluchzen in der Kehle steckengeblieben. Ratlos sahen sie auf den reglosen Johannes und wagten nicht, ihn anzufassen.
Nach ein paar Minuten hatte er sich bekobert und sah sich um. Sprechen konnte er auch wieder. »Mensch, man gut, daß du die Klappe zugemacht hast.« Das war wirklich gut, sonst wäre er auf die Treppe zum Glockenstuhl gestürzt.
Nun waren sie alle das schiere Mitleid. Traugott sagte sachlich: »Mensch, da wärste vielleicht hin gewesen.«

Martin: »Gelegen hast du wie 'ne tote Padde!«
Ulrike dachte an Schuld und Ursache. »Siehst du, das war der liebe Gott! Von wegen, was du gemacht hast gegen Papa.«
»Nä«, sagte Johannes und rieb sich den Schädel, »zuerst da war es ein ganz großes schwarzes Aas, mit roten Augen, wie ein Deika, und so'n Schnabel. Damit hat er nach meinem Gesicht gehackt. Da hab ich vor Schreck losgelassen. Nachher da war's man bloß 'ne olle dämliche Taube. Und dafür nu 'n Loch in'n Kopf.«
»Tauben hacken gar nicht«, berichtigte Martin.
»Und 'n Loch im Kopf hat er auch nicht«, setzte das Mädchen geringschätzig hinzu, »man bloß 'ne Brüsche.«
Da hatte Johannes sich ganz wieder. Etwas Besonderes mußte schon bleiben. »Dann haste recht, Traugott, dann war's wohl doch ein Adler!«

Die Völkerwanderung

In Kummerow essen sie um zwölf Mittagbrot, sonntags auch, und so fiel es keinem auf, daß sich die Jungens von halb eins ab unter den Linden draußen vor dem Dorf versammelten. Unter den Linden war die vierreihige Allee hinterm Schloß, wie in Berlin, und wenn auch keine Häuser an der Allee standen, nur Strohmieten, so waren dafür die Linden viel älter und größer als in Berlin.
Die Parole hatte geklappt, sie waren alle da, von acht bis dreizehn. Die Zaudernden waren mit unsanftem Druck zum Mitmachen genötigt worden, die Lage erforderte es. Einmal bot ein großer Haufen größere Sicherheit gegen die Angriffe der Stämme aus den anderen Dörfern, dann aber konnte man keinen zu Hause lassen, den man eingeweiht hatte. Martin hatte vor dem Essen noch mal die Geschichte der Völkerwanderung gelesen und mit der Darstellung der zu erwartenden Abenteuer nicht gespart.
»Wir sind die Goten«, erklärte Martin, »wir suchen neue Weideplätze.«
Keiner außer ihm wußte, was die Goten waren, er auch nicht genau, und Weideplätze gab es in Kummerow genug.
»Wir brauchen keine Weideplätze«, sagte Hermann, »wir marschieren einfach ein in Rande-

münde, und dann — und dann — und ich bin der oberste König.«
Martin protestierte, er hatte den Plan ausgedacht und war als einziger mit einer Armbrust bewaffnet. Allerdings auch mit einer Trommel, und darin hatte Hermann nun recht, ein König trommelte nicht.
»Ein König trägt auch keine Fahne«, stellte Martin fest, denn Hermann hatte eine mitgebracht. Um die Sache zu erleichtern, wollte Martin die Trommel zu Hause lassen. Dagegen empörte sich wieder die Mannschaft. Schließlich kam eine Einigung zustande: Martin führte das Volk auf dem Hinweg, Hermann auf dem Rückweg.
Die Bewaffnung war mangelhaft. Die meisten hatten nur den Flitzbogen umgehängt, Johannes trug Großvaters Nachtwächterhorn, fest entschlossen, den Trompeter von Vionville zu spielen. Auch die sonstige Ausrüstung war sehr uneinheitlich, nur wenige hatten Schuhe an, manche Holzschuhe, andere Holzpantoffeln, die meisten gingen barfuß. Mit der Verpflegung haperte es ebenfalls, nicht alle hatten eine Stulle mit, und die leere Kalit, mit der Ulrike ankam, wurde nur halb voll. Was aber nichts ausmachte, denn vor dem Abendbrot waren sie alle ja längst wieder zu Hause.
Mit Ulrike hatten sie sich abgefunden, eine Marketenderin mußte sein, und als Marketenderin hatte sie auch die Kalit zu schleppen. Daß außerdem noch gewisse andere Verpflichtungen bestanden, Ulrike jetzt jeden Wunsch zu erfüllen, wußten ja nur die drei vom Uhlenloch, Johannes konnte es aber nicht lassen, Ulrike an ihr Versprechen zu erinnern, eine mit Stullen gefüllte Kalit mitzubringen. »Nu hat sie nicht mal 'ne Stulle für sich mitgebracht«, maul-

te er. »Du hast ja auch keine mit«, fauchte Ulrike. »Ich bin ja auch aus'm Armenhaus«, rechtfertigte Johannes sein seltsames Privileg, »aber ne Preestersche? Wo ihr doch alles habt?« Da er damit ihrem Besitzerstolz schmeichelte, hielt sie eine Entgegnung nicht mehr für nötig.
Martin hatte Bedenken, durch das Dorf zu marschieren, es brauchte bloß einer der Großen zu fragen, dann war der Deubel los, auch wenn es Sonntag war. Und so führte Martin, König und Trommler in einer Person, sein Heer um das Dorf herum, durch das Bruch. Leicht war das nicht, da waren alte Torfstiche zu umgehen, man mußte hinter Hasen hersetzen, eine Treibjagd wurde eingelegt, aber schließlich erreichten sie doch den Damm, der schnurstracks auf die Berge zulief. Ihn zu benutzen bedeutete wieder neue Gefahr. Wenn Kummerower vom Bahnhof kamen, war Verrat zu befürchten. Nach kurzem Rat wurde beschlossen, auf den Damm und damit auf die Brücke über den Fluß zu verzichten. Nur Ulrike durfte den Damm entlanggehen; bei der Buschmühle sollte sie wieder auf den Haufen stoßen.
Der nahm Richtung auf einen dichten Erlenbusch, dort hatte Martin den Flußübergang festgesetzt. Sie zogen sich aus, hielten die Kleider hoch über den Kopf und wateten hindurch. Da es sehr heiß war, legte der König hier schon ein Erfrischungsbad ein. So ging zwar kostbare Zeit verloren, doch die Stimmung gewann erheblich. Der Erlenbusch wurde auch als Arsenal benutzt, prächtige Knüppel ließen sich da schneiden, das waren bessere Waffen gegen die feindlichen Völkerschaften als die Flitzbogen, mit denen man im Handgemenge sowieso nichts anfangen konnte.

Wohlausgerüstet erreichte die Schar dann bei der Buschmühle die Grenze der Gemarkung Kummerow. Ulrike hatte aus Langeweile schon gevespert.
»Von unseren Stullen«, stellte Johannes empört fest. Bis Rummelow ging es auf einem ausgefahrenen Weg an einem Graben entlang, an dem Pappeln und Weiden standen. Unter Trommel- und Pfeifenklang rückte man in das Dorf, das zwar eine Kirche, aber keinen Pfarrer hatte. Rummelow getraute sich nicht, den Durchgang zu verweigern. »Die gehören ja zu Papa!« erinnerte Ulrike. Es waren also keine richtigen Feinde. Darum liefen sie auch bloß aus Neugierde ein Stück hinterher, aber nicht lange, denn Martins Nachhut bewarf sie mit Lehmklüten.
Der Sandweg über die einsamen Heideberge war langweilig und beschwerlich. Die Augustsonne brannte selbst für Kummerower Jungens reichlich, und es mußte öfter haltgemacht werden. Die Abteilung der Barfüßler hatte sich vermehrt, alles, was nicht Schuhe trug, ging barfuß. Vor Welsow wurde eine Vesperpause eingelegt. Hermann schlug vor, nicht zu trommeln, das könnte die Welsowschen unnütz reizen. Er rollte auch seine Fahne ein. Traugott war dafür, das Dorf zu umgehen. Johannes war für Festedrauf, er wollte endlich mal richtig blasen, probiert hatte er es unterwegs genug. Ulrike bestand auf dem Durchmarsch, sie wollte sich Welsow ansehen, und hätten die Jungens Angst, würde sie allein mitten durch die Feinde gehen. Martin beschloß, einen Kundschafter vorzuschikken, und da außer Johannes sich keiner freiwillig meldete, mußte der König mit seinem Trompeter allein gehen. Es dauerte eine ganze Weile, bis sie wiederkamen, daran seien die Stinker schuld, meldete Johannes Sie hatten kurz vor Welsow in einer alten Weide

ein Wiedehopfnest gefunden, und Johannes hatte seinen König überredet, es ausnehmen zu dürfen. Er brachte die kleinen Vögel mit, und die erste Beute kam in die Pastoren-Kalit, die ohnehin leer war.
Welsow schien geräumt zu sein, es genügte, mit Musik einzurücken. Hermann entrollte wieder das Banner der Goten. Bis zur Kirche kamen sie auch ungehindert, aber weil das man bloß eine popelige Fachwerkkirche war, machten sie da Rast und zogen lustige Vergleiche mit ihrer eigenen Kirche. Langsam kamen Welsowsche Jungens heran, und wenn das auch nur dünne Sandhasen waren, es wurden dafür immer mehr, wurden viele, und sie verstanden das Lachen über ihre Kirche falsch. So entbrannten die Feindseligkeiten wieder einmal aus kirchlichen Meinungsverschiedenheiten, zuerst mit wüsten Schimpfereien, denn an die Knüppel der Kummerower trauten sich die Welsowschen nicht heran. Aber es kamen auch Große dazu, die feuerten ihre jugendlichen Christen an, sich von den Kummerowschen Heiden keine Beleidigung ihrer Kirche gefallen zu lassen.
Allmählich wurden die Goten aus dem Dorf hinausgedrängt, zum Glück in der Richtung auf Randemünde, denn die anderen dachten ihnen damit einen Streich zu spielen. Die Welsowschen hatten einen sandigen Kartoffelacker besetzt, so waren sie ausreichend mit Munition versorgt, und Ulrike bekam eine Kartoffel an den Kopf. Mutig gemacht durch ihren vermeintlichen Sieg, rückten die Welsowschen nach, auch eine Salve aus den Flitzbogen warf sie nicht zurück.
Da blies Johannes von sich aus zum Angriff, machte auch gleich den Anfang und haute einem allzu kühnen Welsowschen das Nachtwächterhorn von Kummerow über den Kopf. Es ist immer dasselbe: Ein mu-

tiger Mann macht hundert. Martin hängte Ulrike seine Trommel um, die Schlegel behielt er, und damit schlug er die Gegner in die Flucht. Nun faßte auch Wendland frischen Mut. Er war noch nicht ran, da rissen die Welsowschen vollends aus, und die Kummerower preschten ihnen nach bis ins Dorf, wo eine wüste Schimpferei und die Drohung der Welsowschen, es ihnen auf dem Nachhauseweg zu besorgen, die Fehde beendeten.

Es war ein glänzender Sieg, und sie hatten nun eigentlich das Recht, hier ihre Weideplätze aufzuschlagen. Doch es war schon so, wie Hermann feststellte: »Mensch, da kannste ja nicht mal Hühner weiden lassen! Und so was von Roggen! Da haben wohl die Sperlinge von Kummerow ein paar Körner verloren!« Wenig geordnet, dafür war die Aufregung zu groß, zogen die Goten weiter. Sie schrien durcheinander und prahlten mit ihren Heldentaten, jeder hatte ganz allein den Erfolg erfochten. Ulrike behielt die Trommel, bekam auch die Schlegel.

Fünf Kilometer waren es noch, dann senkten sich die sandigen Berge wieder, und vor ihnen lag Bietikow. Und dahinter, im Dunst, Randemünde, das Ziel. Das Tempo war schon merklich langsamer geworden, an einem Wiesengraben wurde erst mal getrunken, einige von den Kleinen fingen auch schon an zu quäken, so daß Martin Mühe hatte, seine Schar wieder auf die Beine zu bringen.

In Bietikow sah es nun schon ganz anders aus als in Welsow, beinahe wie in Kummerow. Eine große steinerne Kirche hatten sie auch. Martin, kühn gemacht durch den Sieg von Welsow und berauscht von der Vorstellung, diese fette Stätte für die Kummerower Goten zu besetzen, verzichtete diesmal sogar auf Er-

kundung. »Und gleich feste drauflos, und bei der Kirche treffen wir uns!«
Die Kleinen protestierten, sie könnten nicht so rasch laufen. Dann sollten sie vorausgehen, aber da hatten sie auch wieder Angst. So wurde beschlossen, Bietikow nur mit Gesang zu erobern. Sie sangen »Hinaus in die Ferne«, Ulrike trommelte dazu, das heißt, eigentlich schlug sie nur den Takt zum Marschtritt, und Traugott flötete. Es stimmte nicht alles zusammen, vielleicht weil der Anführer vergessen hatte, mitzusingen, denn er dachte an das Bibelwort von den Lauen. Um etwas Zug in die Sache zu bringen, begann Johannes zu blasen. Bisher hatten die Bietikowschen nur gegrient, jetzt fingen sie an laut zu lachen, einige schmissen auch schon mit Klüten. Da Martin einen Brocken in den Rücken bekam, befahl er wütend Gegenangriff, und ehe es sich die Bietikowschen versahen, war der Feind über ihnen.
Es ist nicht zu leugnen, die Bietikowschen blieben Sieger. Sie warfen die Eindringlinge hinaus, diesmal aber nicht nach der Randemünder Seite, sondern in die Richtung, aus der sie gekommen waren, und das war schade. Dazu heulten die Kleinen erbärmlich und wollten nach Hause. »Alles antreten!« kommandierte der Gotenkönig. Da erst merkten sie: Ulrike fehlte!
Martin fühlte einen furchtbaren Schmerz, einesteils wegen Ulrike und dann wegen seiner Trommel, die sie bei sich hatte. Sicher war die dumme Gans einfach bis zur Kirche gelaufen. Was aber sollte nun geschehen? Die Kleinen und auch schon einige von den Großen waren für nach Hause. Das ging nicht, auf der einen Seite lag Bietikow, da gab es noch einmal Hiebe, auf der anderen Seite lag Welsow, da gab es diesmal bestimmt Prügel.

»Wir können Ulrike doch nicht in Feindeshand lassen!« empörte sich Martin.
»Dann hol sie doch«, entgegnete Hermann Wendland, »du hast sie ja mitgenommen!«
Martin sah etwas kläglich Johannes an.
»Ach laß man«, sagte der, »die kommt schon von alleine.«
Aber sie kam nicht.
In Martins Kopf brummte es, und in seiner Seele rumorte es. Nun galt es, das zu tun, was Helden in den Büchern taten! Nun hieß es, für die Geliebte das Leben einsetzen.
»Wenn ich nicht wiederkomme . . .«, fing er an, aber dann gluckste es in der Kehle.
»Ich geh mit!« sagte Johannes schlicht.
»Ich auch!« Traugott wurde das nicht leicht.
»Dann geh ich auch mit!« meldete Hermann.
Noch drei gesellten sich zu ihnen.
»Langsam rein ins Dorf!« befahl Martin, »und dann in einem Zug erst mal bis zur Kirche! Da wird sie wohl sein.«
Auf dem Kirchplatz standen die Bietikowschen und besprachen in dicken Tönen ihren Sieg. Sie waren so überrascht, daß sie wild auseinanderstoben, als sie die Kummerowschen Laute hörten. Bis sie merkten, es waren ja nur ein paar zurückgekommen. Wie ein Ozean brach die Flut über dem gotischen Trupp zusammen, und ohne Frage wären sie bis auf den letzten Mann vernichtet worden wie früher ihre Vorbilder. Doch da griff der liebe Gott in Gestalt seines beamteten Dieners in Bietikow ein, und Ulrike selber war das Werkzeug gewesen.
Als sie den Bietikowschen Haufen gegen sich vorrücken sah, war sie nicht zurückgewichen wie die Manns-

leute, sondern in den Garten retiriert, der an die Kirche stieß, und die Frau im schwarzen Kleid, die gerade den Kaffeetisch in der Laube deckte, war die Frau Pastor. Das hatte Ulrike gleich weg. Deshalb erzählte sie auch ihr Geschick und das ihrer Kameraden so, daß Frau Pastor sofort auf ihrer Seite war, über die verstrolchten Bengels von Bietikow schimpfte und ihren Mann wecken ging, denn der Pastor hielt seinen Nachmittagsschlaf. Mit aller Ausführlichkeit erzählte Ulrike ihm, sie sei seines lieben Amtsbruders Tochter und was es mit der Trommel für eine Bewandtnis habe, denn der Pastor guckte in einem fort auf die Trommel und griente.

So kam es, daß er, als der Radau draußen aufs neue entbrannte, mit dem Donner seiner Stimme den kämpfenden Knäuel entwirrte und heute zum zweiten Male eine sonntägliche Strafpredigt losließ über die Schänder des christlichen Sonntagsfriedens und über die Wegelagerer, die Bietikow in Verruf brächten, indem sie friedliche Wanderer überfielen. Aber weil er so donnerte, wagte einer seiner verlorenen Söhne mit dem Fuß kräftig nach Ulrikes Trommel zu stoßen, daß das eine Fell platzte. Ulrike holte schon zum Gegenschlag aus, da verebbte des Pastors Stimme und fragte die armen Überfallenen freundlich: »Wo wolltet ihr denn hin, meine Kinder?«

»Nach Randemünde«, antwortete Martin schlicht, »das Kaiserdenkmal auf dem Marktplatz wollten wir uns ansehen.«

»Welch ein schönes Vorhaben! Welch ein patriotisches Vorhaben!« Er wendete sich an seine Frau: »Hast du noch Kaffee da? Dann kommt in den Garten, meine lieben Kinder, ihr seid gewiß durstig. Ein Stück Kuchen wird auch da sein.«

Und so kam es, daß die Goten, die ausgezogen waren, anderen Völkern die Weideplätze wegzunehmen, für ihr Vorhaben auch noch gefüttert wurden. Und wenn nicht direkt vom lieben Gott, so doch von seinem Stellvertreter in Bietikow.
Leiblich und seelisch wurden sie von ihm gefüttert, und das eine Mal so unverdient wie das andere. Dem Pastor waren die schmucken seltsamen Abzeichen aufgefallen, die Martin, Johannes, Traugott, Hermann, Ulrike und noch zwei der Goten an ihren doch so unterschiedlichen Gewändern hatten: eine Feder, die zwei richtige Flügel breitete. »Was habt ihr denn da für ein schönes Abzeichen?« fragte er, und da er gerade vor Johannes stand, faßte er ihn in den Rockkragen. Die Flügel, die er, da sie sich an einer Feder, also an einem gewissermaßen körperlosen Körper befanden, nicht anders als himmlische Symbole deuten konnte, verleiteten ihn zu der Annahme, diese kleinen Wanderer seien nicht nur wegen des Kaiserdenkmals als Reiseziel vorbildliche Patrioten, sondern vielleicht auch als Mitglieder eines besonderen Jugendvereins vorbildliche Christen. So war er denn zuerst ein wenig enttäuscht, daß es sich nur um einen Stenographie-Verein handelte, doch als Martin, häufig unterbrochen von Johannes, ihm die Vorzüge des Systems Holzhauer mit Begeisterung gepriesen hatte, verfiel der gute Seelenhirte in Bietikow, der in seinem Leben noch keinen Stenographen gesehen hatte, erst recht in grenzenlose Bewunderung. Und das alles hatten die Kinder aus sich und durch sich gelernt? Und ausgerechnet in Kummerow, das solchen schlechten Ruf hatte? Da sah man wieder, was die Verleumdung anrichten kann. Nun, so würde er es zu einem Teil gutmachen.

»Liebe Frau«, sagte der Pastor mit fast feierlicher Stimme, »was muß es für Lehrer und Pastor eine Freude sein, solche vorbildliche Jugend zu haben!« Um seiner Freude und Ergriffenheit richtigen Ausdruck zu geben, zog der Pastor sein Portemonnaie hervor und entnahm ihm eine Mark: »Ihr werdet unterwegs Durst bekommen, meine lieben Kinder. Hier ist eine Mark. Kauft euch dafür Limonade. Davon, daß ihr sie brüderlich teilt, bin ich bei euch überzeugt!« Und er händigte die Mark ausgerechnet an Johannes aus.
»So«, sagte der Pastor dann, »und nun geleite ich euch noch vors Dorf!« Und war nachher sehr verwundert, als sie nach dem anderen Dorfausgang wollten, nicht nach dem auf Randemünde zu.
»Unsere warten doch da«, berichtete Martin.
»Ach, ihr seid noch mehr?«
»Oach«, sagte Johannes, »Stücker hundert...«
Ehrwürden schien Bedenken zu kriegen. »Wollt ihr denn da nicht lieber zurückgehen nach Kummerow?«
»Geht ja nicht«, sagte Johannes voreilig, »da kommen wir nicht durch.«
»Warum geht das nicht, mein Sohn?«
»Da warten doch die aus Welsow«, erzählte Johannes weiter.
Der Pastor sah den Gotenkönig an. Der erschrak: Wenn der Pastor die wahren Motive ihrer Völkerwanderung erfuhr, war es aus mit seinem Wohlwollen. Und mit seinem Schutz wohl auch. Es war also besser, man blieb bei der Vaterlandsliebe, die wirkte immer. Und so sagte er bieder: »Ach, wir wollen doch erst zum Denkmal!« Diese patriotische Beharrlichkeit rührte den Pastor auch so sehr, daß er die Helden zu ihrem Sammelplatz durch Bietikow bis an den Weg nach Randemünde führte. »Geht mit Gott, meine Kin-

der«, sagte er zum Schluß. Und er nahm sich vor, morgen bei seinen Bengels zu fragen, wer von ihnen denn schon zum Denkmal gewandert sei oder Stenographie gelernt habe, und sie sollten sich an dem Betragen der Kummerower ein Beispiel nehmen.
Als die Kleinen hörten, die Großen hätten inzwischen Kaffee und Kuchen gehabt, fingen sie erst recht an zu greinen. Was Johannes veranlaßte, die Stücke, die er gegessen, auch noch mit den Händen zu beschreiben. »Wir haben ja auch Ulrike befreit«, prahlte Hermann. Die ging schweigend neben dem schweigenden König her und wußte, was er dachte: Was wird es zu Hause geben, wenn sie die Trommel sehen! Ulrike erriet seine Gedanken und drehte das Instrument um, so daß die heile Stelle nach oben kam. »Dann gehste so mit rein, da merkt keiner was.« Doch Martin dachte weiter: Aber nachher? Von allein wird sie nicht wieder heil! Das Mädchen probierte ein paar Schläge auf dem heilen Fell. »Das hört sich akkurat so an wie vorher, als sie heil war.« Es hörte sich aber gar nicht so an, es klang jämmerlich.
Wie eine gewaltige Weltstadt lag Randemünde da, mit seiner mächtigen Marienkirche, dem Kloster, dem Pulverturm, und überhaupt. Der Zug hielt an, und Hermann erklärte, wie groß und reich die Stadt sei und daß es da wohl tausend Jungens gäbe. So müssen die Goten vor Rom gestanden haben. Bloß daß die Kummerowschen keine Eroberungsgelüste mehr hatten. Das hätten wir auch nicht geschafft, dachte Martin und schlug vor, es mit der Frömmigkeit zu versuchen und einfach als fromme Pilger einzuziehen. »Die Stökke sind keine Gewehre mehr, sondern Pilgerstäbe. Am besten, wir machen Blumen dran.« Also pflückten sie Blumen, und bei wem die Strippen nicht reichten, der

nahm seine Blumen in die Hand, und schließlich war die Pilgerschar fertig.
»Wenn wir fromm sind, kriegen wir vielleicht noch mal Kaffee und Kuchen«, sagte Johannes.
»Wenn uns Onkel Superintendent sieht, lädt er uns ein«, verhieß Ulrike.
»Wo der immer bei euch Hühner frißt!« Johannes war dafür, daß eine Hand die andere zu waschen habe.
Die Aussicht auf Kuchen belebte auch den Mut der Fußkranken, und so zog ein zwar schlapper, aber immerhin noch nicht trauriger Haufen in Randemünde ein. Anzustrengen brauchte er sich nicht, um fromme Gesichter zu machen. Die meisten blickten nach rechts und links, ob da nicht ein Pastor oder gar ein Superintendent winkte und sagte: Kommt her zu mir, die ihr mühselig und beladen seid, ich will euch erquicken! Doch es kam kein barmherziger Samariter des Weges daher.
Johannes' Vorschlag, gleich zum Superintendenten zu gehen, schlug nicht durch, denn nun hatte Ulrike einen triftigen Einwand vorgebracht: »Es ist man bloß, daß Herr Superintendent euch kennt. Der weiß doch, daß ihr gar nicht fromm seid.« Sie sagte »ihr«, denn sie hielt es für besser, sich ein wenig zu distanzieren.
Johannes wollte noch nicht auf den geistlichen Kaffee verzichten, er sagte sich nicht mit Unrecht, daß damit die Mark vom Pastor weniger durch das Verlangen nach Limonade gefährdet sei. Hatte er die Mark erst mal aus Randemünde herausgerettet, würde ihm bis Falkenberg schon etwas einfallen; na, und war er mit ihr erst in Kummerow, da sollten sie sie man suchen. Die Gefahr lauerte nur in Randemünde, und richtig, da sagte Ulrike auch schon: »Wir brauchen auch gar nicht zu Herrn Superintendent, wenn wir durstig sind,

wir haben ja 'ne Mark für Limonade.« Wir, sagte sie. Johannes griff in seine Hosentasche und schloß die Hand um seinen Schatz.
Martin machte sich seine eigenen Gedanken: Jetzt, wo wir arme friedliche Pilger sind, kommt keiner und lädt uns ein. Vorhin in Bietikow, da hatten wir es eigentlich nicht verdient. Wie das doch zugeht mit der Belohnung von Gut und Böse in der Welt! Vielleicht war das alles bloß ein Gerede, daß man nur fromm und friedlich zu sein brauchte, um geachtet zu werden. Hier wurden sie nicht einmal beachtet. Kam das daher, daß Randemünde eine Weltstadt war? Ganz kläglich fühlte er sich.
Hermann Wendland hatte recht gehabt. Auf dem Marktplatz stand das Denkmal, auf dem die zwei Kaiser sich guten Tag sagten, und die Fahnen waren aus Eisen. Gegenüber stand ein Soldat Posten, er lief vor der Wache auf und ab, manchmal auch um die Ecke. Neben der Tür von der Wache waren Eisenstangen angebracht, daran lehnten Gewehre, und drei Trommeln standen auch da. Sie warteten eine Weile, ob da nicht die Soldaten herauskommen und trommeln würden, und tranken zwischendurch den Brunnen halb leer. »Wo das doch nichts kostet«, feuerte Johannes sie an. »Limonade trinken wir in Falkenberg.« Er war fest überzeugt, auch in Falkenberg würde sich ein Ausweg zeigen. Bloß raus aus Randemünde. Er machte sich an Hermann heran: »Nu bist du doch der Oberste, nicht?« Es wirkte auch, Hermann rief sofort laut: »Jetzt bin ich der König!« Dann ließ er antreten, und sie zogen ab. Auf die anderen Sehenswürdigkeiten von Randemünde legte keiner mehr Wert.
Doch sie kamen nicht weit.
Ulrike hatte nicht so sehr den Soldaten und die Ge-

wehre angesehen, sondern mehr die Trommeln. Ihr draufgängerischer Sinn verdunkelte ihr weibliches Gemüt vollends und alle Lehrsätze der Moral dazu. Kann aber auch sein, das weibliche Gemüt in ihr, die Liebe zu Martin, trieb sie dazu, ihn vor unverdienter Strafe wegen der kaputten Trommel zu bewahren. Wer will das entscheiden? Jedenfalls lief sie, als die Goten gerade abrückten und der Soldat um die Ecke gegangen war, rasch auf das Wachthaus zu, stellte ihre Trommel hin, nahm eine der Soldatentrommeln und rannte hinter dem Trupp her.
Sie waren schon beinahe aus der Stadt heraus, als Martin die verwandelte Trommel entdeckte.
Wie das Wunder zustande gekommen war, bedurfte keiner Erklärung. Auch nicht für die andern. Sie blieben vor Bewunderung stehen und versperrten die Straße.
»Eine richtige Soldatentrommel hat sie geklaut«, sagte Martin tonlos, »gleich bringste sie wieder hin!«
Dagegen wehrte sich Ulrike energisch. »Geklaut? Denkste woll, was? Bloß umgetauscht. Der Soldat kann ja auf deiner trommeln, und die haben auch noch andere.«
Die Schlange in diesen Worten des kleinen Weibes versuchte auch Martin. Was Ulrike sagte, stimmte, und eine Trommel war das, da konnte man schon anders einen Wirbel drauf schlagen als auf seiner. Er nahm sie begehrlich in die Hände. Da entdeckte er die Schlegel, die zwischen den Schrauben steckten. Seine Schlegel aber hatte er noch in der Hand. Nun mußte die Trommel doch zurück, denn der Soldat hatte ja nicht mal Stöcke für die kaputte Trommel.

Jeder wollte die Trommel anfassen, aber Johannes hatte schon den richtigen Gedanken: »Nu bloß ausrücken, sonst merken sie das und setzen uns nach.«
Wie sie plötzlich laufen konnten, auch die Kleinen, wie beim Auszug heute mittag.
Doch es war zu spät, hinter ihnen erklangen nägelbeschlagene Stiefel auf dem Pflaster, und ohne daß sie sich umsahen, wußten sie, was da herankam. »Stillgestanden!« donnerte eine mächtige Stimme. »Wollt ihr Bande stillstehen?«
Hermann Wendland mit seinen langen Beinen wetzte aus, ein halbes Dutzend andere auch. Es hatte keinen Zweck, aus einer Seitenstraße vor ihnen kamen auch zwei Soldaten und versperrten ihnen den Weg. Das hatten sich die Goten nicht gedacht, daß heute auch noch richtige Truppen gegen sie anrücken würden.
Der Soldat riß Martin die Trommel aus den Händen. »Ihr Spitzbuben, ihr Himmelhunde, ihr verfluchten Kummerower!«
Sie bibberten vor Angst, aber daß er wußte, sie seien aus Kummerow, wunderte sie noch mehr. Außerdem waren sie ja nicht alle schuldig.
»Marsch, alle Mann zurück zur Wache! Na, ihr werdet was erleben!«
Ein Wehgeheul der Kleinen antwortete auf den Befehl.
Die Großen bissen die Zähne zusammen, Johannes stieß Ulrike sein Knie in den Podex. Wie eine Herde Schafe trieben die drei Soldaten die Kinder zurück zur Wache, begleitet von einer immer größer werdenden Menge Erwachsener.
Martin ging mit gesenktem Kopf und zählte sinnlos die Pflastersteine. Sein Gesicht war dunkelrot. Nun wurden sie doch noch beachtet in Randemünde. Aber

nicht als Helden und nicht als Pilger, als Spitzbuben und armselige Sünder mußten sie durch die Staat ziehen.
»Ihr werdet alle totgeschossen!« rief ein Randemünder Bengel. Ein Aufschrei antwortete ihm.
»Sie«, sagte Johannes und faßte nach der Hand des einen Soldaten, »das ist doch nicht wahr?«
»Doch«, raunzte der, »sogar mit Kanonen!«
»Wir andern auch alle? Doch bloß der Anführer!«
Schade, Martin hatte nicht erkannt, wer das gerufen hatte.
Vor dem Wachthaus standen wohl zwölf Soldaten. Erleichtert stellten die Kummerower fest, daß wenigstens die Gewehre noch an den Eisenständern lehnten. Kanonen waren auch noch nicht aufgefahren.
Ein Unteroffizier mit dickem Schnurrbart stemmte die Hände in die Seiten. »Ist das die Bande? Dann man rin mit die Kanaillen!« Und die ganze heulende Kinderschar wurde in die Wache getrieben.
»Ruhe!« brüllte der Unteroffizier.
Nur verhaltenes Glucksen stieg auf.
»Wer war nun der Verbrecher?« Der Schnauzbärtige musterte grimmig die Größeren.
Ein Soldat wies auf Martin. »Der hat die Trommel gehabt.«
Mit zwei Fingern, die er in Martins langen hellen Haarschopf drehte, zog der Unteroffizier den Schuldigen aus der Reihe. »So, du also! Sieht aus wie ein Engel und ist ein ganz schlimmer Deibel! Warum hast du die Trommel gestohlen?«
»Ich hab sie gar nicht gestohlen«, trotzte Martin, die Beleidigung war zu stark gewesen. Da fiel ihm plötzlich ein, daß er nun ja Ulrike verraten mußte. »Wir haben bloß —«

»Weggenommen haste sie bloß. Das ist nicht dasselbe, was? Du bist ja noch gerissener, als ich dachte. Na, dann paß mal auf, du kleiner Gauner!« Er haute Martin eine runter, daß der gleich zurück ins Glied flog. »Ach, du meinst wohl, du hast 'ne Maulschelle gekriegt? I bewahre, ich habe dir bloß was von der Bakke weggenommen.«
Martin schoß das Wasser in die Augen, und er machte sie gleich ganz zu. Aber er hörte doch, was das Ungeheuer sagte: »Vierzehn Tage strengen Arrest, das wäre das Richtige, die kannste für den Wachtposten abmachen, der sie deinetwegen nu kriegen wird, wenn du nicht vor ein Kriegsgericht kommst.«
»Die Trommel ist ja wieder da«, wagte Traugott zu sagen.
»Ruhe im Glied!«
Martins Augen öffneten sich von allein, und weiter als nötig, denn sie fielen auf die Soldaten, die alle auch in die Stube gekommen waren. Kriegsgericht, vielleicht wollten sie ihn schon holen.
Die meisten der andern Jungens sahen es anscheinend nicht so an, sie hatten wohl herausgefühlt, ihnen ging es nicht mehr an den Kragen. Ulrike aber biß eine tiefe Narbe in die Knöchel ihrer linken Hand und hatte ein knallrotes Gesicht. Martin sollte nicht vor das Kriegsgericht kommen. Aber sie auch nicht. Sie könnte sich backpfeifen, daß sie nicht Johannes die Trommel gegeben hatte. Um den wär es nicht schade gewesen, das sagten die Großen im Dorf auch immer. In der Stille, die nun herrschte, hörten sie, wie draußen einer »Achtung!« rief, und sahen, wie die Soldaten an die Wände flitzten und strammstanden, sogar der schreckliche Unteroffizier. Zwei Offiziere kamen herein, der Unteroffizier schnarrte etwas von »Auf Wa-

che«, und dann fing er an, die Geschichte zu erzählen, und das sei der Dieb der Trommel.
»Weiß schon, weiß schon«, wehrte der eine Offizier ab, »ganz Randemünde steht ja draußen! Was haben Sie mit ihm gemacht?«
»Verhört und erst mal eine runtergehauen, Herr Hauptmann!«
»So! Wissen wohl noch immer nicht, daß solche Eigenmächtigkeiten verboten sind, was?«
»Zu Befehl, Herr Hauptmann! Ich dachte bloß, Arrest kann er nicht kriegen und —«
Da stürzte Ulrike vor und faßte den Hauptmann bei den Händen. Sie hatte erfaßt, daß da weichere Regungen vorhanden waren. Nun heulte sie los: »Er will Martin totschießen lassen — und — und — er hat doch gar nicht gestohlen...«
Der Offizier war sprachlos. »Mädchen habt ihr auch mit? Feine Soldaten seid ihr Kummerower!«
»Das ist doch bloß unsere Marketenderin«, riskierte Johannes.
Der Hauptmann lachte auf und drehte sich zu dem anderen Offizier. »Was sagen Sie dazu, Kamerad?« Er machte aber gleich wieder ein strenges Gesicht. »Der lange Lulatsch soll mal vortreten!«
Das galt Hermann Wendland. »Sag du mal, warum habt ihr die Trommel geklaut?«
Hermann sah ihn erst mißtrauisch an. »Weil die Bietikowschen unsre doch kaputtgehauen haben — da hat sie — da hat er —«
Der Hauptmann nahm sich wieder den unglücklichen Gotenkönig vor. »Warst du der Anführer?« Martin nickte ergeben. »So! Und da weißt du nicht, daß ein Vorgesetzter nichts tun darf, was den Untergebenen schadet?«

»Hab ich ja auch nicht!« In Martin erwachte langsam der Trotz, wenn sie ihn totschießen wollten, brauchte der ihm nicht noch so was zu sagen, wo er doch überhaupt ganz unschuldig war.
»Daß du mit deinem Streich den Wachtposten draußen in Arrest gebracht hättest, wenn er die Sache nicht noch rechtzeitig bemerkt hätte, daran hast du nicht gedacht, was?«
Nein, daran hatte er nicht gedacht.
»Und was du deinen Leuten für ein schlechtes Beispiel gegeben hast, daran hast du auch nicht gedacht. Und was soll nun erst das Mädchen von dir denken?«
Wobei denn die eigene Trommel kaputtgegangen sei, wollte der Hauptmann noch wissen. Martin berichtete, sie seien heute schon dreimal im Kampf gewesen, er nahm das friedliche Rummelow auch gleich dazu.
»Na«, sagte da der Hauptmann, »dann wollen wir mit einer derartig sieggewohnten Truppe man gar nicht erst anbinden. Ihr werdet also aus der Gefangenschaft freigelassen. Aber nur dann, wenn du einen richtigen Wirbel schlagen kannst. Gebt das Corpus delicti mal her.«
Alle Gesichter der Goten wurden mit einemmal hell, sie kannten doch Martin Grambauer, ihren Trommler. Umschnallen ging nun nicht, so eng war kein Koppel, und in Martins Hosenbund blieb der Adler nicht hängen. Also wurde die Trommel auf einen Stuhl gestellt.
»Es geht um die Freiheit!« drohte der Hauptmann noch.
Martin schlug einen Wirbel, wie er noch nie einen geschlagen hatte, ließ ihn ansteigen und abschwellen, legte einen Marsch dazwischen, ging in ein wahres Furioso über, und vielleicht auch weil es sein bestes Stück war, hörten sie alle, wie die Trommel noch

dumpfer klang und schwerer, und verstanden den Marsch.
Ulrike war die erste, Traugott der zweite, dann ganz groß Johannes: Einer nach dem anderen hatten sie angefangen, zum Takt auf der Stelle zu treten; nun sie merkten, es gefiel, drang es ungehemmt aus allen Kehlen: »Hinaus in die Ferne...«
»Tolle Bengels, alle Achtung!« sagte der Hauptmann. Sogar der Unteroffizier nickte. Darauf besah sich der Hauptmann die Kummerower Trommel von allen Seiten. »Ja, nu versteh ich manches. Das ist keine Trommel mehr für euch. Kennst du Herrn Pastor Breithaupt in Kummerow?« Martin nickte. »In acht Tagen gehst du zu ihm und holst dir von ihm eine richtige Trommel ab. Die stiften wir dir. Verstanden? So, nun laß deine Bande antreten, und dann im Eilmarsch nach Kummerow! Es wird ja bald dunkel.«
Ulrike hatte etwas auf dem Herzen. Es wurmte sie bereits, daß Martin da zu einer Ehre kam, die er gar nicht verdient hatte, denn schließlich war sie es gewesen, die die Trommel vertauscht hatte, also mußte sie die neue kriegen, noch dazu, wo die an ihren Vater geschickt werden sollte, den er doch wohl kannte.
»Herr Offizier...«
Der Hauptmann sah sie lächelnd an. »Na, was willst du?«
»Er hat die Trommel gar nicht vertauscht. Ich hab das gemacht, ganz alleine! Er hat es gar nicht gewußt.«
Da er jetzt ein sehr verblüfftes Gesicht machte, deutete Ulrike die Folgen ihres Geständnisses falsch. »Mich dürfen Sie nicht einsperren«, sagte sie rasch, »ich bin bloß ein Mädchen, und mein Vater ist der Herr Pastor in Kummerow.«
Der Hauptmann aber langte nach Martin, genauso wie

der Unteroffizier vorhin nach ihm gelangt hatte.
»Komm doch noch mal her, du verflixter Bengel! Ist das wahr, was sie sagt?«
Was will er denn nun noch, dachte der Junge, hätte sie doch lieber nicht gequatscht.
»Da hast du also einfach alles auf dich genommen? Läßt dich auch noch backpfeifen dafür? Unteroffizier, geben Sie dem Jungen mal sofort die Hand!«
»Ich konnte das ja nicht wissen, Herr Hauptmann«, entschuldigte sich der Schnauzbärtige.
»So, und nun schreiben Sie mal seinen Namen auf. Donnerwetter, solche Bengels.«
Draußen stand wirklich halb Randemünde. Die waren alle sehr erstaunt, daß der Hauptmann so freundlich zu den Kummerowschen Räubern war. »Könnt ihr noch was singen?«
»Jawohl«, sagte Hermann. ›Hinaus in die Ferne‹ geht am besten. Jetzt bin ich der König.«
Und die Randemünder wunderten sich noch viel mehr, als die Kummerower Goten über den Marktplatz so vergnügt abmarschierten, mit lautem Gesang, den eine lahme Trommel, von einem Mädchen schlecht geschlagen, eine quiekende Flöte und eine im Stimmwechsel befindliche Mundharmonika begleiteten, während ein heiseres Horn bemüht war, die mühsame Einigkeit der Töne immer wieder zu zerreißen.
So war auch das noch ein Sieg geworden, und was für einer. Sie trugen ihn alle, als hätte jeder eine Trommel geschenkt bekommen, und Martin Grambauer war der größte Held aller Zeiten. Selbst Hermann war davon überzeugt und bot Martin an, er könne auch auf dem Heimweg wieder König sein, wenn er ihn dafür auf der neuen Trommel üben lasse. Was würden die

Großen zu Hause sagen, wenn sie das berichteten, was sie heute erlebt hatten. Ulrike bedang sich aus, sie müßten erzählen, sie allein habe das angerichtet, und eigentlich hätte sie die neue Trommel kriegen müssen.

Allein mit der Begeisterung für militärische Erfolge ist das eine sonderbare musikalische Sache. Sie hat ihre Zündung in der Seele und ihren Brennstoff im Geist, aber im Körper hat sie ihren Blasebalg. Wenn der nicht mehr richtig pustet, geht sie flöten. Jedenfalls im gemeinen Mann, sosehr die Oberen auch dagegen wettern. Und das ist gut so, denn sonst würden die Eroberungslüsternen noch öfter, als sie es schon tun, Kriegslieder singen. Da lag nun hinter Randemünde eine endlos lange Landstraße, bergauf und bergab, und hinten verschwand sie im Wald, und da waren nachts Wildschweine. Und Nacht wurde es bald, das sah man. Auch fühlte man es. Abgesehen von wunden Füßen ist ein leerer Magen der schlimmste Feind der soldatischen Begeisterung. Zuerst schlug die Stimmung wohl nur nach innen; das schadete noch nicht viel, doch langsam kam sie in ganz veränderter Gestalt wieder hervor und hieß Müdigkeit und Hunger und Lebensangst. Immer mehr zog sich die Kolonne auseinander und zog sich erst wieder zusammen, als der schwarze Forst seinen Schlund öffnete.

Hermann marschierte leidlich frisch vorneweg, Martin mußte den Schluß machen, damit keiner der Kleinen verlorenging. Sie quäkten und wollten nicht mehr weiter. Martin konnte es kaum schaffen, denn die zuerst freigebig angedrohten und dann auch freigebig verteilten Maulschellen halfen nur auf immer kürzer werdende Distanz. Eine Weile half dann Güte oder ein albernes, kindliches Hü-hott, aber schließlich, als es

wirklich Nacht wurde, mußte man doch wieder zu den nachdrücklicheren Antreibemitteln zurückkehren.
Mitten im Wald brach das Unheil herein. Martin hatte es schon seit einiger Zeit herankommen sehen. Johannes auch. Sicher auch Traugott und Hermann. Jeder behielt es für sich, im alten Glauben, durch Aussprechen zöge man es erst recht herbei. Aber bald brummelte es hinter ihnen, zugleich ließ der Wind nach, es wurde still in den Chausseebäumen.
Das auch noch, dachte Martin, der wie die andern Großen nicht gerade Angst vor einem Gewitter hatte. Nur — es war Abend, und sie waren im Wald.
Es brummelte wieder. Ein Ruf fuhr auf: »Ein Gewitter kommt!« Der Ruf wurde eingeholt und verschlungen von einem Schrei aus vielen kleinen Kehlen.
»Das geht hinter uns vorbei!« rief Martin, lief aber etwas rascher. Rummbumm! höhnte es hinter ihnen.
»Das kommt nicht übers Bruch, das kenn ich«, tröstete Traugott sich und die andern, lief aber noch etwas schneller als Martin.
»Bleibste dicht bei mir, Martin?« Ulrike faßte ihn am Arm.
Ein Blitz, noch sanft und ohne Form, strich hinter ihnen über den ganzen Himmel. Die paar, die stehengeblieben waren, sahen, wie dichte schwarze Wolken angebraust kamen.
»Bis das rauf ist —« Johannes brach ab. Was jetzt zuckte, war schon ein richtiger zackiger Blitz, ein übermächtiger Tambour schlug gleich hinterher einen harten, kurzen Wirbel. Als hätte er darauf gewartet, stieß der Wind vor, so heftig, daß sich die alten Kastanien am Wege bogen.
»Es kommt uns nach! Es schlägt uns tot!« Sie begannen zu laufen, zu rennen, die Kleinen schrien, als hät-

te der Schwarze sie schon im Arm. So stürmten sie dahin auf der düsteren Chaussee, in den düstern Wald hinein. Hinter ihnen stürmten keine Gewitterwolken, auch keine Geister, der Schrecken in der Gestalt des wilden Jägers kam an. Sie fühlten es alle. Kam der einher, dann holte er sich auch immer ein paar. Da half nur eins: laufen, rennen und im Rennen beten. Manche waren ihm schon entkommen. Auch manche der Großen in einem wirklichen Krieg. Jedenfalls hatten sie es hinterher so erzählt und hinzugesetzt: Nie wieder! Nur hatten sich die Jüngeren wenig danach gerichtet. Auch Martin Grambauer war nicht gesonnen gewesen, solche Erzähler sonderlich zu achten. Nun hatte er's. Man müßte wohl doch . . .
Halt! Ein ungeheures Feuerschwert langte weit über ihre Köpfe, und ein einziger Donnerschlag rief das Halt. Sie standen auch auf einen Schlag. Das Wimmern und Heulen der Kleinen erstickte der Sturm, der nun losbrach, und der Regen, den er über sie ausschüttete. Hermann Wendland konnte gerade noch sagen: »Man gut, daß wir unsern Roggen alle reinhaben.« Da geschah es.
Heihahähi! lachte es über ihnen, und alles umher stand in Flammen.
Zassassabumm! Und hinterher ein noch fürchterlicheres Hohnlachen: »Hab ich euch, ihr Helden von Kummerow? Ausreißen wolltet ihr? Jetzt will ich mal erst meine Laternen anstecken, damit wir uns die Eroberer ansehen könne, und dann die Hunde los!« Ihr Angstgeschrei hörte der düstere Rächer nicht, sie hörten es selbst nicht. Zischrr — rabautz — bumm rattattattaklirr! Hellauf leuchtete die große Pappel an der Fließbrücke und brannte, eine Riesenfackel.
»Runter von der Chaussee!« schrie Johannes. Sie sto-

ben nach allen Seiten auseinander, hinein in die Schonung. Auch die Angst hat etwas Gutes, sie hielt sie in Gruppen beisammen.

Und dann regnete es und blitzte es und donnerte es, und die wilden schwarzen Pferde jagten am Himmel entlang, und die wilden schwarzen Reiter johlten und sangen, und die wilden schwarzen Hunde bellten und heulten. Was war in diesem entfesselten Wüten der Riesen das Rufen nach Vater und Mutter, was war selbst das Beten der Kummerower Kinder? Es konnte ja nicht bis nach Kummerow dringen, viel weniger bis zum Himmel, dafür lagen viel zu viele andere Laute dazwischen. Das Grauen der Finsternis und alle Angst ihres Geisterglaubens schlug die kleine Schar. Sie schlossen die Augen und hielten sich die Ohren zu, es half nichts. Der Unheimliche warf mit dicken Ästen nach ihnen, und sie brüllten vor Entsetzen auf, glaubten sie doch, der wilde Jäger habe sie angefaßt, oder doch eine Schlange, oder gar ein Wildschwein. Und wenn sie die Augen vor Schreck wieder aufmachten, war alles in Flammen wie am Jüngsten Tag, der ganze Wald und der Himmel und die Erde, und über ihnen jagten und heulten noch immer die Geister der Finsternis.

Martin hatte bei seiner Gruppe versucht, laut ein Gebet gegen das Gewitter zu sprechen. Er kannte es von seiner Mutter, die es hersagte, wenn nachts alle zitternd in Hemden um den Tisch saßen. Bis auf den Vater, der zog dann immer die Stiefel an, nahme eine alte Plane um und ging auf den Hof. Zuerst hatten sie sich schreiend an ihn gehängt, später wußten sie, es nutzte nichts. In solche doppelte Not hinein hatte die Mutter gebetet: »Barmherziger Gott, unerträglich ist dein Zorn, welchen du allen mutwilligen Sündern dräuest . . .«

Da sah Martin, wie es ihn aus der Finsternis des Dikkichts anfunkelte aus feurigen Augen, und er hörte auf zu beten. Ihm fiel ein, daß der Vater immer erklärt hatte, alles auf Erden habe seine natürlichen Ursachen, und wer sie erkenne, sei gegen die Folgen ziemlich gesichert. Auch war Martin seit der Geisterschlacht am Pötterberg so weit mutiger geworden, daß er jetzt nicht so sehr an den Teufel dachte, sondern mehr an die Wildschweine. Aber was half es, ob Teufel, wilder Jäger, wilde Hunde oder Wildschweine – ein Entrinnen gab es wohl nicht mehr. Und so lagen sie bald alle auf der Erde, indessen die schwarzen Reiter ein ganzes Meer auf diese schwarze Erde ausgossen, lagen da und wimmerten, auch nur ein Stückchen nasse Finsternis. Und als der wilde Jäger endlich doch Halali blies, ließ er im Wald von Falkenberg eine lückenlose Strecke zurück. Alle hatte er erwischt, von den beiden Königen angefangen bis zu den kleinen Mitläufern. Einige rochen sogar schon. Wie es sich später ergab, waren es fünf. Jetzt, wo sich die Gruppen in unendlicher Schwierigkeit wieder auf der Chaussee sammelten, störte das keinen.

Zum Glück fehlte keiner. Selten aber sah eine Straße ein so geschlagenes Heer, wie die Chaussee von Randemünde nach Falkenberg es diese Nacht trug. Sehen konnten sie es nicht, noch immer hüllte der finstere Wald die Trümmer ein. Nicht mehr an ihre Trommel dachten die Besiegten. Sie troffen dahin, angefaßt zu vieren, die Kleinen in der Mitte, und es war schwer, so viel Große zu finden, daß die Außenreihen besetzt werden konnten. Es legte keiner Wert auf einen Führerposten, nicht der vordere König Hermann und

nicht der hintere König Martin. Ulrike hatte wieder seinen Arm umklammert, doch sein Stolz war dahin. Die fürchterliche Not hatte sie alle aufgeweicht und mit Regen, Lehm und Angst zu ein und demselben Teig zusammengeführt, und keiner wußte mehr, welches seine Rosinen gewesen waren.
Kurz vor Falkenberg hörte der Wald auf und auch der Regen. Überraschend schnell wurde es etwas heller, jedenfalls so weit, daß man rechts ein Mohrrübenfeld erkennen konnte. Hunger tut weh, denn um eine lehmige Möhre zu putzen, genügen ein paar Striche über einen nassen Anzug nicht. Sicher hätten sie ihrem Magen zuviel zugetraut, wäre Johannes nicht eingeschritten, obwohl sein Grund ein anderer war: Wie sie so in den Mohrrüben wühlten wie eine Herde Wildschweine, saß Johannes am Waldrand in der Hocke. Dabei hat der Mensch oft die seltsamsten Einfälle. Johannes ließ sich auf alle viere fallen, klappte seine Jacke nach vorn über den Kopf, krümmte den Buckel und trabte so über den aufgeweichten Acker auf die Herde zu, indessen er abwechselnd Chchch — nöcknöck — chchchch grunzte und Uiiiii — uiiiii quiekte. Doch er gewann keinen Anschluß an die Herde, schreiend stob sie auseinander.
»Eine Wildsau mit Jungen!« Das war auch ungefähr das Schlimmste, was nun noch passieren konnte. Hermann Wendland stürzte am Chausseegraben, da hatte ihn die Sau am Bein. Er stieß einen heiseren Schrei der Todesangst in die Nacht und der Sau den Fuß in die Schnauze. Das half. Die Wildsau ließ los, Hermann erreichte die Chaussee. Einige rannten noch, als Johannes sich längst aufgerichtet hatte. Sie glaubten in ihren erschöpften Herzen, eine Wildsau könne, wenn sie ihre Jungen verteidigt, auch aufrecht gehen.

Das Schimpfen der Wildsau und ihres Opfers verscheuchte immerhin die Geister, und der Marsch konnte in einer Bedrückung, die jetzt nur noch rein körperliche Ursachen hatte, fortgesetzt werden. So ging es einigermaßen bis Falkenberg. Totenstill lag die kleine Stadt, kein Mensch war mehr auf, nur zwei trübe Petroleumlampen besahen sich die Kehrseite eines doch so siegreich begonnenen Gotenzuges. Johannes allein freute sich über die Dunkelheit. Nun konnte keiner mehr Limonade trinken, und die Mark war gerettet.

Gleich hinter Falkenberg, bei der Burgruine, machten die rächenden Geister noch einmal mobil. Ganz deutlich konnte man die Umrisse der Burg erkennen. Wenn es jetzt gerade Mitternacht wäre... Kiwitt – kiwitt...! schrie der Totenvogel herüber: Komm mit! Komm mit! – Es war also Mitternacht. Die Großen, die mehr als ein Käuzchen gefangen hatten, erschauerten sogar. Durch das Bruch kam himmelhoch ein Gespenst in wallenden Schleiern heran. »Ist ja man bloß Nebel!« beruhigte Johannes. Sie hörten nicht auf ihn und blieben stehen. Das Gespenst schien müde zu sein wie sie, es konnte den kleinen Hügel, über den die Chaussee lief, nicht mehr erklimmen und sackte in sich zusammen.

In Barnekow brannten keine Laternen, sie erkannten auch so, daß vor der Schule einer stand. Lange rührte er sich nicht, dann erinnerten sich die Großen, es könnte am Ende die Pumpe sein. Als es die Pumpe war, verspürten alle das Bedürfnis zu trinken. Gegen die Aussicht, nun noch über den Pötterberg und den Marienkirchhofsberg zu müssen, half kaltes Wasser allerdings nicht. Wie zum Hohn kam der Mond hervor und lächelte, und immer mehr Sterne besahen sich das Leid der geschlagenen Eroberer. Nun sie wußten, Kummerow war der nächste Ort, trat vor die Freude, bald zu Hause zu sein, hemmend die Angst, bald zu Hause zu sein. Erst bei einigen, dann bei mehreren, schließlich bei allen. Im verzweifelten Suchen nach Ausreden vor denen in der Heimat sprach es dann einer aus: »Martin hat schuld!« Zuerst sagten einige noch: »Und Johannes — und Traugott — und Ulrike!« Ulrike ließ Martin los und lief nach vorn. Er hörte sie berichtigen, sie sei nur mitmarschiert, weil sie eine Marketenderin hätten haben wollen. Und auch bloß, weil Traugott gesagt habe, gleich nach dem Vesperbrot seien sie wieder zu Hause. »Das hab ich nicht gesagt«, rechtfertigte sich Traugott, »das hat Martin gesagt.« Hermann ließ sich bescheinigen, er habe von gar nichts gewußt bis gestern. Es blieb an Martin, Traugott und Johannes hängen. »Martin hat es auf'm Turm aber zuerst gesagt«, reinigte sich Traugott weiter. Johannes war gewillt, die Verantwortung an dem verunglückten Feldzug mit Martin zu tragen. Da fiel ihm ein, er hatte Großvaters Nachtwächterhorn mitgenommen, und der war nun schon lange unterwegs und hatte es sicher schon gesucht und ganz schrecklich geflucht. Dazu dann noch die Anführerschuld, das war zuviel, da würde er nie Kuhhirt. »Gesagt haste's zuerst, Martin«, brummelte Johannes unsicher und drängelte weiter nach vorn. Er überlegte gerade, wie er das Horn in der Stube am besten versteckte, so, als sei es runtergerutscht, da fühlte er zu seinem Entsetzen, er hatte es gar nicht mehr. Wahrscheinlich lag es im Chausseegraben, dort, wo Hermann Wendland es der Wildsau abgestoßen hatte. Johannes war so mit seinen Gedanken beschäftigt,

wie er am besten bewiese, das Nachtwächterhorn seit Tagen nicht gesehen zu haben, daß er keine Zeit fand, sich um den Freund zu kümmern. Er eilte ganz nach vorn, um rasch entwetzen zu können, wenn der Großvater ihnen begegnete. Aber wenn es auch eine Tracht Prügel setzte, dafür hatte die Sache eine Mark eingebracht. Die Hand fuhr in die Hosentasche, den Trost zu fühlen, und fuhr erschreckt in der Tasche umher, bis sie zur Hälfte nach unten zu wieder ins Freie gelangte. Es half alles Suchen nichts, die Mark war weg. »Und doch hat Martin es zuerst gesagt von wegen Völkerwanderung«, rief Johannes wütend in die Nacht.
Martin ging, eine Strecke hinter den Kleinen, als allerletzter. Allein aber war er nicht, alle Augenblicke blieb einer, dem das kalte Wasser auf die rohen Mohrrüben nicht bekommen war, neben dem Weg zurück. Aber dicht neben dem Weg. Manche auch auf dem Weg. Sicher fanden sie es nett von Martin, daß er so weit hinten ging und sie so der Angst enthob, allein in hilfloser Stellung dem Huckauf ausgeliefert zu sein. Einige baten ihn auch, er möchte doch stehenbleiben. Worauf sie, in eine andere, mehr aufrechte Stellung gekommen, sofort wieder nach vorn liefen und den Beschützer allein ließen.
Vergessen war der bejubelte Anführer, der Held, der den Kummerowern eine Trommel ertrommelt hatte, übriggeblieben war ein Anstifter, ein Alleinschuldiger, gerade noch gut genug, den Verführten die Entfernung der Angst aus den Hosen zu ermöglichen.
Naß bis auf die Haut und verdreckt bis zu den Haaren, eine gebrochene Armbrust über die eine Schulter gehängt, eine aufgeweichte, zerstörte Trommel über der andern, wankte der geschlagene Gotenkönig hinter

seiner meuternden Truppe her. Er fror. Wenn jetzt der Pötter käme — Martin wünschte, er möchte kommen und ihn mitnehmen. Dann war er allem enthoben, was dem Gestürzten von der Menge wohl bevorstand. Auch war es sicher warm in der Hölle. Er weinte.
In Kummerow hatten sie so viel Licht brennen, wie sonst nicht mal zu Weihnachten. Seit zehn Uhr am Abend war das ganze Dorf in immer größer werdender Aufregung. Beim Abendbrot hatte jeder zuerst gefragt: Wo bleibt bloß unser Junge heute? Eine Stunde später hieß es schon: Wo steckt denn der Lümmel? Dann waren sie einzeln suchen gegangen, bis sie sich im Suchen fanden und es ein gemeinsames Schicksal wurde und ein Rätsel dazu: Alle Jungens von Kummerow waren verschwunden, und keine Menschenseele wußte, wo sie geblieben waren. Alle Jungens und Pastors Ulrike. Das furchtbare Gewitter hatte zu hundert Sorgen um die Gehöfte noch diese größere um die Kinder gebracht. Seit elf Uhr waren Suchexpeditionen unterwegs, und je öfter sie erfolglos heimkehrten, um so mehr stieg die Aufregung und schließlich das Jammern der Frauen. Ein schreckliches Unglück mußte geschehen sein — oder ein Verbrechen.
Der Pastor fuhrwerkte wie ein Wilder im Dorf umher und beschimpfte die verlorenen Söhne, bis sich deren Väter das verbaten. Bis Mitternacht waren diese Väter noch einigermaßen ruhig, ein Unglück konnte nicht gut passiert sein. Dreißig Jungens kamen nicht mit einemmal um. Aber was konnte es sein? In fast allen Häusern brannte Licht, vor fast allen Türen weinten die Mütter, heulten die Schwestern, in fast allen Stuben hauten die Väter auf den Tisch, soweit sie nicht auf Suche waren. In fast allen Dörfern der Nachbarschaft waren Kundschafter gewesen, nirgends hatte

man den Tag über Kummerower Jungens gesehen. Und gesehen hätte man sie schon, sagten die Bauern, oder doch gehört! In den Dörfern nach den Bergen zu war kein Kundschafter gewesen, das lag außer Betracht, da hätten sie doch über die Station müssen. Wilhelm Bergfeld mit seinem Veluzzipedd war in Falkenberg gewesen, er hatte sogar den Bürgermeister geweckt, man wußte nichts. »Unkraut, da reg dich man nicht auf«, hatte der Bürgermeister gesagt, »Unkraut vergeht nicht!« und hatte sich wieder schlafen gelegt. Im Weinberg und am Schwarzen See wurden auch keine Spuren gefunden, ebensowenig im Bruch. Auch Krischan Klammbüdel hatte keine Ahnung. Gerade als ob der liebe Gott oder der Teufel die ganze männliche Jugend von Kummerow geholt hätte. Und des Pastors Tochter dazu. Der Pastor hatte, wie die meisten Väter, zuerst mit dem Stock in der Hand parat gestanden, nach zwölf hatten sie alle die Stöcke weggelegt, und manche, sogar der Pastor, hatten gebetet und gelobt, keinen Schlag zu tun, wenn die Bälger nur wieder gesund und heil ankämen. »Es muß etwas geschehen, noch in der Nacht!« hatte der Pastor schließlich bestimmt, und nun saßen sie beim Schulzen und beratschlagten. An allen Dorfenden, aber weit vorgeschoben auf den Wegen, standen Posten mit Gewehren vom Kriegerverein, die sollten einen Schuß abfeuern, sobald sie etwas erspähten. Das Weitere mußten sie nun dem lieben Gott überlassen. Es war daher in aller Sinn, daß der Pastor die Beratung mit einem Gebet schloß. So warm und echt hatten die Kummerower lange nicht gebetet. Und es wurde erhört. Eine Viertelstunde später, um halb zwei in der Nacht, waren alle Kinder wieder da. Naß und bis obenhin verdreckt. Aber sie waren wieder da.

Zu guter Letzt hatte der Schrecken sie noch einmal angesprungen, als Wilhelm Trebbin, der am Marienkirchhofsberg auf Posten stand, bei ihrem Nahen einen Schuß abfeuerte. Nicht einen, gleich zwei, drei, vier, fünf. Aus lauter Freude, daß die Kinder da waren, und auch, daß er mal wieder schießen konnte. Er hatte nur zu früh geschossen, er hatte zwar die Kinder erkannt, sie aber ihn nicht. Und so glaubten sie sich nun, nach all den Kämpfen dieses Tages, auch noch auf heimischem Boden angegriffen, und noch dazu mit Schnellfeuer. Schreiend liefen sie ein Stück des Weges zurück, jedenfalls bis zu Martin. So kam es denn, daß der König beim endlichen Einmarsch in die Heimat doch vornean marschierte und gleich von allen Vätern und Müttern als Anführer erkannt werden mußte.

Die meisten der Heimkehrer konnten nicht mehr richtig stehen und auch nicht mehr erzählen, höchstens noch, daß Martin allein schuld wäre, er hätte fremde Dörfer erobern wollen und Randemünde auch; und was die andern von einer Soldatentrommel berichteten, das verstand keiner und glaubte keiner, oder es ging unter in einer gewaltigen Trommelei, die aus fast allen Häusern in Kummerow gegen den sternbesäten Nachthimmel drang, untermischt von jämmerlichen Schreien der Kinder und wildem Geheul der Hunde. Auch im Pfarrhause wurden keine Dankgebete laut.

Selbst Mutter Grambauer dankte erst viel später. Zunächst schloß sie ihren nassen Sohn in die Arme. »Sofort ins Bett!« sagte der Vater mit unheimlicher Ruhe und warf einen Filzpantoffel nach seinem Jungen. »Dir werd ich das Erobern schon austreiben! Und zur Strafe keinen Bissen zu essen. Basta.« Ach, essen, Martin ließ sich willenlos von seiner Mutter ausziehen,

empfand nicht die Schande des Pantoffelwurfs, sah nichts von Annas Feixen, fühlte nur, wie die Mutter noch einmal wiederkam und ihm in der dunklen Kammer eine riesige Schinkenstulle in die Hand schob. Ein erbitterter Kampf entbrannte zwischen Hunger und Schlaf. Der Duft der Stulle verscheuchte noch einmal die Müdigkeit; sie wich aber bloß bis zum Bettrand zurück und stürzte sich beim letzten Bissen wieder auf ihr Opfer.
Langsam verlosch ein Licht nach dem andern. Es wurde auch höchste Zeit, denn schon schickte sich der Himmel im Osten an, blaß und blasser zu werden, und als hätten sie darauf gewartet, begannen die Hähne zu krähen: Kikkirikkikie — se sin ja alle hie! Da kamen auch die letzten Kundschafter nach Hause, und weil es sich nicht mehr lohnte, zu Bett zu gehen, gingen sie gleich an die Arbeit. So bekam das liebe Vieh auch noch seinen Anteil an der allgemeinen Verkürzung der Nachtruhe.

Der Gerechte erbarmt sich seines Viehes

In den auf die Niederlage folgenden Wochen der Trübsal war Martin der einzige, der seinen Glauben noch längere Zeit ungemindert durch die Trümmer seines Königtraums trug.
Das Gewitter von Pastor und Kantor morgens in der Schule war gnädiger ausgefallen, als alle erwartet hatten; das Motiv der Wanderung, der Besuch beim Doppelkaiser, hatte die beiden wohl milder gestimmt; kann aber auch sein, es kam den Kindern nach den Schrecknissen der Nacht nur so vor.
Die Geschichte mit der verheißenen Hauptmanns-Trommel, die sie zuerst und wie auf Verabredung als eine Art Schutz anführten, erschien ihnen mit jedem Tag jedoch unwirklicher. Fing einer von ihnen zu Hause noch einmal von der Trommel an, fuhr ihm ein kräftiges Wort der Eltern dazwischen oder eine noch kräftigere Hand. Sie taten daher das, was die Großen ihnen vormachten: Sie sahen in Martin nicht nur den Anstifter der Völkerwanderung und ihrer schmerzlichen Folgen, sie sahen in ihm auch einen Aufschneider und Prahlhans. Was ja bei einem Vater wie Gottlieb Grambauer nicht wundernehmen konnte. Als letztes von den Kindern ließ Johannes den Glauben an die Trommel fahren. Ulrike war gleich zum Gegner übergelaufen. Ihr war manches zu verzeihen: Sie hatte

ihrem Vater am Morgen erzählt, der Hauptmann von Randemünde schickte ihm eine Trommel, die sei für Martin Grambauer bestimmt, es wäre aber richtiger, der Vater gäbe sie ihr, denn sie habe sie verdient; da hatte der Vater sie zunächst noch einmal richtig durchgetrommelt. Und noch einmal mittags, als der Pastor in die Nähe seiner Kalit kam, die Nase rümpfte, zwei hungernde junge Wiedehopfe herausholte und feststellen mußte, die zarten Tierchen hatten auch ohne Futter eine ganz ungewöhnliche Verdauung gehabt. In seiner Kalit, die nur Frühstück und Vesper zu beherbergen hatte.

Ganz gräßlich aber war Anna, Martins Schwester. Sie hatte nach einigen Tagen den Spitznamen »Herr Hauptmann« aufgebracht. Am Sonnabend der zweiten Woche war sie scheinheilig aufs Feld gekommen und hatte Martin schon von weitem zugerufen, es sei ein großes Paket für ihn da, bestimmt sei da eine Trommel drin. Martin war nach Hause gefegt, glücklich seines geretteten Glaubens, und in seinem Eifer hatte er sich den Karton und die Verschnürung gar nicht genau angesehen. Herausgekommen war dann seine alte kaputte Trommel und an ihr ein Zettel: »Einem Lügner glaubt man nicht, wenn er auch die Wahrheit spricht.«

Schweigend hatte er die Trommel auf den Boden getragen, sich danebengesetzt und geweint. Bis sich seine Augen an das Zwielicht der Umwelt seines Lebens auf dem Boden gewöhnt hatten und er nicht nur das verstaubte und zerbrochene Gerümpel erkannte, sondern auch einen neuen Glauben fand. Der stand plötzlich da, und die Sonne, die ein paar lichte Strahlen durch die Bodenluke schickte, umleuchtete diesen Glauben. Und wenn seine Erscheinung auch nur der

mächtige, grob behauene Baumstamm war, der als Pfeiler ein ganzes Hausdach trug, Martin fühlte, wie der Baum mit seinen gebreiteten Balken ihm zuwinkte, und hörte ihn sprechen. Nämlich, daß der Mensch, auch nicht wenn er Pastor, Papa oder Hauptmann hieß, das letzte Ding zwischen einem Jungen und der Wahrheit sein könnte. Tatsache war doch, der Hauptmann hatte ihm eine Trommel versprochen! Wenn er sie nicht schickte, konnte er, Martin Grambauer, nimmermehr ein Aufschneider und Lügner sein, wie sie es ihm in Kummerow nachsagten. Hinter den großen Menschen mußte also noch etwas anderes stehen und ihnen das Gesicht der Wahrheit ebenso verdecken, wie es der Wahrheit augenblicklich wohl den Anblick von Martin Grambauer entzog. Wolken oder Nebel oder gar Geister mochten dazwischenstehen.
Martin beschloß, Krischan Klammbüdel danach zu fragen. Der alte Hirte war in einer sanften und guten Stimmung. Richtet nicht, auf daß ihr nicht gerichtet werdet! Allen Menschen müsse man vergeben und keinen vor seinem Tode verurteilen, und nachher lohne es sich nicht mehr. Da sei nun Hermann Wendland, den er gar nicht habe leiden können wegen seines schlechten Charakters. Vor langem habe er ihm mal Tauben versprochen, und siehe, er habe es auch gehalten. Zweimal schon habe er ihm welche gebracht, und immer gleich zwei, und ausgenommen und sogar abgezogen, was eigentlich schade sei, wegen des Fettes an der Haut. Heute wieder. Und gerade Hermann Wendland, während gewisse andere Jungens ihn wegen einer Trommel vergessen hätten. Und Tauben! Tatsächlich schmurgelten sie da in Krischans Blechdose.
Martin sah das auch als ein Wunder an. So hatte der

Geist, der das Gute will, auch Hermann Wendland berührt, obwohl den keiner im Dorf für gut hielt, selbst sein Vater nicht. Und das verwunderlichste war, er hatte nicht mal mit seiner Tat geprahlt. Da durchfuhr es Martin jäh. »Krischan, das ist aber gar keine gute Tat. Die Tauben, die hat er zu Hause doch gestohlen!«
Krischan lächelte nur und bewies ihm, Hermann habe es ja nicht für sich getan, sondern für die Armen.
Durfte man denn für die Armen alles tun? Martin erinnerte sich, sein Vater hatte Ähnliches gesagt, damals, mit dem Wunder-Ei für Johannes.
»Einer hat mal Leder gestohlen und daraus Schuhe für die Armen gemacht und ist dafür ein Heiliger geworden!« Das wußte Krischan noch.
Hermann Wendland als Heiliger — es ging nicht in Martins Kopf. Er überlegte, was er zu Hause stehlen könnte, um Hermann auszustechen vor Gottes Ansehen. Das beste wäre, auch gleich den heiligen Martin auszustechen und Krischan einen ganzen Mantel zu schenken, obwohl Krischan gar kein Bettler war. Aber sein Mantel würde Kirschan nicht passen, also war das genauso dumm wie das von dem heiligen Martin mit seinem halben Mantel. Darum beschloß Martin, seinem Vater einen Mantel wegzunehmen und ihn Krischan zu bringen.
Inzwischen hatte Krischan seine Tauben fertiggekocht und die eine mit seinem Taschenmesser aus der Brühe geholt. Mit glücklichem Gesicht hielt er sie gegen die Sonne. »Und die Brühe heut, ich sage dir, das geht einem ein und wärmt die Seele wie der Wein beim heiligen Abendmahl! Willste auch einen Schluck?«
Martin war nicht abgeneigt, aber ihm ging plötzlich

etwas sehr Unheiliges an diesem Mittagsmahl auf.
»Mensch, Krischan, wenn das Tauben sind, dann freß ich eine Padde bei lebendigem Leib!«
»Ein bißchen klein sind sie ja man«, mußte Krischan zugeben.
»Weißt du, was du frißt? Krähen sind das, klar, Mensch! Darum zieht er sie ja auch ab, so'n Schwein!«
Der alte Hirte spuckte in weitem Bogen das Stück von der Vogelbrust aus, das sein Zahnstummel soeben abgerissen hatte. Nobel ist er heute, dachte Schill, der Hund, sonst gibt er mir bloß die Knochen!
Über Krischans Gesicht kroch Finsternis, und er sah wütend erst auf Schill, der voll Erwartung wedelte, und noch wütender auf Martin, was den über die Maßen verwunderte. »Du hast einen Wurm in meine Seele gesetzt, Martin.« Er drehte den Vogel um und um, lange und mit großer Sachkenntnis: »Die Beine sind ja man spillerig, aber nie nich sind das Krähenbeine, da freß ich'n Besen mit Haut und Haaren!«
Martin hatte sich den andern Vogel aus der Brühe geangelt und an dem einen Bein noch ein Stück Haut entdeckt. »Wiedehopfe!« brüllte er los. »Weißt du, was du frißt, Krischan? Wiedehopfe! Klar! Die beiden kleinen Stinker, die wir damals von Welsow mitgebracht haben! Der Pastor hat sie mit in die Schule gebracht, wir wollten sie in ein Wiedehopfnest setzen. Da hat Hermann gesagt, er weiß eins, und dann hat er sie zu Hause behalten, ich hab sie doch mitgefüttert. Die sind ihm sicher krepiert, und darum hat er sie dir abgezogen.«
Mit einem Fußtritt, wie er seinen schwachen alten Beinen gar nicht zuzutrauen war, schleuderte Krischan den Blechnapf in die Natur. Schill, den der dauernd gedrehte Vogel über die Gedanken seines Herrn ge-

täuscht hatte, bekam die ganze heiße Brühe über den Kopf. Aufheulend stob er einige Schritte weg, wagte es dann aber, sich den Vogel zu holen. Er war mit Vorurteilen nicht behaftet.

»Den andern nehm ich mit«, bestimmte Martin, holte ein Stück Strippe aus der Tiefe seiner Tasche und legte eine Schlinge um den Vogel, der eine Taube sein sollte. Das ging auch, denn er war nicht weichgekocht.

Krischan verfluchte indessen seinen Wohltäter in den Abgrund der Hölle und schloß sich allen Strafandrohungen gegen Nestausnehmer an. »Und das sage ich, seine Schandtaten stinken zum Himmel, schlimmer als ein Wiedehopf! Komm nur wieder, du Verbrecher!«

Er wartete vergeblich. Hermann stellte die Speisung der Armen ein. Weil am andern Morgen an seiner Schiefertafel an der Schulwand anstatt des Schwamms eine quabbelige Sache baumelte. Was Hermann, obwohl viele lachten, erst in der Schule bemerkte. Worauf er das Vieh Johannes an den Kopf warf. Der behielt es unter der Bank und warf es mittags, als sie beim Schulzen zu Tisch saßen, durchs Fenster. Hermann mußte es sofort hinaustragen, und dann lag es wieder auf Wendlands Mist, wo es vielleicht schon mal gelegen hatte. So richtete sich auch dieses wieder ein. Über diesen Zwischenfall hatte Martin ganz vergessen, Krischan Klammbüdel, den Welterfahrenen und Weitgereisten, nach den Dingen und Kräften zu fragen, die zwischen den Menschen und der Wahrheit stehen. Dafür bekam seine Überzeugung von der Unvollkommenheit der Großen noch von anderer Seite Gewißheit, und diese Seite waren Kantor Kannegießer und Pastor Breithaupt. Da hatten sie beide vor acht

Tagen noch wie die Wilden in der Schule gegen das Nestausnehmen getobt und hatten viele schöne Geschichten erzählt vom Familienleben der Vögel, das man heilighalten müsse, und wie es den Nestausnehmern gefallen würde, holte man sie aus dem warmen Bett und schleppte sie fort. Eine Sünde also war das Nestausnehmen, durch nichts zu entschuldigen, ganz abgesehen davon, daß künftig der Gendarm solche Verbrecher abholen würde. Und nun standen die beiden Herren in derselben Schule, und der Graf war dabei und noch ein fremder dicker Herr, und sie suchten sich die besten Kletterer unter den Jungen aus. Und wofür? Zum Nestausnehmen! Die Krähen hätten sich so vermehrt, daß nichts helfe als die Vernichtung der Brut; das sollte jetzt bei der zweiten Brut vor sich gehen. Alle Nester sollten sie zerstören, die Jungen aber vorsichtig totmachen. Und es begann ein furchtbares Morden unter dem schwarzen Gezücht; denn nun war es ein schwarzes unnützes Gezücht und gar keine heilige Familie, und die Alten bekamen eins mit dem Knüppel auf den Kopf, wenn sie ihre Kinder schützen und die Nestausnehmer angreifen wollten. Es kamen auch Erwachsene vom Gut und aus dem Dorf mit Flinten, die ballerten nur so dazwischen. Die Krähen wurden von Frauen und Kindern gerupft, ausgenommen und in Fässer eingepökelt. In den Städten, sagte Vater Grambauer, fressen sie so was als Feldtauben. Und die Händler lachten sich eins. Dürfen sie das denn aber tun, wollte Martin wissen. »Wenn ein Graf und ein Pastor dahinterstehen, dürfen die Handelsleute alles«, orakelte Gottlieb Grambauer. Jeden Morgen nach neun zogen die Jungens hinaus, es machte ihnen allen einen großen Spaß, auch Martin. Doch der Spaß hielt bei ihm gleichen Schritt mit der

Frage, die der Vater angeregt hatte: warum plötzlich etwas ein Verdienst sein sollte, was gegenüber andern Vögeln als Verbrechen galt. Waren Krähen wohl ein verachtetes Zeug, weil es so viele gab? Wie bei den Menschen die Armen, sagte Gottlieb Grambauer, von denen gibt es auch viel mehr als Reiche. Hatten sie aber deshalb kein Recht auf das Leben? Martin versuchte ein Gespräch darüber mit Johannes, der doch als ganz Armer am meisten Verständnis für die Not seiner gefiederten Klassengenossen haben müßte. Doch Johannes sah ihn nur groß an und piekte auf seine Stirn: »Mensch, wo es doch für jede einen Pfennig gibt?!«
Martin machte mit, schon um sich wegen der Trommelgeschichte vor der Gemeinde zu rehabilitieren. Bis er erkannte, daß er die Ansicht der Großen über die Trommelgeschichte nicht zu verändern vermochte. Sicher war das die Strafe für das Krähenmorden. In der Einsamkeit seines Herzens machte er sich wieder an Ulrike heran, doch die Treulose streckte ihm die Zunge heraus und sang den Vers, den sie selbst gedichtet hatte:

»Herr Hauptmann, Herr Hauptmann,
Und was er sagt, das glaubt man,
Martin, Martin, lüge nicht,
Keine Trommel kriegst du nicht!«

Sie sangen den Vers bald alle, seine Schwestern auch, und sein Vater lachte dazu. So schloß Martin sich ganz an Krischan Klammbüdel an, nahm seinem Vater eine alte Wolljacke weg und schenkte sie dem Kuhhirten. Ganz leise mahnte da zum erstenmal wieder der Gerechte: Wolltest du ihm nicht einen Mantel schenken?

Aber woher sollte Krischan das wissen? Vaters Mantel war auch noch zu gut zum Verschenken.

Einige Wochen ging das so, da hatte das Schicksal die Sache mit der Prüfung wohl satt und erwog, wie es Martin Grambauer wieder in den Vordergrund schieben könnte. Seine Wege sind wunderbar, denn der Mensch, dessen es sich dazu bediente, war der böseste in Kummerow, der Müller Düker. Keiner konnte ihn leiden, kein Kind und kein Erwachsener, sicher auch kein Tier, denn wenn seine Pferde immer wie geleckt aussahen, so war das bloß Eigenliebe und keine Tierliebe und kam auch nur von dem Hafer, den sich der Müller durch seinen Droak zusammenstehlen ließ.

Jetzt hatte er sich auf dem letzten Pferdemarkt in Randemünde einen Fuchs eingetauscht und mächtig mit seiner Schlauheit geprahlt; ein Pferd hätte er erwischt, da könnte ihm selbst der Graf tausend Taler für bieten, und er kriegte es nicht. Großartig, wie er den Pferdehändler angeschäten hätte!

Ganz langsam fuhr der Müller durch das Dorf und griente jeden an, der ihm begegnete, und wenn einer stillstand, dann zeigte er mit der Peitsche auf den Fuchs und sagte: »Ein Wundertier! Ja, man muß eben was von Pferden verstehen. Euch kann man ja einen Ochsen für ein Pferd andrehen, wenn der keine Hörner hat, dann merkt ihr nichts.« Am meisten ärgerte alle, daß der Fuchs so billig gewesen sein sollte, denn er war wirklich ein schönes Tier. Wenn der Müller nicht log mit dem Preis. Doch der alte Metscher war beim Kauf zugegen gewesen, es stimmte schon. »Dann wird der Fuchs es wohl inwendig haben«, sagte der Schulze.

Er hatte es inwendig. Im Kopf hatte er es, wie man so

sagt. Solange er neben dem Braunen an der Deichsel zu gehen hatte, war alles in Ordnung. Dafür aber hatte der Müller ihn nicht gekauft, er wollte ihn hauptsächlich für den Einspänner haben. Und dabei zeigte der Fuchs, daß er es eben im Kopfe hatte. Sie kamen alle zusammen, als sie es hörten.
Großspurig war der Müller an einem Sonntagnachmittag das erstemal mit seinem neuen Fuchs im Einspänner durch das Dorf gefahren, und damit sich auch alle recht ärgerten, hatte er vor dem Gasthof gehalten. Da fing der Fuchs an. Er stellte die Vorderbeine breit auseinander, so daß er von vorn aussah wie ein Sägebock, und dazu ließ er den Kopf schlapp herunterhängen und schwenkte ihn langsam und weit ausholend immer von links nach rechts und von rechts nach links. Zuerst hielten sie das für einen kleinen Spaß von dem Pferd, besonders da es sich auch wieder in eine für ein Pferd anständige Haltung zurückfand. Doch nach kurzen Pausen fing der Fuchs immer wieder an mit dem Theater. Sie standen und warteten direkt: Jetzt, paß auf, gleich macht er's wieder! Und richtig.
Als das Gejohle vor dem Gasthof zu toll wurde, stürzte der Müller heraus.
Er hatte wohl gesehen, daß sich da immer mehr Menschen um seinen Fuchs angesammelt hatten. Die fuchsen sich, dachte er, weil sie kein so schönes Pferd haben. Wie er nun die Geschichten sah, die der Fuchs machte, lachte er zuerst mit und sagte: »Na, was ist denn schon? Das kluge Tier wundert sich über so viel Ochsen!«
»Jawohl!« krähte Wilhelm Trebbin. »Und jetzt, wo du dazugekommen bist, wundert es sich erst recht.«
Ganz richtig hatte Wilhelm Trebbin das beobachtet;

eigentlich noch mehr als bisher schwenkte das dumme Tier seinen Kopf. Da zog ihm der Müller einen über den Pelz und fuhr nach Hause.
Es war jedoch nicht zu verbergen, immer wenn er im Einspänner ging und nur ein paar Minuten stillstand, kriegte der Fuchs es wieder.
»Das werd ich ihm schon austreiben«, versprach der Müller, »man ist ja nicht so dämlich wie ihr!«
Womit er sie erst recht auf sich und seinen Fuchs hetzte, denn mit dem Austreiben, das wurde nichts. Worauf der Müller den Fuchs wieder als Zweispänner fuhr. Das verhinderte jedoch nicht, daß jeder, der ihn traf, sich erkundigte: »Was macht denn der Wunderliche?« Und so hieß denn der Müller wie sein Pferd der Wunderliche.
Die Kummerower sind hartnäckig. Man sagt von solchen Leuten allgemein, sie haben Charakter. Danach hatten die Kummerower sehr viel Charakter. Und so stichelten und triezten sie den Müller am Sonntagnachmittag im Krug so lange mit seinem Wunderlich, daß er eine Wette einging, er würde es dem Tier schon austreiben. Bis zu zwanzig Mark hielten sie die Wette gegen ihn.
»Vor euren sichtlichen Augen!« prahlte der Müller. Er lief sogleich nach Hause und spannte den Wunderlich ein.
Und dann karriolte er mit dem Wagen immer um den Dorfplatz, und sobald er einmal herum war, hielt er vor dem Krug an. Wenn der Fuchs dann seine Beine breitstellte und mit dem Kopf zu schaukeln begann, drosch der Müller auf ihn los, sprang in den Wagen und jagte eine neue Runde um den Platz. Er würde ihn schon so müde machen, daß ihm der Spaß verginge, Theater zu spielen.

Ein paar Bauern aber hetzten den Müller immer weiter auf, indem sie sagten, der Fuchs käme wahrscheinlich direkt aus dem Zirkus und vielleicht parierte er besser, wenn der Müller sich als Musche Klohn anzöge.
Der Fuchs war schon ganz blank vor Schweiß, und der Atem ging ihm laut, aber sobald er zum Stehen kam, setzte er die Vorderbeine schräg und schaukelte mit dem Kopf.
Runde auf Runde jagte der Müller das Pferd. Er merkte schon längst, daß er nun wirklich der dumme August für das Dorf geworden war, und außerdem waren die zwanzig Mark weg. Jetzt tat einigen das Pferd leid, weil aber andere dem Müller die verlorene Wette vorhielten, sprang er noch einmal vom Wagen, stellte sich vor dem Pferdekopf auf, aus dem zwei ängstliche Augen auf den unmenschlichen Herrn blickten. Die Vorderbeine zitterten, die Flanken flogen, das Maul stand voll Schaum, aber, unbegreifliches Tun, das Tier brachte die Beine wieder auseinander und schwenkte den Kopf. »Aas, verfluchtes, dir werd ich lehren«, brüllte der Müller und hatte auch Schaum im Gesicht, nahm die Peitsche verkehrt und schlug dem Pferd das dicke Ende des Stiels gegen das Maul, immer gegen die Seite, die gerade wegschwenken wollte. Tatsächlich hörte der Fuchs auf, den Kopf zu bewegen. Triumphierend sah der Müller um sich.
Wilhelm Trebbin faßte ihn am Arm. »Wenn du ihn noch mal gegen die Schnauze schlägst, bekommst du selber ein paar.«
»Von dir noch lange nicht!« prahlte der Müller.
Da rief einer von denen, die gewettet hatten: »Es gilt aber auch für die Beine!«
»Die krieg ich auch noch zurecht«, versprach der Mül-

ler und schlug mit dem dicken Ende der Peitsche dem Pferd gegen die Vorderbeine, bis das Tier sie richtig hielt. Aber dabei vergaß es wohl seinen Kopf, denn nun pendelte der wieder hin und her.

»Warte, du Luder«, brüllte der Müller, »ich krieg dich schon müde!« Er sprang wieder auf den Wagen und karbatschte auf das ermattete Tier los, gleich zweimal um den Platz. Als er diesmal hielt, war der Schaum vor dem Pferdemaul rot von Blut. Jetzt traten einige der Bauern auf den Müller zu und wollten ihm die Peitsche wegnehmen. Doch er drohte, tätlich zu werden.

»Ist das mein Pferd oder eures?« brüllte er los. Das war richtig, es war sein Pferd, und er konnte damit machen, was er wollte. Einige meinten zwar, das könnte er nicht, und es sei eine Schande für Kummerow, daß hierorts einer vor ihren Augen ein Tier zu Tode prügeln dürfe.

»Damit ihr auch noch meine zwanzig Mark kriegt, ihr Spitzbuben!« tobte der Müller.

»Wir schieten dir was auf deine zwanzig Mark!« brüllte nun auch Wilhelm Trebbin. »Laß sie dir vom Droak bringen!« Das war nun zwar Unsinn, aber es erfüllte seinen Zweck, es machte den Müller noch wilder.

»Wenn es mir paßt«, schrie er und hatte ganz rote Augen, »dann schlag ich das Biest hier auf der Stelle tot. Den möcht ich sehen, der mir in mein Eigentum reinreden will.«

Das war wieder richtig, und der Appell an das freie Recht über das Eigentum, dieses Glaubensbekenntnis des Kleinbürgers und Bauern, machte zuerst auch Eindruck. Außerdem würde er es ja nicht tun. Aber dann siegte doch das Gefühl für das Tier. Ja, wenn es ein Stück Rindvieh oder ein Schwein gewesen wäre, aber ein Pferd ...

»Wir verzichten hiermit auf deine Dreckwette«, lärmte Trebbin, »er kriegt seine zwanzig Mark wieder, wir unsre auch!«
Der Müller lachte böse. »Das könnte dir so passen, was? Jetzt, wo du siehst, daß er pariert! Ich habe gewettet, daß das Biest nicht mehr sein Theater macht. Und wenn er das nicht mehr macht, dann sind eure zwanzig Mark futsch. Und ich sage dir, nu gerade nicht, und er wird es nicht mehr machen!« Noch einmal sprang er auf den Wagen und jagte das Pferd um den Platz. Jetzt aber schwankte das Tier nicht mehr mit dem Kopf allein, sondern mit dem ganzen Körper. Es waren immer mehr Leute zusammengelaufen. Da kamen auch die Kühe von der Weide heim und mit ihnen Krischan Klammbüdel und Martin. Sie ließen die Kühe allein weitergehen und sahen sich an, was hier vorging. Der Müller hatte dem Fuchs gerade einen mörderischen Schlag mit dem Peitschenstiel übers Kreuz gegeben, als Krischan vor ihm auftauchte und nach dem Peitschenstiel faßte.
Dazu sagte er: »Der Gerechte erbarmt sich seines Viehes!«
»Scher dich zum Teufel, alter Zuchthäusler!« brüllte der Müller und wollte auf Krischan los. Doch es sprangen einige dazwischen.
»Wo ich herkomm, das kannst du noch alle Tage hinkommen«, spektakelte Krischan, »bloß daß sie dich dann nicht wieder rauslassen.« Aber in seiner Stimme zitterte es.
Da er nun an den Hirten nicht herankonnte, der Fuchs den Kopf noch verwunderlicher schwenkte als bisher und die Menschen laut aufjohlten, faßte der Müller den Peitschenstock mit beiden Händen, holte aus und schlug dem Fuchs das dicke Ende zwischen

die Ohren. Er fiel sofort um, aber die Beine streckte er von sich, immer abwechselnd, als wolle er weglaufen, nur hier nicht sterben, und das eine Auge, das nicht im Sand lag, sah in qualvoller Verständnislosigkeit die Menschen an.
»Du Satan, du Aas!« krächzte Krischan und stürzte sich auf den Müller, seinen Hirtenstock in der zitternden Faust.
Doch der Müller war rascher, er faßte Krischan bei der Brust und haute ihm eine runter, daß der alte, klapprige Hirte auf das sterbende Pferd fiel und betäubt liegenblieb. »So ein Schwein, so ein Sträfling«, keuchte der Müller, »eine Schande für ein Dorf — nicht mal Papiere hat der Kerl — das will anständige Leute beleidigen!«
Sie waren von dem Vorgang, der sich da in Schnelle abgespielt hatte, noch ganz benommen. Martin Grambauer aber fühlte sich von einer Hand angerührt und vorwärts gestoßen. Er heulte laut auf, einmal um das Pferd, dann um Krischan, dann aber sprang er wie eine Katze dem Müller ins Gesicht, krallte sich fest und riß nun wie ein Wilder in dem Kinnbart des Bösewichts. Zur Ehre von Johannes und Hermann Wendland muß es geschrieben werden, sie waren im selben Augenblick auch an dem Müller, ohne Verabredung, Hermann, indem er dem Kerl die Stiefelspitze ins Gemächte stieß, Johannes, indem er den dicken Hirtenstock von Krischan aufhob und losdrosch. Nur, der bärenstarke und vor Schnaps und Wut halb wahnsinnige Mann hätte die drei Kinder erschlagen, wären jetzt nicht endlich die Großen wach geworden. Der Weg von den Augen bis in den Kopf und ins Herz und dann in die Arme ist lang für die Kummerower. Der Müller hatte Martin gepackt, hochgehoben und wollte

ihn zu Boden schmettern, da sprang Wilhelm Trebbin zu und entriß ihm den Jungen. Gleich folgten die anderen, und nun droschen Bauernfäuste auf einen Schinder los, und die, die einen Stock hatten, nahmen unbekümmert den Knüppel.
Der Müller warf ein paar Mann wie Kleiebeutel beiseite. Dann hatte er Wilhelm Trebbin vor sich, und das war kein Kleiebeutel, das war ein Zweizentnersack voll Weizen. Es traf den Müller ein so wuchtiger Faustschlag ins Gesicht, daß er beiseite flog, gegen das Pferd stolperte und über es hinweg stürzte. Blutend und besinnungslos blieb er liegen. Denn wo Wilhelm Trebbin hinschlug, da rührte sich so leicht keiner.
Einige wollten gesehen haben, der Fuchs habe noch einmal seine Augen aufgemacht und erst den Müller, dann Krischan angesehen, und der Blick auf Krischan sei ein ganz anderer gewesen. Wie ein Mensch.
Krischan Klammbüdel konnte nach einer Viertelstunde allein nach Hause gehen, den Müller holte seine heulende Frau auf der Karre.
Das Pferd und der Wagen blieben auf dem Dorfplatz liegen bis zum Montagvormittag, weil Wachtmeister Niemeier den Tatbestand aufnehmen mußte.
Am Abend erst war allen Kummerowern das Geschehen in seiner ganzen Furchtbarkeit klar. Sie schlugen im Krug und im Gasthof mit den Fäusten auf den Tisch und warfen sich gegenseitig vor, mitschuldig zu sein, weil sie so lange zugesehen hätten. Einig waren sie nur darin — daß es eine Schande geben werde für Kummerow in ganz Deutschland! Das wollten Bauern sein? würden die Leute in Deutschland fragen, das sind bloß Kummerower, die schlagen ihre eigenen Pferde tot. Nirgends mehr werde man sich sehen lassen können.

Das Pferd war für sie das Tier der Tiere, sie verstanden aus einfältigem Herzen die Völker, die es für heilig hielten. Darum auch hatte sich Superintendent Sanftleben nicht gewundert, als er bei einer Schulvisitation auf die Frage, welches das klügste Tier sei, die Antwort erhielt: »Das Pferd!« — Na schön, hatte er weiter gefragt, denn er hatte den Hund gemeint: »Welches ist aber das mutigste und stärkste Tier?« — »Das Pferd!« — Na schön, er hatte eigentlich an den Löwen gedacht. »Ich möchte jetzt aber mal nichts von den Haustieren wissen. Welches ist von allen Tieren der König?« Eine Weile war Stille in der Schule gewesen, bis die mehrstimmige Antwort kam: »Das Pferd.«

So war es auch nur natürlich, daß an diesem schrecklichen Sonntag die Kummerower Burschen sich vor der Mühle trafen. Sie seien, so meinten sie, von der Geschichte am schwersten getroffen, denn würde sie in Berlin bekannt, dürfte kein Bursche aus Kummerow mehr bei der Kavallerie dienen. »Legt an — Feuer!« kommandierte einer, und ein Klirren und Ballern zeigte an, fast alle Steine hatten die Fenster getroffen. »Raus aus Kummerow!« riefen sie dazu. »Raus aus Kummerow!«

Doch der Müller verstand das nicht, er kam gerade erst langsam zur Besinnung. Es war nicht eine einzige Scheibe heil geblieben, am andern Morgen sah man es, Wachtmeister Niemeier konnte es gleich mit aufschreiben.

Bis gegen Montag abend vernahm er die Zeugen zu den sieben vorliegenden Strafanzeigen. Vom Gemeindevorsteher Christian Wendland gegen den Müller Düker wegen Tierquälerei mit tödlichem Ausgang; von Gottlieb Grambauer gegen den Müller Düker wegen Mißhandlung von fremder Leute Kinder; von Pastor Breithaupt gegen den Müller Düker wegen Erregung öffentlichen Ärgernisses durch Umherjagen auf dem Kirchplatz am Sonntag und Schreien vor dem Pfarrhaus; von Müller Düker gegen den Bauern Trebbin wegen Körperverletzung und Sachbeschädigung; von Müller Düker gegen den Krüger Speelmann wegen Unterschlagung und Betrugs infolge Nichtaushändigung einer gewonnenen Wette. Da der Fuchs das Kopfschwenken nicht mehr machte, habe er, der Müller, die Wette gewonnen, denn es sei nichts davon gesagt worden, daß das Pferd lebendig sein müsse; von Müller Düker gegen die ganze Gemeinde zu Händen des Vorstehers Wendland auf Bezahlung von zerschlagenen Fensterscheiben und Doktorkosten; und schließlich gegen den Gemeindevorsteher Christian Wendland wegen Amtsverletzung durch Beschäftigung eines Gemeindehirten ohne ordentliche Papiere und Begünstigung eines Verbrechers.

Der Gemeindevorsteher antwortete auf die letzte Anzeige, indem er Krischan veranlassen wollte, gegen den Müller Anzeige wegen Körperverletzung zu stellen, allein der alte Hirte weigerte sich entschieden, er wolle nichts mit den Gerichten zu tun haben, und den Müller, diesen Schinderknecht, den werde Gott schon kneifen. Worauf der Müller auch noch gegen den angeblichen Kuhhirten Krischan Klammbüdel Strafantrag wegen Beleidigung und Überfall anbrachte.

Wachtmeister Niemeier hatte genug Zeugen zu vernehmen, ganze Bücher schrieb er voll, und er faßte seinen Eindruck am Abend dahin zusammen, daß die Sache sehr gut stünde, weil sie für den Müller sehr schlecht aussähe. Bloß die Sache mit Krischan sei mulmig. Krischan hatte sich beharrlich geweigert, eine Aussage vor dem Wachtmeister zu machen, und er

sollte doch der Hauptbelastungszeuge sein. Er war mit seinen Kühen auf die Weide gezogen wie jeden Tag und auch nicht zum Schulzen gegangen, als der Wachtmeister ihn dorthin vorgeladen hatte.
»Hat er denn nie nicht Papiere gehabt?« fragte der Wachtmeister den Schulzen. Der zuckte mit den Schultern. »Ich bin nun zwölf Jahre Schulze hier, eingestellt hat ihn schon mein Vorgänger.«
Das begriff der Wachtmeister wohl. »Aber Christian, ich kann dir das nicht verheimlichen. Er hat keine Papiere, und das kann dir das Amt kosten. Bedenk doch mal, ein Mensch, der keine Papiere hat! Ich werde ihn mir man morgen vornehmen.«
»Tu das, Wilhelm«, nickte der Schulze, »und auf einen Richtenberger soll mir das nicht ankommen.«
Nur daß Krischan Klammbüdel auch am anderen Tage keine Bereitwilligkeit zeigte, sich vernehmen zu lassen. Auch nicht, als der Wachtmeister und der Schulze zu ihm auf die Weide kamen, was in den vierundzwanzig Jahren seiner Hirtentätigkeit nicht ein einziges Mal geschehen war, und es mit Güte versuchten.
»Gott hat das Verbrechen von dem Müller gesehen, da braucht sich kein Wachtmeister und kein Gericht mehr darum zu kümmern!« Damit lehnte Krischan jede Auskunft ab.
»Du kannst gezwungen werden, Krischan«, sagte der Gendarm.
»Vierundzwanzig Jahrende«, antwortete der Hirte und deutete auf den Brink und die Kühe.
»Sie werden dich verhaften lassen«, ging der Wachtmeister weiter.
»Vierundzwanzig Jahrende«, wiederholte Krischan nur.
»Der Schulze und alle, die gut zu dir gewesen sind,

die haben Unangenehmes, wenn du nicht sagst, ob du wirklich keine Papiere hast. Ich bin auch gut zu dir gewesen. Da kannst du doch nicht wollen, Mensch, daß wir nun alle Unannehmlichkeiten deinetwegen kriegen!«

»Vierundzwanzig Jahrende!« beschloß Krischan die Vernehmung.

Am nächsten Sonntag hielt Pastor Breithaupt eine gewaltige Predigt. Zuerst gegen das Saufen und das Spielen und Wetten im allgemeinen und im besonderen am Sonntag — das bezog sich auf alle Kummerower; dann auf die Tierquälerei, durch welches Verbrechen Kummerow zum Schandpfahl werde im Vaterland — das bezogen sie alle nur auf den Müller; dann gegen die Lauen, die der Herr ausspeien werde aus seinem Munde — das war gegen die Zuschauer des Skandals gerichtet, aber das bezog keiner auf sich, sie hatten es dem Müller ja besorgt; dann predigte der Pastor über die Erleuchtung und sagte, auch hier habe der Herr sich wieder der Unmündigen bedient, um seine Gerechtigkeit zu vollziehen, der Kinder und Toren habe er sich bedient, das Herz eines alten, armen Kuhhirten habe er empört und ihn zum flammenden Streiter für das Gute werden lassen, ihn und die kleinen Kinder. So weit sei es nun mit Kummerow gekommen, daß die Gerechten nur noch bei Narren und Unmündigen zu suchen seien. Wilhelm Trebbin hatte zuerst gedacht, er würde auch ein kleines Lob bekommen, aber da er sich zu den Kindern und Toren nicht rechnen wollte, hatte der Pastor ihn wohl doch übersehen.

Auf Krischan Klammbüdel war der Pastor ganz gut zu sprechen, denn solange Krischan in Kummerow die Kühe hütete, ging er alle vierzehn Tage in die Kirche, wenn er auch nur auf der allerletzten Bank, ganz hinten unter der Orgel, seinen Platz hatte, wo die Bank entzwei und eigentlich nur ein Brett auf Mauersteinen war. Krischan saß dort gern, er konnte in Ruhe ein Nickerchen machen, und außerdem hatte er die Orgel direkt über seinem Kopf; das war, als töne der Himmel über ihm und wecke ihn mit Posaunen und Wohllaut zur Auferstehung wie am Jüngsten Tag. Er betrachtete die Stunden, die er so verbrachte, direkt als Vorübung für später, hob schon den Kopf aus dem Schlaf und blinzelte, wenn der Kantor mit dem Vorspiel auf der Orgel nur einsetzte, und war überzeugt, dermaleinst der erste zu sein, wenn sich des Grabes Pforten öffneten. Aber davon wußte der Pastor Breithaupt nichts, das hatte Krischan nur mal Martin erzählt.

Für den Pastor hatte der Skandal um den Müller auf jeden Fall sein Gutes. Von der Kanzel herab fluchen und wettern, das kannten sie schon, es rührte sie nicht mehr sonderlich. Diesmal, fanden sie, hatte er so richtig aus dem Leben gesprochen, und es hatte sein Ansehen in der Gemeinde gehoben. Im Grunde verehrten sie ihn ja doch, den Grobian. Als er vergangenen Winter schwerkrank gelegen und sie ganz zufrieden dem vertretenden Pastor entgegengesehen hatten, da war es durchgebrochen. Der da zur Vertretung kam, war ein sanfter, kleiner Mann und behandelte sie mit Güte und Liebe. Sie füllten die Kirche bis auf den letzten Platz und fanden es sehr sinnig und christlich, was und wie er gepredigt hatte. Sogar Gottlieb Grambauer war wieder mal in die Kirche gegangen. Aber nach dem zweiten Mal waren sie im Krug einig: Er ist ein sanfter Heinrich. »Ja«, sagte Schulze Wendland, »das ist, als freust du dich auf einen safti-

gen Braten, und siehe, was kommt auf den Tisch? Eine Milchsuppe mit Klüten!«
Selbst Gottlieb Grambauer, der doch gern etwas an dem vertretenden Pastor gefunden hätte, was ihn gegenüber Pastor Breithaupt hervorhob, stimmte schließlich bei: »Unser ist ja man 'ne alte Schrubberbürste, aber vielleicht ist es an dem. Mit diesem neuen Staubwedel wird unser Herrgott keine Bauernstiebel reinkriegen, damit sie das Himmelreich betreten können.«
Es kamen immer weniger in die Kirche, und als der Vertretungspastor ein Gebet für den kranken Seelenhirten von Kummerow sprach, da beteten die, welche dabei waren, aus ehrlichem Herzen mit, und viele von den anderen holten es zu Hause nach. Und als Pastor Breithaupt nach Monaten zum ersten Male wieder predigte, da war die Kirche gerammelt voll, so daß er sich vor Rührung die Augen wischte. Bei kleinem ließ es dann wieder nach mit dem Besuch.
»Man muß ihn nun auch nicht gleich hoffärtig machen in seinem Sinn«, sagte der Schulze.
Diesmal nun war es wieder ganz nach ihrem Herzen gewesen. Es waren auch gewaltige Worte, mit denen der Pastor schloß: »Siehe, so wird es kommen, daß der Ärmste euer Fürsprecher sein muß vor Gott, der Ärmste und die Unschuldigen! In ihnen hat der Herr das Licht der Liebe entzündet, auf daß sie für euch streiten wider das Böse!« Er liebte nun einmal starken Tabak, auch im Loben.
So kam es, daß sowohl dem Ärmsten als auch den unschuldigen Kindern die Sache etwas zu Kopf stieg und sie in geheimen Beratungen draußen auf der Weide sich verschworen, aufs neue zum Streite auszuziehen, um den Müller aus dem Dorfe zu vertreiben. Jetzt, da

es sich erwiesen hatte, daß er gar nicht bannen konnte, denn Wilhelm Trebbins Backpfeife hatte ihn ja gleich kopfüber geschmissen, jetzt hatten auch die Furchtsamen Mut. Die meisten Kinder waren gleich für einen Angriff mit Knüppeln; Johannes schlug vor, die Mühle anzustecken und den Müller zu verbrennen, aber Krischan wußte etwas viel Besseres. Er meinte, die geistigen Mittel wären hier angebrachter. Was er damit meinte, davon kannten sie einen ganzen Haufen; was fehlte, brachte ihnen Krischan bei. »Denn siehe«, sagte er, als er sie genügend vorbereitet hatte, »das wird ein Krieg der Unmündigen und Armen, der seinesgleichen nicht hat in der Geschichte von Kummerow bis Afrika. Und warum wird er das? Weil er sich an der Ungerechtigkeit irdischer Dinge entzündet hat und geht doch nicht um die Erringung weltlicher Vorteile, sondern aus Haß und Verachtung gegen das Böse!« Nicht umsonst war Krischan Klammbüdel vierundzwanzig Jahre lang jeden zweiten Sonntag in die Kirche gegangen.
Mit einem Auge voll Wohlgefallen und einem voll Besorgnis blickten die Großen von Kummerow auf diesen Krieg, die Eltern, der Kantor und der Pastor.
Unterdessen arbeitete auch die Maschine der irdischen Gerechtigkeit oder doch das, was die ganz Großen der Erde, die noch über Eltern, Lehrern und Dorfpfarrern standen, dafür hielten. Die Justizmaschine zerquetschte sieben Strafanzeigen und ein paar Gesetzblätter und versuchte daraus ein paar Tropfen jenes unvergänglichen Saftes zu pressen, das außer dem Blut das Wertvollste ist im menschlichen Leibe: das Recht.
Es kam wenig dabei heraus. Eigentlich gar nichts.

Dafür aber kam Krischan Klammbüdel hinein in die furchtbare Maschine.
Sie fraß ihn, der es bis zuletzt nicht glauben wollte, mit Haut und Haaren, und die meisten der Kummerower Großen erwischte sie auch beim Schlafittchen und riß ihnen die Kleider vom Leibe, dem Pastor, dem Kantor, dem Schulzen und vielen Eltern. Und denen sie die Kleider nicht abriß, die warfen sie ihr entgegen und standen dann da vor den Augen der Kinder, nackt und bloß, erkennbar in Eigennutz und Feigheit, ledig vielleicht eines armen Sünders, doch ledig nicht der Sünde. Der größten Sünden eine hatten sie auf sich genommen, die da ist die Verleugnung des warmen Menschenherzens vor der kalten Fratze der Staatsgewalt.

Aber die Papiere

Es wurden in diesen ersten Wochen nach der Untat des Müllers die Jungens und Krischan Klammbüdel auch weiterhin sehr gut in Kummerow behandelt, sie genossen irdischen und seelischen Lohn in reichem Maße. Martin stand wieder ganz vorn, Johannes stellte sich nach vorn, Hermann und Traugott auch, und Krischan bekam alle Abende einen Schnaps spendiert und ein Glas Bier. Man erinnerte sich endlich, daß er wohl auch wärmere Sachen brauchte, so bekam er gleich zwei Hosen, ein Hemd und eine Jacke. Nur daran, ihm auch für den Winter eine Bleibe zu geben, dachte man noch nicht.
»Wir könnten Krischan auch eine Jacke schenken«, meinte Mutter Grambauer und machte sich daran, nach des Vaters alter Wollweste zu suchen.
»Ich hab sie ihm schon gegeben«, sagte Martin schlicht.
Die Mutter wollte ihn anfahren, ließ es aber beim Hochfahren, denn Martin war schneller: »Du hast es doch eben auch tun wollen, Mutter.«
»Das sollte unsereiner man machen«, hetzte Anna.
»Kann dir gar nicht passieren, alter Geizhals«, versetzte ihr Martin, »ehe du was den Armen schenkst, da können es die Motten und der Rost auffressen!«
»Kann ich auch, anderer Leute Sachen verschenken«,

höhnte die Schwester, »du plustere dich man nicht mit auf.«
»Wenn meine Sachen ihm doch nicht passen«, rechtfertigte sich Martin.
»Und meine? Soll ich ihm vielleicht mein Korsett schenken oder 'ne Untertaille?« Anna war auch eine Grambauersche.
»Nächstes Mal sagst du es vorher! Das gehört sich so!« beschloß der Vater die Auseinandersetzung.
»Was reden sie denn da bloß im Dorf«, wollte die Mutter noch wissen, »ist es nun an dem, daß er gar nicht Krischan Klammbüdel heißt?«
»Im Zuchthaus soll er gewesen sein«, wußte Anna, »zwei soll er totgemacht haben.«
»Mein Gott«, die Mutter entsetzte sich, als hörte sie es zum ersten Mal, »und dann läßt man ihn so mit den Kindern zusammen?«
Des Vaters Faust sauste auf den Tisch. »Fangt ihr auch an mit dem Gequatsch?«
»Warum hat er denn aber auch keine Papiere?« Anna war böse auf Krischan, weil ihr Martin vorhin Geiz vorgeworfen hatte.
»Über zwanzig Jahre ist er nun Kuhhirt in Kummerow«, sagte der Vater, »da hat ihn keiner nach Papieren gefragt, da sind ja schon alle Jungbauern bei ihm mit auf Weide gewesen und haben keinen Schaden Leibes und der Seele genommen. Der ist in seinem Gemüt reiner als die meisten von uns im Dorf.«
»Wenn er aber keine Papiere hat«, verkündete Anna, »dann nimmt ihn der Schulze nächstes Jahr nicht wieder. Das hat mir Lisbeth Wendland gesagt.«
Martin starrte sie mit großen Augen an. Was sie da mitteilte, war ja unmöglich. Das war doch undenkbar, Kummerow ohne Krischan Klammbüdel, und gerade

jetzt, wo Krischan zum Helden und Streiter für das Recht geworden war. Er lehnte sich an seinen Vater und faßte ihn bei der Hand: »Dann nehmen wir ihn als Knecht, Papa!«
Gottlieb Grambauer hätte schon aus Trotz zugestimmt, doch seine Frau hob beschwörend die Hände: »Alles könnt ihr ihm geben, Essen und Trinken soll er haben, Lohn kannst du ihm auch geben, soviel du willst, aber daß er mit uns unter einem Dach schlafen soll, wo er doch im Zuchthaus gewesen ist...«
Sie unterbrach sich, ehe sie fortfuhr: »Frag doch mal Herrn Pastor!«
»Den?« Gottlieb Grambauer war unzufrieden mit sich, weil er keinen Entschluß fand, aber als Martin etwas von den Kriegsplänen der Jugend gegen den Müller verriet, schmunzelte er und schürte sie noch.
So scharf, so vernichtend dieser Krieg gegen das Böse nun einsetzen sollte, bisher war er über die bekannten dörflichen Mittel nicht hinausgegangen. Zunächst marschierten alle Kinder ein paarmal am Tage an der Mühle vorbei und sangen: »Das Wandern ist des Müllers Lust!« Da sah der Müller nicht mal drauf hin. Dann erhielt er Drohbriefe, unterschrieben von den »Rächern der Pferde«, darin wurde er aufgefordert, aus Kummerow wegzuziehen, wenn er nicht ergriffen und aufgehängt werden wollte. Da er nach acht Tagen noch immer im Dorfe war, gar nicht ergriffen und aufgehängt und in seinem Wesen schon wieder dreister, gingen die Rächer schärfer vor. Sie erschienen des Nachts vor den Fenstern des Müllerhauses und trommelten so lange gegen die Scheiben, bis der Müller ans Fenster kam. Und wenn er schlau sein wollte und im Hausflur lauerte, waren die Jungen noch schlauer und warfen nur mit kleinen Kartoffeln gegen die Fen-

ster. Seine Frau konnte sich im Dunkeln nicht mehr sehen lassen, ohne daß nicht irgendein Geist auftauchte und ihr mit Grabesstimme gebot: »Weiche aus Kummerow, weiche, bald bist du und der Müller 'ne Leiche.«
Einmal, als der Müller morgens an seine Pumpe kam, fehlte der Pumpenschwengel, die Jungens hatten ihn in der Nacht abmontiert und weggeschleppt. Ein andermal waren all seine Stalltüren mit Vorhängeschlössern zugeschlossen, die, wie sich nachher herausstellte, aus dem ganzen Dorf zusammengeholt worden waren.
Es war ein richtiger Kleinkrieg, alle Tage geschah etwas Neues. Zuerst hatte der Müller gedroht, auf jeden zu schießen, den er auf seinem Hof erwischen würde, dann hatte er Anzeige erstattet, und der Wachtmeister hatte sich zum Kantor und zum Pastor begeben. Es half nichts. Worauf der Müller an die Regierung schrieb und an das Konsistorium und sich als schutzlos hinstellte, da Eltern, Lehrer und Geistlichkeit dem wüsten Treiben einer verwahrlosten Jugend Vorschub leisteten. Darauf war ein Brief vom Konsistorium gekommen. Superintendent Sanftleben hatte ihn mit der Bemerkung versehen, es sei ihm sehr peinlich, daß so etwas in seinem Amtsbereich passiere, und es könne für alle beamteten Personen ernste Folgen haben. Und da hatte der Pastor mit einemmal gegen die verwilderte Jugend gepredigt und sofortige Einstellung der Feindseligkeit gefordert. Nach welchem Sonntag es für Gottlieb Grambauer feststand, daß der Pastor sich auf die Seite der Gewalthaber und Reichen gestellt habe. Wußte er doch längst, daß inzwischen ein anderer Kleinkrieg im Gange war, ein richtiger Papierkrieg.

Es war nämlich eine Aufforderung des Landratsamtes an den Schulzen gekommen, mitzuteilen, wer der pp. angebliche Christian Klammbüdel in Wirklichkeit sei und welches Amt er in der Gemeinde Kummerow bekleide. In der letzten Frage hatte der Schulze eine Falle gewittert und sich mit Gottlieb Grambauer besprochen. Darauf verkramte er einfach das amtliche Schreiben.

So mußte sich Wachtmeister Niemeier erst wieder auf den Weg machen. Er ging auf die Weide, nahm Krischan, der sich auf das Recht der Kühe berief, bewacht zu werden, beim Kragen und brachte ihn zum Schulzen.

»Wenn sie derweil in den Klee vom Pastor gehen«, wehrte Krischan sich, »ich wasche meine Hände in Unschuld.«

»Du wäscht deine Hände überhaupt nicht«, antwortete der Gendarm, »die kenn ich nu schon zwanzig Jahr.«

Dann setzte er in liebevollen Worten dem Hirten auseinander, er könne doch ruhig sagen, daß er seine Papiere verloren habe oder was sonst mit ihm nicht in Ordnung sei. Denn der Schulze käme noch in des Teufels Küche, und das ganze Dorf und der Pastor auch. »Und so frage ich dich, Krischan Klammbüdel, wie heißt du?«

»Du weißt das ja«, antwortete Krischan.

Der Wachtmeister schrieb: Inkulpat behauptet, Krischan Klammbüdel mit Namen zu sein. »Wie alt?«

Krischan dachte nach. »Zu Weihnachten werden es wohl siebzig Jahrende sein.«

»So, nu sag noch fix, wo du geboren bist, Krischan.«

Krischan sah sich etwas unsicher um. Dann lächelte er. Was der schon fragte, er hatte nichts Böses getan,

er hatte Gutes getan, ihm konnte keiner was, und so sagte er: »Ich nehm an, wohl in ein Bett!«
Wachtmeister Niemeier strich sich den Schnurrbart. »Ich will dir mal was sagen, alter Junge! Bei mir kommste da nicht mit durch! Von mir aus könntste auch hinterm Zaun zur Welt gekommen sein, aber da interessieren sich höhere Personen für dich. Und ich sage dir, mir sagt es mein Riecher, denn schließlich hat unsereins Verstehste für euch Brüder: Da ist was dunkel hinter dir, das sag ich, und dabei bleib ich.«
»Wenn die aber in Herrn Pastor seinen Klee gewesen sind«, sagte Krischan nur, »da hätt ich denn hiermit bewiesen, daß ich unschuldig daran bin.«
Er ging zur Tür.
»Lauf man«, griente der Wachtmeister, »und daß du's weißt: das nächste Mal werd ich dich mitnehmen nach Randemünde.«
»Das bestimmen ja wohl andere Leute als du«, antwortete Krischan dreist, noch umweht vom Lob des Pastors, »der Schulze und der Pastor, die haben ja auch noch was zu sagen!«
Dem Schulzen wurde ungemütlich, als der Sendbote des Landrats ihm die Folgen ausmalte, die entstehen würden, käme heraus, daß Krischan gar nicht so hieß und vielleicht wirklich ein gesuchter Schwerverbrecher oder so was war. »Ich bin ja man bloß Schulze. Ich habe ihn übernommen. Aber was der Pastor ist, der setzt Gottes Wort für ihn ein, öffentlich von der Kanzel herab. Wie kann ich dagegen angehen? Auch hat doch der Gemeinderat das jedes Jahr wieder so haben wollen. Da steht mir nicht zu, dagegen anzugehen.«
»Habt ihr denn Marken für ihn geklebt, Christian?«
Schulze Wendland schüttelte den Kopf und sah den

Wachtmeister überlegen an. »Aber, Wilhelm, wie denn das, wo er doch keine Papiere nicht hat?«
Da schüttelte auch der Wachtmeister den Kopf. »So, und wenn er nu mal nicht mehr arbeiten kann? Oder wenn er zu Schaden kommt? Dann fällt er ganz der Gemeinde zu Last.«
Der Schulze lachte laut: »Wo er doch keine Papiere nicht hat?«
Ein paar Schnäpse lang schwiegen sie. Dann verabschiedete sich der Wachtmeister umständlich, drehte sich zur Tür und drehte sich wieder um. »Also, nun hör mal zu, Christian. Ich bin dein Freund. Sieh mal, was der Pastor ist, der redet sich schon wieder raus, wenn's schiefgeht. I, meine Herren, sagt der, was geht mich der Körper und die Papiere von einem gewissen Klammbüdel an, ich hab mich bloß um die Seele zu kümmern, die braucht keine Papiere. Ich kenn doch die schwarzen Brüder. Und dann sitzt du doch wieder in der Tinte, dann bleibt es doch an dir hängen. Drum geb ich dir den Rat, aber du mußt das stantepeh machen: Schick den Krischan weg, bloß rüber über die Gemeindegrenze. Ich werd ihn da so leicht nicht finden. Wird er aber gefunden, dann geht das dich nichts mehr an, daß er keine Papiere hat.«
»Bloß — wer soll die Kühe hüten bis Michaelis?«
»Das ist nicht mehr meine Zuständigkeit«, sagte Wachtmeister Niemeier ärgerlich, »ich hab dich gewarnt. Denk an dich, Christian. Denk an deinen Hof und an deine Kinder. Ich hab dich gewarnt vor der Gemeinschaft mit einem gefährlichen Individuum. Wer nicht hören will, muß fühlen.«
Der Schulze goß noch einmal den Richtenberger ein, er brauchte Zeit, das alles zu überdenken, und entschied sich, weder ja noch nein noch überhaupt et-

was zu dem Vorschlag zu sagen. »Du redest immerzu was von gefährlichem Individum. Was hat er denn eigentlich ausgefressen, daß ihr so hinter ihm her seid, wo er doch schon über zwanzig Jahre hier wie ein Kind im Hause ist?«
»Mensch, das ist es ja, daß wir nicht wissen, ob er was ausgefressen hat. Er soll ja man auch bloß Zeuge sein, wegen der Tierquälerei von dem Düker. Das andere da, wo ihn der Müller angezeigt hat wegen Überfall, unter uns, Christian, das hab ich gar nicht erst weitergegeben.«
Am nächsten Tag wußten mit einemmal alle im Dorf: Um Krischan steht es schlimm, der Wachtmeister war schon wieder seinetwegen da, und das nächste Mal wird er ihn wohl mitnehmen. Was zur Folge hatte, daß sie anfingen, von dem Verdächtigen abzurücken. Einige fanden, Krischan habe gar kein Recht gehabt, sich in die Sache des Müllers einzumischen, er am wenigsten, wo er doch nicht mal Papiere habe. Nicht umsonst hätte der Wachtmeister etwas davon gesagt, daß Krischan steckbrieflich gesucht werde, und es möge sich jeder davor hüten, ihm Vorschub zu leisten.
Ob es an dem war, wie Gottlieb Grambauer annahm, daß auch der Pastor sich in seinem Verhalten Krischan gegenüber beeinflussen ließ, das braucht nicht untersucht zu werden. Gottlieb Grambauer tat es jedenfalls nicht. Für ihn genügte es, daß der Pastor noch einmal in der Schule erschien und allerschlimmste Strafen androhte, wenn die Sache gegen den Müller nicht aufhörte. Welchem Vorgehen sich auch Kantor Kannegießer anschloß. »Ich wußte es ja«, sagte Gottlieb Grambauer, »wenn es gegen einen Armen geht, hält alle Obrigkeit zusammen!«
Dabei wäre er selbst um ein Haar Seiner Scheinheilig-

keit, so nannte er von jetzt ab den Pastor, auf den Leim gegangen. Vor ein paar Wochen, wegen der kirchlichen Lobpreisung Krischans und der Jungens, die einem Erwachsenen in den Bart gesprungen waren; für dieses Auftreten gegen den Müller hatte sich Pastor Breithaupt die Anerkennung selbst Gottlieb Grambauers errungen. Und er war entschlossen gewesen, dem Pastor zu Michaelis nicht eine kleine, mickrige Gans, sondern eine schöne fette zu schikken.

Die Martinsgans

Es war nämlich so, daß der Pastor von Kummerow einen Teil seiner Entlohnung in Naturalien bezog, und dazu gehört auch, ihm für eine zu Ostern vorgenommene Konfirmation nach Michaelis eine Gans auf den Hof zu bringen. Das war Gesetz. Wie groß die Gans sein sollte, schrieb das Gesetz nicht vor. Und während nun Väter, die sich wegen ihrer noch schulpflichtigen Kinder oder aus Gott weiß was für Gründen gut mit dem Pastor stehen wollten, ihre beste Gans schickten, so Zwölf- oder Vierzehnpfünder, vorzeitig fett gemästet, sagten andere, die dem Pastor nicht grün waren: Eingesegnet hat er ja, und Gans ist Gans!, aßen lieber ihre fetten Gänse selber und schickten dem Pastor einen mageren Vogel, der gerade noch für Ornithologen den Anspruch auf den Namen Gans erheben konnte. Zu diesen Vätern hatte Gottlieb Grambauer gehören wollen. Bis der Pastor das mit Krischan und den Jungens gemacht hatte, die gewaltige Predigt für die Armen und Unmündigen. Da war Gottlieb Grambauer anderen Sinnes geworden.
Nun war es an der Zeit, wieder anderen Sinnes zu werden.
Er musterte seine Gänse. Diese da, die kleine, hatte er ursprünglich dem Pastor als Einsegnungsgans zugedacht. Acht Pfund würde sie leider doch haben. Dann,

als er sich in seinem Herzen mit dem Pastor ausgesöhnt hatte, war die gar nicht mehr in Frage gekommen, eine richtige, ausgewachsene, schöne Gans sollte es sein. Nun war ihm noch die kleinste zu groß. Er nahm einen Sack, ging nach Falkenberg und kaufte dort nach langem Herumfragen — und nachdem er jeden Preis dafür geboten hatte — eine Gans, die erst mal lahm war, eine Flüchte hängen ließ und obendrein höchstens sieben Pfund wog. Sie hielten ihn für verrückt, daß er dafür soviel bezahlte, besonders als er sagte, wäre die Gans unter Garantie fünf Jahre alt, würde er noch einen Taler drauflegen.
Am anderen Morgen fand Mutter Grambauer diesen Krüppel in ihrem Stall. Sie war auch sofort im Bilde, wie er da hineingekommen war, und in ihres Herzens Scham verbot sie ihren Kindern, ein Sterbenswörtchen davon im Dorf zu erwähnen; was sie sich hätte schenken können, denn einer mußte sich ja auch opfern und die Gans zum Pfarrhof tragen. Lisa war zu klein, Anna heulte, sie müsse sich totschämen und es sei eine Sünde gegen Gott und würde sich an ihr rächen, denn ihre Einsegnung sei es gewesen, und überhaupt müßten immer die Brüder die Gans hinbringen.
Martin beschwor seinen Vater, ihm die Schande zu ersparen. »Soll ich mir die Gans um die Ohren schlagen lassen?«
»Dann bringst du sie wieder mit nach Hause, dann hat er damit seinen Verzicht ausgesprochen.«
Als Martin sich mit Entschiedenheit weigerte, nannte ihn der Vater einen erbärmlichen Feigling, der es eben auch mit den Fressern und Reichen gegen die Armen hielte, und er würde sich das merken, es sei ja nicht mehr lange hin bis Weihnachten.

Zwei kummerschwere Nächte betete Martin unter Tränen, Gott möge doch ein Wunder tun und die Gans über Nacht fetter und ansehnlicher machen. Ganz früh, ehe noch die anderen auf den Beinen waren, schlich er zum Stall, das Wunder zu schauen. Da er aber sah, daß Gebete und Gelöbnisse nichts halfen, half er selbst nach, indem er den Vogel absonderte und mit allem nur erreichbaren Korn fütterte. Aber die dumme Gans nahm wenig, es war, als wollte sie selbst gegen den Pastor protestieren. Martin konnte ja nicht wissen, daß die mangelnde Freßlust einen ganz natürlichen Grund hatte — auch die Mutter und Anna fütterten heimlich. Anna versuchte sogar, sie zu stopfen. Aber was waren drei Tage!
Ein bitterer Groll gegen den Vater stieg in Martin auf, und in seines Herzens Not offenbarte er sich am Freitagabend seinem Freund Johannes. Das heißt, erst sagte er ihm nichts von dem Zustand der Gans, sondern fragte nur, ob Johannes wohl für einen Groschen Annas Einsegnungsgans zum Pfarrhof tragen wolle. Für einen Groschen? Für umsonst wäre Johannes nicht mißtrauisch geworden, nun witterte er sofort, daß da etwas nicht in Ordnung war. Für Martins Taschenmesser mit zwei Klingen sagte er aber zu.
Bis er dann am Sonnabend früh die Gans zu Gesicht bekam. Nein, dafür ließ sich Johannes nicht die Knochen kaputtschlagen, wie er sagte, denn er wußte, was alle im Dorfe wußten: Seine Einsegnungsgänse, das waren des Pastors Lieblinge, die verzehrte er mit den Augen schon bei lebendigem Leibe, und die er nicht braten ließ, die ließ er einpökeln oder verkaufte sie. Darin verstand er keinen Spaß, das war gewissermaßen sein gesetzlicher Lohn, deshalb genierte er sich auch gar nicht, gleich beim Abgeben herumzu-

nörgeln oder zu loben und es den Knickstiebeln hinterher von der Kanzel zu besorgen.
Wie wäre es denn mit Krischan? fragte sich Martin. Doch Krischan wollte auch nicht. Ihm steckte immer noch die Lobpreisung durch den Pastor in den alten Knochen. »Dieser Mann hat eine gute Gesinnung gegen mich gezeigt«, sagte er, »den betrübe ich nicht in seinen heiligen Gefühlen.«
Sein Vater habe auch eine gute Gesinnung zu ihm, beteuerte Martin, sein Vater habe sogar versprochen, Krischan könne bei ihnen wohnen und essen, wenn er nicht mehr Hirte sein dürfe.
»Nicht mehr Hirt?« Krischan lächelte überlegen. »Bei Lebzeiten gebe ich mein Amt nicht ab, das bin ich schon den Kühen schuldig!«
Ganz zuletzt versprach Martin Johannes zwanzig Pfennig, wenn er wenigstens mitkäme. Sie steckten die Gans in einen Korb, über den sie einen Sack banden. Es war Martins schwerster Weg. Die eine ganz große und fette Gans trugen, hielten sie unterm Arm, damit auch jeder sie sehe. Die anderen hatten sie in einem Korb, wie Martin. Nur zugebunden hatte keiner seinen Korb.
Es war so, wie sie es sich gedacht: Schon am Hoftor des Pfarrhauses hörten sie, wie Frau Pastor die Gänse in Empfang nahm und wie der Pastor die Überbringer und ihre Eltern mit schönen Worten bedachte oder an ihnen herummäkelte. Sie verloren den Mut vollends und zogen sich erst mal hinter die Scheune vom Pfarrhof zurück.
Hüitt — pfiff Johannes, er hatte eine Idee, eine ganz einfache: Sie wollten mit dem Korb, als sei da Karnikkelfutter oder so was drin, um das Dorf herum und auf den Damm gehen, auf dem die Jungens aus Rum-

melow kommen mußten, die ebenfalls ihre Einsegnungsgänse brachten; Johannes sollte einige von ihnen anrempeln, dann würden sie ihre Gänse loslassen. Martin sollte sich einmischen und seinen Korb umstülpen, und in der allgemeinen Jagd nach den Gänsen wollten sie sich eine rummelowsche einfangen und im Galopp zum Pastor bringen.
Es mißlang. Als Johannes wirklich ein paar rummelowsche Jungens erwischte und sie aus heiterem Himmel beschimpfte, ließen sie durchaus nicht ihre Gänse los, sie kündigten nur an, sie würden es ihm nachher besorgen, wenn sie die Arme frei hätten, und rannten wie die Wilden mit ihren Gänsen nach Kummerow hinein. »Man hätte sie eben viel weiter ab vom Dorf stellen und gleich hinter die Ohren hauen müssen«, sagte Johannes ärgerlich.
Der flügellahme Unglücksvogel rumorte im Korb, es war auch höchste Zeit, schon Nachmittag. Langsam trödelten sie durchs Bruch zurück zu dem Platz hinter des Pastors Scheune, wo sie schon vorhin ratlos gesessen hatten.
Neben der Scheune lag der Gänsestall, da schnatterte es lustig, was sie immer trauriger stimmte. Aber nun hatte Martin eine Idee, eine ganz kühne — ein reiner Husarenstreich. Er flüsterte lange mit Johannes, der nicht nur einverstanden war, sondern auch noch Verbesserungen vorbrachte.
Der Pastor saß mit seiner Frau nach dem Hofe heraus und trank wohl Kaffee. Das war nicht gut, er mußte da weg. Ein Blick auf den Dorfplatz zeigte den Jungens, es kam gerade keiner mit einer Gans. Wahrscheinlich hatten sie alle längst abgeliefert. Johannes schob ab.
Unversehens klirrte auf der Gartenseite des Pfarrhauses eine Fensterscheibe, irgend etwas war da hinein-

gesaust. Deutlich sah Martin, wie der Pastor, Frau Pastor, Ulrike und das Dienstmädchen vom Kaffeetisch auffuhren und in die Gegend des Hauses stürzten, von der das Klirren gekommen war. Nun war die Luft rein. Martin stürzte durch die Tür im Bretterzaun auf den Pfarrhof, riß die Tür zum Gänsestall auf, schmiß seine scheußliche Gans in das allgemeine Gezische und Geschnatter hinein und griff nun nach einem Gänsehals wie ein Ertrinkender nach einem Strohhalm. Aber es war finsterer in dem Stall, als er sich gedacht hatte, und außerdem stoben die erschreckten Gänse nach allen Richtungen auseinander. Martin angelte wie ein Besinnungsloser und erwischte auch eine. Aussuchen, wie er das vorgehabt hatte, konnte er nicht, mit Todesverachtung umklammerte er einen wild zuckenden Vogelhals und hatte nur noch Angst, er könnte seine eigene Gans wiedererwischt haben. Daß er die Tür noch hinter sich zuziehen konnte, war ihm das größte Wunder. Hinter der Scheune erst warf er einen Blick auf seine Beute. Eine Prachtgans hing in seiner Hand und japste nach Luft. Er drückte erst noch einmal fest zu, die würde sich schon wieder erholen, Gänse konnten was am Hals vertragen, das wußte er. Hauptsache war, daß sie jetzt nicht schrie. Als er sie glücklich im Korb hatte, band er den Sack wieder darüber, es war nicht leicht mit den zitternden Händen, das Biest schlug wild mit den Flügeln um sich. Sie wollte jetzt auch schreien, aber Gott sei Dank war sie von dem Händedruck noch heiser.
Im Pfarrhaus schienen sie sich beruhigt zu haben, jedenfalls waren sie von einer ergebnislosen Suche nach dem Übeltäter, dem da wohl aus einer Schleuder eine kleine Kartoffel in ein falsches Ziel gerutscht war, zurück. Aber die Stimmung schien sehr schlecht zu

sein, und nun kam das dumme Mädchen Frida auch noch auf den Hof. Langsam, aber aufgeregt wie nie schlich Martin hinter dem Kirchhof herum und traf da wie von ungefähr mit Johannes zusammen.
»Haste eine?« Martin nickte nur.
»Mensch«, flüsterte Johannes, »ich wollte ja bloß in die Stube schmeißen, bis sie es merkten und in den Garten kommen sollten. Da hab ich doch wahrhaftig gleich die Fensterscheibe getroffen. Haste 'ne fette?«
Hinter der Kirchhofsmauer warteten sie ab, bis wieder einer mit einer Gans kam, jetzt allein hineinzugehen, traute sich Martin nicht. Da kam denn auch Berta Beckmann, die Gans hoch auf dem Arm, einen richtigen Prott machte sie mit ihr. Na, laß man, sagte Martin zu sich, als er hinter ihr herging, meine ist auch nicht von Pappe.
»Eine schöne Gans, Berta, eine wunderschöne Gans!« Pastor Breithaupt streichelte erst die Gans, dann Berta und schielte dabei schon auf Martins Korb. Der war verdeckt, und Martins Augen flackerten, und außerdem kam es von Gottlieb Grambauer, was sollte da schon Vernünftiges drin sein!
»Na, dann bind man auf«, sagte er schließlich, es kam freundlicher, als Martin erwartet hatte, »du kannst ja nichts dafür!«
Martin beugte den roten Kopf weit über den Korb, und es dauerte lange, bis seine noch immer zitternden Hände den Bindfaden aufgeknüpft hatten. Ein Ausruf des Pastors ließ ihn für eine Sekunde erstarren. Schnell richtete er einen Blick nach oben, es war wirklich Verwunderung, was da laut geworden war.
»Frau«, rief der Pastor und wog die Gans in den Armen, wobei seine Daumen prüfend die Brust abtasteten, »hättest du Grambauer das zugetraut?«

Frau Pastor sah mit Wohlgefallen auf die Gans und auf den Jungen. »Ich weiß seit langem, daß Herr Grambauer ein guter Mann ist.«
»Sage deinem Vater«, begann der Pastor würdevoll, »ich habe mich über keine Gans so gefreut wie über seine. Ich werde mich erkenntlich zeigen. Nicht wegen der Größe der Gans, aber wegen der Wandlung« — Martin fuhr jäh zusammen —, »wegen der Wandlung, für die diese großzügige Gabe zeugt.«
»Nun komm fix rein, Martin«, schloß sich Frau Pastor an, »trink eine Tasse Kaffee mit. Streuselkuchen ist auch noch da.«
»Ich muß bloß rasch noch Gras für meine Karnickel holen«, entschuldigte sich Martin, nur noch von einem Gedanken bewegt, so rasch wie möglich fortzukommen.
»Da kannst du dir einen Korb voll von unserm Gras nehmen«, der Pastor zeigte auf den Hof, über den das Mädchen vom Gänsestall zurückkam.
»Frida, pack mal für Martin einen halben Korb voll Gras ein.«
»Ich weiß nicht«, sagte Frida, »was die Gänse haben. Die spektakeln durcheinander, als wär da rein der Deubel zwischen.«
»Aber Mädchen«, Pastor Breithaupt lachte, »sei doch nicht so dumm, das kommt daher, daß sie alle noch untereinander fremd sind.«
Martin hielt es für das klügste, herzlich mitzulachen.
Mutter Grambauer hatte ihren Sohn mit schmerzlichen Gefühlen abziehen sehen, Anna hatte geschworen, sich nicht mehr in der Kirche sehen zu lassen, und wenn sie dafür in die Hölle kommen sollte. Es wunderte auch keinen, daß Martin vor

dem Dunkelwerden nicht nach Hause kam. Sie saßen schon beim Abendbrot.
»Na«, fragte die Mutter und strich ihm über den Kopf, »was hat er denn gesagt?«
Martin hielt es für richtiger, keine Antwort zu geben.
Anna fragte: »Hast du 'ne Ohrfeige gekriegt?« Es hätte ihr diesmal sogar leid getan. Aber Martin hatte nur einen verächtlichen Blick für sie.
»Das möchte ich dem Herrn auch nicht geraten haben«, begehrte der Vater auf, doch man sah ihm an, die Rolle, in die er seinen Sohn gepreßt hatte, war ihm recht unbequem.
So wurde es denn ein schweigsames Abendbrot. Nur als Martin nichts aß und sie wissen wollten, warum, sagte er brummig: »Weil ich bei Pastors so viel Streuselkuchen essen mußte.« So, da hatten sie's.
»Na«, lachte Anna, »der wird dir schön was gestreuselt haben.«
Als Vater Grambauer am andern Tag auf dem schmalen Fußweg, der vom Spring-Ende ins Bruch hinunterführte, den Pastor kommen sah, setzte er seine Mütze etwas nach hinten und den Kopf auch. Dann sog er mächtige Wolken aus seiner Pfeife und legte alle Freundlichkeit seines Herzens auf sein Gesicht. Ich will jetzt auch noch gute Miene zum bösen Spiel machen, dachte er, dann beißt ihn der Ärger noch besser!
Pastor Breithaupt kam auch wirklich gebissen daher, mit einem bösen Gesicht. Er hatte eine große Wut im Leibe, erst mal auf seine Frau, sodann auf das Mädchen Frida und schließlich auf sich. Und diese Wut war größer als die, welche er so gern über einen noch unbekannten Gansspender ausgeschüttet hätte. Daß er diesen Kerl nun nicht festnageln konnte, das war es, was den Pastor am meisten wurmte.

Kaum war es heute morgen hell geworden, hatte er alle Gänse auf den Hof treiben lassen, um sein Herz noch einmal zu erfreuen und zu überschlagen, wie man die Freude am besten verwerte. Soweit er sie im Kopf hatte, waren sie durch die Bank gut geraten gewesen; Geizkragen gab es ja immer unter den Bauern. Und noch während er auf den Hof ging, tat es seinem Herzen wohl, daß ausgerechnet Gottlieb Grambauer sich so nobel betragen hatte. Ja, und dann sah er das Malheur, das schon mehr eine Schande war. »Frau — Frida!« gellte sein Ruf über den Hof. »Was — was ist denn das?«
Frau und Mädchen konnten es sich einfach nicht erklären: Da ging unter den mehr oder weniger gut gemästeten Einsegnungsgänsen ein Monstrum von einer Gans, ein Zwitter von Gans und Ente, und schleppte einen Flügel hinter sich her.
»Eins — zwei — drei — vier — gib mal rasch den Zettel, wo ich sie aufgeschrieben habe!« Dabei begann der Pastor schon zu zählen, es konnte ja nicht anders sein, als daß das Untier überzählig war.
Frau Pastor schlug auch die Hände zusammen und zählte mit. Sie kriegten es nicht fertig, denn sie waren beide zu aufgeregt, und die Gänse liefen immer wieder durcheinander. Nur die Krüppelgans konnte man nicht aus den Augen verlieren, die war immer da.
»Nee, nee«, sagte Frida, »die gehört schon mit zu. Die war heute morgen mit in'n Stall. Ich wunder mich ja auch, daß Frau Pastor die angenommen hat.«
»Da hört doch alles auf, ich?!« Frau Pastor verteidigte sich mit Entschiedenheit dagegen, das Tier vorher auch nur gesehen zu haben. Wenn es der Herr Pastor selber nicht angenommen hatte, als sie sich um

das Mittagessen kümmern mußte, dann konnte nur Frida es gewesen sein.

Frida bölkte los bei dieser Beschuldigung, sie sei vom Lande und kenne doch wohl Gänse, und immer wäre sie es dann, und außerdem wäre ja Herr Pastor immer dabeigewesen.

»Immer nicht«, erinnerte sich der Pastor, »als ich mal austreten war, habt ihr inzwischen drei Stück angenommen, da muß es passiert sein.«

Die Frauen wieder erinnerten sich ganz genau, und darin stimmten sie überein, daß sie die drei extra aufgehoben hatten, bis Herr Pastor vom Austreten zurück war. Wieder drehte sich der Verdacht auf Frida. Die heulte, und Frau Pastor tröstete sie nun, und beide waren bei sich überzeugt, die andere habe die Sache versiebt.

Drinnen trank der Pastor einen ordentlichen Schluck Richtenberger und schimpfte auf die langhaarigen Donnerschläge, bei denen der kurze Verstand zu Hause sei, und daß man nicht mal aus den Hosen könne, ohne daß die Weiber eine Dummheit machten.

Dann aber jagte sein Grübeln im Dorf umher und suchte den Spender der Gans. Wer konnte es sein? Hätte er nicht selbst die schöne Gans von Grambauer in Händen gehabt, der besten eine in diesem Jahr, er würde nun ohne weiteres annehmen, das Mistvieh stamme von dem.

So traf er nun auf Gottlieb Grambauer. Die sorglos freundliche Miene des Bauern beschämte den Pastor. Ja, dem hatte er wohl öfter Unrecht getan, der war wohl nur wunderlich, aber von gutem Herzen. Pastor Breithaupt schämte sich seines bösen Gesichtes, legte es gewaltsam in Freundlichkeit, faßte nach der Mütze und sagte: »Guten Morgen, mein lieber Herr Gram-

bauer! Haben Sie auch schönen Dank für die herrliche Gans. Es ist meine beste dies Jahr!«
In demselben Zug, in dem sich Pastor Breithaupts Gesicht vom Finstern zum Hellen gekehrt hatte, verwandelte sich Gottlieb Grambauers Gesicht vom Hellen ins Düstere. Was, dachte er, will er mich verkohlen? Aber die Ruhe, mit der der Pastor gesprochen hatte, und die Tatsache, daß er ihm die Hand reichte, verwirrte den Bauern. »Ach«, sagte er, »ein Jahr geraten sie so, ein Jahr so. Wenn da einer gerade Einsegnung hat, da kann er nichts dafür. Aber Gans ist Gans.« Seiner Rede Sinn war dunkel, da konnte der andere herauslesen, was er wollte.
»Sie haben es am allerwenigsten nötig, Ihre Gabe herabzusetzen, mein Lieber«, ereiferte sich der Pastor, ehrlich betroffen von der ihm ungewohnten Bescheidenheit eines Mannes, den er für seinen Gegner gehalten hatte. »Dadurch, daß Sie sie aussuchten, haben Sie ja gerade bewiesen, daß Gans nicht Gans ist.« Aha, dachte Gottlieb Grambauer, aussuchen hat er gesagt, jetzt fängt er an. »Ich denke bei so was, wie du mir, so ich dir. Eine Hand wäscht die andere, Herr Pastor!« Damit rückte er an seiner Mütze und ging weiter.
Ein sonderbarer Mensch. Die Großzügigkeit des Bauern war dem Pastor ungemütlich, wollte der feurige Kohlen auf sein Haupt sammeln wie damals, vor Jahren, mit dem Heimschleppen in der Nacht? Wie du mir, so ich dir? Eine Hand wäscht die andere? Pastor Breithaupt konnte sich nicht erinnern, an Grambauer etwas Besonderes getan zu haben, das solche Dankesgefühle auszulösen imstande war. Dann aber lachte er laut auf: Wie nur konnte er nicht darauf kommen, bei einem Kummerower Bauern! Wie du mir, so ich dir – und das Händewaschen auf Gegenseitigkeit

— vorbauen wollte der schlaue Kerl, vorarbeiten für später, und ganz ungeschminkt hatte er dafür schon den Lohn vorweg gegeben. Bin doch neugierig, was dabei herauskommt. Na, soll er haben! Aber mit Maßen, Herr Grambauer! Mit Maßen! Er drehte sich um und sah dem Bauern nach.
Gottlieb Grambauer brauchte längere Zeit klarzuwerden, was der Pastor mit seinem unverständlichen Gerede beabsichtigt hatte. Eigentlich hätte er doch losschimpfen müssen — statt dessen ein richtiges Bedankemich. War das nun Spott, und sollte das dicke Ende nachkommen? Daß es nicht sofort gekommen war, störte Gottlieb Grambauers Gleichgewicht. Dann lachte er laut auf. I bewahre, der schlaue Fuchs wollte ihm nur nicht zeigen, wie sehr er sich geärgert hatte, darum spielte er Theater. Er drehte sich um, und so sahen sie sich beide noch einmal ins Gesicht.
Für Mutter Grambauer wurde die Sache immer bedrückender. Was ihr Mann ihr da erzählte von seiner Begegnung mit dem Pastor, stachelte ihr Gewissen so auf, daß es die ganze nächste Nacht biß. Das ertrug sie nicht mehr, sie wollte zum Pfarrhof gehen und die Gans umtauschen.
»Ist der Pastor schlecht zu dir?« fragte sie ihren Sohn zuvor.
Martin verneinte, Herr Pastor habe ihm angeboten, ihm im Winter öfter ein Buch zu leihen.
»Sag mal, Martin, die Gans...«
»Da schweig man drüber, Mutter«, bat der Junge und sah weg.
»Hat er denn gar nicht geschimpft?«
»Warum denn auch?« Martin machte es seiner Mutter nicht leicht.
Am andern Tag, als Mutter Grambauer den Pastor mit

seiner Frau traf, wollte sie vor Scham in die Erde sinken. Aber Frau Pastor nickte freundlich, und Herr Pastor rief schon von weitem: »Ich weiß ja, das mit der Gans, das war Ihr Werk, gute Frau!«
Auch das noch, ihr trauten sie das zu! Aber warum waren sie denn so gütig zu ihr? Mutter Grambauer bedachte alles noch einmal: Martins seltsames Wesen, als er vom Pastor zurückgekommen war, seine Verweigerung jeder Auskunft, ihres Mannes Bericht über seine Begegnung mit dem Pastor und dessen Dank, jetzt ihr eigenes Zusammentreffen mit den Pastorsleuten – da stimmte etwas nicht. Vielleicht hatte der Herr ihr Beten erhört und die Gans noch auf dem Wege zum Pfarrhaus verwandelt um des Jungen willen, oder er hatte die Augen des Pastors geblendet. Sie ging wieder zu Martin.
»Martin, du bist doch mein gutes Kind. Ich hab dich auch immer zur Frömmigkeit erzogen. Und zur Wahrheit auch. Nun lüg auch jetzt nicht, hörst du?«
»Hör schon auf«, unterbrach der Sohn sie ungeduldig, »wenn du jetzt wieder von der dämlichen Gans anfängst, hau ich ab!«
Aber die gequälte Frau ließ nicht nach. »Sag mir bloß eines, Martin: Hat sie denn beim Abgeben noch so ausgesehen wie vorher?«
Martin schielte seine Mutter an. Ach so, so meinte sie das. Dann war ja die Gefahr vorüber, und er konnte die reine Wahrheit sagen. Er tat einen tiefen Seufzer und sagte, etwas unsicher, denn es kicherte schon in ihm: »Ganz so wie vorher hat sie nicht mehr ausgesehen, Mutter!«
Mutter Grambauer ließ ihn in Ruhe. Sie war jetzt sicher, der Herr hatte die Gans verwandelt, weil er nicht wollte, daß ein unschuldiges Kind unter dem schlech-

ten Sinn seines Vaters leiden sollte. Und aus den beklemmenden Schauern ihrer naiven Frömmigkeit stieg heiter der beglückte Stolz einer Mutter.

Mächte der Finsternis

Krischan Klammbüdel faßte mit den Fingern in seine Blechdose und fischte etwas heraus, was auf seinem Kaffee schwamm. Sinnend ruhte sein Blick darauf. Dann schaute er zu der Pappel hoch, wieder auf das, was er da geangelt hatte, und hinaus über die Koppel und das Bruch. Sehen konnte er bestimmt nicht so weit, höchstens mit seinem inwendigen Auge. Mit dem andern erkannte er richtig wohl nur, was er in der Hand hielt — ein gelbes Blatt. Es war also wieder einmal Herbst geworden, und das hieß, die Wiese und das Vieh und die Kinder und Kummerow verlassen und hinter den Bergen und den Wäldern untertauchen zu müssen.
In all den Jahren war das so gewesen. Krischan hatte es hingenommen als eine Naturnotwendigkeit: Wenn der Sommer zur Neige ging, mußten die Vögel ziehen. Nur daß sie in wärmere Gegenden zogen, nach Süden, er aber nach Norden, wo es noch kälter war. Dafür war er eben ein Mensch, und noch dazu einer, der kein Recht hatte, sich zu beklagen. Er beklagte sich auch nicht, er hielt für ganz in Ordnung, was mit ihm geschah seit mehr als zwanzig Jahren: Der Herrgott hatte allen die Papiere ausgeschrieben, und bei wem sie später nicht mehr stimmten oder wer sie verloren hatte, der hatte es sich allein zuzuschreiben. So

hatte er es in seiner Jugend gelernt, und Kaiser und Pastor sagten, daß es noch immer so stünde in der Welt. Sonderbar war nur, daß sich in den letzten Jahren jedesmal im Herbst, wenn er fort mußte, die Frage in seinen Glauben gemischt hatte, ob es denn aber auch wirklich so stimme mit der Ordnung unter den Menschen. Und soeben wieder wurde ihm ganz kalt bei dem Gedanken, er könnte etwas falsch gemacht haben.

Schill, in seinem Gemüt irgendwie angerührt, wedelte langsam, kroch dicht heran und legte Kopf und Vorderbeine auf seines Herrn Schenkel. Die Wärme des alten Hundes tat Krischan wohl. Bis zum Herzen langte sie nicht, da blieb ein Frösteln.

Krischan wußte plötzlich auch, woher es kam, dieses Frösteln im Geblüt. In den unerschütterlichen Glauben an den nach Verdienst und Schuld geordneten Ablauf seines Lebens war der Zweifel getreten, Angst war es, was ihn frieren ließ. Und daran war, wenn er es recht bedachte, das Gute schuld, das Gute hatte ihn aus dem Winkel geholt und mitten unter die Menschen gestellt. Sein langes Hirtenleben lang hatte er getrachtet, sich um nichts zu kümmern, mochten die Menschen Böses oder Schlechtes tun. Da hatte es ihn nun fortgerissen, sich dem Unrecht, das der Müller tat, entgegenzuwerfen. Etwas Gutes mußte das doch gewesen sein, sonst wäre er nicht vom Pastor gelobt worden, sonst hätten die Bauern ihn nicht mit Bier und Schnaps traktiert und mit Kleidern beschenkt. Sonst hätte er nicht so lächelnd auf den Müller und den Wachtmeister herabsehen können, als sie ihn bedrohen wollten.

Und dennoch stimmte etwas nicht mehr in seinem Gemüt. Vierundzwanzig Jahre hatte er es als Gnade

angesehen, im Frühjahr nach Kummerow kommen zu dürfen, und als verdiente Strafe, im Herbst immer wieder davongehen zu müssen; die zehn Jahre in der Strafanstalt wegen seiner jähen Tat waren ihm eben nicht als ausreichende Sühne erschienen. Daß er nun aber für eine gute Tat für immer davongejagt werden sollte, das war es, was seinen Zweifel an der Ordnung der menschlichen Dinge so wachsen ließ, bis dieser Zweifel von ganz allein die Lebensjahre Krischans zurücklief. Und zum erstenmal seit dreißig Jahren sah Krischan sich wieder inmitten der Kameraden, als sie ihn verleiten wollten, sich ihnen anzuschließen, da man nur vereint stark genug sei, das Unrecht und die Ausbeutung aus der Welt zu schaffen. Er hatte sie damals allein gelassen und war so allein geblieben. Warum nur mußte er gerade jetzt daran denken?
Es half nichts, Krischan fühlte, er habe noch etwas anderes nicht abgebüßt als die Untat an seiner Frau und ihrem Liebhaber. Wüßte er doch nur, was es sein mochte. Da war ihm, als hätten sich alle Kühe umgedreht und blickten ihn an, und die Bäume auch, die da um ihn standen und die er hatte wachsen sehen die Jahre lang. Die Kälte kroch ihm vom Herzen in den Bauch, er faßte Schill bei den Vorderpfoten und zog ihn weiter zu sich herauf. Bloß wegjagen sollten sie ihn nicht, bloß das nicht. Es war schrecklich, allein zu sein.
Unterdessen setzten seine Verbündeten, die Kinder, ihren Krieg gegen den Müller fort, unbeeinflußt von der Wandelbarkeit menschlicher Meinungen. Nun die Abende länger wurden, konnten die schwereren Sachen angewendet werden. Martin war unbestrittener Anführer, und Johannes, Hermann und Traugott gehörten zum Oberbefehl. Als erste größere Handlung

befahl Martin den Klampsack. Er trug ihn mit Johannes selbst an die feindliche Festung heran.
Er war kurz vor dem Schlafengehen und eine stockfinstere Nacht, da schlug es schwer und dumpf gegen das Hoftor der Mühle. Erschrocken fuhr die Müllerin hoch und sah ihren Mann und den Knecht, der ihr Bruder war, an. So spät, das konnten die Jungens eigentlich nicht mehr sein — bumm, bumm, bumm — so gleichmäßig, das konnte kaum eine menschliche Hand sein. Wütend stürzte der Müller aus der Haustür. Da war nichts zu sehen, es rannte auch keiner weg, obwohl es soeben noch einmal gebumst hatte. Mit dem Rücken gegen die Hauswand gedrückt, blieb der Müller stehen. Er konnte bis tausend stehen, es rührte sich nichts.
Kaum war er in der Stube, bumste es wieder gegen die Hoftür. Diesmal lief der Müller hinten raus und kam von der Gartenseite her nach vorn.
Nur die Stille der Nacht war draußen. Er ging vor seinem Hof einige Male auf und ab, und da er nichts fand, rief er die Nacht an: »Wenn ich einen erwische, dem schlage ich alle Knochen kaputt!« Die Nacht antwortete ihm nicht, sie lachte nicht einmal.
Es blieb dann auch ruhig, bis der Müller im Bett lag. Da schlug wieder eine schwere Faust gegen das Hoftor — bumm, bumm, bumm — immer im gleichen Abstand und immer gleich stark, daß es im Haus widerhallte.
Noch einmal sprang der Müller hoch, holte auch seinen Schwager, und gefolgt von der ängstlichen Frau schlichen sie auf den Flur. Gerade als er die Klinke faßte, bumste es noch einmal; als sie aber auf die Straße liefen, war wieder keiner zu sehen, und es rannte auch keiner fort.

Die Müllerin und ihr Bruder sahen bange den Müller an, der sich einen Mantel angezogen hatte und drohte, er würde die Hunde schon fassen, und wenn er die ganze Nacht warten sollte. Doch es bumste nicht mehr. Erst viel später schlichen Johannes und Martin am Zaun entlang und hängten den Klampsack ab.
Wäre Müller Düker ein Kummerower Kind gewesen, dann hätte er auch das Geheimnis des Klampsacks gekannt, der weiter nichts war als ein schwarzer Beutel mit einem dicken Feldstein drin. Der Beutel wurde am Tor aufgehängt, unten am Beutel hing eine dünne geteerte Schnur quer über die Straße bis zu einer Hekke — oder wo sonst die Bedienungsmannschaft ihren Stand hatte. Die Schnur wurde angezogen, der Beutel bis zur Waagerechten gehoben, dann ließ man ihn los. Auf die Dummen sozusagen. Es muß ein großer Menschenkenner gewesen sein, der den Klampsack erfunden hat. Keiner der Gestörten kam auf den Gedanken, doch mal das Tor abzutasten oder abzuleuchten, alle starrten sie zuerst auf den Platz vor dem Tor, ob da wohl einer stand, oder auf die Straße, ob da einer lief, und wenn da keiner war, nun dann konnte auch keiner geklopft haben. Sogar wenn sie eine Laterne hatten, leuchteten sie immer nur auf die Straße, niemals ans Tor, und begriffen es nicht, wie in demselben Moment, in dem sie den Rücken drehten, ein neuer Schlag gegen das Hoftor erfolgen konnte.
Weil aber der Klampsack auf die Dauer zu langweilig wurde, schritten die Verschwörer zur Anwendung der Teufelsgeige. Das war schon eine andere Sache.
Zum erstenmal erprobten sie sie, als der Müller im Gasthof saß, wie es der Kundschafterdienst festgestellt hatte. Ganz allein saß er da am Tisch, denn setzte er sich zu jemand, stand der auf. Nein, Gemein-

schaft wollte kein Kummerower mehr mit einem Kerl haben, der Pferde totschlug.

Die Müllerin war schon in der Nachtjacke, als dermaßen an die Fensterscheibe getrommelt wurde, daß man meinen konnte, sie müßte in tausend Stücke zerbrechen. Es knatterte und rasselte, das ganze Fenster erschütterte, es hörte auf und setzte wieder ein, mal kurz, mal lang, eine unheimliche Musik. Die Frau schrie in ihrer Angst, rannte die Treppe hinauf und weckte ihren Bruder, der schon schlief. Und weil der Bruder kein Held war, lief er erst mal noch ein Stück höher, die Leiter hinauf, und lugte aus dem kleinen Dachreiterfenster, wo immer der Droak ein und aus ging. So dunkel war es nicht, er hätte Gestalten sehen müssen, doch sah er keine, obwohl es in Zwischenräumen weitertrommelte. Nun getraute er sich erst recht nicht nach unten, und auch die Müllerin wagte nicht, die Kammer ihres Bruders zu verlassen, so daß die Geister noch lange unbehelligt ihr Unwesen treiben konnten.

Den nächsten Abend stand der Müller selbst auf Posten, einen guten Knüppel neben sich. Sie hatten gerade davon gesprochen, als es losging. So was von Frechheit überstieg nun alle Grenzen, denn das Fenster lag dicht neben der Haustür, und wer sich am Fester zu schaffen machte, mußte allerhand riskieren. Damit hatte auch der Müller gerechnet, als er sich auf dem Flur postierte.

Er brauchte nicht lange zu warten, da rasselte es wieder. Mit drei Sätzen war der Müller vor seinem Fenster. Ging denn das mit dem Teufel zu? Es war kein Mensch zu sehen. Er schickte einen gotteslästerlichen Fluch in die Nacht und ging wieder ins Haus. Dort saß die Frau mit furchtsamen Augen und faltete die Hän-

de. »Du müßtest auch eins übern Deez kriegen«, brüllte der Müller, »das sind die Bengels, weiter nichts!«
»Hast du sie denn gesehen?« fragte der Schwager.
Indessen ging es auch bei den Geistern hoch her, obgleich ihr Dasein recht unbequem war. Es bedurfte schon großer Geduld oder des Bewußtseins, ein gutes Werk zu tun, um vier Mann hoch stundenlang geduckt in einem Heuschober zu hocken, wo es von allen Seiten piekte und der notdürftig gestützte Stollen jeden Augenblick über einem zusammensacken konnte.
»Mensch«, sagte der Geist, welcher Johannes hieß, »ich mach's mal mit dem Kamm.« Zärtlich, wie nur ein Meistergeiger die Saiten seines geliebten Instrumentes streichen kann, strich Johannes über den gewachsten starken Garnfaden. Beinahe hätten sie alle laut gejucht, so schön ging das.
Traugott wollte auch mal. So probierten sie alle und waren ganz aus Rand und Band über die schöne Musik, die sie auf ihrer Teufelsgeige erzeugten. Bisher hatten sie den straffgezogenen Faden, der mit einem starken Reißnagel in das lose Holz des klapprigen Fensterflügels gedrückt war, immer bloß mit den Fingern gezupft und zur Verstärkung mit einem Stück eingekerbtem Schusterpech darauf herumgewirtschaftet. Schade nur, daß Düker es für heute anscheinend aufgegeben hatte.
Sie spähten alle nacheinander noch einmal durch die Gucklöcher, ehe sie einen kräftigen Schlußakkord ansetzten. Dann kam das Gefährlichste — der Abmarsch. Vorsichtig spulte Martin seinen Garnfaden auf, während die anderen den Stolleneingang zustopften. Des weiteren galt es, genau zu ergründen, ob keiner von

Müllers mehr auf der Lauer lag, nicht hinterm dunklen Fenster, nicht hinter der Haustür, denn einer der Geister mußte sich opfern und ans Fenster schleichen, um den Reißnagel wieder herauszuziehen oder den Faden oben am Nagel abzuschneiden. Sie warteten diesmal eine ganze Stunde, bevor sie es wagten.
Das nächste Mal wurde die Teufelsgeige sogar um Mitternacht gespielt. Da hatte der Müller seinen Schwager endlich so weit, daß er sich darauf verstand, auf dem Hausflur hinter der Tür Wache zu halten, indes der Müller sich wieder vom Garten aus bis an die Straße heranpirschte. Es war kein Zweifel, die Straße war menschenleer. Eine ganze Weile lauerte er, wahrhaftig, es ging noch einmal los, die Fensterscheibe klirrte in einem Höllentempo.
»Hund, verfluchter!« brüllte der Müller und brauste vor. Da rannte wirklich eine Gestalt, direkt ihm entgegen, sie stolperte aber, und als sie sich schreiend wieder aufrichten wollte, sausten Knüppelschläge hageldicht auf das Gespenst nieder. Das stieß die Arme hoch und erwischte des Müllers linke Hand, biß hinein, bekam aber gleich einen derartigen Stoß mit der Faust ins Gesicht, daß es sich heulend streckte.
»Licht!« brüllte der Müller, »Josef, Frau, eine Laterne!« Wie ein Drachentöter stand der Müller über dem wimmernden Gespenst, bereit, sofort wieder zuzuschlagen, wenn es aufzustehen versuchte. Doch Josef, der Bruder, kam nicht. Auch die Frau kam nicht. Wütend suchte der Müller nach Streichhölzern, und da er keine fand, packte er das Gespenst und zerrte es in den Hausflur. Für ein Gespenst, aber auch für einen Jungen war es reichlich schwer. Hatten sich also die Großen die Gemeinheit mit ihm erlaubt? Wahrscheinlich Trebbin, der ja wußte, daß es ihm vor Gericht

schlechtgehen würde. Der Müller frohlockte inwendig, nun konnten die hohen Herren sehen, daß er damals in Notwehr gehandelt hatte.
»Frau!« schrie er vom Flur aus, »Josef! Himmeldonnerwetter, bringt doch endlich Licht!« Da sie noch immer nicht kamen, lief er selbst in die Stube.
»So ist's recht«, schimpfte der Müller und stieß die Frau, die auf den Knien lag und wie irrsinnig betete, mit dem Fuß hoch. »Inzwischen könnten sie deinen Mann umbringen! Ich hab den Schuft, Trebbin ist's!«
Es war nicht Wilhelm Trebbin, es war auch kein Gespenst, es war sein Schwager Josef, der machte eben die Augen auf, als der Schein der Lampe auf ihn fiel, stöhnte und machte sie wieder zu. Diesmal mußte der Müller anders geflucht haben, denn nun kam auch die Frau auf den Flur. Sie schrie und jammerte, schimpfte ihren Mann einen Mörder, und ob er denn wahnsinnig geworden sei, bis sie sah, daß er wirklich die Augen eines Wahnsinnigen hatte. Worauf sie nichts zu tun wußte, als drei Kreuze zu schlagen.
Sie trugen das Gespenst in die Stube, wo sie ihm den Kopf abwuschen und dicke Tücher darumwickelten.
»Ich kann ja nicht mal den Doktor holen«, sagte der Müller tonlos, »was soll ich denn sagen?«
Vor lauter Freude, daß es diesmal so großartig geklappt hatte, zogen die Geister ab, indem sie nacheinander im Purzelbaum aus ihrem Versteck im Heuschober heraustrudelten.
Zum Glück hatte der Geschlagene sich am Morgen so weit erholt, daß er keinen Doktor mehr brauchte und sogar erzählen konnte. Er war aus Angst, dem Gespenst zu nahe zu sein, nicht auf den dunklen Hausflur gegangen, sondern über den Hof ums Haus herum und hatte aus dem Loch in der Gartenhecke

geguckt. Und da er ganz genau sehen konnte, daß keiner vor dem Hause war, habe er mal bis zum Fenster gehen wollen. In diesem Augenblick sei das Klirren losgegangen, er habe weglaufen wollen, sei gefallen, und da habe einer wie der Teufel auf ihn losgedroschen.
Finster hörte der Müller zu. »Das kommt daher, daß du nicht das tust, was dir gesagt wird!«
Die Sache wurde gefährlicher, der Müller hatte gedroht, er würde mit der Schrotflinte schießen, und wenn er ins Gefängnis käme. Da waren die Lauen für Einstellung der Feindseligkeiten. Doch Martin und Johannes wollten den Kampf nicht ohne Sieger und Besiegte aufgeben.
Die Beratungen und Vorbereitungen zu einem neuen Vorstoß dauerten diesmal etwas länger, die Großen nutzten die Zeit, um dem Müller nachts das Jauchefaß vom Hof zu entführen, in den Sandberg zu ziehen und mit Sand zu füllen. Um es leer zu kriegen, brauchte der Müller drei Tage.
Der Hauptangriff wurde das größte Jugendfest von Kummerow. Es mochte neun Uhr des Abends sein, als mit einem Schlag fast sämtliche Scheiben in den hinteren Stuben des Müllerhauses zerbrachen. Zum Äußersten entschlossen und von Vernichtungswillen erfüllt, raste der Müller auf den dunklen Hof, und da er nichts sah, wollte er in den Garten hinüber, als seine Frau verängstigt aufschrie: »Da steht einer!«
In der Tat, da stand einer, aber kein Junge, sondern ein großer Kerl.
»Halt, oder ich schieße!« brüllte Düker, was überflüssig war, denn der Fremde stand ganz still, und außerdem hatte der Müller kein Gewehr bei sich. Ein paar Augenblicke standen sie sich regungslos gegenüber.

Nur der Wind bewegte ein wenig die Zweige der mächtigen Rüster, die zwischen Stall und Scheune aufragte, und ein paar Blätter raschelten herab.
»Was hast du auf meinem Hof zu suchen?« rief der Müller und machte ein paar Schritte rückwärts, denn er hatte gesehen, daß der riesenhafte Kerl sich nun doch rührte.
»Er kommt!« schrie die Müllerin und retirierte ins Haus.
Ihr Mann folgte ihr, aber nur, um die Flinte zu holen. Der Fremde stand noch immer da. »Wenn du nicht sofort mein Grundstück verläßt, schieß ich dich übern Haufen!« drohte der Müller. Als Antwort brauste ein Hagel von faulen Kartoffeln auf ihn nieder, von allen Seiten her, der Kerl mußte Geisterhände haben.
Da riß der Müller die Flinte an die Backe und schoß. Es wurde ihm noch unheimlicher zumute. Wie konnte ein Mensch einen Schrotschuß aus dieser Nähe vertragen, fragte sich der Müller. Oder hatte er gefehlt? Warum aber lief der Kerl nicht fort? Dachte der etwa, es wären Platzpatronen? In einer Wut, die ihn fast blind machte, sprang Düker noch zwei Schritte vor und schoß auch den zweiten Lauf ab. Der Schuß saß, der Kerl wankte, drehte sich und schlug lang hin. Und rührte sich nicht mehr.
Mit dem entsetzten Aufschrei seiner Frau kam auch dem Müller die Besinnung wieder. Was er da getan hatte, kostete Zuchthaus oder gar den Kopf. Seine Wut schwand im Wimmern der Frau immer mehr dahin, und sein ursprüngliches Vorhaben, dem Hingestreckten ins Gesicht zu sehen, ja sogar die einmal aufgetauchte Regung, dem Erschossenen vielleicht zu helfen, verkroch sich hinter der Angst um die Folgen.

»Ich bin angegriffen worden«, keuchte er, »ich habe in Notwehr gehandelt! Ihr müßt das beschwören!«
»Du hast uns alle unglücklich gemacht«, jammerte die Frau, »um Haus und Hof bringst du uns!«
Seltsamerweise wollte jetzt der Schwager, der seinen verbundenen Kopf wenigstens durch die Haustür gesteckt hatte, bis zu dem Erschossenen gehen, die Neugier war größer als die Angst, und der da lag, war ja wahrscheinlich tot und somit kein Geist gewesen. Aber der Müller, ganz in der Furcht vor den irdischen Folgen seiner Tat, hielt ihn zurück. »Es muß alles so liegenbleiben, bis Polizei da war! Ihr habt gesehen, daß er auf mich zugekommen ist. Ich habe ihn dreimal angerufen, das könnt ihr beschwören!«
Im Dorf hatten sie die Schüsse gehört. Das waren keine Feuerwerksschläge, die Kummerower kannten Flintenschüsse sehr gut, wenn die Jagd auch verpachtet war. Sie kannten auch die Drohung des Müllers, das nächste Mal zu schießen. Also liefen sie auf die Straße und horchten zur Mühle hin, ob sich da nicht noch etwas ereignen würde.
Es kamen nur drei Menschen im eiligen Lauf die Straße herauf, vorneweg der Müller im bloßen Kopf, ein Ende hinter ihm seine Frau, dann sein Schwager. Da der sonst so leicht gereizte Müller auf keinen Zuruf antwortete, mußte etwas Böses geschehen sein, zumal er zum Schulzen lief.
Die Menschen gingen hinterher, und bald stand das halbe Dorf vor dem Schulzenhof, während drinnen der Müller zum Entsetzen des Schulzen anzeigte, er habe in der Notwehr Wilhelm Trebbin erschossen. Mindestens fünfmal habe er ihn zum Verlassen seines Hofes aufgefordert, statt dessen sei er gegen ihn angegangen.

Die Müllerin rief dazwischen: »Er hat auch ein Gewehr gehabt und angelegt, ganz deutlich habe ich das gesehen. Mein Bruder kann es auch bezeugen.«
»Ist er denn ganz tot?« fragte der Schulze schlotternd, er sah die Scherereien voraus, die ihm die Sache machen würde.
»Ich habe in Notwehr gehandelt«, antwortete der Müller, immer noch außer sich vor Angst. »Du mußt das zu Protokoll nehmen, daß ich in Notwehr gehandelt habe. Darum haben wir auch alles so liegengelassen.«
Bei der Aussicht, ein solch schweres Protokoll aufnehmen zu sollen, wurde dem Schulzen himmelangst. »Das ist Sache der Polizei!« Er rief seinen Knecht und beauftragte ihn, sofort nach Falkenberg zu laufen und den Wachtmeister zu holen. »Sag ihm, es ist eine Bluttat geschehen, Müller Düker hat Trebbin totgeschossen.«
»Aber in Notwehr!« rief der Müller hinterher.
Beim Bauern Trebbin in der großen Stube hatten sie den langen Abend gesessen und Ollschen Basta gespielt. Mit viel Krach, so daß sie von der Aufregung auf der Straße nichts gehört hatten. Bäckermeister Zühlke haute gerade schadenfroh seinen letzten Trumpf auf den Tisch: »Na? Ist dir die Puste ausgegangen? Her mit der Schellenzicke, und du bist erschossen wie Robert Blum.«
Trebbin, dem es galt, schnappte nach Luft. »Habt ihr es denn heut alle auf mich abgesehen?«
In diesem Augenblick wurde die Tür aufgerissen, Trebbins Knecht, der hereingestürzt kam, machte Mund und Augen weit auf, und anstatt zu melden, was er hatte melden wollen, nämlich, daß sein Herr erschossen sei, ächzte er nur: »Na, so'n Quatsch!«

und lief wieder hinaus. War der Knecht verrückt? Waren sie, die Kartenspieler, verrückt? Da kamen schon andere von draußen herein, die machten zuerst ebensolche Augen und lachten dann fürchterlich und gaben Trebbin den guten Rat, wenn er wirklich noch lebe, dann sollte er man schnell aufs Schulzenamt gehn und es sich bestätigen lassen. Unterwegs erfuhr er dann, was los war.

Die in der Amtsstube wichen bis an die Wand zurück, bis draußen hörten sie den Aufschrei der Müllerin.

»Ich hab in Notwehr gehandelt«, stammelte der Müller mit irrem Blick, »du hast mich angegriffen.«

Trebbin wechselte einen Blick mit dem Schulzen und zeigte auf seine Stirn. »Verrückt, klar! Der Böse hat ihn! Das war ja zu erwarten.« Er ging auf den Schulzen zu. »Das beste ist, wir sperren ihn über Nacht ins Spritzenhaus, sonst richtet er noch mehr Unheil an.«

Der Schulze meinte, es wäre wohl richtiger, sie gingen erst zur Mühle und stellten fest, wen der Müller denn nun wirklich totgeschossen hätte.

Trebbin faßte den Müller am rechten Arm, und er drückte fest zu, das wollte er für die Anzeige wenigstens haben, und außerdem hielt er ihn wirklich für wahnsinnig. Am linken Arm saß auch eine kräftige Kummerower Faust, hinten gingen zwei Mann, vorauf der Schulze mit der Laterne. Umgeben von fast allen männlichen Bewohnern Kummerows und dem größten Teil der weiblichen, ging es mit den Dükers zur Mühle. Auch die Kinder waren zur Stelle, an der Mühle trafen sie dann noch Martin, Johannes, Hermann und Traugott.

Bloß den Erschossenen traf man nicht. Und soviel sie auch leuchteten, kein bißchen Blut war zu sehen. Allerdings auch nicht mehr das Gewehr des Müllers, das

er auf dem Flur hatte stehenlassen, dicht neben der Lampe. Der Vorfall wurde immer rätselvoller. Waren sie schon geneigt, anzunehmen, der Müller sei vom Bösen verwirrt, so sagten doch seine Frau und sein Schwager auch aus, es habe da einer gestanden und sei umgefallen, als der Müller zum zweitenmal geschossen hatte.
»Aber in Notwehr«, lallte der Müller.
»Wo kein Kläger ist, da ist auch kein Richter«, entschied der Schulze schließlich, »laßt ihn laufen.«
Sie waren nicht alle damit einverstanden, und die, welche meinten, vielleicht habe der Droak den Toten auf des Müllers Geheiß weggeschleppt, hatten noch immer die Mehrheit. Bis einer fragte: »Aber wen denn bloß?« Sie sahen sich gegenseitig an, soweit das die Laterne gestattete. Das wachhabende nächtliche Auge von Kummerow war das einzige, das fehlte. Großvater Bärensprung? Sofort sausten ein paar los, ihn zu suchen. Da schlug die Kirchturmuhr elf, und gleich darauf hörten sie es vom Hirten-Ende her tönen, friedlich, wie nur eine Flöte sein kann, und falsch, wie nur Nachtwächter Bärensprung sie blasen konnte: Üb immer Treu und Redlichkeit! Sie überließen den Müller seinem bösen Gewissen und gingen, soweit sie männlich waren, in den Krug.
Mild lag die Septembernacht über dem endlich eingeschlafenen Kummerow. Zwei Uhr war vorbei, als Nachtwächter Bärensprung die Ohren schärfte. Ganz deutlich hatte er schwere, eisenbeschlagene Schritte auf der Dorfstraße gehört. Die Ereignisse der Nacht waren nicht ganz klar in ihm, aber das kam nicht allein vom Schluck, die andern hätten auch keinen klaren Bericht geben können.
Der, von dem die Schritte ihren Laut bekamen, Wacht-

meister Niemeier, fand die Geschichte auch verwunderlich. Anstatt, wie er geglaubt hatte, ein wild aufgeregtes Dorf zu finden, schlief alles. Er stutzte einen Augenblick beim Schulzenhaus und fand es pflichtvergessen, daß sein Freund Wendland bei einem solchen Ereignis zu Bett gehen konnte. Aber vielleicht war er noch an der Mordstätte.
Allein, auch die Mühle lag still und friedlich da, leise raschelten die Blätter in den Bäumen, und der Bach gluckste vor sich hin. Wachtmeister Niemeier nahm den Helm ab und wischte sich den Schweiß von der Stirn, er war schnell gelaufen. Dann ballerte er gegen die Haustür, irgendeiner mußte doch zu Hause sein. Er mußte ein paarmal ballern, bis er meinte bemerkt zu haben, wie im Hause sich etwas regte. Vielleicht war es auch eine Täuschung, denn es machte keiner auf. Er klopfte an das Fenster.
»He, aufmachen! Himmeldonnerwetter!« Aber nun blieb alles totenstill. Daß die Müllerin gerade flüsterte: »Jetzt holen sie dich schon!«, konnte Wachtmeister Niemeier draußen nicht hören. Ich werde den Schulzen raustrommeln, sagte er zu sich.
Er war noch nicht weit auf seinem Wege zurück ins Dorf, als er angerufen wurde: »Halt! Wer da?« Er fuhr herum und sah auf eine ihm entgegengestreckte Pike. Als sie sich erkannten, waren sie beide froh. Auch Nachtwächter Bärensprung konnte keine Aufklärung über die Bluttat geben. Fest stand für ihn nur so viel, der Müller habe Wilhelm Trebbin totgeschossen, aber hinterher sei er ausgerissen.
»Der Müller ist ausgerissen?« rief der Wachtmeister laut und faßte den Nachtwächter am Mantel. »Und da legt sich der Schulze schlafen, und du latschst

hier umher und markierst 'ne Nachtigall und hältst die Organe der Obrigkeit auf?«
»Aber der Müller doch nicht«, verwunderte sich Andreas Bärensprung über die Begriffsstutzigkeit eines höheren Beamten.
»Na, wer ist denn ausgerissen, Menschenskind?«
»Na, der andre doch, Trebbin!«
Wachtmeister Niemeier ließ los. Es war schon so, was sie im Kreis über Kummerow sagten, hier waren sie entweder besoffen oder verrückt. Er befahl dem Nachtwächter, ihm sofort zum Schulzen zu folgen. Auf die Frage, was sie denn da sollten, der schlafe doch, gab er keine Antwort.
Schulze Wendland wurde es abwechselnd heiß und kalt, als er die Stimme des Wachtmeisters erkannte und sich sagte, den hatte er ganz vergessen gehabt, und eigentlich hatte er ihn umsonst holen lassen, denn der Erschossene lebte ja, und das würde nun wieder eine Schererei geben.
Es ging dann auch ziemlich laut zu an dem Tisch, an dem die drei von der Obrigkeit saßen. Das heißt, der Nachtwächter saß nicht, der stand an der Tür, weil sie ihn nicht aufgefordert hatten. Weggehen konnte er aber auch nicht, denn sie hatten die Flasche Richtenberger auf dem Tisch. Bis der Wachtmeister in einer Pause mal zur Tür hinübersah und fragte: »Was willst du denn noch, alte Nachteule?«
Da nahm Vater Bärensprung direkt Haltung an und sagte, er habe geglaubt, es sei dienstlich.
»Dein Dienst ist draußen«, brummte der Wachtmeister.
Ein bißchen zwinkernd hob Großvater Bärensprung die Hand zum Mund und deutete an, er würde auch ganz gern einen blasen.

»Im Dienst willst du saufen?« fuhr Wachtmeister Niemeier ihn an. Gehorsam ging der Nachtwächter hinaus, aber er dachte sich sein Teil. Ja, ja, die Oberen, die dürfen alles.
Wachtmeister Niemeier versprach, bei Tageslicht wiederzukommen, denn aufgeklärt müsse die Sache werden, er habe sie bereits in sein Meldebuch eingetragen. Und wegen Kummerow setze er sich keine Laus mehr in den Pelz. Er kam auch mittags und verhörte den Müller, seine Frau, den Schwager, Trebbin und noch zehn Bauern. Angeschossen war in ganz Kummerow keiner. Aber das Gewehr! Wachtmeister Niemeier atmete auf. Ein Delikt war auf jeden Fall da, Diebstahl einer Jagdflinte.
Zu seinem Erstaunen legte der Müller nicht mehr viel Wert auf die Wiedererlangung seiner Waffe, ihm genügte, daß er vom Angeschuldigten zum Ankläger geworden war.
»Passen Sie doch mal abends auf«, bat die Müllerin, »der kommt wieder.« Der Wachtmeister paßte mehrere Abende auf, dann sagte er: »Nun geb ich es auf, ich kann Ihretwegen nicht den Bezirk ohne Aufsicht lassen!«
Der Müller, schon wieder etwas obenauf, antwortete ärgerlich: »Da hab ich Sie nicht drum gebeten! Wenn einem Menschen, der seine Steuern zahlt, keine Gerechtigkeit kann gegeben werden ...«
Wachtmeister Niemeier blickte ihn forschend an. »Da fällt mir ein — wozu und seit wann haben Sie denn eigentlich eine Schrotflinte?«
»Nehmen Sie doch noch mal!« fiel rasch die Müllerin ein, und da er ihr keine Antwort gab, legte sie ihm noch ein ordentliches Stück von der Bratgans auf den Teller, indes der Müller das Schnapsglas füllte.

»Die Flinte? Die ist doch von früher. Da hatte ich mal 'ne Jagd.«
Der Müller wünschte die Flinte zum Teufel. Er wußte, daß er im Verdacht stand, zu wildern. Vor drei Jahren war sein Sohn an Blinddarmentzündung gestorben, und sie hatten im Dorf allerhand gemunkelt, weil der Müller keinen Doktor geholt hatte und es vierzehn Tage hergewesen war, seit der Förster eines Nachts einem Wilddieb eine Ladung Schrot nachgeschickt hatte.
»Ruhe kriegen Sie hier nicht mehr«, sagte der Wachtmeister kauend, »wenn der Graf Ihnen die Pacht streicht, müssen Sie sowieso raus.«
»Bei lebendigem Leibe nicht!« begehrte der Müller auf.
Da kam sein Schwager hereingestürzt. »Herr Wachtmeister, draußen steht er!«
»Still, ruhig«, murmelte der Wachtmeister, schluckte den Happen herunter und griff nach dem Helm.
Der Müller hatte sich ans Fenster geschlichen. »Das ist aber doch — ich glaube, der Hund hat die Flinte angelegt!«
Tatsächlich stand da ein Kerl und zielte auf die Haustür.
»Das ist Ihnen schon ein Mördernest«, höhnte der Müller, »aber wenn unsereins mal einem dämlichen Zossen einen überzieht —«
»Schnauze halten!« zischte der Wachtmeister. »Daß mir keiner vorn die Tür aufmacht!« Als ob sie daran gedacht hätten, dem Tod direkt in den Rachen zu laufen. »Ich geh hinten raus und faß ihn von hinten.« Er knöpfte die Revolvertasche auf.
Ein paar bange Minuten später hörten sie ihn draußen rufen: »Halt, Hände hoch, oder ich schieße!«

Sie flitzten ans Fenster. Der Kerl draußen dachte nicht daran, die Hände hochzunehmen, er drehte sich auf den Anruf des Wachtmeisters nicht einmal um, zielte vielmehr ruhig weiter auf die Haustür.
Der Wachtmeister wiederholte seine Aufforderung. Sie sahen, wie sein Kopf hinter der Gartenmauer drüben auftauchte. Wenn er schoß, konnte das womöglich in die Stube gehen, es war besser, sich niederzuducken.
Doch er schoß ebensowenig wie der Kerl. Dafür wurde draußen furchtbar geflucht, dann fürchterlich gelacht, und das war keine andere Stimme als die der Obrigkeit. Zugleich flog die Stubentür auf, und was hereingeflogen kam, war der Erschossene und Wiederauferstandene, war eine Strohpuppe, angezogen mit alten Hosen und Jacken, eigentlich bloß noch Fetzen, und einer alten Mütze auf dem Kopf. Ein dürftig gezimmertes Gestell mit einem Holzkreuz waren Füße und Rückgrat. Es zeigte sich, daß die beiden Schrotschüsse des Müllers nur allzugut gesessen hatten. Der Wachtmeister brachte auch das Gewehr in die Stube; es war geladen, mit Kuhmist als Pulver und mit zwei Mohrrüben als Kugeln, sie steckten vorne in den Läufen. Voll Wut betrachtete der Müller seine ruinierte Flinte.
»Die Wolljacke kenn ich doch«, rief die Müllerin, »das ist Grambauern seine.«
»Und das muß Wendlanden seine Hose sein«, setzte ihr Bruder hinzu.
Wachtmeister Niemeier lächelte selbstgefällig, jetzt war er auf der Spur, ein neues Delikt ergab sich: grober Unfug. Er beschlagnahmte einstweilen die Puppe, Kleider und Gewehr, trank noch einen Schnaps, sagte: »Nichts für ungut!« und ging.

»Da wär es wohl angebracht, wenn andere aus Kummerow rausmüßten!« rief der Müller hinterher.
Es konnte am andern Tage lückenlos festgestellt werden, wem die Kleidungsstücke gehört hatten; aber ebenso lückenlos, daß sie Krischan Klammbüdel geschenkt worden waren. Der Verdacht, den ganzen Unfug verübt zu haben, hatte damit wieder eine neue Richtung. Aber Krischan bewies, daß er die Kleider noch niemals angehabt hatte, er hätte sie auf dem Strohboden beim Krüger aufbewahrt, wo er nachts schlief, von dort müßten sie ihm entwendet worden sein. Krischan hatte ja gewußt, die geschenkten Sachen würden ihm Unglück bringen.
»So«, sagte Wachtmeister Niemeier, »und du meinst, das glaub ich. Nu werd ich einen Haftbefehl holen, und dann rin ins Kittchen, du alter Sünder.«
Zwei Tage taten sie in Kummerow weiter nichts, als daß sie lachten. Daran, daß Krischan der Unfugstifter sein könnte, glaubte kein Mensch, sie wußten alle, es waren die Jungens; es dachte allerdings auch keiner daran, Krischan von dem Verdacht und seinen möglichen Folgen zu befreien. Doch, ihrer vier: Martin Grambauer und seine drei Kumpane. Und noch einer: Kantor Kannegießer. Der hatte gesehen, wie sein Lieblingsschüler von Tag zu Tag bedrückter geworden war, und das immer dann, wenn von Krischan die Rede war und davon, daß er nun bald abgeholt werden würde. Und so rief Kantor Kannegießer sie am vierten Tag nach dem Unterricht zu sich: »Martin Grambauer, Johannes Bärensprung, Hermann Wendland und Traugott Fibelkorn sollen mal hierbleiben!«
Ob sie ihm nichts zu sagen hätten, fragte er; und als sie schwiegen, fragte er weiter, ob es der Menschen, die gegen das Böse kämpfen wollen, würdig sei, ei-

nen unschuldigen alten Mann ins Gefängnis gehen zu lassen, während sie selbst mit einer leichteren Bestrafung davonkämen.
Als auch das nichts half, zog er die Stirn kraus und sagte: »Martin, sieh mich mal an!«
Ja — und dann kam das Geständnis.
»Es tut mir leid«, schloß der Kantor seine Vernehmung, »aber ich muß es dem Herrn Pastor melden!«
Der Pastor kam andern Tags in die Schule und hielt eine harte Strafpredigt, obwohl er über den Feldzug gegen den Müller gar nicht so zornig war und wohl nur so tat, des Konsistoriums wegen. Als ärgerlich empfand er nur, daß der Bösewicht jetzt über die, deren Lob von ihm in der Kirche verkündet worden war, triumphierte.
Ärgerlich war es auch für die Eltern der Verbündeten, von denen der Müller nun Schadenersatz für seine Fensterscheiben und hunderterlei andere Dinge verlangen würde.
Worüber denn auch, als es geschah, die Eltern empört waren und das zunächst durch Austeilung tüchtiger Hiebe zeigten. Gottlieb Grambauer haute seinen Jungen nicht, er nahm ihn sich nur vor und sagte: »Ein elender Stümper bist du, verstehst du mich? Wer ist nun der Sieger? Der Müller! Wenn du wieder einen Feldzug gegen das Böse in der Welt anfängst, dann bedenk auch, was wird, wenn es schiefgeht. Nun können andre die Kosten bezahlen!«
Und wieder einmal war Martin ganz unten angelangt, denn es war erwiesen, er war auch diesmal der Anführer gewesen. Alle Großen, die über die Streiche gelacht hatten, und alle Kleinen, die sie mitgemacht hatten, rückten von ihm ab, wußte doch keiner, wie die Sache ausgehen würde. Der Müller schonte keinen,

das war gewiß. Mochte Vater Grambauer, der seinen Jungen nicht haute, dann auch den ganzen Kitt bezahlen.
Martin aber saß auf dem Hausboden vor dem Balken und forderte von der Erscheinung des Gerechten Genugtuung. Nicht dafür, daß der ihn nicht gewarnt hatte, aber dafür, daß er ihn direkt aufgehetzt hatte, gegen das Böse aufzutreten. Als er wieder einmal keine Antwort erhielt, nahm er sich vor, sich fortan wirklich nur um seine eigenen Sachen zu kümmern. Höchstens noch um Krischan seine.

Das Scherbengericht

Wieder war ein Glaube in Erfahrungen ertrunken. Es ging nicht in Martin Grambauers Sinn, daß da ein gerechter Wille in der Welt am Werke sein sollte, der das Gute belohne, wenn er sich auch reichlich viel Zeit damit lasse. Dieses dauernde Raus-aus-den-Kartoffeln — Rin-in-die-Kartoffeln! sah verdammt nach Menschenkram aus, und es war somit wohl besser, man überlegte sich in Zukunft ganz nüchtern, was man zu tun für richtig hielt, und ließ die unsicheren Brüder hinter den Menschen beiseite. Wenn sie dauernd duldeten, daß Unrecht in der Welt geschah, ja wenn sie sogar noch die Streiter wider das Unrecht verfolgten, dann war erwiesen, sie waren nicht besser als die Menschen, oder es gab überhaupt keine Geister. Er wollte sie jedenfalls nie mehr fürchten.
Bis er dann an der nicht mehr erwarteten Belohnung, die er empfing, und am Lob und Neid der andern Jungens wieder alle Vorsätze vergaß und wie ein Erwachsener empfand, nämlich, daß der Erfolg eine wunderschöne Sache ist, und besonders dann, wenn er einen aus der Tiefe holt und hoch über andere stellt, und daß man dann auch sofort die Gewissensqualen vergißt, die man vordem erduldet hat. Ja, daß man sofort bereit ist, solche Belohnung als die verdiente Anerkennung eines gerechten Schicksals zu betrachten.

Die Trommel von dem Hauptmann in Randemünde war nämlich doch noch an Pastor Breithaupt geschickt worden, mit einem schönen Schreiben über die gezeigten guten Eigenschaften des Schülers Martin Grambauer. Der Pastor hatte die Trommel in die Schule gebracht, eine richtige Ansprache gehalten, die Sache als eine Ehre für ganz Kummerow bezeichnet und das Instrument vor Martin hingestellt. Dem war der Kopf so rot angeschwollen, daß er befürchtete, er könnte ihm platzen. Wie durch eine dicke Samtwand hörte er nur, was der Pastor noch weiter sagte. Nämlich, daß er nun aus eigenen Mitteln eine schöne Querflöte dazuschenken werde, und der Schulze habe ihm versprochen, vom Gemeinderat noch zwei kleinere Flöten dazustiften zu lassen. Die alte Trommel solle auf Gemeindekosten repariert werden, dann hätten sie eine richtige Kapelle, und beim Fackelzug am Geburtstag des Grafen könnten sie sie einweihen. Geleitet von der ganzen Schuljugend, ging Martin mit seiner Trommel nach Hause, wo Gottlieb Grambauer das Ding erst mal gründlich besichtigte, nach Feststellung einiger den Preis herabsetzenden Mängel genehmigte und seinerseits für die Kapelle einen Tambourstab mit Troddeln versprach. Noch auf Grambauers Hof erhob sich bei den Jungens die Frage, wer denn nun der Tambourmajor werden sollte, da Martin doch erster Trommler bleiben mußte. Als erster erbot sich Hermann Wendland, das Amt zu übernehmen, und außerdem käme es ihm als Schulzensohn zu, an der Spitze zu gehen. Aber auch Johannes machte Anspruch darauf, er wäre bisher Trompeter gewesen, und Trompeter gingen immer an der Spitze, und außerdem hätte er jetzt keine Trompete mehr. Schließlich meldete sich auch noch Ulrike, und ihre Begrün-

dung, sie allein habe es doch gemacht, daß sie eine Kapelle kriegten, ließ sich nicht widerlegen. Allerdings auch Martins Argument nicht, in der ganzen Welt gäbe es kein Mädchen als Tambourmajor. Er gönnte Ulrike alles mögliche, jedenfalls gönnte er ihr mehr als den anderen, aber hinter einem Mädchen hermarschieren zu müssen, das ging gegen seinen Männerstolz. Er versprach ihr die zweite Trommel, sobald sie wiederhergestellt sei. Doch das lehnte sie ab; wenn eine Trommel, dann die neue, die alte wäre doch nur eine für Kinder. Kantor Kannegießer, um Rat befragt, meinte, die Entscheidung sei schwer: An sich gehöre Martin Grambauer an die Spitze der Kapelle, da aber kein anderer richtig trommeln könne, müsse er auch wieder der erste Trommler sein. »Es kann ja auch keiner richtig flöten«, sagte Ulrike, als sei das eine Entschuldigung für schlechtes Trommeln. Im Gemeinderat stritten sie sich ebenfalls über die richtige Besetzung des Orchesters, wobei sie in zwei Sitzungen vergaßen, die Instrumente zu kaufen. Erst als die vom Pastor versprochene Flöte wirklich eintraf, fühlte der Gemeinderat sich verpflichtet, nun auch zu seinem Wort zu stehen und zu beschließen, demnächst die Dinger zu bestellen. Als Ulrike die schöne, von ihrem Vater gestiftete Flöte zu Gesicht bekam, erhob sie sofort Anspruch darauf. »Die ist von uns«, sagte sie, »das lern ich schon!« Martin hätte sie ihr gegönnt, es wäre schön, so an der Seite mit Ulrike als Trommel und Flöte durchs Leben zu marschieren; allein, er war noch immer im Zweifel, ob der Tambourmajorstock in seiner Hand ihm nicht mehr Glück geben würde als die Liebe an seiner Seite, mehr Ansehen auf jeden Fall.
Den Streit um seine Flöte entschied übrigens der Pa-

stor, der sie Traugott Fibelkorn überreichte. »Aber nicht als Geschenk für dich. Sie gehört der Schule, du hast sie nur während deiner Schulzeit im Besitz.« Für welche Ehre Traugotts Vater am Abend im Krug eine Lobrede auf Herrn Pastor hielt, der wisse schon, was für Fähigkeiten die Kinder hätten. Ulrike erpreßte von Traugott das Versprechen, sie, sooft sie wolle, auf der Flöte blasen zu lassen, »denn eigentlich ist es doch unsre!«
Und so schwamm Martin Grambauer wieder einmal mit jedem Tag mehr nach oben, so weit, daß er mit dem Gerechten sozusagen auf du und du stand. Hatte er nicht auch ein Recht dazu wegen der monatelangen Demütigungen und der Beschuldigung, ein Aufschneider und Lügenbeutel zu sein? Und schließlich auch, weil nun die Großen von Kummerow alle taten, als hätten sie sich die Ehre erworben, besonders da es auch im Kreisblatt gestanden hatte zur Nachahmung für die Jugend anderer Dörfer. Daß es sein Vater gewesen war, der die Geschichte von der gestifteten Trommel in die Zeitung gebracht hatte, wußte Martin nicht, das wußte keiner im Dorf. Sie trugen es nur alle mit Stolz, der Pastor ebenso wie der Kantor und der Schulze.
Was haben denn die Bengels in Kummerow eigentlich gemacht, fragten sich die Väter in den anderen Dörfern, ausgerechnet die Kummerower Heiden? Ach, antwortete dann wohl einer, sie sollen ja dem Müller heimlich nachts die Stalltüren zugeschlossen und das Jauchefaß mit Sand vollgefüllt haben. Und dafür kriegen sie eine Trommel geschenkt von den 64ern? Ja, ja, sagten dann wieder die anderen, so ist es, wer am weitesten das Maul aufreißt, der kommt am weitesten.

Ein Gutes hatte der Ruhm der Kummerower Jungens auch noch für ihre Väter. Die Sache mit den Schadenersatzansprüchen des Müllers verschwand spurlos. Nur der Müller verschwand nicht, und das wurmte Martin, nun er ein Held war, besonders weil sein Vater die Wiederaufnahme der Feindseligkeiten ausdrücklich verbot. Er wollte die neue große Ehre seines Sohnes nicht gefährden. »Den Müller holt schon noch der Deubel, da ist ja noch die Geschichte mit der Tierquälerei.« Martin, ausgesöhnt mit dem Tun des Gerechten hinter ihm, beschloß, eine Weile zu warten. Wachtmeister Niemeier hatte verlauten lassen, er wisse es genau, möchte aber nichts weiter davon sagen, doch einen Monat bekäme der Müller auf jeden Fall. Es walteten also wohl doch höhere Mächte auch auf Erden.

In der Sache mit der Tierquälerei kamen die Verwalter der irdischen Gerechtigkeit am Amtsgericht jedoch erst mal wieder auf das Zeugnis von Krischan Klammbüdel zurück und damit auf die Frage: Ist der Zeuge überhaupt Krischan Klammbüdel, und wenn ja, wie kann er es beweisen? Sie hatten zwar einige Dutzend Belastungszeugen für die Tat des Müllers, sie brauchten den Zeugen Klammbüdel nicht, aber er war nun mal im Protokoll von Wachtmeister Niemeier mit aufgeführt, und dann wohl auch, weil er Klammbüdel hieß. Ja, hätte er einen Namen wie Müller oder Schulze, aber Klammbüdel? Der Amtsrichter stolperte über den komischen Namen und ließ Krischan vorladen. Jawohl, an solchen Sachen hängen mitunter Menschenschicksale.

Und wieder machte sich Wachtmeister Niemeier auf den Weg nach Kummerow. Diesmal war gerade Hermann Wendland mit in der Stube, als der Gendarm

dem Schulzen zum letzten Male Vorhaltungen wegen Krischan machte und ihm eröffnete, es wisse niemand, wo der Kerl früher gewesen sei. Wenn es weiter nichts war, da konnte Hermann ihnen helfen, und er erzählte, Krischan sei König von Afrika gewesen, er wisse es genau. Er erzählte auch, woher er das wisse. Und daß Krischan überall auf seiner Haut Bilder habe, daran könne man sehen, wo er früher überall gewesen sei. Auch schwarze Königinnen seien darunter, ganz mit ohne was an.
»Und das hat er euch gezeigt?« fragte der Wachtmeister.
Hermann nickte stolz.
»So, das seh ich mir an. Aber dazu hol ich den Pastor. Da kann er sich seinen Heiligen mit bekieken. Tätowierungen — Donnerwetter, dann hab ich den Bruder. Denn Tätowierungen, Christian, das ist ein Signalement.«
Er mußte dem Pastor ganz tolle Geschichten erzählt haben, denn der kam wirklich mit aufs Schulzenamt. Und Wachtmeister Niemeier brachte Krischan an, er hatte ihn direkt von der Weide geholt. Auf dem Wege hatten sie den Kantor getroffen, der mußte auch noch mit, und weil Gottlieb Grambauer und Wilhelm Trebbin zufällig auf dem Schulzenamt zu tun hatten, waren die auch noch Zeugen.
»So, mein Liebling«, und Wachtmeister Niemeier drückte Krischan auf einen Stuhl am Fenster, »nun zieh mal die Lumpen aus.«
Krischan hob die fahlen Augen bis zum strengen Gesicht der Obrigkeit, und obwohl er sie erkannte, konnte er doch nicht ihr Verlangen erkennen.
»Ausziehen sollst du dich!«
»Vielleicht ist es ihm zu neu, Niemeier«, sagte Gott-

lieb Grambauer, »bisher war es wenigstens noch die Obrigkeit, die einem das Fell über die Ohren zog, jetzt verlangt sie schon, man soll es allein tun.«
Wachtmeister Niemeier hörte daraus den Vorwurf, sich nicht ordentlich ausgedrückt zu haben. Und so wiederholte er seinen Befehl in der Form, die er von Untersuchungen und so weiter kannte: »Entblößen Sie mal Ihren Oberkörper bis zur Hüfte!«
»He?« machte Krischan und sah ihn mißtrauisch an. Da griff der Wachtmeister zu, und er brauchte sich weiter nicht anzustrengen, auf dem Stuhl saß ein alter Sünder und neigte das Haupt, des Henkerstreiches gewärtig, mit dem ihm das Leben den Tod geben würde.
Der Wachtmeister ließ die Lumpen aus spitzen Fingern fallen und beugte sich vor. Auch die Zeugen traten heran. »Na, waschen muß ich mir die Hände ja doch«, meinte der Wachtmeister und begann in dem verdorrten Riedgras der Hirtenbrust Pürschgänge zu schaffen. Und so blätterten sie in dem vergilbten Bilderbuch eines verdorbenen Menschenlebens, ohne die letzten Kapitel lesen zu können und ohne zu wissen, daß sie gerade begannen, das allerletzte Kapitel zu schreiben. Aber die Menschen sind unterschiedlich Leibes und der Seele, und so las jeder etwas anderes.
»Sie altes Ferkel«, empörte sich der Pastor, »schämen Sie sich gar nicht?« Doch es klang noch milde.
Krischan blickte in die Gegend, in der er den Pastor vermutete, und antwortete mit weinerlicher Stimme: »Ich hab mich ja nicht von selber ausgezogen, Herr Pastor. Fünfundzwanzig Jahre lang nicht. Auch nicht vor mir allein.«
»Das sieht man, Krischan«, stimmte ihm Wilhelm

Trebbin zu und hob mit dem Fuße die Lumpen etwas vom Boden ab.
»Aber den Jungens haben Sie die Schweinereien doch nicht gezeigt?« Pastor Breithaupt hätte den Mann, den er wegen seiner Frömmigkeit gepriesen, vor dem Gendarm gern etwas weißgewaschen.
Krischan wendete das ängstliche Auge wie fragend zu ihm hin, aber sein Schuldbewußtsein war größer als die Versuchung. »Das war doch bloß wegen der Wahrheit, Herr Pastor! Sie sagten nämlich, ich lüge ihnen die Hucke voll, und da...«
Wachtmeister Niemeier fuhr fort, das Inventar aufzunehmen: Auf der Brust ein Baum und ein Löwe, links eine Frauensperson mit einem Herzen drum und einem Pfeil, rechts ein nacktes, schwarzes Frauenzimmer, unten ein Walfisch, ein Haus, ein Anker, und weiter nach oben auf der Brust ein Kürassier mit Helm, alles schon etwas zugewachsen. Der Gendarm sah auf und schwenkte sein Buch. »Das ist ein Fingerzeig! Sag mal, der Kürassier, da haste wohl mal bei gedient?«
Krischan sah ihn blöde an, er wußte nicht, was er nun plötzlich wieder mit einem Kürassier zu tun haben sollte.
»Ob du Kürassier gewesen bist?«
Der alte Hirte schüttelte den Kopf.
»Na — da!« Der Wachtmeister stieß ihm die Bleistiftspitze in die fahle Haut. »Da, wer ist denn der Kerl, he?«
Jetzt ging ein Schimmer über Krischans Züge und kroch in den Gossen seines Gesichtes entlang, soweit sie Bartwuchs und Schmutz nicht verdeckt hatten. »Bismarck doch!« sagte er voll Verwunderung und sah den Wachtmeister furchtlos an.
Der feuchtete mit der Zunge die Bleistiftspitze an und

schrieb in sein Notizbuch: Kürassier soll nach Angaben des Inkulpaten Bismarck sein! Er wendete sich an den Schulzen: »Na, jedenfalls wird das ein Signalement. Hab ich das nicht gleich gesagt? Da wird sich schon herausstellen, was ihr für'n Objekt beherbergt habt!«
Wobei er auch den Pastor ansah. Den ärgerte das, und er sagte: »Subjekt heißt das!«
Aber der Wachtmeister nickte überlegen. »Das dürfen Sie sagen, Herr Pastor. Ich bin hier aber im Dienst, und da darf ich auch einen Verdächtigen nicht beleidigen.«
Er beugte sich auf Krischans Rücken nieder. »Ein altes Schwein ist er allerdings — eins, zwei, drei, vier, fünf Weibsbilder.«
Von dem, was Krischan hinter sich hatte, schien das, was er nur körperlich hinter sich hatte, jetzt allen das Interessanteste zu sein. Krischan schlug die Augen ganz zu Boden.
Der Pastor schüttelte den Kopf und sah den Kantor an. »Ein solches Maß von Unsittlichkeit ist mir allerdings noch nicht vor Augen gekommen.«
»Ich war doch« — Krischan machte einen letzten Versuch, sich zu verteidigen —, »ich war doch damals nicht verheiratet.«
»Mensch«, sagte Wilhelm Trebbin bewundernd, »du bist wohl mal ein verdammter Bulle gewesen? Haste die alle auf einmal gehabt?«
Krischan drehte den Kopf zu dem Bauern, und es war nicht zu leugnen, die Worte holten aus der verschütteten Jugend etwas wie eine Erinnerung, die barg noch einen Rest von Mannesstolz. Er floß wohl plötzlich durch das Blut, richtete einen verzehrten Körper ein wenig auf und sprang aus dem Auge als ein beinahe

schelmischer Blick zu Trebbin hinüber: »Aber, Wilhelm, doch bloß so nach und nach.«
»Schweigen Sie still, Sie verkommener Mensch!« donnerte jetzt der Pastor, der wohl gesehen hatte, wie hier ein Funke, wenn auch nur ein armseliger, aufsprühen konnte, lediglich weil sich die Manneseitelkeit eines Greises an einer schon toten Fleischeslust rieb.
Ein Schimmer von dem Funken war wohl auch auf Kantor Kannegießer gefallen, denn er lächelte. Aber rasch verglommen Funke und Schimmer, es war eben nur in der Asche gerührt worden.
Krischan sackte wieder in sich zusammen, und auf des Kantors Gesicht blieb nur der Widerschein liegen, den ein schmerzliches Verstehen der menschlichen Vergänglichkeit und ein warmes Mitgefühl daraufgelegt hatten. Was da saß als gespenstischer Menschenrest, das war sicher einmal ein kraftstrotzender Mann gewesen, Weiberheld und Held der Weiber, und hatte sein Ziel in der Lust am Körperlichen gesehen. Dies schaurige Gebilde des Verfalls war nun übriggeblieben von dem Gefäß einer animalen Naturkraft. Von einem Gefühl, das der Mann sicher einmal für Lust und Schmerz der Liebe gehalten hatte, um die er weiß Gott was begangen haben mochte, waren ein paar unbeholfene Bilder auf seiner Haut geblieben, lächerlich schon nach ihrer Entstehung. Indessen zu dieser Stunde Tausende, Millionen anderer junger Menschen mit gleichen Gefühlen durchs Leben stürmten, durch ihr eigenes und durch das anderer, und Lust und Schmerz sich ins Fleisch brannten, viele für ihr ganzes Leben, auch wenn sie nicht eine Tätowiernadel zu Hilfe nahmen.
Der alte Kantor erschra   über seine eigenen Gedan

ken. Er war in harten Kämpfen diesen Gefahren entgangen. Er hatte den Geist über den Körper gestellt und sogar versucht, ihn über die Seele zu stellen. Im Grunde aber war es gleich. Wenn er seinen Geist entblößen müßte vor den Augen der Obrigkeit, der Geistlichkeit und der Mitmenschen, er säße wohl ebenso da, und die Selbstgefälligen würden ihn untersuchen wie des alten Krischan gezeichneten Körper. Dann müßten sie auch mit dem Finger zeigen: Seht, welche scheußlichen Narben der Enttäuschungen, welche jämmerlichen Karikaturen und Kompromisse! Indessen Tausende, Millionen junger Menschen heute mit gleichen Idealen dahinstürmten. Er dachte besorgt an Martin Grambauer und wußte gar nicht, daß er dessen Vater lange und prüfend betrachtet hatte.
Gottlieb Grambauer hatte es jedoch bemerkt und falsch gedeutet; jedenfalls hatte er die Gedanken des Kantors auf seine Art weitergedacht. Und so sagte er denn: »Ja, da stehen wir nun und entrüsten uns über die Nacktheit von einem alten Kracker. Und warum? Weil wir auch ein bißchen was von seiner inwendigen Nacktheit zu sehen gekriegt haben. Man gut, daß nicht alle Menschen ihre alten Gelüste und Sünden so sichtbarlich auf ihrer Haut tragen müssen, nicht?« Er sah dabei den Pastor an.
»Das würde vielleicht manchen davon abhalten, seinen schamlosen Gelüsten so ohne weiteres nachzugehen«, eiferte sich Pastor Breithaupt, und es klang so hart, daß Krischan Klammbüdel sich duckte und zaghaft versuchte, das Hemd über die Brust zu ziehen.
»Laß man, Krischan«, beruhigte ihn Gottlieb Grambauer, »da müßten sich grad wegen deiner ganz andere Menschen schämen. Neulich, als das mit dem schmucken Fuchs vom Müller geschehen ist, da ha-

ben wir uns alle auch entrüstet und geschämt, wenn auch bloß, daß so was konnt passieren in Kummerow, und wir haben es dem Schuldigen auch verdammt gegeben. Heute, da stehen wir nu um einen alten, abgetriebenen Ackergaul herum und entrüsten uns über die Bilderchen auf seinem abgeschabten Fell. Aber daß ihm die blanken Rippen aus dem Fell rausgucken, und daß er kaum noch laufen kann, und daß er nicht mal 'nen Stall hat, das sehen wir nicht und fragen uns derenthalben auch nicht, wer nun die Schuld an dem Elendsbild hat. Nicht wahr, Herr Kantor?«
»Wieso?« fragte Kantor Kannegießer verwundert und sah etwas unsicher zum Pastor hinüber.
»Was wollen Sie mit Ihren dunklen Worten sagen, Herr Grambauer?« fragte der Pastor zurück.
»Ach«, meinte Gottlieb Grambauer, »so dunkel sind meine Worte nu auch wieder nicht. Ich mein, daß da eigentlich gar kein alter Sündenbock sitzt, sondern ein nackichtes Denkmal für unsere ganze herrliche Staatsordnung und christliche Nachbarliebe.«
»Ich verbitte mir solche sozialdemokratischen Äußerungen«, fuhr der Pastor auf. »Ich warne Sie: der Gendarm ist nahe.« Wachtmeister Niemeier drehte sich rasch um, er hatte immerhin das Wort Gendarm verstanden.
Gottlieb Grambauer winkte besänftigend ab. »Kannst ruhig weiterdusseln, Niemeier, es genügt, wenn Herr Pastor hier den Gendarm spielt. Man bloß, er tut mir zuviel Ehre an, denn ein Sozialdemokrat bin ich nicht, da war ich mein Lebtag immer zu feige dazu.«
Hier nickte Krischan eifrig, er hatte also zugehört.
»Nickst du zu Grambauern oder zu Herrn Pastor?« fragte Gendarm Niemeier.
Da Krischan erschrocken schwieg, antwortete Gott-

lieb Grambauer: »Ich glaub, er hat uns beide benikköppt.«
»Wie meinen Sie das?« fragte der Pastor lauernd.
»Ach, ich mein, die Bilderchens sind gar nicht so schlimm, die Knochen sind schlimmer.«
»Jawoll«, stimmte Wilhelm Trebbin bei, »da lassen manche sich viel deftigere Dingerchens einpieken. Da war ich mal auf'n Jahrmarkt in einer Bude, da saß eine ganz Dicke, die hatte euch vielleicht Sachen drauf. Sogar den Titt hatte sie bemalt, und wer eine Mark extra bezahlte —«
Pastor Breithaupt fuhr ihm zornig in seine Begeisterung. »Herr Trebbin, schämen Sie sich nicht, in meiner Gegenwart solch ein Wort zu gebrauchen?«
Wilhelm Trebbin sah ihn zuerst ganz verwundert an. Dann begriff er. »Ach so — ja, ich dachte — ja, ich dachte, das wissen Sie als gebildeter Mann gar nicht, was so'n Wort bedeutet.«
Gottlieb Grambauer lächelte boshaft, und ohne den Pastor anzusehen, erklärte er freundlich: »Wie kommst du darauf, Wilhelm? Was unser Herr Pastor ist, der kennt das Wort schon, bloß daß er einen Widerwillen dagegen hat. Der hat schon als Kind die Titt abgelehnt und lieber die Flasche genommen.«
»Ich verbitte mir das, Herr Grambauer!« Pastor Breithaupt trat flammend vor Grambauer.
Der tat gekränkt. »Nee, Herr Pastor, die Flasche, die Sie nun meinen, die meinte ich nicht. Diesmal hab ich wirklich bloß an die Milchbuddel gedacht.«
Das brachte den Schulzen auf einen Gedanken, er ging ins Nebenzimmer, kam aber gleich mit der Flasche Richtenberger und mit Gläsern zurück. »Lassen Sie das!« wehrte der Pastor ab und wendete sich zum Gehen.

»Kommen Sie, Herr Kantor!«
»Wenn Sie mir wollen die Ehre aus dem Hause tragen, Herr Pastor; das ist nicht Christenart!« Schulze Wendland wußte auch, was sich gehörte. »Ich hätte schon längst einen Lüttgen angeboten. Bloß er da — mit seinem niedlichen Bilderkram — na denn Prost!«
Er schenkte gleich noch mal ein. »Ach, haben Sie sich man nicht, Herr Pastor, auf einem Bein kann ein Mann nicht stehen. Und was der Gottlieb ist, der tut ja man bloß so rebellisch. Ein bißchen weltlich ist er vielleicht. Aber er ist ein barmherziger Mann.«
»Ein barmherziger Samariter, willst du sagen!« Gottlieb Grambauer konnte es sich nicht verkneifen. »Na, Prost, Herr Pastor, und nichts für ungut.« Er hielt dem geistlichen Herrn sein Glas entgegen. »Ich denke, wir kennen uns doch. Ich sage mir bloß immer: Siehe, wir sind allzumal Sünder, und was dem einen die Flecke auf dem schwarzen Rock sind, das sind dem andern die Bilder auf dem nackichten Leib.«
»Schon gut, schon gut«, wehrte der Pastor ab.
»Aller guten Dinge sind drei«, sagte der Schulze und goß wieder ein, »ansonsten hätten wir wohl auch nicht die heilige Dreieinigkeit!« Er hob sein Glas. »Prösterken bleibt Prösterken!«
Wenn ich mich bloß nicht verkühle, dachte der arme Sünder, der noch immer nackt und bloß war und nun voll Verlangen zum Tisch hinüberschielte. Zur Bekräftigung schüttelte er sich und hüstelte ein wenig.
»Zieh dich an!« herrschte ihn der Gendarm an. »Das Weitere wird sich finden! Und daß du dich nicht unterstehst und reißt aus!«
Der alte Hirte bemühte sich, die Fetzen seines Hemdes in der knopflosen und nur von einem Riemen ge-

haltenen Hose zu bergen. Daß sie alle zusahen, verwirrte ihn, er drehte sich um, und so fiel ihm die Hose ganz herunter. Schamhaft bückte Krischan sich, und das sah so komisch aus, daß sie nun alle lachten, auch der Pastor.
Gottlieb Grambauer war zu Krischan getreten. »Hab dich man nich so, Krischan, wir sind ja hier unter uns Mannsleuten. Herrn Pastor natürlich ausgenommen. Aber siehe, auch er kann dazu nichts sagen, denn wie du so dastehst, so stehst du sogar in der Heiligen Schrift. Ist es doch geschrieben im Evangelium Markus zehn, wo es also lautet: ›Und es ging ein Mann von Jerusalem hinab gen Jericho und fiel unter die Räuber. Und sie schlugen ihn, zogen ihn aus und ließen ihn halb tot liegen!‹ Ist es nicht so, Herr Pastor? Bloß, daß wir dich nicht geschlagen haben, Krischan. Und die Geschichte mit dem Mann, der da auf der Erde lag, die passierte ja auch nicht in Kummerow, sondern im heiligen Lande, wo es gar keinen Schnee gibt. Ja, und da kam denn ein barmherziger Samariter des Weges —«
»Kommen Sie, Herr Kantor«, sagte der Pastor.
»Aber warum denn so eilig!« rief der Schulze. »Jetzt, wo Gottlieb aus Gottes Wort redet?«
»Na, denn trink mal einen, Krischan«, lachte Grambauer, »denn siehe, ich muß nun wohl den Samariter auch zu Ende spielen.«
Krischan griff so heftig nach dem Glas, daß ihm die Hose ein zweites Mal entfiel. Aber nun trank er doch erst den Schnaps und hatte plötzlich das Gefühl, nun die geistlichen Herren gegangen waren, sich gar nicht mehr schämen zu müssen.
»Da hat dir Gottlieb meine Ehre verschenkt«, lachte der Schulze, »da mußt du von mir auch einen krie-

gen.« Worauf Krischan noch einen Richtenberger bekam. Sie stießen sogar mit ihm an, und da der Wachtmeister nichts sagte, wenn er auch nicht mit anstieß, so entnahm Krischan als geborener Optimist, die ganze Sache sei in Wohlgefallen ausgegangen. Er hatte einstmals den Schnaps geliebt, ihn verflucht und lange gemieden, sich ihm wieder genähert und ihn wieder gehaßt und war schließlich in ein gutes Grußverhältnis zu ihm gelangt, so wie man in älteren Lebensjahren die wenigen übriggebliebenen Bekanntschaften pflegt. Vielleicht hatte er unrecht getan; Krischan war gewillt, dem Schnaps manches abzubitten und ihm den Wert eines guten Freundes und Helfers in der Not zuzugestehen.
In seinem Vertrauen auf den nunmehr garantierten guten Ausgang seiner Sache wurde Krischan allerdings sehr enttäuscht. Wachtmeister Niemeier hatte sich mit der Mahnung an den Schulzen verabschiedet, auf Krischan ein wachsames Auge zu halten, denn nur, um den alten Burschen sicher zu machen, habe er sozusagen mitgetrunken. »Das ist für unsereinen mitunter eine gewisse Notlage und gewissermaßen Dienst. Aber ich hol ihn bestimmt ab. Solch ein Signalement, da kennen sie den Kerl noch in Schwaben und Spanien.«
Auch der Einwand des Schulzen, er, der Wachtmeister, habe doch geraten, Krischan heimlich abzuschieben, hatte jetzt keinen Erfolg mehr.
»Die Lage hat sich verändert«, stellte Wachtmeister Niemeier fest. »Dafür, daß er keine Papiere hat, da muß nun die Gemeinde strammstehen. Ich habe dich gewarnt, Christian, das muß ich sogar angeben, da ist sich jeder erst mal selbst der Nächste.«
Er machte also wirklich Ernst.

Das meinten nachher auch die meisten in der Gemeinderatsversammlung, die der Schulze rasch hatte zusammentrommeln lassen. Krischan hatte ja auch wirklich keine Papiere. »Und was er da auf dem Leib hat an Bildern, das kann nun dieses und jenes bedeuten. Damit kann er ein Held und ein Verbrecher sein.«
»Das haben doch alle, die auf Schiffen fahren«, versuchte Gottlieb Grambauer einzuwenden.
»Da müßte man mal Luise Bärensprung fragen, die muß es doch wissen. Der das mit Luisen gemacht hat, der hatte sicher auch solche Bilder auf dem Leib. Aber siehe, Papiere hatte der auch nicht gehabt.« Schulze Wendland nahm es jedenfalls an.
»Ein Matrose auf einem Kriegsschiff, das ist doch beinah so gut wie ein Soldat, da weiß doch der Kapitän, wie der heißt.« Fibelkorn war stolz auf seinen Rat, wenn der auch mit Krischan nichts zu tun hatte.
»So, sieh mal an! Und wie heißt der Kapitän?«
»Sie hat doch selbst ausgesagt, daß das Schiff ›Deutschland‹ geheißen hat.« Gottlieb Grambauer wurde ärgerlich, weil der Schulze sich mal wieder als gescheit hinstellte. »Wenn ich der Schulze gewesen wär damals, als Luise den Jungen gekriegt hat, ich hätt an den Admiral geschrieben, was er da auf dem Schiff ›Deutschland‹ für einen Lulatsch beschäftigt.«
Christian Wendland wurde noch ärgerlicher. »Da willst du mir also Amtsunterlassung vorwerfen, was? Bloß weil du den alten Stromer, den Krischan, rausreißen willst? Wer sagt dir denn, ob das Schiff wirklich so geheißen hat?«
»Er hat ihr doch sein Mützenband geschenkt! Da hat doch draufgestanden ›Deutschland‹. Das ist so gut wie ein Papier.«
Der Schulze wendete sich an die Versammlung. »Das

wär euch ein Schulze, der Gottlieb, was? Als wenn der Kerl von der Luise so dumm sein wird und gibt ihr das richtige Mützenband! Dann hätte er ja auch gleich sagen können: Also, Luise, ich verdufte nun zwar, nachdem ich so frei war und die Ehre gehabt habe und konnte dich verjuchheididenl, aber wenn nun der Junge da ist, dann schreib man an meinen Kapitän von dem Schiff ›Deutschland‹! Mensch, so dämlich! Hättest du denn das gemacht in jungen Jahren?«
Sie lachten herzlich über Gottlieb Grambauers mangelhafte Kenntnisse der Welt und der Menschen.
»Und darum stelle ich den Antrag«, nahm der Schulze die Tagesordnung wieder auf: »Krischan wird morgen heimlich abgeschoben. Dann kann uns keiner was von wegen Beschäftigung ohne Papiere. Wenn der Niemeier ihn haben will, kann er ihn ja suchen. Wir kennen keinen Krischan mehr. Oder will einer von euch die ganzen Marken nachkleben? Er darf auch nie mehr nach Kummerow kommen. Nachtwächter Bärensprung muß ihn morgen gegen Abend bis an die Gemarkung bringen. Die Sitzung ist vertraulich. Ist eine Stimme dagegen?«
Es waren zwei dagegen. Ganz groß Wilhelm Trebbin, der es schon deswegen tat, weil Krischan gegen den Müller losgegangen war, und etwas weniger groß, aber um so mehr verärgert Gottlieb Grambauer.
Hinterher gingen sie in den Gasthof. Sie waren keine Unmenschen, und keiner konnte was gegen Krischan Klammbüdel sagen. Viele hatten ihre Jugendjahre bei ihm, an seiner Hütte, zugebracht. Na, und wie er Bescheid wußte mit Bulligwerden und Kalben und Koliken, und sogar Klauen konnte er beschneiden. So einen Kuhhirten kriegten sie nie wieder. Wenn man es ehrlich betrachtete, die Jungens hatte er auch immer

ordentlich und brav erzogen. Und was er alles wußte von der Welt, dümmer wurde da keiner bei ihm. Und billig war er auch. Bloß fürs Essen. Es glaubte auch keiner, daß Krischan früher mal ein Verbrecher gewesen sein könnte. Na, und wenn er schon mal wegen einer Dummheit, Weibersachen und so, im Kittchen war — wenn die alle ins Kittchen kämen, die da hineingehörten, meine Herren! Aber das ist so von Ewigkeit an, die kleinen Diebe hängt man, und die großen läßt man laufen! Eigentlich sollte man ihnen nicht den Gefallen tun und Krischan wegjagen. Wer war denn dem Müller entgegengetreten damals bei der Tierquälerei? Ausgerechnet Krischan, den der Müller zu Mus manschen konnte. Bloß daß nun so ein anständiger Kerl keine Papiere hatte. Dabei möchte man die sehen, die umherlaufen und falsche Papiere haben. Papier ist geduldig. Er hätte doch lügen können, der Dämlack, seine Papiere seien ihm gestohlen worden oder so. Einen Antrag hätte er stellen können, neue zu kriegen, denn das mit der Tätowierung, das war ja man lächerlich. Signalemang! Da hat er wieder was gefunden, der Niemeier! Mit Papieren — da hätte man allerdings für ihn kleben müssen —, das war auch richtig. Und wenn man für ihn klebte, hätte er wohl auch Lohn kriegen müssen. Und man hätte ihn außerdem nach fünfundzwanzig Jahren nicht abschieben können. Da wär dann vielleicht noch eine schöne Last für die Gemeinde rausgekommen. Schließlich mußte er sich ja auch sagen, daß er ohne Papiere mal keinen Anspruch hätte. Dumm ist er ja nicht. Wie man es auch besah, er hatte allein schuld.

Die Austreibung

Als Martin Grambauer am anderen Morgen hörte, Krischan solle am Abend aus dem Dorf gebracht werden, glaubte er es zunächst nicht. Doch der Vater bestätigte es. »Aber das geht doch nicht«, begehrte Martin auf, »Krischan kann doch nicht weggejagt werden, warum denn?« Der Vater bewies ihm nun auch, es sei wegen der fehlenden Papiere.
»Aber er hat doch nichts ausgefressen!«
»Wenn man keine Papiere hat, muß man vorsichtig sein. Auch wenn man nichts ausgefressen hat. Dann erst recht!«
Das verstand Martin nicht, sein Vater wahrscheinlich auch nicht.
»Krischan hat doch sogar ein gutes Werk getan, Herr Pastor hat es in der Kirche gesagt!« Martin kämpfte sichtbar gegen die Tränen, aber in seinem Innern, unsichtbar, kämpfte er wieder einmal gegen die Ungerechtigkeit der ganzen Welt. Und immer die Armen...
»Und was hat er davon?« Gottlieb Grambauer sah seinen Jungen überlegen an. Er war sonst ein besserer Erzieher als in diesem Augenblick, doch es ist nun mal so, wir vergewaltigen lieber eine große, bessere Erkenntnis, als daß wir eine kleine Unwahrhaftigkeit zugeben. Es ist im Grunde so, als schnitten wir, um ein

kleines Loch vorn im Rock zu flicken, ein größeres aus dem Rücken heraus und vergäßen darüber ganz, daß wir nun gezwungen sind, dauernd rückwärts zu gehen. Mit Gottlieb Grambauer war es im besonderen noch so, daß er sich mitunter Vorwürfe wegen seiner Halbheiten machte und versuchte, ein wenig davon dadurch einzurenken, daß er durch rebellische Reden andere bessern wollte. Bis zum Erkennen der Ursachen des Übels stieß auch Gottlieb Grambauer nicht vor.
Martin ließ seinen Vater stehen und ging zu seinen Freunden. Er fühlte erschauernd, wie der Gerechte neben ihm ging und ihn an die Hand nahm. Aber es war überflüssig, die Freunde wachzurütteln, sie waren auch so empört über das Unrecht, das man Krischan und damit ihnen antun wollte. Alle waren sie auf seiner Seite, Hermann, Traugott, die ganze Schule. Auch Johannes, obwohl er sich schon als Kuhhirte fühlte und erwog, ob er nicht den ganzen nächsten Sommer aus der Schule bleiben könnte. Sie hockten beieinander und hielten Rat, und da sie nicht die Macht hatten, den Beschluß der Großen umzustoßen, wollten sie ihnen wenigstens zeigen, wie sie darüber dachten.
Den ganzen Tag über waren Kuriere unterwegs, bis es alle Kinder wußten, die Mädchen auch. Nur die Großen wußten von nichts, die warteten die Dämmerung ab.
Krischan Klammbüdel erfuhr die Sache erst mittags durch Martin und seine drei Gehilfen. Er lachte sie aus und erzählte ihnen, daß er gestern noch mit dem Schulzen und dem Wachtmeister und dem Kantor und dem Pastor ein paar Schnäpse getrunken hatte. Den Pastor und den Kantor setzte Krischan der besseren Wirkung wegen hinzu. Vielleicht war es ja auch

nur ein Zufall, daß sie ihn zuerst nicht eingeladen hatten. Als die Jungens bei ihrer Meinung beharrten, wurde Krischan jedoch langsam unruhig. Aber es war ja nicht möglich. »Wo es doch alles fromme und gute Menschen sind? Warum wollen sie denn so gegen einen armen Mann handeln, jetzt, nach vierundzwanzig Jahren?«
»Großvater putzt doch schon seine Pike und die neue Trompete«, sagte Johannes schließlich.
Da der Nachtwächter sein Horn nicht wiedergefunden hatte, war ihm einstweilen eine alte Trompete geliehen worden, sie hatte beim Schulzen auf dem Boden gelegen, das fehlende Mundstück sollte später mal besorgt werden.
Krischan meinte, die Sachen hätten das wohl auch nötig, was denn das ihn anginge. Er wollte wohl nicht verstehen.
»Aber er ist doch Ortspolizist«, erklärte Martin, »er soll dich doch bis zur Grenze bringen.«
Krischan blinzelte mit seinen kurzsichtigen Augen Martin an und sah dann auch den anderen ins Gesicht. Nein, da stand diesmal kein Schabernack geschrieben, sie sahen ihn an wie Kameraden, die um einen herumstehen und wissen, der wird sterben, wenn wir von seinem Lager weggehen. Sein Blick versuchte die Kühe zu erspähen, die lagen alle da und kauten wieder, alle mit den Köpfen zu ihm her. Und Schill, der seines Herrn Geste falsch verstand, wenn man ihm nicht zugestehen will, daß er eine Ahnung hatte von dem, was vorging, Schill kam heran und fing an, Krischan die Hand zu lecken.
»Siehst du«, sagte Martin, »der weiß es auch.«
Krischan sah die Kinder hilflos an. »Warum — warum wollen sie mich denn wegjagen?«

Seine Stimme war, als wären Sand und Scherben dazwischen, aber auf dem Müllhaufen stand doch noch eine Blume, wohl mehr blühendes Unkraut, ein bißchen Hoffnung: die Jungens wußten ja ebensowenig einen Grund, wie er einen wußte!
»Weil du den Müller geschlagen hast«, sagte Traugott.
»Ist ja gar nicht wahr«, fiel Hermann ein, und Krischan sah seine Blume schon wachsen. »Ist ja gar nicht wahr, Krischan, sie jagen dich weg, weil du keine Papiere hast.«
Da knickte die Blume um und war Abfall wie alles, was da lag.
Aber ein Mensch wie Krischan sucht, solange er eine Hand heben kann, auch in einem Müllhaufen nach etwas, was seiner Seele oder dem Leib Nahrung sein könnte. Und ist es keine Blume, so ist es vielleicht ein Stück Brotrinde.
»Kann doch aber nicht sein«, sagte er leise, »heute doch nicht. Da hätte mich der Schulze nicht mehr auf die Weide gelassen heut!«
»Weil sie alle keine Traute haben«, rief Martin.
»Nee«, sagte Johannes, »weil du doch erst am Abend weg sollst, und da konnten die Kühe noch mal raus.«
Krischan sah, daß er auch keine Brotrinde mehr gefunden hatte, nun, vielleicht lag da noch ein Knochen.
»Na, und morgen? Morgen ist doch noch nicht Sonntag nach Michaelis, wo ich immer geh?«
»Sie wollen dieses Jahr früher mit dem Hüten aufhören«, sagte Hermann, »es sind ja man auch bloß noch ein paar Tage.«
»Wenn sie nun aber...«, Krischan suchte nicht mehr nach dem Knochen, er war wohl verrückt geworden, er suchte nach seiner Ehre. Auf einem Müllhaufen.
»Wenn sie nun aber doch — warum denn wegen ein

paar Tage? Da hätten sie doch warten können, da geh ich doch immer von allein? Da brauchen sie mich doch nicht wegzujagen wie einen Stehldieb?«
»Damit dich der Wachtmeister nicht zu holen braucht«, antwortete Hermann.
»Ich hab nichts verbrochen! Mein Gewissen ist rein!«
»Aber du hast keine Papiere nicht«, unterstrich Johannes, immerhin überzeugt, ein Mensch müsse Papiere haben, auch ein Kuhhirt. Er jedenfalls würde darauf als erstes sehen.
»Wegen der paar Tage«, sagte Traugott, »da würde ich mir nichts draus machen, Krischan.«
Krischan langte nach seiner Ehre. »Nächstes Jahr aber, was —«
Da fuhr es aus Martin heraus. »Das ist es doch, Krischan. Wegen der paar Tage würden wir doch nicht so angeben. Das ist es doch, daß du nicht wieder her darfst nach Kummerow!«
Nun lag der alte Mann endlich still auf seinem Haufen. So still, daß er gar nicht zu unterscheiden war von dem Abfall, von dem er ein Teil war. Er sah sich im Geiste und im Herzen nicht mehr als weggejagten Kuhhirten daliegen, nun sie ihm auch noch die Ehre ausgezogen hatten.
»Kannst du dir denn nicht bis zum Frühjahr Papiere besorgen?« fragte Martin voll Angst, als er den Mann so regungslos sah.
Krischan antwortete nicht und machte auch die Augen zu.
»Krischan! Krischan!« Sie knieten alle vier nieder und rüttelten ihn.
Da öffnete er die Augen so seltsam, daß sie ganz still wurden, die vier. »Laßt man, geht man nach Hause. Es hat wohl alles seine Ordnung so.«

Als sie fort waren, richtete er sich langsam auf und sah sich um. Wenn es alle für richtig hielten, mußte das wohl seine Ordnung haben. Vielleicht hatte es seine Ursache gar nicht in den Papieren, auch nicht darin, daß er den Müller angegangen war, weil der sein Pferd zu Tode prügelte, vielleicht war auch nicht schuld, daß ihn der Pastor gelobt und die Bauern ihm Sachen geschenkt hatten, wer kann wissen, was Gott mit einem vorhat und wofür er einen noch nach Jahren straft? Wegen der Sache da vor dreißig Jahren mit seiner Frau und ihrem Kerl konnte es aber auch nicht sein, da hatte er seine Strafe für bekommen und sie selbst gesucht und hatte sie ehrlich abgemacht, und sie hatten ihm sogar noch drei Jahre geschenkt. Krischan durchsuchte sein Leben in seinem Innern, wie sie gestern die Bilder seines Lebens auf seinem Leibe durchsucht hatten. Die Geschichten mit den Mädchen früher konnten es auch nicht sein, da war er eigentlich immer der Dumme gewesen.

Auf dem müden Strom seiner Erinnerungen schwamm ein Strohhalm vorüber. Krischan klammerte sich an ihn und war gar nicht verwundert, daß er mit ihm in eine dunkle Tiefe versank. Ja, das konnte es sein. Das würde es sein, denn warum war es ihm gestern schon eingefallen, zum erstenmal nach vierzig Jahren? Was da jetzt mit ihm geschah, das war ihm mal prophezeit worden als Lohn für eine schlechte Tat.

Der alte Mann fröstelte, er versuchte, nicht mehr an die Geschichte zu denken, doch sie blieb nicht nur vor ihm stehen, sie wuchs und wuchs und wurde riesengroß und war so klar zu erkennen wie nie zuvor, wie auch damals nicht, als er seinen Verrat beging. Er war ein armer Mensch gewesen, und die anderen waren reiche Menschen, und es war nun mal so im Leben,

daß die Großen mit den Kleinen machen konnten, was sie wollten. Er hatte das alles damals schon gewußt, vor vielen, vielen Jahren, und auch, daß es damit in der Welt nur anders werden könnte, wenn die Kleinen und Armen zusammenhielten, denn sie waren die mehreren. Dann aber, als die Kameraden ihn zum Zusammenhalten aufgefordert hatten, damals, vor vielen, vielen Jahren bei dem Seemannsstreik, da hatte er sie im Stich gelassen und war den Vorgesetzten, Frommen und Reichen, die ihm eine Bevorzugung versprachen, liebedienerisch nachgelaufen; und erst recht, als ihn die Besseren der Kameraden als einen Verräter aus ihrer Gesellschaft ausstießen. Nun war eingetroffen, was Hein Brinkmann ihm zugerufen hatte, als er wegen aufrührerischer Reden ins Gefängnis mußte, nachdem er, Krischan, die bösen Worte Brinkmanns bezeugt hatte; da hatte Hein gerufen: »Wenn sie dich im Alter in den Graben schmeißen, weil du zu nichts mehr nutze bist, dann gib dir allein die Schuld, du Knechtsgestalt, erbärmliche!« Nun schmissen sie ihn in den Graben, und es geschah ihm somit wohl nur recht, wie ihm geschah.
Ein paar Kühe muhten tief und lang, in den Zweigen der hohen Pappeln raschelte der Wind, mißtrauisch hob Schill den Kopf.
Krischan Klammbüdel, soeben noch bereit, sich kreuzigen zu lassen, hob den Kopf. Mochte es alles so geschehen, daß sie ihn hinauswarfen und ihm verboten, wieder nach Kummerow zu kommen, mochten sie ihn verspotten und schlagen und nackt auf den Markt stellen. Aber seine Ehre als Hirte brauchten sie ihm nicht zu stehlen, die hatte er heiliggehalten vierundzwanzig Jahre, besser als seine Seemannsehre. Das würde aber geschehen, wenn sie ihn vom Nacht-

wächter aus dem Dorf führen ließen, ehe noch die Hütezeit abgelaufen war. Die Kühe würden die Köpfe zusammenstecken im Stall und sich zuflüstern, daß sie wohl von Hirten wüßten, die weggelaufen wären vor der Zeit, nicht aber von welchen, die man mit Schimpf und Schand vor der Zeit aus dem Dorfe jagte, es wären denn Tierschinder und Stehler gewesen. Nein, Krischan war entschlossen, diesmal seine Ehre mit sich zu nehmen.
Mühsam stand er auf, nahm seinen Stock und verwies Schill, ihn zu begleiten. Der Hund sprang an ihm hoch und langte mit den Pfoten nach Krischans Gesicht.
»Laß das«, sagte der alte Mann, »es ist noch zu früh!« Dann ging er mitten unter seine Kühe.
Sie sahen ihn alle an, was er tat, war ungewöhnlich.
»Ich will euch bloß sagen«, hub der Hirt an, »daß ich weggehe. Heute noch, jetzt gleich. Weil sie mich mit Schanden wegjagen wollen. Ihr könnt es bezeugen, daß ich immer gut zu euch gewesen bin. Beckmanns Liese und Wendlands Hannchen sind selber schuld, weil sie immer in den Klee gehen. Ich komme nicht wieder. Adjüs denn!«
Schill ging mit bis ans Ende der Koppel. Da beugte Krischan sich nieder. »Nu paß du man allein auf, nee, mit darfste nich. Nee, wieder komm ich auch nich. Und ich bitt dich um Vergebung, wenn ich dich mal gehauen habe. Aber bloß, weil du sie immer mehr in die Hessen gebissen hast, als das nötig war. Aber du hast es bloß getan, weil du es nicht richtig gelernt hast. Daran liegt es wohl, daß man es beizeiten nicht richtig lernt.« Schill fing an zu winseln. »Nu kriegst du einen andern, Schill. Laß man, es hat alles seine Ordnung. Adjüs denn!«

Doch Schill war keine Kuh, er sprang an seinem Herrn hoch und heulte. Da war es Krischan, als schlotterten seine Beine, und plötzlich lag er auf der Weide und hatte Schill um den Hals gefaßt, und dann waren sie beide eine kleine Weile ganz still. Und etwas aus der Urmaterie der Schöpfung, das nur scheinbar eines alten Mannes unsauberes Gesicht war, näherte sich einem alten Hundekopf und küßte in Abschiedsschmerz eine nasse Hundeschnauze. Wenn Schill dies zur Not noch mit dem Gefühl erfaßte, das andere, was noch geschah, begriff er nicht. Da stand sein Herr vor ihm, wenn auch auf eingeknickten Beinen, hob den Stock und befahl hart: »Marsch, an die Hütte!«
Ein solcher Ton war ebenso ungewöhnlich wie die Handlung, die ihm folgte. Krischan verließ die Koppel und stakte den kleinen Steig hinauf zur Landstraße, ohne sich umzusehen. Ein paarmal schwankte Schill zwischen Gehorsam und Nichtgehorchen hin und her. Dann, als sein Herr hinterm Berg verschwunden war, drehte er sich um und schlich der Herde zu.
»Es hat alles seine Ordnung!« murmelte Krischan und blieb stehen und horchte auf Widerspruch. Nein, das Gewissen, das vorhin so deutlich zu ihm gesprochen hatte, schwieg. Es billigte also, daß Krischan aus eigenem seine Ehre mitnahm. Wo er sie hintragen und was er mit ihr anfangen wollte, das kümmerte ihn nicht. Und Krischan fühlte, daß seine Füße heute viel leichter liefen als sonst. Es ist eben etwas Schönes um die Ehre, die ein Mann hat. In goldenen Kaleschen kann jeder Lump fahren, aber sagt ihm man, bitte, Herr, steigen Sie mal aus und gehen Sie mal stantepeh zu Fuß, so nach Michaelis, in die Welt, und wissen nicht mal, wo die Tür ist – da möchte man den mal

sehen, wie ihm die Füße wie Bleiklumpen nachhinken. Wer aber seine Ehre mit sich trägt und ist noch so arm und alt, und es ist Herbst, der kann tanzen.
Krischan schauerte ein wenig zusammen, als er daran dachte, wie schwer ihm dieser Weg ein paar Stunden später wohl geworden wäre. Und wenn Hein Brinkmann ihn nun so davongehen sähe, so aus Freiwilligkeit und Stolz, da würde er am Ende sagen: »Na, Krischan, ich seh, bist doch noch ein Kerl geworden.«
Weiter kam er aber nicht. Er war gerade wieder den Berg herunter, da schien es ihm, als müsse eine große Unruhe auf der Koppel ausgebrochen sein. Er blieb stehen und lauschte. Es war schon so, da brüllten die Kühe, und Schill blaffte wie toll. Laß nur, dachte Krischan, dich geht das alles nichts mehr an!
Doch es ging ihn mehr an, als er wußte. Ging ihn so viel an, daß er immer unruhiger wurde. Was mochten die wohl haben? Sicher waren sie nun gerade in den Klee gegangen, die unvernünftigen Tiere. Und Schill, der Dussel, hatte es zu spät bemerkt, getraute sich vielleicht gar nicht mal, sie rauszujagen. Es fehlte eben der Hirt. Das geschah den Bauern recht.
Geschah es aber auch den Tieren recht? Wenn sie sich nun überfraßen, Wasser darauf tranken und Blähungen bekamen, wer sollte sie mit der Nadel stechen? Es konnte das ja kaum einer richtig wie er, haargenau in der richtigen Höhe und an der sechsten Rippe vorbei. Die waren imstande und stachen ein Tier tot dabei. Und wenn sie nicht stachen, dann mußte solch armes Tier auch zugrunde gehen. Und alles bloß, weil er, Krischan Klammbüdel, seine Ehre für höher hielt als das Leben einer unschuldigen Kreatur, das ihm anvertraut war.
Eine Weile noch kämpfte Krischan den schweren

Kampf zwischen Ehre und selbstgefühlter Pflicht, dann drehte er sich um und ging zurück. Nein, er wollte seine Arbeit tun bis zum bitteren Ende, stand als Abschluß auch Schande und Schmach. Hatte er damals die Menschen verraten, zu denen er gehörte, so wollte er jetzt nicht die Tiere verraten, zu denen er nun gehörte.

Da der Schulze seinen Jungen nicht zu sehen bekam, auch keinen anderen, den er hätte schicken können, Nachtwächter Bärensprung aber noch immer an seiner Ausrüstung putzte, machte er sich selbst auf den Weg zu Krischan. Schließlich war er ein Mann und Gemeindevorsteher und Krischan bloß ein geduldeter alter Kuhhirt. »Also, Krischan«, begann der Schulze, »ich komme hier gerade vorbei. Du könntest heut mal früher eintreiben. So um fünfe rum. Es hat seinen Grund.«

»Ist gut, Schulze«, antwortete Krischan.

Der Schulze hatte vorgehabt, Krischan die Wahrheit zu sagen. Jetzt brachte er's nicht fertig, und fragen tat der einfältige Kerl ja nicht. Und so war Schulze Wendland froh, daß er wieder nach Hause konnte.

Krischan trieb Punkt fünf die Kühe ein. Sie hatten alle kaum die heimatlichen Ställe gefunden, und Krischan hatte schon gehofft, alles wäre nur Gerede gewesen, als Nachtwächter Bärensprung den Krug nach hinten heraus verließ und den Hof betrat. Er nahm amtliche Haltung an. »Mach dich fertig, Krischan. Du bist ausgewiesen. Ich habe den Befehl bekommen, dich bis zur Grenze zu bringen.« Damit wollte Großvater Bärensprung umdrehen und noch mal in die Schänke gehen.

»Ich bin fertig«, sagte Krischan da und blieb mitten auf dem Hof stehen. »Dann ist ja alles in Ordnung.

Sieh mal, von mir aus. Aber das mußt du einsehen, ohne Papiere, das geht nicht.«
»Es hat alles seine Ordnung«, antwortete Krischan.
»Denn bleib da man stehen. Ich hol mir bloß noch einen kleinen Schluck für den Weg.«
Krischan blieb auf dem Hof stehen und sah nur gelegentlich zum Kuhstall hinüber. Er rührte sich nicht vom Platze, obwohl der Nachtwächter reichlich lange wegblieb. Das aber kam daher, daß im Krug einige Bauern saßen und den Fall noch einmal erörterten; vielleicht ließ sich doch noch ein Ausweg finden. Krischan stand da und wartete auf seine Schande. Und hatte nicht mal den Mut, einen Vergleich aus der Geschichte zu ziehen. Vielleicht kannte er auch keine Vergleiche. Etwa mit Herrn Jesus, der so im Hofe des Landpflegers stehen und warten mußte. Oder mit Kaiser Heinrich, als er im Hof von Canossa stand. Die waren sich aber auch des Unrechts und der Gewalt bewußt, die ihnen angetan wurde, und fühlten wohl schon die spätere Rechtfertigung. Krischan fühlte lediglich seine Schande. Und sagte dennoch bei sich: Es hat alles seine Ordnung.
Schließlich kam Nachtwächter Bärensprung, angetan mit der großen Schirmmütze, die neue Trompete umgehängt und den Spieß in der Hand. »So, nu komm man!«
Krischan folgte ihm gehorsam. Er hatte die Augen so auf den Boden gesenkt, daß er nicht sah, wie Schill ihm nachgehen wollte, aber vom Krüger und seiner Frau zurückgerufen wurde. Krischan sah auch nicht, daß diesmal in allen Hoftoren Menschen standen und sich seine Austreibung mit ansahen. Sonst war er immer am Tag gegangen, und keiner hatte auch nur hingesehen, obwohl er da immer seine Ehre mithatte.

Heute guckten sie ihm alle nach. Bloß Kinder waren keine da.

Nachtwächter Bärensprung fühlte beim Anblick der Kummerower etwas wie einen Autoritätskitzel aufsteigen, er trat mit dem Holzbein fester auf, stieß auch dann und wann mit dem Spießschaft auf das Pflaster und sagte dazu laut: »Mach keinen Fluchtversuch, Krischan«, oder: »Sieh mal, Ordnung muß sein!«

Sie waren bis ungefähr zum Schulzenhaus gekommen, als in Wendlands Garten hinter der Scheune ein lauter Ruf ertönte. Gleich darauf schwenkte die Schar der Kummerower Kinder in die Dorfstraße. Vornweg Martin mit der neuen Trommel, neben ihm Traugott mit der Flöte vom Pastor, Johannes mit Großvaters Nachtwächter-Flöte, Hermann mit der großen Fahne. Hinter ihnen in langer Reihe, immer zu zweien, die Jungens und die Mädchen, mit Fahnen und brennenden Stocklaternen, obwohl es eben erst anfing zu dämmern.

»Eins, zwei, drei, vier ...!« rief Martin, und es machte nichts aus, daß einige schon bei »drei« einfielen, das waren mehr die Kleinen. Es machte nichts aus, weil Martin erst mal einen gewaltigen Wirbel schlug, so, daß daraufhin von den Kummerower Großen auch die noch auf die Straße kamen, die gerade beim Füttern waren oder die sich ein bißchen geschämt hatten, zuzusehen, wie Krischan aus dem Dorfe getrieben wurde. Der Wirbel dauerte so lange, bis der Zug der Kinder sich an den Delinquenten und seinen Aufseher angeschlossen hatte. Das ging rascher, als sie angenommen hatten, weil Großvater Bärensprung vor Erstaunen stehengeblieben war.

»Los!« befahl Martin. »Eins, zwei, drei, vier!«

Diesmal kam kein Wirbel, sehr gedämpft schlug Mar-

tin die große Trommel, damit man die Flöten hören könnte, und vor allem den Gesang. Denn sie sangen, laut und hell, wie sie es von Kantor Kannegießer gelernt hatten: »Ich hatt' einen Kameraden, einen bessern findst du nit...«
Großvater Bärensprung wollte zuerst dazwischenfahren, denn dies bedeutete im Grunde eine Respektlosigkeit ihm gegenüber. Aber dann stapste er zwei Schritte vor die Kinder, schwenkte den Spieß, und obwohl sie zuerst dachten, jetzt haut er, waren sie doch nicht verwundert, als er sich in Marsch setzte und mit dem Spieß hantierte wie ein richtiger Tambourmajor. In der linken Hand hielt er die Trompete ohne Mundstück. Nun wagte es auch Johannes, die Nachtwächter-Flöte deutlicher in Erscheinung treten zu lassen. So marschierten sie am Schulzenhof vorbei. Da hatte Martin wieder eine Idee, sie kam ihm erst in diesem Augenblick. Er lief nach vorn zu Großvater Bärensprung und rief ihm zu: »Noch nicht raus! Erst noch durchs ganze Dorf! Auch an der Schule und beim Pfarrhof vorbei!«
Gehorsam schwenkte die Autorität nach rechts ein und führte Krischan inmitten einer singenden Kinderschar durch ganz Kummerow. Die Großen standen auf den Straßen und sagten, der alte Bärensprung sei wieder mal besoffen. Und wenn sie zuerst auch lachten, so verging ihnen das Lachen doch, und sie fühlten irgendwie dumpf, daß etwas nicht im Rechten war in Kummerow. Auch war das Geschehen so unerhört, ein Fackelzug wurde seit urdenklichen Zeiten nur dem Grafen gebracht, dazu stiftete er ja die Papierlaternen und Lichter, nun brachten diese Bengels dem davongejagten Kuhhirten einen Fackelzug.
Als sie am Schulhaus vorbeizogen, schaute Martin

scharf auf die Fenster. Aber Kantor Kannegießer stand zu weit zurück, als daß man ihn hätte erkennen können. Es war auch besser so. Zuerst hatte auf dem guten Gesicht des alten Lehrers ein Lächeln gelegen, darüber, daß der verflixte Junge, der Martin, die Trommel nicht, wie der Pastor es befohlen hatte, zu Ehren des Grafen, des Höchsten in Kummerow, einweihte, sondern zwei Tage vorher zu Ehren des Allerletzten in Kummerow. Aber dann, als er den Zug direkt vor seinem Hause sah, den angetrunkenen Nachtwächter, den müde schleichenden alten Mann, drüben vor den Gehöften die Menschen, die musizierenden und singenden Kinder, auf deren Herzen, allein seinem Auge sichtbar, ein kindlicher Gerechtigkeitswille zu Ehren der menschlichen Güte spielte, da rannen ihm dicke Tränen über die Wangen, und aus seiner Brust kam es wie ein Dankgebet: Herr, du lässest dein Volk nicht untergehen!
Gottlieb Grambauer stand mit Schulze Wendland und Bauer Beckmann zusammen. »Eigentlich«, sagte Vater Beckmann, »er ist nu doch auch ein alter Mann. Ich kann das gar nicht so mit ansehen, was die Jungens da mit ihm anstellen.«
Christian Wendland kratzte sich den Kopf mit dem Mützenschirm. »Meinst du, daß mir das eingehen will, aber was soll unsereins machen, wenn die Obrigkeit befiehlt? Du mußt doch zugeben, daß er keine Papiere hat!«
»Weißt du, wie mir so ist, Christian?« Gottlieb Grambauer sah ihn an und schuppte sich den Backenbart. »Mir ist es so, als wenn unsere leibhaftigen Kinder uns immer so kreuzweis aufs Maul hauten! Akkurat zum Kotzen ist mir zumute! Wenn diese Jungens so weitermachen, dann Gnade Gott uns Pharisäern!«

Großvater Bärensprung war ein Held von besonderer Art. Jetzt hinterm Dorf, wo keiner mehr zusah, verlor er sein Draufgängertum. Er kommandierte: »Halt! Sieh mal, Krischan«, fing er an, »dies ist ja nun so gut, als wenn ich dir selbst die Ehre gebe bis an die Grenze. Weißt du, da hab ich heut wieder mächtig das Reißen in mein Heldenbein. Nichts für ungut, Krischan. Aber sieh mal, Papiere muß ein ordentlicher Mensch haben. Versprich mir in die Hand, daß du dich nicht unterstehst und läßt dich in dein Leben noch mal auf Kummerower Feldmark sehen. Sonst schmeißen sie mich auch noch aus Amt und Brot. Was du ja nicht wollen kannst. Und nu trink noch einen und geh mit Gott!«
Krischan langte auch nach der Flasche und trank. Aber er war nicht bei der Sache. Er war auch nicht bei der Sache, welche die Kinder ihm zu Ehren machten. Im Gegenteil, die Ehre, die sie ihm erwiesen, erschreckte und verwirrte ihn vollends, und sein Verstand und sein Gefühl jachterten wie zwei müde, verflogene Vögel im Abenddunkel hintereinander her.
Mit dem Nachtwächter blieben einige der Kleineren zurück, besonders die Mädchen. Die andern gingen weiter. Martin befahl »Hinaus in die Ferne«, es klappte auch noch einigermaßen. Aber der Weg war weit, bis zur Grenze hatten sie noch drei Kilometer.
Mit den Lichtstummeln in den Papierlaternen erlosch immer mehr die Begeisterung. Sie trommelten auch nicht mehr und sangen auch nicht mehr. In einem fort hält das keiner durch. So blieben schließlich alle Mädchen zurück, bis auf Ulrike. Aber das hatte seine Gründe, sie hoffte, auf dem Heimweg von Martin die Trommel zu bekommen.
Martin ging mit Johannes, Hermann und Traugott ne-

ben Krischan her, er hatte ihn bei der Hand genommen, die andere Hand hielt Johannes. Sie versicherten Krischan immer wieder, daß er keine Schuld hätte, sie auch nicht, und er sollte den Großen doch was aufs Hackbrett legen und sollte im Frühjahr ruhig wiederkommen, sie würden ihn schon beschützen. Aber Krischan schüttelte nur immer den Kopf. Dann wollten sie wissen, wo er nun hingehe und wo er überhaupt immer im Winter gewesen sei. Krischan schüttelte auch darauf nur den Kopf.
Gleich hinterm Pötterberg war die Grenze, ein schmales Grasband mit Haselnußsträuchern. Sonst war das hier das gefährliche Spukgebiet, aber heute dachte keiner daran, heute hatte das Tun der Menschen alle bösen Geister aufgesogen.
Sie waren ihrer zwölf, die nun ratlos um einen alten Mann standen, der zerlumpt war und klapprig und nicht so viel Gepäck hatte, wie in ein Schnupftuch gegangen wäre. Der nicht einmal ein Schnupftuch hatte. Der sogar um sein Abendbrot gekommen war, Kartoffeln und Hering, weil keiner mehr daran gedacht hatte. Krischan selbst nicht. Der wohl keinen Groschen in der Tasche hatte und auch kein Stück Brot.
»Er soll aber nicht weggehen!« Martin machte einen letzten Versuch, dem Schicksal zu trotzen.
»Nein«, rief Traugott, »wir nehmen ihn einfach wieder mit.«
»Weißt du was, Krischan«, sagte Hermann, »ich versteck dich auf unserm Heuboden. Zu futtern bring ich dir schon was.« Er stockte und wurde rot. »Richtige Tauben, mein Ehrenwort! Da kannste den ganzen Winter bleiben.«
Johannes schwankte lange hin und her. Es war bestimmt ritterlich, Krischan zu verstecken und die Gro-

ßen anzuführen. Aber wenn Krischan nun wieder Kuhhirte wurde? Und so sagte Johannes schließlich doch: »Er hat es Großvatern aber versprochen, daß er weggeht!«
Krischan nickte dazu. »Ich geh auch. Es hat alles seine Ordnung.«
Sie wollten ihm noch einen zum Abschied spielen und singen. Martin schlug vor »Ich hab mich ergeben«, das konnten aber die Pfeifer nicht. »Wem Gott will rechte Gunst erweisen« dagegen konnten sie alle. Und so spielten und sangen sie Krischan zum Abschied auf der Höhe des abendlichen Pötterberges »Wem Gott will rechte Gunst erweisen, den schickt er in die weite Welt...« Es verklackerte, denn Martin hörte auf zu trommeln, als er erkannte, das Lied paßte wirklich nicht.
Dann stackerte Krischan los, ohne sich noch einmal umzuschauen. Sie blieben stehen, solange sie ihn sehen konnten. Mitunter war er hinter den alten Weiden verschwunden, aber er tauchte immer wieder auf. Bis der Weg in die Senke hineinkroch. Sie lief nach rechts und links zum Bruch aus. Von dort kamen langsam zwei graue Gespenster angekrochen, die duckten sich, je weiter sie an die Landstraße herankamen. Eigentlich waren es wohl nur noch die Gespensterarme, die sich vorstreckten und in die Senke hineinfaßten.
»Wenn einer nicht wüßte, daß es Nebel ist«, sagte Hermann, »da könnte einer wirklich glauben, das sind Geister.«
»Das sind auch welche«, antwortete Martin zwischen den Zähnen heraus, »böse Geister sind das.«
»Paß mal auf«, bestätigte es Traugott, »wenn Krischan ran ist, da packen die zu.«
Aus der weiten Ebene des Bruches stieg der Herbst-

nebel auf und blieb flach liegen, wie ein großes graues Tuch oder wie ein stiller See. Der Weg nach Falkenberg war nur so eine Art Wasserscheide, ein Damm, und die Senke eine Furt zwischen diesseits und jenseits. Eine flache Furt, ein Mensch konnte hindurchgehen und seinen Kopf darüberhalten. Ein klein wenig hoch tragen mußte er ihn allerdings.
Sie warteten, daß Krischan an der anderen Seite der Senke, wo die Straße sich zu einem Hügel hinanhebt, wieder auftauchte. Aber da geschah es, was sie nachher einmütig eine Gemeinheit nannten: Vom Bruch her wälzte sich von beiden Seiten der Nebel wie ein Meer und stieg höher, und von Krischan und seinem Weg in die Nacht war nichts mehr zu sehen.

NACHWORT

Das Ende eines Buches umschließt nicht immer das Ende der Menschen, die in dem Buche handelten oder litten. Wie erst könnte das sein, wenn diese Menschen jung sind wie Martin und Johannes. Die beiden gingen auch, gleichsam aus der Straße der letzten Zeile, weiter und nahmen ihren Weg über die weiße Fläche des letzten Blattes, die vor ihren jungen Füßen lag und ihren Augen grenzenlos schien wie das Leben. Sie wehrten sich den Winter über, der dem beschriebenen Sommer folgte, mit der Kraft der Einfalt gegen die Absichten, welche die Großen mit ihnen hatten — Absichten, vor denen immer ein Wegweiser stand mit zwei Armen, die jedem eine andere Richtung wiesen. Es geschah viel Lachen in diesem Winter in Kummerow, als die Geister des Bruchs bis an die Höfe kamen, die Frauen beim Federschleißen schreckten und Pastor Breithaupt die Hochzeit auf dem Schloß verdarben; es geschah viel Schweres in diesem Winter in Kummerow, als Feuer in das Dorf fiel, Johannes Bärensprung die Heimat verlor und Angst vor dem Leben seine Jungenseele ebenso verwirrte wie Zweifel an der Ordnung der Dinge die Seele seines Freundes Martin. So daß, als wieder am letzten Schultag vor Ostern der Mühlbach rief, sie statt des ersehnten silbernen Schiffes eine gewöhnliche

Bohle nehmen mußten zur gemeinsamen Flucht in die Welt. Es war wieder die Welt der Großen und hatte nur Lachen und Strafe für den Ernst, der ohne Schuld war, und brachte die Trennung. Weil sie aber jeder ein anderes trugen in ihrem Fühlen und Wollen, mußte auch so der Tag kommen, der die Freunde auseinanderzwang, kein noch so fester Bucheinband konnte die Herzen auf die Dauer zusammenhalten. Freilich bekümmerte sie das nicht in den Tagen der Knabenschicksale, zwischen die der Verfasser das Wort ENDE stellte.